HEYNE

SCIENCE FICTION

Von Walter Jon Williams erschien in der Reihe
HEYNE SCIENCE FICTION & FANTASY:

Hardware · 06/4524
Die Stimme des Wirbelwinds · 06/4833
Engelstation · 06/4876
Die Kronjuwelen · 06/5163
Das Haus der Scherben · 06/5164
Aristoi · 06/5346
Tage der Sühne · 06/5370
Plasma City · 06/6411

Walter Jon Williams

PLASMA CITY

Roman

Aus dem Amerikanischen von
JÜRGEN LANGOWSKI

Deutsche Erstausgabe

WILHELM HEYNE VERLAG
MÜNCHEN

HEYNE SCIENCE FICTION & FANTASY
Band 06/6411

Titel der amerikanischen Originalausgabe
METROPOLITAN
Deutsche Übersetzung von Jürgen Langowski
Das Umschlagbild ist von Michael Evans

Umwelthinweis:
Dieses Buch wurde auf chlor- und
säurefreiem Papier gedruckt.

Redaktion: Wolfgang Jeschke

Erstausgabe by
Harper*Prism*/HarperPaperbacks
A Division of HarperCollins*Publishers*, New York
Mit freundlicher Genehmigung des Autors
und Paul und Peter Fritz AG, Literarische Agentur, Zürich
(# 52 193)

http://www.heyne.de
Deutsche Erstausgabe 3/2002
Printed in Germany 1/2002
Umschlaggestaltung: Nele Schütz Design, München
Technische Betreuung: M. Spinola
Satz: Schaber Satz- und Datentechnik, Wels
Druck und Bindung: Elsnerdruck, Berlin

ISBN 3-453-19668-6

Für meine Freunde

Ralph M. Vicinanza und
Christopher Schelling

1

Eine brennende Frau geht um auf den Straßen. Zehn Stockwerke hoch ist sie, der nackte Körper ein tosendes Flammenmeer. Die Menschen auf der Bursary Street zerfallen zu Asche, als sie vorbeikommt. Nur verkohlte schwarze Flecken, wie Embryos zusammengekrümmt, bleiben auf dem Boden zurück. So gewaltig ist die Hitze, dass sogar die Gebäude in der Nähe zu brennen beginnen. Ein Tornado aus Papieren, von umeinander wirbelnden Luftströmen aus den Häusern gesogen, wandert der Flammenfrau entgegen und wird verschlungen. Feuerströme ergießen sich aus ihren Fingerspitzen. Fenster zerplatzen, als sie aus körperloser, brennender Kehle einen grausigen, grässlichen Schrei ausstößt.

In der Stadt, die den ganzen Planeten umspannt, ist ein Großbrand das Schlimmste, was man sich vorstellen kann.

Aiah hört den Lärm als Erste, der Schrei jagt ihr einen kalten Schauer über den Rücken. Erschrocken sieht sie aus dem Fenster der Kantine. Die Frau verschwindet gerade an der Avenue of the Exchange um die Ecke. Im Glas des Bursary Building und der Old Intendancy gespiegelt, ist die Erscheinung noch einen Augenblick dreifach zu sehen, und einen schrecklichen Moment lang blickt Aiah in drei brennende, gequälte Gesichter gleichzeitig, in drei leere, glühende Augenhöhlen, in denen sie einen letzten menschlichen Ausdruck erkennen kann, ein Flehen um Hilfe und Erlösung von den Schmerzen …

Aiah dreht sich um und rennt weg, aber das Fenster wird eingedrückt und ein heftiger Windstoß versengt ihr den Nacken und wirft sie zu Boden. Im gleichen Augenblick hört sie den ersten Schrei von Tellas Baby. Irgendwo klingelt ein Telefon, das wohl niemand abnehmen wird …

Das Kreischen der brennenden Frau ist ansteckend, auch Aiah schreit jetzt.

Plasmaleck Klasse A im Bankenviertel
134 Tote, 2000 Verletzte
Plasmabehörde kündigt Untersuchung an
Einzelheiten im *Wire!*

Als die Rolltreppe Aiah aus der Pneumastation entlässt, laufen die Worte aus flüssigem Silber über den Himmel und berichten ihr, was sie längst weiß. Auf den ausgetretenen Metallstufen der Rolltreppe liegen Aschehäufchen. Menschliche Körper, auf ein paar Prozent des früheren Volumens reduziert.

Oben treibt ein kalter Wind die schwarze Asche in die Schleusentüren der Gebäude.

Ist Ihre Familie gut versorgt? Sind Sie ausreichend versichert? Aktualisierte Werbesprüche, diesmal nur an das Publikum in der unmittelbaren Umgebung gerichtet, laufen in Spiegelschrift über die goldenen Glasflächen des Bursary Building. Versicherungsvertreter bieten an eilig aufgebauten Ständen auf dem Gehweg ihre Produkte an.

»Ist Ihre Familie gut versorgt, Lady?«, fragt einer. »Sie

wollen doch sicher mal einen Haufen Kinder kriegen, oder?«

Genau. Barkazil-Frauen sollen ihr Leben damit verbringen, ein Kind nach dem anderen zu bekommen. Aiah mummelt sich in die Jacke ein und geht zum neuen Lotterieverkäufer, der in einem provisorischen Verschlag sitzt.

Der alte Lotterieverkäufer ist mit seiner Bude zu Asche verbrannt. Aiah hat in den letzten drei Jahren an jedem Arbeitstag ein Los bei ihm gekauft. Sie weiß nicht einmal, wie er hieß.

Heulend fährt ein Polizeimotorrad vorbei. Glas knirscht unter ihren Füßen, als Aiah durch die Börse zum Sitz der Plasmabehörde mit der gezackten Bronzekrone und den klaffenden Fenstern geht. Aufs Pflaster sind weiße Kreise gemalt, jeweils mit einem Häufchen Ruß in der Mitte. Jeder Kreis ein Todesfall, jeder Kreis ein verbrannter Mensch. Die Tauben lassen schon die ersten Häufchen darauf fallen.

Sie weiß, was sie im Büro erwartet. Tellas schreiendes Kind, der Geruch schmutziger Windeln, abgestandener Kaffee in der nach Schimmel riechenden Teeküche, deren kaputtes Fenster mit Plastik gesichert ist. Auf dem Schreibtisch das Eingangskörbchen mit der unvermeidlichen Nachricht, weil sie sich vor drei Monaten zum Katastrophenschutz gemeldet hat, um bei den Vorgesetzten ein paar Punkte zu machen.

Wenn sie die Nachricht beantwortet hat, wird sie lange Stunden in eisiger Kälte damit verbringen, unter Tage nach Plasma zu suchen, das ihr nie gehören wird.

Wieder laufen Worte über den Himmel. *Snap! Das Getränk für die Welt.* Danach das grün-weiße Snap-Zeichen. Eine Menge Geld würde man brauchen, um alles zu kaufen, was zum Schichtwechsel am Himmel angeboten wird. Mehr als sie je verdienen wird.

Lautlos zieht ein Luftwagen zwischen Aiah und der

Getränkereklame vorbei, offenbar vom Dach der Börse gestartet. Er legt sich etwas schräg, damit der Fahrer die Stadt unter sich betrachten kann. Eine Aussicht, die Aiah nie wird genießen können.

Was ist das Schlimmste in einer Stadt, die den ganzen Planeten umspannt?

Keinen Ort zu haben, an den man gehen kann.

Drei weitere Verdächtige im Trackline-Skandal angeklagt
Intendant verspricht schonungsloses Durchgreifen

Der Hauptsitz der Plasmabehörde ist breit und hoch und beeindruckend. Dort wird Plasma erzeugt, gelagert und verteilt. Das Verhältnis zu allen anderen Gebäuden im Banken- und Regierungsviertel ist genau ausgewogen. Volumen, Formgebung und Konstruktion aller Bauten in dieser Gegend sind fein aufeinander abgestimmt. Die Stahlträger bilden ein komplexes, Plasma erzeugendes Gitternetz, das mit weißem Granit von der Außenwelt isoliert ist. Die Dornenkrone der Sendeanlage scheint wie mit Fingern zum Himmel hinaufzugreifen. Das Netzwerk der äußeren Abschirmung, die tief unten im Fels verankert ist, zieht sich anmutig und verspielt über das ganze Gebäude, obwohl es eine rein zweckbestimmte Anlage ist. Im Falle eines Angriffs soll die Abschirmung das Plasma auffangen, um es auf harmlosen Wegen abzuleiten und in die Speicher zu befördern, damit es von den Häresiarchen der Plasmabehörde einem sinnvollen Zweck zugeführt werden kann.

Hätte die Flammenfrau das Gebäude mit ihren Flammen bestrichen, dann hätte sie geschrien und gezittert und sich aufgelöst. Ihre Energien wären vom Gebäude verschluckt und über das Leitungsnetz der Stadt verteilt worden.

Doch sie hat das Gebäude nicht berührt. Mit dem bisschen Verstand, das ihr geblieben ist, hat sie erkannt, dass die Leitungen aus Bronze Gefahr bedeuteten. Deshalb musste die Ordnungsbehörde ihre Ressourcen aufbieten und die Frau zerstören. Mit brutaler Gewalt, mit einem Energiestoß aus den bronzenen Sendeantennen, wurde die Flammenfrau ausgelöscht.

Aus der Nähe gesehen ist das Gebäude weit weniger beeindruckend. Fünfzig andere gesichtslose Angestellte treten zusammen mit Aiah durch den großen, mit Bronzeleitungen gesicherten Bogengang, dessen hoffnungslos verdrecktes Mosaik die Wohltätige Göttin der Sendetechnik zeigt, die den Menschen ihre Gaben bringt. Zusammen mit zwanzig anderen Angestellten, von denen sie keinen Einzigen kennt, wird sie von einem hydraulischen Aufzug mit fast unmerklicher Beschleunigung nach oben befördert.

Im zehnten Stock hört Aiah als Erstes Tellas schreiendes Kind. Die Flure sind mit braunen Plastikläufern ausgelegt, um die Bodenfliesen vor Abnutzung zu schützen. Die Türen bestehen aus dunkelgrün lackiertem Metall und sind verkratzt und vernarbt. In den Büros stehen dunkelgrau lackierte, verbogene und verbeulte Metallmöbel. Die grün gestrichenen Wände sind mit einem grauen Streifen unterteilt. Die Decke besteht aus durchlöchertem Blech, hinter dem man Drähte erkennen kann. Fenster gibt es keine.

Willkommen beim öffentlichen Dienst, denkt sie. Willkommen an meinem sicheren Arbeitsplatz.

»Hi«, sagt Tella. Sie wechselt Jayme auf dem Schreibtisch die Windeln.

Aiah hätte am liebsten zu den Versicherungsvertretern hinuntergebrüllt: *Seht ihr? Auch Jaspeeri kriegen Kinder!*

Babykacke glänzt grünlich im Licht der Neonröhren. »Große Besprechung um zehn«, verkündet Tella.

»War ja zu erwarten.«

»Was macht dein Hals?«

Aiah fährt sich unter dem hochgesteckten Haar über den verbrannten Nacken. »Wird schon wieder.«

»Wenigstens hast du keine Schnittwunden von den Glassplittern bekommen. Calla aus der Disposition hat gerade aus dem Fenster gesehen, als es eingedrückt wurde. Sie hätte beinahe ein Auge verloren.«

»Wer ist denn Calla?«

»Brünettes Haar, sie ist mit Emtes vom Rechnungswesen verheiratet.«

Aiah kennt keinen der beiden. Sie betrachtet ihren Schreibtisch, den Computer mit den strahlend gelben Anzeigen, die Gradscheibe, das Logbuch.

Gils Bild im funkelnden Rahmen aus Silberimitat.

Das Kind schreit schon wieder. Tella lächelt etwas verlegen. »Ein kräftiges Organ, was?«

Tella wollte ihr Kind nicht den ganzen Tag in der Kinderkrippe der Behörde lassen, wo es, von gelangweilten Angestellten beaufsichtigt, jede Infektionskrankheit mitnehmen würde, die Jaspeer heimsuchte. Sie hat Aiah gefragt, ob sie Jayme ins Büro mitbringen dürfte, und Aiah hat keine Einwände erhoben.

Genaugenommen hat Aiah nur ungern zugestimmt. Sie ist in einer großen Familie aufgewachsen, nicht nur mit Geschwistern, sondern auch mit Cousinen und Neffen und Nichten in einer winzigen Sozialwohnung in einer Barkazil-Gegend zusammengepfercht. Wenn es nach ihr ginge, würde sie nie wieder in die Nähe eines Kleinkindes kommen.

Im Eingangskorb liegen sogar drei Kapseln mit Nachrichten. Aiah öffnet sie. Alle drei drehen sich um die bevorstehende Sitzung, kommen aber von verschiedenen Vorgesetzten.

Anscheinend herrscht da oben ein gewisses Chaos.

Die gelben Anzeigen des Computers starren sie böse an.

Sie pellt sich die Rüschen vom Handgelenk, beantwortet die Botschaften, steckt die Zettel in die Kapseln und schaut auf die in Plastikfolie eingeschweißte Liste, um die richtigen Rohrpost-Adressen der Vorgesetzten zu finden. Mit den kleinen Rädchen stellt sie die Adressen auf den Transportkapseln ein und schiebt sie nacheinander ins Rohr. Zischend werden sie ihr aus den Fingern gesaugt und Aiah stellt sich vor, wie die Behälter durch die Dunkelheit rasen wie die Passagiere in einem Trackline-Zug.

Was ist das Schlimmste in einer Stadt, die so groß ist wie die ganze Welt?

Fünfundzwanzig Jahre alt zu sein und genau zu wissen, wie man den Rest seines Lebens verbringen wird.

Erdbeben in Pantad
Angeblich 40 000 Tote! Einzelheiten im *Wire!*

Aiah hat gelernt, die Ohrenschmerzen zu ignorieren, die ihr der schwere Bakelitkopfhörer bereitet. Wenigstens blendet der Kopfhörer teilweise aus, was Jaymes kräftige Lungen produzieren.

»09.34 Uhr, Antenne Zwölf auf 122,5 Grad drehen. Verstanden?« Der Disponent am anderen Ende der Leitung hat keine besonders guten Lungen. Er keucht bei jedem Wort, und jeder Satz wird von trockenem Husten unterbrochen. Manchmal hört Aiah, wie er an einer Zigarette zieht.

»Verstanden«, wiederholt Aiah. »09.34 Uhr, Antenne Zwölf auf 122,5 Grad drehen. Bestätigt.« 09.34 Uhr, das ist in sechs Minuten. Sie notiert den Auftrag im Logbuch und gibt die Befehle in den Computer ein. Im Innern des mattschwarzen Apparats klicken und surren die Schalter.

122,5 Grad, das dürften die Mage Towers sein.

»09.35 Uhr, Antenne Zwölf sendet baw mit 1800mm. Verstanden?«

»In Ordnung. 09.35 Uhr, Antenne Zwölf sendet bis auf weiteres mit 1800mm. Bestätigt.«

1800 Megamehr? Das ist selbst für die Mage Towers eine hohe Sendeleistung. Wer braucht da so viel Plasma?, fragt sie sich.

Ob es Constantine ist?

Aiah hält die restlichen Daten im Logbuch fest und bemerkt, dass die Sendestraße 6 frei ist. Sie tippt die Zahlen ein und stellt die Sendeleistung für die Sendestraße 6 auf 1800mm ein. Dann zieht sie ein abgeschirmtes Kabel aus der Halterung und steckt es in die Anschlüsse im Schaltschrank hinter sich, um die Schaltung endgültig freizugeben.

Bis 09.34 Uhr kommen keine weiteren Anforderungen nach Energie. Aiah fummelt an ihren Rüschen herum. Ihr Nacken brennt. Um sich von der Erinnerung an die Flammenfrau abzulenken, betrachtet sie Gils gerahmtes Bild.

09.35 Uhr. Der Computer beginnt zu klicken, über der Sendestraße 6 wechselt eine kleine, mechanisch betriebene Anzeige von Weiß nach Weiß-Rot. Auf dem Dach des Gebäudes dreht sich eine riesige, bronzene Sendeantenne langsam auf 122,5 Grad.

Eine Minute verstreicht. Die Anzeige verändert sich weiter, bis sie völlig rot ist. Der Stromkreis im Schaltschrank ist jetzt geschlossen und löst einen ganz anderen, viel gewaltigeren Plasmastrom im Stahlgerüst des Gebäudes aus. Die Energie wird aus der Sendeantenne abgestrahlt, die Mage Towers empfangen die Sendung.

BAW. Bis auf weiteres. Genug Plasma, um die Mage Towers die halbe Strecke bis zum Schild zu befördern.

Aiah streckt die Hand aus und berührt die Regler der Sendestraße, als könnte sie die fließende Energie fühlen oder sogar schmecken, als könnte sie einen Sinneseindruck von dieser Realität gewinnen ... aber natürlich geschieht nichts, rein gar nichts, weil das Plasma nicht ihr gehört. Sie lebt in einem Gebäude, das randvoll ist mit dem Zeug, aber sie kann es sich nicht leisten.

Sie fragt sich, ob Constantine am anderen Ende der Leitung sitzt. Wahrscheinlich nicht.

Vermutlich ist die Energielieferung wieder einmal für ein Fanal der Konsumgesellschaft bestimmt, für eine gewaltige Reklame für ein alkoholfreies Getränk oder eine neue Schuhmarke.

Was ist das Schlimmste in einer Stadt, die eine ganze Welt bedeckt?

Ewig in der Nähe des Objekts seiner Begierde zu leben und es nicht zu bekommen.

2

Das Leben: Ihres und unseres
2100, Kanal 2

*Urlaubssperre, alle Mitarbeiter müs*sen jeweils anderthalb Schichten übernehmen. Mengene hat die Sitzung kaum noch unter Kontrolle. Alle vom Intendanten abwärts reagieren panisch und schreien durcheinander. Aiah, deren Rang zu niedrig ist, um sich am Geschrei zu beteiligen, sitzt gegenüber von Niden am schimmernden, gläsernen Konferenztisch. Niden ist das einzige andere braune Barkazil-Gesicht im Raum. Sie hat gehofft, in seinem Gesicht Trost zu finden, aber er hat eine schreckliche Erkältung, und sie zuckt jedes Mal zusammen, wenn er hustet oder niest. Im Geiste steuert sie die Viren in die Nasenlöcher der leitenden Angestellten.

Vor der durchsichtigen Wand hinter ihm fliegt eine Reklame vorbei. *Was soll der Stress?*, fragt die Reklame.

Manchmal haben die Werbefritzen sogar Humor.

»Oeneme glaubt, es habe mit den Bauarbeiten in der Old Parade zu tun«, erklärt Mengene. Er zwirbelt seinen kleinen blonden Schnurrbart. »Das Unity Hospital wird abgerissen und anderthalb Radien entfernt ist mitten auf der Straße eine Ausschachtung für eine neue Trackline-Station. Die Verhältnisse sind ein wenig irregulär …«

»Irregulär? Gibt es denn keine Karte von der Gegend?«, dröhnt Denselle. Ein fetter Kerl, der sich gern reden hört. Wie große Blüten quellen die Rüschen aus seinen Jackenärmeln.

»Noch nicht.«

»Warum, zum Teufel, haben wir noch keine Karte?«

Mengene seufzt. »Weil Oenemes Büro noch keine geschickt hat.«

»Konnten Sie nicht selbst eine besorgen?«

Mengene überhört die Frage, teilt die Aufgaben ein und weist die Leute den Aufgaben zu. Aiah fällt auf, dass ihr Name nicht erwähnt wird. Sie hebt eine Hand, wird übersehen und meldet sich schließlich ohne ausdrückliche Aufforderung zu Wort. *»Mr. Mengene!«*

Einen Augenblick herrscht Schweigen.

»Ich bin noch nicht eingeteilt«, sagt sie.

Mengene sieht sie an. »Ich weiß«, erwidert er.

»Warum bin ich dann hier?«

Mengene ist genervt. »Ich wollte gleich zu Ihnen kommen. Sie erhalten einen Sonderauftrag.«

Ihr Herz tut einen Sprung, aber sie sieht die Dolche in den Blicken der anderen. Mit welchem Recht bekommt ausgerechnet sie einen Sonderauftrag?

Auch Mengene bemerkt die Dolche. »Es war Rohders Idee«, sagt er, und die anderen verlieren sofort das Interesse. Rohder ist ein mit Spinnweben überzogenes Fossil der alten Forschungsabteilung. Er gibt nur noch absurde Spekulationen und philosophische Ideen von sich, ist aber zu angesehen, um einfach hinausgeworfen zu werden.

Die anderen werden in ihre Aufgaben eingewiesen. Die Stühle im Konferenzsaal sind groß und dick gepolstert und haben fächerförmige Lehnen, die mit großen goldenen Chrysanthemen geschmückt sind. In diesen Sesseln wird man leicht schläfrig. Aiah schließt die Augen und denkt an Gil, an die kräftigen Hände mit den kurzen Fingern, an die Berührungen.

Mengene ist fertig. Aiah wartet, bis die anderen gegangen sind. Mengene zündet sich eine neue Zigarette an, setzt sich und bläst den Rauch in den Raum. Er winkt ihr, sie soll sich zu ihm ans Kopfende des Tisches setzen. Sie steht auf und geht zu ihm, sieht ihr Spiegelbild in den goldenen Chrysanthemen an den Wänden und streicht automatisch ihr Haar glatt.

»Rohder hat die Flammenfrau gelöscht«, sagt Mengene. »Er war gerade in der Sendekontrolle, als es passiert ist, hat das Ding über einen Außenmonitor kommen sehen und sich sofort in den Sessel des Sendeleiters geschwungen. Er wird belobigt werden, aber der Umgang mit so viel Plasma in seinem Alter hat ihm einen Krankenhausaufenthalt beschert.« Er schüttelt eine Zigarette halb aus der Packung und bietet sie ihr an. »Möchten Sie?«

»Nein, danke.« Sie setzt sich neben ihn. Hinter ihm fliegt ein Falke vorbei, anscheinend noch ein Jungtier. Ein kleines Blinzeln, und sie hätte ihn nicht gesehen.

»Rohder hat mich vor einer Stunde aus dem Krankenhaus angerufen. Er sagt, als er die Flammenfrau gelöscht hat, hätte er eine ziemlich genaue Vorstellung entwickelt, wo die Kraftquelle liegen könnte. Er hätte einen recht deutlichen Eindruck gewonnen, dass sie im Osten zu suchen ist.«

»Die Old Parade ist nicht im Osten«, erwidert Aiah.

»Die Speiseleitung sei irgendwo in Richtung Grand City hinter dem Horizont versunken. Er sagt, er hätte sie *gesehen*.«

»Während er in der Sendezentrale war?«

Mengene verzieht missmutig das Gesicht. »Er behauptet es.«

»Über einen Außenmonitor?«

Mengene starrt die Glut seiner Zigarette an. »Mit seinem geistigen Auge.«

Aiah bäumt sich innerlich auf. Sie wird die nächsten

Tage unter der Erde herumkriechen, weil ein alter Mann eine Halluzination hatte.

»Sie müssen wissen, dass Rohder wirklich gut ist«, fährt Mengene fort. »Er ist ein guter, echter Magier. Ich habe damals mit ihm zusammengearbeitet, als er die Forschungsabteilung aufgebaut hat. Bin aber weggegangen, bevor die Abteilung eine Bruchlandung gemacht hat. Allerdings war die Bruchlandung nicht Rohders Schuld. Es waren die ständigen Einmischungen von oben. Man kann nicht in ein paar Monaten eine neue Theorie der Plasmafelder entwickeln.«

»Wenn er so zuverlässig ist«, fragt Aiah misstrauisch, »warum setzen Sie dann nur mich bei ihm ein?«

»Weil ich nicht für Rohder arbeite. Ich bin Oeneme unterstellt und Oeneme glaubt, das Problem liege auf der Old Parade.« Mengene jagt die Zigarette wie einen Dolch in den Titanaschenbecher. Der Aschenbecher dreht sich leicht nach dem Aufprall. Aiah fragt sich, ob Mengene darauf aus ist, Oeneme eine Falle zu stellen. Vielleicht sogar mit Rückendeckung des Intendanten? Aber wer bekommt die Schuld in die Schuhe geschoben, wenn Mengenes kleine Intrige nicht klappt?

Natürlich die hinterhältigen Barkazil. Jeder weiß doch, dass sie immer nur auf ihren Vorteil aus sind, dass sie hinterlistig sind, sich ein *Chonah* nach dem anderen ausdenken und andere Leute hereinlegen. Aida kennt sich gut genug aus, um zu wissen, wann sie auf sich allein gestellt ist.

»Man wird es ganz allein Ihnen anrechnen«, verspricht Mengene.

Und genau das muss sie irgendwie verhindern.

Mengene wischt mit den Rüschen des Hemdsärmels etwas Zigarettenasche weg. »Ich habe zwei Leute zu Ihrer Unterstützung eingeteilt«, fährt er fort. »Sie stehen Ihnen nach der Mittelpause zur Verfügung. Ich weiß, dass Sie im Aufspüren von Plasmaquellen unerfahren sind, aber vielleicht können die beiden Ihnen etwas zur Hand gehen …«

»Ich brauche eine Luftaufnahme, Klarsichtfolien vom Gelände, Karten der Bodenstrukturen und der tieferen Schichten.«

»Natürlich. Ich lasse Ihnen die Daten von der Dokumentationsabteilung überspielen.«

»Unsere Karten von den Nachbarbezirken sind nicht immer sehr aktuell. Ich brauche auch eine Karte von … wie heißt die Verteilerstation zwischen hier und Grand City? Rocketman?«

Mengene scheint überrascht. »Ich glaube schon. Ich rufe Rocketman an, wenn Ihnen das hilft.«

Manchmal, das hat sie inzwischen gelernt, manchmal sind Jaspeeri überrascht, wenn sie etwas Kluges sagt.

Aber die Fragen, auf die sie am dringendsten die Antworten bekommen will, kann sie trotzdem nicht stellen.

Also ein *Sonderauftrag*. Wie schön.

Reden ist menschlich, Schweigen ist göttlich.

– Eine Gedankenbotschaft von
Seiner Vollkommenheit dem Propheten von Ajas

Ein paar Stunden später steigt Aiah, mit gelbem Arbeitsanzug und Schutzhelm ausgerüstet, an der Station Rocketman aus dem Trackline-Zug. Zwei Assistenten folgen ihr auf Schritt und Tritt: Lastene, ein junges Pickelgesicht, und Grandshuk, ein angegrauter Mann, der so klein und gedrungen ist, dass sie der Verdacht beschleicht, einer seiner Vorfahren könnte mit seinen Genen herumgespielt haben.

Die Rocketman Station, die von der Trackline Authority betrieben wird, trägt den gleichen Namen wie die Rocketman Substation, der örtliche Verteiler der Plasmabehörde. Sie hat keine Ahnung, warum beide Einrichtungen ›Rocketman‹ heißen, aber die meisten Namen solcher Orte sind so alt, dass kein Mensch mehr weiß, wie sie entstanden sind.

Die Trackline-Station ist tatsächlich sehr alt und liegt tief unter der Oberfläche. Der Bahnsteig ist mit einem antiquierten Mosaik geschmückt, die einst hellen Farben sind verschmiert und stumpf. So, wie auf dem Mosaik dargestellt, muss die Oberfläche früher mal ausgesehen haben: helle Gebäude aus Stein, die unter dem grauen Schild glänzten, ein paar seltsame Antennen mit Kugeln an den Spitzen, die das Plasma abgestrahlt haben wie goldene Blitze.

Aber im Mosaik sind nirgends Raketen abgebildet.

Der Tunnel zur Verteilerstation ist nicht mit einer Mauer abgetrennt, sondern nur durch einen Maschendrahtzaun gesichert. Aiahs Stiefel poltern über einen Behelfsweg, der wahrscheinlich schon vor Jahrzehnten angelegt wurde. Vorbei an den Siedlungsschichten verschiedener Zeiten geht es nach oben – alte Ziegelmauern, verzogene Eisenträger, Wasserleitungen, brauner Stein, Beton, Abwasserrohre, auf denen Kondenswasser glitzert, graue Ziegel, roter Stein, weißer Stein.

Und alles und jedes erzeugt Plasma und liefert geomantische Energie.

Masse erzeugt aus sich selbst heraus Energie, denn Materie ist Energie, wenngleich in einer bestimmten Form gebunden. Der unordentliche Klecks, der die weltumspannende Stadt im Grunde ist, die Gebäude aus Eisen, Ziegeln, Stein und Beton, all das erzeugt Energie. Die Energie sammelt sich langsam in den Gebäuden, erfüllt sie wie Wasser, das langsam aufsteigt und in jede Ritze dringt, und liegt brach, bis sie angezapft wird. Inzwischen weiß man, dass die geomantischen Beziehungen wichtiger sind als die Materie selbst. Formgebung und Bauweise der Gebäude und die Beziehungen der Gebäude untereinander können die Krafterzeugung steigern und die Energie bündeln und hierhin oder dorthin leiten. Die Metallträger der Häuser, die unten im Fels verankert sind und sich nach oben zum Schild recken, sammeln und konzentrieren die Energie und stellen sie bereit, damit sie wieder abgestrahlt werden kann.

Diese Energieform – das Plasma – erzeugt Resonanzen im menschlichen Bewusstsein. Sie kann durch die eigenartigen kleinen Elementarteilchen des menschlichen Willens gesteuert werden, und wenn sie dieser Kontrolle unterliegt, kann man mit ihr fast alles tun – auf kleiner, mikrokosmischer Ebene kann das Plasma Krankheiten heilen, Gene verändern, Alterungsprozesse aufhalten oder gar umkehren, kostbare Metalle aus einfachen Grundstoffen und Radioisotope aus kostbaren Metallen erzeugen. Auf der makrokosmischen Ebene kann Plasma Leben schaffen, jede Art von Leben, die man sich nur vorzustellen vermag.

Es kann in ein Zielbewusstsein eindringen, den Willen des Betreffenden lähmen und ihn in die willenlose Marionette des Angreifers verwandeln. Es kann Nerven verglühen lassen oder lebende Knochen zu Asche verbrennen, es kann auf unzählige hässliche Weisen den Tod bringen, es kann im Handumdrehen Raketen, Bomben oder Menschen auf beliebige Orte der Welt schleudern. Es kann Gebäude umwerfen wie ein Tornado, es kann Wolkenkratzer über tausend Meilen hinweg durch die Luft befördern und federleicht am Zielpunkt absetzen, es kann Erdbeben erzeugen und ganze Stadtviertel in Trümmer legen, es kann unvorstellbare Mengen Energie liefern und alles tun außer ein Loch durch den Schild zu schlagen, den die Aufgestiegenen Meister zwischen der Welt und allem, was da draußen existieren mag, errichtet haben.

Aber zuerst einmal muss man das Zeug bekommen. Es wird gesammelt, verwaltet, verteilt, empfangen und bezahlt. Und es ist nie genug. Regierungen fordern gewaltige Mengen Plasma an, um ihre Macht zu stärken und zu sichern. Wohnkomplexe wie die Mage Towers oder die Grand City verlangen irrwitzige Beiträge von ihren Mietern, weil die Gebäude darauf eingerichtet sind, das Plasma möglichst effizient zu bündeln und zu verteilen. Dort leben erstaunlich wohlhabende, einflussreiche Geomancer. Sie können es sich leisten, ›BAW‹ Energie zu bestellen und den Zähler einfach laufen zu lassen.

Es ist nie genug. Aber die Gebäude werden hochgezogen oder abgerissen oder umgebaut und die Konfiguration ändert sich ständig. Die Materiemassen finden ein neues Gleichgewicht und schaffen neue Potenziale. Deshalb wühlen sich Plasmataucher durch die Fundamente der Welt, durch verlassene Keller und vergessene Versorgungsschächte und mit Schutt gefüllte Wartungstunnel und hoffen, eine Quelle zu finden, die noch nicht mit dem Netz verbunden ist. Eine Quelle, die noch nicht vermessen ist. Eine Plasmaquelle, die man anzapfen oder verkaufen kann, um sich mit dem Erlös die kühnsten Träume zu erfüllen.

Und wenn es schief geht, denkt Aiah, wenn ein Taucher mehr Energie aufnimmt als er bewältigen kann, dann läuft eine zehn Stockwerke hohe Flammenfrau heulend durch die Straßen und verbrennt einen Zufallsfund, eine hundert Jahre alte Plasmaansammlung, in einem einzigen, schrecklichen Augenblick.

An der Rocketman-Plasmastation gibt es einen kurzen Aufenthalt, weil Aiahs Ausweise überprüft werden müssen. Natürlich hat Mengene den versprochenen Anruf nicht gemacht. Das Archiv liegt unter dem Straßenniveau und ist über den großen Batterieraum zu erreichen, wo die Energie der Station in riesigen Plasma-Akkumulatoren und Kondensatoren gespeichert wird – dreimal mannshoch, kupfern oder wie Messing glänzend und mit schimmernder schwarzer Keramik isoliert. Dahinter steht ein Steuerpult aus schwarzem Metall voller Schalter, Anzeigen und Hebel, mit denen die gewaltigen gespeicherten Energien verteilt und umgelenkt werden können. In der Ecke, nicht weit vom Schaltpult entfernt, hängt ein Bild Tangids, des zwiegesichtigen Herrn der Kraft.

Die beiden Dienst habenden Techniker sitzen in bequemen Stühlen vor den Kontrolltafeln und verbringen die Arbeitszeit meist mit dem Lesen von Zeitschriften. Die Station ist weitgehend automatisiert, aber die Gewerkschaft besteht darauf, dass das Personal für Notfälle anwesend sein muss. Die Techniker bekommen sogar eine Gefahrenzulage, denn es könnten ja irgendwann einmal Terroristen zur Tür hereinstürmen und mit vorgehaltener Maschinenpistole eine Prise Energie fordern.

Aiah wird zum Archiv eskortiert. Lastene und Grandshuk folgen ihr wie gehorsame Hunde. Ein paar Minuten später ist sie wieder im Batterieraum. Sie und ihre Helfer sind mit Bündeln von Karten, Klarsichtfolien und Nachträgen bepackt, alles ordentlich mit den amtlichorangefarbenen Schnüren verzurrt. Sie setzt sich in der Nähe des Steuerpults an einen Tisch und schnürt die Bündel auf.

Die Luftaufnahmen sind einander überlappende Chromographien, die zusammengesetzt eine Karte des Gebiets ergeben. Die Maßstäbe sind genau eingehalten, um dem Betrachter eine Vorstellung von den Größenverhältnissen der Objekte zu vermitteln. Klarsichtfolien zeigen, was unter der Erdoberfläche liegt. Manche der Folien sind alt, vergilbt oder sogar durchlöchert. Alles, was die Entstehung des Plasmas beeinflussen könnte, sollte auf den Folien oder den Nachträgen eingezeichnet sein. Aber das ist eine reine Wunschvorstellung.

Es ist einfacher, dem freien Unternehmertum das Feld zu überlassen – ihm und der Gier der Menschen.

Die Behörde weiß, dass gewaltige Mengen von Plasma gestohlen werden und dass eine echte Kontrolle nicht möglich ist. Aber wenn ein Plasmataucher eine neue Quelle findet, wird er früher oder später angezeigt, weil jemand die Belohnung kassieren will, und dann stößt die Behörde auf die Quelle und bezieht sie in ihr Netz ein.

Aiah beschäftigt sich über eine Stunde lang mit den Karten. Das Gebiet zwischen dem Börsenviertel und der Grand City ist riesig, ein paar hundert Quadratradien groß. Sie nimmt das Maß am Raster der Karte ab und markiert die Entfernungen zwischen verschiedenen Gebäuden, dann legt sie nacheinander die Klarsichtfolien darauf und vervollständigt das Bild. Nach einer Weile verschwimmt ihr die Karte vor den Augen.

Ihr wird klar, dass man ihr eine Aufgabe gestellt hat, die sie unmöglich bewältigen kann. Mengene will auf irgendetwas hinaus, überlegt sie sich. Vielleicht will er sogar, dass sie scheitert.

Aiah beschließt, über diesen Aspekt noch gründlicher nachzudenken.

Sie sieht sich nach ihren Helfern um, die inzwischen die Zeitschriften der Techniker durchblättern. »Ihr könnt jetzt gehen, wenn ihr wollt. Ich fahre jetzt nach Hause.«

Grandshuk schaut seinen Partner an, dann wieder Aiah. »Wir hatten gehofft, wir könnten ein paar Überstunden abreißen.«

»Ich kriege ein Festgehalt«, erklärt Aiah. »Überstunden werden nicht bezahlt. Aber ihr könnt eure Stunden von mir aus in der Bar da drüben absitzen. Wir treffen uns morgen früh zum Schichtbeginn wieder hier.«

Grandshuk sieht noch einmal seinen Partner an und nickt. »Na gut, wenn das für dich in Ordnung ist.«

»Ja, klar doch. Viel Spaß.«

Sie betrachtet noch einmal die Karten, die vergilbten

Klarsichtfolien mit den Versorgungsleitungen, den alten U-Bahntunneln, den Fundamenten von Gebäuden, die schon vor langer Zeit den Abrissbirnen oder einem Erdbeben zum Opfer gefallen sind. Wenn sie irgendwo aufs Geratewohl eintauchen würde, könnte sie vielleicht etwas Plasma finden. Damit könnte sie sich wieder im Büro melden: So, bitte, Problem gelöst. Man würde ihr auf die Schulter klopfen, und sie würde sich wieder an den gelbäugigen Computer und die Gradscheibe setzen und Tellas Kind beim Schreien zuhören.

Nein, beschließt sie. So würde sich vielleicht ihr Bruder Stonn verhalten. Er würde sich wahrscheinlich sogar in seiner Gerissenheit sonnen, bis der nächste Klasse A-Vorfall die Fenster der Börse platzen lässt.

Es muss doch einen anderen Ausweg geben, überlegt sie. Einen listigen Ausweg.

Einen Barkazil-Weg.

Sie ist eine vom listigen Volk, denkt sie sich. Es wird Zeit, ihre listigen Gene zur Geltung zu bringen.

3 Drogendealer werden gehenkt
21.00 Video Sieben
Live aus dem Haggul-Gefängnis
Der Gerechtigkeit ihren Lauf!

Ihr Vetter Landro arbeitet in Old Shorings in einem Eisenwarenladen. In dieser Gegend hat Aiah ihre Kindheit verbracht. Von Rocketman aus sind es anderthalb Stunden zu fahren, von ihrer Wohnung in den Loeno Towers aus gesehen außerdem noch in die falsche Richtung. Aiah fährt mit der Trackline hin und schleppt die schwere Mappe mit den Karten durch die Gegend. Sie trägt immer noch den Overall und den Schutzhelm und fühlt sich hässlich und wenig liebenswert, als sie sich die kaputte Rolltreppe hinaufschleppt. Aber als sie den Eingangstunnel hinter sich hat und auf dem Gehweg steht, wird ihr leichter ums Herz.

Irgendwo singt eine Vokalgruppe, die Musik dringt von oben aus einem Fenster. Aiah muss lächeln. Ein kalter Wind fegt durch die schmale Gasse zwischen zwei schmutzigen roten Ziegelbauten. Die Gebäude sind so alt, dass sie sich über die Straße zu lehnen scheinen wie eine alte Frau am Stock.

Die Straße ist schmal und für Fahrzeuge gesperrt. Unten in den Häusern sind Geschäfte, in den oberen Stockwerken Wohnungen. Die meisten haben Gerüste, die sich über den Gehweg bis zur Straße erstrecken. Genau genommen sollen die Gerüste nur dazu dienen, die alten Ziegelmauern zu stützen, aber sie sind bewohnt und belebt und in Verschläge unterteilt, wo die Leute Kleider, Krimskrams oder Spielzeug verkaufen, manchmal auch Glückszauber oder Segenssprüche oder in Dachgärten gezogenes Gemüse. Hier und dort leben auch arme Leute, die mit Plastikplanen für Wände und Dächer vorlieb nehmen müssen. Das alles ist illegal und die Gerüste samt Bewohnern werden beim nächsten Erdbeben kreuz und quer durch die Gegend fliegen, aber in diesem Teil der Domäne von Jaspeer kümmert sich schon lange niemand mehr um die Bauordnung.

Hier in dieser Gegend, in einer Sozialwohnung, die nur ein paar Blocks entfernt ist, hat Aiah den größten Teil ihrer Jugend verbracht. Kochgeruch hängt schwer in der Luft, vertraute Barkazil-Gewürze. Straßenhändler bieten lächelnd selbst gemachte Musikinstrumente feil, verkaufen Taubenauflauf, Weihrauch, Halstücher, Glücksfetische, Handtaschen und Armbanduhren mit gefälschten Firmenzeichen. Überall dröhnt Musik aus Lautsprechern, die in Fenster gestellt wurden. Fließende Barkazil-Rhythmen kämpfen gegen das Knattern der Plastikplanen im Wind an. Auf der Straße spielen Kinder Fußball. Alte Männer sitzen auf den Vordertreppen und trinken Bier. Junge Männer stehen an der Straßenecke und beschützen ihr Viertel vor allen Gefahren, die da drohen mögen. Vor allem wohl vor anderen jungen Männern aus anderen Vierteln.

An einer Garküche auf den Gerüsten kauft sie sich eine warme Mahlzeit: Nudeln mit Chili, Zwiebeln und etwas Fleisch, um den Geschmack zu verbessern. Für die billige Keramikschale mit dem angeschlagenen Rand muss Aiah fünf Clinks Pfand hinterlegen. Es ist die Sorte Essen, vor der ihre Großmutter sie immer gewarnt hat – das Fleisch ist angeblich im Reagenzglas gezüchtetes oder auf irgendeinem Dach gezogenes Hühnchen, aber es könnte genauso gut Kanalratte sein.

Aiah ist es egal, es schmeckt wundervoll.

Eine fliegende Reklametafel lässt die Sirene aufheulen und preist Zigaretten an. Plasmawerbung darf eigentlich keinen solchen Lärm machen, aber in manchen Vierteln wird die Einhaltung der Lärmschutzbestimmungen kaum überwacht.

Er bemerkt zuerst ihren gelben Overall. Bis er sie erkennt, beäugt Landro Aiah ein wenig besorgt. Aber dann umarmt er sie begeistert und beantwortet ihre Fragen nach seiner Freundin und den verschiedenen Kindern – seine, ihre, alle zusammen.

»Ich dachte, du arbeitest jetzt im Büro«, sagt er.

»Ich muss im Augenblick unter Tage arbeiten.«

»Hast du deine Mama schon gesehen?«

Auf Insektenbeinchen kommt ein kribbeliges Unbehagen angerannt. »Nein«, antwortet sie. »Ich bin gerade erst angekommen und …« Ein schweres Seufzen. »Ich habe hier zu arbeiten.«

Wieder sieht er sie besorgt an. »Was meinst du damit?«

»Ich hatte gehofft, dass du mir ein paar Fragen beantworten könntest. Über das Tauchen.«

Landro sieht sich über die Schulter zu seinem Boss um, der hinten im Geschäft an einem Bildschirm sitzt und die Stirn runzelt. »Ich kann dir ja mal ein paar Proben zeigen«, sagt er laut und führt sie zur Abteilung mit den Farben.

Überall die gleichen Probleme mit den leitenden Angestellten, denkt Aiah.

»Ich will niemanden in Schwierigkeiten bringen«, flüstert er, indem er ihr eine Tafel mit den vorrätigen Farbtönen gibt.

Landro hat ein paar Jahre lang als Plasmataucher gearbeitet und in die örtlichen Leitungen eingespeist, was er aus gekonnt manipulierten Zählern abzweigen konnte. So hat er den örtlichen Hexen und Magiern das notwendige Plasma geliefert, damit ihre Weissagungen einigermaßen zutrafen, damit ihre Liebeszauber halbwegs wirkten und die Verwünschungen angenehm gefährlich werden konnten. Irgendwann haben ihn die Schnüffler der Behörde erwischt und ihn für ein halbes Jahr nach Chonmas geschickt.

»Ich will niemanden verhaften«, erklärt Aiah ihm. »Ich will nur eine Quelle finden. Ich muss aber wissen, wonach ich suchen muss, wenn ich vermute, dass ich einen geknackten Zähler vor mir habe.«

»Es gibt ein Dutzend verschiedener Methoden.«

»Ich rechne nur mit eher alltäglichen Manipulationen. Vielleicht ein kleiner Gelegenheitsdieb. Kleine Zähler in Wohnungen und kleinen Büros.«

Landro leckt sich nervös die Lippen und erzählt ihr, was er weiß. Er hat kleine Magneten benutzt, um die Anzeigen auf den Durchflussmessern zu bremsen, oder die mechanisch betriebenen Plasmazähler wurden mit Zahnrädern nachgerüstet, die einen etwas anderen Durchmesser hatten als die ursprünglich vorgesehenen. Aiah bohrt, bis er ihr verrät, wo die Magneten angesetzt und welche Zahnräder ausgetauscht werden müssen.

»Danke«, sagt sie und küsst ihn auf die Wange.
»Besuche deine Mama«, drängt er sie.
»Ich muss jetzt arbeiten.« Sie ist dankbar für die Ausrede. »Aber wir sehen uns am Senko's Day.«
Er sieht ihr zweifelnd nach, während sie die Mappe mit den Karten aufhebt und das Geschäft verlässt. Sie würde gern noch eine Weile in der Gegend bleiben, aber es besteht die Möglichkeit, dass sie noch mehr Verwandten begegnet, und dann würde ihre Mutter erfahren, dass sie da war.
Außerdem ist die Schicht allmählich zu Ende und sie hat noch eine mindestens zweistündige Fahrt zu ihrer eigenen Wohnung vor sich.

PLASMA-CHIRURGIE

**Unsere Arzt-Magier geben Ihnen die Jugend zurück
und machen Sie schön!
Kosmetische oder wiederherstellende Chirurgie
ohne Messer und Betäubung
Günstige Konditionen**

**RUFEN SIE JETZT AN
UND LASSEN SIE SICH KOSTENLOS BERATEN!**

Aiah ist noch nachträglich dankbar für die Nudeln, als sie endlich zu Hause eintrifft. In ihrem Viertel kann sie sich keinen Restaurantbesuch leisten. Die Lebensmittelläden kann sie sich eigentlich auch nicht leisten. Normalerweise steigt sie zum Einkaufen eine Haltestelle vorher aus und geht den restlichen Weg zu Fuß.
Aber dieses Mal nimmt sie nicht die Pneuma, weil sie nicht bis Old Shorings fährt. Sie muss die Trackline benutzen und umsteigen, von der Circle Line in die Red Line und dann in die New Central Line – und bei jedem

Wagen, in dem sie sitzt, hätten Federung und Räder schon längst gewartet werden müssen. Es ruckelt, dass ihr die Zähne klappern, und am Ende tun ihr sogar die Nieren und die volle Blase weh.

Von der Trackline-Station muss sie noch anderthalb Blocks bis zu ihrer Wohnung in den Loeno Towers laufen. Wasserstoffautos fahren auf weichen Gummirädern zischend vorbei. Schwarze Wolken sammeln sich unter dem Schild wie angriffslustige Jagdflugzeuge. Wahrscheinlich wird es gleich einen Schauer geben. Es ist schon so dunkel, dass stellenweise die Notbeleuchtung eingeschaltet wird.

Die Loeno Towers sind ein neuer Wohnblock, der auf den Trümmern eines alten Wohnviertels erbaut wurde. Sechzehn hohe Säulen aus schwarzem Glas, in denen schätzungsweise zehntausend Menschen leben. Die Wohnungen sind teuer und Aiah und Gil konnten es sich kaum leisten, eine zu kaufen.

Jetzt stellt sich heraus, dass sie es sich nicht leisten können, die Wohnung wieder abzustoßen.

Gut gekleidete Nachbarn sehen sie mit höflich verborgener Neugierde an, als sie zum Fahrstuhl geht. Falls die Nachbarn sie überhaupt einmal bemerkt haben, sind sie daran gewöhnt, Aiah in grauem Kostüm mit hochhackigen Schuhen und weißen Rüschen zu sehen.

Der Aufzug bringt sie rasch zum dreißigsten Stock hinauf, von dort aus sind es noch hundert schnelle Schritte bis zu ihrer Wohnung.

Aiah tritt ein und spürt, wie ihre Stiefel im dicken Teppich versinken. Als Erstes bemerkt sie, dass die gelbe Nachrichtenlampe auf der Kommunikationsanlage nicht leuchtet. Das Apartment besteht nur aus einem großen Raum, Küchen- und Wohnbereich sind durch eine Theke voneinander getrennt. Es gibt eine Dusche, eine Toilette und einen winzigen Verschlag für den Garten mit Speziallampen und einer Wanne voll Lehm für den Gemüseanbau. Durch die hintere Glaswand hat man einen atemberaubenden Ausblick auf andere schwarze Glaswände. Es ist das größte Zimmer, das Aiah jemals für sich allein hatte.

Sie wirft die Mappe mit den Karten auf die Schlafcouch, die sie seit Wochen nicht mehr eingeklappt hat, setzt sich aufs unordentliche Bettzeug und streift die Stiefel ab. Sie reibt sich die Füße und macht ein paar Stellen ausfindig, wo sich Blasen bilden könnten, wenn sie nicht Acht gibt.

Morgen muss sie Socken anziehen, die besser zu ihrer Aufgabe passen.

Eine Tasche des Overalls ist ausgebeult. Sie löst die Verschlüsse und findet darin die schartige Keramikschale, in der sie die Nudeln bekommen hat. Sie hat vergessen, das Essgeschirr zurückzubringen und die fünf Clinks abzuholen. Sie stellt die Schale auf den Nachttisch.

Aiah duscht und wickelt sich in ein weiches Badetuch. Eines der Lieder, die sie in Old Shorings von der Vokalgruppe gehört hat, geht ihr nicht aus dem Kopf. Sie schaut noch einmal nach dem Anrufbeantworter, ob eine Nachricht von Gil gekommen ist, während sie geduscht hat.

Nichts.

Eine Luftwerbung leuchtet vor dem Fenster auf und wirft gelbes Licht ins Zimmer. *Stimmt mit Nein bei Antrag Vierzehn* verlangen die zwischen den Wohntürmen schwebenden Buchstaben. Aiah weiß nicht einmal, was mit Antrag Vierzehn gemeint ist.

Sie setzt sich aufs Bett und betrachtet zuerst Gils Porträt an der einen Wand, dann Karlos kleines Bild an der anderen. Die beiden Pole ihres persönlichen Universums. Mit der Steuerung in der Armlehne schaltet sie das Video ein und lässt den ovalen Bildschirm plappern. Irgendein albernes Action-Chromo, in dem Aldemar eine halbe Stadt in die Luft jagt. Sie wünscht sich, Gil würde anrufen. Sie weiß nie, wann er in der Nähe eines Telefons ist, sonst könnte sie sich auch bei ihm melden.

Es hat mal eine Zeit gegeben, überlegt sie, da wollte sie wirklich allein sein. Sie wollte vor ihrer großen, chaotischen Familie fliehen, vor der bedrückenden, allgegenwärtigen guten Laune, vor der lärmenden Armut und der katastrophalen Verantwortungslosigkeit ihrer Angehörigen. Das richtige Ziel für ihre Flucht schien ein Haus wie dieses zu sein, hoch und unnahbar und mit schwarzem Glas vor dem Rest der Welt geschützt.

Sie und Gil waren schon ein Jahr zusammen, als sie sich entschlossen, das Apartment in den Loeno Towers zu kaufen. Sie warfen ihre Ersparnisse zusammen und mussten sich trotzdem noch die Hälfte der Anzahlung von seinen Eltern leihen. Eine Weile lief es gut, sie arbeiteten schwer und konnten etwas sparen und sich hin und wieder mal einen Tag frei nehmen, sich ein paar sorglose Stunden gönnen, in denen sie nicht ständig über Geld reden mussten.

Und dann wurde Gil versetzt. Keine Beförderung, sondern eine Versetzung an einen anderen Ort, der zweitausend Radien von der Domäne von Jaspeer entfernt war, weit draußen in Gerad. Es sollte eine vorübergehende Abordnung sein, nicht länger als zwei Monate, aber inzwischen sind acht Monate daraus geworden und immer noch ist kein Ende in Sicht.

Gil konnte in der ganzen Zeit nur dreimal nach Hause kommen. Seine Fahrtkostenzuschüsse reichen nicht aus, um die Tickets zu bezahlen. Das Leben in Gerad ist teuer und sein Gehalt wird zweimal reduziert, weil er an zwei Orten Steuern zahlen muss – angeblich nur ein Problem in der Buchhaltung, das immer noch auf seine Lösung wartet, obwohl es längst hätte gelöst sein sollen.

Gil hat ihr geschickt, was er abzweigen konnte, aber Aiah konnte das, was dann immer noch fehlte, nicht aus eigenen Mitteln bestreiten. Sie kam mit den Zahlungen in Rückstand und jetzt bilden die Mahngebühren einen immer größeren zusätzlichen Ausgabeposten.

Sie hat sich überlegt, eine Mitbewohnerin aufzunehmen, aber Gil war dagegen. Das käme dem Eingeständnis einer Niederlage gleich, meinte er. Er rechnet immer noch damit, dass seine Versetzung bald beendet ist und will nicht jemanden hinauswerfen müssen, der gerade erst eingezogen ist. Untervermietungen sind nach den Hausregeln der Loeno Towers sowieso nicht erlaubt und Aiah hätte die Mitbewohnerin ins Haus schmuggeln müssen.

Möglich wäre es gewesen, denn sie war ja eine vom listigen Volk.

Verkaufen kann sie die Wohnung auch nicht. Die Loeno Towers sind in Erwartung einer wachsenden Nachfrage nach Wohnungen der gehobenen Mittelklasse gebaut worden, aber die Nachfrage ist ausgeblieben. Ein Drittel der Wohnungen steht leer, der Rest wird unter Preis verschleudert. Wenn sie selbst verkaufen will, bekommt sie weniger heraus als sie eingezahlt hat.

Gil will sowieso nicht verkaufen. Er würde sagen, das käme dem Eingeständnis ihrer Niederlage gleich.

Niederlagen kommen für Gil einfach nicht in Frage. Aiah sieht das anders. Ihre ganze Kultur, die ganze Nation der Listigen, sie alle haben sich vor drei Generationen auf spektakuläre Weise selbst ein Bein gestellt und nach diesem Akt der Selbstzerstörung gibt es nichts mehr, was die Trümmer wieder zusammenflicken konnte. Sogar die Metropolis von Barkazi ist verschwunden, das einst selbständige Land ist von den ehemaligen Nachbarn in Verwaltungsbezirke aufgeteilt worden. Niederlage und Demütigung liegen in der Luft, seit Aiah als Kind den ersten Atemzug getan hat. Als sie das Stipendium für die Rathene School und dann für die Universität gewann, waren alle ihre Verwandten der

Ansicht, dabei könne nichts Gutes herauskommen. *Die bringen dir da nur bei, dein eigenes Volk zu verraten,* hat ihre Mutter behauptet.

Nun ja, vielleicht stimmt das sogar. Damals hat sie die Jaspeeri mit ihrem unerschütterlichen Optimismus bewundert. Von dieser Selbstsicherheit angesteckt, hat Aiah sich für Geomantie eingeschrieben, obwohl ihr Stipendium die Gebühren für das nötige Plasma nicht abdeckte.

Die zwei Jahre Theorie waren kein Problem, aber nach der Theorie kam die Praxis, und dort ist sie in die Sackgasse geraten. Sie konnte sich die Ausbildung einfach nicht leisten. Deshalb hat sie sich für den Verwaltungslehrgang entschieden und sich nach dem Abschluss bei der Plasmabehörde beworben. Der öffentliche Dienst stellt Barkazil ein, und im Hinterkopf hegte Aiah den Gedanken, durch die Arbeit für die Behörde könnte sie wenigstens etwas über das Plasma lernen.

Gil war der selbstbewussteste Mann, den sie je gesehen hatte. Eine Zeit lang dachte Aiah, Gil und seine Leute hätten irgendwie den Zauber gefunden, den ihre eigenen Vorfahren verloren hatten. Er hatte eine helle Haut, war ein Jaspeeri und praktizierte seinen Optimismus wie eine Religion.

»Alle Barkazil-Helden sind Verlierer«, hatte er einmal gesagt, nachdem sie ihm ein paar Geschichten aus der Überlieferung ihres Volks erzählt hatte. »Ist dir das schon einmal aufgefallen?«

Erst als er es erwähnte, fiel es ihr auf. Sie dachte an Karlo, den größten Barkazil-Helden, dem man angeboten hatte, sich zu den Aufgestiegenen Meistern zu gesellen. Doch er hatte abgelehnt und war wie alle anderen vom Schild eingesperrt worden. Und dann Chonah, die sich mit brillanten Tricks durchs Leben geschlagen hatte, bis sie alles verloren und sich von einem Haus gestürzt hatte. Sie ist jetzt die unsterbliche Schutzpatronin der Straßenhändler. Und der Metropolit Trocco, der sich mit der Prostituierten Thymmah eingelassen hatte und …

Ja, Gil hat Recht.

Gil hat keine Verlierer-Helden. Seine Vorbilder sind die Aufgestiegenen Meister oder Leute, die in verschiedenen Bezirken als Metropoliten eingesetzt wurden, oder sie haben mindestens in den letzten Sekunden eines wichtigen Spiels den Siegtreffer gemacht. Er liest Bücher, mit denen man lernen kann, wie man sich auf positive Gedanken konzentriert und erfolgreich ist, und er hat ihr mehr als einmal feierlich erklärt, wie das alles funktioniert.

»Das menschliche Bewusstsein erzeugt auch selbst Plasma«, sagte er. »Du musst es nur für dich arbeiten lassen.« Das entsprach zwar nicht dem, was sie in den Geomantiekursen auf der Universität gelernt hatte, aber es konnte nicht schaden, wenn sie einfach mal daran glaubte.

Erfolgreiche Gedanken. Sie hat monatelang erfolgreiche Gedanken gehegt, aber immer noch gehen beinahe täglich Rechnungen bei ihr ein, die sie nicht bezahlen kann.

Sie überlegt kurz, ob sie ihren Vater um Hilfe bitten soll. Sie ist ihm im ganzen Leben nur dreimal begegnet, er hat die Familie verlassen, als sie zwei Jahre alt war. Vor ein paar Jahren, kurz nachdem Aiah von der Behörde eingestellt worden ist, hat er sie angerufen. Eine Stimme am Telefon, an die sie sich nicht erinnern konnte. Er hat gefragt, ob sie zum Abendessen ausgehen könnten.

Sie konnte sich nicht einmal an das Gesicht erinnern. Ein Fremder in mittleren Jahren, rundlich und recht wohlhabend, Teilhaber eines Automatenrestaurants. Nach der Trennung von Aiahs Mutter hat er noch einmal geheiratet und eine neue Familie gegründet. Aiah hat zwei Halbbrüder, die sie noch nie gesehen hat. Sie hat mit ihrem Vater eine recht angenehme Stunde im

Restaurant verbracht und sich danach noch zweimal mit ihm getroffen und ab und zu mit ihm telefoniert.

Nein, beschließt sie. Sie wird ihren Vater nicht um Hilfe bitten.

Nach all den Jahren will sie nicht das Gefühl haben, ihrem Vater etwas schuldig zu sein.

Ein gelber Blitz erhellt das Zimmer. Aiah nimmt zuerst an, es wäre wieder eine Reklame, aber ein paar Sekunden später dröhnt der Donner vor der Scheibe.

In den Videonachrichten wird Mengene gezeigt, der eine mit Overalls bekleidete Truppe auf der Old Parade in einen Versorgungsschacht führt. Oeneme taucht auf und gibt ein beruhigendes Brummen von sich. Sie wundert sich, dass der Mann so verändert aussieht, bis sie erkennt, dass er sich eigens für die Aufnahmen in ein Korsett gezwängt hat.

Aiahs Blick wandert vom ovalen Bildschirm zu der kleinen Klappe, die neben dem Eingang des Apartments in die Wand eingelassen ist. Die Klappe in der dunklen, gekörnten Plastikverkleidung der Wand hat ein kleines silbernes Schloss und darf nur von der Behörde geöffnet werden.

In den Loeno Towers gibt es Plasmaleitungen in jedem Raum. Hier werden keine riesigen Mengen angeliefert wie in Grand City, aber man könnte trotzdem eine Menge damit tun. Das war einst ein Teil ihrer Wunschvorstellung: Wenn sie finanziell etwas besser gestellt wären, wollte Aiah ihr Geomantie-Studium wieder aufnehmen.

Sie steht auf und schlendert durch den Raum. Dicht nacheinander zucken die Blitze und beleuchten ihren Weg. Als Angehörige des Katastrophenschutzes hat sie einen Generalschlüssel, damit sie im Notfall jemandem die Energiezufuhr abstellen kann. Sie öffnet die Klappe und betrachtet eine Weile den Zähler. Die gelb-roten Siegel der Behörde starren sie an.

Ihr Mund ist völlig ausgetrocknet.

Sie könnte den Zähler mit dem Schlüssel öffnen und die kleinen Zahnräder betrachten, die sich nicht bewegt haben, seit sie die Wohnung gekauft haben. Ein paar Zahnräder ersetzen, die Drehrichtung umkehren und sie hält ein Vermögen in Händen. Sie könnte das Plasma in Batterien leiten und verkaufen.

Aber natürlich würde man sie erwischen. Früher oder später würde jemand bemerken, dass die Siegel auf dem Zähler erbrochen wurden. Früher oder später würde einer ihrer Kunden, vielleicht sogar ein Verwandter, Anzeige erstatten, um die Belohnung zu kassieren.

Und das würde natürlich alles, was vom Traum überhaupt noch da ist, endgültig zum Einsturz bringen. Die Behörde würde eine Mitarbeiterin, die Plasma gestohlen hat, nicht weiter beschäftigen. Der öffentliche Dienst wäre ihr verschlossen, und sie kann sich nicht vorstellen, wer sie sonst einstellen würde. Dann müsste sie in ihr altes Viertel zu ihrer Familie zurückkehren und würde ungefähr jedes Jahr ein Kind und alle zwei Wochen einen Scheck von der Fürsorge bekommen …

Und damit wäre sie ihrem Verlierer-Erbe gerecht geworden.

Vielleicht ist es ja unausweichlich. So oder so würde es dann jedenfalls vorbei sein.

Sie schließt die kleine Klappe, geht zum Bett und versucht sich etwas Listiges auszudenken.

Ihr fällt nichts ein.

Mordanschlag!
Metropolit Lodag III. entkommt unverletzt
Regierung will hart durchgreifen
Einzelheiten im *Wire!*

Mit tiefem Grollen atmet die verborgene Maschinerie der Pneuma ein und aus. Ein Geräusch wie der Atem eines Gottes. Und dann bekommt Aiah einen Tritt in den Rücken, und der Wagen wird durch die Röhre katapultiert wie die Transportbehälter in der Rohrpost der Behörde.

Aiah reibt sich den Schlaf aus den Augen. Sie ist früh aufgestanden, weil sie hoffte, ein weiterer Blick auf die Karten und Folien könnte ihr Klarheit verschaffen.

Sie hat mit den ältesten Folien begonnen, auf denen ein exaktes Rechteck eingezeichnet ist, ein Komplex von Wohn- und Bürogebäuden, die vor vierhundert Jahren errichtet worden sind. Und dann fragte sie sich, was wohl *vorher* dort gestanden hat. Was hat damals zwischen der 1189th und der 1193th Street ein sechs Block großes exaktes Rechteck eingenommen?

Eine alte Fabrik? Ein Regierungsgebäude? Ein Industriegebiet? Was es auch war, es muss dort Überreste geben. Alte Fundamente, Versorgungsleitungen, Laderampen, Fundamente ... eine Menge Materie, über die keine Aufzeichnungen mehr existieren.

Als Nächstes hat sie die Karte mit dem größten Maßstab mit dem Zirkel abgemessen, quer über die einander überlappenden Einzelbilder hinweg, und herausgefunden, dass das Gelände exakt 144 Radien von der Bursary Street entfernt ist, wo die Flammenfrau erschienen ist.

Zwölf zum Quadrat ergibt 144. Eine Quadratzahl also. Die Länge der Speiseleitung, die Nabelschnur zur Energiequelle einer solchen Flammenfrau, muss immer einer solchen Quadratzahl entsprechen. 81 wäre besser gewesen, weil es das Quadrat eines Quadrats ist, aber man kann nicht alles haben.

Die Entdeckung hat einen kleinen Stromstoß durch Aiahs Nervensystem gejagt. Jetzt will sie das Archiv durchsehen, um herauszufinden, was sich vor den Wohngebäuden auf dem Gelände befunden hat.

Ihre Ohren knacken, als die Pneuma unter einem Hindernis durchtaucht, vielleicht ein Gebäude mit vielen unterirdischen Stockwerken oder ein unterirdischer Wasserlauf. Vorne im Wagen ist ein Videoschirm angebracht, ein helles, strahlendes Oval, das die Fahrgäste betäuben soll. Er ist mit einer dicken schusssicheren Scheibe geschützt und mit schweren Edelstahlbolzen gesichert, damit niemand auf die Idee kommt, ihn abzumontieren.

Die Lautsprecher des Wagens sind kaputt und brummen. Aiah kann die Dialoge nicht verstehen, aber das macht nichts. Sie kennt die Story auswendig.

Da ist zunächst die unerfahrene Anfängerin, eine hübsche blonde Frau mit gleichmäßigen weißen Zähnen und unschuldigem Herzen. Dann der alte Meister mit schneeweißen Augenbrauen, die an die Flügel einer Taube erinnern. Er ist grob, aber er hat ein Herz aus Gold. Der Meister beantwortet die dummen Fragen der Anfängerin und verbreitet damit seine mehr oder weniger optimistische Philosophie. Er erklärt ihr die Geomantie und macht einige Bemerkungen über den strahlenden Helden, der als Sohn des Metropoliten ungefähr tausend soziale Schichten über der Heldin steht, aber glücklicherweise ein paar große Probleme hat.

Auf dem Höhepunkt der Geschichte setzt sich die Anfängerin ans Steuerpult einer Sendekontrolle, legt die Hände um die kupfernen Handsender und schreit: »*Keine Zeit für Erklärungen! Gebt mir sofort die volle Leistung!*« Und im Nu wird der Schurke besiegt, der Metropolit ist gerettet, und die Anwärterin und der Held gehen im botanischen Garten auf dem Dach seines Hauses zum Nahkampf über. Blende und aus.

Aiah hat den Film schon hundertmal gesehen und in ihrer Jugend wahrscheinlich tausend Bücher mit ähnlicher Handlung gelesen. Aber wenn sie es heute sieht, denkt sie nur: *Wenn es doch immer so einfach wäre.*

Wenn es sie nur in Wirklichkeit gäbe, diese freundlichen alten Meister, die ihr alles erklären können, die mit untrüglicher Sicherheit die Zukunft vorhersagen und die einem mit ein paar selbst erdachten Weisheiten einen sicheren Weg durchs Leben zeigen können. Wenn man nur nicht diese schier unglaublichen Summen für das Plasma ausgeben müsste, das beim Training verbraucht wird. Wenn die Ratschläge des Herzens doch wirklich unfehlbar wären.

Aber das System begünstigt nicht jeden, und da sie inzwischen sogar schon die Stimmen ihrer Barkazil-Vorfahren im Kopf hört, die darauf bestehen, dass sie es doch gleich gesagt hätten, kann sie sich kaum noch vorstellen, irgendwann einmal etwas anderes geglaubt zu haben. Wer Zugang zu Geld oder Plasma hat, hütet dieses Privileg wie seinen Augapfel. So ist es überall, so weit sie sehen kann. Vielleicht sind die Aufgestiegenen Meister anders, aber die sind außerhalb des Schildes. Ihre einzige Möglichkeit, die Ausbildung zu beenden, würde darin bestehen, das Rohmaterial zu stehlen und einen Gefängnisaufenthalt zu riskieren. Die einzige Möglichkeit, einen Lehrer zu finden, besteht darin, ihm haufenweise Geld zu geben, das sie nicht hat, oder ihm massenhaft Plasma zuzuleiten, das sie erst stehlen müsste – oder wenn sie Glück hat, kann sie ihm vielleicht auch ihren Körper verkaufen. Die einzige Möglichkeit, den Sohn eines Metropoliten zu treffen, besteht darin, sich von seinem funkelnagelneuen 79D überfahren zu lassen.

Vielleicht kann sie die Energiequelle der Flammenfrau finden. Vielleicht wird man sie loben, wenn sie ihre Arbeit gut macht.

Aber im Grunde erwartet es niemand von ihr.

Es gibt einen heftigen Luftzug, als der Pneuma-Wagen bremst. Mit einem Ruck, der ihr den Magen umdreht, wird der Waggon aus dem System heraus und zum richtigen Bahnsteig geführt. Summende Magneten senken die Geschwindigkeit weiter ab. Das helle Licht der Haltestelle dringt durch die Fenster und spiegelt sich auf den Kachelwänden, die im Blau der Pneuma Authority gehalten sind.

Zeit an die Arbeit zu gehen.

Von der Pneumastation aus muss sie vier Blocks weit bis zur Trackline laufen, dann lässt sie sich im Schienenfahrzeug die Nieren durchschütteln, bis sie die Rocketman Station erreicht. Nach dreiviertelstündiger Suche im Archiv findet sie endlich ein altes Stück Papier, das an den Falten zerreißt, als sie es aufklappt. Es ist die Beschreibung einer alten Plastikfabrik auf einem Gelände, das als ›Terminal‹ bezeichnet wird. Das Grundstück ist für einen lächerlich niedrigen Preis verkauft worden, damit ein ›gemischtes Wohnviertel‹ entstehen konnte.

Ein triumphierendes Prickeln läuft ihr über die Haut.

Vielleicht ist sie da wirklich auf etwas gestoßen.

Gargelius Enchuk singt die Musik Ihrer Seele

Zwei Haltestellen östlich von Rocketman gibt es eine Station, die ›Terminal‹ heißt. Ursprünglich war es wohl eine Bezeichnung für die Endhaltestelle einer Nahverkehrslinie, aber auch dieser Name hat im Laufe der Zeit seine Bedeutung verloren.

Die Umgebung des Terminals erinnert stark an die Gegend, in der sie aufgewachsen ist. Schiefe alte Ziegelbauten, Gerüste, wummernde Musik, kreischende Kinder und Kochgerüche.

Aber das Essen ist hier anders gewürzt, die Musik swingt in einem anderen Takt, die Gesichter gehören bleichen, misstrauischen Jaspeeri. In manchen Geschäften sieht sie sogar Aufkleber der Jaspeeri Nation. Ein eisiger Schauer läuft ihr über den Rücken, als ihr bewusst wird, welche Bedeutung diese Unterschiede wirklich haben.

Sie ringt sich zu der Ansicht durch, dass ihr amtlicher gelber Overall sie schützen wird. Aber als sie die alten Fundamente der Fabrik absucht, ist sie froh, Lastene und Grandshuk bei sich zu haben.

Sie hat gleich am Anfang Erfolg. Sie überprüft hintereinander drei Gebäude und findet in allen dreien manipulierte Zähler. Hier war ein Plasmataucher am Werk.

Von unten kommt eindeutig Konterbande hoch. Nicht viel und nicht unbedingt die Energiequelle der Flammenfrau, aber immerhin etwas.

Das dritte Gebäude besteht aus alten Büros, die man zu Wohnungen umgebaut hat. Der Hausmeister des Gebäudes, ein vierschrötiger Mann in grüner Gabardinehose, willigt ein, sie in den Keller zu lassen – nicht, dass er überhaupt eine Wahl hätte. Eine Etage unter Straßenniveau findet sie zu ihrer Überraschung eine blau gekachelte Treppe, die noch weiter nach unten führt. Das Blau der Pneuma Authority und nicht das Gelb der Trackline Authority. Eine mit Eisenriegeln, Kette und faustgroßem Vorhängeschloss gesicherte Tür versperrt den Durchgang. Auf einem verbeulten Blechschild kann man noch die Aufschrift *Terminal* und einen nach unten gerichteten Pfeil erkennen.

»Was ist das?«, fragt Aiah. Sie ist dem Plasma so nahe, dass sie es fast durch die Adern rauschen spürt.

Der Hausmeister zupft an seinen Hosenträgern. »Der Eingang zu einer alten Pneumastation.«

In ihrem Kopf dreht sich alles, als sie sich fragt, ob dieser Zugang auf den alten Karten eingezeichnet ist. »Wann ist die Station gesperrt worden?«

Ein Achselzucken. »Die war schon zu, als ich hier angefangen habe.«

»Haben Sie einen Schlüssel?«

Der Hausmeister lacht nur.

»Haben Sie einen Bolzenschneider?«

»Nein.«

»In dieser Gegend müsste man aber leicht einen auftreiben können«, meint Lastene. Der Hausmeister starrt ihn finster an.

Grandshuk geht zur Tür und rüttelt am Vorhängeschloss. Die Kette rasselt und das Schloss öffnet sich. Lastene stößt ein überraschtes, bellendes Lachen aus.

Grandshuk wickelt die Kette ab und stößt die Tür auf. Er sieht den Hausmeister fragend an.

»Da unten war jemand«, sagt er.

Der Hausmeister setzt eine Unschuldsmiene auf. »Niemand, den ich kenne. Vielleicht einer der Mieter oder ein paar Kinder.«

Aiah schaltet Helmlampe und Taschenlampe ein. »Lasst uns gehen«, sagt sie.

Schwere Stiefel poltern die Treppe hinunter. Aiahs Erinnerungen werden geweckt. Die Plasmabehörde sorgt im Ausbildungsprogramm dafür, dass die jungen Angestellten ihren Job von Grund auf lernen. Nach dem College hat sie zwei Jahre unter Tage verbracht und genau das getan, was Lastene und Grandshuk jetzt noch jeden Tag machen. Sie hat es damals gehasst, aber sie hat dabei mehr über die Verteilung des Plasmas gelernt als während des ganzen Studiums an der Universität.

Auf den schmutzigen Kacheln der Treppe sind Fußspuren, die meisten davon sehr klein. Hier unten waren Kinder und nur wenige Erwachsene. Auf dem zweiten Treppenabsatz finden sie eine alte Matratze, leere Konservendosen, gebrauchte Brennstoffzellen, die zu einem chemischen Ofen gehören, einen Haufen leerer Plastikflaschen, in denen Schnaps war. Grandshuk versetzt der Matratze einen Tritt und Aiahs Taschenlampe erfasst eine Maus, die eilig davonhuscht.

»Das Zeug ist ein paar Jahre alt«, sagt er. In der

Matratze leben junge Mäuse, wie Aiah jetzt erkennt. Sie schreit innerlich auf, als Grandshuk die Tiere methodisch mit dem Stiefel zerquetscht.

Auf dem nächsten Treppenabsatz ist ein Teil der Wand zusammengebrochen, weil es hier unten feucht ist. Aiah und Grandshuk spähen in die kleine Höhle, die hinter dem Loch zu sehen ist. Sie sehen Betonbrocken, Ziegelsteine und ein undichtes Wasserrohr, aber keine Plasmaquelle.

Von hier an sind die Fußabdrücke verwischt, weil das Wasser munter die Treppe hinunterplätschert. Aiah geht auf den glitschigen Fliesen vorsichtig weiter und hält sich mit einer Hand am rostigen Geländer fest. Als sie den See am unteren Ende der Treppe erreichen, schwimmt irgendetwas eilig davon. Das Wasser reicht Aiah hier bis zu den Knöcheln. Es ist kalt, und sie schaudert, als die Kälte durch die Socken dringt.

Ein paar Meter weit erstreckt sich ein Flur, dann teilt er sich. *Oberer Bahnsteig* steht auf einem Schild. Der Hinweis für den zweiten Bahnsteig fehlt. Doch das Wasser ergießt sich in jene Richtung, also muss der zweite Bahnsteig tiefer liegen. Aiah sieht Grandshuk fragend an. Im Schein der Taschenlampe ist sein Gesicht fahlgelb.

»Laut Vorschrift dürfen wir uns nicht trennen«, sagt sie.

»Blödsinn«, erwidert Grandshuk. »Wir wissen, dass hier unten Leute waren. Hier wird nichts einstürzen.«

Aiah zögert.

»Ich spüre vor Kälte meine Füße nicht mehr«, sagt Lastene. »Egal was wir machen, lasst es uns schnell machen.«

Aiah leuchtet den Wasserlauf hinunter. Das ist der gefährlichere Weg. Wenn sie sich teilen, sollten dort zwei Leute weitergehen, auf dem anderen Weg reicht einer.

Sie ist die Anführerin, denkt sie sich, also müsste sie eigentlich nach unten gehen.

Andererseits will sie dringend ihre Socken auswringen.

»Ihr zwei geht da runter«, sagt sie. »Wenn es mehr als hundert Schritte weit ist, kehrt ihr um und wartet auf mich. Ich überprüfe inzwischen allein den oberen Bahnsteig.«

Ihre Begleiter haben anscheinend nichts dagegen, dass sie den trockeneren Weg wählt. Grandshuk und Lastene tappen den Gang hinunter. Aiah sieht ihnen nach und beobachtet die tanzenden Schatten, dann geht sie in den zweiten Tunnel.

Schon nach zehn Schritten steht sie auf dem alten Bahnsteig. Die Schritte hallen laut in der Dunkelheit. Feuchtigkeit quietscht unter den Stiefelsohlen.

Also gut, es ist eine alte Pneumastation, am ovalen Querschnitt des Tunnels deutlich zu erkennen. Am Boden des Tunnels sind Führungsleisten und keine Schienen angebracht.

Die Decke wird durch eine Reihe von Eisenträgern gestützt, die sich nach oben verjüngen. Die Füße der Träger weiten sich zu Krallen aus und sind, mit zerfetzten Isoliermatten aus Asbest gepolstert, im Boden verankert. Aufhängungen für Lampen sind noch in der Decke zu sehen, die Leuchten selbst sind schon vor langer Zeit ausgebaut worden.

Aiah befeuchtet einen Finger und hält ihn hoch. Keine merklichen Luftströme. Offenbar ist die Pneumaröhre weiter vorne versiegelt. Sie geht langsam den Bahnsteig entlang und sieht sich mit der Taschenlampe gründlich um.

Dann bleibt sie stehen, richtet den Strahl genau aus. Ihr Herz macht einen Sprung.

Ein Streifen rötlichen Staubes ist an einer Stützsäule auf dem Bahnsteig heruntergelaufen. Sie sieht genauer hin. Der feine, pulvrige Rost hat sich wie eine Flüssigkeit ausgebreitet und unten vor dem Krallenfuß einen kleinen Teich gebildet. Er läuft über die Asbestplatte hinweg und zielt quer über den Bahnsteig.

Elektrolytische Zersetzung. Manchmal geschieht das, wenn in einer Atmosphäre voller Elektrolyten ein starker Strom fließt, aber das Wasser, das die Treppe herunterfließt, ist Süßwasser und kein Salzwasser. Aiahs Haare sträuben sich.

Leitende Verbindungen. Womit will der Rost dieses Pfeilers Verbindung aufnehmen?

Sie lässt den Lichtstrahl über den Bahnsteig wandern und entdeckt einen leeren Türrahmen. Die Tür wurde herausgerissen und im Rahmen, wo das Schloss in die Sperre gegriffen hat, klafft ein Loch. Ihr Herz schlägt bis zur Kehle. Sie geht zur Tür, leuchtet in den Raum dahinter.

Es war eine öffentliche Toilette. Die Armaturen und sogar die Leitungen wurden herausgerissen, in Wände und Fußboden wurden Löcher geschlagen. Die Decke ist durchgesackt, ein alter L-förmiger Eisenträger ist durchs Dach gebrochen, wahrscheinlich bei einem Erdbeben, und liegt quer auf dem Boden.

Aiah geht zögernd weiter und lässt den Lichtstrahl durch den Raum wandern.

Leere Augenhöhlen starren sie an. Aiahs Kehle krampft sich zusammen, sie kann kaum noch atmen. Irgendetwas – wahrscheinlich ihr eigener Puls – hämmert in den Ohren. Der Raum verschwimmt vor ihren Augen. Sie lehnt sich an den Türrahmen.

Die Flammenfrau. Aiah sieht das Gesicht noch genau vor sich, dieses von Feuer verzehrte menschliche Gesicht. Das Plasma ist im Bewusstsein der Frau explodiert und hat die Gestalt der Taucherin angenommen, als hätte es einen eigenen Willen.

Aiah atmet einige Male langsam und tief durch, ehe sie, auf schweren Stiefeln unsicher tappend, den nächsten Schritt in den Raum tut. Sie konzentriert sich auf die

Theorie, auf eine nüchterne wissenschaftliche Einschätzung dessen, was sich hier ereignet hat.

Ein Erdbeben drückt die Strebe aus der Verankerung und unterbricht eine Plasmaleitung. Wahrscheinlich wurden weiter oben einige Leitungen und Zähler beschädigt, sodass ein kleiner Fehlbetrag an Plasma nicht aufgefallen ist.

Vermutlich hat sich das Plasma über die Jahre gesammelt, bis eine einsame Plasmataucherin es gefunden und angezapft hat. Die Ladung war zu hoch, das Plasma explodierte in ihrem Körper und ihrem Kopf und lief draußen Amok.

Während sie vorsichtig weitergeht, sieht Aiah die Tote nicht an. Sie will nicht sehen, was das Plasma der Frau angetan hat. Wahrscheinlich hat sich hier seit der Katastrophe eine kleine Menge Plasma gesammelt, die man mit dem Messgerät bestimmen kann. Sie nimmt den tragbaren Zähler vom Gürtel, setzt eine Krokodilklemme auf die Strebe und richtet die Helmlampe auf die Anzeige. Mit großen Augen sieht sie, wie die Nadel bis über das Ende der logarithmischen Skala hinauszuckt.

Einen Augenblick lang hört sie nichts außer ihrem pochenden Puls. Die Plasmaquelle läuft fast über, es ist eine ungeheure Menge, die jede Nervenfaser in ihrem Körper verbrennen kann, wenn sie nicht aufpasst.

Diese Sache lässt sich nicht in einem Aufwasch erledigen. Sie ist auf eine Goldader gestoßen, auf eine Energiequelle, die Millionen wert ist. Die alte Plastikfabrik, all das Eisen und der Stahl in den Fundamenten – und wer weiß, womit dies alles seinerseits, abgesehen von der Pneumastation, sonst noch in Verbindung steht.

Mit zitternden Fingern zieht sie die Krokodilklemme von der Strebe, tastet sich zur Tür zurück und bemüht sich, auch auf dem Rückweg die Tote möglichst nicht anzusehen. Draußen auf dem Bahnsteig lehnt sie sich noch einmal an eine brüchige Wand, bis ihr Atem wieder ruhig geht und ihre Gedanken nicht mehr rasen.

Die Flammenfrau stampft durch ihren Kopf, die Schreie hallen in Aiahs Ohren.

Eine Weile später hört sie dumpfes Poltern von Stiefeln, im Eingangstunnel tanzen Lichter. Sie kehrt zu ihren Begleitern zurück. Eine Taschenlampe blendet sie, sie hebt eine Hand und schirmt die Augen ab.

»Was gefunden?«, dröhnt Grandshuks Stimme in der Höhle.

Aiah holt tief Luft.

»Nichts«, sagt sie. »Ich habe nichts gefunden.«

3

*Der untere Bahnsteig, erklärt Grand*shuk, gehört zur Endstation der alten Pneumalinie, die nach Osten verlief. Daher auch der Name ›Terminal‹. Das Wasser aus der undichten Leitung strömt über den Bahnsteig und verschwindet in den Schächten der alten Aufzüge, die den Fahrgästen zur Verfügung gestanden haben. Anscheinend funktioniert die alte Drainage noch, denn der See ist nicht sehr tief.

Grandshuk will tiefer in die Tunnel eindringen, weil es da unten eine Menge altes Metall und Ziegelsteine gibt, aber Aiah will ihren Trupp so schnell wie möglich herausbringen.

Hinter der Station gibt es riesige leere Räume, wo früher die großen, komplizierten Maschinen standen, mit denen die Pneumawagen gewendet und zum oberen Bahnsteig geschickt wurden. Es muss auch Luftschächte, Kompressoren und Treppen für die Fahrgäste gegeben haben.

»Wenn die Taucherin eine Quelle gefunden hat, dann musste sie das Zeug zur Oberfläche bringen«, sagt Aiah. »Wenn wir in einem dieser Schächte eine Verbindung zur Oberfläche finden, können wir von dort aus die Spur zur Quelle zurückverfolgen, meint ihr nicht auch?«

Sie führt die anderen eine Treppe nach oben, wo der Weg durch ein neueres Gebäude versperrt ist. Die Luftschächte sind riesig, leer und zugig. Ziegelmauern mit eingemauerten Eisensprossen, die bis zur Oberfläche führen. Die Sprossen sind nass vom Sickerwasser oder Kondenswasser und mit großen Rußflecken bedeckt. Aiah besteht darauf, streng nach Vorschrift vorzugehen, was bedeutet, dass sie sich beim Klettern mit Leinen sichern müssen. Während sie hinaufsteigt, tropft Sickerwasser auf ihren Schutzhelm. Nach einer Weile beginnen die Oberschenkel vor Anstrengung zu schmerzen.

Die vorsichtige Arbeitsweise braucht ihre Zeit. Aiah kann die Zeit gut nutzen, um sich im Geiste eine Karte der Umgebung zu malen und die möglichen Zugänge zur Station zu bestimmen. Sie will nicht immer wieder durch diesen Wasserfall laufen müssen.

In der Dunkelheit ist es ganz leicht, die Augen zu schließen und die brennende Frau zu sehen.

Die Schicht geht vorbei, ebenso ein paar Stunden der nächsten Schicht. Schließlich steht die Gruppe wieder am Wasserfall im Keller des Wohnblocks. Der Hausmeister ist längst verschwunden.

»Ich will morgen früh als Erstes ein paar Stunden auf die Erkundung verwenden und herausfinden, wie weit die Tunnel sich erstrecken«, erklärt Aiah. »Ich habe keine Lust, hier unten zehn Radien weit herumzulaufen.«

»Also sind wir um 8.00 Uhr an der Stechuhr«, verspricht Grandshuk.

»Gut. Benutzt auf jeden Fall die Stechuhr. Aber vor 10.00 Uhr müsst ihr euch nicht mit mir hier treffen.«

Sie erschrickt im Nachhinein und sieht Grandshuk ängstlich an, aber er scheint nicht misstrauisch, nur abgekämpft.

Draußen hängt eine dicke schwarze Wolke unter dem Schild. Kalter Regen kommt fast wie eine Wand herunter. Die Straßen sind nass, die Rinnsteine laufen beinahe über. Die Notbeleuchtung ist eingeschaltet. Aber unter den Gerüsten auf der Straße ist es lange nicht so nass wie in der Terminal Station. Aiah bleibt mehr oder weniger trocken, bis sie den nächsten Eisenwarenladen erreicht. Der Mann, der ihr ein großes Vorhängeschloss verkauft, beäugt sie misstrauisch. Erst beim Hinausgehen bemerkt sie den Aufkleber der Jaspeeri Nation.

Sie kehrt zum Eingang der Terminal Station zurück und sichert die Kette mit dem neuen Schloss, den Schlüssel steckt sie in die Tasche.

Eine Goldgrube, denkt Aiah. Ein riesiger, starker, unerschöpflicher Kraftstrom. Und sie ist die Einzige, die davon weiß.

Ihr ist noch nicht klar, was sie damit anfangen wird, aber sie denkt angestrengt darüber nach. Schließlich gehört sie zu den Listigen.

■ ■ ■

Aiah lehnt sich im Aufzug der Loeno Towers an die Wand. Nasser Dreck läuft in Bächen über ihr Gesicht und ihren Overall. Nachbarn betrachten sie mit höflichem Stirnrunzeln. Sie hinterlässt Schmierstreifen auf dem Spiegelglas des Aufzugs. Als die Tür sich öffnet, wirft sie sich müde die Einkaufstasche über die Schulter und schlurft hinaus.

Die dritte Schicht hat längst begonnen, sie wird höchstens noch fünf Stunden Schlaf bekommen.

Nachdem sie die Terminal Station verlassen hat, ist sie nach Rocketman zurückgefahren und hat die Nachforschungen, die sie angeblich erst morgen durchführen wollte, sofort erledigt. Sie hat in einigen Dokumenten Hinweise auf Folien gefunden, die zusammen mit den Karten hätten archiviert sein müssen, doch die Folien fehlen, sie sind verschwunden oder wurden falsch einsortiert. Jedenfalls weiß sie jetzt, dass die alte Pneuma-Linie gebaut wurde, um die Arbeiter aus der Plastikfabrik zu ihren vierzig Radien entfernten Wohnungen zu transportieren. Als die Fabrik schließen musste, hat man die ganze Linie stillgelegt und zurückgebaut, aber die Tunnel blieben erhalten. Wahrscheinlich sind die Tunnel durch neuere Bauwerke irgendwo unterbrochen worden, aber Aiah hat sich die Mühen geschenkt, nach der genauen Stelle zu suchen. Morgen will sie Grandshuk und Lastene bis zur nächsten Station führen, in den zweiten Tunnel wechseln und wieder zurückkehren. Eine vergebliche Mission, die aber wenigstens ihre Leute beschäftigt und sie außerdem von der summenden transphysikalischen Kraftquelle auf dem oberen Bahnsteig fern hält.

Ihre Füße tun jetzt schon weh, wenn sie nur an die lange Wanderung denkt.

Als sie das Apartment betritt, sieht sie sofort die gelbe Nachrichtenleuchte. Aiah lässt den Einkaufsbeutel fallen und geht zur Kommunikationsanlage. Es gelingt ihr nur mit Mühe, sich auf die Anzeige zu konzentrieren. Drei Nachrichten sind eingegangen. Sie drückt auf einen Knopf und hört ein Surren und Knirschen, als das Band anläuft und sich auf die Abspielposition einstellt.

Sie sollte gelegentlich mal die Mechanik hinter dem Tonkopf ölen.

Eine Nachricht ist von Tella. Morgen gegen Ende der Schicht soll wieder eine Sitzung stattfinden. Die zweite Nachricht ist von ihrer Mutter, die sich beklagt, dass Aiah in Old Shorings war und nicht bei ihr vorbeigeschaut hat. Die Nachricht ist wie üblich ziemlich lang und bricht mitten im Wort ab, weil das Wandgerät ihrer Mutter versagt oder weil sie vergessen hat, den Daumen auf dem Sendeknopf zu halten.

Die dritte Nachricht ist von Gil. Als sie seine Stimme hört, schließt Aiah die Augen und lehnt den Kopf an die graue Plastikverkleidung der Anlage. Sie schnauft leise, sie ist müde und macht sich Sorgen.

Es tut ihm Leid, dass sie nicht daheim ist, sagt er. Er würde gern ihre Stimme hören, er vermisst sie. Seine

Arbeit scheint mit jedem Tag komplizierter zu werden, aber er macht jetzt Doppelschichten und ist hoffentlich bald wieder zu Hause. Er hatte eine unerwartete Ausgabe, irgendetwas mit seiner Miete. Ein Zuschlag, eine Art ›Bettgeld‹ oder so etwas. Eigentlich müsste ihm die Firma die Auslagen erstatten, aber das kann noch dauern, und deshalb fällt die Überweisung diesen Monat etwas kleiner aus.

Er wünscht sich, er hätte sie selbst sprechen können. Er liebt sie. Vielleicht kann sie ihn morgen früh zurückrufen, vielleicht eine Stunde vor der ersten Schicht. Und in einem Monat oder so kann er möglicherweise ein paar Tage freibekommen und sie besuchen. Mach's gut.

Aiah öffnet die Augen und sieht sich unsicher im Zimmer um. Eine Plasmakugel mit dem Abzeichen von Gulman Shoes fliegt rotierend am Fenster vorbei. Sie betrachtet ihre Füße, den unförmigen Einkaufsbeutel. Dann fällt ihr wieder ein, was sie darin transportiert hat.

Sie hebt den Beutel auf, schleppt ihn zum Küchentisch und öffnet ihn. Drinnen stecken drei Plasmabatterien, Kupfer- und Messingfolien in dicken Isolierungen aus Keramik, mit weißem Plastik überzogen. Schwer sind diese Dinger, miniaturisierte Ausgaben der großen Batterien, die sie im Keller der Rocketman-Verteilerstation gesehen hat.

Aiah will nach und nach etwas Plasma aus ihrer Goldgrube abzapfen und es irgendwo verkaufen. Sie weiß noch nicht genau wo, aber sie muss ständig an Old Shorings denken. Sobald sie etwas Geld beisammen hat, muss sie sich etwas Neues einfallen lassen, weil sie nicht ewig die Batterien herumschleppen kann.

Sie steckt noch eine Decke, eine Feile, etwas leichtes Maschinenöl und ein paar Putzlumpen in den Beutel, und nach kurzem Überlegen auch ihr altes Lehrbuch über den Umgang mit Plasma. Sie duscht und fragt sich, ob sie sich noch die Haare trocken soll, entscheidet sich aber dagegen. Das Schildlicht bricht oben durch die Regenwolken, deshalb nimmt sie die zusammengeklappte Kurbel von der Wand und verstellt die Polarisation der Fenster, bis es im Zimmer dunkel ist. Sie fällt ins Bett und langt nach dem Wecker, um ihn etwas früher einzustellen, damit sie noch Zeit hat, um Gil anzurufen. Mitten in der Bewegung hält sie inne.

Was will sie ihm eigentlich sagen? Dass sie eine Plasmaquelle gefunden hat, die Millionen wert ist? Dass sie die Quelle vorsichtig anzapfen und mit etwas Glück ein Vermögen verdienen wird, auch wenn sie am Ende höchstwahrscheinlich doch im Gefängnis landet? Sie könnte ihm natürlich auch erzählen, dass diese verdammte Plasmaquelle derart stark ist, dass sie von selbst explodieren und eine Katastrophe auslösen könnte, für die man sie, Aiah, verantwortlich machen wird.

Sie kann sich nicht einmal vorstellen, wie er reagieren würde, aber es würde auf jeden Fall eine sehr vernünftige Reaktion werden. Er würde die Problematik in eine Reihe logischer Schritte zerlegen. Ist es zu spät, um noch umzukehren?, würde er fragen. Vielleicht würde er sie bitten, sich einen Anwalt zu suchen und sich an dessen Vorschläge zu halten. Oder er würde ihr einfach sagen, sie solle zum Psychiater gehen.

Aiah nimmt den Wecker und stellt ihn fünfzehn Minuten früher ein.

Sie wird ihm sagen, dass sie an einer angemessenen Visualisierung ihrer erfolgreichen Gedanken arbeitet.

■ ■ ■

Aiah träumt von der Flammenfrau, von ihrem entsetzlichen Gang durch die Bursary Street, von der feurigen Bahn, die sie durch die Straßen zog. Sie hört die Opfer der Frau kreischen, sie hört den klagenden Schrei der Frau. Und dann biegt die brennende Frau in die Avenue of the Exchange ein, und Aiah erlebt noch einmal den

Augenblick, wie die Erscheinung dort innehält, wie die Flammen aus den Fingerspitzen züngeln, wie sich die Gestalt und das brennende Gesicht an drei Seiten in den Glasfassaden der Gebäude spiegeln, diese tiefen Augenhöhlen, die Lippen zu einem Schrei geöffnet, der nicht enden will …

Aiah sieht ihr eigenes Gesicht.

Der Schrei der Frau sitzt noch in Aiahs Kehle, als sie erwacht.

Es ist still im Zimmer. Das Gebäude, das Gitternetz von Leitungen, die gebaut sind, um Plasma zu erzeugen und aufzufangen, steht stumm und schweigend und sammelt Energie.

Drei Batterien stehen auf dem Tisch und warten auf ihren Einsatz.

■ ■ ■

Die Verbindung nach Gerad ist schlecht, man hört im Hintergrund einen Chor von anderen Unterhaltungen. Aber auch wenn Gils Stimme verzerrt ist, sie freut sich, dass sie mit ihm sprechen kann. Seine Stimme klingt müde und erschöpft. Aiah wagt es nicht, zwischendurch kurz zum Küchentisch und zum Beutel mit den Plasmabatterien zu schauen.

»Es tut mir Leid, dass wir uns gestern verpasst haben«, erklärt Aiah ihm. »Aber ich musste Überstunden machen.« Sie erzählt ihm von der Plasmaexplosion und dass sie jeden Tag anderthalb Schichten unter der Erde arbeiten muss.

»Hast du die Sache mit der Miete mitbekommen? Mit diesem Bettgeld?«

»Ja.«

»Ich kann dir diesen Monat nicht so viel schicken wie sonst, aber ich hoffe, du kommst trotzdem zurecht.«

Sie wird wütend und kann die Wut nicht ganz unterdrücken. »Mir macht das nichts aus, Gil. Aber die Leute, denen wir Geld schulden, könnten anderer Meinung sein.«

»Wem schulden wir überhaupt Geld?«

Sie kann nicht glauben, dass er überhaupt fragen muss. Sie zählt die Gläubiger auf, er schweigt einen Augenblick lang und im Hintergrund sagt jemand, der ein ganz anderes Gespräch führt: *Was, im Namen des Propheten?*

»Da stimmt doch etwas nicht«, sagt Gil schließlich.

»Allerdings. Wir konnten uns die Wohnung kaum leisten, als du noch hier warst. Jetzt können wir sie uns überhaupt nicht mehr leisten.«

Gil gibt sich Mühe, geduldig und verständnisvoll zu antworten. »Wir haben doch einen Haushaltsplan aufgestellt.«

Der schwere Kopfhörer aus Plastik und Metall drückt auf ihren Schädel und kratzt über Stellen, die schon vom Schutzhelm wundgerieben sind. »Ja, haben wir«, erwidert Aiah. »Er beruhte auf der Annahme, dass du mir jeden Monat eine bestimmte Summe schicken kannst, und das hast du nicht getan.«

»Willst du damit sagen, es wäre *meine* Schuld? Es ist doch nicht meine Schuld, dass ich all diese Ausgaben habe.«

Aiah muss langsam durchatmen. »Ich gebe niemandem die Schuld«, widerspricht sie. »Ich sage dir nur, wie es ist.«

»Das Leben in Gerad ist teuer«, erklärt Gil. »Du solltest mal das Loch sehen, in dem ich hier sitze – ein erbärmliches Zimmer, höchstens so breit wie drei Matratzen, aber Havell hat es mir besorgt, und jetzt sitze ich hier fest. Und ich soll mit den Kollegen ausgehen und sie einladen, aber die Preise in den Lokalen für die leitenden Angestellten sind überhöht, weil sie alle der Operation gehören, also …«

»Du musst die Leute einladen?«

»Ja, so läuft das hier eben. Man erledigt die Geschäfte beim Essen oder im Club. Und die Firma erstattet nur einen Teil der Auslagen und …«

»Ich glaube, du musst mit dieser Art von Geschäften aufhören, Gil.«

»Je schneller ich das hinter mir habe, desto schneller bin ich wieder zu Hause.«

»Wir sind bald pleite«, sagt Aiah.

Wieder ein Schweigen. *Banshug würde so was nie tun!*, sagt jemand auf einer anderen Leitung.

»Ich versuche, nach Hause zu kommen«, sagt er. »Bald. Es muss einen Weg geben.«

Jetzt erst wirf Aiah einen Blick auf die Plasmabatterien im Beutel.

»Bald«, sagt sie. »Ich brauche dich bald.«

Ich brauche dich, damit du mich vor mir selbst rettest, denkt sie.

■ ■ ■

Aiah versperrt hinter sich den Eingang zur alten Pneumastation und geht die Treppe bis zur Überschwemmung hinunter. Sie hält sich am Geländer fest und steigt vorsichtig die Serie kleiner Wasserfälle hinunter. Sie geht langsamer, als es eigentlich nötig wäre.

Sie erreicht das untere Ende der Treppe und der Strahl ihrer Helmlampe erfasst etwas Silbriges, das sich im Wasser windet. Schuppen auf dem Bauch, nadelspitze Zähne. Im flachen See lebt etwas. Ihr Herz krampft sich zusammen.

Das schlangenähnliche Wesen flieht, als es von ihrem Lichtstrahl erfasst wird. Aiah wartet eine Weile, einen dicken Handschuh aufs Geländer gelegt, die Strahlen der Lampen aufs Wasser gerichtet, während sie den eigenen Puls in den Ohren hämmern hört.

Was es auch war, das Tier ist fort. Starke Plasmaquellen wie diese lassen durch eine Art Resonanzeffekt alle möglichen unheimlichen Geschöpfe entstehen. Oder vielleicht hat auch jemand das Wesen konstruiert und ausgesetzt oder fliehen lassen.

Sie zögert längere Zeit, bevor sie es wagt, den Fuß ins Wasser zu setzen. Das Wesen taucht nicht wieder auf.

Der Bahnsteig scheint größer zu sein als am Vortag, die Schatten tiefer, die gewölbten Räume gespenstischer. Aiahs Herz dröhnt lauter in den Ohren als das Poltern der Stiefel. Sie erinnert sich an die leeren Augenhöhlen der Toten. Die Frau ist jetzt seit drei Tagen tot und bietet keinen angenehmen Anblick. Aiah zögert vor der Tür der alten Toilette. Sie lässt noch einmal den Strahl der Taschenlampe über den Bahnsteig wandern, aber da ist nichts.

Sie weiß genau, dass sie es künstlich hinauszögert. Sie holt tief Luft, dreht sich um und betritt den Raum.

Die Tote liegt neben dem heruntergebrochenen Träger auf einem Schutthaufen. Aiah sieht brünette Haare, schwere Stiefel. Eine Hand hängt herab, die andere klammert sich noch im Tod an die Strebe. Der Mund ist zu einem stummen, endlosen Schrei geöffnet. Die leeren Augenhöhlen scheinen immer größer zu werden, je näher Aiah kommt. Ihre Schritte werden langsamer, dann bleibt sie stehen. Nein, sie will nicht näher heran.

Aiahs Nasenflügel zucken nervös, aber sie kann keinen Verwesungsgeruch wahrnehmen. Die Frau scheint in ihrem grünen Overall zusammengeschrumpft zu sein.

Aiahs Herz poltert in der Brust. Sie geht einen Schritt weiter, dann noch einen. Die Haut der Frau ist anscheinend steif wie Pergament, die Lippen eingefallen, lange Zähne ragen aus verdorrtem Zahnfleisch. Die Augenhöhlen sind leer, ausgebrannt.

Aiah kniet sich neben die Tote hin, streckt eine Hand aus, hält mitten in der Bewegung inne. Sie schnauft leise.

Die Frau ist offenbar mumifiziert. Die Feuchtigkeit ist

dem Körper entzogen, die Nerven und die weichen inneren Organe sind wie die Augen verbrannt, einfach verschwunden. Genauso vom Feuer verzehrt wie die Toten auf der Bursary Street, die der Erscheinung zu nahe gekommen sind.

Aiah trägt isolierte Schutzhandschuhe. Vorsichtig berührt sie den Arm der Frau, nimmt ihn behutsam und zieht die verkrampfte Hand vom energieführenden Träger ab. Sie spürt keinen Widerstand und keine Sperre, der Arm ist federleicht. Aiah öffnet die Hand und lässt den Arm fallen.

Entschuldige, Schwester, denkt sie.

Sie nimmt die Decke aus dem Beutel, legt sie neben die Plasmataucherin und rollt die Tote darauf. Dann hebt sie den Körper hoch, der kaum mehr wiegt als ein Haufen trockener Lumpen und zieht ihn um den heruntergestürzten Träger herum in den hinteren Teil des Raums, wo er nicht schon auf den ersten Blick zu sehen ist.

Das brünette Haar ist zerzaust. Aiah versucht es über dem Gesicht mit den leeren Augenhöhlen in Ordnung zu bringen. Als sie versehentlich mit der Fingerspitze über eine eingefallene Wange kratzt, ist sie froh, dass sie Handschuhe trägt. Dann hüllt sie die Tote in die Decke.

Sie richtet sich wieder auf, im Geiste immer noch den offenen Mund und die leer starrenden Augenhöhlen vor sich. Die ganze Umgebung scheint mit einem körperlich spürbaren Druck auf ihr zu lasten, all die Fundamente und die Balken, die Ziegelsteine und der Beton, all die Bauteile, die unweigerlich Energie erzeugen. Das Plasma, das sich hier direkt vor ihr wie Wasser in einem Brunnen gesammelt hat, das hoch konzentriert aus diesem alten Eisenträger austritt wie der Tropfen an der Spitze eines Wasserhahns.

Sie hat viel zu tun und wenig Zeit.

Aiah spürt ein unangenehmes Prickeln, wenn sie an

die Leiche rechts hinter sich denkt. Sie legt den Beutel neben die Strebe, nimmt die Batterien heraus und setzt die Krokodilklemmen auf den heruntergebrochenen Träger. Wenn sie es irgendwie vermeiden kann, will sie die Strebe auf keinen Fall direkt berühren. Etwas überrascht stellt sie fest, dass die Batterien fast augenblicklich gefüllt sind. Die kleine Anzeige auf der Oberseite reagiert auf das Plasmafeld und verfärbt sich von Rot über Purpur zu Blau und strahlt dann beinahe überirdisch Himmelblau, genau wie der Kern eines Fusionsreaktors und wahrscheinlich genauso gefährlich.

Sie lässt die Batterien wo sie sind, nimmt den Beutel, taucht unter der Strebe durch und verlässt den Raum. Sie geht zur Eisenstütze auf dem Bahnsteig und betrachtet die elektrolytische Spur, den verräterischen Hinweis, dass rostendes Eisen langsam zu einem mächtigen Energiestrom kriecht.

Aiah nimmt Öl und Lumpen aus dem Beutel und versucht, den Rostfleck wegzuwischen. Die Arme schmerzen noch von den Anstrengungen des vergangenen Tages, die Füße tun ihr weh. Nicht lange, und sie keucht angestrengt. Schweiß tropft von ihrer Nase, dabei hat sie noch nicht einmal richtig begonnen.

Sie denkt an das Plasma, das in den Batterien wartet.

Aiah kehrt zögernd zu der Plasmaquelle zurück und überlegt sich die Sache von allen Seiten. Sie hat seit vier oder fünf Jahren nicht mehr unmittelbar mit Plasma gearbeitet. Das letzte Mal in einem Laborkurs auf dem College, den sie wegen der Kosten jedoch abbrechen musste.

Sie reißt die Krokodilklemmen von einer Batterie und trägt sie auf den Bahnsteig. Dort schlägt sie das alte Lehrbuch vom College auf und blättert, bis sie eines der Diagramme zur Plasmakontrolle findet, die sie damals benutzt hat: das Trigramm. Sie kniet sich auf den Bahnsteig, die Hacken der schweren Stiefel drücken ihr in den Hintern. Sie legt das aufgeschlagene Buch auf den Boden und baut die Taschenlampe daneben auf, damit die Seiten beleuchtet werden. Dann streift sie einen isolierten Handschuh ab und berührt mit einer Hand die Anschlussleitung der Batterie. Sie achtet darauf, nur die Isolierung und nicht das blanke Metall der Krokodilklemme zu berühren.

Auf einmal kommt sie sich ausgesprochen lächerlich vor. Gestohlenes Plasma, eine Batterie, ein Lehrbuch, das sie seit Jahren nicht mehr in der Hand hatte ... gute Aussichten, sich schwere Verletzungen zuzuziehen.

Trotzdem. So viel Energie sollte die Batterie doch eigentlich nicht haben.

Sie betrachtet das Trigramm, prägt es sich ein, prägt sich die Form ein, den ausgeglichenen Fluss der Energien. *Der menschliche Wille,* hört sie im Geiste noch einmal den Vortrag des Professors, *ist der Modulator für das Plasma.* Es wird Zeit, ihren Willen in Bewegung zu bringen und sich ein paar erfolgreiche Gedanken zu machen.

Sie kann sich nicht mehr an die Beschwörungen erinnern, die sie in der Ausbildung gelernt hat.

Ich bin die Kraft. Die Kraft ist in mir. Idiotisch, aber mehr fällt ihr nicht ein. Doch letzten Endes geht es sowieso nur um die Konzentration und nicht um den Wortlaut.

Die Kraft ist ein Teil von mir, die Kraft ist meinem Willen unterworfen.

Sie schließt die Augen und das Trigramm strahlt hinter geschlossenen Lidern. Vorsichtig schiebt sie die Finger an der Leitung entlang, berührt blankes Metall und ...

So muss sich ein Wanderfalke fühlen, der zum ersten Mal von einem Hausdach herunterstößt. Ein kurzer Schreck, dann die Überraschung, dass er sich in seinem ureigensten Element befindet. Der Wind streicht durch die Schwungfedern, glättet das Gefieder am Halsansatz, die Luft unterwirft sich ihrem Willen, eine kleine Bewegung mit einem Flügel verändert die Flugrichtung … *mühelos … schwerelos …*

Das Trigramm brennt im gleichen strahlenden Blau wie die Ladeanzeige der Batterie, es ist wie ein kaltes Feuer in ihrem Kopf. Sie schmeckt die Energie auf der Zunge.

Alle Müdigkeit weicht aus meinem Körper. Mein Körper ist heil und gesund und kraftvoll. Der Impuls der Energie ist so stark, dass die Worte beinahe überflüssig scheinen. Trotzdem schickt sie das Trigramm im Geiste durch den ganzen Körper, drängt die Müdigkeit aus den Knochen, vertreibt giftige Abbaustoffe, lässt neue Energie ins Gewebe fluten.

Aiah öffnet die Augen und sieht durchs brennende Trigramm hindurch die sich verjüngende Eisensäule mit der verräterischen Rostspur. Sie steht auf, eine Hand noch auf die Metallklammer gelegt, und versucht sich an die chemische Zusammensetzung von Eisenoxid zu erinnern. War es nun Fe_2O_2 oder Fe_3O_2? Aber das spielt keine Rolle, denkt sie. Sie kann auch mit der Ordnungszahl von Sauerstoff arbeiten. Doch auch diese Zahl hat sie vergessen. Was war es noch gleich? Sechs? Oder acht? Acht scheint richtig zu sein.

Sie berührt den Pfeiler, spürt den kühlen roten Staub unter den Fingern und lässt die Energie durch ihre Fingerspitzen fließen. Wieder geht ihr ein lächerlicher Singsang durch den Kopf: *O^8 raus! O^8 raus! O^8 raus!* Vielleicht versteht das Plasma mehr vom Aufbau der Atome als sie, denn erstaunt und entzückt zugleich sieht sie, wie die Lache aus Rost schrumpft und dunkel wird und sich in ganz normales Eisen verwandelt – zerkrümeltes Eisen, brüchig und mürbe, aber normales Eisen.

Sie bewegt die Hand auf der Säule hin und her, das Plasma fließt durch ihren Körper in den Rost und verwandelt ihn … und dann versiegt die Energie, und Aiah stößt einen kleinen, enttäuschten Schrei aus. Die Batterie ist leer ...

Aiah steht auf dem Bahnsteig, den Mund staunend halb geöffnet. Die Energie prickelt noch in ihren Nerven, das Herz wummert wie ein Dampfhammer. Sie legt sich eine Hand auf die Brust, die Brustwarze ist steif vor Erregung. In der Vagina die gleiche Erregung. Sie lacht und staunt.

Die kleinen Spuren von Energie, die sie in der Schule benutzen durfte, waren nichts im Vergleich zum Kontakt mit dieser wundervollen Realität.

Beinahe tänzelnd kehrt sie zu ihrer Goldader zurück, füllt die Batterie nach und geht wieder auf den Bahnsteig. Sie ruft sich das Trigramm vor das innere Auge, verbindet sich mit der Batterie und richtet erneut die Kraft auf die Eisensäule. Aiah zerstäubt den Rost und bleibt noch einen Augenblick lang stehen. Sie will den Kontakt nicht unterbrechen. Nachdem sie die Krokodilklemme behutsam auf den Betonboden gelegt hat, hält sie eine Weile inne und genießt einfach nur die Kraft, die in ihren Adern summt.

Schließlich zieht Aiah den elastischen Ärmel ihres Overalls zurück und sieht auf die Uhr. Sie hat nicht mehr viel Zeit.

Sie überprüft noch einmal die Umgebung. Das Türloch der Toilette ist deutlich zu erkennen. Was, wenn Lastene oder Grandshuk beschließen, einen Blick hineinzuwerfen? Oder wenn einer von ihnen ein abgeschiedenes Plätzchen zum Pinkeln sucht?

Sie füllt noch einmal die Batterie auf und versucht, die gebündelte Energie auf die Tür zu strahlen und die Illusion einer intakten Betonmauer hervorzurufen. Der erste Versuch ergibt ein verschwommenes, zittriges Bild, aber als sie die Batterie noch einmal nachgeladen hat, bringt sie die Illusion einer massiven Wand zu Stande und vergisst nicht einmal die kleinen Wülste aus Putz, die nach dem Entfernen der Kacheln zurückgeblieben sind. Sie streckt noch einmal den Arm hindurch, um sich zu vergewissern, dass sie nicht aus Versehen tatsächlich eine massive Wand gebaut hat.

Die Batterie lässt sie direkt hinter der Tür stehen, damit der Kupferdraht in Kontakt mit der Illusion bleibt und sie mit Energie speist.

Wie lange wird es halten? Sie hat keine Ahnung, aber wahrscheinlich nicht sehr lange. Doch mehr als eine oder zwei Stunden braucht sie nicht.

Erst jetzt erkennt Aiah, dass sie ganz vergessen hat, das Trigramm als Hilfe für ihre Konzentration zu benutzen. Sie war so von ihrem Erfolg benommen, dass sie die richtige Prozedur vergessen hat.

Das darf ich nicht noch einmal machen, ermahnt sie sich. Es könnte gefährlich werden.

Es ist Zeit zu gehen, aber eigentlich will sie hier nicht weg. Die Berührung mit dem Plasma war so wundervoll, so erfüllend. Das Letzte, was sie jetzt will, ist, in feuchten Löchern herumkriechen.

Sie vergewissert sich, dass ihre Sachen hinter der Wand-Illusion verborgen sind und kehrt zur Oberfläche zurück. Immer noch summt das Plasma in ihrem Körper. Sie fühlt sich, als könnte sie hundert Radien weit laufen, ohne auch nur einmal außer Atem zu kommen.

Auch als Aiah den flachen kleinen Wasserlauf zwischen der Treppe und dem Bahnsteig erreicht, zögert sie nicht. Wenn hier Biester mit Schuppen herumschwimmen, sagt sie, dann sollen sie sich nur in Acht nehmen.

Grandshuk und Lastene warten schon draußen vor der versperrten Tür. Lastene sieht sie überrascht an, als sie die Treppe heraufkommt. Sie schaut an sich hinab, sieht die nassen Stiefel und die frischen Lehmspuren auf dem Overall. Sie öffnet und hält den beiden die Tür auf.

»Ich habe mir wegen des Einsturzes und des Wassers

Sorgen gemacht«, erklärt sie. »Ich habe mich unten umgesehen, ob wir etwas übersehen haben.«

»Das verstößt aber gegen die Vorschriften«, wendet Lastene ein. Er scheint misstrauisch, aber vielleicht geht es ihm auch nur darum, dass Aiah ihn um ein paar Überstunden gebracht hat.

»Und wie sieht es da unten aus?«, fragt Grandshuk. Er hat heute auf die Rasur verzichtet. Er muss sich mit seinem breiten, kräftigen Körper schräg durch die Tür schieben.

»Nichts«, sagt Aiah. »Ich habe nichts gefunden«, wiederholt sie den erfolgreichsten ihrer Gedanken. Sie hätte beinahe gelacht.

■ ■ ■

Aiah fragt sich, ob das Plasma, das sie sich zugeführt hat, wie ein Aufputschmittel wirkt und ob sie in einiger Zeit erschöpft sein und die Gier nach immer mehr spüren wird. Aber so ist es nicht. Zwar verbrennt sie die Energie im Laufe des Tages, doch als sie zum Gebäude der Behörde zurückkehrt, um an der Sitzung teilzunehmen, fühlt sie sich viel frischer als wenn nach Einnahme einer Droge die Wirkung abklingt.

Sie hat sich sehr bemüht, den Tag möglichst langweilig zu gestalten. Die Illusion vor der Toilettentür hat gehalten, bis sie mit Grandshuk und Lastene den oberen Bahnsteig überquert hatte. Danach haben sie die erste Hälfte der Schicht in den Tunneln verbracht. Nach der Mittelpause waren die alten Luftschächte an der Reihe und dann sind sie zur Oberfläche zurückgekehrt, um sich noch einmal mithilfe der Messgeräte umzusehen.

Sie öffnet ihren Spind im Raum der Katastrophenschutzabteilung und betrachtet mit leichtem Staunen das graue Kostüm, die Rüschen und die hochhackigen Schuhe, die sie vor drei Tagen mit dem gelben Overall vertauscht hat. Die Sachen kommen ihr vor wie die Verkleidung einer Fremden.

Aiah geht in die Umkleidekabine, zieht das Kostüm an und versucht, ihr derangiertes Haar zu bändigen. Als sie sich im Spiegel sieht, wünscht sie sich, sie hätte noch ein wenig Plasma dabei, um sich ein schöneres Aussehen zu geben.

Aber sie braucht sich keine Sorgen zu machen, niemand achtet auf ihr Aussehen. Mengene und die anderen haben nach fast drei Tagen Arbeit unter Tage kaum noch die Kraft, Aiah zu begrüßen, als sie den Raum betritt. Sie sucht sich möglichst weit entfernt vom erkälteten Niden einen Platz und wartet, dass die Sitzung beginnt.

Was Mengene zur Eröffnung sagt, ist wirr und unzusammenhängend. Aiah erkennt bald, dass es im Grunde nur noch um die Frage geht, ob die Behörde öffentlich erklärt, die Krise gemeistert zu haben, um sich wieder den Alltagsgeschäften zuzuwenden. Auf der Old Parade wurden ein paar Plasmalecks entdeckt, aus denen im Laufe der Zeit ein Reservoir entstanden sein könnte, das als Erklärung für das Schauspiel auf der Bursary Street ausreicht.

»Gibt es Hinweise darauf, dass diese Quellen angezapft waren?«, fragt Aiah. »Gibt es Spuren von Plasmatauchern?«

Die anderen sehen sie müde an. Sie sind unter der Old Parade herumgekrochen und kennen die Antwort bereits. »Nein«, antwortet Mengene. »Aber das schließt nicht aus, dass diese Quellen den Brand verursacht haben. Manchmal reagiert eine hinreichend große Menge Plasma auch mit dem Bewusstsein der Bevölkerung in einem Viertel ... es muss nicht immer so sein, dass eine ganz bestimmte Person die Erscheinung steuert.«

Das entspricht der offiziellen Politik, aber Aiah ist sich nicht sicher, ob sie diese Erklärung tatsächlich überzeugend findet. Sie hat eher den Verdacht, dass die Ereignisse, die man dem kollektiven Bewusstsein zuschreibt, in Wirklichkeit durch ein einziges Bewusstsein zu erklären sind, das einfach nur keine Spuren hinterlassen hat.

Die Sitzung schleppt sich dahin. Wenn die Behörde öffentlich erklärt, man habe die Quelle gefunden und die Gefahr beseitigt, und direkt danach geht auf der Bursary Street die nächste Flammenfrau um, werden neben den Einwohnern des Bankenviertels auch einige Karrieren ein jähes Ende finden.

Schließlich einigt man sich auf einen Kompromiss. Man wird eine Erklärung herausgeben, »um die Ängste der Öffentlichkeit zu beschwichtigen«, wie Mengene sich ausdrückt. Und natürlich auch, um den politischen Druck von der Behörde zu nehmen. Gleichzeitig wird man in kleinerem Maßstab die Suche nach der Plasmaquelle fortsetzen. Sonderschichten wird es nicht mehr geben, die Mitarbeiter können sich mit der Büroarbeit abwechseln. Mengene wendet sich an Aiah.

»Haben Sie etwas gefunden?«

»Ich habe eine vielversprechende Quelle außerhalb der Karten gefunden«, erklärt sie, »aber sie war leer.«

»Gut. Dann können Sie uns auf der Old Parade verstärken.«

Aiah hätte beinahe einen Freudensprung gemacht. Jetzt braucht sie sich keine Sorgen mehr zu machen, dass Grandshuk oder Lastene durch Zufall auf ihre Goldgrube stoßen.

Dort wartet eine unerschöpfliche Energiequelle und nur Aiah weiß, wo sie ist.

Und da sie zu den Listigen gehört, wird ihr schon beizeiten einfallen, was sie damit anfangen will.

■ ■ ■

Sie läuft die Bursary Street hinunter, Flammen schießen aus den Fingerspitzen. Die Menschen schreien und verdorren und sterben auf der Stelle. Gebäude explodieren, Scheiben platzen heraus, sobald sie nur den Finger krümmt. Glas zerspringt in tausend Stücke, wenn sie schreit. Die Macht brodelt in ihren Knochen wie flüssiges Feuer.

Ihr eigener Schrei weckt sie, mit rasendem Herzen fährt sie auf und sitzt in ihrem stummen, gläsernen Wohnturm im Bett.

4

Der Trackline-Waggon ruckelt heftig und jagt wieder einmal eine Erschütterung durch Aiahs Beine bis hinauf in die Nieren. Sie steht am Ende der Fahrgastkabine, die wie immer im Feierabendverkehr überfüllt ist. Nach acht Stunden Arbeit auf der New Parade ist sie erschöpft, doch in der Wirbelsäule kribbelt noch ein Fünkchen, ein Hauch des Plasmas, das sie tags zuvor zu sich genommen hat.

Sie will wieder zum Terminal, um die Batterien abzuholen. In zwei Tagen ist Senko's Day und wenn der Katastrophenschutz nicht darauf besteht, dass sie auch am Feiertag weiter im Untergrund herumwühlt, kann sie den Tag mit ihrer Familie verbringen und vielleicht sogar etwas Plasma verkaufen.

Wieder ruckt der Trackline-Wagen, die Beleuchtung flackert und erlischt ganz. Der Mann, der hinter Aiah steht, streicht mit dem Handrücken über ihren Hintern und die Schenkel. Normalerweise würde sie so etwas ignorieren, denn durch den wasserdichten Overall kann er ohnehin nicht viel spüren, aber die Plasmafunken, die noch in ihr glimmen, lassen sie über energische Gegenwehr nachdenken. Vielleicht ein kleiner, aufwärts gerichteter Stoß mit dem Ellenbogen …

Die Lampen gehen wieder an, leuchten jedoch nicht mit voller Kraft, sondern strahlen nur einen eigenartigen gelblichen Schimmer ab, in dem sie nicht mehr als ein paar eingefallene Jaspeeri-Gesichter mit langen Nasen sehen kann. Auf einmal wird ihr bewusst, dass sie die einzige dunkelhäutige Barkazil im Zug ist und dass sie ohne Rückendeckung vom kräftigen Grandshuk mitten ins Gebiet der Jaspeeri Nation fährt. In der Untergrundbahn begrapscht zu werden, ist womöglich noch ihre kleinste Sorge. Vielleicht, denkt sie, sollte sie sich um etwas Schutz bemühen. Einer ihrer Verwandten könnte ihr vielleicht eine Feuerwaffe besorgen.

An der nächsten Haltestelle lässt das Gedränge etwas nach, weil einige Leute aussteigen. Aiah wechselt den Standort. Von hier aus kann sie den Bahnsteig mit den breiten Reklametafeln überblicken – das neue Chromoplay der Lynxoid Brothers, ein Thriller mit Aldemar, eine Zigarettenwerbung, Reklame für Bier und Gulman-Schuhe (›In allen Gassen und auf allen Straßen‹), noch ein neues Chromo mit dem Titel *Die Herren der Neuen Stadt* … sie hat schon davon gehört. Sandvak führt Regie, und der Film beruht angeblich auf dem Leben Constantines. Die Hauptrolle spielt kein Schauspieler, sondern der Opernsänger Kherzaki, der dieser Rolle angeblich die notwendige Würde verleiht.

Constantine war in Aiahs Jugend ständig in den Nachrichten. *Die Herren der Neuen Stadt* ist nicht das erste Chromo, das über ihn und die Kriege in Cheloki gedreht wurde, doch es ist das erste, das ein solches Aufsehen erregt. Sein Name, sein Bild und seine Mission haben damals die halbe Welt in ihren Bann geschlagen. Als sie in der Schule war, hatte sie ein Bild von Constantine auf der Bank liegen, und natürlich hat sie seine Bücher *Energie und die Neue Stadt* und *Regierung und Freiheit* gelesen.

Einer ihrer Cousins, Chavan, ließ sich sogar hinreißen, für Constantine kämpfen zu wollen. Allerdings wurde er wegen eines kleinen Diebstahls in Margathan verhaftet und ist noch nicht einmal bis Cheloki gekommen.

Antenne Zwölf sendet mit 1800mm. BAW.

Sie kann sich nicht vorstellen, was Constantine in den Mage Towers tut. Jaspeer scheint viel zu harmlos für ihn zu sein.

Vielleicht ist er einfach alt geworden, denkt sie. Vielleicht sitzt er jetzt da oben und benutzt seine Begabungen nur noch, um Luftreklamen für Snap! oder Aeroflash-Autos zu entwerfen.

Mit einem Ruck verlässt der Trackline-Wagen die Station. Der Terminal ist noch zwei Haltestellen entfernt. Es wird Zeit, dass Aiah sich durch die dicht gedrängten Fahrgäste einen Weg zur Tür bahnt.

Im Gebiet der Jaspeeri Nation muss sie vorsichtig sein.

Was auch immer in dieser Situation unter ›vorsichtig‹ zu verstehen ist.

■ ■ ■

Als Aiah sich dem Gebäude nähert, findet sie den Hausmeister mit ein paar Freunden beim Biertrinken vor dem Haus. Es sind große Männer mit Bierbäuchen und schwieligen Händen. Der Hausmeister starrt sie missmutig an.

»Haben Sie immer noch in meinem Keller zu tun, Lady?«

»Ja.« Sie drängt sich durch die Männer. Kräftige Schultern und hängende Bäuche umringen sie wie schiefe Gebäude. Sie bemüht sich, im Bierdunst nicht empört die Nase zu rümpfen.

»Haben Sie denn da unten was gefunden?«, fragt der Hausmeister. Aiah bleibt stehen und sieht ihn an.

»Wieso? Haben Sie etwas verloren?«

Ein paar Männer kichern amüsiert. Der Hausmeister starrt finster.

»Ich passe auf mein Haus auf«, sagt er. »Ich mag es nicht, wenn Leute hier herumstrolchen.«

Aiah drängt sich an ihm vorbei, betritt die Eingangshalle und dreht sich noch einmal zu ihm um. Sie darf nicht zulassen, dass er die Oberhand gewinnt, sie muss ihn an Ort und Stelle zurechtweisen. »Sie haben bisher auch noch niemanden daran gehindert, hier herumzustrolchen. Da unten haben Leute *gelebt*.«

Der Mann zuckt die Achseln. Seine Freunde sehen schweigend zu, scheinen jetzt überhaupt nicht mehr amüsiert, sondern sehen zwischen Aiah und dem Hausmeister hin und her und schätzen ab, wer beim Kräftemessen den Sieg davontragen wird.

»Sie haben den Zugang nicht überwacht«, fährt Aiah fort, »und Sie haben manipulierte Zähler in Ihrem Gebäude. Vielleicht können Sie mir sagen, wo ich da unten ein Plasmareservoir finde?«

Der Hausmeister weicht ihr aus und sieht unsicher zur Straße. »Die Zähler sind womöglich schon vor Jahren geknackt worden, bevor ich diesen Job hier bekommen habe. Es hat in all den Jahren, seit ich hier bin, keine Inspektion gegeben.«

Aiahs Herz rast. Vielleicht sollte sie jetzt aufhören, bevor sie ihn provoziert, etwas zu tun, das sie bereuen würde. Beispielsweise könnte er ihre Vorgesetzten anrufen und sich beschweren. Aber irgendetwas – vielleicht ihr Instinkt oder auch nur die Euphorie vom Plasma – lässt sie weitermachen.

»Die Besitzer des Gebäudes werden so oder so eine Strafe bekommen, ganz egal wann die Zähler manipuliert worden sind«, fährt sie fort. »Sie werden mit Ihnen nicht zufrieden sein. Und wenn Sie wollen, dass ich nicht in Ihrem Keller herumstrolche, sollten Sie mir lieber gleich sagen, wo genau das Plasma abgezapft wurde.«

Der Hausmeister starrt unentwegt die Straße an. »Ich weiß nichts davon.«

Aiah zuckt die Achseln. »Ich werde nach Stunden

bezahlt, mir ist das sowieso egal.« Sie geht nach unten zur Pneumastation.

War das klug?, fragt sie sich. War das *vorsichtig?*

Eigentlich nicht, aber es war notwendig.

Unten, unter dem Eisen und den Ziegelsteinen und dem Beton, hört Aiah das Plasma rufen. Ein helles Licht in kalter, feuchter Dunkelheit.

■ ■ ■

Eine großzügig bemessene Dosis Plasma hilft Aiah im alten Luftschacht die Leiter hinauf. Kondenswasser tropft aus den morschen Leitungen auf die rostigen Sprossen und ihren Kopf. Sie hat sich entschlossen, einen anderen Ausgang zu benutzen, damit sie die geladenen Plasmabatterien nicht an einem Haufen missmutiger Betrunkener vorbeischleppen muss.

Aiah spannt die Beinmuskeln an und drückt das schwere Eisengitter hoch, das sie vor zwei Tagen von Grandshuk lockern ließ. Sie löst die Sicherheitsleine und taucht im schwachen gelblichen Notlicht eines Versorgungstunnels auf. Der Querschnitt des Tunnels ist oval, die Wände sind aus Fertigteilen zusammengefügt. Der Tunnel schützt die Leitungen für Strom, Fernwärme und Kommunikationseinrichtungen. Eine Reihe schwacher Birnen, die in Metallkäfigen düster glühen, beleuchtet den Gang, durch den Aiah gebückt mehr oder weniger in Richtung der Trackline-Station läuft.

Über sich hört sie Straßenlärm, dann sieht sie Stufen, die direkt in die gekrümmte Betonwand geschnitten sind. Sie setzt die Stiefelspitzen auf die Stufen und schiebt sich nach oben, dann hebt sie vorsichtig den Deckel ein wenig an. Sie will sich nach Möglichkeit nicht von einem Lastwagen überfahren lassen, aber sie hört oben keinen Verkehrslärm und spürt keine Erschütterungen. Also ist die Straße wohl nur für Fußgänger freigegeben.

Aiah schiebt mit beiden Händen und drückt den Deckel weiter auf. Als sie durch den Spalt späht, sieht sie dicke Socken, die zusammen mit zwei Füßen in alte Pantoffeln gequetscht sind. Sie klappt den Deckel noch weiter auf und sieht einen älteren Mann, der durch eine dicke Zweistärkenbrille zu ihr herunterschaut.

»Brauchen Sie Hilfe, Lady?«

»Danke, es geht schon.«

Er ist ein Rentner, der sich etwas Geld dazuverdient. Vor einem verfallenen, mit Gerüsten eingerahmten Gebäude hat er ein Stück Gehweg gemietet und bietet auf einer alten grauen Metalltür, die auf Betonklötzen ruht, eine traurige Versammlung von Waren feil – alte Küchenutensilien, verbeultes Kinderspielzeug, ein paar vergilbte Bücher, die von Isolierband zusammengehalten werden.

Plasma scheint durch Aiahs Muskeln zu fluten, als sie den Deckel wieder aufs Loch schiebt. »Sie sind ziemlich kräftig«, sagt der alte Mann. Er sitzt auf einem Klappstuhl. »Wollen Sie was kaufen?«, fragt er hoffnungsvoll.

Aiah betrachtet den Müll auf der alten Stahltür. Sie bemerkt ein paar billige Glücksbringer, die an Halsketten aus Metall hängen. Einer ist geformt wie das Trigramm im Lehrbuch – ein nützliches Werkzeug, das zu wertlosem Aberglauben verkommen ist. »Das nehme ich«, sagt sie. Der alte Mann steckt ihr Geld ein und sie legt die Halskette an. Das Symbol stopft sie unter den hohen Kragen ihres Overalls. Das Symbol der Kraft ruht kühl auf dem Brustbein.

Aiah fragt nach dem Weg zur Trackline-Station. »Direkt um die Ecke«, erklärt der alte Mann. Aiah bedankt sich höflich bei ihm und geht zur Station. Unterwegs riecht sie etwas Essbares und bleibt an einem anderen primitiven Stand stehen. Eine mütterliche Frau mit rosigen Wangen steht hinter der Theke und lächelt verlegen.

»Tut mir Leid«, sagt sie. »Der Eintopf ist ausverkauft und die nächste Fuhre ist noch nicht fertig. Die Taube war zu lange im Feuer und ist ganz vertrocknet, die würde ich Ihnen nicht mehr gern verkaufen.«

»Kein Problem. Vielen Dank jedenfalls.«

Auf der anderen Straßenseite sieht Aiah einen weiteren Stand mit Essen. Dort kauft sie eine Schale Suppe mit Nudeln und Gemüse, das offenbar aus dem Dachgarten eines Anwohners stammt. Es ist mit zu viel Cumino gewürzt, wie es die Jaspeeri meistens tun, aber es ist warm und schmeckt jemandem, der gerade mit drei schweren Plasmabatterien im Sack aus der Unterwelt aufgestiegen ist, auf jeden Fall gut genug.

Während Aiah am Stand steht und die Suppe löffelt, sieht sie, wie die Frau mit den rosigen Wangen an mindestens drei Passanten Eintopf und gegrillte Taube verkauft.

Aiahs Wangen brennen.

Sie ist nicht daran gewöhnt, von Leuten hereingelegt zu werden, die so hilfsbereit lächeln.

Sie gibt der Verkäuferin die leere Suppenschale zurück und geht zur Trackline-Station. Ein paar junge Jaspeeri-Männer lümmeln an der Straßenecke und starren ihr düster nach. Ja, ich bin im Gebiet der Jaspeeri Nation. Barkazil müssen leider draußen bleiben.

Aber immerhin, denkt Aiah, kennt sie jetzt die Gegend und weiß, was sie hier zu erwarten hat.

5

Zwei Tage später ist Senko's Day. Aiah hat frei, weil Mengene die Suche nach der Plasmaquelle inzwischen mit noch geringerem Eifer angeht. Aiah zieht schwarze Sachen an, die bei richtigem Licht rot und grün und golden schimmern, und arrangiert ihr Haar zu den wundervollen langen Locken, die ihr sonst eher lästig sind. Sie trägt das Armband mit der kleinen geätzten Elfenbeinscheibe, das Gil ihr geschenkt hat, und den Glücksbringer unter der Bluse. Dann schwingt sie sich den Beutel über die Schulter und marschiert zur Trackline-Station. Wenn sie Urlaub und Geschäft verbinden kann, umso besser.

Aiah schleppt den schweren Beutel aus der Station ans Tageslicht und entdeckt, dass die Straßen voller Menschen sind. Es ist schönes Wetter, unter dem Schild treiben nur ein paar dünne Wolken dahin. Frauen in bunten, fließenden Kleidern haben sich auf Balkonen eingerichtet und lassen sich bewundern. Lauthals lachende Männer mit hochgesteckten Haaren und nackten, bunt angemalten Oberkörpern schlendern die Straße entlang und trinken Bier und Wein aus Dosen. Die Anwohner haben Lautsprecher auf die Fensterbänke und Balkone gestellt, und die Musik hallt zwischen Ziegeln und Beton, lässt Fenster scheppern und fährt den Müßiggängern unter die Haut. Der Bass lässt sogar das Pflaster unter Aiahs Füßen beben. Sie muss unwillkürlich breit grinsen, und ihr Schritt wird leichter, obwohl der Riemen des Beutels in die Schulter schneidet.

Die Straße ist für den Verkehr gesperrt und mit Unrat übersät. Aiah bahnt sich im Zickzack einen Weg durch die Menschen, die auf dem Pflaster tanzen. Stelzengänger kommen ihr entgegen, alle als Fabeltiere mit Hörnern und pendelnden Schwänzen aus Plastikschaum verkleidet.

Über ihr knallt es, dann kommen ein paar blendende Blitze und leiten eine Werbung für *Die Herren der neuen Stadt* ein. Kherzakis riesiges, entschlossenes Gesicht starrt finster vom Himmel herab.

Aiahs Cousine Elda hat eine Wohnung, von der aus man die Parade verfolgen kann. Die unvermeidlichen Gerüste vor dem Fenster wurden mit zurechtgebogenen Eisenstäben in einen Balkon verwandelt. Sie hat eine schöne Wohnung, weil ihr Mann Nikov bei seiner Arbeit für die Operation ermordet wurde, und die Operation hat eine ausgezeichnete Hinterbliebenenfürsorge, die seitdem für Elda und ihre Kinder aufkommt.

Aiah und viele andere Familienmitglieder haben Elda nach ihrer Heirat abgeschrieben. Nach alledem, was ihrer Schwester Henley passiert ist, konnte Aiah einfach nicht glauben, dass Elda jemanden wie Nikov heiraten wollte. Aber da Nikovs Asche jetzt in einem kleinen Zementkästchen tief unter der Erde ruht, konnten auch einige andere Aspekte der Vergangenheit begraben werden. Wenn Henley verzeihen kann, denkt Aiah, dann kann sie selbst es wohl auch.

Aiah hört laute Unterhaltungen und die wummernde Musik, als sie den Aufzug verlässt. Sie betritt Eldas Wohnung durch die offene Tür und wird von einem Wirbelwind von Umarmungen überwältigt. Kleine Kinder klammern sich an ihre Knie. Sie begrüßt sie der Reihe nach und schafft es, den schweren Beutel hinters Sofa zu schieben, wo er nicht weiter auffallen wird.

Dann steht sie vor Gurrah, ihrer Mutter. Der einzige Mensch weit und breit, der sie mit einem Stirnrunzeln empfängt. »Du hast neulich nicht einmal bei mir vorbeigeschaut«, klagt Gurrah mit schwerem Barkazil-Akzent. Dann überwindet sie sich widerstrebend, ihre Tochter doch noch zu umarmen.

»Mutter«, sagt Aiah, »ich habe hier *gearbeitet.* Es war kein privater Ausflug.«

Gurrah schnieft. »Landro hat mir gesagt, was du arbeitest. Du bist doch nur darauf aus, deine eigenen Leute ins Gefängnis zu stecken.«

»Ich habe zu verhindern versucht, dass noch einmal jemand die Bursary Street in die Luft jagt.«

»Warst du dort, als es passiert ist?«, fragt Henley. Dankbar für die Ablenkung dreht Aiah sich zu ihr um. Henley ist so groß wie Aiah und ein Jahr älter. Sie bewegt sich mit einer selbstverständlichen Eleganz, um die Aiah sie schon immer beneidet hat.

Henley ist schon wieder schwanger. Wenigstens in dieser Hinsicht, denkt Aiah, ist Henleys Mann ein zuverlässiger Kerl.

»Ja«, erklärt sie. »Die Flammenfrau hat die Fenster des Raums eingedrückt, in dem ich gesessen habe.«

Henley schnauft erschrocken und legt sich unwillkürlich eine Hand auf die Kehle. Die Hand ist geschwollen und von Arthritis verformt.

Eine hilflose Wut steigt in Aiah auf, als sie die Hand sieht. »Ich hatte meine Haare hochgesteckt«, sagt sie, »und die Hitze hat mir den Nacken verbrannt.«

Sie hebt die Haare, um es ihr zu zeigen. Auf einmal ist Gurrah der Inbegriff mütterlicher Fürsorglichkeit.

»Davon hast du mir noch gar nichts erzählt«, sagt sie vorwurfsvoll und besteht darauf, dass Aiah sich vorbeugt, damit der Nacken untersucht werden kann. Das

Letzte, was Aiah sieht, bevor sie gehorcht, sind Henleys amüsiert blitzende Augen.

Aiah kann sich nicht erinnern, mit Gurrah schon einmal vernünftig geredet zu haben. Aiah ist das fünfte von sieben Kindern. Sie hat sich am Beispiel der älteren Geschwister orientiert und ist mit ihrer Mutter immer zurückhaltend umgegangen. Gurrah versteht sich auf dramatische Auftritte, die je nach Lust und Laune zu Tode betrübt oder himmelhoch jauchzend vorgetragen werden, die aber mit realen Gegebenheiten meist nicht viel zu tun haben, abgesehen höchstens davon, dass Gurrah auf diese Weise unweigerlich im Mittelpunkt steht.

Gurrah kneift sie in die Wirbelsäule. »Du musst mehr essen«, sagt sie. »Du bist ja nur noch Haut und Knochen.«

»Ich esse genug.« Aiah richtet sich auf und wirft das Haar zurück.

»Aiah!« Einer ihrer Neffen, ein etwa sechsjähriger Bursche, winkt vom Gerüst herüber. »Schau mal, da kommen die Lynxoid Brothers!«

Aiah steigt dankbar aufs Gerüst und beobachtet die orangefarbenen Lynxoiden, die Bonbontüten an die Kinder verteilen und die Straße heruntertanzen. Plasmareklamen sausen droben über den Himmel und preisen Schnaps, Tabak und Zerstreuung an. Ein Blatt fällt aufs Haar ihres Neffen und Aiah streift es ab. Auf dem Dach des Gebäudes stehen Maulbeerbäume, weil der Besitzer Seidenraupen züchtet.

Der erste Umzug kommt vorbei. Es sind die Krieger, die bunt bemalt und mit Metallplättchen und Federn aus Plastik geschmückt in Reih und Glied vorbeimarschieren. Ein paar Kapellen sind dabei, manche Leute schwenken Spielzeugwaffen aus Eisen, um an die Überlieferung der Barkazil zu erinnern, denn Karlo hat Senko Eisen gegeben, damit dieser den Herrn der Bäume besiegen konnte.

Aiah lehnt sich ans Eisengeländer und beobachtet insgeheim ihre Verwandten, die den Umzug der Krieger verfolgen. Einige von ihnen kennen sicher einen Ort, an dem sie ihr Plasma verkaufen kann. Die Frage ist nur, wer es sein soll und ob der Betreffende verschwiegen genug ist. Elda mag sie … jedenfalls jetzt, da sie Witwe ist … aber wenn Elda überhaupt Beziehungen hat, dann nur zu Leuten, die der Organisation angehören, und das kommt nicht infrage. Wenn die Organisation herausfindet, aus welcher Quelle das Plasma kommt, könnte es für Aiah sehr unangenehm werden.

Landro? Er hat früher einschlägige Beziehungen gehabt, aber soweit sie weiß, hat er sich seit seiner Haftstrafe in Chonmas an die Spielregeln gehalten. Sein Informationsstand ist um Jahre veraltet.

Ihr Bruder Stonn? Der war sein Leben lang immer wieder im Knast und kennt sicher ein paar Leute, aber er ist höchstens ein Kleinkrimineller und von seiner Intelligenz und Verschwiegenheit hält sie nicht sehr viel.

Die Parade der Krieger ist vorbei und die Leute strömen wieder auf die Straße. Ihre Verwandten verlassen den Balkon, um sich etwas zu trinken zu holen. Aiah nimmt sich ein Glas Bier, wandert hierhin und dorthin, schwatzt und hält die Augen offen.

Aiahs Großmutter kommt herein, begleitet von Aiahs Neffen Esmon und Spano und einer Frau, die Aiah nicht erkennt. Esmon sieht prächtig aus mit den dicken, makellos weißen Rüschen und einem Mantel, der mit grünen und goldenen Münzen besetzt ist. Die Knöpfe waren teuer, sie sind aus poliertem Elfenbein.

»Du hättest an der Kriegerparade teilnehmen müssen«, sagt Aiah, als er sie auf die Wange küsst.

»Noch ein Jahr, dann werde ich zu den Griffins stoßen«, meint er. Er stellt Aiah der fremden Frau vor: eine kleine, kräftige Person mit rotem Turban, der mit Edelsteinen in teuren Fassungen geschmückt ist. Aiah erkennt das Trigramm, die Spiegelzwillinge und andere geomantische Symbole. Sie ist Esmons Freundin und heißt Khorsa.

Damit wäre wohl geklärt, wer Esmons Kleidung aussucht, denkt Aiah.

Sie drückt Khorsas mit vielen Ringen geschmückte Hand und betrachtet die lebendigen, neugierigen Augen, die mit schwarzer Farbe umrandet sind. Die Augen verengen sich ein wenig, als Aiah der Frau die Hand gibt.

»Sie waren an einigen ungewöhnlichen Orten, nicht wahr?«, sagt die Frau.

Aiah hat keine Lust, dieses Thema weiter zu vertiefen. Sie geht zu ihrer Großmutter und umarmt die alte Dame.

»Willst du dich draußen aufs Gerüst setzen, Nana?«, fragt sie. »Ich besorge dir einen Stuhl.«

»Ich hätte lieber ein Glas Wein.«

Aiah versorgt ihre Großmutter Galaiah mit einem großen Glas Rotwein und baut einen Klappstuhl auf, damit die alte Frau die Straße überblicken kann. Galaiah kostet den Wein und schaut neugierig zu den Passanten hinunter. Ein paar Urenkel kriechen auf ihren Schoß und schnappen nach den billigen Plastikketten. Während sie für die Kleinen die Perlen baumeln lässt, sieht Galaiah Aiah an und zieht eine Augenbraue hoch.

»Ist dein *Passu* nicht mitgekommen?«

»Er ist noch in Gerad.«

Galaiah schnieft. »Wenigstens hat er eine Arbeit.«

Aiah berührt die Elfenbeinscheibe auf dem Armband. »Er arbeitet hart, Nana.«

Galaiah schüttelt den Kopf. »Papiere schaufeln ist keine harte Arbeit.«

Ausgehen und sich mit Geradi-Angestellten zu betrinken auch nicht, denkt Aiah, aber der Job scheint es wohl zu erfordern.

»Esmon geht es ja ganz gut«, bemerkt Aiah.

»Das kommt alles von seiner Freundin«, meint die Alte geringschätzig. »Sie ist eine Hexe und verdient gutes Geld.«

»Arbeitet sie für die Operation?« Viele Hexen tun es.

»Nein, sie ist selbstständig. Sie arbeitet mit ihrer Schwester zusammen, einer Art Priesterin.« Galaiah trinkt noch einen Schluck Wein und hindert energisch einen Nachkommen daran, von ihrem Schoß zu purzeln. »Wenn sie für die Operation arbeiten würde, könnte sie Esmon wohl kaum in dieser Weise aushalten, was?«

»Wahrscheinlich nicht.«

Galaiah grinst mit kaffeefleckigen falschen Zähnen. »Esmon muss aufpassen, dass er ihr nicht auf die Zehen tritt, ich kann dir sagen. Mit einer Hexe sollte man sich besser nicht anlegen.«

Aiah zögert, wirft einen Blick nach drinnen. »Ist sie zuverlässig?«

Galaiah sieht Aiah scharf an und eins der Kinder auf ihrem Schoß äfft prompt den Gesichtsausdruck nach. »Warum? Brauchst du einen Liebestrank, damit dich deine Langnase endlich heiratet?«

»Nichts dergleichen. Aber jeder braucht mal ...« Aiah zögert wieder. »Jeder braucht hin und wieder mal etwas. Und ich würde mich im Zweifelsfall lieber an jemanden wenden, der kein *Pascol* ist.« Das ist der Barkazil-Ausdruck für jemanden, der sich ins Vertrauen anderer Leute einschleicht und davon lebt, dass er seinen Verstand einzusetzen versteht. Normalerweise wird das Wort bewundernd benutzt. Es ist aus dem gleichen Wortstamm entstanden wie Passu, womit die Person gemeint ist, von der ein Pascol lebt.

Galaiah starrt Aiah an wie eine Schwachsinnige. »Khorsa ist eine Hexe. Sie hat einen Laden, den sie Wisdom Fortune Temple nennt. Sie nimmt Geld von unglücklichen und verzweifelten Menschen und verspricht ihnen Wunder. Kann man mehr Pascol sein als sie?«

Aiah nickt. Aiahs Mutter hat früher ein halbes Dutzend Tabernakel besucht, die einander am Ende doch mehr oder weniger gleich waren. Irgendwann hat Aiah herausgefunden, was ihre Mutter dort wollte. Ihre Mutter und die meisten anderen. Sie waren Menschen, die sich als Versager fühlten, die verwirrt oder vielleicht einfach nur unglücklich waren und das Leben oder die Wirklichkeit nicht verstehen konnten. Sie brauchten etwas Magisches, sie wollten hin und wieder etwas Besonderes in sich spüren, weil sie sich im Alltag so gewöhnlich fühlten. Für die Barkazil ist es besonders schlimm, denn Karlos Kinder sollten doch eigentlich von Natur aus die Magie in sich haben. Angeblich sind sie besser als alle anderen – das listige Volk eben. Und wenn man listig sein soll und es dann doch nicht ist, wenn man klug sein soll und es nicht ist, wenn man magisch sein soll und nichts davon spürt, was soll man da machen?

Man geht zum Wisdom Fortune Temple oder zu einem ähnlichen Laden.

Aiah sieht die Straße hinunter. *Kann man mehr Pascol sein als sie?* Wie üblich hat Galaiah den Nagel auf den Kopf getroffen.

Galaiah ist nicht unterzukriegen. Als der alte Metropolit Fasta gestorben ist und Barkazi den Bach runterging, hat Galaiah ihre Kinder aus dem Chaos gerettet und nach Jaspeer gebracht, während ihr Mann noch in Karlos Heiliger Legion in die Straßenkämpfe verwickelt war. Ihr Mann musste sechs Jahre in einem Fastani-Gefängnis absitzen und Galaiah hat die Kinder allein in einer fremden Metropolis aufgezogen. Als Aiahs Großvater endlich freikam, weil Fastani zusammenbrach und Barkazi von der Regionalföderation besetzt wurde, päppelte sie ihn mühsam wieder auf, aber ein paar Jahre später starb er dann an der Grippe.

Elda stellt drinnen ein Tablett mit Gebäck ab und Galaiahs Urenkel beginnen zu zappeln. Galaiah lässt sie runter, und sie stürzen sich auf die Süßigkeiten. Galaiah trinkt einen großen Schluck Wein und sieht Aiah an.

»Steckst du in Schwierigkeiten?«, fragt sie.

Aiah blinzelt nervös. »Nein«, lügt sie.

»Behandeln dich diese Langnasen bei der Behörde auch gut?«

»So gut, wie man es erwarten kann.«

»Du bist doch nicht schwanger, oder?«

Aiah ist überrascht. »Nein«, sagt sie. »Ich habe nicht einmal … es ist Monate her, Nana.«

»Gut. Du hast später noch genug Zeit für Babies, wenn du einen Mann aus deinem eigenen Volk gefunden hast.«

Aiah lächelt. »Ja, natürlich«, sagt sie. Irgendwie scheint Galaiahs Bigotterie leichter hinnehmbar als die aller anderen Leute. Vielleicht, weil Galaiah nicht den Anschein erwecken will, irgendetwas anderes als bigott zu sein.

Unten auf der Straße werden Trommeln gerührt und eine elektrisch verstärkte Geige wimmert. Die Kinder kreischen begeistert.

Als Nächstes kommt die Parade der Transvestiten. Männer mit gewaltigen falschen Brüsten und riesigen ausgestellten Kleidern, Frauen mit breiten, gepolsterten Schultern und meterlangen Phalli. Die Gerüste oder Balkone beginnen unter dem Gewicht der Zuschauer leicht zu schwanken, zusätzlich wird ihr vom Alkohol etwas schwindlig. Vielleicht hätte sie vorher etwas essen sollen, denkt Aiah.

Nach den Transvestiten kommen die Baumgeister mit komplizierten grünen Frisuren und riesigen Ballons, auf denen in satirischer Weise alles menschliche Streben als absurd, sinnlos oder verrückt dargestellt wird. Die Ballons ziehen schwankend vorbei, dick und rund und immer knapp außer Reichweite der sehnsüchtigen Kinder. Aiah schaut verstohlen zu Khorsa, betrachtet die mit Edelsteinen besetzten Talismane auf dem Turban. Die zierliche Frau hat sich auf dem Balkon ganz nach vorne gearbeitet und eins von Eldas Kindern zur Seite gezogen, damit sie besser sehen kann. Entzückt beobachtet sie die vorbeiziehenden Ballons.

Nun ja, wenigstens scheint sie das Leben zu genießen, und damit unterscheidet sie sich erheblich von den schlitzäugigen Mitgliedern der Operation mit ihren maskenhaften Gesichtern, die Rechenmaschinen an Stelle der Herzen haben, oder von den ungeheuer dramatisch auftretenden Hexen, die ganz ohne Plasma für ein paar hundert Dalder angeblich Verwünschungen beseitigen oder mit den Vorfahren reden können.

Nach dem Umzug will Aiah zu Esmon, aber er ist von bewundernden Verwandten umgeben und im Augenblick nicht unter vier Augen zu sprechen. Khorsa schlendert unterdessen zu einer Kühlkiste mit Bier. Aiah folgt ihr und nimmt sich auch selbst noch eins. Khorsa füllt ihr Glas nach und lächelt Aiah an.

»Esmon scheint glücklich zu sein«, beginnt Aiah vorsichtig.

»Das will ich doch hoffen.«

»Bist du eine … wie nennt sich das? Eine Priesterin?«

»Meine Schwester ist die Priesterin. Ich bin Geomantin – ich erledige die Magie, sie redet mit den Göttern.«

»Muss man zur Schule gehen, um das zu lernen?«

Khorsa legt eine Hand auf Aiahs Arm und lächelt.

»Nein. Das liegt irgendwie in der Familie. Meine Mutter hat unsere Lehre begründet und meine Schwester und ich haben es geerbt.«

»Macht die Operation euch viel Ärger?«

Es ist, als hätte sich eine Maske vor das Gesicht gelegt.

Khorsas Lächeln ist noch da, aber die Belustigung ist verschwunden und die Augen sind wie eine Wand aus Glas.

»Warum fragst du das?«

Alarmsirenen schrillen in Aiahs Kopf. »Ich weiß nicht«, sagt sie. »Ich war nur neugierig.«

Dieser Frau, denkt sie, werde ich auf keinen Fall Plasma verkaufen.

Khorsa sieht sie scharf an, runzelt die Stirn und schüttelt den Kopf.

»Wir halten sie draußen«, sagt sie. »Sobald man einmal unregistriertes Plasma bei ihnen kauft, haben sie einen am Haken.« Sie trinkt einen Schluck Bier und macht ein ernstes Gesicht. »Viele unserer Klienten rekrutieren sich aus ihren Opfern. Sie wollen immer, dass wir die Herzen der Straßencapos erweichen.« Wieder schüttelt sie den Kopf. »Aber die Operation hat kein Herz.«

»Nein«, sagt Aiah. Sie denkt an Henley. »Nein, das hat sie nicht.«

Khorsa sieht sie schräg von der Seite an. »Warum hast du gefragt? Du interessierst dich doch eigentlich nicht für religiöse Lehren.«

Aiah schüttelt den Kopf und lächelt. »Nein, im Augenblick wohl nicht.«

Draußen dröhnt eine Trommel, man hört gedämpfte Hochrufe.

»Seltsam«, sagt Khorsa. »Eine große Feier und alle freuen sich, aber im Grunde feiern wir doch die größte Tragödie in der Geschichte der Menschheit.«

»Wirklich?«

Khorsa hebt etwas trotzig den Kopf. »Nun ja, Senko hat versagt, oder? Er hat den Herrn der Bäume und den Prinzen der Meere besiegt, aber als er den Aufgestiegenen Meistern getrotzt hat, haben sie ihn vernichtet und den Schild über unsere Köpfe gezogen, damit wir sie nie wieder herausfordern können. Und deshalb …« Eine abfällige Geste mit der freien Hand. »Warum feiern wir dann überhaupt? Warum weinen wir nicht alle?«

Aiah sieht sie an. »Weil wir einen Tag frei haben?«

Khorsa lacht. »Ja, das kann sein.«

»Vielleicht sollte ich auch etwas zur Party beitragen. Entschuldige mich bitte.«

■ ■ ■

Der kleine Aufzug fährt viermal am Treppenabsatz vorbei. Jedes Mal ist er zu voll, sodass Aiah nicht mehr einsteigen kann. So geht sie zu Fuß die zwölf Stockwerke hinunter und tritt auf die Straße hinaus. An der Ecke ist ein Laden, der Schnaps und Zigaretten verkauft. Aiah muss die Straße überqueren, um ihn zu erreichen. Über ihr tummeln sich die Plasmareklamen am Himmel. Ein Stelzengänger schreitet laut brüllend vorbei und klopft sich auf die Brust, ein Schwanz aus Schaumstoff pendelt hinter ihm. Ein paar Verdrehte tanzen an der Ecke zur Musik, die von einem Gerüst dröhnt ... sie sind klein und haben eine haarlose, glitschige Haut. Es läuft Aiah kalt den Rücken hinunter. Diese Sorte von genetisch Veränderten kennt sie noch nicht.

Aiah kauft einen Karton Dosenbier zu einem deutlich erhöhten Feiertagspreis und eine große Plastiktüte mit gesalzenen Garnelenchips. Während sie in der langen Schlange hinter ein paar Treppenturnerinnen aus der Gegend steht, hört sie draußen das Poltern und Krachen der Mörderparade.

Sie folgt den Mädchen nach draußen. Die Polizei räumt gerade die Straße. Aiah geht rasch auf die andere Seite hinüber und sieht Charduq den Einsiedler auf seinem Masten vor dem alten Barkazi Savings Institute sitzen. Erinnerungen steigen auf. Sie hat angenommen, der alte Mann wäre schon vor Jahren gestorben. Sie winkt und ruft.

»Hallo, Charduq! Erinnerst du dich an mich?«

Die Augen des alten Mannes blitzen tief in den Höhlen. Er hat eine Glatze und einen langen Bart, der ihm bis auf den Schoß reicht. Die nackte Haut ist dunkelbraun, weil er ständig dem Schildlicht ausgesetzt ist. Er lebt ausschließlich von dem, was die Leute ihm in den Plastikeimer werfen, den er an einem Seil herunterlässt. Er hockt auf einer der Ziersäulen vor der Bank, so lange Aiah sich erinnern kann.

»Hi, Miss Aiah!«, ruft der alte Mann. »Du hast deinen alten Freund ja seit Jahren nicht mehr besucht. Was verheimlichst du mir?«

»Ich habe meinen Abschluss gemacht und einen Job bei der Plasmabehörde bekommen«, ruft Aiah hinauf.

»Und du lebst mit einem Langnasen-Liebsten zusammen, wie ich hörte. Ist er wenigstens reich?«

Aiah lächelt. Alle, die hier wohnen, bleiben stehen und wechseln ein paar Worte, wenn sie vorbeikommen. Früher oder später erfährt er alles. Angeblich meditiert der Einsiedler über das All, aber in Wirklichkeit ist er weit und breit die beste Quelle für Klatsch und Tratsch.

»Nein«, sagt Aiah. »Reich ist er nicht.«

»Was nützt er dir dann?« Charduq klopft auf die Nachbarsäule. »Komm doch rauf, meine Liebe. Zieh dich aus und lebe mit mir. Ich habe meine Potenz seit Jahren aufgespart und kann dich glücklicher machen als jeder Jaspeeri-Passu!« Der Einsiedler kichert und steckt den Zeigefinger durch den Ring aus Zeigefinger und Daumen, den er mit der anderen Hand gebildet hat. Aiah muss schallend lachen. Sie nimmt ein Bier aus der Packung und legt es in den Opfereimer des alten Mannes.

»Du hast zu lange auf der Säule gesessen«, sagt sie. »Wenn du ein Mädchen willst, solltest du dir besser den Bart abschneiden und dir einen schönen Job besorgen.«

»Du würdest dich wundern, wie viele Mädchen mir den Bart kraulen wollen.« Charduq zwinkert und zieht das Seil mit dem Eimer hoch. Er hat noch einen zweiten Eimer, mit dem zweimal täglich die Abfälle entsorgt werden. Es ist die Aufgabe des jeweils jüngsten Bankangestellten, den Eimer regelmäßig zu leeren, damit es auf dem Gehweg nicht stinkt.

Aiah winkt zum Abschied und drängt sich durch die Menge. Die Mörder marschieren im Schatten riesiger, zufrieden dreinschauender Ballons vorbei, auf denen prominente Zeitgenossen und Politiker abgebildet sind – natürlich alle mit Dolchen, Pfeilen oder Beilen misshandelt. Aiah erkennt Tuphar, Gullimath den Fußballspieler, Gargelius Enchuk und natürlich Constantine, der anscheinend überrascht das Gesicht verzieht, weil er ein paar Dolche im Rücken hat.

Constantine, denkt sie. Sie hält mitten im Schritt inne. *Aber natürlich!*

Sie tanzt durch die Menge, und da der Aufzug dieses Mal überhaupt nicht kommt, steigt sie zu Fuß die Treppe zu Eldas Wohnung hinauf. Als sie oben ist, läuft ihr der Schweiß in Bächen über die Haut, und der Atem geht wie ein Blasebalg. Sie nimmt eine kalte Bierdose aus der Packung und drückt sie sich auf die Stirn. Die Kälte tut gut. Dann trinkt sie die Dose aus.

Sie geht wieder aufs Balkon-Gerüst hinaus und bleibt hinter ihrer Mutter stehen. Die Parade der Mörder ist zur Hälfte vorüber. Einer der Ballons ist schlapp und verliert Sauerstoff. Er sieht aus, als wäre er tatsächlich von einem Plastikdolch durchbohrt worden.

Gurrah dreht sich um und sieht Aiah über die Schulter an. »Willst du der Hexe das Plasma verkaufen?«

Einige Verwandte drehen sich um und starren sie an. Aiah errötet. »Hast du etwa in meinen Beutel geguckt?«

Gurrah hebt die Stimme, um sich zu rechtfertigen. »Ich dachte, da wäre vielleicht was zu essen drin. Ich wollte doch nicht, dass es schlecht wird.«

»Yeah«, sagt Aiah. »Ich verstecke das Essen nämlich immer hinter dem Sofa.«

»Hast du Khorsa das Zeug verkauft?«

»Nein. Ich verkaufe überhaupt nichts.«

»Woher hast du es? Von der Arbeit mitgenommen?«

Aiah sieht sie böse an. »Nein«, sagt sie. »Habe ich nicht.«

»Hoffentlich weißt du auch, was du da tust. So einen Trick abzuziehen, du meine Güte! Wenn du erwischt wirst, wie du der *Passu*-Regierung etwas stiehlst, wird man es dir heimzahlen.« Ihre Mutter hebt die Stimme, damit es möglichst alle auf dem Balkon hören. Aiah spricht leise und beinahe flüsternd und hofft, dass ihre Mutter ihrem Beispiel folgt.

»Das ist kein Trick. Ich tue einfach nur jemandem einen Gefallen. Nun mach nicht so ein Theater.«

Gurrah übertönt jetzt sogar noch den Lärm der Parade. »Ich soll kein Theater machen?«, brüllt sie. »Meine Tochter findet einen Weg heraus, wie man die Zähler manipuliert und verkauft Plasma, und ich soll mir keine Gedanken machen? Ich …«

»Vielen Dank«, brüllt Aiah zurück, »dass du allen eingeredet hast, ich wäre eine Diebin.«

Sie dreht sich um, marschiert in die Wohnung und lässt sich aufs freie Sofa fallen. Ihr Puls pocht im Kopf wie ein überdrehter Motor. Aus dem Augenwinkel beobachtet sie, wie Gurrah sich aufrafft und einen Ausdruck aufsetzt, als wäre sie tödlich beleidigt worden. Dann wechselt der Ausdruck, und sie scheint zu zweifeln. Womöglich dämmert ihr allmählich, dass ihre Tochter vielleicht doch keine Diebin ist. Sie scheint besorgt und fragt sich, ob sie vielleicht etwas übersehen hat.

Zu spät, denkt Aiah. Verdammt, es ist zu spät!

Die Verwandten, die Aiah sehen kann, wechseln wissende Blicke. Sie hasst es, im Mittelpunkt der Aufmerksamkeit zu stehen und mit neugierigen Fragen, Mitleid oder Spekulationen oder was auch immer behelligt zu werden. Sie springt wieder auf, geht zur Kühlbox und nimmt sich noch ein Bier.

Vielleicht ist es Zeit zu gehen.

Sie schnappt sich den Beutel und läuft zum Flur hinaus. Es ist beinahe ein Wunder, aber der Aufzug ist frei und scheint nur auf sie zu warten. Sie fährt hinunter. Die letzten Mörder sind gerade vorbei, und die Anwohner drängen hinter ihnen auf die Straße. Aiah lässt sich mit ihnen treiben. Sie kauft an der Ecke bei einem fliegenden Händler ein Sandwich. Im Nährtank gezogene Shrimps, perfekt gewürzt und direkt vom Grill. Als sie aufgegessen hat, beginnt bereits die Parade der Delphine, angeführt von einem riesigen, aus rotem Fiberglas gebauten Floß, auf dem King Crab sitzt und fröhlich mit den Scheren winkt. Leute, die sich als Fische oder Krustentiere verkleidet haben, tanzen vorbei. Ein Videoschauspieler übernimmt dieses Jahr die Rolle des Herrn der Delphine. Aiah weiß, dass er berühmt ist, aber sie erinnert sich nicht an den Namen. Er steht auf seinem Floß und wirft kleine Geschenke in die Menge – billige Plastikpuzzles, Pfeifen, Chips und Spielzeugtrommeln.

Aiah trinkt das Bier aus und lässt sich von der Menge mitreißen. Ein Stelzengänger bietet ihr aus seiner Weinflasche zu trinken an. Die Griffins und Jaspeeri marschieren vorbei – Letztere sind eine Varieténummer, denn es sind in Wirklichkeit Barkazil, die sich als Jaspeeri verkleidet haben und deren übertriebenen Ernst und das steife Gehabe nachäffen. Über die Aktentaschenschläger lacht sie, bis sie Seitenstiche bekommt: Männer in grauen Anzügen, aus denen überall dicke Rüschen hervorquellen, jagen einander kreuz und quer durch die Gegend und schlagen mit den Aktentaschen aufeinander ein. Über ihnen drängeln sich patriotische Botschaften und grelle Reklametafeln am Himmel.

Sie schlendert in eine Bar, isst ein paar Brotchips und sieht den Leuten zu, die sich Getränke bestellen. Videoschirme zeigen außergewöhnliche Umzüge auf der ganzen Welt. Draußen marschiert die nächste Prozession vorbei, während sie es sich in der Bar gut gehen lässt. Sie fühlt sich so gut wie seit Jahren nicht mehr – wenn sie schon ins Gefängnis muss, dann will sie das Leben wenigstens noch genießen, so lange es geht.

Aiah verlässt die Bar und steht draußen bis zu den Fußgelenken im Müll. Als sie weitergeht, kleben die Schuhsohlen auf dem Gehweg. Musik dröhnt aus einem Kellerclub, die Schlange vor der Tür ist nicht sehr lang, und Aiah stellt sich an. Es gibt ein Sonderangebot, irgendein neuer Cocktail, zwei Getränke zum Preis von einem. Sie bestellt und betritt die Tanzfläche.

Die Band spielt einen sauberen Groove, die Musiker schwitzen heftiger als die Betonwände des Kellers. Nach zwei Tänzen kehrt Aiah an ihren Tisch zurück, wo die Drinks bereits auf sie warten. Sie nippt daran, wird zum Tanzen aufgefordert und willigt ein.

Es sind viele Männer im Club. Derjenige, für den sie sich interessiert, heißt Fredho. Er ist ein guter Tänzer, und als sie sich zur Musik umeinander drehen, gibt er ihr das Gefühl, eine viel bessere Tänzerin zu sein, als sie es tatsächlich ist. Wenn er keine Partnerin findet, tanzt er allein und legt spektakuläre Figuren hin, wirft die Beine hoch, wirbelt um die eigene Achse und springt hoch. Er trägt eine teure Jacke aus weißer Rohseide über der nackten Brust. Die Jacke muss ein Geschenk sein, weil er sich überhaupt nicht darum schert, was aus ihr wird. Sie ist mit Dreck vom Boden verschmiert und stellenweise reißt das Samtfutter auf, wenn er herumspringt. Seine Haut ist von einem schönen Braun wie gebrannter Zucker, die Brust ist glatt – das ist gut, weil Aiah sich jetzt nicht an Gils behaarte Brust erinnern will. Nicht wenn sie denkt, was sie gerade denkt.

Fredho ist wirklich nett – angemessen überheblich, aber nicht zu penetrant. Irgendwann nach einem langsamen Tanz fragt er, ob er sie nach Hause begleiten kann. Sie löst sich ein wenig von ihm, schaut ihn aus zusammengekniffenen Augen an und versucht, zu einer Entscheidung zu kommen. »Vielleicht später«, sagt sie und beugt sich vor, um einen Schweißtropfen von seiner nackten Brust zu lecken – etwas, über das sie die letzten paar Minuten angestrengt nachgedacht hat.

Er zuckt die Achseln, lässt sie zu ihrem Tisch zurückkehren und tanzt eine Weile allein. Aiah fragt sich, warum er mit zu ihr kommen will und ob bei ihm zu Hause vielleicht eine Frau wartet. Dann beschließt sie, dass es keine Rolle spielt. Wer mit Fredho lebt, weiß genau, was Fredho treibt.

Nicht lange, und es ist spät genug. Sie fährt mit Fredho zu den Loeno Towers. Sie fallen schon unterwegs übereinander her, küssen sich, knabbern und necken sich ... die anderen Fahrgäste schauen verlegen weg.

Aiah nimmt Fredho in ihren schwarzen Glasturm mit und vögelt ihn dreimal. Als sie am nächsten Morgen vom Wecker aus dem Schlaf gerissen wird, ist Fredho weg. Genauso weg wie ihr ganzes Geld, die Plasmabatterien und das Elfenbeinarmband, das Gil ihr geschenkt hat.

Mit heftig klopfendem Herzen sieht sie Gils Bild an der Wand an und verspricht ihm, dass sie schleunigst sehr viel klüger werden wird.

6

Aiahs Frühstück besteht aus Kaffee und Vitaminpillen. Sie kommt zwanzig Minuten zu spät zur Arbeit, aber den anderen geht es auch nicht besser und niemand sagt etwas. Die Zeit bis zur nächsten Pause sitzt sie am verbeulten Metalltisch im Büro ab, dank des Kopfhörers und ihres benebelten Kopfs halbwegs von Jaymes Gekreisch abgeschirmt, und denkt über ihre Lage nach.

Nach der Mittelpause muss sie mit Grandshuk und Lastene zur Old Parade hinaus. Sie schleppt sich den Nachmittag über durch schlammige Tunnel und kratzt sich an einem abgebrochenen Rohr das Schienbein auf.

▪ ▪ ▪

Plasma strömt durch Aiahs Körper und erfüllt jeden Hohlraum, als würde warmes Wasser in ihr aufsteigen. Das Trigramm glüht in ihrem Kopf, dunkelblau und zugleich strahlend, pulsierend vor Energie. Die Umgebung wird ihr stärker bewusst, als die Wahrnehmung sich schärft und die Sinne angeregt werden – als hätte sie sich gerade mit einem unerschöpflichen Quell verbunden, der die ganze Welt mit Lebenskraft speist. Sie greift mit der Wahrnehmung durch die Dunkelheit und spürt auf einmal die Oberfläche der vernarbten Betonwände. Das unsichtbare stützende Geflecht der Metallstreben hinter den Wänden hebt sich ab wie die Knochen auf einem Röntgenbild. Sie hört den raschen Herzschlag eines Tiers, wahrscheinlich einer Ratte, die zusammengerollt unter dem verfallenen Bahnsteig schläft.

Diese Wirkung hat sie bisher noch nicht bemerkt. Wahrscheinlich war sie bei den ersten Kontakten zu aufgeregt.

Aiah lenkt das Plasma durch ihren Körper, verbrennt die Giftstoffe, die nach dem Alkoholgenuss zurückgeblieben sind, und saugt die Energie auf. Sie ist inzwischen darin geübt und fühlt sich nach einer Weile unbezwingbar stark. Ihre Wahrnehmungen scheinen bis zum Schild und tief in die Erde zu reichen.

Die Plasmabatterie ist fast erschöpft, deshalb nimmt sie die nächste von den dreien, die sie gerade geladen hat. Sie versucht es mit ein paar visuellen Effekten. Helle Farbstreifen breiten sich auf dem Bahnsteig aus, in den Ecken erscheinen kleine Irrlichter, helles Licht strahlt aus den alten, ausgeschlachteten Lampen an der Decke.

Sie versucht ein Bild von Constantine zu erschaffen und es auf die Wand gegenüber zu prägen, aber das Ergebnis ist so lächerlich, schlimmer als Kindergekritzel, dass sie es gleich wieder löscht.

Sie verbraucht die zweite Batterie und nimmt sich die dritte vor. Jetzt probiert sie etwas Neues, sie will nach Westen zur Metropolis von Gerad hinausgreifen. Sie ruft sich erst das Trigramm vor das innere Auge, dann ein Bild von Gil. Sie denkt an seine freundlichen blauen Augen, an die sanften Hände mit den dicken Fingern, an die zarte, sommersprossige Haut, die sich an sie drückt, an die behaarte Brust unter ihrer Wange … und in diesem Augenblick berührt ein trauriger kalter Finger ihr Herz, denn sie erinnert sich an Fredho, an den Geschmack seiner Schweißtropfen und seiner Haut.

Aber das Feuer in ihren Nerven und ihrem Bewusstsein ist zu rein, zu mächtig um die Trauer lange zu halten. So schickt sie ihren Geist weiter aus nach Westen, um Gil eine Botschaft zu überbringen, wo immer sie ihn antrifft …

Und einen kleinen Augenblick lang berührt sie ihn, eine flüchtige Verbindung zu seiner Seele entsteht, so abrupt und überraschend, dass sie erschrickt und den Kontakt sofort wieder verliert. Sie weiß, dass er mit anderen Männern in einer Bar oder einem Club ist. Sie spürt, dass er etwas betrunken ist, sie schmeckt wässriges Bier auf der eigenen Zunge und spürt die Benommenheit im Kopf. Sie weiß, dass er sich langweilt.

Diese Langeweile, denkt sie und schreibt ein paar Punkte auf seinem Konto gut.

Vorsichtig sucht sie ihn noch einmal, sanfter dieses Mal. Sie ruft sein Bild vor ihr inneres Auge, findet ihn und sieht ihn nach und nach immer schärfer. Er zuckt zusammen, als der Kontakt entsteht. Sie schickt ihm, was sie empfindet: Sehnsucht, Sorge, Begehren. Sie versucht, Gil mit ihrer Zärtlichkeit einzuhüllen wie in ein flauschiges warmes Handtuch. Und langsam beginnt er zu träumen und die sehnsüchtigen Gefühle zu erwidern, die sie ihm schickt.

Der Augenblick ist vorbei, und Aiah merkt, dass ihr die Tränen aus den Augen rinnen. Sie blinzelt sie weg und sieht die Batterie an. Sie ist leer. Der Kontakt über so große Entfernungen verbraucht anscheinend eine Menge Energie.

Die Nachwirkungen des Kontakts verblassen allmählich. Aiah bringt die Batterien in die alte Toilette, um sie wieder aufzuladen. Sie schließt die Krokodilklemmen an und sieht zu, wie die Ladeanzeige rasch die Farbe wechselt und blau wird.

Die nächste halbe Stunde arbeitet sie mit dem Plasma, um sich an die Ladung und die Energie zu gewöhnen, aber sie lässt immer die Batterien als Puffer zwischen sich und der Quelle.

Sie hat beschlossen, dass sie etwas mit der offenen Tür tun muss. Jede Illusion, die sie mit dem Plasma aus den Batterien aufbaut, verblasst wieder, sobald die Batterien leer sind. Sie muss die Illusion mit einer stärkeren Kraftquelle verbinden.

Aiah holt tief Luft, zieht einen isolierten Handschuh an und nimmt einen Plasmaschreiber aus dem Overall. Vorsichtig räumt sie mit der isolierten Hand den Schutt vor der heruntergebrochenen Strebe weg. Dann nimmt sie die Kappe vom Stift und zieht eine Bahn – präzise gemalt und innen schraffiert – vom Ende der Strebe quer über den Betonboden.

Der Plasmaschreiber ist billige Alchemie. Er enthält eine Tinte mit Metallteilchen, die es dem Plasma erlauben, dem Verlauf der Linie zu folgen. Die Stärke der Strömung lässt sich durch den Metallgehalt der Tinte und die Breite der Bahn steuern. Die Stifte werden in verschiedenen Größen und Dichten verkauft, damit unterschiedliche Plasmaströme gelenkt werden können.

Aiah kriecht seitwärts über den Boden und zieht die Bahn aus. Als sie die Türschwelle erreicht, malt sie zum Abschluss einen Querstrich und tritt auf den Bahnsteig, um sich das Ergebnis anzusehen.

Kurze Zeit warten, damit die Farbe trocknen kann. So steht es in der Bedienungsanleitung.

Sie wartet eine Weile. Aiah zupft am Handschuh, zögert. Das pochende Herz scheint den ganzen Brustkorb auszufüllen.

Sie zieht den Handschuh aus und lässt ihn auf den Bahnsteig fallen. Dann zieht sie das kleine Trigramm unter dem Kragen hervor, hält es in der Hand, starrt es an und prägt es sich ein. Sie kniet sich vor die Tür, streckt die Hand aus, zögert, streckt sie weiter aus.

Mit einem Brüllen stürzt die Energie von der anderen

Seite der Linie auf sie ein, dieser unendliche Quell gewaltiger Kräfte, die nur durch eine dünne Linie metallhaltiger Tinte von ihr getrennt sind. Sie könnte das Gefühl überwinden, indem sie die Energie einsetzt, um eine Speiseleitung für das Plasma durch die Luft zu ziehen, wie sie es jeden Tag bei der Arbeit tut. Sie könnte einen Plasmastrahl von der Strebe in ihr Bewusstsein leiten, genau wie sie das Zeug aus den Sendeantennen der Plasmabehörde an die Empfänger in der ganzen Stadt schickt …

Das Gesicht der Plasmataucherin mit den leeren Augenhöhlen starrt sie an.

Aiah springt zurück und unterbricht den Kontakt. Die Energie pulsiert in ihrem Schädel, Funken blitzen auf der Netzhaut. Sie holt tief Luft, um sich zu beruhigen.

Sie hat einfach nicht mit dieser Urgewalt gerechnet, denkt sie. Das nächste Mal wird es einfacher.

Wieder kauert sie sich vor die Linie und betrachtet das kleine metallene Trigramm in ihrer Hand. Es ist nicht schwer, die Form im Kopf zu behalten, nachdem sie von den aufbrandenden, gewaltigen Energien förmlich in ihr Sehzentrum eingebrannt wurde. Sie berührt die Tinte mit einem Finger.

Auf dem Trigramm spielen Farben, es läuft silbern und blau an. Das Plasma tost jenseits der schmalen Barriere aus rissigem Zement. Vorsichtig schirmt Aiah es in ihrem Bewusstsein ab und konzentriert sich auf den kleinen Strom, der über die Tintenspur zu ihr gelangt. Genau wie sie es schon vorher einmal getan hat, baut sie vor der Toilettentür die Illusion einer Wand auf, eine körperlose Sperre aus rissigem, brüchigem Beton.

Aiah zieht den Finger von der gezeichneten Linie, tritt etwas zurück und hält den Atem an. Die Illusion hält. Sie betrachtet ein paar Minuten lang ihr Werk und vergewissert sich, dass nichts verzerrt ist oder wackelt oder verblasst. Vor allem muss die Illusion dafür sorgen, dass nicht bald schon wieder eine lebende Fackel aus Plasma ein ganzes Stadtviertel einäschert.

Die Energie summt angenehm durch ihren Körper. Aiah schnappt sich ihre Sachen und bringt sie zur Straße hinauf. Sie klettert durch das Loch hinaus, das sie schon einmal benutzt hat.

Sie lässt den Gullideckel wieder auf das Loch fallen und steht blinzelnd im Licht des Schilds. Der alte Mann und sein wackliger Tisch sind nicht mehr da, es sind nur noch wenige Leute auf der Straße unterwegs. Aiah blickt auf die Uhr. Sie hat den größten Teil der zweiten Schicht da unten verbracht. Noch ein paar Minuten und die dritte Schicht beginnt.

Droben ziehen ein paar hohe Wolken vorbei. Sie fühlt sich überhaupt nicht müde, die Füße bewegen sich trotz der schweren Stiefel federleicht übers Pflaster. Sie fühlt sich, als könnte sie mühelos einige Meilen im Laufschritt zurücklegen. Sie fragt sich, ob sie schlafen kann, ob sie überhaupt noch Schlaf braucht.

Kein Wunder, denkt sie, dass die Leute mit Zugang zum Plasma so lange leben.

Sie geht durch den Tunnel, der zur Terminal-Station führt. Erschrocken sieht sie, dass sich vor ihr die Umrisse von drei Männern auf den gelb gekachelten Wänden abzeichnen. Drei Männer, mit Leinenhosen und weiten Hemden und schweren Stiefeln bekleidet. Sie haben ein Zehnerpack Bier dabei und rauchen Zigaretten.

Aiahs vom Plasma beflügelte Füße haben sie schon halb durch den Tunnel getragen, ehe ihr die Gefahr bewusst wird, und dann ist es zu spät. Sie geht einfach weiter und bemüht sich, möglichst freundlich zu lächeln. Die drei Männer starren sie an, unrasierte und kalte Gesichter im Schein der Leuchtstoffröhren.

»Was machst du denn hier, Mann?«, fragt einer von ihnen, ein stämmiger Mann mit einem Bierbauch, der unter dem etwas zu kurzen Hemd hervorschaut.

»Ich arbeite«, sagt sie. Der Mann scheint überrascht, als er eine Frauenstimme hört.

»Na, dann hast du wohl einen Job, was?« Ein dürrer Bursche mit tätowierten Armen und Pomade im Haar. »Da hast du mehr als wir.«

»Vielleicht hast du sogar *meinen* Job«, sagt der erste Mann.

»Nation!«, ruft der dritte Mann. Er sitzt auf dem Betonboden und lehnt an der gelb gekachelten Wand, die nackten Arme auf die angezogenen Knie gestemmt. Mit halb geschlossenen Augen singt er: *»Nation, Nation, nur gemeinsam sind wir stark.«*

Jaspeeri Nation, denkt sie. Wie reizend.

»Ich gehe ja schon«, sagt Aiah. Das Adrenalin kämpft mit dem Plasma um die Vorherrschaft in ihrem Kreislauf, als sie am Dicken vorbeigeht. Sie ist größer als er, aber er scheint trotzdem hoch über ihr aufzuragen. Ihr dreht sich der Magen um, als sie seine Bierfahne riecht.

»Raus aus unserer *Nation,* Schlampe«, sagt der Dicke. Er macht einen Schritt in ihre Richtung, als sie sich von ihm entfernt.

Aiah ist in einer sehr ähnlichen Gegend aufgewachsen. Sie weiß genau, dass es in einer solchen Situation nichts Schlimmeres gibt als wegzulaufen. Sie setzt die nervösen Füße fest auf den Boden und starrt den Dicken an. Sie versucht, die Kraft des Plasmas zu ihm ausstrahlen zu lassen. Und dann versucht sie, trotz des heftig pochenden Herzens, das bis in die Kehle zu hüpfen scheint, ruhig und gelassen zu sprechen.

»Ich arbeite für den Staat, okay?«, sagt sie. »Du solltest der Regierung nicht in die Quere kommen, denn dann wird die Regierung eine Menge Wege finden, *dir* in die Quere zu kommen. Und wenn nicht die Regierung, dann die Gewerkschaft. Kapiert?«

Der Dicke zögert, sieht sie nur an und versucht, sich

etwas einfallen zu lassen. Dann kratzt er sich am unrasierten Kinn und weicht einen Schritt zurück.

»Nation!«, kreischt der sitzende Mann. Er springt auf und wirft eine Bierflasche nach ihr, die nur ein paar Schritte von Aiah entfernt an der gelben Wand zerbirst. Als ihr der Schaum ins Gesicht spritzt, rennt sie los.

Sie rennt weg und flucht über sich selbst, denn auch nach dem Wurf mit der Flasche wäre es noch möglich gewesen, einfach wegzugehen und davonzukommen. Jetzt, da sie in Panik geraten ist, nehmen die Männer natürlich die Verfolgung auf und rennen ihr hinterher wie eine Meute Hunde, die Blut gewittert hat. Schwere Stiefel poltern hinter ihr. Ihre einzige Hoffnung ist es jetzt, die Fahrkartenkontrolle zu erreichen, wo sie hoffentlich Schutz findet ...

Sie biegt um die Ecke und prallt gegen ein Metallgitter, das vor der Fahrkartenausgabe den Tunnel absperrt. Die Station ist in der verkehrsarmen Zeit während der späteren Schichten geschlossen. Vom Aufprall benommen, löst Aiah sich vom Gitter und zieht den Reißverschluss ihres Beutels auf. Ihre einzige Hoffnung ist jetzt das Plasma in den Batterien.

Der dürre Bursche hat sie erreicht, bevor sie den Reißverschluss geöffnet hat. Aiah schwingt den Beutel und erwischt ihn voll auf der Brust. Er schreit und kippt um. Dann ist der Dicke über ihr und schlägt sie mit einer riesigen Faust mitten ins Gesicht. Sterne explodieren in Aiahs Schädel. Sie taumelt zurück und knallt mit dem Hinterkopf gegen das Gitter. Der Schutzhelm fällt klappernd zu Boden. Aiah geht inmitten von fliegenden Armen und Beinen zu Boden, drückt den Beutel an ihre Brust und versucht sich vor den Fäusten und Stiefeltritten zu schützen. Ein scharfer Schmerz fährt durch den ganzen Körper, als eine metallene Stiefelspitze ihre Niere trifft. Aiah findet den Reißverschluss und zieht ihn auf, schiebt die Hand in den Beutel. Jemand legt die

Hand in ihren Schritt. Der Dicke will nach ihrem Gesicht treten, aber er verfehlt und setzt sich, vom Schwung des Tritts umgeworfen, auf den Hintern. Eine Bierflasche fällt mit einem Knall auf den Boden. Aiah spürt eine Plastikkappe unter den Fingern und zieht sie vom Anschluss der Batterie, legt den Daumen auf den Kontakt.

Der dürre Bursche schreit, als eine Plasmakugel sein Gesicht schmelzen lässt. Die Pomade geht in Flammen auf. Der Dicke ist schon halb wieder auf den Beinen, als Aiah mit der freien Hand auf ihn zielt, als würde sie eine Faust schütteln. Der Mann fliegt zurück, als hätte er eine Abbruchbirne vor die Brust bekommen. Aiah hört den Schädel knacken, als er gegen die Wand prallt.

Der dritte Mann, der mit der Flasche geworfen hat, starrt seinen brennenden Kumpan entsetzt an und will, vom Alkohol benommen, schwerfällig die Flucht ergreifen. Aiah zielt auf ihn und versetzt ihm einen Stoß zwischen die Schulterblätter. Er fällt flach auf den Bauch und rutscht ein Stück weiter, ehe er reglos liegen bleibt.

Aiah richtet sich mühsam auf, von Tränen und Schmerzen halb geblendet, und sucht ihren Schutzhelm. Der dürre Bursche presst die Hände auf die verflüssigten Augäpfel und taumelt den Gang hinunter, prallt mit der Schulter gegen die Wand. Aus irgendeinem Grund brennt seine Pomade hellblau. Vor Schmerzen und unter dem Gewicht des Beutels taumelnd, läuft Aiah an ihm vorbei, vorbei an dem Mann, der im Gang auf dem Bauch liegt, und flieht aus dem Tunnel ins helle Licht des Schilds.

Die alten Ziegelbauten scheinen um sie zu kreisen. Sie holt tief und erleichtert Luft und taumelt die Straße hinunter, während sie sich hektisch nach einem Taxi umsieht. Unten im Tunnel sind immer noch Schreie zu hören. Aiah zieht sich den Schutzhelm tief in die Stirn.

An der nächsten Ecke findet sie ein Taxi und lässt sich

nach Mudki fahren, einem Finanz- und Geschäftsviertel in der Nähe. Eine Seite ihres Gesichts ist geschwollen, aber sie dreht sich zur Seite, damit der Fahrer es nicht sieht. Die Station der Transit Authority ist ein Gewirr von mehreren einander kreuzenden Trackline- und Pneuma-Linien. Die Station ist rund um die Uhr geöffnet, und dort herrscht genug Verkehr, damit sie einfach verschwinden kann. Mit der Red Line bis zur New Central Line und von dort aus nach Hause.

Die Spuren verwischen. Wenigstens funktioniert ihr Verstand noch einigermaßen normal. Wenn die Behörden nicht gerade einen Plasmahund auf sie ansetzen, müsste sie eigentlich davonkommen.

Anders wird es aussehen, wenn sie zum Terminal zurückkehrt. Dort werden jetzt Leute nach ihr suchen, die nicht besonders gut auf sie zu sprechen sind.

Als sie in Mudki ankommt, zittert sie heftig und kippt vor Aufregung ihr Wechselgeld auf den Boden des Taxis. Sie bückt sich, hebt es auf und schiebt es über die breite Theke nach vorn zum Fahrer. Während sie zwischen den mächtigen Bürobauten in Mudki entlangläuft, schiebt sie eine Hand in den Beutel, um sich eine Prise Plasma zu gönnen. Sie will das Adrenalin verbrennen, die flüssige Angst, die wie Säure durch ihre Adern rinnt.

Das Plasma hilft ihr, wieder klar zu denken. Als der Wagen der Red Line mit einem Ruck anfährt, plant Aiah bereits mit kühlem Kopf ihr weiteres Vorgehen. Sie muss einen Weg finden, unauffällig zum Terminal zurückzukehren und allen Leuten aus dem Weg zu gehen, die sie erkennen könnten.

Ja, das ließe sich machen. Und wenn sie etwas Glück hat, muss sie es nur ein einziges Mal tun.

Die kühle Gelassenheit hält sich, bis sie daheim ist und das gelbe Licht auf der Kommunikationsanlage sieht. Sie drückt auf den Abspielknopf, hört das Band anlaufen und den Tonkopf knirschen, dessen Mechanik sie immer noch nicht geölt hat, und dann dringt Gils Stimme aus dem Apparat. Im Hintergrund ist Lärm, Getöse und laute Musik zu hören. Gils Stimme klingt verwirrt und verzagt.

»Ich rufe aus einer Bar an. Ich weiß auch nicht warum, denn es kostet ein Vermögen ... aber ich vermisse dich so sehr, dass ich es einfach nicht mehr aushalte, und das wollte ich dir sagen ...«

Jetzt, in der Stille ihres schwarzen Glasturms, fühlt Aiah sich frei und unbeobachtet und kann endlich zusammenbrechen.

7

Am nächsten Tag kann Aiah sich kaum bewegen. Eine Seite ihres Gesichts fühlt sich unförmig an, als würde es nicht zu ihr gehören. Die Schmerzen erinnern sie allerdings rasch daran, dass dem nicht so ist. Dunkelblaue Prellungen sind auf dem ganzen Körper aufgeblüht, die Rippen kommen ihr vor, als wären sie ein paar Zentimeter nach links verschoben. Wenn sie zu gehen versucht, schießt ein scharfer Schmerz durch ihr Bein. Sie zieht den Strumpf aus und stellt fest, dass jemand ihr auf den rechten Fuß getreten hat. Zwei Zehen sind geschwollen und schwarz, die Nägel gebrochen. Sie weiß nicht einmal mehr, dass es überhaupt passiert ist. Sie glaubt nicht, dass die Knochen gebrochen sind, aber ganz sicher ist sie nicht.

Aiah humpelt ins Bad. Sie kann sich kaum ansehen, sie fühlt sich wie eine Verdrehte, eine Angehörige des grotesk verwachsenen Volks. Dann erinnert sie sich, dass sie heute schon vor der Mittelpause ihren Trupp durch die Tunnel unter der Old Parade führen soll.

Aiah humpelt zu den Plasmabatterien, kehrt zum Spiegel zurück, zögert. Sie hat Bedenken, einen größeren Eingriff vorzunehmen und eine echte physische Veränderung durchzuführen.

Wie sind die Verdrehten so verdreht geworden? Einige von ihnen wahrscheinlich auf genau diese Weise.

Aber andererseits ist das Heilen eine sehr verbreitete Plasma-Kunst. Wie viel Begabung braucht man dazu?

Aiah legt eine Hand auf die Batterie und als sie die Energie spürt, fühlt sie sich sofort besser. Sie hebt den metallenen Talisman an die Wange, drückt ihn leicht auf die verletzte Haut. Sie versucht, die Struktur in sich eindringen zu lassen und das Gewebe zum Abheilen zu bringen, die Blutergüsse aus dem zerquetschten Gewebe zu drängen. Das mumifizierte Gesicht der Plasmataucherin fällt ihr ein, aber sie schiebt es energisch weg. *Langsam,* denkt sie. *Nur langsam.*

Die Batterie ist leer, als sie halb fertig ist. Aiah schaut sich an. Die Schwellung ist deutlich zurückgegangen, die blaue Prellung ist heller geworden. Anscheinend ist sie auf dem richtigen Weg.

Aiah greift zur nächsten Batterie.

Ein paar Minuten später wird sie vom Zweiklang ihrer Kommunikationsanlage unterbrochen. Sie beschließt, den Anruf zu ignorieren, aber als sie den Aufnahmekopf knirschen hört, fällt ihr ein, dass es Gil sein könnte. Sie lässt die Batterie stehen und humpelt zur Anlage. Sie nimmt ab und drückt sich eine Hörmuschel ans Ohr. Es ist ihre Mutter. *»Pass auf, ich hab mir etwas überlegt«,* sagt Gurrah. Mehr braucht Aiah nicht zu hören. Sie hängt den Hörer wieder auf den Haken und kehrt ins Bad zurück.

Der Aufnahmekopf knirscht unermüdlich, während Aiah sich zu reparieren versucht. Anscheinend denkt Gurrah dieses Mal daran, den Sendeknopf gedrückt zu halten. Aiahs Wange wird warm, als das Plasma durch den Körper strömt. Sie richtet sich auf, nimmt die Hand von der Batterie und streicht mit den Fingerspitzen über die Haut.

Annehmbar, denkt sie. Eine Abschürfung kann sie nicht völlig heilen und neben dem Auge ist noch eine kleine Prellung zu sehen, aber das lässt sich mit Schminke vertuschen. Die unförmige Schwellung ist jedenfalls völlig verschwunden.

Also weiter. Sie behandelt ihren Fuß und die übrigen Prellungen, mit der Zeit wird sie geschickter. Zum Abschluss lässt sie die Energie noch eine Weile ungesteuert in den Körper eindringen, um die Nachwirkungen der Schmerzen und der Müdigkeit zu vertreiben.

So ist es besser. Die Ladeanzeige der Batterie glüht purpurn, also ist sie noch halb voll. Aiah zieht den Overall an und setzt den Schutzhelm auf. Sie kommt etwas zu spät zur Arbeit, Lastene und Grandshuk warten schon. Aiah führt die beiden in das Gebiet, das sie heute absuchen müssen. Tief unter der Erde findet sie ein isoliertes, nicht eingezeichnetes Rohr mit einem kleinen Plasma-Potenzial. Sie notiert es auf den Karten und markiert die Stelle mit einem roten Anhänger.

Damit wäre die Stadt ein wenig reicher.

Nach dem Mittagessen, das sie an der Ecke bei einem fliegenden Händler gekauft hat, kehrt Aiah in die Avenue of the Exchange zurück. In einem Eisenwarenladen kauft sie zwei Krokodilklemmen und ihr tägliches Lotterielos für einen Dalder und geht müde unter der Göttin der Sendetechnik vorbei. Sie fragt sich, ob in ihrem Büro schon jemand auf sie wartet. Im Umkleideraum der Katastrophenschutzeinheit wechselt sie die Kleidung und zieht das Kostüm mit den Rüschen an, das sie schon am Vortag getragen hat.

Sie weiß nicht einmal, ob sie sich überhaupt Sorgen machen sollte. Als sie darüber nachdenkt, findet sie es lächerlich.

Niemand ist in ihrem Büro, nicht einmal Tella und ihr Baby. Allerdings riecht es leicht nach Urin. Sie setzt sich an den verkratzten Metalltisch und startet den Computer. Die Anzeigen glühen gelb. Pünktlich um 13.00 Uhr setzt sie den Kopfhörer auf und meldet sich in der Vermittlung an.

Es ist nicht viel zu tun, und sie nutzt die freie Zeit, um ein paar Anrufe zu erledigen. Ihre Autorität als Angehörige des Katastrophenschutzes wird nicht infrage gestellt, als sie sich mit der Rohrpost ein paar Folien schicken lässt, auf denen die Kontonummern aller Bewohner der Mage Towers notiert sind. Als sie Constantines Kontonummer gefunden hat, ruft sie eine andere Abteilung an und lässt sich einen weiteren Satz Folien mit seinen Daten kommen. Der Packen ist so dick, dass er nicht per Rohrpost, sondern von einem Boten geliefert wird.

In den Pausen, wenn sie nicht den Computer überwachen oder Sendungen abwickeln muss, sieht sie Constantines Plasmaverbrauch durch.

Sie stellt fest, dass er nicht sehr häufig Sondersendungen bestellt. Anscheinend reichen die normalen Zuteilungen an die Mage Towers für seine Bedürfnisse aus. Aber das ist in einem Quartier wie den Mage Towers kein Wunder, weil dort ohnehin schon gewaltige Plasmazuteilungen im Mietpreis enthalten sind. Seine wöchentliche Plasmarechnung ist höher als Aiahs Jahreseinkommen, und er zahlt immer pünktlich.

Anscheinend hat er eine Menge Geld. Obwohl er ein zerstörtes Cheloki zurückließ, als er sich schließlich zurückzog, einen Schutthaufen, der sich erst jetzt allmählich zu erholen beginnt, muss Constantine auf irgendeine Weise einen guten Schnitt gemacht haben.

Umso besser, denkt sie.

In Constantines Philosophie ist das Plasma die Grundlage für den Wohlstand einer Nation und die Garantie für die Freiheit des Volkes. Sie fragt sich, wie viel ihm eine Goldgrube wie der Terminal wert wäre.

Ihr Telefon klingelt. Es ist die Amtsleitung, der Anruf kommt nicht aus dem Haus. Sie stöpselt den Kopfhörer um.

»Hallo«, sagt sie.

»Aiah?« Es ist ihre Großmutter. »Ich habe angerufen, aber du warst nicht zu Hause.«

Aiahs Herz tut einen ängstlichen Sprung. »Ich mache Überstunden«, sagt sie. »Wir suchen immer noch nach dem Leck.«

»Deine Mutter ist dumm«, sagt Galaiah, »aber das heißt nicht, dass sie völlig falsch liegt. Hast du Schwierigkeiten?«

Aiah bemüht sich, gleichmütig zu sprechen. »Nein«, antwortet sie. »Nein, eigentlich nicht.«

»Du weißt ja, dass du mit mir reden kannst. Ich werde Gurrah nichts verraten. Und auch sonst niemandem, falls du dir deshalb Sorgen machst.«

Aiah zögert. Eigentlich will sie Galaiah unbedingt von ihrer Entdeckung erzählen, von ihren Plänen, ihren Ängsten …

Dann kommt ein Anruf auf der anderen Leitung. »Entschuldige, Nana«, sagt sie. »Ich bekomme einen Anruf, ich bin gleich wieder da.«

Sie steckt den Kopfhörer in den Hausanschluss und hört eine vertraute, vom Zigarettenrauch heisere Stimme, die atemlos eine zehnminütige Plasmasendung auf 044 Grad anfordert. »In Ordnung«, wiederholt sie. »15.30 Uhr, Antenne Fünf auf 044 Grad mit 08 mm, Sendung endet um 15.40 Uhr. Bestätigt.«

Sie programmiert am Computer die Sendung und steckt den Kopfhörer wieder in die Amtsleitung.

»Nana?«

»Ich bin noch da.«

Aiah holt tief Luft. Eine Hand bedeckt die Folien auf dem Schreibtisch, als wollte sie die Daten vor den Blicken ihrer Großmutter verbergen. »Ich habe keine Schwierigkeiten«, sagt sie. »Meine einzige Schwierigkeit ist, dass Gil schon viel zu lange weg ist.«

Es gibt ein kleines Schweigen am anderen Ende. »Wenn du meinst.«

»Falls ich wirklich mal Hilfe brauche«, sagt Aiah, »bist du die Erste, die ich anrufe.«

Es ist besser, wenn ich die Familie ganz heraushalte, denkt Aiah bei sich. Wenn es wirklich schief geht, sollen sie nicht auch noch darunter leiden.

Aiah arbeitet bis zur Pause, meldet sich bei der Vermittlung ab und geht hinunter ins dritte Untergeschoss, wo in grauen Schaltschränken die Telefon- und Steuerleitungen zusammenlaufen. Mit den Krokodilklemmen überbrückt sie einige Kabel und schaltet ihr Bürotelefon auf die Durchwahl 4301. Das ist Rohders Nummer. Nachdem er die Flammenfrau auf der Bursary Street ausgeknipst hat, wurde er ins Krankenhaus der Behörde eingewiesen. Alle Anrufe, die sie von jetzt an macht, werden auf Rohders Konto gebucht.

Als sie noch ein Kind war, hat ihre Familie öfter auf diese Weise Telefondienstleistungen gestohlen.

Sie kehrt ins Büro zurück, steckt den Kopfhörer in die Amtsleitung und drückt nacheinander auf die stählernen Tasten.

»Ja?« Die Männerstimme klingt gelangweilt. Er hat blitzschnell abgehoben, viel schneller als Aiah erwartet hat. Sie erschrickt ein wenig. Dann holt sie Luft und versucht, ihr heftig schlagendes Herz zu beruhigen.

»Ich möchte den Metropoliten Constantine sprechen«, sagt sie.

Noch während sie spricht, hat sie das Gefühl, ein unsichtbarer Stromkreis würde geschlossen. Als würde zwischen ihr und Constantine eine Energie zu fließen beginnen … alles fügt sich wie von selbst zusammen, ein kleiner Schöpfungsakt …

Und ein nicht ganz unwichtiger Teil dieses Schöpfungsaktes, denkt sie, wird eine nagelneue Aiah sein.

8

Die Mage Towers erheben sich vor Aiah wie eine Gruppe sagenhafter, gefährlicher Riesen. Ein doppelter Kreis hoher, mit schwarzem Glas verkleideter Säulen. Eigentlich sind es Vielecke, aber die Flächen sind so schmal, dass die Türme beinahe rund wirken. Auf ganzer Höhe sind sie mit Antennen, Vorsprüngen und metallenen Auswüchsen versehen, die Plasma sammeln und Eindringlinge abwehren sollen.

Dunkle Regenwolken ziehen niedrig über den Himmel, drängen sich gegen die barocken, spiralförmigen Sendeantennen, die sich auf den Dächern der Türme dem Schild entgegenrecken. Der Doppelkreis der Türme ist genau berechnet, denn die ganze Anlage soll möglichst viel Plasma erzeugen und auffangen. Wie alle anderen Gebäude fügen sich auch die Mage Towers harmonisch ins Gefüge der anderen wichtigen Gebäude ein, von denen einige sogar mehrere Radien entfernt sind.

»Nein, ich muss mit Metropolit Constantine persönlich sprechen …«

Glastüren, die mit goldenen Einlegearbeiten verziert sind, teilen sich vor Aiah, und sie darf den Tunnel betreten, der zu Turm Sieben führt. Unter ihren neuen Stiefeln liegt ein dicker, weicher Teppich. Auf den leicht gekrümmten Wänden bewegt sich ein abstraktes Mosaik, ebenfalls in Gold und Schwarz gehalten. Es erweckt den Eindruck, man würde in einen Tunnel unter dem Meer wandern. Am Ende des Gangs steht ein Empfangstisch, an dem eine hübsche Jaspeeri-Frau Wache hält. Sie trägt eine honigfarbene weiche Wolljacke und lächelt freundlich, während sie Aiahs Ausweise überprüft. »Aufzuggruppe vier, bitte«, sagt sie. Sie drückt unter dem Tisch auf einen verborgenen Knopf und wieder öffnen sich mit Goldfarbe geschmückte Türen.

»Ich heiße Aiah. Ich bin eine Angestellte der Plasmakontrollbehörde. Ich möchte mit Metropolit Constantine über seinen Plasmaverbrauch sprechen …«

Die Kacheln im Flur, der zum Aufzug führt, sind mit geomantischen Symbolen verziert. Über die Spiegel an den Wänden ziehen sich metallisch glänzende schwarze Streifen. Die Aufzugtüren bestehen aus makellos poliertem Messing und spiegeln ebenfalls die Umgebung. Aiahs Knie knicken ein wenig ein, als der Aufzug sie rasch nach oben trägt.

»Ja, ich werde mit seiner Assistentin Sorya sprechen, wenn Sie das für richtig halten, aber ich brauche dennoch einen Termin mit Metropolit Constantine persönlich …«

Der Aufzug schwankt ein wenig, während er nach oben fährt. Wie alles andere im Gebäude ist auch der Aufzugschacht nicht völlig gerade gebaut. Die leicht gekrümmte Bauweise hilft, die Energie zu sammeln. Man muss sehr genau planen und präzise bauen und einige Unbequemlichkeiten in Kauf nehmen, aber diese Unbequemlichkeiten spielen für die Bewohner, die Plasma zum Frühstück essen, wahrscheinlich keine Rolle.

»Ja, Madame Sorya, ich kann Ihnen eine Rückrufnummer geben. Mein Büro ist im Gebäude der Plasmabehörde in der Avenue of the Exchange. Meine Durchwahl ist 4301.«

Aiahs Magen hebt sich ein wenig, als der Aufzug hält. Sie taumelt einen Moment, ehe sie das Gleichgewicht wiederfindet. Lautlos gleiten die glänzenden Messingtüren auf. Zwei Männer stehen draußen im Vorraum. Makellose Rüschen, ausgebeulte Anzugjacken, höfliche und aufmerksame Gesichter. Die Augen sind scharf und hart.

Aiah zeigt ihnen ihren Ausweis. »Aiah«, sagt sie. »Von der Plasmabehörde.«

Einer von ihnen hebt einen Metalldetektor. »Sie haben doch nichts gegen eine Durchsuchung?«

Aiah bemerkt, dass sie unwillkürlich den Atem angehalten hat. Sie verlässt den Aufzug und betritt den lang gestreckten Vorraum. Die Absätze der Stiefel klicken auf den bronzefarbenen und schwarzen Kacheln. Sie hält einem der Männer ihre Aktentasche hin, tritt einen Schritt zur Seite und streckt die Arme aus.

»Madame Sorya, ich habe die Unterlagen des Metropoliten über seinen Plasmaverbrauch durchgesehen. Ich glaube, mit einem unserer Nutzungspläne könnte er zwanzig bis fünfundzwanzig Prozent seiner Plasmarechnung einsparen, aber ich müsste es ihm persönlich erklären ...«

Der Metalldetektor schlägt an, als er über Aiahs Gürtelschnalle und die Reißverschlüsse und den billigen Metalltalisman gezogen wird. Etwas verlegen zieht sie ihn aus dem Kragen. Der zweite Wächter sieht höflich zu, wirft einen Blick in Aiahs Aktentasche und findet nichts außer Papieren.

»Wenn Sie mir bitte folgen wollen?«

Der Vorraum ist verspiegelt, einige Tische mit Stühlen und Kristallvasen voll frischer Blumen stehen hier. Aiah betrachtet sich kurz im Spiegel, rückt die Rüschen vor dem Hals und an den Ärmeln zurecht. Sie will einen ganz bestimmten Eindruck erwecken – eine erfolgreiche Frau, geschäftsmäßig und Herrin der Lage. Sie trägt einen Anzug aus grauer Wolle von hervorragendem Schnitt. Das teuerste Kleidungsstück, das Aiah je gekauft hat, natürlich auf Kredit. Sie hat sich zwei Tage frei genommen, weil sie einkaufen und Nachforschungen anstellen wollte. Einige Stunden hat sie in einem Café verbracht, das einen schwarz-roten *Wire*-Aufkleber hatte. Sie hat einen Haufen Münzen in den Apparat gesteckt und alle greifbaren Informationen über Constantine abgerufen. Sie hat sich alles ausgedruckt und die Folien angestarrt, bis ihre Augen zu tränen begannen. Überrascht war sie über sein Alter, denn er ist schon über sechzig, sieht aber höchstens wie Mitte dreißig aus. So geht das, wenn man inmitten von Plasma lebt, denkt Aiah.

Er war nicht untätig, seit er den Krieg in Cheloki verloren hat. Er berät seitdem Regierungen. Angeblich hatte er die Finger in einigen Kriegen und Revolten hier und dort, allerdings gewöhnlich auf der Seite derer, die verloren hat.

Anscheinend, so hofft sie, versucht er immer noch, die Neue Stadt aufzubauen.

Aiahs Herz pocht gleichmäßig und pumpt das Adrenalin durch ihren Körper. Sie darf nicht vergessen, betont gelassen aufzutreten. Sie darf keinesfalls schnell und hektisch trippeln, wie es der mit Adrenalin aufgeladene Körper von ihr verlangt. Ihre Kehle ist trocken, die Handflächen feucht.

Einer der Wächter stößt eine breite Metalltür auf, die sich geräuschlos in den Scharnieren bewegt. Hier bewegt sich alles lautlos, denkt Aiah. Sie tritt durch die Tür in einen langen Flur. Die hintere Wand besteht aus Glas und erlaubt bis zum wolkenverhangenen Horizont einen Ausblick auf die Dächer anderer Häuser. Vor dem Fenster verläuft eine geschwungene Stahlstrebe, bewusst unregelmäßig geformt und geschmückt, aber dennoch unschön anzusehen und unpraktisch. Mit solchen Kompromissen muss man sich abfinden, wenn man in einem Haus leben möchte, das eine Menge Energie produziert.

Eine Frau mit grünen Augen tritt aus einer Tür und

fängt Aiah ab. Ihr Haar ist blond gesträhnt, das Kinn ist spitz, die Haltung anmutig. Das Gewicht ruht auf dem hinteren Bein, der vordere Fuß ist aufgestellt wie bei einer Tänzerin, die Zehen auf dem rostroten Teppich zielen beinahe anklagend auf Aiah. Das apricotfarbene Kleid lässt Arme und Schlüsselbeine unbedeckt. Der Gürtel hängt tief auf der Hüfte, die goldenen Kettenglieder, aus denen er zusammengesetzt ist, sind wie geomantische Symbole geformt.

Aiah bremst ab, als wäre sie vor eine Wand gelaufen. Ein Prickeln läuft über ihre Haut. Die Gegenwart der Frau ist beinahe körperlich zu spüren.

Aiah sieht an sich hinab. Ihr Wollkostüm, der Stoff aus kostbarer Wolle von Schafen, die auf Dächern oder in abgesperrten Gassen gehalten werden, gefüttert mit Gemüse und Grünzeug, das sonst benutzt worden wäre, um Menschen zu ernähren … ihre eigene Kleidung, die Aiah gerade noch für extravagant hielt, wirkt an diesem Ort und angesichts dieser Frau beinahe lächerlich. Das Kleid der Frau ist mindestens zwanzigmal so viel wert wie Aiahs Kostüm.

»Sie waren unlängst in Kontakt mit Plasma, nicht wahr?« Die Frau spricht mit einem undefinierbaren Akzent. Die grünen Augen verengen sich. »Es sieht nach einer Notoperation aus.«

Aiah verkneift es sich, zur Wange zu greifen. Bei der letzten Inspektion vor dem Frühstück hat sie im Spiegel nur noch winzige Spuren der Schläge gefunden, und auch die nur, weil sie genau wusste, wohin sie schauen musste.

»Ich hatte einen Unfall«, sagt Aiah.

Die Frau setzt schweigend die Begutachtung fort. »Es ist kein aktives Plasma mehr da«, sagt sie, »nur ein paar Reste. Keine Speiseleitung, keine Brennpunkte, keine Zeitbomben, keine Spuren geistiger Beeinflussung.«

»Mit wem reden Sie da?«, fragt Aiah.

Die Frau hebt das spitze Kinn. »Mit jemandem, den Sie nicht kennen.« Sie nickt. »Kommen Sie bitte mit.«

Sie weicht einen Schritt zurück und Aiah sieht einen Draht, der von ihrer Hand zum anderen Zimmer verläuft. Eine Plasmaverbindung, mit der die Frau den Kontakt zum Vorrat gehalten hat. Aiah hätte die Wärme und das Prickeln auf der Haut eigentlich früher erkennen müssen. Ihre Stiefel gleiten lautlos über den dicken Teppich, als sie der Frau durch die Tür in ein geräumiges Büro folgt, das mit einem eleganten Schreibtisch aus Glas und Aluminium, einem Terminal und einer silbernen Wendeltreppe ausgestattet ist. Die grünäugige Frau zieht das Kabel aus dem Plasmaanschluss auf dem Schreibtisch, rollt es auf der Faust zusammen und steigt die Treppe hinauf. Aiah folgt ihr und ist schon halb oben, ehe sie bemerkt, dass die dicke Mittelsäule der Wendeltreppe ein Zugeständnis an die Bautechnik ist. Eine geschickt kaschierte Notwendigkeit, die der Erzeugung von Plasma dient.

Oben ist ein weiteres großzügiges Büro, allerdings liegen hier ein paar einzelne Folien auf der glänzenden Fläche des Schreibtischs. Die Frau klopft an eine Tür und tritt ein, ohne auf die Antwort zu warten. Aiah folgt ihr und steht auf einmal vor Constantine.

Es gibt einen kleinen Moment der Unsicherheit, während Aiah ihr Bild von diesem Mann mit der Realität in Übereinstimmung bringt. Ihr wird klar, dass alle Chromographien, die sie von ihm gesehen hat, alle Bilder auf dem Video, dem lebenden Menschen nicht gerecht werden konnten. Constantine ist ein beeindruckender Mann, einen Kopf größer als Aiah. Er hat Schultern wie ein Bär und eine massige Brust, für die ein Opernbariton einen Massenmord begehen würde. Seine Hände und Handgelenke scheinen gemacht, um Eisenstangen zu biegen. Die Haut schimmert bläulichschwarz, das Gesicht ist etwas fleischig, aber nicht unattraktiv, und das lockige Haar ist geölt und zu einem Zopf geflochten und liegt über der linken Schulter. Auf die Spitze des Zopfs ist eine ziselierte Silberspitze gesetzt. Aiah erkennt das Symbol, das den Träger als Absolventen der Schule von Radritha ausweist.

Der Herr der Neuen Stadt steht da, als wäre er der Herr des Universums. Sie weiß, dass es Leute gibt, die ihn als neue Verkörperung Senkos verehren.

Jetzt kann sie diese Leute verstehen.

Constantine trägt lockere schwarze Hosen, die in Wildlederstiefel gesteckt sind, dazu ein schlichtes weißes Hemd, eine enge Lederweste, die mit geheimnisvollen Symbolen besetzt ist – einige erkennt Aiah als geomantische Zeichen, die anderen sind ihr unbekannt. Der braucht keine Rüschen, denkt Aiah. Was allein das Leder und Wildleder gekostet haben mögen …

»Sie wollen mir helfen, Geld zu sparen?«, beginnt er. Die Stimme ist tief und verrät nicht, was er denkt.

»Ja, Sir.« Aiah gibt sich Mühe, langsam zu sprechen und nicht zu verraten, dass das Adrenalin in ihren Adern tobt und sie drängt, einfach mit allem herauszuplatzen.

»Wie ungewöhnlich für eine Bürokratin«, sagt Constantine.

Ohne ein weiteres Wort dreht er sich um und geht tiefer in den Raum hinein. Aiah folgt ihm. Er geht anmutig, gleichzeitig federnd und entspannt. Sie denkt auf einmal an die gepanzerten Krieger, die sich erst an die Masse ihrer Kampfanzüge gewöhnen müssen. Fast scheint es, als würde er mehr Gewicht tragen, als man äußerlich sieht …

Es ist ein lang gestreckter Raum, so groß wie drei Appartements in den Loeno Towers, wo Aiah lebt. Eine ganze Wand des Raumes ist durchsichtig und erlaubt den Blick auf ein riesiges Gewächshaus, das wahrscheinlich den größten Teil des Dachs einnimmt. Unter Glaskuppeln stehen ausgewachsene, schwer mit Früchten beladene Bäume, darüber erheben sich die mächtigen, gekrümmten Antennen des Turms. Große Videoschirme, die zurzeit alle nicht in Betrieb sind, bedecken in mehreren Reihen übereinander die Wand.

Constantine geht zum anderen Ende des Raums, tritt hinter einen Schreibtisch und setzt sich auf einen großen Stuhl, der aus verchromten Stäben und schwarz gefärbtem Kalbsleder besteht. Die Hydraulik zischt leise, Leder knarrt. Constantine legt die großen Hände flach auf den Schreibtisch.

»Dann erklären Sie es mir bitte.«

Aus dem Augenwinkel bemerkt sie eine Bewegung und erschrickt. Eine große gefleckte Katze wandert durch die Farnbüschel des Gewächshauses und tappt zielstrebig zur Glaswand. Schildlicht funkelt auf den Edelsteinen im Halsband.

»Das ist Prowler«, sagt die Frau. »Er hat mich gesehen. Darf er hereinkommen?«

»Ja.« Constantine lässt Aiah nicht aus den Augen. Sie reißt sich von der Glaswand los und versucht sich an ihren Auftritt zu erinnern, den sie so sorgfältig geplant hat. An den Plan, den sie ihm vorschlagen wollte. Sie sieht nach links und rechts, bemerkt die Stühle.

»Darf ich mich setzen?«

»Wird es doch so lange dauern?« Aber er ist nicht wirklich überrascht. »Bitte.«

Als sie sich einen Stuhl zurechtrückt, hört sie hinter sich ein leises Zischen, als eine luftdicht schließende Tür geöffnet wird. Warme Luft weht herein, es riecht nach Früchten und Pflanzen und vermoderndem Grünzeug. Aiah lässt sich nichts anmerken, sondern erwidert Constantines Blick.

Sie öffnet die Aktentasche und zieht die Folien mit den Einzelheiten über Constantines Plasmaverbrauch heraus. Etwas prasselt aufs Glasdach des Gartens: der angekündigte Regen.

»Ihre Verbrauchsstruktur«, beginnt sie, »zeigt, dass Sie einen großen Teil des Plasmas in der zweiten oder dritten Schicht verbrauchen, also bekommen Sie bereits einen großen Teil zu ermäßigten Gebühren.«

»Ich bin eben nicht zu normalen Zeiten unterwegs«, erklärt Constantine.

»Ich dachte, Sie hätten vielleicht versucht, sparsam mit dem Plasma umzugehen.«

Constantines Blick wandert durchs Zimmer. Es ist kein unfreundlicher Blick, aber es liegt keine Wärme in ihm. Nicht einmal Neugierde. Nur der etwas unwirsche Anspruch: *Gib mir etwas Nützliches oder verschwinde.*

Aiah leckt sich nervös über die trockenen Lippen. »Ich kann Ihnen einen Plan vorlegen, mit dem sie mindestens 1500mm pro Stunde zu einem Preis von fünfzig Prozent des Höchstpreises bekommen, allerdings müssten Sie dazu eine Million vorab als Pauschale einzahlen. Oder Sie zahlen vorab fünf Millionen und brauchen sich über die stundenweise Abrechnung keine Gedanken mehr zu machen.«

Constantines Gesichtsausdruck ändert sich nicht. Der Regen prasselt aufs Dach. »Das klingt nicht übel«, sagt er.

»Also sind Sie interessiert?« Aiah hört hinter sich ein Husten und ein Knurren. Die große Katze. Sie darf sich nicht ablenken lassen.

»Was, sagten Sie, sind Sie nun eigentlich?«, fragt Constantine.

»Ich arbeite für die Plasmabehörde«, sagt Aiah. »Angestellte Stufe Sechs. Einer Ihrer Mitarbeiter hat meinen Ausweis kontrolliert, aber vielleicht wollen Sie es selbst noch einmal sehen.« Sie langt in die Aktentasche, holt den Ausweis hervor und hält ihn hoch. Constantine würdigt ihn keines Blickes, sondern sieht unverwandt die Besitzerin an.

Auf einmal steht die blonde Frau neben Aiah. Die große gefleckte Katze ist bei ihr und reibt den großen Kopf an ihrer Hüfte, während die Frau sie zwischen den Ohren krault. Das Schnurren ist so laut wie ein tragbarer Generator. Feuchter Atem streicht über Aiahs Wange, und sie riecht das tote rohe Fleisch, das die Katze gefressen hat.

»Ich dachte, Sie arbeiten vielleicht für einen privaten Anbieter«, sagt Constantine. »Für jemanden, der ein Gebäude oder einen anderen Plasmagenerator besitzt und der dringend Bargeld braucht und bereit ist, das in Zukunft erzeugte Plasma unter dem Marktwert zu verkaufen.«

»Es ist tatsächlich etwas in dieser Art«, sagt sie.

»Wo ist das Problem? Eine Spielschuld? Wenn Sie der Operation etwas schulden, kann doch Ihr Boss einfach das Plasma an sie verkaufen.«

»Und dann könnte er nie wieder *aufhören*, Plasma an sie zu verkaufen«, sagt Aiah. »Wen die Operation einmal in den Fängen hat, den lässt sie nicht mehr los. Aber nein – niemand hat Schulden bei der Operation.«

»Was soll dann Ihre unerwartete Großzügigkeit?«

Aiah gestattet sich ein Lächeln. Ihr Herzschlag dröhnt lauter in den Ohren als das Schnurren der Katze. »Ich bewundere die New City-Bewegung«, sagt sie.

Constantine gibt ein ersticktes, tiefes Geräusch von sich, das auch von der großen Katze hätte kommen können. Die blonde Frau stößt ein kurzes, perlendes Lachen aus.

»Die New City-Bewegung«, sagt Constantine, »war schon tot, als Sie noch in den Windeln gelegen haben.«

»Ganz so lange ist es noch nicht her«, erwidert Aiah. »Ich kann mich an Sie erinnern.«

»Die Bewegung war eine Totgeburt.« Er rutscht auf

dem Bürostuhl hin und her. »Nur dass es niemand von uns bemerkt hat.«

Die große Katze kommt zu ihr und schnüffelt an Aiahs Hand. Aiah widersteht dem Impuls, die Hand wegzuziehen. Sie sieht die grünäugige Frau an, dann wendet sie sich wieder an Constantine.

»Können wir unter vier Augen sprechen?«, sagt sie. »Ich hatte gehofft, wir könnten allein reden.«

Constantine denkt einen Augenblick darüber nach, beugt sich vor, legt die Hände verschränkt auf den Tisch und sieht Aiah scharf an. »Madame Sorya genießt mein Vertrauen«, sagt er.

Sorya. Die persönliche Assistentin. Aiah hat mit ihr telefoniert. Sie hatte große Mühe, an Sorya vorbeizukommen.

Donnerschläge knallen in der Nähe, das ganze Gebäude bebt. Aiah wirft einen Blick zu Sorya. Die grünen Augen erwidern gelassen ihren Blick. Aiah dreht den Kopf wieder zu Constantine herum und holt tief Luft.

»Das Plasma gehört mir«, sagt sie. »Ich bin die Person, die das Geld braucht. Allerdings geht es nicht um so alltägliche Dinge wie Spielschulden.«

Constantine schweigt, starrt sie nur an. Aiah widersteht dem Impuls, nervös herumzuzappeln. Sie hält die Hände still und sitzt betont aufrecht. »Vielleicht erinnern Sie sich an die Erscheinung aus brennendem Plasma, die vor ein paar Wochen auf der Bursary Street aufgetaucht ist. Es gab einige Todesfälle.«

»Das waren Sie?« Constantines Stimme ist nicht amüsiert, aber Sorya stößt wieder ihr perlendes Lachen aus. Aiah errötet unwillkürlich.

»Nein«, sagt Aiah. »Aber da ich mich für den Katastrophenschutz gemeldet hatte, wurde ich losgeschickt, um nach der Quelle zu suchen.« Sie hält inne, presst die Hände fest auf die Schenkel, auf die kostbare graue Wolle. »Ich habe sie gefunden«, erklärt sie.

»Meinen Glückwunsch«, sagt Sorya. Constantine schweigt, starrt sie weiterhin unverwandt an.

Empörung steigt in Aiah auf. Constantine tut nichts und sagt nichts. Er überlässt es ihr, den nächsten Schritt zu tun.

Locke ihn aus der Reserve, denkt sie. Er muss eine Reaktion zeigen.

»Was würden Sie tun, Metropolit, wenn Sie eine mächtige erneuerbare Plasmaquelle finden würden? Eine Goldader, die Millionen wert ist und von der niemand etwas weiß?«

Seine Antwort bringt sie nicht weiter. »Was ich tun würde, ist nicht die Frage. Aber ich glaube, wir werden bald herausfinden, was *Sie* getan haben.«

Die Katze lehnt sich an Aiah und schnüffelt an ihrem Ohr. Aiah dreht sich der Magen um, als sie den feuchten Atem riecht, den Gestank von tausend toten Tieren. Aiah kämpft das mulmige Gefühl im Bauch nieder, obwohl sich ein verzweifelter, ohnmächtiger Schrei mitten in ihrem Herzen aufzubauen scheint.

Halte dich an das Programm, ermahnt sie sich. Ein Blitz taucht den Dachgarten in fahles Licht.

»Wenn ich so eine Energiequelle in die Hände bekäme«, sagt sie, »dann wüsste ich, dass ich sie nicht selbst ausbeuten kann. Deshalb würde ich sie jemandem anbieten …« Sie leckt sich die Lippen. »Jemandem, den ich bewundere.«

Sorya lacht wieder. »Für eine Million.«

Aiah knirscht mit den Zähnen. »Ganz genau, für eine Million. Und das ist eine Summe, die erheblich unter dem tatsächlichen Wert liegt.« Das Schnurren der Katze dröhnt laut in ihrem Ohr. Vielleicht wird sie jetzt sogar schon von einer Katze ausgelacht.

Constantine lehnt sich zurück. Leder knarrt, die Hydraulik seufzt. »Ach ja. Ich wusste doch … *wir* wussten …« Er nickt in Soryas Richtung. »Da Sie am Telefon so beharrlich waren, war uns klar, dass Sie mich aus einem ganz anderen Grund sprechen wollten, nicht nur wegen dieser Abrechnungsgeschichte. Wenigstens stecken dieses Mal keine romantischen Anwandlungen dahinter.« Seine Augen sehen auf einmal sehr müde aus. »Ganz so lästig sind Sie also zum Glück wohl doch nicht.«

»Vielen Dank.« Aiah spricht so kalt wie möglich.

»Sie wollen mir Energie verkaufen«, sagt Constantine. »Aber was soll ich damit? Ich bin in der Domäne von Jaspeer nur geduldet. Eure armselige kleine Republik ist stabil und alt und besitzt weder Phantasie noch Entschlossenheit. Ich gelte hier als Abenteurer. Man ist vorsichtig; man bemüht sich sehr, meine Aktivitäten zu überwachen. Ich beunruhige die Regierung, und sie würde mich gern loswerden.«

Er spricht gleichmütig und seine Stimme verrät so wenig wie sein Äußeres, weder Interesse noch Leidenschaft. *Vielleicht,* denkt Aiah bei sich, *vielleicht langweile ich diese Leute ja wirklich.*

Die Katze ist jedenfalls endgültig gelangweilt. Sie setzt sich und leckt sich eine Tatze.

»Es gibt keinen besseren Weg«, fährt Constantine fort, »diese Quelle der Unruhe zu beseitigen, als wenn die Regierung oder irgendeine selbstständig arbeitende Behörde einen Provokateur zu mir schickt, der mich in Versuchung bringt, etwas höchst Illegales zu tun.« Er legt die Fingerspitzen beider Hände zusammen. »Diese Version ist viel glaubwürdiger als die Idee, irgendeine junge Frau könnte eine riesige Energiequelle entdeckt haben, die sie jetzt verkaufen will.«

»Ich habe sie«, sagt Aiah. »Ich kann es Ihnen zeigen.«

»Das ist kein Beweis.« Er sitzt da und lässt sich nicht beeindrucken. »Wenn Sie sind, was ich glaube, dann sagen Sie Ihrer Regierung, dass ich an solchen Spielchen kein Interesse habe. Ich habe keinen Ehrgeiz in dieser

Richtung und ich habe auch nicht einfach so mal schnell ein paar Millionen übrig. Wenn Sie sind, was Sie sagen, dann wünsche ich Ihnen Erfolg bei Ihrem Versuch, einen Käufer zu finden. Die Operation hat sicher Interesse daran.«

Aiahs Hand verkrampft sich, die Nägel stechen durch die Wolle in die Schenkel. Schmerz schießt durch ihren Körper, ihre Stimme bebt. »Das werde ich sicher nicht tun«, knirscht sie. »An die verkaufe ich nicht.«

Constantines Augen weiten sich ein wenig. »Warum nicht?«, fragt er. »Die Operation ist mindestens so angesehen wie ich. Wahrscheinlich noch angesehener.«

»Sie …« Aiah schnauft. »Sie haben meiner Schwester wehgetan. Ich werde nicht mit ihnen verhandeln.«

Constantine sieht sie nur an. Wie zuvor wartet er ab, dass sie selbst den nächsten Schritt tut.

»Sie kontrollieren hier alle Clubs und die ganze Freizeitbranche«, erklärt sie. »Und …« Sie macht eine unwillige Handbewegung. »Aber das wissen Sie ja.«

Er schweigt. Aiah hasst ihn dafür, dass er sie dazu bringt, ihre Geschichte zu erzählen, die Erinnerungen hochkommen zu lassen und die Wut … und es ist vergebens, weil er ihr Angebot sowieso nicht annehmen wird. Er ist einfach nur gelangweilt und scharf auf die Abwechslung, die Aiah ihm bietet, weil sie zu verzweifelt ist, um einfach aufzustehen und zu gehen.

»Sie … meine Schwester Henley … sie hat für die Operation gearbeitet. Sie war eine einfache Kellnerin in einem Club. Sie sollte sich etwas aufreizend anziehen, aber sie sollte nicht … sie sollte nicht mehr tun als Flirten. Dafür wird man gut bezahlt, und sie wollte sich damit das College verdienen und ihren Abschluss in Grafik und Gestaltung machen. Sobald sie genug gespart hatte, wollte sie aufhören, aber als sie ihren Gehaltsscheck abholen wollte …« Wieder drücken die Fingernägel durch den Stoff. »Der Geschäftsführer hat ihr die Hände brechen lassen. Nicht nur die Hände, auch die Handgelenke und Ellbogen. Mit gebrochenen Händen kann man nicht zeichnen, verstehen Sie? Und dann bekam sie Arthritis und …« Aiah faucht jetzt beinahe, ihre Stimme bebt vor Zorn. »Henley war nicht vertraglich an ihn gebunden, sie war ihm nichts schuldig und sie war nur eine einfache Kellnerin. Der Geschäftsführer hat es einfach nur deshalb getan, weil er es tun *konnte,* weil er einen miesen Tag hatte und wütend auf sie war. Und deshalb …«

Sie zuckt die Achseln. Der Hass liegt ihr bitter auf der Zunge, aber sie kann nicht einmal sagen, wen sie mehr hasst – sich selbst, weil sie so aufgebracht ist oder Constantine, weil er sie dazu getrieben hat. »Deshalb werde ich nicht an die Operation verkaufen. Und wie es aussieht, werde ich an Sie wohl auch nicht verkaufen.« Sie macht eine Geste, die den ganzen Raum, den Dachgarten und die Mage Towers umschließt. »Sie sind im Ruhestand und beschäftigen sich mit Ihrem Garten. Vielleicht haben Sie mich nur empfangen, weil Sie Langeweile hatten. Die New City-Bewegung ist tot. Verzeihen Sie mir, dass ich glaubte, Sie wären …«

Er hebt die Hand. Ein Blitz meißelt seine Gesichtszüge nach, Donner lässt den Turm erbeben. »Sie wissen nicht, was Sie da von mir verlangen.«

»Anscheinend nicht.« Den Sarkasmus braucht sie nicht zu spielen.

»Es ist kein kleines Geschäft, das Sie hier vorschlagen«, sagt er. »Sie haben es nicht mit kleinen Leuten zu tun.« Seine Stimme klingt scharf und wütend, und Aiah ist auf eine boshafte Weise befriedigt, weil sie immerhin dies erreicht hat. »Und Sie«, fährt er fort, »Sie haben sich in unsere Hände begeben. Wir könnten Ihnen diese Plasmaquelle einfach wegnehmen und Sie könnten verschwinden.«

Als sie die Drohung hört, prickeln die Haare auf Aiahs

Armen. »Sie könnten das Plasma ohne meine Hilfe nicht finden«, erwidert sie. »Und benutzen könnten Sie es auch nicht.«

»Sind Sie da wirklich so sicher?« Weiße Zähne leuchten im schwarzen Gesicht.

»Ich habe gewisse Vorsichtsmaßnahmen ergriffen«, fährt Aiah fort. »Ich habe Dokumente hinterlassen, die man finden wird.« In gewisser Weise entsprach das sogar der Wahrheit.

Er verzieht höhnisch das Gesicht. »An einer Stelle, wo *ich* sie nicht finden könnte?«

»Metropolit ...«, sagt Sorya. Sie will ihn warnen, sich nicht hinreißen zu lassen.

»Welche kleinen Träume Sie auch gehegt haben mögen, vergessen Sie's«, sagt Constantine. Auf einmal blitzen seine Augen sehr lebendig, auch wenn er äußerlich scheinbar entspannt auf dem Lederstuhl sitzen geblieben ist. Er starrt sie an. »Können Sie bei einem Wettlauf von Riesen mithalten?«, fragt er. »Oder auch nur bei Riesen, wie diese arme, eingesperrte Welt sie hervorzubringen vermag?«

Immer noch brennt der Hass in ihr. »Bisher habe ich noch keinen Riesen gesehen«, gibt sie wütend zurück.

»*Constantine.*« Sorya ist sichtlich beunruhigt.

Constantine steht auf und Aiah fährt unwillkürlich zusammen. Sie hat vergessen, wie groß und stark er ist. Erst jetzt sieht sie, dass er einen kupfernen Handsender in der Hand hat und offenbar schon die ganze Zeit mit einer Plasmaquelle in Verbindung steht. Constantine ist bewaffnet und wütend, das Plasma-Licht brennt in seinen Augen. Mit einer raschen, wilden Geste stößt er eine große Hand in Aiahs Richtung ...

Und das ist für eine ganze Weile das Letzte, was sie bewusst wahrnimmt.

■ ■ ■

Als Aiah wieder zu sich kommt, steht sie auf einer nassen Straße an einer Ecke mitten im Feierabendverkehr. Sie sieht ängstlich nach oben. Gewitterwolken, die sich langsam zurückziehen, spiegeln sich in den schwarzen Säulen der Mage Towers. Vor den Türmen steht ein Wohnblock aus roten Ziegeln. Sie muss mindestens einen Radius von den Mage Towers entfernt sein. Jemand rempelt sie von hinten an.

»Oh, Verzeihung.« Sie dreht sich um. Ein Geschäftsmann, der gerade den Regenschirm zusammengefaltet hat, entfernt sich eilig. Autos, die sich abgesehen vom Rauschen der Reifen fast geräuschlos auf der nassen Fahrbahn bewegen, gleiten mit Batteriekraft vorbei.

600 bei Wohnblockbrand gestorben

Die Worte entstehen aus dem Nichts über ihr am Himmel.

Einzelheiten im *Wire!*

Unter dem leuchtenden Plasma schwebt eine Gestalt: menschlich, aber mit langen Flügeln versehen, der Körper in glänzendes Metall gekleidet. Einer der Verdrehten, ein flugfähiges Wesen, das sich in seinem Element tummelt.

Sie starrt ehrfürchtig nach oben. Einen Flieger hat sie noch nie gesehen.

Sie schluckt schwer. Vielleicht ist das ein Omen.

Der Flieger verschwindet, sie sieht nach unten und bemerkt, dass auf ihrer Handfläche etwas geschrieben steht: *Alveq Park, morgen 10.00 Uhr. Schutzhelm.* Die

Druckbuchstaben auf dem Fleisch wirken ungelenk, aber es ist eindeutig ihre eigene Schrift.

Anscheinend hat sie sich mit sich selbst verabredet.

Aber woher, überlegt sie, hat sie gewusst, dass sie genau in diesem Augenblick auf die Handfläche sehen musste? Das war doch unter diesen Umständen eine höchst unpassende Reaktion.

Wieder sieht sie zum Horizont, zu den spitzen Zähnen der Mage Towers. Er war in meinem Kopf, denkt sie.

Sie haben es nicht mit kleinen Leuten zu tun, hat er gesagt.

So ist es.

Sie sieht sich um. Nicht weit entfernt ist eine Haltestelle der New Central Line, mit der sie nach Hause fahren kann. Sie geht zur Station, langt in die Tasche, um ihren Ausweis für die Transit Authority herauszuholen …

Und zieht zu ihrem Erstaunen einen verschnürten Beutel aus der Tasche, der anscheinend voller Geld ist.

9

Ein kalter, feuchter Wind fegt durch den Alveq Park und kündigt den nächsten Regen an. Der Park ist Teil eines Erholungsgebiets auf dem Dach des Bezirkskrankenhauses Siebzehn, einem verschachtelten medizinischen Komplex, der fast einen ganzen Radius einnimmt.

Der Boden unter Aiahs schweren Stiefeln besteht aus zerkrümelnden orangefarbenen Ziegeln, unter denen teilweise schon die Metallstreben silbern hervorschimmern. Bäume stehen in Betonkübeln, die Rinden sind mit Schnitzereien verziert, die trotz schützender Ringe und gusseiserner Dornen mit Taschenmessern angebracht worden sind. Ein paar der Kunstwerke sind schon Jahrzehnte alt. Die Bäume werfen unregelmäßige Schatten, auf Stahlpfosten sind Baldachine aus verblichenem, einst buntem Segeltuch über die alten Bänke gespannt. Heute sitzt niemand auf den Bänken, denn die schweren Planen flattern und knallen im starken Wind lauter als der Donner.

Aiah muss nicht durch das Krankenhaus gehen, um den Park zu erreichen, denn es gibt große Außenaufzüge. Mit Graffiti übersäte Stahlkäfige, die der Öffentlichkeit den Zugang zum Dach ermöglichen. Die Einwohnerschaft des Parks wird hauptsächlich von Tauben gestellt, aber um diese Zeit an einem Sonnabend sind auch viele Kinder hier und einige wenige Erwachsene, die auf den Sportplätzen dem Wetter trotzen.

Aiah kann sich nicht vorstellen, Constantine an einem Ort wie diesem zu begegnen, aber es scheint andererseits eine hervorragende Stelle für ein heimliches Treffen zu sein. In der Umgebung gibt es keine höheren Gebäude, und ein unverstellter Einblick in den Park ist schwierig oder fällt sofort auf. Trotzdem fühlt sie sich mit ihrem Schutzhelm, den Stiefeln und dem gelben Overall etwas fehl am Platze. Sie weiß nicht, wem sie hier begegnen wird, also wandert sie herum, friert im Overall und fühlt sich einsam und verloren. Vom Grill eines fliegenden Händlers weht Essensduft herüber. Sie war viel zu nervös, um daheim zu frühstücken. Sie bleibt stehen, kauft eine Fischfrikadelle auf einem Körnerbrötchen und freut sich, dass der Verkäufer Barkazil-Senf hat. Sie drückt den Senf auf ihre Portion, beißt hinein …

»Sind Sie Miss Aiah?«

Der Sprecher ist ein Verdrehter, ein Klotz von einem Mann mit einem Gesicht wie ein schwarzer Panzerschrank, kleine Augen hinter dicken Knochenplatten. Im Gegensatz zu Constantine spricht er mit einem Cheloki-Akzent. Dieser Mann hier ist sogar noch größer als Constantine. Er ist lässig gekleidet, er trägt eine riesige blaue Windjacke, die bis zum Kinn zugezogen ist. Wenn er damit unauffällig aussehen möchte, hat er sich verrechnet. Aiah will hastig hinunterschlucken, aber der Bissen ist noch zu heiß, und sie nickt nur.

»Ich bin Mr. Martinus. Ich soll Sie abholen.«

Aiah schluckt hinunter. »In Ordnung«, willigt sie ein.

»Hier entlang.«

Hinter ihm zu laufen, das ist, als würde man hinter einer beweglichen Wand gehen. Er führt sie durch den Park und an einem Abschnitt vorbei, der als Trainingsgelände für die Krankenhauspatienten abgeteilt ist. Die Ecke sieht eher aus wie ein Gefängnishof, kahl und alt und dreckig. Zwei junge Rollstuhlfahrer kämpfen dort gegen den Wind an, rollen grimmig entschlossen hierhin und dorthin und drehen sich ewig im Kreis.

Dahinter liegt ein Landeplatz. Zwei kleine Hubschrauber im Orange der Rettungseinheiten stehen mit hängenden Rotorblättern herum, daneben zwei Luftwagen. Einer ist ebenfalls orange und trägt das Abzeichen des Krankenhauses, der zweite ist glänzend schwarz und hat getönte Scheiben. Die Seriennummer beginnt mit einer dreistelligen Zahl, die den Wagen als Privatfahrzeug ausweist. Martinus führt sie zu diesem Wagen.

»Ist das Ihr Auto?«, fragt Aiah. Es ist ein Sky Dart, sieht sie jetzt, ein klassischer TX3, wie sie gebaut wurden, bevor die Dart Company den Bach hinunterging.

»Ich darf ihn benutzen«, sagt Martinus.

»Dürfen Sie hier landen? Es ist immerhin ein Krankenhaus.«

»Niemand hat mich davon abgehalten. Es ist außerdem ein öffentlicher Landeplatz, auch wenn er sonst nur vom Krankenhaus benutzt wird.« Er tippt den Code ins Zahlenschloss des Wagens, und die Tür rollt nach oben. Es ist ein Viersitzer mit doppelter Steuerung. Martinus dreht sich zu Aiah um und hilft ihr auf einen Vordersitz, dann setzt er sich neben sie.

Aiah ist noch nie geflogen und wird nervös. Sie starrt das Sandwich an, das sie noch in der Hand hat und weiß nicht recht, was sie damit tun soll. Der Appetit ist ihr jedenfalls längst vergangen. Sie legt es auf den Schoß und nestelt unbeholfen mit den Sicherheitsgurten herum. Martinus langt hinüber und lässt die Verschlüsse mit raschen, geübten Bewegungen seiner riesigen Hände einschnappen. Aiah sieht dicke Schwielen auf den Knöcheln und überlegt sich, dass er wahrscheinlich intensiv den Faustkampf trainiert hat. Oder, denkt sie dann, oder vielleicht war es überhaupt kein Training.

Die Angst kriecht auf Spinnenbeinen durch ihren

Bauch. Vielleicht wird sie diese Sache nicht überleben. Aber nein – wenn die sie wirklich umbringen wollen, dann hätten sie …

Martinus zieht sich einen Kopfhörer über die Ohren und geht eine Checkliste durch, die mit Wachsstift auf dünnes, abwaschbares Plastik geschrieben ist. Der Anlasser würgt und spuckt wie ein exotisches Tier, dann heulen die Triebwerke auf. Martinus schaut hinaus und sieht zu, wie die Turbinen auf Touren kommen, dann geht er noch einmal die Instrumente durch. Stirnrunzelnd arbeitet er die Checkliste ab, steckt Kabel in Buchsen und programmiert den Computer des Wagens mit dem neuen Ziel. Als nach einer Weile bernsteinfarbene Lichter anzeigen, dass alles in Ordnung ist, greift er zur Steuerung.

Plötzlich ist die Luft voller Plasma. Aiah spürt, wie sich die Haare auf den Armen sträuben. Die Turbinen heulen auf, dann ist der Wagen in der Luft und schwebt auf einem Plasmastrahl seinem Ziel entgegen. Aiahs Magen bleibt zurück, vom Geruch des Bratfetts, in dem ihre Fischfrikadelle geschwommen ist, wird ihr auf einmal übel. Bald nach dem Start wird das Heulen der Turbinen leiser. Aiah schaut aus dem Fenster und betrachtet die tief unter ihr liegende Stadt. Endlos weit erstrecken sich die grauen Dächer, bis zum Horizont und noch weiter. Nur hier und dort ragen Hochhauskomplexe etwas höher auf. Die Mage Towers oder Loeno oder die Gegend um die Bursary Street scheinen wie mit Krallen nach dem Luftwagen zu greifen … es ist ein wenig beängstigend, wenn man so weit sehen kann, wenn man den Horizont sehen kann, ohne dass ein düsteres Bürogebäude oder die Ziegelmauer eines Wohnblocks den Blick verstellt …

Und dann sinken sie wieder und die Gebäude wachsen ihnen entgegen. Direkt unter sich erkennt sie die Betonfläche einer Landeplattform, deren Mittelpunkt mit einem großen Symbol markiert ist. Martinus regelt den letzten Teil des Anflugs mit der Handsteuerung, ein Auge auf die Anzeigen eines Geräts gerichtet, das wie eine Bombenzieleinrichtung funktioniert und dazu dient, die Landeplattform in der Mitte zu treffen. Der scharfe Wind rüttelt den Wagen hin und her, und Martinus runzelt die Stirn, aber er landet dennoch sehr sanft und fährt mit Bodenkontakt zum Parkbereich, wo er die Turbinen abschaltet.

Er sieht prüfend zum Himmel. »Offenbar ist uns niemand gefolgt«, sagt er.

Die Landefläche ist auf dem Dach eines Parkhauses abgeteilt, das anscheinend zu den Bürogebäuden in der Nähe gehört. Aiah folgt Martinus zu einem Aufzug, mit dem sie bis unter das Straßenniveau hinunterfahren. Sie hat immer noch das Sandwich in der Hand, weil sie noch keine Möglichkeit gesehen hat, es loszuwerden.

Nachdem sie unten den Aufzug verlassen haben, müssen sie eine Weile warten, bis ein großer Wagen vorfährt. Es ist ein überlanger, unauffällig grau lackierter Elton. Es ist ein rein zweckbestimmtes Fahrzeug ohne jeden Schmuck und damit beeindruckender als aller Chrom der Welt. Dieser Wagen deutet Luxus, Wohlbehagen und ein behütetes Leben an und spricht für eine umfassende wirtschaftliche Sicherheit, die es nicht nötig hat, sich öffentlich zur Schau zu stellen. Die Fenster sind verspiegelt und von feinen Bronzedrähten durchzogen – die Abschirmung dient dem Schutz vor Plasmaangriffen. Die Turbine des Elton summt leise. Martinus öffnet eine der hinteren Türen und lässt Aiah als Erste einsteigen.

Sorya sitzt hinten und fixiert Aiah mit durchdringenden grünen Augen. Sie hat das blonde Haar unter einer Strickmütze versteckt und trägt einen Overall über einem grauen Pullover. Der Overall ist schwarz, glänzend und maßgeschneidert und hat silberne Knöpfe. Darüber trägt sie einen Gürtel, der ihre schmalen Hüften vorteilhaft zur Geltung bringt. Aiah fragt sich, wo die Boutiquen sind, in denen solche Sachen verkauft werden.

»Hallo«, sagt sie, als sie sich neben die Frau setzt. Mit einem satten, dumpfen Knall wird hinter ihr die Tür geschlossen. Wahrscheinlich gepanzert.

»Es tut mir Leid, dass ich Ihr Mittagessen stören musste«, meint Sorya mit einem Blick zum Sandwich. Aiah errötet. Zum Glück hat der Wagen einen Mülleimer, in den sie endlich das Sandwich stecken kann. Sie klappt den silbernen Deckel zu.

»Schwierigkeiten?«, fragt Sorya.

»Nein, wieso?«

Martinus steigt vorne neben dem Fahrer ein. Die beiden gegenläufigen Turbinenräder summen etwas lauter, und der Wagen setzt sich sanft in Bewegung.

»Da wären noch gewisse Formalitäten«, sagt Sorya. »Entschuldigen Sie.«

Aiah bleibt stocksteif sitzen, während Sorya sie durchsucht. Bleiche kundige Hände suchen nach Batterien, Recordern und Antennen. Aiah zuckt nicht zusammen, als Sorya auch ihren Schritt sorgfältig kontrolliert. Dann ist sie fertig und lehnt sich wieder an.

»Sie müssen uns den Weg zu Ihrer Goldgrube zeigen«, sagt Sorya.

»Ach so.« Eine Mitarbeiterin der Behörde mit Limousine und Chauffeur, denkt Aiah. Wie unauffällig. »Lassen Sie mich mal nachdenken. Fahren Sie in Richtung Terminal.«

Es ist Sonnabend, die erste Schicht, überlegt sie. Kurz vor der Mittagspause. Viele Leute auf der Straße unterwegs. Durch das alte Wohnhaus kommt sie nicht ungesehen mit Sorya hinunter, also müssen sie durch die Tunnel. Den nächstgelegenen Eingang will sie nicht verwenden, damit sie nicht von den Männern entdeckt wird, die sie angegriffen haben.

»Kommt Constantine noch dazu?«, fragt sie.

Sorya sieht sie erstaunt an. »Constantine ist viel zu zart besaitet, um die Schmutzarbeit selbst zu machen. Ich hoffe, Sie sind nicht enttäuscht.«

Aiah schüttelt den Kopf. »Ich bin sogar erleichtert.«

Soryas Mund zuckt amüsiert. »Warum denn?«

»Wenn er hier bei uns wäre, könnte ich ihn nicht verstecken.«

Sorya lacht perlend. »Sehr gut«, sagt sie. »Sie sind wirklich sehr aufmerksam.«

»Es wird schon schwierig genug, *Sie* zu verstecken.«

Sorya zieht die Augenbrauen hoch. »Wie meinen Sie das?«

»Sie sind schön, und das bedeutet, dass die Leute auf Sie aufmerksam werden. Sie sind besser gekleidet als alle Leute, denen wir heute begegnen werden. Ganz sicher besser als jeder, den ich je in ein Mannloch habe kriechen sehen. Und Mr. Martinus ist auch nicht gerade sehr unauffällig.«

Sorya denkt darüber nach. »Das klingt beinahe, als hätten Sie so etwas schon einmal gemacht?«

»Das nicht, aber ich lerne.« Aiah sieht sie an. »Wenigstens haben Sie den Leoparden nicht mitgebracht.« Sie blickt über Martinus' breite Schulter nach vorne. Die Bürogebäude sind heute, am Samstag, fast menschenleer. Auf leeren schwarzen Fenstern spulen pastellfarbene Neonreklamen ab. »Noch etwas«, sagt sie. »Haben Sie Klettergerät dabei? Sicherheitsleinen, Geschirre, Karabinerhaken?«

»Brauchen wir die Sachen?«

»Nur wenn wir sicher hinkommen wollen. Ich würde Sie ungern beschädigt an Constantine zurückliefern.«

Sorya scheint amüsiert. »Sagen Sie uns, was wir brauchen, dann kaufen wir es unterwegs.«

Sorya hat eine Kreditkapsel mit einer größeren Geldsumme dabei. Obwohl Aiah außergewöhnlich gutes

Gerät verlangt, wird es anstandslos und ohne Einwände bezahlt. Die Kreditkapsel wird in die Kasse gesteckt, die Rädchen schnurren. Die Einkäufe lehren Aiah wieder einmal, in einer anderen Größenordnung zu denken.

»Glauben Sie nicht«, sagt sie, als sie zum Auto zurückkehren, »Sie hätten die Quelle für das Geld gekauft, das ich gestern in meiner Tasche gefunden habe.«

Es waren fünftausend Dalder in neutralen Münzen. Genug, um Aiahs Schulden zu bezahlen und noch ein ordentliches Guthaben auf der Bank zu haben.

»Klären Sie das mit Constantine«, gibt Sorya zurück.

»Ich kläre das mit seiner Vertreterin«, sagt Aiah. »Sie werden einen angemessenen Preis bezahlen. Daran wird sich nichts ändern, und wenn Sie noch so viel in meinem Kopf herumpfuschen.«

»Das war nun aber wirklich nicht meine Idee«, wehrt Sorya ab.

»Es war gefährlich. Ich hätte einen Gehirnschaden davontragen können.«

»Wir haben rechtzeitig vorher aufgehört«, sagt Sorya. »Aber wir mussten wissen, ob Sie sind, was Sie zu sein behaupten.«

Aiah lächelt Sorya humorlos an. »Und? Bin ich es?«

»Soweit wir es überprüften konnten«, lautet die glatte Antwort, »können wir davon ausgehen, dass Sie selbst *glauben,* was Sie uns erzählt haben. Sie könnten allerdings auch selbst getäuscht worden sein oder Sie könnten die Größe der Energiequelle falsch eingeschätzt haben.«

»Oh, vielen Dank.«

Eine helle Augenbraue wird hochgezogen. »Miss Aiah, wir kennen Sie nicht.«

»Fahren Sie auf dem Trans-City Highway in Richtung Westen«, sagt Aiah zum Fahrer. »Das geht am schnellsten.«

Sie beschreibt ihm den Weg zum Terminal und lässt

ihn mehrmals in immer weiterem Abstand darum kreisen, weil sie ein Geschäftsviertel sucht, in dem im Augenblick möglichst wenig Menschen unterwegs sind. Sie findet keines, aber sie entdeckt wenigstens ein unterirdisches Parkhaus, von dem aus sie wahrscheinlich in die Versorgungsschächte eindringen können. Während der Chauffeur sich an den Kotflügel lehnt und gelassen eine Zigarette raucht, öffnet Aiah mit dem Universalschlüssel der Behörde eine verbeulte Stahltür und führt ihr Gefolge in die Gänge.

Zum Glück ist der Boden mit Stahlgittern ausgelegt. Nach kurzem Suchen findet Aiah tatsächlich einen verfallenen Luftschacht der alten Pneumalinie. Kondenswasser tropft auf ihren Schutzhelm, während sie unten wartet, bis die anderen beiden über die glitschigen, rostigen Eisensprossen nach unten geklettert sind. Als sie unten ankommen, sind sie offenbar dankbar, dass Aiah auf ordentlicher Ausrüstung beharrt hat.

Der Bahnsteig erwartet sie stumm und leer, Aiahs Stiefelabdrücke sind die einzigen menschlichen Spuren. Martinus geht aufmerksam über die Betonfläche, trotz seiner Körpergröße leise wie eine Katze. Sorya sieht sich erwartungsvoll um und Aiah lächelt.

»Vorsicht, Stufe«, sagt Aiah und geht durch die Wand.

Es dauert ein paar Augenblicke, bis Martinus ihr folgt, eine Hand misstrauisch in die ausgebeulte Hosentasche gesteckt. Er sieht sich im leeren Raum mit den kahlen Betonwänden um, bemerkt die abgestürzte Strebe und kehrt auf den Bahnsteig zurück. Die Illusion schließt sich hinter ihm wie ein Vorhang aus Perlenschnüren. Gleich darauf kehrt er mit Sorya zurück.

»Vorsicht«, sagt Aiah. »Treten Sie nicht auf die Leitung.«

Sorya weicht der Linie auf dem Betonboden aus, dreht sich um und betrachtet die Illusion vor der Tür. »Eine hübsche Arbeit«, sagt sie. »Waren Sie das?«

»Ja.«

»Es ist schwer, so etwas stabil zu halten.«

»Ich hatte keine Probleme damit«, erwidert Aiah. Sie stutzt ein wenig, weshalb dies ein Problem sein soll. Sie hat nicht geahnt, dass man damit Schwierigkeiten haben könnte.

»Dann war es nicht die hier, die diese Illusion aufgebaut hat?« Martinus hat die Plasmataucherin gefunden. Er zieht die Decke weg und betrachtet die Tote mit professioneller Gelassenheit.

»Nein«, sagt Aiah.

Martinus dreht sich zu ihr um. »Haben Sie die Frau getötet?«, fragt er. Es läuft Aiah kalt den Rücken hinunter, als sie seinen nach wie vor gelassenen, geschäftsmäßigen Tonfall hört.

»Nein«, sagt sie noch einmal und fragt sich sofort, ob sie nicht etwas zu hastig geantwortet hat. Sie senkt die Stimme und bemüht sich, langsam zu sprechen. »Sie war die Flammenfrau in der Bursary Street. Als ich sie gefunden habe, war sie schon tot und lag hier, eine Hand an der Strebe.«

»Aha.« Eiskalt. »Wahrscheinlich kann so etwas auch durch einen Unfall passieren, aber wann immer ich es gesehen habe, steckte eine Absicht dahinter.«

Sorya steht neben der Strebe und schaut sie respektvoll an. Sie zieht ein tragbares Messgerät aus der Tasche und setzt die Krokodilklemme auf. Ihre Augen funkeln im Licht der Anzeige. Aiah sieht, wie Soryas Gesichtsausdruck sich verändert, während sie das Messgerät abliest.

Die blonde Frau hebt die andere Hand, beißt in den Zeigefinger eines Handschuhs, streckt die Hand aus und legt sie auf den Träger. Aiah zuckt zusammen und will zu der Frau stürzen, einen Protestschrei im Hals, der ihr nicht über die Lippen kommen will.

Sorya dreht sich lächelnd zu ihr um. In den grünen

Augen funkelt ein kaltes Licht, etwas Helles und Unmenschliches, das sie aus dem Eisenträger herausgezogen hat. Sie nimmt die Hand wieder herunter.

»Nun gut, Miss Aiah«, sagt sie. »Ich glaube, wir sind im Geschäft.«

■ ■ ■

Mit dem Elton wird Aiah bis zu den Loeno Towers gebracht. Der Dreck aus den unterirdischen Gängen verschmiert die Sitze, aber Sorya scheint es nicht zu bemerken. Für die Reinigung der Sitze, denkt Aiah, sind sowieso andere Leute zuständig.

Als der Wagen auf die Zufahrt einbiegt, klappt Sorya im Regal hinter ihrem Sitz ein Fach auf. Sie muss sich anstrengen, um einen schweren Beutel herauszuheben. Mit verkniffenem Lächeln wirft sie ihn Aiah in den Schoß. Aiah zuckt erschrocken zusammen, wie um sich vor einem Angriff zu schützen, als die klimpernde Last in ihrem Schoß landet.

»Zehntausend«, sagt Sorya.

»So billig verkaufe ich nicht«, antwortet Aiah.

»Das verlangt auch niemand«, sagt Sorya. »Es ist ein Vorschuss. Aber Sie dürfen nicht annehmen, dass Constantine irgendwo ein paar Millionen herumliegen hat.«

»Was Sie nicht sagen«, gibt Aiah zurück. Sie starrt verächtlich das Geld an, dann den Elton und den Chauffeur, der inzwischen unter dem Vordach gehalten und das Auto verlassen hat, um Aiah die Tür zu öffnen.

»Oh, Constantine besitzt sicherlich einige Millionen«, erklärt Sorya, »aber eine große Summe Bargeld zu bekommen, ist eine ganz andere Sache.«

Aiahs Tür öffnet sich, als der Chauffeur sie von außen berührt. Die gegenläufigen Turbinenräder wechseln eine Sekunde die Tonlage.

»Machen Sie keine Dummheiten damit«, warnt Sorya.

»Ich mache niemals Dummheiten mit meinem Geld.«

»Kaufen Sie sich kein neues Auto und keine Diamanten. Und auch nicht zehntausend Lotterielose. Tun Sie nichts, was die Aufmerksamkeit auf Sie lenkt.«

Aiah lächelt sie honigsüß an. »Darf ich mir ein Paar neue Schuhe kaufen?«

Sorya erwidert das Lächeln. »Sogar zwei, wenn Sie wollen.«

Aiahs Lächeln verblasst. »Vergessen Sie nicht, was ich gesagt habe.«

Sorya langt in die Tasche, holt eine dünne Zigarette hervor und hält einen Moment inne, den weißen Stab zwischen die Finger geklemmt. Sie mag solche Posen, denkt Aiah.

»Und ich möchte Ihnen in aller Freundschaft und Offenheit den Rat geben, nicht zu vergessen, was Constantine Ihnen gesagt hat, Miss Aiah«, sagt Sorya. »Wir sind keine kleinen Leute.« Sie zieht eine Augenbraue hoch, nimmt ein Platinfeuerzeug heraus, das vor Diamanten funkelt, und erweckt mit einem winzigen Daumendruck eine zierliche, goldene Flamme zum Leben.

»Geld ist auch kein kleines Ding«, erwidert Aiah. »Guten Tag.«

Der Chauffeur schließt die Tür, sobald sie ausgestiegen ist. Die anderen Mieter im Haus beobachten sie neugierig: eine verdreckte Mitarbeiterin der Behörde in gelbem Overall und Schutzhelm wird mit einem Elton vorgefahren, und ein Chauffeur hält ihr die Tür auf. Aiah findet, dass ihr Ansehen in dieser so sehr auf Status bedachten Welt der Loeno Towers deutlich gestiegen sein sollte.

Freundschaft und Offenheit. Aiah hat einiges bei Sorya entdeckt, aber diese beiden Qualitäten ganz sicher nicht.

Als sie durch den Vorraum des Gebäudes geht, sieht Aiah in den verspiegelten Wänden in unzähligen Varianten den langen grauen Elton wegfahren. Die Nachbarn schauen neugierig zu. Nein, denkt sie, eine geheime Verschwörung ist es jetzt sicher nicht mehr.

Der Beutel mit dem Geld zerrt an ihrem Arm. Schwer, massiv, real. Die Münzen bestehen aus exotischen Legierungen, die nur mit Magie hergestellt werden können und daher fälschungssicher sind.

Keine kleinen Leute, denkt Aiah.

Vielleicht halten sie sich ja für Riesen.

Aiah will unbedingt herausfinden, ob die Riesen dem listigen Volk gewachsen sind.

10

Aiah beobachtet Constantine, der am Geländer der Terrasse steht und die großen Hände um die zierlich verschlungenen Stangen gelegt hat. Er starrt düster zur Stadt hinunter, der Wind zerrt am Kragen seines schwarzen Hemds, das am Hals ein Stück geöffnet ist. Er scheint von einer nervösen Energie getrieben zu sein, die ihn durchdringt und auf die Umgebung ausstrahlt. Er spricht, ohne sich umzudrehen. Eine rhetorische Frage, die sich ebenso an den Wind wie an den Gast wendet.

»Was wollen Sie denn nun, Miss Aiah?«

»Viele Dinge will ich«, sagt Aiah. »Für den Anfang reicht mir Geld.«

Jetzt dreht er den Kopf langsam herum und sieht sie an. Aiahs Atem stockt beinahe. Der Blick seiner Augen ist durchdringend und scheint alle ihre Nerven zu berühren. »Was kann Geld tun«, sagt er, »das ich nicht tun könnte?«

»Bieten Sie sich mir an?« Aiah lächelt über den absurden Gedanken. »Sie sind ein bisschen groß für meinen Wandschrank.«

»Ich biete nicht mich selbst an, sondern das, was ich bin«, sagt Constantine, »und das ist keine Kleinigkeit.«

Es ist Sonntag, die erste Schicht ist zur Hälfte vorbei. Am vergangenen Tag, nach Soryas Bericht, hat Constantine Aiah persönlich angerufen und sie für Sonntag zum Frühstück eingeladen.

Sorya ist nicht da, auch ihr Leopard ist nirgends zu sehen. Das Frühstück hat ein schweigsamer Jaspeeri serviert, den Aiah noch nicht kannte. Es gab eine große Schale mit Früchten, die wahrscheinlich im Dachgarten oder an einem ähnlichen Ort gezogen worden sind. So etwas Köstliches hat Aiah noch nie gesehen oder probiert. Früchte mit hellen Schalen, als wären sie poliert, das Fleisch saftig, ein lebendiger Geschmack, der die Zunge zu kitzeln scheint … die armseligen angestoßenen Waren, für die sie in den Geschäften dennoch ein Vermögen zahlen muss, sind nichts im Vergleich damit. Sie muss sich beherrschen, um nicht wahllos alles hinunterzuschlingen.

»Was können Sie mir anbieten«, erwidert Aiah, »das ich mir nicht mit Geld kaufen kann?«

»Weisheit, hoffe ich«, sagt Constantine. Er macht sich offenbar ein wenig über sich selbst lustig. Wieder blickt er zur Stadt, die sich unter ihnen ausbreitet. Aiah ist erleichtert, dass sein Blick nicht mehr auf ihr ruht. Es ist, als wäre der Lichtstrahl eines Leuchtturms über sie hinweggewandert.

»Hätten Sie vielleicht bestimmte, konkrete Weisheiten anzubieten, Metropolit?«, fragt Aiah. »Und was glauben Sie, wie viel sie überhaupt wert sind?«

Der Wind lässt Aiahs Rüschen flattern. Constantine schiebt die Hände in die Taschen seiner dunkelgrauen Hosen. Er grinst kurz und humorlos und starrt weiter hinunter.

»Ich dachte einmal, es wäre genug, wenn man Recht hat«, sagt er. »Aber dann habe ich herausgefunden, dass ich mich geirrt habe. Man darf nicht glauben, man wäre weise, nur weil man sicher ist, dass man Recht hat.« Die Hände ballen sich zu Fäusten, die Hosentaschen beulen sich aus. »Ich habe die Weisheit auf die schlimmste Art und Weise kennen gelernt, die man sich nur vorstellen kann. Ich musste zusehen, wie alle Menschen, die ich geliebt habe, gestorben sind. Alles, was mir wichtig war, wurde zerstört ...« Seine Stimme ist hart, er starrt ins Leere, denkt an die Vergangenheit. »Ich musste ohnmächtig zusehen, wie es nach und nach dazu gekommen ist«, fährt er fort. »Es hat einige Jahre gedauert, und ich wusste die ganze Zeit, dass es meine Schuld war. Was glauben Sie, welche Art von Weisheit ich dabei gewonnen habe?« Die blitzenden Augen werden wieder auf Aiah gerichtet.

»Ich vermag es nicht zu sagen, Metropolit.« Sie kann sich nicht vorstellen, wie es ist, auf diese Weise mit den eigenen Fehlern konfrontiert zu werden und mit einer solchen Verantwortung belastet zu sein.

»Was glauben Sie, was ich mit Ihrem Plasma tun werde?« Constantine wechselt das Thema, tastet sich in eine andere Richtung vor.

Genau, hier geht es ums Geschäft, denkt sie.

»Ich weiß es nicht«, sagt sie, »aber es geht mich auch nichts an.«

»Es geht Sie nichts an. Ich könnte Ihre Ware benutzen, um eine weitere Flammenfrau auf der Exchange entstehen zu lassen. Ich könnte Ihr hübsches kleines Jaspeer zerstören.«

Aiah leckt sich die trockenen Lippen. »Ich möchte allerdings annehmen, dass Sie sich zu so etwas nicht würden hinreißen lassen, Metropolit.«

Ein herzhaftes Lachen dröhnt in Constantines riesiger Brust. Er scheint ehrlich amüsiert, als wäre er gerade gemeinsam mit Aiah Zeuge eines köstlichen Spaßes geworden. »Gut gesagt, meine Tochter«, meint er. »Wie ermutigend!«

Er zieht den Stuhl vom Frühstückstisch ab, schwingt ein Bein darüber und setzt sich rittlings darauf. Eine einfache, fließende und elegante Bewegung, die sein wahres Alter Lügen straft. »Es würde mir jetzt viel leichter fallen als damals«, sagt er. »Ich dachte, ich könnte einfach in Cheloki die Macht ergreifen und meine Ideen würden sich dann ganz von selbst durchsetzen, weil sie richtig waren. Ich dachte, ich könnte meine korrupte, unglückliche Metropolis zu einer neuen Blüte führen. Ich wollte, dass sie Erfolg hat, ich wollte eine Veränderung anstoßen, die man nicht mehr würde aufhalten können. Aber ich war zu lange aus dem Regierungsgeschäft heraus, ich konnte mir nicht mehr vorstellen, wie verkrustet das alles ist, wie viele Menschen darauf angewiesen sind, dass sich eben gerade nichts ändert, wie unbeweglich die Menschen geworden sind, nachdem sie Jahrtausende in der Eierschale gesteckt haben ...« Er macht mit dem Kinn eine Geste zum undurchsichtigen, rätselhaften Schild, der Eierschale der Welt. Eine Barriere, die sich über den ganzen Himmel erstreckt. Ein Hindernis zwar, aber eines, das Licht und Leben spendet. »Das da hat uns eingeschüchtert.« Er beugt sich näher zu ihr, als wollte er sie ins Vertrauen ziehen. »Wir sind ängstlich geworden, wie es ja auch zu Geschöpfen passt, die hinter einer Eierschale leben. Ich hätte nie gedacht, dass andere Regierungen die meine so beunruhigt beobachten würden, dass sie Angst haben könnten, ich würde eines Tages ihr gemächliches Leben stören, ich könnte ihre Selbstgefälligkeit als das entlarven, was sie ist, als Täuschung und Heuchelei ...« Er spricht weiter und weiter, mitreißend und aufgeregt, als würde er von den eigenen Worten fortgetragen, und nach einer Weile fühlt sich sogar Aiah ein wenig berauscht.

»Ja, Heuchelei ist es, weil sie keine Probleme hatten, mit meiner Verbrecherfamilie Geschäfte zu machen, solange wir nur unsere eigenen Leute und unsere eigene Wirtschaft ausgebeutet haben, solange wir unsere besten Köpfe ins Gefängnis gesteckt oder vertrieben haben. Aber sobald ich versuchte, die Menschen zu befreien und die ganze Metropolis in ein Instrument der Evolution zu verwandeln …« Er zögert, und die ungestüme Energie verfliegt, als er mitten im Satz innehält. Er stößt ein bellendes Lachen aus und macht eine abfällige Geste.

»Sehen Sie, was ich für ein Narr bin?«, sagt er. »Ich lasse mich immer noch mitreißen und bilde mir ein …« Er spreizt die Finger. »Ich bilde mir ein, ich wäre irgendwie wichtig und meine Ideen würden irgendeine Rolle spielen.«

Aiah stemmt das Kinn auf die Hand und beugt sich vor. »Was werden Sie denn nun mit dem Plasma tun?«, fragt sie.

Er runzelt die Stirn. »Ich hoffe, etwas Gutes. Aber das größte Problem ist der Zugang.«

»Metropolit?«

»Der alte Terminal ist schwer zu erreichen, wie Sorya mir erklärte. Wenn ich die Plasmaquelle ausbeuten will, muss ich Arbeitstrupps hinunterschicken, Akkumulatoren bauen und Leitungen legen, um das Plasma zu den Orten zu transportieren, wo ich es brauche. Oder ich muss es von einem Gebäudedach aus abstrahlen …«

»Es gibt einen einfacheren Weg, Metropolit.«

»Welchen?«

»Die Behörde kauft Plasma zu festen Preisen an und verkauft es weiter. Gründen Sie eine Scheinfirma, die an einer fiktiven Adresse ein Gebäude besitzt. Erfinden Sie eine passende Firmengeschichte dazu. Und dann besorgen Sie sich einen gefälschten Auftrag, einen Zähler zu installieren. Sie lassen sich auf ähnliche Weise bestätigen, dass die Arbeiten ausgeführt wurden. Dann verkaufen Sie das Plasma aus dem Terminal über diese Firma. Sie nehmen das Geld, kaufen legales Plasma ein und können ganz offen darüber verfügen.« Sie lächelt. »Wenn Sie jemanden in der Behörde haben, der den Papierkram für Sie erledigt, kann das jahrelang gut gehen.«

»Ich verstehe.« Constantines Augen verraten seine kalte Belustigung. »Aber dabei würde ich einen Teil verlieren, oder? Ich würde das Plasma zu einem niedrigen Kurs an die Behörde verkaufen und zu einem höheren Preis zurückkaufen. Was ist, wenn ich das Zeug im Terminal einfach benutzen will, statt es zu verkaufen?«

Aiah schweigt und denkt nach. Wenn Constantine das Plasma im Terminal tatsächlich selbst benutzen will, dann kann es sich nur um etwas drehen, das sofort dazu führen würde, dass man ihm die Zähler hier in den Mage Towers abklemmen würde. Es kann nur um etwas Illegales gehen.

Interessant, denkt sie.

»Sie müssen nicht in der Pneumastation sein, um das Reservoir auszubeuten«, erklärt Aiah. »Sie brauchen nur einen anderen Teil der alten Plastikfabrik zu finden. Es hängt ja alles zusammen. Wenn Sie einen Teil anzapfen, dann zapfen Sie das ganze Gebäude an. Vielleicht können Sie einen Punkt finden, wo das alte Gebäude die heutigen Wartungstunnel berührt. Eine Stelle, wo Sie nicht sehr tief graben müssen. Dort unten gibt es Hunderte alter Tunnel und die meisten sind so alt, dass sie nicht einmal mehr auf unseren Karten erscheinen.«

»Hmm«, macht er.

»Aber andererseits«, fährt Aiah fort, »erleichtert der alte Bahnsteig natürlich die Bauarbeiten.«

»Ich sehe nichts als Schwierigkeiten«, sagt Constantine. »Ich würde eine Steueranlage brauchen, einen Batterieraum und Sendeantennen.« Er zuckt die Achseln. »Vielleicht muss ich in der Gegend ein Gebäude kaufen und umbauen, bis es dem Zweck entspricht. Und das bedeutet, dass ich mit Scheinfirmen arbeiten und das Geld verstecken und mir eine plausible Tarnung ausdenken muss … Es ist kompliziert.«

Aiah lehnt sich zurück. Über diese Seite des Geschäfts

hat sie noch nicht richtig nachgedacht. »Aber die nötigen Mittel stehen Ihnen zweifellos zur Verfügung, Metropolit«, sagt sie.

»Ich kann nur eine gewisse Summe aufwenden«, sagt Constantine. »Irgendwann wird es günstiger, das Plasma gleich bei der Behörde zu kaufen, wie es alle anderen tun. Wenn ich ein Gebäude kaufen muss, würden Sie, Miss Aiah, weniger Geld bekommen.«

Aiah denkt darüber nach. Der Himmel wird hell, als eine Reklame für Schmuck vorbeifliegt. Die Luft ist voller Diamanten, die in allen Regenbogenfarben funkeln und flimmern …

Die Werbung über den Mage Towers hat, wie sie jetzt erst bemerkt, erheblich mehr Klasse als in Old Shorings.

»Was ich anfangs vorgeschlagen habe, ist dennoch möglich. Sie könnten über eine Scheinfirma verkaufen. Dabei würden Sie auf jeden Fall gewinnen. Auf diese Weise wäscht auch die Organisation ihr Plasma, wann immer es möglich ist.«

»Gewinn«, sagt Constantine verächtlich. »Ich mache es nicht wegen des Gewinns.«

»Entweder das Geld spielt eine Rolle oder es spielt keine Rolle«, erwidert Aiah. »Wenn es keine Rolle spielt, warum machen Sie sich dann Sorgen wegen der Unkosten?«

Er sieht sie verdrießlich an. *Erwischt*, denkt sie.

»Aber wenn Sie wirklich ein Gebäude brauchen«, sagt Aiah, »dann reicht es doch möglicherweise aus, ein Lagerhaus zu mieten.«

»Möglicherweise.« Er setzt sich richtig herum auf den Stuhl und beginnt wieder zu brüten. »Sie kennen die Metropolis besser als ich. Vielleicht können Sie sich um die praktische Ausführung kümmern.«

»Das geht nicht.« Aiah lächelt humorlos. »Ich habe die falsche Hautfarbe für die Gegend.«

Constantine lacht und legt eine schwarze Hand neben

Aiahs braunen Arm. »Wenn Sie die falsche Farbe haben, was habe ich dann?«

»Eine beeindruckende Figur, die jedem sagt, dass es besser ist, sich nicht mit Ihnen anzulegen. Aber ich … ich wurde schon einmal angegriffen.«

Das Lachen vergeht ihm sofort. »Von wem?«, fragt er.

Aiah zuckt die Achseln. »Es waren drei Männer. Vielleicht Angehörige der Jaspeeri Nation, vielleicht nur Sympathisanten. Ich …« Sie schluckt schwer, ihre Kehle wird auf einmal eng. »Sie haben mich geschlagen. Ich habe zurückgeschlagen – mit Plasma. Zwei sind vermutlich im Krankenhaus, was aus dem dritten geworden ist, weiß ich nicht.«

Constantine streckt die Hand ein paar Zentimeter weiter vor und nimmt ihre Hand. »Ich habe gesehen, dass Sie verletzt wurden«, sagt er. »Ich dachte, Ihr Freund hätte …«

»Nein, er ist sanft.«

Seine große Hand schließt sich um ihre, als wäre sie ein Kind, er runzelt die Stirn. »Sie haben viel riskiert, Tochter«, sagt er. »Das bedeutet, dass Ihnen dieses Geschäft wichtig ist.«

»Das ist es.«

»Mir ist heute kaum noch etwas wichtig«, sagt er und sieht sie herausfordernd an. »Warum ist dies Ihnen so wichtig?«

Aiah holt tief Luft. Constantines Hand ist warm. »Der Wirtschaft geht es nicht gut, und ich bin eine Fremde. Oder ich werde als Fremde behandelt, obwohl ich hier geboren bin. Genau wie meine Eltern. Für die meisten Menschen hier … ganz sicher für die Männer, die mich angegriffen haben … bin ich überflüssig, ersetzbar. Mein Volk ist vor Generationen als selbständige Nation untergegangen. Durch zwanzig Jahre Bürgerkrieg wurde alles zerstört, was noch irgendwie an ein halbwegs normales Familienleben erinnert hat. Mein Volk hat sich bis heute nicht davon erholt.«

Ein verletzter Ausdruck ist in Constantines Augen zu sehen. Er drückt Aiahs Hand. »Mein Volk«, sagt er. »Die Cheloki … habe ich das Gleiche mit Ihnen getan?«

»Ich …« Sie zögert und fragt sich, warum sie auf einmal den Impuls spürt, ihn zu trösten. »Ich kann es nicht sagen. Die Barkazil haben eigenwillige Vorstellungen von sich selbst, und das macht ihre Situation einzigartig.«

Constantine spürt, dass sie ihn gern aufmuntern würde. Er lässt ihre Hand los, steht auf und geht wieder zum Geländer. Er blickt zur Stadt hinaus, die Augen bewegen sich ruhelos. Die Stimme grollt so tief in der mächtigen Brust, dass Aiah die Worte kaum verstehen kann.

»Es stand viel mehr auf dem Spiel als das Leben der Menschen und ihre Not«, sagt er. »Eine schlecht regierte Metropolis – gibt es so etwas nicht überall? Warum sollte es mir wichtig sein? Warum sollte ich überhaupt eine Hand erheben?« Er dreht sich zu ihr um. »Es war nur ein erster Schritt«, fährt er fort. »Ich wollte nicht nur eine einzige Metropolis retten, sondern unsere ganze elende Welt. Aber …« Er lächelt unglücklich. »Aber ich habe mich schon beim ersten Schritt verschätzt. Und deshalb habe ich der Welt nur noch mehr Elend gebracht, nichts als Krieg und Zerstörung, und so ist Cheloki gestorben und in seinen eigenen Trümmern versunken. In meiner Ausbildung habe ich gelernt, keine Verhaftung an die Welt zu haben, nur nach Wissen zu streben, meinen Geist zu erforschen und die Realität des Plasmas zu erleben, Distanz zum Physischen zu wahren … aber trotzdem.« Er packt das Geländer, tastet über das Eisen. »Aber trotzdem macht es mir etwas aus. Ich leide mit meinem Volk, und ich will einen neuen Platz für mein Volk finden.«

Mit einer jener abrupten Bewegungen, die sie schon

öfter bei ihm gesehen hat, dreht er sich wieder zu ihr um und kommt zu ihr. Er ragt über ihr auf, dass sie innerlich zusammenzuckt, erbarmungslos und riesig, als wäre einer der Mage Towers aus seinen Fundamenten gesprungen. Sie riecht sein Haaröl, spürt seine Körperwärme.

»Wollen Sie mir dabei helfen?«, fragt er.

Sie hebt die Hand, ein zaghafter Versuch, sich vor der einschüchternden Ausstrahlung abzuschirmen. »Ich verstehe nicht, was Sie von mir wollen.«

»Sie sollen mir helfen, Ihr Geschenk einzusetzen. Sie sollen nicht einfach um Geld bitten und verschwinden, sondern mir helfen, diese Kraft einzusetzen. Sie sagten, Sie bewundern die Neue Stadt – helfen Sie mir, sie aus der Asche neu zu erbauen.«

Sie starrt den Zopf mit der silbernen Spitze an, der über Constantines Schulter hängt, dieses komplizierte Abzeichen der Schule von Radritha. Das Stück ist geformt wie ein schwebender Vogel, der von einem komplizierten, vielschichtigen Plasma-Fokus umgeben ist. Sie konzentriert sich darauf und versucht, ihre Gedanken zu ordnen.

»Ich weiß nicht, was Sie wollen«, sagt sie noch einmal.

Er stößt ein bellendes Lachen aus, weicht einen Schritt zurück. »Ich weiß es auch nicht«, sagt er. »Nicht genau jedenfalls. Mir wurden ... man hat mir verschiedene Projekte angetragen. Ich habe weder ja noch nein gesagt.« Er schreitet unruhig im Raum hin und her. »Ich konnte mich nicht entscheiden, ob ich wirklich interessiert war. Vielleicht hatte ich auch einfach Angst.«

»Mut kann ich Ihnen nicht geben, Metropolit.«

Darüber scheint er ehrlich amüsiert. »Nein, das können Sie nicht. Aber Sie können mich beraten.« Er setzt sich wieder, verharrt einen Augenblick reglos auf dem Stuhl. »Ich muss mir überlegen, wie man Ihre Entdeckung nutzen kann. Wie man die Energie am besten anzapft und weiterleitet und einsetzt.«

Aiah ist überrascht. »Sie sind doch der Magier, Metropolit«, sagt sie. »Sie und nicht ich.«

»Ich habe in meiner Ausbildung die höhere Anwendung des Plasmas gelernt, nicht die praktischen Künste«, sagt er. »Früher hatte ich fähige Ingenieure, die mir geholfen haben, aber jetzt ...« Er zuckt die Achseln. »Ich werde Hilfe brauchen. Sie kennen die lokalen Systeme, Sie wissen, was Jaspeer zusammenhält. Das weiß keiner meiner Leute.«

»Ich bin selbst eine Außenseiterin«, erinnert Aiah ihn.

»Und damit haben Sie einen Blickwinkel, der sehr nützlich ist.« Er beugt sich vor. »Ich will von Ihnen lernen«, sagt er, »aber ich kann hoffentlich auch lehren. Während unserer Zusammenarbeit werden Sie Zugang zum Plasma im Terminal haben und wenn Sie wollen, werden Sorya und ich Ihnen Methoden zeigen, wie man es anwendet.«

Das Angebot verschlägt ihr die Sprache.

»Meinen Sie das ernst?«, fragt sie. Es ist das Erste, was ihr nach langem Schweigen einfällt.

»Natürlich«, sagt er nur. »Sie besitzen offensichtlich Intelligenz und Begabung. Ich werde Sie lehren, was Sie lernen wollen, aber ich werde all das mystische Geschwätz weglassen, das die großen Weisen der Universitäten für nötig halten.«

Aiahs Gedanken drehen sich rasend schnell. »Geld«, sagt sie, um auf das Wesentliche zurückzukommen. »Ich will trotzdem noch Geld.«

Constantines Augen funkeln amüsiert. »Geld«, sagt er. »Na schön. Dann lassen Sie uns über Geld reden. Die Hände auf den Tisch ...« Er legt die Arme links und rechts neben seinen Teller und dreht sie herum, damit sie die leeren Handflächen sieht. »Damit Sie sehen, dass ich keine gezinkten Karten im Ärmel habe.«

■ ■ ■

Es ist ein Spiel, wie man es als Barkazil schon in der Kindheit lernt. Sorgfältig konstruierte Argumente werden ausgetauscht, es wird geblufft und getäuscht, in letzter Sekunde wird eine Randbedingung leicht verändert … es ist schwer zu sagen, wer hier Passu und wer Pascol ist, denn auch Constantine beherrscht dieses Spiel perfekt. Er genießt das Handeln um des Handelns Willen und verfügt über Hunderte rhetorischer Tricks, um sich einen Vorteil zu verschaffen. Aber am Ende und da er genügend Geld zur Verfügung hat, ist es ihm nicht wirklich wichtig. Geld hat für ihn eine viel geringere Bedeutung als für Aiah. Sie weiß, wie wichtig Geld ist, sie weiß genau, was ein halber Clink wert ist, wenn man ihn nicht hat, und das ist der entscheidende Unterschied zwischen ihnen.

Aiah schließt bei zweihunderttausend Dalder ab. Mehr als sie je erhofft hatte. Die ursprüngliche Forderung von einer Million war ein reiner unverschämter Bluff. Aber sie muss sich vor Augen halten, dass sie das Geld immer noch nicht hat. Constantine warnt sie, dass es mühsam ist, eine so große Summe in bar diskret aufzutreiben. Es wird einige Zeit dauern, und er will ihr Ratschläge geben, wie sie das Geld verstecken kann, damit die Steuerfahndung nicht auf sie aufmerksam wird.

»Morgen«, sagt Constantine. »Morgen beginnen wir mit dem Unterricht.«

Er ruft seinen Wagen, der Aiah nach Hause fahren soll. Bevor sie die Terrasse verlassen, legt er ein paar Früchte in einen Korb und drückt ihn ihr wortlos in die Hand.

Sie hasst ihn dafür, dass er sie schon so gut kennt.

11

Die Elton-Limousine parkt an der nordwestlichen Ecke des Behördengebäudes, der riesige Martinus steht daneben. Aiah spürt ein Kribbeln zwischen den Schulterblättern und während sie zum Wagen geht, denkt sie darüber nach, ob ihre Kollegen sie vielleicht beobachten. Aber dann richtet sie sich trotzig auf, reckt das Kinn und geht weiter. Munter schwingt sie ihre Aktentasche, und als Martinus ihr die Tür aufhält, glaubt sie beinahe, Constantines amüsierten Kommentar zu hören: *Sollen sie doch gaffen.*

Wenn er keinen Wert darauf legt, verstohlen Kontakt aufzunehmen, warum sollte sie sich dann darum kümmern?

Ein Korb Früchte, Käse und eine gekühlte Flasche Weißwein erwarten sie im Fond. Aiah lächelt. An diese Behandlung könnte sie sich wirklich gewöhnen. Martinus setzt sich auf den Fahrersitz und lässt mit einem dumpfen Knall die Tür zufallen.

»Mr. Martinus«, fragt sie, »wohin fahren wir?«

»Zur Wohnung des Metropoliten, Miss«, antwortet er. Die gegenläufigen Turbinenräder summen, und der Elton beschleunigt sanft.

Aiah lässt sich dankbar in den Polstersitz sinken. »Hatten Sie einen angenehmen Sonntag?«

Im Rückspiegel kann Aiah sehen, wie Martinus die

kleinen Augen auf sie richtet. »Ich hatte leider nicht frei.«

»Das tut mir Leid«, sagt sie. »Hoffentlich war es trotzdem ein angenehmer Tag.«

Martinus' Gesicht wird etwas weicher. »Es war sogar mehr zu tun als sonst«, räumt er ein.

Bemerkenswert, denkt sie und merkt sich das Datum.

Eine Krokodilklemme fällt aus ihrer Jackentasche. Sie steckt sie wieder ein. In der Viertelpause hat sie die Überbrückung von den Telefonkabeln genommen.

Der Feierabendverkehr ist dicht und Aiah isst unterwegs eine hellrosa Pflaume und eine Hand voll Weintrauben und trinkt ein halbes Glas Wein. Er ist trocken, so trocken, dass man kaum glauben kann, dass es sich um eine Flüssigkeit handelt. Der Wein ist köstlich wie frische Luft und verstärkt noch den Geschmack der Früchte auf ihrem Teller, deren Saft danach beinahe auf der Zunge zu prickeln scheint.

Ja, wirklich. Sie könnte sich daran gewöhnen.

Sie trinkt noch ein Glas Wein und hofft, dass der Alkohol sie nicht dumm macht.

Constantine hat Gäste, die im verspiegelten Vorraum am Aufzug warten. Als Aiah kommt, gehen sie gerade. Einer ist ein Mann mit einer Hakennase und grauen Haarbüscheln über den Ohren, der zweite ist jünger und trägt einen neutralen blauen Anzug mit eher bescheidenen Rüschen. Der dritte ist eine Art bärtiger Priester mit einer flachen runden Samtmütze und grauer Kutte. Er trägt religiösen Schmuck, der heiligen Symbolen und rituellen Geräten nachempfunden ist. Er und seine Freunde haben kupferfarbene Haut, dunkle Augen und vorstehende Wangenknochen. Die Fremden grüßen Aiah lächelnd und mit höflichem Desinteresse, als sie den Aufzug verlässt und Martinus Platz macht, damit er ihr folgen kann.

Sie kann sich nicht vorstellen, was Kirchenleute mit Constantine zu besprechen hätten.

Die Tür steht offen, also geht sie ins Wohnzimmer hinüber. Sie kommt an einem der kräftigen Wächter vorbei, die sie schon beim ersten Besuch gesehen hat. Der zweite steht in einer Tür, die vom Wohnzimmer abgeht und die Aiah vorher nicht bemerkt hat. Er schaut nicht in ihre Richtung. »Sie sind weg«, sagt er, »und diese Aiah ist mit Mr. Martinus gekommen.« Dann dreht er sich um und erschrickt ein wenig. Er hatte wohl nicht bemerkt, dass die Tür offen stand. »Verzeihung, Miss«, sagt er.

»Schließ die Tür!«, befiehlt Martinus ihm mit einer Kälte, dass Aiah ein Schauer den Rücken hinunterläuft. Der Wächter verschwindet sofort, aber Aiah erkennt auf einmal, warum der Vorraum verspiegelt ist. Die Spiegel sind von hinten durchsichtig, damit Constantines Sicherheitskräfte beobachten können, wer den Aufzug verlässt.

Wieder ein wichtiges Detail, denkt sie.

Martinus führt sie die Wendeltreppe hinauf zum langen Raum vor dem Dachgarten. Als Aiah das obere Ende der Treppe erreicht, hört sie Constantine, der sich offenbar mit Sorya unterhält.

»Ich würde diesen Leuten keine Sekunde trauen«, sagt sie.

»Ich vertraue ihnen auch nicht«, erwidert Constantine.

Als er die Stimmen hört, zögert Martinus. Sorya hebt die Stimme, die Antwort klingt ein wenig schrill. *»Warum verhandelst du dann überhaupt mit ihnen?«*

Aiah geht entschlossen weiter bis zur offenen Tür und wartet, bis man auf sie aufmerksam wird. Constantine trägt einen eleganten grauen Geschäftsanzug und weiße Rüschen, Sorya eine rote Seidenjacke mit ausgestellten Schultern und eng anliegende Hosen mit bunten Farbklecksen. Ein Büffet ist aufgebaut, in Kristallschalen sind Früchte zu Kunstwerken drapiert, benutztes Besteck liegt auf Tellern, leere Gläser mit Fingerabdrücken stehen herum. Aiah riecht Zigarettenrauch.

Sorya und Constantine kreisen umeinander, während sie sich unterhalten.

»Wenn dieses Geschäft nur eine Cocktailparty wäre«, sagt Constantine, »dann würde ich sie von Martinus achtkantig hinauswerfen lassen. Aber dies ist keine Cocktailparty, und sie können uns helfen.«

»Ich habe dir zuverlässige Leute empfohlen, mit denen du arbeiten kannst, und du entscheidest dich für diesen Abschaum?«

Erst jetzt bemerkt Sorya, dass Aiah in der Tür steht. Die grünen Augen blitzen. Aiahs Hand spannt sich um den Griff ihrer Aktentasche, aber sie hält dem Blick stand.

»Du bist nicht bei Sinnen, wenn du dich mit ihnen einlässt«, sagt Sorya kalt.

Damit lässt sie ihn stehen und marschiert mit klickenden Absätzen über den Marmorboden. Ihr nackter Arm streift über Aiahs Ärmel, als sie durch die Tür kommt, dann bleibt sie stehen und flüstert Aiah etwas ins Ohr. »Hast du etwas dazugelernt, meine kleine Dame?«, haucht sie. »Das will ich doch hoffen.«

Aiah hat den Blick auf Constantine gerichtet. Sein Gesicht ist ernst, der Kopf gesenkt, aber in den Augen ist ein amüsiertes Blitzen zu sehen.

»Kommen Sie herein, meine Tochter«, sagt er. »Ich glaube, wir sollten mit Ihrer Ausbildung beginnen.«

Aiah schnauft leise und bemerkt erst jetzt, dass sie unwillkürlich den Atem angehalten hat.

»Mein Geschäftsessen hat länger gedauert als ich dachte«, fährt Constantine fort. Er zieht sich die Jacke aus, wirft sie über einen Stuhl und krempelt sich die Ärmel hoch. »Essen Sie nur, wenn Sie wollen.«

»Ich habe schon im Wagen gegessen.« Sie betrachtet das Büffet, den edlen Blumenstrauß in der Mitte, davor ein schmales Etui aus Edelmetall, in dem ein Halsband aus Gold und Platin liegt. Der Anhänger funkelt vor

Diamanten. Constantine bemerkt ihren Blick, schlendert gemächlich zum Büffet und hebt die Halskette an einem Finger aus dem Etui.

»Die wollte ich Sorya gerade schenken«, erklärt er. »Ein Forlong-Stück. Und dann haben wir uns auf einmal gestritten. Ich frage mich warum.«

»Bei Ihrem Streit schien es nicht um Schmuck zu gehen.«

»Die Worte haben sich um ein Thema gedreht, die Leidenschaft um ein anderes.« Er hält Aiah die Halskette an einem Finger hin. »Sie scheint Sorya nicht zu gefallen. Wenn Sie wollen, können Sie sie haben.«

Aiahs Mund wird trocken. Eine kleine Stimme heult in ihrem Kopf, eine kleine, klagende, gierige Stimme, die Zahlen herunterschnattert, Zahlen in der Größenordnung von einigen zehntausend Dalder, die sofort noch einmal multipliziert werden, weil es ein Forlong-Stück ist ... Sie sieht erst das funkelnde Diamantennest und dann Constantine an, sie sieht das kleine kalte Lächeln auf seinen Lippen, das gefährliche Leuchten in den Augen, und fragt sich, ob es eine Prüfung ist, ob er ihren Charakter prüfen will. Als ob es eine richtige Wahl geben könnte ... kann sie es wagen, das Geschenk zurückzuweisen? Aber kann sie wagen, es zu nehmen, obwohl sie weiß, dass es Sorya gehört?

Aber als sie ihn anschaut, dämmert ihr allmählich, dass sie die Kette nehmen kann, weil ihm in diesem Augenblick wirklich egal ist, was damit passiert. Aus irgendeinem Grund wird ihr bei diesem Gedanken kalt. Eine Kälte, die ihr bis in die Knochen fährt ... sie leckt sich die Lippen.

»Metropolit«, sagt sie, »ich glaube, ich würde mich damit nicht sicher fühlen.«

Er zuckt die Achseln, sieht sich nach dem Müllschacht um und wirft die Kette hinein. Mit einem schmatzenden Geräusch landet sie auf den Speiseresten. Aiah muss einen Teil in sich bändigen, der kreischend losrasen und die Kette aus dem Müll retten will.

»Setzen Sie sich, dann können wir beginnen«, sagt Constantine.

»Warum tun wir es hier und nicht im Terminal?«

»Ich habe keine Lust, durch eine Höhle zu klettern. Das Plasma vom Terminal wird die Verluste ausgleichen, die ich hier habe.«

Vielleicht, denkt Aiah, hätte sie doch noch mehr Geld herausschlagen können. Sie stellt die Aktentasche ab und setzt sich aufs Sofa. Sie versinkt beinahe in den Polstern aus weichem Kalbsleder. Constantine nimmt einen kupfernen Handsender vom Schreibtisch. Er setzt sich neben Aiah und steckt das T-förmige Stück Metall in eine Halterung am Sofa. Überrascht stellt Aiah fest, dass sie auf einer starken Plasmaquelle sitzt.

Dann sieht sie zu den Reihen der Videoschirme hinauf, und ihr wird klar, dass sie sich in einer Art Steuerzentrale befindet. Die Bildschirme dienen der Manipulation von entferntem Plasma. Die Anlage war gut genug verborgen oder eigenartig genug aufgebaut, sodass sie bisher noch nicht bemerkt hat, wozu der Raum eigentlich dient.

Sie wendet sich an Constantine und sieht jetzt, dass er nur wegen der langen Beine so groß wirkt. Im Sitzen ist sie sogar größer als er.

Eine unwichtige Information, aber was will man machen.

Erkenne deinen Passu. Ein Sprichwort der Barkazil.

Constantine blickt sie fragend an. »Sorya sagte mir, dass Sie in der alten Pneumastation eine Speiseleitung für das Plasma aufgemalt haben, um die Illusion aufzubauen. Haben Sie es getan, um nicht direkt mit der Quelle in Berührung zu kommen?«

»Ja«, bestätigt Aiah. »Sonst habe ich Batterien benutzt. Ich will nicht enden wie die Flammenfrau.«

Constantine nickt. »Das war klug. Dann werde ich jetzt als Ihre Isolierung dienen. Ich nehme den Handsender und gebe so viel Plasma an Sie weiter, wie Sie vertragen können. Einverstanden?«

Aiah nickt. »Soll ich mein Symbol verwenden?«, fragt sie.

»Wenn Sie das normalerweise tun, dann tun Sie's auch jetzt.«

Gibt es denn Leute, die kein Symbol verwenden, um die Konzentration zu verbessern? Sie knöpft den Kragen auf, schiebt die Rüschen zur Seite und zieht den kleinen metallenen Glücksbringer heraus. Constantines Gesichtsausdruck ändert sich nicht, als er das kleine Ding in ihrer hellen Handfläche sieht. Keine Spur von Herablassung oder Bedauern. Aiahs Herz erwärmt sich für ihn.

»Ich sollte noch erwähnen«, sagt er, »dass ich Sie im Austausch für die Ausbildung und das dazu erforderliche Plasma um gewisse Gegenleistungen bitten werde. Um illegale Gegenleistungen.«

»Warum sollte ich mir ausgerechnet jetzt darüber Sorgen machen?« Die Antwort kommt wie aus der Pistole geschossen, und er amüsiert sich sichtlich.

Er nimmt ihr Handgelenk in seine kräftige Hand. Die Berührung ist neutral und hat nichts Persönliches. Aiah ist nicht sicher, ob ihr das gefällt.

»Sie sind zu dünn«, sagt er.

»Das sagt meine Mutter auch immer.«

Er tastet nach ihrem Puls. Mit der anderen Hand fasst er den Handsender und auf einmal fühlt Aiah sich vom Plasma förmlich angesprungen, von einem riesigen elektrischen Tier, das hinter Constantines sanften Augen zu lauern scheint. Ihre Nackenhaare sträuben sich.

»Tun Sie, was Sie tun müssen, um sich vorzubereiten«, sagt er. »Dann können wir beginnen.«

■ ■ ■

Aiah fühlt sich, als würde ihr Kopf von innen ausgeleuchtet. Wohin auch immer ihre Gedanken wandern, sie nimmt Dinge wahr, von deren Existenz sie vorher nichts wusste. Sie erkennt Verbindungen, Tatsachen fügen sich zu einem geordneten Ganzen zusammen und werden ihr präsentiert wie auf einem Silbertablett.

Während der ganzen Lektion spürt sie Constantines Gegenwart ganz in der Nähe. Er lenkt ihre Bewegungen, macht Vorschläge, steuert den Energiefluss. Er billigt ihre Entscheidungen – er billigt sie nachdrücklich –, und eine Art von grimmig entschlossenem Freiheitsdrang ergreift von ihr Besitz. Es ist, als hätte sie noch nie eine solche Zustimmung zu ihrem Verhalten erlebt – und wahrscheinlich trifft das sogar zu.

Eine Idee bildet sich heraus, und sie schlägt sie wortlos Constantine vor. Wieder entsteht das ungewohnte, wundervolle Gefühl, Zustimmung zu finden und sich frei bewegen zu können. Ohne wirklich zu wissen, auf welche Weise sie es tut, springt sie los, hinauf durch das Glasdach des Dachgartens, an den geschwungenen Sendeantennen vorbei und immer höher. Von den Beschränkungen des physischen Körpers befreit, bewegt sie sich, wie sie es bisher erst ein einzige Mal getan hat, als sie mit Gil im fernen Gerad Kontakt aufgenommen hat.

Federleicht schwebt sie in den Himmel hinauf, völlig ungebunden durch die Materie. Das Schachbrettmuster der Straßen von Jaspeer bleibt unter ihr zurück, kippt viel schneller unter ihr weg als in Martinus' Luftwagen. Sie kann keine Einzelheiten mehr erkennen, während sie höher steigt, aber das Bewusstsein und das Wissen um die Dinge, die unter ihr sind, begleiten sie: Stahl und Stein, Ziegel und Beton, schwere Materie, die das empfindliche Leben auf der Erde umschließt und schützt und erhält. Materie, die Plasma erzeugt und ihren Aufstieg ermöglicht.

Sogar die kleinen weißen Wolken sind jetzt unter ihr, über die Welt gelegt wie eine Klarsichtfolie auf einer Karte. Freudig steigt Aiah weiter auf. Sie kann die Krümmung der Welt erkennen, die graue Masse der Stadt, die sich um den ganzen Erdball zieht, weiter als der Horizont. Und dann schaut sie nach oben und zuckt zusammen.

So nahe hatte sie dem Schild nicht kommen wollen. Aber dort ist er, anscheinend direkt über ihr, aus dieser Nähe nicht mehr undurchsichtig grau, sondern von einem grellen Weiß, die Quelle von Licht und Wärme für ihre Welt. Aiah spürt seine Feindseligkeit, die tosende Energie in ihm, die nicht nur das Gegenteil von Plasma ist, sondern die sogar das Plasma zerstört. Ein grimmiger Feind aller irdischen Dinge. Es ist eine Macht, die sie in Sekundenbruchteilen verzehrt, falls sie damit in Berührung kommt. Angesichts dieser Gewalt verzagt sie, verliert die Kontrolle und dreht sich ungesteuert hin und her. Der Horizont schwankt, dass ihr beinahe übel wird. Sie weiß nicht mehr, in welche Richtung sie sich bewegt. Fällt sie oder steigt sie noch? Und wenn sie steigt, wird sie dann mit dem Schild in Berührung kommen und ausgelöscht?

Panik greift mit Krallenfingern nach ihrem Hals.

– Ah. Constantine spricht lautlos in ihrem Innern. Auf diese Weise stabilisieren. Und jetzt nach unten, langsam.

Das Drehen hört auf, sie und Constantine schweben hinab, fort vom Schild. Sie ist in Sicherheit, als würde er sie am Arm halten, während sie eine Treppe hinuntersteigen. In einem Winkel ihres Bewusstseins weiß sie, dass tief drunten ihr Herz wie wild in ihrem Körper schlägt und ihr Atem keuchend durch die Kehle strömt.

– Es erfordert ziemlich viel Plasma, um die Verbindung zu meiner Wohnung zu halten, erklärt Constantine ihr. Aiah spürt, dass er amüsiert ist.

– Beim nächsten Mal, fährt er fort, müssen wir dies von einem unterirdischen Startpunkt aus tun.

– Wir können zurückkehren, wenn Sie wollen, antwortet Aiah. Widerstrebend.

Sie sinken durch die hellen Wolken.

– Wir können auch bleiben. Aiah ist erleichtert. Wir können uns hier oben aufhalten, ohne dass da unten etwas Unangenehmes passiert.

Plasmareklamen, kurze helle Blitze, zucken über der Stadt.

– Plasma ist von unschätzbarem Wert, sagt Constantine. Und sehen Sie, wie wir es einsetzen? Wir verkleinern Tumore und werben für Schuhe, wir führen Kriege und bereiten Kindern ein Vergnügen. Wir benutzen es zu Zwecken, die entweder dumm oder sehr wichtig sind und dazwischen gibt es nichts. Diese Charakteristik teilt das Plasma mit allem anderen, was sehr wertvoll ist.

– Ich verstehe.

– Man könnte natürlich sagen, dass auch unsere Übungen dumm sind, diese Flugversuche am Ende einer Speiseleitung. Aber ich finde sie nützlich, und sei es nur, weil ich dabei etwas über Ihr Wesen erfahre. Ich lerne, dass Sie nur einen kleinen Anstoß brauchen, und sobald Sie die Möglichkeit bekommen, wollen Sie fliegen.

Aiah fragt sich, ob ihre Wangen da unten in den Mage Towers gerötet sind.

– Und welche schönere Sehnsucht könnte es geben?, fährt Constantine fort. Es gibt viel zu viele Menschen, die ihr Inneres hinter Mauern aus Stein und Beton verbergen, aber ich bin froh, dass Sie nicht zu denen gehören.

– Nein, sendet sie zurück, ich will keine Mauern. Ich fühle mich, als wäre ich durchsichtig.

Sie ist für einen Augenblick amüsiert, dann ändert

sich ihre Stimmung. Sie bemerkt, dass er sie aufmerksam beobachtet.

– Sie sind jetzt ruhiger, meint er.

Aiah spürt wieder seine Finger auf ihrem Handgelenk, die den Puls fühlen. Sie fragt sich, ob die ganze Unterhaltung nicht vor allem den Sinn hatte, ihren Kopf zu beschäftigen und sie aus ihrer Panik zu holen.

– Vielleicht können wir jetzt mit der eigentlichen Ausbildung beginnen, sagt Constantine.

– Es tut mir Leid, wenn ich Ihre Zeit damit verschwendet habe.

– Wir haben keine Zeit verschwendet, widerspricht er energisch. Wir haben viel gelernt, ich mindestens so viel wie Sie.

Aber es gibt noch viel zu tun. Aiah erinnert sich noch lange an diese Einsicht.

■ ■ ■

Die schwarzen, leeren Bildschirme starren sie an. Constantine hat den Handsender losgelassen und weggelegt. Aiah sitzt etwas benommen auf dem Sofa und spürt noch das Pulsieren des Plasmas im ganzen Körper. Constantine wandert schon am Büffet hin und her und sucht sich etwas zu essen zusammen. Er schenkt sich Sekt ein, hält das Glas prüfend ins Licht und trinkt. Dann dreht er sich wieder zu ihr um.

»Nun gut«, sagt er. »Ich glaube, jetzt brauchen Sie nur noch Erfahrung. Die Begabung haben Sie jedenfalls.«

Aiah betrachtet das Trigramm in ihrer Hand. Sie will irgendetwas Banales sagen wie »Ach, wirklich«, aber sie beherrscht sich.

»Woher haben Sie es gewusst?«, sagt sie schließlich, während sie den Focus mit der Halskette wieder anlegt.

»Ich habe Ihnen so viel Energie gegeben, wie Sie haben wollten«, erklärt er, »und Sie haben nichts davon verschwendet. Als Sie geflogen sind, haben Sie Ihre

Anima intakt gelassen und sämtliche Sinne und Ihr Bewusstsein mitgenommen.«

»Aber ich habe die Kontrolle verloren«, wendet Aiah ein.

Er runzelt die Stirn und schüttelt den Kopf. »Das war nichts als mangelnde Erfahrung. Sie waren immer noch hundert Radien vom Schild entfernt, aber ohne Bezugspunkt dachten Sie, Sie wären viel näher. Als Sie in Panik geraten sind, sind Sie aber nicht in Stücke gegangen. Ihre Sinne haben weiter funktioniert, und Ihre Anima blieb, wie sie war. Telepräsenz ist möglicherweise sogar Ihre größte Stärke.« Er lächelt, schenkt noch ein Glas Sekt ein und bietet es ihr an. Sie nimmt es, betrachtet die bernsteinfarbene Flüssigkeit, in der winzige Blasen aufsteigen und an der Oberfläche zerplatzen.

Constantine lässt sich neben ihr aufs Sofa fallen und kaut nachdenklich an einem Stück süßem Brot. »Wissen Sie, wie man in der Akademie das Fliegen lernt?«, sagt er. »Als Erstes lernen Sie, einen Geistkörper hervorzubringen und ihn mit Sinnen auszustatten. Das dauert ziemlich lange. Sie statten ihn mit Augen, einem Gehör und einem Geschmackssinn und so weiter aus und lassen ihn dann vorsichtig zur Tür hinaus, die Treppe hinunter und auf die Straße laufen. *Laufen!* Sie müssen dafür ein Vermögen an Plasma aufwenden, aber so geht es eben, Schritt für Schritt. Es ist ermüdend. Nachdem Sie ein Jahr oder so herumgelaufen sind, dürfen Sie sich vorstellen, Sie wären in einem Flugzeug und würden ein paar erste Kreise durch die Luft ziehen. Die Lehrer sind vorsichtig, weil die meisten Menschen vor wirklicher Kraft Angst haben. Sie bekommen Angst, wenn sie die Freiheit spüren, und gehen in Stücke. Aber Sie, meine Tochter ...« Er trinkt einen Schluck Sekt und lächelt. »Sie wussten genau, was Sie wollten und Sie haben es getan. Ich habe Sie nur mit der nötigen Energie versorgt und etwas korrigiert, als Sie die Konzentration verloren haben. Sie hatten keine Angst, Sie haben nicht gezögert und Sie konnten sich alles vorstellen, was Sie brauchten … und diese Fähigkeiten sind es, die einen Magier auszeichnen. Nicht der elende Universitätsabschluss, der auf Plastik fixiert und an die Wand gehängt wird. Dieses Stück Papier zeigt nur, dass Sie fähig waren, die Beschränkungen zu überwinden, die Ihre Lehrer Ihnen auferlegt haben.«

Aiah trinkt ihren Sekt. Die Blasen zerplatzen wie kleine Worte auf der Zunge und erzählen von einem Universum voller neuer Möglichkeiten.

»Sie müssen sich entscheiden, welche Fähigkeiten Sie entwickeln wollen«, fährt Constantine fort. »Schöpfung, Illusion, Chemie, Kommunikation. Sie sind mutig genug, um eine Kampfmagierin zu werden, aber ich würde mir das nicht wünschen. Ein Kampfmagier überlebt meist nur die ersten zwanzig Minuten einer Schlacht, ehe er vernichtet wird.«

Aiah sieht ihn an. »Und wer würde mich schon beschäftigen? Ich habe doch nichts vorzuweisen.«

Constantine schnauft geringschätzig. »Nachdem ich Sie ausgebildet habe und Sie empfehle? Und mit Ihren Fähigkeiten? Sie haben eine große Zukunft vor sich, Aiah. Das können Sie sich in großen Buchstaben an den Himmel schreiben.«

Aiah lehnt sich ins weiche Kalbsleder zurück. Der Sekt erwärmt sie, und sie beginnt von innen heraus zu glühen. »Ich kann es mir nicht vorstellen«, widerspricht sie.

Constantine zuckt die Achseln. »Aber es ist so, wie ich es sage. Es mangelt Ihnen nur an Erfahrung. Außerdem müssen Sie natürlich herausfinden, was Sie wollen – im Gegensatz zu den Dingen, mit denen Sie sich abfinden müssen.« Er steht auf. »Ich glaube, Sorya will noch mit Ihnen sprechen, ehe Sie gehen. Nehmen Sie etwas zu essen mit, es könnte eine Weile dauern.«

Sie steht auf, geht zum Büffet und sieht ihr verzerrtes Bild in der gekrümmten Oberfläche einer Kupferschale.

Constantine spricht unterdessen nachdenklich weiter. »Bevor Sie mit Sorya arbeiten, sollte ich Ihnen vielleicht einiges über sie erzählen.«

Aiah greift nach einem Teller, hält inne. »Was denn?« Sie erinnert sich wieder an die Szene, die sie bei ihrer Ankunft beobachtet hat, an das Diamanthalsband, das achtlos in den Müll geworfen wurde.

Constantine sieht nachdenklich zum Dachgarten hinaus, das Grün spiegelt sich in seinen braunen Augen. »Sie kommt aus einer führenden Familie in Carvel und gehört der Torgenil-Religion an. Wissen Sie, was das bedeutet?«

Aiah weiß nur, dass die Torgenil-Religion sich durch besonders farbenprächtige Zeremonien auszeichnet. Der größte Zweig der Religion genießt ein gewisses Ansehen, aber einige Nebenzweige haben keinen sehr guten Ruf, weil sie die Geister der Toten beschwören, mit genetischen Veränderungen experimentieren und sogar Menschen opfern. Aber im Grunde weiß sie wenig über den Glauben und hält es für das Beste, dies auch zuzugeben. »Nein, Metropolit.«

»Kurz gesagt«, erklärt Constantine, »sind die Torgenil der Ansicht, dass wir verdammt sind und in der Hölle leben. Wir wären aus dem Paradies verstoßen worden und könnten nicht auf Erlösung hoffen, wir wären verdorben und würden die Seelen der Auserwählten nur beschmutzen. So hätten die Aufgestiegenen Meister den Schild gebaut, um unsere besudelte Unterwelt von ihrer höheren Welt abzutrennen. Die Zeremonien der Torgenil sind trotz aller Farbenpracht und Verzückung keine Anbetung, sondern ein Ausdruck tiefer Verzweiflung. Verzweiflung steckt hinter den bösen Riten der Kulte, die sich aus dem Glauben der Torgenil entwickelt haben. Wenn überhaupt nichts mehr eine Rolle spielt, wenn es keine Hoffnung gibt und wenn wir sowieso verdammt sind, ganz egal, was wir tun, dann kann man es auch auf die Spitze treiben und die Macht in ihrer bösesten Form ausüben.«

Er grinst höhnisch, macht eine Geste mit dem Sektglas, stößt ein verächtliches Lachen aus. »Wenn ich wüsste, dass ich sowieso verdammt bin, dann könnte ich natürlich auch viel stolzer auftreten als jetzt.«

»Und Sorya ist eine Anhängerin dieses Glaubens?« Ein kalter Finger fährt über Aiahs Rücken, als sie sich an Soryas grüne Augen erinnert, die in der Dunkelheit der alten, unterirdischen Station vom Plasma erfüllt waren und böse geleuchtet haben. Ganz undenkbar findet sie es nicht, dass Sorya an Menschenopfern teilnimmt.

»Sorya hat sich von diesem Glauben und allem anderen losgesagt«, erklärt Constantine. »Aber sie konnte nicht so leicht die Grundhaltungen aufgeben, die ihr dieser Glaube eingegeben hat. Und man darf nicht vergessen, dass sie in einer Herrscherfamilie von Carvel aufgewachsen ist.« Er starrt einen Moment sein Sektglas an. »Sie weiß, was Macht ist, sie weiß damit umzugehen. Sie weiß, wie man Menschen benutzt. Sie ist darin so geschickt, dass die Menschen oft nicht einmal merken, wie sie benutzt werden. Aber da ihre Ansichten über die Menschen von Verzweiflung geprägt sind, kommt sie nicht auf die Idee, das Gute in den Menschen zu suchen. Sie kann einen Menschen benutzen, sie kann ihn herumkommandieren oder beherrschen oder durch Hoffnung auf Belohnung manipulieren, aber sie kann die Menschen nicht inspirieren und anregen, über sich selbst hinauszuwachsen.« Er schweigt nachdenklich. »Eigentlich ist das für eine Frau ihres Formats erstaunlich kurzsichtig.«

Aiah sieht Constantine an. Sie hat viele Fragen im Kopf und weiß nicht, wo sie anfangen soll. Er bemerkt ihren Gesichtsausdruck und lächelt. »Versuchen Sie die pochierten Eier mit den Trüffeln«, schlägt er vor, indem er den Deckel von einer Schale nimmt. »Die Soße wird Ihnen sicher schmecken.«

»Danke.« Sie nimmt einen Teller und schaufelt Essen darauf. Die Hälfte der Lebensmittel, die hier zur Auswahl stehen, kennt sie nicht einmal dem Namen nach. Sie zögert, stellt den Teller wieder weg. Immer noch summt das Plasma in ihren Nerven. »Metropolit?«, sagt sie.

»Ja?«

»Was ist mit der Plasmataucherin?«

»Was soll mit ihr sein?«

»Was ist mit ihr passiert? Warum wurde sie ... vernichtet?«

Er schlägt nachdenklich die Augen nieder. »Wer kann das sagen? Vielleicht ein innerer Makel, der durchs Plasma verstärkt wurde. Vielleicht hat es sie in einem Moment der Unaufmerksamkeit erwischt. Oder vielleicht hatte sie sogar die Absicht, das Plasma zerstörerisch einzusetzen, und ihr Plan ist gescheitert. Ich habe festgestellt, dass die Menschen, die vom Plasma zerstört werden, häufig insgeheim den Wunsch haben, sich selbst zu zerstören. In ihnen steckt ein perverser Impuls, der das Scheitern sucht und ihr Leben vergiftet.« Er tritt nahe an Aiah heran, legt ihr die Hände auf die Schultern und sieht ihr tief in die Augen. »Vergessen Sie die Taucherin. Sie werden nicht enden wie sie, das kann ich Ihnen versprechen. Ich habe genug gesehen, um zu wissen, dass Sie diese dunkle Saat nicht in sich haben.«

Er küsst sie, drückt die warmen Lippen einen langen Augenblick auf ihren Mund und kehrt zu seinem Schreibtisch zurück. »Sorya wird sicher langsam ungeduldig«, sagt er, indem er sich noch einmal über die Schulter zu ihr umdreht. »Vergessen Sie nicht Ihre Aktentasche.«

Aiah bleibt für einen Augenblick reglos stehen und

fragt sich, was das für ein Versprechen war, das sie da auf den Lippen geschmeckt hat.

Sie nimmt Aktentasche, Teller und Glas an sich und steigt ungeschickt die Wandeltreppe hinunter. Sorya lümmelt unten im Wohnzimmer in einem Lehnstuhl, die Füße auf einen niedrigen, wuchtigen Marmortisch gelegt.

Der Leopard liegt behaglich auf einem Sofa, ausgestreckt wie ein riesiges, gefährliches Kätzchen. Er hat sich halb auf den Rücken gedreht, dass man das weiche Fell am Bauch sehen kann, und hält die Pfoten abgeknickt hoch.

Aiah fragt sich, ob sie Sorya sagen soll, dass ihre Halskette im Müll liegt. Aber wahrscheinlich wäre Sorya über diese Neuigkeit nicht erfreut.

Andererseits könnte das immer noch besser sein als Sorya im Glauben zu lassen, Aiah hätte ihren Schmuck abgeschleppt.

Sorya zieht eine Augenbraue hoch. »Ach«, sagt sie. »Dann haben wir jetzt eine neue Magierin?«

Aiah beschließt, die Halskette nicht zu erwähnen. »Noch nicht«, erwidert sie. Sie schmeckt noch Constantines Kuss auf den Lippen.

Sorya zieht die Beine an und stellt die Füße auf den Boden. »Während der Metropolit sich mit der großen Strategie beschäftigt«, sagt sie, »muss ich mich um die Niederungen der Technik kümmern. Vielleicht könnten Sie mir mal eine Ihrer Karten zeigen.«

Aiah zieht sich einen Stuhl heran und öffnet die Aktentasche. Der Tisch besteht aus fein geädertem Marmor. Beige und dunkelbraune Gesteinsschichten sind von gewaltigen unterirdischen Kräften in neue, verflochtene Muster gezwungen worden. Aiah legt die Karten vom Terminal auf den Tisch. Zuerst die offiziellen Folien, dann die alte Folie, die sie in der Rocketman-Substation gefunden hat. Schließlich stellt sie ihren Teller auf die Ecke. Sorya nimmt das vergilbte Zelluloid in die Hand, hält es gegen das Licht. Dann legt sie die Folie auf die Karte.

»Es ist schwer, den Maklern zu vermitteln, was wir wollen«, sagt sie. »Ein leeres Gebäude in einer ganz bestimmten Gegend mit einem tiefen Keller und Nachbarn, die keine Fragen stellen und sich nicht daran stören, wenn wir Einiges umbauen und ausschachten ...«

»Ich kann mir die Pläne der Gebäude kommen lassen, die Sie in die engere Auswahl ziehen«, bietet Aiah an.

»Sehr gut.«

Aiah erklärt ihr, dass die Folien unvollständig und veraltet sind. Sorya scheint angesichts dieser Eröffnung nicht sonderlich erstaunt. Aiah prägt sich gewisse Adressen ein und isst nebenbei langsam ihren Teller leer. Sogar kalt ist das Essen hervorragend.

Sorya lehnt sich zurück. »Also gut«, sagt sie. »Jetzt wissen wir, wie wir beginnen können. Nur eine Sache noch.« Sie greift nach einem kleinen Aktenkoffer, der am Sofa lehnt. Prowler regt sich, streckt die schmalen Beine aus. Das Schildlicht funkelt auf den ausgefahrenen Krallen. Sorya legt den Aktenkoffer auf den Tisch und krault Prowlers weichen Bauch. Die Katze schnurrt dröhnend.

Aiah öffnet die Aktentasche. »Batterien, Steuerung, Schaltstationen, Kabel«, sagt Sorya. »Ich muss wissen, wie ich sie ausschalten kann. Ich will sie nicht zerstören, sondern nur für ein paar Stunden abschalten. Falls dabei irgendein Schaden angerichtet wird, muss er schnell zu beheben sein.«

»Ach«, sagt Aiah.

Wieder ein interessantes Detail für die Ablage.

Die Plasmasysteme haben einen unvertrauten Namen – Ring-Klee –, und soweit Aiah es sagen kann, werden sie zu ihrer Erleichterung in Jaspeer nicht eingesetzt. Sie blättert die großformatigen Schaltpläne durch und sucht nach den richtigen Stellen für die Unterbrechung.

»Hier«, sagt sie. »Wenn die Steuertafel auf eine bestimmte Weise beschädigt wird, werden die Anweisungen der Bediener ignoriert und die Schalter stellen sich automatisch auf eine neutrale Stellung. Der Neustart der Anlage ist ein langwieriger Prozess. Es dürfte mehrere Stunden dauern, und das auch nur, wenn sofort qualifiziertes Personal zur Verfügung steht.«

Soryas grüne Augen funkeln zufrieden. »Danke«, sagt sie. »Können Sie mir einen Überblick geben, welche Notfallmaßnahmen ausgelöst werden?«

»Es wäre einfacher, wenn ich das Handbuch für das Bedienungspersonal sehen könnte. Gibt es eins?«

»Ich kann eine Kopie besorgen.« Sorya steht mit einer fließenden Bewegung auf. Auch die Katze kommt auf die Beine und schüttelt den zotteligen Kopf. »Danke für Ihren Rat. Ich werde Martinus rufen, damit er Sie nach Hause fährt.«

Im Elton warten wie auf dem Hinweg Früchte und Käse auf sie, die geöffnete Flasche wurde durch eine volle ersetzt. Aiah nimmt sich zufrieden ein Glas und genießt den Wein.

»Mr. Martinus«, sagt sie.

Martinus sieht sie im Rückspiegel an. »Ja?«

Aiah sucht nach den richtigen Worten. »Der Metropolit hat vorhin eine Geste gemacht«, sagt sie. »Eine Halskette, die Miss Sorya gehört, ist unter dem Büffettisch im Mülleimer gelandet. Ich glaube, man sollte das Halsband bergen – Sie wissen sicher am besten, was man damit tun sollte.«

Martinus' Gesichtsausdruck ändert sich nicht. »Ja, Miss«, sagt er.

Aiah lehnt sich bequem an und schließt die Augen.

Sie atmet tief ein, und die Luft prickelt wie der Schaumwein.

12

»Glauben Sie, das wird reichen?«

Constantine steht mitten auf dem fleckigen Betonboden einer alten, aus roten Ziegeln erbauten Fabrik. Bogenfenster lassen graues Licht herein, eine doppelte Reihe runder Eisenträger stützt das Spitzdach. Es riecht nach Staub und Urin, in verdreckten Ecken liegen alte Matratzen und Decken herum. Anscheinend hat hier jemand gelebt.

»Ob es reicht? Ich denke schon«, sagt Aiah. Zwischen den Deckenträgern flattern Tauben.

Die zweite Schicht hat begonnen, Constantine und Martinus haben Aiah nach der Arbeit hergebracht. In den letzten Tagen hat Aiah drei weitere Lektionen in den Mage Towers bekommen. Jedes Mal hat sie auf dem Ledersofa neben Constantine gesessen, der leicht ihr Handgelenk gehalten hat, und nach jeder Lektion folgte eine ausführliche Diskussion mit Sorya über Möglichkeiten der Sabotage, Schaltpläne, Leitungsnetze und Handbücher, über Einbruch, Manipulation von Geräten und Sprengstoff … und diese Unterhaltungen kamen ihr sogar noch unwirklicher vor als die Phantome, die sie heraufbeschworen hat.

Constantine hat sie nicht wieder geküsst und sie nicht mehr berührt, abgesehen von dem Griff um ihr Handgelenk während der Lektionen. Und selbst dabei, während er sie mit Plasma versorgte und mit Anleitungen unterstützte, hatte sie den Eindruck, dass seine Aufmerksamkeit ganz woanders war.

»Wir werden die Halle in ein Lagerhaus verwandeln«, erklärt Constantine. »Und was werden wir lagern? Plasmaakkumulatoren, würde ich sagen.«

Seine Sicherheitskräfte, Martinus und zwei weitere Männer, wandern in Kreisen um Constantine und den Elton herum. Ihre Schritte knirschen laut im großen Raum. Constantine geht zur Nordmauer, dreht sich um, geht fünf Schritte in den Raum zurück. »Hier unter mir müsste das Fundament der alten Plastikfabrik sein«, sagt er. »Können wir es erreichen?«

Aiah runzelt die Stirn. »Gibt es einen Keller?«

»Ja.«

Der Aufzug sitzt fest, deshalb steigt Aiah die alte Betontreppe hinunter. Sie kommt direkt von der Arbeit und ist für solche Unternehmungen nicht richtig angezogen. Mit den hochhackigen Schuhen muss sie vorsichtig auftreten.

In den Kellerräumen stehen Träger, die den Boden der eigentlichen Fabrikhalle stützen. Verrostete Drehbänke, alte Kisten, olivgrüne Metallschränke mit verschimmelten Akten sind im niedrigen Gewölbe achtlos aufeinander geworfen. In all dem Abfall bleiben nur ein paar schmale Wege frei. Mit der Taschenlampe findet Aiah eine Schalttafel mit fleckigen, halbkugelförmigen Knöpfen. Sie drückt darauf und zu ihrer Überraschung flammen schwache gelbe Birnen in Metallkäfigen auf.

Sie geht nach Norden zum Ende des Kellers und wühlt im Schutt herum, um einen Weg zum Fundament zu suchen. Eine dicke Ratte mit langem Schwanz, die es anscheinend überhaupt nicht eilig hat, läuft quer über den Gang und verschwindet im Müll. Irgendetwas fällt mit leisem Plätschern in eine große, flache Pfütze. Aiah entdeckt ein altes Wasserrohr und verfolgt es mit dem

Strahl der Taschenlampe. Ihre Nerven kribbeln, als sie eine schwache Rostspur sieht, die sich schräg über eine gemauerte Stützsäule zieht. Der Rost stammt nicht von der Wasserleitung selbst, sondern vom helleren Metall einer Klammer. Elektrolyse, genau wie an der Säule in der alten Pneumastation. Eine Spur oxidiertes Metall, die wie ein Finger zur verborgenen Energiequelle zeigt …

Aiah geht näher heran, aber unter der Leitung rollt sich etwas auf und zischt sie an.

Sie fährt zurück, prallt gegen die Säule und stürzt beinahe. Das Wesen ist bleich, glitschig und erinnert an eine Schnecke. Es ist so lang und so dick wie ihr Bein, die Lippen sind rot wie bei einer Frau in einer Werbung für Mode. Aiah bringt sich taumelnd in Sicherheit, das Herz hämmert gegen ihre Rippen.

Als sie wieder in der Fabrikhalle steht, empfindet sie nur noch Wut und Gereiztheit. Sie wischt sich den Dreck vom Kostüm und geht zu Constantine, der am Wagen wartet.

»Ja«, sagt sie. »Ich glaube, da ist ein Zugang möglich. Aber da unten ist ein Biest, das getötet werden muss.«

Constantine zieht eine Augenbraue hoch, dann winkt er einem seiner Wächter.

Aiah zeigt ihm das Wesen aus sicherer Entfernung und hält sich die Ohren zu, als der Leibwächter zielt und schießt.

■ ■ ■

Das Fabriktor öffnet sich und der Elton gleitet heraus. Während ein Wächter hinter ihnen die Tür versperrt, warten Martinus und der zweite Leibwächter angespannt und behalten aufmerksam die Straße im Auge. Dann setzt sich der erste Wächter rasch auf den Beifahrersitz, und die Limousine fährt sofort an.

Constantine, der an derlei Vorsichtsmaßnahmen gewöhnt ist, achtet nicht weiter darauf und langt in eine

Tasche seiner weichen Lederjacke, um einen Notizblock hervorzuholen. Er und Aiah sitzen einander gegenüber im Fond des Wagens, Constantine mit dem Rücken zur Fahrtrichtung.

»Was werden wir brauchen?«, fragt er.

Aiah klopft noch einmal mit einem Taschentuch ihr Kostüm ab und denkt über Rechnungen für die Reinigung nach, bis ihr einfällt, dass sie sich so etwas neuerdings durchaus leisten kann. Sie fragt sich, was für ein Wesen das Biest im Keller früher einmal war, bevor es unter den Einfluss des verborgenen Plasmas gekommen ist. Eine Ratte? Eine Maus? Eine Schnecke?

Oder vielleicht sogar ein Mensch. Hier haben Obdachlose gehaust. Vielleicht ein Trinker oder ein Drogenabhängiger, der ein neues Suchtmittel gefunden hat.

Es läuft ihr kalt den Rücken hinunter, als sie daran denkt.

Aiah räuspert sich und überlegt. »Zuerst müssen wir den ganzen Schutt entfernen«, sagt sie. »Vielleicht entdecken wir dabei sogar einen leichteren Zugang. Wenn nicht, müssen wir den Boden aufbrechen und uns die Sache näher ansehen. Die Spuren der Elektrolyse weisen uns den Weg zum Ziel. Aber Sie sollten Ihre Leute mit isolierten Geräten arbeiten lassen.«

»Es muss in der Gegend noch weitere Keller geben«, sagt Constantine. »Es muss auch anderswo Spuren von Elektrolyse und ähnliche Biester geben. All das deutet auf das hin, was da unten wartet. Je eher wir die Quelle anzapfen und in Batterien abfüllen, desto besser.«

Der Elton hält an der Ecke, und Aiah fährt zu Tode erschrocken zusammen. Sie macht sich klein, dreht sich zur Seite und hebt die Hand, um ihr Gesicht abzuschirmen.

»Was ist los?« Constantine hat sofort bemerkt, dass etwas nicht stimmt.

»Einer dieser Männer da«, sagt sie. »Er hat mich angegriffen.«

Constantine beugt sich vor und schaut hinaus. »Welcher?«, fragt er. »Sie brauchen sich hier nicht zu verstecken. Durch die getönten Scheiben kann er Sie nicht sehen.«

Die Angst droht ihr die Zunge zu lähmen. Widerstrebend dreht sie sich zum Fenster um und betrachtet den dürren Mann, den Flaschenwerfer. Er sitzt auf einem Rohr, das zu einem Gerüst gehört, und spricht mit ein paar Freunden. »Der Dünne da«, sagt sie. »Der mit der spitzen Kappe und den grünen Hosen.«

Constantine prägt sich den Mann ein, dann wendet er sich an einen der Leibwächter. »Sehen Sie ihn, Khoriak?«

»Ja, Metropolit.«

»Wenn wir um die Ecke gebogen sind, steigen Sie aus und finden heraus, wer er ist.«

Khoriak ist hell und blond und wird hier nicht auffallen. Er zieht sich die Jacke aus.

Ein Lastwagen, der den Elton nicht überholen kann, beginnt zu hupen. Constantine sieht Aiah an und nickt in Richtung des dünnen Mannes und seiner Gefährten. »Haben Sie seine Freunde schon einmal gesehen?«

»Nein. Die anderen Angreifer wurden schwer verletzt, vielleicht sind sie noch im Krankenhaus.«

Constantine sieht sich über die Schulter zum Fahrer um. »Fahren Sie um die Ecke, Mr. Martinus.«

»Ja, Metropolit.«

Khoriak hat Jacke und Rüschen abgelegt und seinen Kragen aufgeknöpft. Er legt Pistole und Schulterhalfter aufs Armaturenbrett und als der Wagen sich ein Stück von Aiahs Angreifer entfernt hat und bremst, springt er rasch hinaus und knallt energisch die gepanzerte Tür zu.

Constantine lehnt sich bequem an und lächelt Aiah beinahe träge an.

»Vergessen Sie den Mann«, sagt er. »Vergessen Sie ihn und seine Freunde. Das Problem ist gelöst.«

Aiah sieht ihn an, ihr Herz macht einen Satz. Das Problem ist gelöst? Aber wie?

»Es tut mir Leid«, fährt Constantine fort, »aber heute haben wir keine Zeit für neue Lektionen. Ich habe ...« Er hält inne und sucht nach dem richtigen Wort. »Ich habe eine Konferenz. Aber morgen werde ich Mr. Martinus zur gewohnten Zeit schicken.«

■ ■ ■

Tellas Kind schaukelt auf der elektrischen Wiege hin und her, jedes Klicken und jedes Pendeln hakt einen langweiligen Moment ab und bringt das Ende der Schicht etwas näher.

»Erzähl mir von ihm«, drängt Tella. Sie haben nicht viel zu tun, Aiah muss nur wenige Anforderungen in den Computer eingeben. Mit der Luftzirkulation stimmt schon wieder etwas nicht und in Aiahs fensterlosem Büro ist es heiß und drückend. Es riecht penetrant nach den Windeln des schlafenden Kindes. Aiah liest in der freien Zeit einen Text über Plasmatheorie, während Tella ein Puzzle zusammenbaut und mit Freundinnen telefoniert.

»Wen meinst du?«, fragt Aiah abwesend. Sie sieht kurz zu Gils Bild im Rahmen aus Silberimitat. Ihr Herz schlägt etwas schneller, aber vielleicht nicht ganz so schnell wie sonst.

»Der Mann, der dich nach der Arbeit abholt. Der Mann mit dem großen Wagen.« Tella lächelt. »Siehst du dich anderweitig um? Ich kann dir ja wirklich keinen Vorwurf machen, wenn Gil dich so schlecht behandelt.«

»Gil behandelt mich sehr gut«, wehrt Aiah automatisch ab. »Es ist doch nicht seine Schuld, dass er nicht da ist.«

»Wer ist es denn?« Tella lächelt erbarmungslos, die Zähne schimmern weiß. »Gelen von der Einsatzplanung sagt, er sei ein Barkazil.«

Wer? Es ist das erste Mal, dass Aiah etwas von Gelen aus der Einsatzplanung hört. Aber sie schenkt sich die Frage. Tellas Netzwerk von Freundinnen in der Behörde ist unendlich und nicht zu durchschauen.

»Er ist kein Barkazil«, sagt Aiah. »Er ist ein Cheloki.«

»Ist er reich?«, fragt Tella. »Er muss reich sein, wenn er einen Elton fährt. Und mir ist aufgefallen, dass du dich besser kleidest.«

Aiah kratzt sich abwesend unter den Rüschen am Kinn. Zwei Anzüge, denkt sie, und ein Paar Schuhe, und schon glauben deine Kolleginnen, du würdest ausgehalten.

Sie fragt sich, was Tella sagen würde, wenn sie mit dem Diamanthalsband zur Arbeit käme.

Die klickende Wiege zählt die Sekunden ab, bis Aiah antwortet.

»Der Mann, den Gelen gesehen hat, ist der Fahrer des Wagens, aber nicht der Besitzer«, erklärt sie vorsichtig. Sie weiß, dass Gelen und alle anderen Korrespondentinnen in Tellas Nachrichtenunternehmen die Geschichte während der nächsten Stunden im Hauptsitz der Behörde verbreiten werden.

Tellas Augen funkeln. »Ich bin beeindruckt.«

»Aber in Wirklichkeit arbeite ich für ihn«, fährt Aiah fort. »Es ist eine beratende Tätigkeit, die ich aufgenommen habe, um irgendwie zurechtzukommen.«

»Oh.«

»Und ich habe die Behörde nicht um Erlaubnis gefragt, also wäre ich dankbar für deine Diskretion.«

»Ach so.«

»Und außerdem ist er verheiratet. Na ja, so gut wie.«

Tella braucht einen Augenblick, um es zu verdauen. »Und was sagt Gil dazu?«, fragt sie schließlich.

»Ich habe nicht mit ihm gesprochen, seit ich damit angefangen habe.«

»Ach so.«

»Im Übrigen«, fährt sie trotzig fort, während sie spürt, wie am Hals die Hitze aufsteigt, »im Übrigen wüsste ich sowieso nicht, warum es ihn stören sollte.«

»Aber der Mann, für den du da arbeitest, ist reich?« Tella beugt sich vor.

»Ich glaube schon.« Aiahs Mundwinkel zucken amüsiert. »Aber er klagt trotzdem ständig, er hätte nicht genug Geld.«

»Reiche Leute sind wohl so«, sagt Tella.

Aiah sieht sie an. »Wie viele reiche Leute kennst du eigentlich?«

»Wirklich reiche Leute? Nun ja …«

»Er ist reich genug, um seine Clinks nicht zählen zu müssen. Aber er zählt sie trotzdem, weil das Reichwerden ein Spiel ist, in dem es gewisse Regeln gibt. Eine davon ist wohl die, dass man immer Angst haben muss, man würde ausgenutzt.« Sie runzelt die Stirn. »Ich glaube jedenfalls, dass es so funktioniert.«

»Und was erwartet er für die Clinks, die er dir bezahlt?«

Aiah lacht. »Wenn ich das wüsste. Nicht, was er nicht auch selbst tun könnte, wenn er es wollte.«

»Und er ist glücklich mit seiner Frau oder was sie auch ist?«

»Seine persönliche Assistentin.«

Tella lacht. »Persönliche Assistentin.« Sie schüttelt den Kopf. »Und wie kommen sie zurecht?«

»Im Augenblick wohl nicht sehr gut.«

»Mädchen!« Tella klatscht in die Hände. »Wach auf! Du kannst ihn haben!«

Aiah lacht, schüttelt den Kopf, fährt verlegen mit den

Fingerspitzen über die verkratzte Oberfläche ihres Schreibtischs. »Ich glaube nicht.«

»Und wenn doch? Unternimmst du etwas in dieser Hinsicht?«

Ich nehme alles Geld, das ich bekommen kann, denkt sie. *Verdammt, er ist mein Passu.*

So ist es jedenfalls am sichersten.

»Entweder er kommt von sich aus darauf oder eben nicht«, erklärt Aiah. »Ich glaube, er ist schon darauf gekommen und wollte nicht.«

Tella sieht sie herablassend an. »Natürlich, das nimmt den Druck von dir, selbst entscheiden zu müssen. Aber ich glaube trotzdem, du solltest etwas unternehmen.«

»Es tut mir Leid, wenn ich dich enttäuscht habe.«

»Aber du sagst es mir sofort, wenn etwas passiert, oder?«

Die elektrische Wiege klickt.

Aiah sieht Tella aus dem Augenwinkel von der Seite an und während die Sekunden verstreichen wird ihr klar, dass es mehr als eine Art von Passu gibt.

»Aber natürlich«, sagt sie. »Ich erzähle dir alles.«

■ ■ ■

Aiah verabschiedet sich von Martinus, steigt aus dem Elton und geht, vom Plasma erfüllt, mit federnden Schritten zu den Loeno Towers hinüber. Ihre Sinne tanzen mit dem frischen Nordostwind, der die Wolken des vergangenen Tages vertrieben hat. Auf der Zunge spürt sie noch den Nachgeschmack des Weins, auf dem Weg zum Eingang riecht sie Chrysanthemen in Töpfen …

Sie hat gerade wieder eine Lektion mit Constantine hinter sich gebracht. Sie haben sich auf die Telepräsenz konzentriert und mit den sinnlichen Wahrnehmungen experimentiert, die von der Anima an einen anderen Ort verlagert werden können. Der Plasmakörper kann unabhängig von materiellen Beschränkungen rasch von einem Ort zum anderen versetzt werden. Nach der Lektion fühlte Aiah sich erfrischt und bereichert … und auf dem Rückweg warteten im Wagen wie üblich Wein, Früchte und Käse auf sie, um ihren Gaumen zu entzücken.

Während des Wechsels zwischen der Dienstschicht und der Schlafschicht sind nicht mehr viele Leute unterwegs. Auf dem Weg zum Aufzug begegnet ihr niemand, aber als sie die Wohnung erreicht, hört sie schon draußen vor der Tür Gils Stimme im Lautsprecher des Aufnahmegeräts knirschen.

Aiah öffnet eilig die Tür und stürzt zur Kommunikationsanlage, um sich rasch den Hörer aufzusetzen.

»Hallo? Hallo?« Sie drückt die Hörmuschel ans Ohr.

»Aiah?«

»Ich bin gerade hereingekommen. Ein Glück, dass ich dich noch erwischt habe.«

Aiah setzt den Kopfhörer richtig zurecht, arbeitet sich zum Eingang zurück, so weit es die verhedderte Schnur erlaubt, erwischt die Tür mit der Hacke und stößt sie zu.

»Wo warst du?«, fragt Gil. »Ich rufe seit Tagen jede zweite Schicht an, ich habe mir schon Sorgen gemacht.«

»Lass mich erst einmal zu Atem kommen«, sagt Aiah. »Ich hatte Angst, du würdest gleich wieder auflegen.«

»Ich habe mir schon überlegt, ob ich deine Schwester oder sonst jemanden anrufen soll, um herauszufinden, wie es dir geht.«

»Es ist alles in Ordnung. Ich habe nur einen Beratungsjob angenommen, damit wir unsere Schulden bezahlen können.«

»Eine Beratung? Wen berätst du?«

»Ich erkläre es dir, wenn wir uns sehen. Es ist zu kompliziert und zu teuer, um es am Telefon zu erklären.«

Und außerdem hat sie sich noch nicht überlegt, was sie ihm überhaupt erzählen will. Es könnte sogar schon gefährlich sein, Constantines Namen zu nennen.

»Na ja, zum Glück musst du den Job nicht mehr lange behalten«, sagt Gil. »Die Firma hat mir endlich einen Teil meiner Auslagen erstattet – eine Menge Geld, das ich in Gaststätten ausgegeben habe und dieses Bettgeld oder wie es heißt. Hillel ist nach Jaspeer zum Hauptsitz gefahren und hat sich persönlich darum gekümmert.«

»Das ist gut.«

»Morgen schicke ich dir eine Zahlungsanweisung über achthundert.«

»Danke«, sagt sie. »Das wird sicher helfen.«

Gil zögert ein wenig. Aiah weiß, was die Pause zu bedeuten hat, sie sieht förmlich die kleinen Falten auf Gils Stirn, die sich bilden, wenn er nachdenkt.

»Das klingt ja nicht, als würdest du einen Freudensprung machen«, sagt er.

Vor zwei Wochen wäre sie auf die Knie gesunken und hätte den Unsterblichen für das Geld gedankt. Aber jetzt braucht sie es im Grunde nicht mehr, doch sie kann ihm nicht sagen warum.

Sie hat Gil zu ihrem Passu gemacht, denkt sie. Sie will es nicht, aber sie kann es auch nicht vermeiden, weil die Wahrheit zu kompliziert und zu gefährlich ist.

Er darf es nie erfahren, denkt sie. Denn wenn er es herausfindet, wird er sie nie wieder so ansehen wie vorher, er wird sich immer fragen, ob sich nicht schon wieder ein anderer Plan zwischen sie stellt, ob er die Pläne irgendwie gefährdet hätte …

»Ich bin einfach nur müde«, sagt sie. Aber sogar das ist schon eine Lüge, denn das Plasma hat ihre Müdigkeit gründlich vertrieben.

»Ich behalte immer noch Geld übrig, um die Heimreise bezahlen zu können«, sagt Gil. »Ich weiß nicht genau, wann ich hier wegkomme, aber es müsste irgendwann in den nächsten paar Wochen klappen. Und dann können wir uns zusammensetzen und unsere finanzielle Situation klären.«

»Gut«, sagt Aiah. »Aber mit den achthundert müsste ich erst einmal zurechtkommen, bis du hier bist.«

Sie streift die Schuhe ab und setzt sich auf den Teppich. Sie schaut zu Gils Bild hoch und entschuldigt sich wortlos bei ihm für alles, für die Täuschungen, zu denen sie Zuflucht nehmen wird, für die Situationen, die er nie verstehen wird, für die Serie von Lügen, die sie vielleicht nie mehr wird unterbrechen können.

»Ich liebe dich«, sagt Gil. »Du weißt ja gar nicht, wie sehr ich dich vermisst habe. Aber ich werde mich bemühen, alles wieder gut zu machen, wenn ich zu Hause bin.«

»Ich liebe dich auch«, sagt Aiah und fragt sich gleichzeitig, ob es überhaupt noch stimmt.

Vielleicht, denkt sie, habe ich mich jetzt selbst zur Passu gemacht.

■ ■ ■

»Das Geld«, sagt Aiah. »Ich wollte nur daran erinnern, dass ich es noch nicht bekommen habe.«

Constantine sieht durch die getönte Scheibe nach draußen, während der Elton langsam am Terminal vorbeifährt. Er sitzt neben Aiah auf dem dick gepolsterten Rücksitz und beobachtet das Gedränge auf den schmalen Straßen.

»Ich habe erwartet, dass Sie mich früher oder später fragen würden«, antwortet er.

»Ich dachte, ich gebe Ihnen eine Woche.«

»Es sind Vorkehrungen bei einer Bank in Gunalaht getroffen worden. Ich gebe Ihnen morgen die Codes. Sie können das Geld fernschriftlich abheben, aber um der Aufmerksamkeit der Steuerbehörden zu entgehen, wäre es vielleicht besser, wenn Sie mit der InterMetro-Pneuma selbst hinfahren und das Geld persönlich abholen. Außerdem müssen Sie sowieso mindestens einmal hinfahren, um sich als Verfügungsberechtigte registrieren zu lassen.«

Die kleine Metropolis Gunalaht ist vor allem wegen ihrer Banken und Spielcasinos bekannt. Die Banken arbeiten rein privatwirtschaftlich und verwalten daher die Guthaben der Hälfte aller Gauner und Betrüger in Jaspeer. Die Casinos dienen dazu, das Geld von den Konten der Verbrecher auf die der Regierung umzuschichten. Die Metropolis ist mit der Pneuma ungefähr eine halbe Tagesreise entfernt, mit dem Luftschiff dauert die Fahrt anderthalb Tage. Gerade weit genug, um die Reise sehr unbequem zu machen.

Ich muss mir vielleicht ein paar Tage frei nehmen, überlegt Aiah. Sie sieht sich ängstlich auf den geschäftigen Straßen um und sucht nach bekannten Gestalten – nach dem dürren Mann, nach einem ihrer Angreifer.

Vergessen Sie den Mann, hat Constantine gesagt. *Das Problem ist erledigt.* Aber irgendwie kann sie ihn trotzdem nicht vergessen.

»Ein freier Tag?«, sagt Constantine. »Ich wünschte, Sie könnten eine Woche frei nehmen. Was für eine Arbeit machen Sie eigentlich?«

»Auf einem Posten wie meinem«, erklärt Aiah, »wartet man hauptsächlich darauf, dass die Vorgesetzten sterben oder in Rente gehen. Sie könnten meinen Job auch automatisieren, aber das würde bedeuten, dass der Personaletat der Behörde gekürzt wird und ...«

»Ach so.« Constantines Stimme klingt sarkastisch und amüsiert zugleich. »So geht es in allen großen Verwaltungen. Was ist der entscheidende Faktor in Jaspeers Etat? Es sind die mehr als neunzig Prozent, die dafür ausgegeben werden, dass alles so bleibt, wie es ist. Der Verkehr muss laufen, Gebäude und Straßen müssen unterhalten und Pensionen bezahlt werden, und Leute wie Sie klammern sich an ihren Schreibtischjob und erledigen unproduktive Arbeiten, während Sie darauf warten, dass Ihre Vorgesetzten sterben, damit Sie deren unproduktive Jobs übernehmen können. Was ändert sich, wenn die Wähler eine neue Regierung wählen? Überhaupt nichts. Denn die Leute an der Spitze haben nicht wirklich die Macht. In Wirklichkeit wird alles durch ein Triumvirat von Interessengruppen beherrscht …«

Er hebt die rechte Hand, streckt drei Finger aus und zählt mit dem linken Daumen ab. »Bürokratie, Gewerkschaften und die Operation. Sie haben das Geld zwischen sich aufgeteilt. Die ersten beiden bekommen alles, was in den Büchern steht, die Operation bekommt den Rest. Und von diesen dreien arbeitet nur die Operation effizient, weil es nur bei ihr Strafen für Unfähigkeit gibt.«

Aiah sieht den zynisch lächelnden Constantine fragend an. »Das klingt ja beinahe, als würden Sie die Operation bewundern«, sagt sie. Dann fällt ihr wieder ein, was er gesagt hat: *Das Problem ist erledigt.* So hätte es auch ein Straßencapo der Organisation sagen können.

Er schüttelt den Kopf. »Nein. Die Capos der Organisation sind wie wilde Tiere, die von der Welt oder ihrem Platz in der Welt eine ebenso unklare Vorstellung haben wie Soryas Prowler. Ich weiß, wovon ich rede, denn meine Familie *war* ja die Operation, oder sie war das, was die Operation werden kann, wenn sie eine ganze Metropolis steuert. Sie hatte eine Machtfülle, von der die Straßencapos in Jaspeer nur träumen können. Hier in Jaspeer sind die Mitglieder der Operation wie Tiere – Raubtiere zwar, aber keine besonders großen. Wie Ratten vielleicht. Sie streiten sich um Abfälle, um Gebiete, um Ansehen oder um das, was bei einer Ratte als Ansehen gilt. Aber in Cheloki waren sie keine Ratten, sondern höhere Tiere – vielleicht etwas wie Soryas Katze oder wie eine Hundemeute, die aufgrund ihrer Zahl und ihrer Skrupellosigkeit Beutetiere erlegen kann, die größer und stärker sind als die Angehörigen der Meute.« Er lächelt, aber die Augen funkeln kalt, während er sich erinnert. »Sie haben gut gespeist, meine Angehörigen. Sie standen in der Nahrungskette weit oben. Sie haben die Macht um ihrer selbst willen geliebt und nicht zugelassen, dass irgendetwas diese Macht bedroht.« Er zuckt die Achseln und erwidert Aiahs Blick.

»Es kommt immer darauf an, was man will«, fährt er fort. »Nur das ist wichtig. Ich will Macht haben, ja – das gebe ich zu. Aber ich sage außerdem, dass ich nichts für mich selbst beanspruche, was ich nicht auch insgesamt für die Menschheit erreichen will. Ich will die Macht als Mittel zum Zweck und nicht als Selbstzweck. Die Fallen, in die einen die Macht tappen lässt, sind zahlreich – das Kriechen, die Schmeicheleien, die Gier nach Ruhm und Beute … ein Kennzeichen meiner Familie war es, dass sie alle nur auf erbärmliche, irreale Aspekte der Macht aus waren, während die Realität der Macht, also die Fähigkeit, mit genügend Macht das Aussehen der ganzen Welt verändern zu können, für sie überhaupt keine Rolle gespielt hat.«

Er lächelt, als die Erinnerungen kommen, und das Lächeln ist kalt. »Sie haben versucht, sich beim Bau ihrer Paläste gegenseitig zu übertreffen. Entsetzliche Bauten waren es, geschmacklos, angeberisch und hohl. Wir können Tangid danken, dass viele dieser Gebäude im Krieg zerstört wurden. Da sie so sehr auf irdischen Ruhm geschaut haben, mussten meine Angehörigen zwangsläufig ungeheuer viel übersehen. Sie hatten Zugriff auf das gesamte Plasma ihres Herrschaftsgebietes. Sie haben es benutzt, um ihre Feinde zu zerschmettern, sich gegenseitig auszuspionieren oder öffentliche Spektakel zu inszenieren, oder sie haben es auf erstaunlich kleinliche Intrigen verschwendet … Plasma ist der wandlungsfähigste Stoff des Universums, es kann sogar Materie und die Natur der Realität verändern. Doch sie haben damit gespielt, als wären sie Kinder. Sie hatten das Plasma ihr ganzes Leben lang in beliebiger Menge zur Verfügung, aber sogar Sie, meine Tochter ...« Er tastet nach Aiahs Hand auf dem weichen Sitz und nimmt sie in seine. »Sogar Sie, kaum mehr als eine Anfängerin in der Geomantie, wussten mit dem Plasma etwas Besseres anzufangen als diese Leute.« Er sieht sie aufmerksam an, und Aiah errötet unwillkürlich. »Sie haben es benutzt, um zu fliegen, um sich von der Materie zu befreien. Doch die Materie ...« Er lächelt böse. »Die Materie war alles, was meine Familie wollte. Je kostbarer, desto besser. Mehr wollten sie mit den geomantischen Künsten nicht erreichen.«

Der Elton biegt ab, und das alte Fabriktor öffnet sich automatisch, um sie einzulassen. Constantine gibt Aiahs Hand wieder frei und steigt aus, noch bevor der Wagen ganz ausgerollt ist. In der Fabrikhalle ist lautes Hämmern zu hören. Aiah schaut kurz ihre Hand an, auf der sie noch die Wärme der Berührung spürt, dann steigt auch sie aus.

Es ist erstaunlich, welch große Fortschritte die Arbeiten in den letzten drei Tagen gemacht haben. Auf dem Boden der Fabrikhalle stehen Plasmaakkumulatoren. Einige sind bereits ausgepackt, die Messingkontakte und die Verkleidungen aus schwarzer Keramik glänzen, aber die meisten stehen noch eingepackt in der Nähe der Tür, sodass ein flüchtiger Beobachter den Eindruck gewinnen muss, die Geräte würden hier tatsächlich gelagert. Ein Gerüst wird aufgebaut, von dem aus die Kontakte abgesenkt werden. Ein noch größeres Gerüst, das ein Geflecht aus Bronzeleitungen trägt, wird ringsherum aufgebaut, um etwaige Angriffe abzuwehren. Wächter mit angemessen finsteren Gesichtern kontrollieren die Umgebung.

»Ich bin erstaunt, wie groß das alles ist«, sagt Aiah. »Haben Sie keine Angst, entdeckt zu werden?«

»Das Lagerhaus wurde von einer Firma mit Sitz in Taiphon gemietet«, erklärt Constantine. »Die Akkumulatoren gehören einer anderen Firma in Gunalaht. Die Besitzverhältnisse sind derart kompliziert, dass man sie nicht zu mir zurückverfolgen kann.« Sein grollendes Lachen hallt durch die Fabrik. »Außerdem – sagen Sie mir doch mal, Miss Aiah«, sagt er, »ob Sie schon einmal davon gehört haben, dass irgendein Verbrechen dadurch aufgeklärt worden wäre, dass die Behörden von sich aus tätig geworden sind?«

Aiah muss lachen. In der Gegend, in der sie ihre Jugend verbracht hat, gibt es jeden Tag unzählige Antworten darauf.

»Natürlich nicht«, sagt sie. »Die Leute werden erwischt, weil sie verpfiffen werden.« Ihr Neffe Landro, der Plasmataucher, wurde von einem Freund angezeigt, der mitten in der Woche kein Geld mehr hatte und nicht bis zum nächsten Zahltag warten wollte, ehe er sich den nächsten Zehnerpack Bier kaufen konnte. Die paar Leute, die ganz ohne solche Hinweise von der Polizei erwischt werden, haben eben Pech und sind dumm. Es erwischt höchstens diejenigen, die in aller Öffentlichkeit ein Verbrechen begehen und herumstehen, bis sie abgeholt werden, oder die danach durch ihr Verhalten den Verdacht auf sich lenken.

Wie ein farbenprächtiger Regenschauer fallen die Funken eines Schweißbrenners von einem Gerüst auf den Betonboden. Constantine geht zur Treppe, die in den Keller führt, und Aiah folgt ihm. »Jeder, der an diesem Unternehmen beteiligt ist«, erklärt Constantine, »hat durch unser Abenteuer mehr zu gewinnen, als er durch die Zusammenarbeit mit den Behörden gewinnen könnte. Alle meine Leute«, er deutet mit einem Nicken in Richtung der Arbeiter, die gerade zu sehen sind, »haben sich bewährt, sie wurden überprüft und sind loyal. Sie dienen trotz aller Widrigkeiten und Gefahren seit Jahren der Neuen Stadt. Es gibt nur zwei schwache Glieder in der Kette – unsere Nachbarn hier, die im

Augenblick aber keinen Grund haben, misstrauisch zu werden, und natürlich …« Er bleibt auf der ersten Treppenstufe stehen und dreht sich zu ihr um. »Und natürlich Sie, meine Tochter.«

Aiah läuft es kalt den Rücken hinunter. »Ich habe keinen Grund, Sie zu hintergehen«, sagt sie.

Constantine lächelt amüsiert. Er spricht leise weiter, seine Stimme ist im Lärm der Presslufthämmer, der auf einmal von unten heraufdringt, kaum noch zu verstehen. »Nein«, sagt er, »Sie haben keinen Grund mich zu hintergehen, wenn Sie Ihr Geld bekommen. Aber wer weiß? Sie könnten ein irrationaler Mensch sein, Sie könnten mich einfach nur aus einem neurotischen Impuls heraus anzeigen.«

Aiah erschrickt, aber sie lässt sich nichts anmerken und antwortet mit einem kalten Barkazil-Blick. »Das könnte auch jeder Ihrer eigenen Leute tun, Metropolit.«

Das Rattern im Keller hört auf und die plötzliche Stille wird von Constantines grollendem Lachen durchbrochen. »Das könnte sein, meine Tochter. Nur kenne ich meine Leute, aber Sie kenne ich nicht.«

Aiah ballt unwillkürlich die Hände zu Fäusten. Sie war nicht darauf vorbereitet, zur Passu dieses Mannes gemacht zu werden.

»Das Spiel gefällt mir nicht, Metropolit.«

Er zieht eine Augenbraue hoch. »Was für ein Spiel?«

»Ich habe Sie auf eine mögliche Gefährdung unserer Sicherheit hingewiesen, und Sie deuten an, ich wäre diejenige, der man nicht trauen kann.«

»Ach, dann vergessen Sie es einfach.« Er macht eine herablassende Geste und steigt weiter die Treppe hinunter.

»Sie sagten doch, die Behörden beobachten Sie.«

Wieder dreht er sich zu ihr um. »Sie haben zweifellos einige Angestellte der Mage Towers oder sogar meine Nachbarn gebeten, über mich zu berichten. In einem gewissen Ausmaß sind auch meine finanziellen Transaktionen überprüft worden. Zweifellos wird mein Plasmaverbrauch überwacht. Aber …« Er hebt die Hand. »Aber es geschieht nicht offen. Ich werde nicht beschattet, niemand sucht mich in meiner Wohnung auf und stellt Fragen. Denn es gibt nichts, was Verdacht erregen könnte.«

»Meine Kollegen haben bemerkt, dass ich von Ihrem Wagen abgeholt werde.«

Constantine lächelt. »Und welche Schlussfolgerungen haben sie daraus gezogen?«

»Dass ich einen Geliebten habe.«

Er zuckt die Achseln. »Dann sollen sie es glauben. Streiten Sie es ab, wenn Sie wollen, aber sorgen Sie dafür, dass Ihre Einwände nicht sehr überzeugend klingen.«

Wieder dreht er sich zur Treppe um. Aiah bleibt nichts anderes übrig, als ihm wortlos zu folgen. Der Zorn nagt an ihr mit kleinen spitzen Zähnen.

Vor ihr liegt der Keller. Das ganze Gerümpel ist bereits ausgeräumt worden, es riecht nach frischem Betonstaub. Mitten in einem Kreis aus Schutt und einigen finsteren Männern mit Schutzhelmen steht ein Presslufthammer. Die Maschine ist ungefähr mannshoch und eiförmig, vier Stützbeine sind breit aufgeklappt und auf dem Boden verankert. Vier weitere Verankerungen sind mit der Decke oder den Säulen verbunden.

Einer der Männer kommt ihnen entgegen, um Constantine Bericht zu erstatten. Die Bartstoppeln und das Stirnband sind grau von Staub. Zwei helle, vor Schweiß glänzende Ringe um die Augen verraten, dass er gerade noch eine Schutzbrille getragen hat.

»Wir sind problemlos durch den Boden und die Mauern darunter gekommen, aber jetzt sind wir auf Stahlbeton gestoßen, der nicht so leicht zu knacken ist. Wir sind schon seit ein paar Stunden dabei.«

»Was könnte man tun?«, fragt Constantine.

Der Mann zuckt die Achseln. »Sprengen vielleicht. Einen größeren Bohrhammer besorgen. Teufel auch, ich bin kein Ingenieur. Der Mann, der uns die Sachen vermietet hat, meinte, es würde funktionieren, mehr weiß ich auch nicht.«

»Geomantie«, wirft Aiah ein.

Der Mann sieht sie an. »Ja«, sagt er. »Ja, klar.«

Constantine sieht sich über die Schulter um, wendet sich wieder stirnrunzelnd an Aiah. »Gut«, sagt er. »Sie haben Recht, mit Magie geht es einfacher. Sagen Sie Martinus, er soll jemanden suchen, der Sie zu den Towers fährt. Sie wissen ja, wo der Handsender ist.«

Sie sieht Constantine verwirrt an. »Wollen Sie nicht mitkommen?«

»Ich habe hier zu tun.« Constantine schweigt und sein Stirnrunzeln vertieft sich. »Es wird Zeit, dass Sie allein zurechtkommen. Sie können das.«

Der Betonstaub auf Aiahs Zunge schmeckt auf einmal nach nackter Angst. »Wie Sie wünschen, Metropolit«, sagt sie.

Während sie geht, fleht ein Teil in ihr, Constantine möge sie zurückrufen. Aber er tut es nicht.

Das Gesicht der Flammenfrau fällt ihr wieder ein, das Gesicht mit dem Mund, der zu einem stummen Schrei geöffnet ist.

■ ■ ■

Aiah sitzt auf dem Sofa und sieht zum Dachgarten hinaus. Prowler, die große Katze, starrt sie durch die gläserne Barriere an, die grünen Augen mustern sie interessiert. Bunte Vögel flattern zwischen den Bäumen. Der massive Kupfergriff des Handsenders, der noch nicht mit der Kraftquelle verbunden ist, liegt schwer in ihrer Hand.

Sie nimmt den kleinen Talisman vom Hals, hält ihn in der rechten Handfläche, damit sie ihn sehen kann, und hebt mit der Linken den Handsender.

Wieder erinnert sie sich an die brennende Frau. Die Erinnerungen drehen sich in ihr wie ein Rad aus Feuer. Sie sieht das Trigramm an und bemüht sich, nur noch an die vor ihr liegende Aufgabe zu denken.

Es fällt ihr schwer, das Kitzeln der Schweißtropfen zu verdrängen, die ihr den Hals hinunterlaufen.

In der letzten Woche ist Aiah geflogen. Sie hat Plasma in sich aufgenommen, hat es mit den Fingerspitzen wieder abgestrahlt und in Formen gegossen, hat es mitten in der Luft tanzen lassen. Alles mit großem Selbstvertrauen, aber sie wusste immer, dass Constantine die Hand auf ihrem Handgelenk hatte und sie führen konnte, dass er jederzeit den Schalter umlegen konnte, wenn etwas schief ging, um sie wohlbehalten auf die Ledercouch zurückzuholen.

Jetzt sieht die Sache etwas anders aus, jetzt hat sie selbst den Handsender in der Hand.

Prowler starrt sie mit unbewegten grünen Augen an. Aiah holt tief Luft, sieht das Trigramm an und schiebt den Handsender in die Buchse des Anschlusses.

Der Ansturm der Energie presst ihr schlagartig den Atem aus den Lungen. Aiah wird unsanft daran erinnert, wie gefährlich der Umgang mit diesen Kräften ist. Mit pochendem Herzen versucht sie, die aufkeimende Panik zu bezähmen und die Sinne nach draußen zu richten, auf die Umgebung. Ihr Bewusstsein breitet sich aus wie ringförmige Wellen in einem stillen Teich. Das Universum stürzt auf sie ein wie eine Sintflut aus flüssigem Metall. Das Stahlgerüst der Mage Towers scheint ihre Glieder zu stützen, die Sendemasten sitzen wie eine Bronzekrone auf ihrem Kopf, aus Tausenden Fenstern sieht sie nach draußen, die Menschen in den Wohntürmen scheinen wie Blutkörperchen durch ihre Adern zu strömen.

Prowler erschrickt, weil er irgendetwas wahrgenommen hat, und entfernt sich mit einem großen Sprung von seinem Platz, um im dichten Blattwerk zu verschwinden.

Aiah konzentriert sich zunächst auf den Raum. Die Einrichtung – der Schreibtisch, die Stühle, die Bildschirme – alles scheint unverändert und doch irgendwie bedrohlich, von einer verborgenen Kraft erfüllt. Aiah braucht einen Augenblick, um ihre Anima und die Sinnesorgane zu festigen, mit denen sie sich der Realität da draußen stellen wird. Sie geht nacheinander die Sinne durch, und dann schwebt ihre Anima nach oben zu den Sendemasten und ins Leere hinaus.

Sie könnte sich mühsam den Weg durch die Straßen bis zum Terminal suchen, aber es gibt eine einfachere Möglichkeit. Sie weiß, dass der Terminal in der Nähe der Grand City ist, und die Grand City besteht aus weißen Türmen, die beinahe aussehen, als sollten sie eine strahlende Antwort auf die schwarzen Reißzähne der Mage Towers darstellen. Am Horizont sind sie gut zu erkennen und Aiah streckt sich in diese Richtung. Sie folgt dem vierstöckigen District Boulevard, der am Rand von Rocketman verläuft, und biegt dann in die düsteren Schluchten zwischen den Häusern ein. Am Ende muss sie doch bis auf Bodenniveau hinunter, um die Straßenschilder zu lesen und den Zugang zur alten Fabrik zu suchen.

Als sie wie ein Gespenst in die Fabrik eindringt, sieht sie Constantine am Telefon sprechen. Er scheint sie nicht zu bemerken. Nur gut, dass die Bronzegitter noch nicht ganz zusammengebaut sind, sonst würde ihre Reise hier vor der Abschirmung enden. Ihre Anima würde sich in Constantines Plasmaverteidigung einfach auflösen. Aber sie kann mühelos zwischen den Leitungen hindurch und über die Treppe zum Keller vordringen.

Wieder schmeckt sie Betonstaub. Sie fragt sich, ob der Staub immer noch in der Luft schwebt oder ob sie sich nur an den Geschmack erinnert, weil sie schon einmal hier war. Der Presslufthammer ist entfernt worden; wahrscheinlich hatten die Arbeiter Angst, sie könnte ihn beschädigen. Die Arbeiter stehen in der Nähe der Treppe herum, bemerken sie aber nicht. Sie essen etwas und trinken Kaffee. Anscheinend wurden die Arbeiten eingestellt, nachdem sie aufgebrochen ist.

Sie umkreist das Loch im Boden, betrachtet den aufgehäuften Schutt, die Beton- und Ziegelbrocken. Darunter liegt eine vernarbte Fläche. Stahlbeton, in den glänzende Träger eingelassen sind. Sie fragt sich, ob sie vielleicht eine Jahrhunderte alte militärische Ruine vor sich hat. Ein Bunker, der durch ein eingebautes Netz von leitfähigem Metall vor geomantischen Angriffen geschützt war? Wenn das zutrifft, wird ihre Anima sich auflösen, sobald sie die Leitungen berührt. Für den physischen Körper sind sie harmlos und können im schlimmsten Fall ihre Sinne verwirren.

Soweit sie weiß, gibt es keinen anderen Weg es herauszufinden, als es zu versuchen. Sie visualisiert zwei Arme mit unsichtbaren Knochen und Muskeln aus Plasma, und greift ins Loch, berührt das Metall.

Nichts. Das Gebäude ist ihr gegenüber nicht feindselig.

Aiah weiß nicht, welche Legierungen hier verwendet wurden, und sie versteht nicht genug von chemischer Geomantie, um es herauszufinden, aber sie stellt sich vor, dass sie das Material auf jeden Fall schmelzen kann. Sie verstärkt den Zustrom von Plasma über die unsichtbare Speiseleitung von den Mage Towers und lenkt die Energie in Form von Wärmestrahlung durch die Arme ihrer Anima …

Lange Zeit geschieht überhaupt nichts. Aber nach einer Weile läuft das Metall endlich schwarz an, dann glüht es dunkelrot und schließlich weiß. Kleine Flammen lodern auf. Tropfen der verflüssigten Legierung fließen aus den freiliegenden Trägern. Aiah zieht mit einer visualisierten Bewegung das flüssige Metall heraus, das sich immer wieder in Vertiefungen im Beton abzusetzen droht. Sie will es völlig loswerden, also hebt sie es noch einmal an und ein umgekehrter Wasserfall aus hellem, flüssigem Metall ergießt sich aus dem Loch heraus auf den Boden des Raums. Dort soll es auskühlen und wieder erstarren.

Sie visualisiert noch mehr Arme. Jeder berührt ein Stück des freigelegten Metalls, dann ruft sie mehr Energie ab. Der Beton bricht mit lautem Knacken, als sich das in ihn eingelassene Metall ausdehnt. Sie zieht die Legierung aus dem Beton, fasst mit den Armen nach und berührt mit körperlosen Fingern einen immer größeren Abschnitt der Stahlträger. Mit dem Bewusstsein misst sie das Gebäude ab, bis sie das ganze Netzwerk der Stahlstreben erkennt, das Gewicht des Betons spürt und ein Gefühl für die mächtigen Säulen bekommt, die weiter unten das ganze Gewicht tragen.

Wie ein Höhlen bauendes Tier wühlt Aiah sich tiefer und tiefer in den Beton, reißt ihn mit den Krallen auf und wirft ihn hinter sich in den Raum, während das geschmolzene Metall in Fontänen nach oben spritzt. Gleichzeitig spürt sie die Gegenwart der Arbeiter, die inzwischen sehen und wahrscheinlich auch hören können, dass sie mit der Arbeit begonnen hat. Sie schauen neugierig zu und bleiben vorsichtig auf Abstand. Aiah dringt durch den Beton in die weichere Schicht darunter vor, dann berührt sie mit einem Plasma-Finger einen Stützbalken …

Sie fühlt sich, als würde sie aufleuchten wie eine Neonreklame. Das flüssige Metall rinnt weißglühend durch ihre Adern. Der Stützbalken gehört zu dem Komplex, den sie suchen, zu ihrer Goldgrube. Der schlafende Quell der Kraft erwacht auf einen Schlag zum Leben. Es ist eine überwältigende, unerschöpfliche Kraft, die auf sie einstürmt, als wäre ein Damm gebrochen.

Aiah lacht und beinahe scheint es, als würde ganz Jaspeer unter ihrem Lachen beben. Aiah zieht die Finger heraus und nimmt die Kraft mit sich. Beton zersplittert unter ihren Schlägen. Sie fährt aus der Grube heraus, dass sich die restlichen Stahlträger verbiegen und brechen wie vertrocknete Lakritzstangen.

Die Grube ist freigeräumt, und die Arbeiter können die Energiequelle anzapfen. Ihre Anima schwebt in einer wallenden Wolke aus Betonstaub über dem Loch. Sie ist erfüllt von der Kraft, sie fühlt sich wie eine Riesin mit einem Herzen aus loderndem Feuer. Ihr fällt ein, dass sie die Arbeiter warnen sollte, auf keinen Fall den Balken da unten zu berühren, der mit der Energiequelle verbunden ist. Aber die Arbeiter können ihre Anima nicht sehen, und sie weiß nicht, wie sie sich ihnen mitteilen soll …

Sie erzeugt einen Wind, um den Staub wegzuwehen, und versucht, ihren Körper nachzubauen, wie sie sich ihn vorstellt. Sie stellt sich den Umriss vor, die Haut und die Sehnen und die Größe, ein Herz, das glühendes Plasma durch die Adern pumpt. Aiah bringt die Plasma-Haut dazu, aus sich heraus zu leuchten, bis sie für die Arbeiter sichtbar wird. Die Männer reagieren, heben die Hände, um sich vor dem Licht zu schützen. Sie sieht den rotgoldenen Schein auf den Säulen. Auch die Staubwolken, die sie in die Ecken des Raums vertrieben hat, leuchten rötlich. Sie macht sich einen Mund, eine Zunge, Atem … eine Stimme, damit sie sprechen kann.

»Der Eisenbalken unten in der Grube führt Spannung«, sagt sie. »Ihr dürft ihn nicht berühren. Nickt wenn ihr mich verstanden habt.«

Die Männer stehen wie betäubt herum und halten die Hände auf die Ohren, aber sie nicken. Aiah lacht triumphierend über die Energie, die sie durchflutet und über die sie verfügen kann. Wieder werden Hände eilig auf Ohren gepresst.

Ihre Aufgabe ist erledigt, aber Aiah will nicht gehen. Die Energie, die durch ihren Körper strömt, belebt sie und gibt ihr ein Gefühl von Freiheit, wie sie es noch nie hatte. Nichts scheint außerhalb ihrer Möglichkeiten zu liegen. Sie überlegt, ob sie nicht mit ihrer Anima einen Spaziergang machen soll ... zum Himmel fliegen, ein paar schreiende Ungerechtigkeiten beheben, ein Gedicht ans Firmament malen ... etwas Gewaltiges tun.

Aber nein. Die Arbeiter müssen in die Grube, und es wäre gefährlich, wenn aus der Grube eine Speiseleitung aus Plasma zu ihr heraufführt. Aiah baut die zweite Leitung, die hinunter zur Quelle führt, wieder ab ... doch sie muss sich überwinden und zögert ein paar Sekunden lang, bevor sie es tut.

Der rote Schein auf den gemauerten Stützsäulen verblasst zu einem stumpfen Orange. Obwohl sie immer noch mit dem Handsender in den Mage Towers verbunden ist, fühlt sie sich zwergenhaft klein.

Es wird Zeit, zu den Mage Towers zurückzukehren. Sie konzentriert sich auf die zweite Speiseleitung, die sie von den Mage Towers aus mit Energie versorgt und lässt ihre Anima weiter schrumpfen. Sie lässt ihre Plasma-Sinne, die ihr so strahlende, lebendige Eindrücke vermittelt haben, in sich zusammenfallen, um in die armselige Realität einer jungen Frau zurückzukehren, die viele Radien entfernt in einer fremden Wohnung sitzt ...

13

Lotterieskandal aufgedeckt!
Einzelheiten im *Wire!*

Für heute sind die Arbeiten beendet.

Abgesehen von zwei Wächtern ist Aiah mit Sorya im großen Gebäude allein. Ihre Absätze klicken laut in den schmalen Gängen zwischen den hohen Akkumulatoren.

»Eine Flammenfrau«, sagt Sorya. Der Saum ihres langen dunkelgrünen Kleids pendelt um die Fußgelenke, Ohrringe und ein Halsband mit Rubinen glitzern im Zwielicht.

»Sie haben unsere Arbeiter erschreckt«, fährt sie fort. »Ich muss schon sagen, Aiah, Sie haben ein größeres Faible für dramatische Auftritte, als ich vermutet hätte.«

Aiah ist überrascht und geht einen Augenblick schweigend neben Sorya durch die Fabrikhalle.

»Eine Flammenfrau?«, fragt sie. »So habe ich ausgesehen?«

Soryas grüne Augen funkeln belustigt. »Wussten Sie das nicht?«

»Ich wollte meine Anima zum Leuchten bringen, aber ich wusste nicht, wie es ausgesehen hat.«

Jetzt grinst Sorya wie ein Raubtier. »Sie hätten ein paar Arbeitern beinahe die Augenbrauen versengt.«

»Ach.« Aiah muss an die brennende Frau auf der Bursary Street denken. *Fängt es so an?*, fragt sie sich. Vielleicht wäre sie auch als brennende Riesin durch die Straßen Jaspeers gewankt, wenn sie die Verbindung nicht unterbrochen hätte.

Sorya denkt einen Augenblick nach und lächelt amüsiert. »Nicht dass die Arbeiter große Lust hatten, den Blick abzuwenden«, fährt sie fort. »Denn Sie haben vergessen, Ihre Anima mit Kleidung auszustatten.«

»Ach.« Aiah sieht an sich hinab. Der Gedanke, dass die Mängel ihres schlaksigen Körpers durchs Plasma eher noch verstärkt worden sind, ist ihr peinlich – die dürren Beine, die spitzen Ellenbogen, den Oberkörper, auf dem man die Rippen zählen kann ... es ist ihr peinlicher, als wenn die Männer sie tatsächlich nackt gesehen hätten. Wenn sie wirklich den Arbeitern einen schönen Anblick hätte bieten wollen, denkt sie, dann wäre es sicher besser gewesen, wenn sie sich Soryas Körper als Vorbild genommen hätte. Die geschwungenen Hüften und Brüste, die schmale Taille, die Beine mit den durchtrainierten Muskeln ...

Sorya legt eine Hand auf die schwarze Keramikhülle eines Akkumulators. Ihr Gesicht spiegelt sich in der makellos polierten schwarzen Fläche. »Wenigstens zapfen wir die Quelle jetzt an«, sagt sie. »Es wird keine Monster mehr geben, keine eigenartigen Effekte, die die Aufmerksamkeit auf das lenken, was wir in Besitz genommen haben. Und da wir die alte Toilette in der Pneumastation nicht mehr als Zugang brauchen, sollen Sie möglichst bald einen Trupp Männer nach unten führen, die dort alles absperren.«

Eine Grabkammer für die Mumie der Plasmataucherin, denkt Aiah. Wenn sich nur die Erinnerungen ebenso leicht begraben ließen, die Erinnerungen an die leeren

Augenhöhlen, an den Mund, der zu einem stummen Schrei geöffnet ist …

»Besorgen Sie für den Trupp Overalls und Schutzhelme von der Behörde«, verlangt Aiah. »Und geben Sie mir Bescheid, wenn es so weit ist.«

Soryas Finger hinterlassen fettige Flecken auf der schwarzen Keramikwand. Sie blickt zum bronzenen Kollektornetz hinauf, das die Plasmabatterien schützt. Als hätte sie auf den Blick reagiert, fliegt eine der Tauben, die in der Fabrikhalle nisten, auf und flattert zu einem neuen Sitzplatz.

Soryas Augen verengen sich. »Wird die Abschirmung ausreichen?«, fragt sie.

Aiah amüsiert sich. Sorya ist an aufwändige Anlagen gewöhnt, die schon bei der Konstruktion in Gebäuden wie den Mage Towers und dem Hauptsitz der Plasmabehörde untergebracht werden. Dieser improvisierte Apparat hier macht sie nervös.

»Wenn die Abschirmung bis in den Keller verlängert wird und auch die Verbindung zur Quelle einschließt, wird sie ausreichen«, erklärt Aiah. »Aber es ist schwer, etwas Konkretes zu sagen, wenn man nicht weiß, *wovor* die Abschirmung die Akkumulatoren schützen soll.«

Sorya sieht Aiah schräg an, dann blickt sie wieder zur Abschirmung.

»Wir müssen einen effizienteren Weg finden, die Energie abzustrahlen«, sagt sie. »Sendeantennen oder so etwas – aber sie müssen verborgen werden. Wir könnten eine fest eingebaute Antenne direkt auf die Mage Towers richten, damit wir dort die Energie empfangen können, aber wir brauchen auch schwenkbare Antennen, um in verschiedene Richtungen zu senden.«

Aiah überlegt kurz. »Reklametafeln«, sagt sie. »Stellen Sie Reklametafeln aufs Dach der Fabrik. Die Tafeln verbergen die Sendeanlagen.«

Sorya sieht sie überrascht an. »Sehr gut«, lobt sie.

Aiah grinst. »*Krieger der Donnerwelt*«, sagt sie. »Mit Korhë und Semlin. Ich habe diesen Trick in einem Chromo gesehen.«

Sorya lacht. »Offensichtlich bin ich über die Gegenwartskultur nicht gut genug informiert.« Sie geht zum kleinen Büro, das Seidenkleid pendelt raffiniert um ihre Beine. Aiah folgt ihr.

»Aber was bringt das alles?«

»Wie bitte?«

Aiah macht eine ausholende Geste. »Das hier. Was nützt das alles? Wovor soll die Abschirmung Sie schützen? Warum haben Sie es so eilig?«

Sorya sieht sich über die Schulter zu ihr um und runzelt die Stirn. Sie öffnet die Bürotür, tritt ein und schließt hinter Aiah die Tür. Das Büro ist ein einziges Durcheinander, in einer Ecke sind Stahlmöbel gestapelt. Zwischenzeitlich diente der Raum als Lager für Propanbrenner, Bronzestäbe und gepolsterte Kisten mit Geräten, die noch nicht eingebaut sind. Aiah sieht sich vergebens nach einem Sitzplatz um.

Sorya lehnt sich von innen an die Tür, verschränkt die Arme vor der Brust und sieht Aiah an.

»Was ist Plasma anderes als Macht?«, sagt sie. »Und was bieten Plasma und die Macht den Menschen, wenn nicht Ausdrucksformen für ihren Willen? Es ist der Wille, der das Plasma und die Macht und damit letztlich auch die Menschen kontrolliert.«

»Und was ist mit dem Zugang?«, fragt Aiah. »Wenn Sie keinen Zugang zum Plasma haben, nützt Ihnen der Wille überhaupt nichts.«

»Der Wille findet den Zugang«, erklärt Sorya. »So war es doch auch bei Ihnen, oder?«

Aiah ist überrascht. »Ja, so war es wohl«, räumt sie nachdenklich ein.

»Constantine hat Ihnen schon einmal gesagt«, fährt Sorya fort, »dass wir keine kleinen Leute sind. Nicht durch unseren Reichtum werden wir zu Riesen in dieser Welt, sondern durch unsere Willenskraft. Der starke Wille macht sich letzten Endes die Regeln selbst …« Die grünen, funkelnden Augen sehen Aiah an, dass Aiah beinahe die Willenskraft der Frau spüren kann. Eine Art stetiger Druck wie ein Wind, der zwischen hohen Gebäuden immer in die gleiche Richtung gelenkt wird. Fast kommt es ihr vor, als müsste sie sich gegen diesen Wind stemmen, um nicht rücklings umgeworfen zu werden.

»Sie und ich«, sagt Sorya, »wir brechen mindestens hundert Gesetze allein schon dadurch, dass wir hier stehen. Aber an diesem Ort hier haben Gesetze keine Bedeutung, weil die Gesetze von *kleinen* Menschen gemacht werden, um die Kleinen vor den Mächtigen zu schützen. Vergebens, weil die wirklich Mächtigen dennoch bekommen, was sie wollen. Und indem die Kleinen die Großen unterdrücken, berauben sie ihre eigene Gemeinschaft zugleich der Größe.«

Sorya lächelt, spitze Zähne glänzen weiß im kleinen Raum. »Vor diesem Hintergrund und angesichts der Tatsache, dass die Starken sich so oder so durchzusetzen wissen, unausweichlich wie das Wasser, das sich ausbreitet, bis es sein Niveau gefunden hat und von selbst stehen bleibt, dürfte eigentlich klar sein, was wir hier tun. Die Details sind nicht wichtig, aber …« Sorya holt tief Luft. »Wir versuchen, unseren Einfluss zu vergrößern. Unsere Macht. Damit wir die Welt nach unserem Willen formen können. Das trifft aber unweigerlich auf den Widerstand der Leute, die im Augenblick über jene Macht verfügen, die wir uns aneignen wollen. In diesem Konflikt der Willenskräfte müssen wir uns gegen diejenigen wappnen, die uns angreifen könnten.«

Eine Art Krieg, denkt Aiah. *Und Sorya ist keine Verwaltungsassistentin, sondern eine Generalin.*

Aber ein Krieg gegen wen? Gegen einen Einzelnen? Gegen die Organisation? Oder gegen eine ganze Metropolis?

Sie erschauert bei dem Gedanken, dass Constantine auf die eine oder andere Weise früher schon einmal gegen solche Gegner gekämpft hat.

»Sie wollen sich offenbar vor einem Plasmaangriff schützen«, überlegt Aiah laut. »Sonst würden Sie keine Abschirmung brauchen.«

Sorya nickt.

»Wenn Sie nun beispielsweise«, fährt Aiah vorsichtig fort, »an einen Angriff der Polizei oder des Militärs von Jaspeer denken, dann können Sie davon ausgehen, dass diese Leute sehr vorsichtig vorgehen müssen, um nicht die Einwohner in der Umgebung zu gefährden. Im Umkreis von höchstens einem Radius um das Gebäude leben mindestens zehntausend Menschen.«

»Richtig.« Soryas funkelnde Augen beobachten sie gespannt.

»Aber wenn Ihre Gegner ... wenn sie nun keinen Grund hätten, die Nachbarschaft zu schonen, dann könnten sie Ihnen und Ihren Apparaten hier einen erheblich größeren Schaden zufügen.«

»Ah.« Eine knappe Antwort, die Aiah nicht verrät, ob ihre Spekulationen zutreffen. Aiah verkneift sich eine bissige Bemerkung und fährt fort.

»Dank der Abschirmung können die Gegner Ihre Geräte nicht direkt beschädigen«, sagt Aiah. »Aber sie können die Umgebung zerstören.« Sie sieht durchs Bürofenster zum spitzen Dach der Fabrikhalle, zu den hohen Bogenfenstern. »Wenn sie die Fenster richtig treffen, fliegen die Splitter wie tausend Messer nach innen. Wenn sie das Dach hart genug treffen, fällt es auf die Abschirmung herunter. Dabei könnte die Abschirmung zerbrechen, und selbst wenn sie hält, werden die Leute verletzt.«

Sorya lächelt angespannt und gibt Aiah mit knappem Nicken Recht. *»Krieger der Donnerwelt?«*, fragt sie.

»Gesunder Menschenverstand«, erklärt Aiah. »Ein großer Teil der Verletzungen auf der Bursary Street ist durch herumfliegende Glassplitter entstanden.«

»Richtig«, sagt Sorya. »Ihre Überlegungen sind bestechend. Vorausgesetzt natürlich, Ihre Grundannehmen treffen zu.«

Und wenn die Fabrikhalle mit Sandsäcken geschützt wird, denkt Aiah, und wenn Schutzbleche über empfindliche Geräte und den Arbeitsbereich der Mitarbeiter gespannt werden, dann ist die Sache klar.

»Natürlich sind Constantine und viele seiner Leute ausgebildete Kämpfer«, erklärt Sorya. »Sie haben sicher schon über diese Möglichkeiten nachgedacht.« Wieder das zweideutige, unbestimmbare Lächeln. »Und wiederum vorausgesetzt, diese Überlegungen sind überhaupt relevant für unser Vorhaben.«

»Sind Sie eigentlich auch eine Kämpferin, Madame Sorya?«, fragt Aiah.

»Meine Schlachten«, antwortet die Frau knapp, »haben sich auf einer weniger spektakulären Ebene abgespielt.« Sie dreht sich um, öffnet die Bürotür und sieht sich noch einmal zu Aiah um. »Aber insgesamt«, fügt sie hinzu, »waren meine Schlachten erfolgreicher als seine. Vielleicht lasse ich mich weniger von Illusionen ablenken.«

Aiah folgt Sorya in die Fabrikhalle. Oben flattern die Tauben.

»Sie können es mir ruhig erzählen«, sagt Aiah. »Vielleicht kann ich Ihnen sogar helfen.«

»Diese Entscheidung liegt nicht bei mir«, erwidert Sorya. Sie wirft das gesträhnte Haar zurück und stößt ihr perlendes Lachen aus. »Außerdem«, fügt sie hinzu, »macht es Spaß, Ihnen beim Herumraten zuzuschauen.«

»Vielen Dank auch«, gibt Aiah schnippisch zurück.

Sorya giert nach Macht, denkt sie. Sie genießt die Macht, die sie hat, und sei es nur in einem kleinen Spielchen.

Aber die Macht des Wissens ist vergänglich, wie Aiah genau weiß. Immerhin hat sie einige Daten gesammelt, die früher oder später in die eine oder andere Richtung weisen werden.

Feuer ist die Prüfung für Metall,
der Kummer prüft die Menschen.

– Eine Gedankenbotschaft von
Seiner Vollkommenheit, dem Propheten von Ajas

Das Bezirkskrankenhaus Zwölf ist ein Jahrhunderte alter grauer Steinklotz mit durchsackenden Böden und Fensterscheiben, die nur noch von hundert Farbschichten im Rahmen gehalten werden. In den Winkeln der hohen Gänge hängen Spinnweben, der Putz ist rissig, die Farbe schält sich von den Wänden. Das Gebäude ist mit Steinmetzarbeiten verziert, Blattwerk und Vidas Boten, die auf eleganten Flügeln herbeischweben, um den Kranken beizustehen. Als Kind hatte Aiah immer Angst vor den Statuen mit den strengen Gesichtern und den Fledermausflügeln, mit dem vom Regen vernarbten steinernen Haar, den leeren Augen und den klaffenden, stummen Mündern.

Drinnen riecht es nach Desinfektionsmitteln, aber deutlich auch nach Alter und Verzweiflung. Zu viel Krankheit, zu viel Schmerz haben sich hier seit vielen Jahren aufgestaut.

Aiah bleibt mit dem Absatz an einer zerbrochenen Kachel hängen, stolpert, fängt sich gerade noch ab. Dann hat sie das Zimmer erreicht und dort umringt ihre Familie eines der vier belegten Betten. Eine Situation, auf die sie sich erst einstellen muss.

»Hallo.« Ihr Neffe Esmon liegt im Bett und winkt kraftlos, die Hand dick mit Schienen für die gebrochenen Finger eingepackt. Das Gesicht ist voller Schnittwunden, die Augen schauen aus verquollenem Fleisch hervor.

Aiah erinnert sich an die Stiefeltritte und Fausthiebe in der Trackline-Station, an ihren Gegenschlag mit Plasmafeuer, der die Tortur beendet hat … Esmon hatte keine Plasmabatterien, mit deren Ladung er sich schützen konnte. Er sieht aus, als hätten die Angreifer ihn gründlich durchgewalkt.

Aiah tritt an sein Bett und küsst ihn vorsichtig auf beide Wangen. Sie fragt sich, ob sie auch seine Hand drücken soll, aber eine ist geschient und die andere ist mit dem gesamten Unterarm mit Klebeband an einer Art Kasten fixiert. Sie streicht ihm über den Kopf und bereut es sofort wieder, als sie ihn zusammenzucken sieht. Selbst dort ist er empfindlich.

Sie erinnert sich, wie sie Esmon auf der Feier am Senko's Day gesehen hat, so stolz in seinem grünen und goldenen Mantel mit den Schmuckknöpfen und seinem Plan, im nächsten Jahr mit den Griffins zu gehen …

Aiah wendet sich an die anderen, an ihre Mutter, ihre Großmutter Galaiah und Esmons Hexenfreundin Khorsa. »Wurde er angegriffen?«, fragt Aiah. »Was ist passiert?«

Der Anruf ist gegen Ende ihrer Schicht von Esmons Bruder Spano gekommen. Sie hat sich den Rest des Tages frei genommen und ist ins Krankenhaus geeilt, aber sie weiß noch keine Einzelheiten.

»Ich will das nicht alles noch einmal durchgehen«, erwidert Esmon mit belegter Stimme.

»Gangster«, sagt Galaiah mit fester Stimme. »Das haben ihm die Gangster angetan.«

Aiah erschrickt, sieht zwischen Esmon und Galaiah hin und her. »Hast du dich mit der Operation eingelassen? Oder mit wem sonst? Mit den Heiligen Legionären?«

»Es waren Langnasen-Ganoven«, sagt Galaiah.

»Ich weiß nicht genau, ob die es waren«, widerspricht Esmon.

»Lass uns draußen reden«, sagt Khorsa. »Ich erzähle es dir.«

Aiah lässt sich widerstrebend von der Hexe nach draußen führen. Eine weitere Frau folgt ihnen, eine Unbekannte mit rotem Turban. Erst beim Hinausgehen sieht Aiah, dass das Zimmer keine Tür hat. Im Rahmen sind die leeren Scharniere zu sehen.

Wer stiehlt denn *Türen?*, fragt sie sich.

»Das ist meine Schwester Dhival«, stellt Khorsa die andere Frau vor.

Dhival ist die Priesterin, Khorsa ist die Hexe. Aiah weiß aber nicht genau, was für ein Unterschied zwischen den beiden überhaupt besteht.

Die zierliche Khorsa schaut zu Aiah hoch und kaut nervös an der Lippe. »Es hat nämlich mit uns zu tun«, beginnt sie.

Aiah ist nicht überrascht. Seit sie mit Magiern vom Kaliber eines Constantine oder einer Sorya zu tun hat, können Hinterhofhexen sie nicht mehr beeindrucken.

»Vor allem will ich erst einmal wissen, wie es Esmon geht«, sagt Aiah.

Khorsa nickt. »Zwei Männer haben ihn angegriffen und fürchterlich verprügelt. Er steht jetzt unter Schmerzmitteln und spürt nicht mehr viel.«

»Was können die Ärzte für ihn tun?«

»Wir ... ich kann die Plasmabehandlung bezahlen, morgen werden sie damit beginnen. Sie haben nur gewartet, weil sie sicher sein wollen, dass er in einem stabilen Zustand ist.«

Aiah hat einen bitteren Geschmack im Mund. Sie erinnert sich, wie sie am Senko's Day mit Khorsa gesprochen hat, an die heftige Reaktion der Hexe auf die Frage nach der Operation ... und ihr Herz rast vor Zorn.

»Was habt ihr zwei denn überhaupt mit der Operation zu schaffen?«, fragt sie.

Khorsa reißt die Augen auf. »Aber wir haben doch gar nichts mit ihr zu tun«, gibt sie zurück.

»Sie haben mit *uns* zu tun«, ergänzt Dhival. Ihre Stimme klingt verbittert. »Es gibt da einen Straßencapo namens Guvag. Er versucht, uns sein Plasma aufzudrängen, aber wir wollen es nicht haben. Und deshalb hat er ein paar Schläger auf Esmon angesetzt.«

Aiah kann es kaum glauben. »Ihr seid nicht bei ihm verschuldet? Ihr spielt nicht?«

»Nein«, sagt Khorsa. »Und Esmon auch nicht.«

»Ihr habt noch nie etwas bei ihm gekauft? Ihm nie etwas verkauft? Besorgungen für ihn erledigt? Irgendetwas, das ihm einen Ansatzpunkt bietet?«

»Nein!«, faucht Khorsa. »Absolut nicht! Deshalb wollten wir auch mit dir reden. Du arbeitest für die Plasmabehörde. Gibt es nicht jemanden bei der Polizei, an den wir uns wenden können?«

Aiah überlegt. Die Schnüffler der Behörde, die Fahndungsabteilung, ist organisatorisch von allen anderen Abteilungen getrennt und untersteht direkt dem Intendanten.

»Nein, ich weiß niemanden«, sagt sie. »Aber ich kann mich umhören.«

»Das wäre nett«, sagt Khorsa. »Und wenn es geht, möglichst schnell.«

Aiah holt ihren Notizblock heraus. »Wie heißt der Mann noch einmal? Und habt ihr vielleicht auch eine Adresse, damit ich ihn ausfindig machen kann?«

»Eine Adresse habe ich nicht, aber er treibt sich oft mit seinen Kumpanen im Shade Club an der Elbar Avenue herum.«

Aiah notiert die Angaben. »Ich werde sehen, was sich

da machen lässt. Aber die Frage ist, ob ihr aussagen wollt.«

Khorsa und Dhival wechseln einen Blick. Dhival leckt sich nervös über die Lippen. »Man sagt nicht gegen die Operation aus«, wendet sie ein.

»Und wenn ich dafür sorge, dass ihr beschützt werdet?«

»Wir würden trotzdem alles verlieren, oder? Du kannst uns nicht ewig schützen und wir können den Tempel nicht betreiben, wenn es die Operation auf uns abgesehen hat. Wir müssten uns für den Rest unseres Lebens verstecken.«

Aiah sieht die beiden an. Sie weiß, vor welcher Entscheidung sie stehen: aussagen und auf einen Schlag alles verlieren oder den Forderungen der Operation nachgeben und nach und nach alles verlieren. Als Erstes den Stolz und die Unabhängigkeit und schließlich auch alles andere. Die Operation nimmt ihnen scheibchenweise alles ab: Geld, Besitz, den Wisdom Fortune Temple …

»Wir hatten gehofft«, sagt Khorsa zögernd, »dass wir Guvag vielleicht für etwas anderes verhaften lassen könnten, nur nicht gerade dafür, dass er uns bedroht hat. Er handelt mit illegalem Plasma – vielleicht könnten wir die Behörden auf ihn aufmerksam machen, sodass er verhaftet wird, weil er an jemand anders verkauft hat.«

Eine schwache Hoffnung, denkt Aiah. Sie steckt den Notizblock weg. »Ich werde sehen, was ich machen kann«, sagt sie. »Inzwischen möchte ich dafür sorgen, dass Esmon die Behandlung bekommt, die er braucht.«

Khorsa sieht sie mit großen Augen an. »Natürlich.«

»Und du musst dir einen Anwalt suchen und herausfinden, welche Möglichkeiten du hast.«

Die beiden Schwestern wechseln einen Blick. Anwälte sind kein Teil ihrer Welt. Der unpersönliche Mechanismus der Rechtsfindung hat mit ihrem Leben nichts zu tun, solange sie nicht festgenommen werden oder eine Räumungsklage bekommen. Anwälte sind Feinde, genau wie Polizisten und Richter. Die Vorstellung, einen von dieser Sorte auf ihrer Seite zu haben, ist ihnen völlig fremd.

»Ich muss mal telefonieren«, sagt Aiah. »Wisst ihr, wo ich hier ein Telefon finde?«

Khorsa deutet den Flur hinunter, und Aiah blickt in die angegebene Richtung.

Sie muss Constantine sagen, dass er keinen Wagen schicken soll, um sie zur Plasma-Lektion abzuholen.

Notfälle in der Familie gehen nun einmal vor.

Experimentalrakete stürzt in Lire-Domei ab
2000 Menschen im Flammenmeer getötet
Im Parlament Verbotsantrag
gegen Raketenexperimente gestellt

Als Aiah das Krankenhaus verlassen hat, kehrt sie ins Büro zurück. In der zweiten Schicht gibt es nicht viele Plasma-Anforderungen, und das Büro ist nur mit einem Mitarbeiter besetzt. Auf ihrem Platz sitzt jetzt Vikar, der dicke Angestellte sechster Stufe. Sie begrüßt ihn und setzt sich auf Tellas Stuhl. Sie schließt den Kopfhörer an, wählt die Nummer der Rechnungsabteilung und fordert Guvags Unterlagen an. Als die Kollegen über die zusätzliche Arbeit jammern, weist sie darauf hin, dass sie für den Katastrophenschutz arbeitet und die Informationen *sofort* braucht. Vierzig Minuten später sind die Akten da, zwei Nachrichtenkapseln mit dünnen, zusammengerollten Plastikfolien poltern in den Eingangskorb.

Sie liest die Unterlagen, kann aber nicht viel finden. Guvag benutzt nicht viel Plasma, jedenfalls nicht offiziell. Das Gleiche gilt für den Shade Club. Sie findet die Adresse und außerdem ein rotes Warnschild, das aber eigentlich weder rot noch ein richtiges Schild ist, sondern einfach nur ein aufgedruckter Warnhinweis, dem sie entnehmen kann, dass Guvag einmal des Plasmadiebstahls überführt wurde und im Auge zu behalten sei.

Bei der Fahndung braucht sie gar nicht erst nach Unterlagen zu fragen, also besteht der nächste Schritt wohl darin, beim Informationsdienst des *Wire* alle öffentlich zugänglichen Daten zusammenzusuchen. Sie würde lieber den Computer im Büro benutzen, aber der ist nach Arvag-Spezifikationen gebaut, während der *Wire* das inkompatible Cathobeth-Kompressionsverfahren benutzt. Also muss Aiah zur zwei Straßen entfernten Niederlassung des *Wire* laufen.

Sie verabschiedet sich von Vikar, geht zum Büro und mietet eines der Recherchеterminals. Sie schiebt die Münzen in den Schlitz und ruft alles ab, was an frei zugänglichen Angaben zu Guvag existiert. Anderthalb Stunden später hat sie alles auf glattem Plastikfaxpapier ausgedruckt und stopft sich die zusammengerollten Blätter, die noch nach Entwickler riechen, in einen Beutel. Dann fährt sie mit der Pneuma nach Hause.

Guvag wurde tatsächlich vor zwölf Jahren wegen Plasmadiebstahls verurteilt und hat ein paar Jahre in Chonmas abgesessen. Die Chromographie, die bei seiner Verurteilung aufgenommen wurde, zeigt einen stiernackigen Mann mit Schnurrbart, der finster in die Kamera starrt. Übertrieben große Rüschen quellen aus dem Kragen und an einem Handgelenk trägt er eine teure Stoka-Uhr, beinahe ein Erkennungszeichen der Leute, die mit der Operation zu tun haben. Aus den Unterlagen geht hervor, dass er zweimal wegen tätlicher Angriffe angeklagt und einmal verurteilt wurde. Allerdings hat man anscheinend die meisten Anklagepunkte fallen gelassen – wahrscheinlich, denkt Aiah, hat man die Zeugen eingeschüchtert.

Also ein ausgesprochen gewalttätiger Mitarbeiter der Operation. Khorsa und Esmon stecken wirklich in Schwierigkeiten, wenn er es auf sie abgesehen hat.

Aiah geht noch einmal den Ausdruck durch. Viel steht nicht darin, sie muss sehen, ob sie anderswo noch mehr herausfinden kann.

Trackline-Skandal weitet sich aus
Rücktritt des Direktors gefordert
Einzelheiten im *Wire!*

Die Katastrophenschutzeinheiten sind demobilisiert. Oeneme hat sich auf der Old Parade zum Sieger erklärt und Aiah muss wieder den ganzen Tag im Büro arbeiten.

Die Rohrpost wirft ihr mit einem Knall eine Nachrichtenkapsel in den Eingangskorb. Sie öffnet den Behälter und überfliegt den Text. Schon wieder einer dieser lästigen Hinweise, dass man das Telefon nicht für private Zwecke benutzen soll. Sie knüllt die Plastikfolie zusammen und wirft sie in den Recyclingbehälter.

Warum machen die sich überhaupt die Mühe?

Anscheinend gibt es in der ganzen Behörde niemanden, der ernsthaft arbeitet. Die Leute beschäftigen sich nur damit, sinnlose Anweisungen hin und her zu schicken.

Galaiah hat sie über Esmons Genesung auf dem Laufenden gehalten. Er hat Plasmabehandlungen bekommen, und es geht ihm viel besser, er sei guter Dinge. Aiah will ihn später anrufen und selbst mit ihm sprechen.

Eines der privaten Telefonate, über die man in der Behörde so ungehalten ist. Zum Teufel damit!

Mehr als neunzig Prozent des Etats, hat Constantine ihr gesagt, werden darauf verwendet, das zu bewahren, was gerade existiert. Jeder Angestellte sitzt in seinem kleinen Verschlag, langweilt sich zu Tode und wartet nur darauf, dass die Vorgesetzten sterben oder versetzt werden, damit er selbst befördert wird. Es ist wie ein Tanz, bei dem jeder Schritt zehn Jahre dauert.

Sie erinnert sich an das Mosaik auf dem Bahnsteig der Rocketman-Station, an die leuchtende Stadt aus weißem Stein, von der prächtige goldene Strahlen ausgingen … Das Mosaik ist für sie zum Inbegriff von Constantines Neuer Stadt geworden. Ein wenig verschmutzt und angeschlagen vielleicht, aber auf jeden Fall der Mühe wert.

Aiah wendet sich an Tella, die den kleinen Jayme beobachtet, der auf dem Boden herumrutscht. Er kann noch nicht richtig auf Händen und Knien krabbeln, sondern bewegt sich eher wie ein Insekt.

»Die wissen einfach nicht, was sie wollen«, sagt Aiah. »Der Dekorateur sagt einen Ton, und schon reißen sie die eingepassten Schränke wieder heraus und bauen alles um. Und dann muss ich die ganzen Anschlussbuchsen neu verlegen.«

»Wenigstens wirst du für die Arbeit bezahlt«, tröstet Tella sie. Ihre Augen glänzen. »Wie kommt er denn mit Momo zurecht?«

»Sie haben sich wieder ineinander verliebt.«

»So ein Pech aber auch.«

»Ich glaube, es wird nicht lange halten. Ich gebe ihnen eine Woche.«

Tella sieht zur Wanduhr. »Zeit für die Pause. Willst du zuerst?«

»Nein, geh nur.« Aiah schüttelt den Kopf.

Tella meldet sich bei der Disposition ab und gibt

durch, dass sie die nächsten fünfzehn Minuten nicht am Platz ist. Aiah lächelt. Sie hat einen falschen Constantine und eine falsche Sorya erfunden, um Tella abzufertigen. Sie nennt die beiden Bobo und Momo. Jeden Tag erfindet sie neue Einzelheiten über ihre turbulente Beziehung und ihre Unfähigkeit, Entscheidungen zu treffen. Sie hat sich das absurdeste Paar ausgedacht, das man sich nur vorstellen kann, wie aus einer Chromo-Komödie entsprungen.

Ein solches Paar würde doch ganz sicher nichts Illegales tun, oder?

Tella hebt Jayme auf, wischt ihm den Sabber vom Kinn und schleppt ihn hinaus. Aiah programmiert die nächste Sendung, lehnt sich zurück und hört dem Klicken der Relais zu.

»Darf ich reinkommen?«

Ein Mann steht in der Tür. Er trägt einen zerknitterten grauen Anzug. Blaue Augen lugen aus einem geröteten, faltigen Gesicht, eine Zigarette hängt achtlos im Mundwinkel. Sie hat den Mann schon öfter gesehen, eigentlich sollte sie seinen Namen kennen.

»Setzen Sie sich«, sagt Aiah. Um ihn besser verstehen zu können, zieht sie eine Hörmuschel vom Ohr und schiebt sie sich auf die Schläfe.

Der Mann kommt herein und greift nach einem der beiden Metallstühle, die an der Wand stehen. »Nicht die da«, warnt Aiah ihn. »Die sind kaputt. Wir haben es schon vor Monaten gemeldet, aber es ist nichts passiert. Nehmen Sie den Stuhl meiner Kollegin, sie hat gerade Pause.«

Der Mann nickt, etwas Zigarettenasche fällt auf die Rüschen unter dem Kinn. Er rückt Tellas Stuhl zu Aiahs Schreibtisch herum und setzt sich.

»Ich glaube, wir wurden uns noch nicht vorgestellt, aber Mr. Mengene äußerte sich sehr wohlwollend über Sie.« Er streckt die Hand aus. »Ich bin Rohder.«

In Aiahs Kopf heulen ganze Batterien von Alarmsirenen auf. Er ist der Mann, der die Flammenfrau auf der Bursary Street ausgeknipst hat und mit den verstärkten Augen seiner Anima die Speiseleitung der Erscheinung bis zum Terminal verfolgt hat.

Außerdem ist er der Mann, dessen Telefon sie manipuliert hat, um ungefährdet die ersten Anrufe bei Constantine machen zu können.

Aiah schält sich die Rüschen vom Handgelenk und schüttelt Rohders Hand. »Gut, dass Sie aus dem Krankenhaus entlassen wurden«, sagt sie. Hoffentlich kann er nicht erkennen, dass ihr das Herz bis zum Hals schlägt.

Rohder lächelt. »Es hat mich umgehauen«, sagt er. »Ich hätte nicht damit gerechnet, in meinem Alter noch einmal mit so einem großen Notfall zu tun zu haben.«

»Ist denn alles wieder in Ordnung?« Aiah fragt sich, ob ihre Stimme nicht ein wenig schrill klingt.

»Oh, ja, ich bin so gut wie neu.«

»14.40 Uhr«, sagt die Stimme in Aiahs Kopfhörer. »Antenne Vier auf 033,3 Grad drehen. Verstanden?«

»Negativ. Bitte wiederholen?«, sagt Aiah. Sie sieht Rohder entschuldigend an und achtet auf die Anweisungen der Sprecherin. Die vertrauten Bewegungen, als sie den Computer programmiert, helfen ihr, einen Anschein von Gelassenheit zu wahren.

Während sie die Regler einstellt, erinnert sie sich, dass Sorya und Khorsa schon bei der ersten Begegnung erkannt haben, dass Aiah mit Plasma in Berührung gekommen war. In den vergangenen zwei Wochen hat Aiah tausendmal mehr Plasma benutzt als in der Zeit, bevor sie Sorya kennen lernte. Rohder ist alt genug, um Zugang zu Plasma zu haben – wahrscheinlich benutzt er es in seinem Alter hauptsächllich, um sein Leben zu erhalten und noch mehr Plasma zu bekommen. Auch er könnte also erkennen, dass sie Plasma benutzt hat.

Außerdem war er der Leiter der Forschungsabteilung,

bis sein Etat gestrichen wurde. Also versteht er etwas von diesem Gebiet.

Sie denkt über ein paar passende Lügen nach, während sie die Kabel im Schaltschrank umsteckt. Sie ist selbst überrascht über die einfache Erklärung, die ihr schließlich einfällt. Anscheinend sind auch Täuschungen und Lügen nur eine Frage der Übung.

Ich benutze das Plasma in meinem Tempel, überlegt sie sich. *Bei den Ritualen.* Diese Erklärung ist durchaus einleuchtend.

»Ja?«, sagt sie. Sie schiebt die Ohrmuschel wieder zurück. »Wie kann ich Ihnen helfen?«

Rohder sieht sich vergebens nach einem Aschenbecher um, tippt sich einen langen grauen Aschewurm in die hohle Hand und wischt die Hand an der aschegrauen Hose ab. »Sie haben die Gruppe geleitet, die Mr. Mengene nach Osten in Richtung Grand City geschickt hat.«

Aiah rutscht nervös herum, zwingt sich aber sofort wieder, wenigstens äußerlich ruhig zu bleiben. »Das ist richtig«, sagt sie.

»Und Sie haben nichts gefunden?«

»Ich dachte, ich hätte eine vielversprechende Spur gefunden, aber es ist nichts dabei herausgekommen«, erklärt sie. Und außerdem müssen wir dringend diese Tür zumauern, fügt sie in Gedanken hinzu.

Rohder beugt sich vor, die hellblauen Augen schimmern feucht. Aiah fragt sich, wie alt er ist. Trotz des weißen Haars und der vielen Falten um die Augen wirkt er überraschend jugendlich. Aber mit regelmäßigen Plasma-Behandlungen könnte er ohne weiteres über hundert Jahre alt sein.

»Und worin hat diese Spur bestanden?«, fragt er.

Aiah holt Luft. »Es gibt dort eine alte Pneumastation, die Terminal heißt. Der Zugang war direkt unter einem Gebäude, in dem jemand die Zähler manipuliert hatte, deshalb dachte ich, sie würden Plasma von einem unbekannten Gebäude abzapfen. Aber meine Gruppe hat die Station sorgfältig durchsucht und nichts gefunden.« Sie zuckt die Achseln. »Wir haben zwei Tage dafür gebraucht, aber wir wissen nicht mehr, als dass jemand die Zähler manipuliert und Plasma unterschlagen hat.«

»Wie sind Sie auf die Idee gekommen, ausgerechnet dort zu beginnen?«

Aiah beschließt, nichts über die ehemalige Plastikfabrik zu sagen, die sie in Rocketman auf den Folien gefunden hat. Das Original befindet sich noch in ihrem Besitz, und sie glaubt nicht, dass es irgendwo noch eine weitere Kopie der vierhundert Jahre alten Pläne gibt.

»Die Pneumastation schien vielversprechend«, sagt sie, »und irgendwo mussten wir beginnen. Wir haben in dieser Gegend ganz allein gearbeitet.«

Mit einem Klicken klappt eine kleine Metallflagge um und Aiah zuckt zusammen. Eine Sendung ist beendet.

Rohder nickt. »Oeneme war wohl der Ansicht, die Suche auf der Old Parade könnte lohnender sein.« Er nickt noch einmal. »Aber auf der Old Parade wurde nichts gefunden.«

»Nicht viel jedenfalls«, sagt Aiah. »Ein paar Lecks, die sich allerdings im Laufe der Jahre zu einem Leck der A-Klasse hätten aufbauen können.«

Rohder zieht nachdenklich an der Zigarette. Die helle Glut, die sich an der Zigarette entlangfrisst, berührt fast seine Lippen, aber er scheint daran gewöhnt zu sein. Er nimmt den Stummel aus dem Mund, sieht ihn einen Augenblick lang unsicher an und legt ihn auf Aiahs Schreibtischkante, sodass die Glut über die Kante hinaushängt. Er atmet den Rauch aus, starrt den Stummel an und runzelt die Stirn.

»Ich habe gesehen, dass die Speiseleitung der Erscheinung nach Osten ging«, sagt er. »Ich war etwas verwirrt, als ich ins Krankenhaus kam, und habe mich vielleicht nicht deutlich genug ausgedrückt, aber ich weiß, dass ich mich nicht geirrt habe.« Er lächelt leicht. »Es ist doch seltsam, wie Oeneme meine Informationen ignoriert hat. Die Old Parade war aber auch viel bequemer – in aller Öffentlichkeit und in der Nähe des Sendezentrums, sodass er jede Menge Presseerklärungen abgeben konnte und es zu seiner Wohnung in den Grand Towers nicht zu weit hatte.«

Er langt in eine Jackentasche, zieht ein Zigarettenetui heraus und klappt es auf.

»Haben Sie sich eigentlich mal gefragt, *warum* die Pneumastation geschlossen wurde?«, fragt er.

Genau diese Überlegungen haben Aiah auf die alte Plastikfabrik gebracht. Es gefällt ihr überhaupt nicht, dass Rohders Gedanken sich in die gleiche Richtung bewegen.

»Nein«, sagt sie ohne Zögern. Dann zuckt sie die Achseln. »Die Pläne zeigen lauter alte Gebäude.«

Rohder zündet sich mit methodischen Bewegungen seine Zigarette an und lässt den Rauch zur Decke steigen. »Dieses Viertel wurde vor vierhundert Jahren gebaut«, erklärt er. »Ich habe es ein paar Leute in Rocketman nachprüfen lassen.«

Aiah versucht zu lächeln. »Ich wünschte, ich hätte die Autorität gehabt, eine solche Nachprüfung zu verlangen. Das hätte mir einen ganzen Tag Arbeit erspart.«

»Der Terminal wurde auf dem Gelände einer früheren Anlage gebaut, aber es gibt keine Daten, was dort war. Eine Kläranlage vielleicht, eine Lebensmittelfabrik, irgendetwas Großes. Und als die Leute nicht mehr zur Arbeit zum Terminal fahren mussten, wurde die Pneumastation geschlossen.«

Aiah macht ein nachdenkliches Gesicht. »Wenn Sie die Erlaubnis erwirken können, kann ich die Suche fortsetzen«, schlägt sie vor. Und dabei kann ich natürlich dafür sorgen, dass nichts gefunden wird, denkt sie sich. »Ich kenne mich inzwischen dort etwas aus.«

Rohder schüttelt den Kopf. »Oeneme hatte die Einsatzleitung«, sagt er, »und er hat verkündet, das Problem sei gelöst.« Er seufzt. »Ich könnte die Untersuchung wieder aufnehmen lassen, aber es wäre ein mühsamer Kampf, und ich habe zu viele Feinde in dieser Behörde.« Er sieht sie an. »Nein, wir müssen einfach abwarten und die Streifen in dem Viertel informieren. Wenn jemand das alte Gebäude anzapft, dann kann man davon ausgehen, dass sie früher oder später angezeigt wird.«

Dass *sie* angezeigt wird?, denkt Aiah. Sie lächelt und spürt kleine Insektenbeinchen über ihren Rücken krabbeln.

Rohder steht auf und erwidert ihr Lächeln. »Ich wollte nur meine Neugierde befriedigen«, sagt er. »Mengene meint, Sie wären klug, und das wollte ich mit eigenen Augen sehen.«

Aiah steht auf, um sich von ihm zu verabschieden. Die Schnur des Kopfhörers behindert sie.

»Es freut mich, dass es Ihnen wieder besser geht«, sagt sie.

Er schüttelt ihr die Hand, sieht sie mit wässrigen blauen Augen an und schlurft hinaus.

Aiah fragt sich, ob sie Constantine davon erzählen soll. Was würde er ihr antworten? *Vergessen Sie den Mann ... das Problem ist erledigt.*

Nein, denkt sie. Damit will sie ihr Gewissen nicht belasten.

Aber es muss dringend ein Trupp zum Terminal und den Zugang zu der Strebe zumauern.

Am nächsten Tag ist es erledigt.

Der Angriff des Gehenkten
Schaudern Sie in Aldemars neuem Chromoplay
»Der erste Grad des Schreckens«
Startet diese Woche

Am Tag nachdem sie den Zugang zur Toilette vermauert haben, nimmt Aiah sich die zweite Hälfte der Schicht frei und fährt nach Old Shorings hinaus. Esmon ist aus dem Krankenhaus entlassen worden, und sie will ihn besuchen. Sie hat ihm einen Schokoladenkuchen gekauft. Doch das eigentliche Geschenk sind die Informationen, die sie über Guvag gesammelt hat. Sie hat allerdings beschlossen, Esmon nicht damit zu behelligen. Die Informationen sind vor allem für Khorsa bestimmt, denn im Grunde ist es ja sowieso eher Khorsas als Esmons Problem.

Der Wisdom Fortune Temple liegt im ersten Stock eines dunklen Bürogebäudes. Der Tempel riecht stark nach Kräutern, die auf Dächern und in Abstellkammern gezogen wurden und in Plastiktüten verpackt auf einer gläsernen Theke zum Verkauf ausgestellt sind. In den Regalen stehen Kerzen, die mit besprochenem Öl eingerieben und abgebrannt werden können, damit sie Glück bringen. Auf billigen Blechregalen sind Päckchen mit speziellen Suppenmischungen gelagert. Die Kunden können die Mischungen kaufen, zu Hause eine Suppe kochen und sich einreden, das könnte beheben, was mit ihnen oder dem Universum nicht stimmt.

Über der Theke hängt ein Bild von Karlo in einem prächtigen silbernen Rahmen. Es sieht genauso aus wie das Bild, das Aiah in ihrem Zimmer hat.

Hinter einem Perlschurvorhang liegt der eigentliche Tempel. An den Wänden stehen Bänke für ältere und gebrechliche Besucher, aber Aiah weiß, dass die meisten Rituale rings um den Kreis stattfinden, der auf die billigen Kacheln in der Mitte des Raumes gemalt ist. Die Gläubigen ziehen ihre Tempelgewänder an, knien sich auf mitgebrachte Kissen und schunkeln zu den Gesängen hin und her. Innerhalb des Kreises ist der Zweig Tangids aufgemalt, in dessen Zentrum eine energieführende Plasmaleitung angebracht ist. An den Wänden hängen Bilder von Tangid, Karlo und Dhoran dem Toten, dazwischen auch Bilder der Spiegelzwillinge, des Weißen Pferdes oder anderer Symbole.

Gott oder die Götter sind den Menschen zu fern, um ohne Mittler angebetet zu werden. Sie sind weit weg, irgendwo hinter dem Schild. Deshalb beten die Menschen zu den Unsterblichen und rufen sie in den Zeremonien an.

Die Unsterblichen waren einst gewöhnliche Menschen und verstehen daher die menschlichen Begierden und Schwächen. Sie sind angeblich fähig, sich bei den fernen Gottheiten, bei den wahren Göttern oder den Aufgestiegenen Meistern, für die Belange der Menschen zu verwenden.

Aiah erinnert sich an ihre Kindheit – der Duft der Kräuter, die Gesänge und das Trommeln, das Händeklatschen, das Schunkeln und Schreien der Gläubigen, die Anrufung der Unsterblichen. Sie weiß, dass die Gläubigen manchmal in Trance fallen und eine Botschaft eines Unsterblichen herausschreien. Bei manchen brechen auch heftige Zuckungen aus, die für das zynische Auge eines Erwachsenen erstaunlich starke sexuelle Untertöne haben. Aiah weiß, dass die Gemeinde sich hauptsächlich aus Frauen in mittleren Jahren mit ihren Kindern und aus irgendeinem Grund aus homosexuellen Männern zusammensetzt. Und sie kennt Khorsas Sprüche auswendig, diese rhythmisch vorgetragenen Phrasen, mit denen sie die Besucher in eine leichte Trance versetzt, damit die Bitten um Zuwendungen oder gewisse Hilfeleistungen auf fruchtbaren Boden fallen. Manchmal heilt sie auch die Kunden, gibt Anweisungen zur Umgestaltung der Wohnung oder schickt jemanden in die Sektoren der Barkazil, wo er zu Füßen eines erleuchteten Sehers studieren soll.

Khorsa sitzt hinter der Theke und ist bereit, Suppe, Segen oder gute Ratschläge zu verkaufen. Sie scheint überrascht, als Aiah eintritt, und steht sofort auf, um sie zu begrüßen.

»Wie geht es Esmon?«, fragt Aiah.

»Er ruht sich zu Hause aus«, sagt Khorsa. »Ja, es geht ihm gut. Die Behandlungen haben gut angeschlagen.«

»Ich will ihn besuchen«, erklärt Aiah, »aber ich dachte, ich liefere vorher das hier ab.« Sie langt in ihren Beutel und holt alles heraus, was sie über Guvag zusammengetragen hat. Als Letztes legt sie die dicke Rolle Faxpapier auf die Theke.

»Mehr konnte ich nicht herausfinden«, sagt sie, »und es wird wohl nicht viel nützen. Ich habe mit ein paar Leuten von der Fahndungsabteilung über ihn gesprochen. Sie kennen ihn und würden ihn liebend gern wieder nach Chonmas schicken, aber solange es keine offizielle Anzeige und keine Zeugen gibt, können sie nichts tun. Gerade bei diesem Mann haben sie öfter Schwierigkeiten mit Zeugen.«

Khorsa nagt an der Unterlippe. »Können sie Schutz anbieten?«

»Wahrscheinlich nicht. Es sei denn, du verdingst dich als Informantin und Spionin und arbeitest eine Weile mit Guvag, kommst ihm nahe und findest Beweise für schwere Verbrechen. Aber das kommt für dich wohl sowieso nicht in Frage.«

Khorsa schüttelt leicht den Kopf und seufzt. »Nun ja, wenn das so ist …«

»Was willst du jetzt machen?«

»Ich werde auf keinen Fall mit dem Mann zusammenarbeiten, und den Tempel werde ich auch nicht schließen. Vielleicht kann ich die richtige Magie finden und mich an die Gemeinde wenden …« Sie bricht mitten im Satz ab.

»Also«, sagt Aiah, »viel Glück dann. Ich wünschte, ich hätte dir mehr helfen können.«

Aiah nimmt den Kuchen wieder an sich und steigt die

ausgetretene Stahltreppe zur Straße hinunter. Sie denkt an die Tragödie, die sich anbahnt. Es wird schlimmer werden als das, was mit Henley passiert ist, und die Tatsache, dass es unausweichlich ist, macht sie mutlos.

Sie geht zu Khorsas und Esmons Wohnung. Es ist eine schöne Wohnung mit einem richtigen Balkon an Stelle eines Gerüsts, sogar groß genug für einen kleinen Garten mit Kürbissen, Zwiebeln, Chilipfeffer und Kräutern. Esmon ist zu Hause. Nach der Plasmabehandlung ist er schon beinahe wieder der Alte, nur im Gesicht sind noch einige Verfärbungen zu sehen, und die Nase hat einen kleinen Buckel bekommen. Lächelnd begrüßt er Aiah und bittet sie herein. Er schneidet für Aiah und sich selbst Stücke vom Schokoladenkuchen ab und fragt, ob sie etwas von Gil gehört hätte. Sie sagt, er hätte sich gemeldet.

Esmon streckt sich auf dem Sofa aus und hört zu, während Aiah ihm mehr oder weniger das Gleiche erzählt wie Khorsa. Als sie ungefähr zur Hälfte damit durch ist, klopft es, und ihr Bruder Stonn kommt mit Esmons Bruder Spano herein. Eine kalte Vorahnung krabbelt Aiahs Wirbelsäule hoch.

»Danke für deine Hilfe«, sagt Stonn. Mit den mächtigen Armen und Schultern und den Tätowierungen auf dem Bizeps sieht er aus wie der kleine Ganove, der er tatsächlich auch ist. Meist arbeitet er als Dieb, aber er ist kräftig genug, um hin und wieder von den Fastani-Gangstern in Old Shorings als Schläger angeheuert zu werden.

»Ich dachte mir schon, dass nichts dabei herauskommen wird«, fährt Stonn fort. »Aber mach dir deshalb keine Sorgen, wir regeln das schon.«

»Was hast du vor?«, fragt Aiah. Sie sieht beunruhigt zwischen den beiden Männern hin und her.

Sie zucken die Achseln. »Wir kümmern uns eben darum«, sagt Stonn.

»Du meinst, du willst dich um Guvag kümmern.«

»So ungefähr.«

»Stonn.« Sie zielt mit dem Zeigefinger auf ihn. »Du wirst verlieren.«

In Stonns Augen ist auf einmal ein böses Funkeln zu sehen. »Nicht wenn wir es richtig machen.«

Stonn ist ein hoffnungsloser Fall. Aiah hätte es gleich wissen sollen. Sie wendet sich an ihre beiden Neffen. »Ihr habt es mit der Operation zu tun«, sagt sie. »Das sind Profis. Die haben Leute, die nichts anderes machen als andere Leute zu töten. Mit solchen Killern hattet ihr bisher noch nie zu tun, die werden euch im Handumdrehen erledigen.«

Esmon und Spano wechseln einige unbehagliche Blicke. »Stonn sagt, wir könnten ihn vor seinem Club abfangen«, erklärt Spano.

»Dort sind die ganze Zeit Langnasen-Aufpasser im Einsatz. Glaubt ihr wirklich, denen fällt es nicht auf, wenn drei Barkazil in einem Hauseingang stehen und auf etwas warten? Darunter einer, den sie sich gerade vorgenommen haben?«

»Ich kann mir eine Kanone besorgen«, behauptet Stonn.

»Glaubst du denn, *die* haben Kanonen?«

»Wir müssen auch nicht zum Club gehen«, sagt Spano. »wir können ja auch herausfinden, wo er wohnt.«

Aiahs Wut kocht über, und sie erklärt ihnen, wie dumm sie sind – aber das bestärkt sie eher in ihrem Gefühl, sie wären auf dem richtigen Kurs.

»Was sollen wir denn sonst machen?«, fragt Spano. »Die haben immerhin meinen Bruder halb tot geschlagen.«

»Also gut«, sagt Aiah. Sie steht auf. »Also gut. Aber unternehmt nichts, bis ihr etwas von mir gehört habt. Absolut *nichts.*« Sie sieht Esmon scharf an. »Versprochen?«

»Was willst du machen?«, fragt er.
»Ich werde mich darum kümmern«, sagt sie wütend.

Drogendealer verurteilt!
Todesstrafe für unbeschreibliche Verbrechen!
Lasst der Gerechtigkeit ihren Lauf!

Die Wut verraucht ungefähr auf halbem Wege zum Terminal und weicht der Angst um ihre Verwandten. Was soll sie jetzt tun? Dies ist keine Situation, in der sie einfach improvisieren und hoffen kann, irgendwie durchzukommen. Und wenn die Operation sie womöglich sogar bis zur Fabrik beschatten kann, dann muss Constantine sich von seinem Plan verabschieden.

Als sie in der Garakh Station in der Nähe des Terminals aus dem Wagen der New Central Line steigt, ist der Umriss eines Plans herangereift. Als sie im Schildlicht die Treppe zum Ausgang der Station hinaufsteigt, schiebt sie sich die Haare nach vorn und setzt eine Schildbrille auf. Mit etwas Glück wird man die Barkazil-Geschäftsfrau in grauem Kostüm mit den Rüschen nicht mit dem Barkazil-Mädchen im gelben Overall in Verbindung bringen, das vor ein paar Wochen einem Einwohner das Gesicht gegrillt hat.

Von einem öffentlichen Telefon aus ruft sie Constantines Ausweichnummer an und spricht eine Nachricht aufs Band, dass sie nicht von der Arbeit abgeholt werden muss. Constantines Mitarbeiter, die inzwischen an ihre Gegenwart gewöhnt sind, lassen sie in die Fabrik, als sie anklopft, und kümmern sich sofort wieder um ihre Arbeit.

Die letzten Lektionen hat Aiah hier in der Halle bekommen, denn das Plasma ist kostenlos, auch wenn die Ausrüstung eher primitiv zu nennen ist. Es sind noch keine richtigen Steuerpulte eingerichtet, doch die ersten improvisierten Verbindungen zur Quelle sind bereits geschaltet. Aiah wischt den Staub von einem billigen Bürodrehstuhl und setzt sich. Die Bedienungselemente bestehen im Augenblick nur aus einem zurechtgesägten Plastikbrett, auf dem mit weißem Klebeband einige Regler und Anzeigen befestigt sind. Aiah rückt den Stuhl zurecht und nimmt den verstaubten Kupfergriff des Handsenders, der seit ihrer letzten Lektion hier liegt.

Ihr Mund ist trocken. Irgendwo in der Fabrikhalle kreischt eine Kreissäge. Vielleicht, denkt sie, sollte sie Constantine einweihen und ihn um Hilfe und Unterstützung bitten.

Nein, denkt sie. Das ist nicht seine Aufgabe. Er bezahlt mich für mein Wissen und nicht, um sich von mir in diese elenden Familienangelegenheiten hineinziehen zu lassen.

Also los, denkt sie. Mach es sofort, bevor du es dir anders überlegst.

Sie nimmt die Halskette mit dem Trigramm ab und legt es vor sich auf den Tisch, dann schiebt sie den Handsender in die Buchse. Mit einer Art geistigem Knacken wird die Energie aufgeschaltet und tost durch ihre Sinne. Sofort verändert sich die Wahrnehmung, als wäre sie vorher halb blind gewesen und könnte erst jetzt richtig sehen, als würde sie erst jetzt die Struktur der Realität wirklich verstehen, die Energie, die im Herzen aller Dinge ruht …

Tausend Engel der Kraft singen in Aiahs Kopf. Sie baut eine Anima auf und springt aus dem Gebäude heraus, um unter dem hellen Schildlicht nach Old Shorings zu fliegen und von dort aus weiter zum Dritten Bezirk, der benachbarten Jaspeeri-Wohngegend.

Guvag, denkt Aiah. Er treibt sich oft im Shade Club an der Elbar Avenue herum. Und für den Fall, dass er nicht da ist, hat sie seine Adresse und kann ihn zu Hause besuchen.

Die Elbar Avenue ist eine trostlose kurze Straße, überragt von alten braunen Gebäuden, die mit großen Gerüsten verkleidet sind. Aiah versteht nicht, wie ein Club an diesem Ort das letzte Erdbeben überleben konnte. Der Shade Club ist ein ruhiges, diskretes Lokal, aber hinter der abgestoßenen schwarzen Farbe der Wände fühlt Aiah die Bronzeabschirmung, die den Club vor Angriffen schützen soll. Auch das mit Fliegendreck besudelte Fenster ist mit einem Bronzegitter gesichert.

Die Energie heult in ihren Ohren und drängt sie, einfach auf den Club einzuschlagen und ihn mit einer einzigen gewaltigen Flamme auszuräuchern. Aber das wäre unmöglich, denn die Bronzeabschirmung würde ihre Anima aussaugen. Mit einer großen Willensanstrengung drückt Aiah die Speiseleitung unter die Erde, damit ihre Verbindung zur Fabrik nicht mehr zu sehen ist. Sie will vermeiden, dass man sie zu ihrem Ausgangspunkt zurückverfolgen kann.

Vorsichtig hebt sie ihre Anima ans Fenster und späht hinein. Es dauert einen Augenblick, bis sich die Wahrnehmung ans Dämmerlicht angepasst hat. Und richtig, dort sitzt auch Guvag. Älter und dicker als auf den Chromographien, aber unverkennbar. Er sitzt in Hemdsärmeln an einem runden Tisch in der Mitte des Raums und trinkt Schnaps. Ein paar seiner Kumpane hocken bei ihm. Junge Männer, die sich wie die Gockel herausgeputzt haben, alte Männer mit ausdruckslosen, maskenhaften Gesichtern. Die Runde wirkt gelangweilt.

Also brauche ich nur zu warten, bis Guvag herauskommt, denkt sie.

Das Plasma grollt ungeduldig in ihren Ohren. Aber vielleicht habe ich nicht genug Zeit, überlegt sie weiter. Constantine oder Sorya können jeden Augenblick in die

Fabrik kommen. Sie streckt die Wahrnehmung weiter aus, bis das Feld auch die Straße erfasst. Die große Carfacin-Limousine, die neben dem Hydranten im Halteverbot steht, muss Guvag gehören.

Vielleicht sollte sie damit anfangen. Aiah nähert sich dem Wagen, bildet sorgfältig ein Paar Plasmahände aus und schiebt sie unter das Fahrzeug. Die Energie fließt durch die Speiseleitung. Der Wagen bebt, steigt hoch, balanciert in der Luft. Aiah spürt, wie sich unsichtbare Muskeln in Schultern und im Rücken spannen, als sie den Wagen bis in Kopfhöhe hochdrückt. Dann gewinnt die Ungeduld die Oberhand, und sie umhüllt den ganzen Wagen mit einer Energiekugel und jagt ihn quer über die Straße, als wäre eine Kanonenkugel abgefeuert worden.

Die Fenster des Clubs platzen nach innen weg, als der wuchtige, verchromte Kühler des Wagens durchschlägt. Tische und Stühle kippen um, Glassplitter spritzen in den Raum. Aiah fliegt durch eine Lücke in der Bronzeabschirmung ins Gebäude und sucht Guvag, der mit einer für sein Gewicht überraschenden Geschwindigkeit aufgesprungen ist und wegrennt.

Aiah langt mit einem Gedanken nach ihm, als würde sie mit einer Fliegenklatsche zuschlagen, und Guvag geht zu Boden. Sie packt ihn mit unsichtbaren Händen am Kragen und schleppt ihn zum Tisch zurück.

Er soll mich sehen, denkt sie. Und sie formt sich einen Körper – nicht ihren eigenen, denkt sie, sondern etwas Beeindruckenderes. Eine mächtige, riesenhafte Gestalt mit Händen wie Klauen und dem Gesicht eines wilden Tiers. Eine brennende Gestalt, brennend mit einer Flamme, die ihrem Zorn entspricht.

Das Feuer spiegelt sich an den schmutzigen Wänden des Clubs, als ihr Plasmakörper Gestalt annimmt. Guvag, der hinter dem Tisch auf Knien hockt, starrt sie entsetzt und verängstigt an. Seine Freunde und Handlanger sind längst geflohen. Aiah sieht ihn mit den scharfen, schmalen Augen eines Falken an.

»Kannst du mich hören?«, fragt sie.

Sprachlos nickt er. Das Tischtuch beginnt zu brennen, Aiah wischt es mit einer beiläufigen Handbewegung weg.

»Du hast einen Fehler gemacht«, sagt Aiah zu ihm. »Der Wisdom Fortune Temple steht unter meinem Schutz. Hast du das verstanden?«

»Ja«, sagt er. »Ja, ich habe verstanden!« Sie packt ihn und schüttelt ihn, ihr Feuer versengt ihm das Gesicht.

»Du weißt nicht, wer ich bin«, sagt Aiah. »Du wirst nie erfahren, wer ich bin. Aber wenn du dich nicht aus Old Shorings heraushältst, wirst du mich wiedersehen. Verstanden?«

»Ja!«, kreischt er. »Ja! Ich lasse deine Leute in Ruhe!«

Aiah lässt ihn los, und er fällt wie ein nasser Sack zu Boden. Sie betrachtet sich in den Spiegeln hinter der Bar und sieht ein über die Beute gebeugtes Raubtier, einen Racheengel, der Feuer und Zerstörung verbreitet. Ihre Füße zerschmelzen allmählich den Plastikbelag des Bodens. Guvags Wagen hängt halb im Fenster, schräg nach vorn gekippt. Aiah lacht, und ihr Triumph dröhnt laut zwischen den engen Wänden. Sie hat sich noch nie so gut gefühlt.

»Mach's gut, Guvag«, sagt sie. »Vergiss nicht, dass ich jederzeit wiederkommen kann.«

Am liebsten wäre sie triumphierend nach draußen marschiert, aber sie wagt es nicht, die Bronzeabschirmung des Clubs zu berühren. Also löst sie in der Fabrikhalle einfach die verkrampfte Hand vom Sender und der ferne Shade Club verschwindet aus ihrer Wahrnehmung.

»Schon bei der Arbeit?« Constantine steht hinter ihr, anscheinend ist er inzwischen in der Fabrik eingetroffen.

Aiah leckt sich die Lippen. »Ja«, sagt sie. »Ich arbeite an der Telepräsenz.«

Sie zittert. Sie fühlt sich auf einmal winzig und unbedeutend im Vergleich zum Racheengel, zu der brennenden Frau, deren Auftritt sie gerade inszeniert hat.

»Erfolgreich?«, fragt Constantine.

»Ich glaube schon.« Entweder sie hat Guvag eingeschüchtert oder sie hat ihre ganze Familie getötet. Ihr Auftritt war zweifellos spektakulär. Wenn sie das Plasma hätte bezahlen müssen, dann wäre es eine Rechnung von zehntausend Dalder geworden. Sie hofft, dass der Anblick eines Gegners, der so großzügig mit Plasma umgehen kann, Guvag entsprechend nachdenklich macht.

»Wollen wir jetzt etwas anderes versuchen?«, fragt Constantine. Er zieht sich einen der billigen Stühle heran, zupft die Knie seiner grauen Hosen hoch und setzt sich.

»Gut.«

Fügsam hält Aiah ihm das Handgelenk hin und Constantine umfasst es.

Stoka Siebzehn
Die Uhr für Männer, deren Wort Gesetz ist

Constantines Leibwächter Khoriak fährt Aiah in einem kleinen Geldan-Zweisitzer nach Hause. Sie lässt sich am Supermarkt absetzen, um vom öffentlichen Fernsprecher aus Esmon anzurufen.

»Ich habe mich um Guvag gekümmert«, sagt sie. »Er dürfte dir jetzt keine Probleme mehr machen.«

Esmon braucht einen Augenblick, um die Neuigkeit zu verarbeiten. »Was meinst du damit? Was heißt das, du hättest dich um ihn gekümmert?«

»Wenn er dich oder Khorsa noch einmal belästigt, sag mir Bescheid. Aber er dürfte es eigentlich nicht tun. Du brauchst nichts zu unternehmen, hast du verstanden?«

»Äh … ja, schon. Aber …«

»Und du musst Stonn davon abhalten, etwas Dummes zu tun. Ich weiß, das ist eine lebenslange Aufgabe, aber wenn er jetzt gegen Guvag vorgeht, ruiniert er alles.«

»Ich … ich rede mit ihm.«

Aiah legt auf, kauft ein paar Erfrischungsgetränke, um den Kühlschrank aufzufüllen, und geht nach Hause.

Die Erinnerung an die brennende Frau drängt sich in ihr Bewusstsein.

Die Rache des blauen Giganten …
Aber die Lynxoid Brothers sind bereit!
Sehen Sie das neue Chromoplay!

Das Zischen und das leichte Druckgefühl im Innenohr verraten ihr, dass der Wagen die Spitzengeschwindigkeit von mehr als 450 Radien pro Stunde zu verringern beginnt. Die InterMetropolitan-Pneuma nach Gunalaht ist ein Hochgeschwindigkeitszug, der mehr Zeit in den Bahnhöfen verbringt als auf freier Strecke.

Aiah klemmt ein Lesezeichen in das Buch über die Plasmatheorie und wartet, bis der Zug abgebremst hat. Regelmäßig gesetzte, sanfte grüne Lampen, mehr kann sie draußen nicht erkennen. Vorher in voller Fahrt waren die Lampen nur als Streifen zu sehen gewesen, jetzt kann Aiah bereits einzelne Lichtflecken voneinander unterscheiden. Schließlich wird ihr der Magen in die Kehle hochgedrückt, als der Wagen aus dem Tunnel ausschert und zischend am Bahnsteig stehen bleibt.

Draußen sieht sie als Erstes eine Reihe greller Reklamen für Spielcasinos. Alle in der Farbe von poliertem Gold, um den verheißenen Luxus anzudeuten. Alle versprechen großartige Darbietungen und Vergnügungen und immer größere Gewinnchancen. Sie steckt das Buch in ihre Reisetasche, die schwer ist von Constantines Münzen, wirft sie sich über die Schulter und steigt aus.

Ihre Fahrkarte ist bis zur Haltestelle hinter Gunalaht gültig. Eine der kleinen Vorsichtsmaßnahmen, die Martinus ihr ans Herz gelegt hat.

Sie geht an den Reklametafeln der Spielbanken vorbei, findet den Wegweiser zu den Nahverkehrszügen und stellt fest, dass sie Geld wechseln muss. An einem von einem halben Dutzend Ständen, die offenbar alle den gleichen Wechselkurs anbieten, versorgt sie sich mit einheimischer Währung. Dann fährt sie mit dem Nahverkehrszug bis direkt zu ihrer Bank.

Wenn sie eine Angeberin wäre, überlegt sie, dann könnte sie natürlich auch mit dem Taxi fahren. Aber die Reflexe eines reichen Menschen hatten noch keine Zeit, sich bei ihr einzunisten.

Die Bank ist anders als alle Banken, die sie bisher gesehen hat. Ein großer, stiller Raum mit weichen Teppichen, an einigen Schreibtischen sitzen Angestellte und arbeiten lautlos. Spitz zulaufende mit weißer Emaille überzogene Säulen stützen die fächerartig unterteilte Decke. Ein Empfangschef in schwarzem Samtfrack führt Aiah zum Schreibtisch eines Mr. nar-Ombre. Er spricht so leise, dass sie sich vorbeugen muss, um ihn zu verstehen.

Die Formalitäten sind rasch erledigt: Sie nennt ihm die Codes, die Constantine ihr gegeben hat, unterschreibt, hinterlegt ihren Fingerabdruck und fragt nach dem Kontostand. Nar-Ombres Computer surrt ein paar Sekunden, bevor er die Ziffern ausgibt: 200.141,81. Ein paar Tage Zinsen sind dazugekommen.

»Danke«, sagt sie. Dann tut sie so, als würde sie ein paar Sekunden zögern. »Hat sonst noch jemand Zugriff auf das Konto?«, fragt sie.

Der Bankangestellte sieht in den Unterlagen nach. »Wir haben auch dem Herrn, der das Konto eingerichtet hat, die Codes gegeben, ein gewisser Mr. Cangene. Wir haben auch von ihm die Unterschrift und den Abdruck.«

Aiah verkneift sich ein Lächeln. Constantine sollte doch wissen, dass sie sich nicht von ihm zur Passu machen lässt.

Nicht, dass sie sich an seiner Stelle anders verhalten hätte.

»In diesem Fall«, sagt Aiah, »möchte ich gern den gesamten Betrag abheben und ein neues Konto nur unter meinem Namen eröffnen.«

Mr. nar-Ombres Gesichtsausdruck verrät, dass er täglich solche Bitten hört. Vielleicht trifft es sogar zu. »Bei der Schließung eines solchen Kontos werden leider Gebühren fällig, ebenso bei der Einrichtung eines neuen«, warnt er sie.

»Ich verstehe«, sagt Aiah. Sie hebt ihre Schultertasche. »Ich möchte auch eine Einzahlung machen.«

Mr. nar-Ombres Finger tanzen über die Tastatur. »Sehr wohl, Miss.«

Sie schätzt, dass ein paar Tage Zinsen die Gebühren wettmachen.

Als sie die Bank verlässt, fragt sie den Türsteher, ob er ein Hotel empfehlen kann und fährt mit dem Taxi hin.

Lebe gut, solange du es noch kannst, denkt sie sich.

Sie schafft es, den Rest des Tages in Gunalaht zu verbringen, ohne auch nur einen Fuß in ein Spielcasino zu setzen. Wenn sie nicht Constantines Passu sein will, dann wird sie auch nicht zur Passu eines ganzen Staates werden.

Plasmaleck Klasse B in Karapoor!
Hunderte Verletzte!
Einzelheiten im *Wire!*

Und wieder diese unglaublich schnelle Arbeit. Während des Wochenendes, an dem Aiah nach Gunalaht und zurück gefahren war, haben die Arbeiter die Fabrik fast komplett eingerichtet. In die fertig gestellte Abschirmung sind einige Terminals eingebaut worden, jeweils mit bequemen Polsterstühlen und zwei ovalen Videoschirmen versehen, die wie Augenpaare starren. Ein Metalldach schützt jetzt die ganze Anlage vor etwaigen Versuchen, das Dach herunterbrechen zu lassen, die hohen Fenster sind verklebt, sodass praktisch kein Schildlicht mehr von draußen hereinkommt.

Drei Männer arbeiten an den Terminals. Sie haben die Hände um die kupfernen Handsender gelegt und konzentrieren sich mit geschlossenen Augen. Zwei sind Jaspeeri, überraschend jung und mit schlechter Haut, aber in dezentes Grau gekleidet, das an die Uniformen einer Eliteschule erinnert, was sie noch jünger wirken lässt, als sie ohnehin schon sind. Einer flüstert lautlos mit sich selbst, während er den Vorrat anzapft. Sein Oberkörper schwankt, einem geheimen Rhythmus folgend, leicht hin und her. Der dritte ist älter und schwarz, er könnte ein Cheloki sein. Das Gesicht ist hart, die Hakennase sticht wie ein Schwert zwischen den Augen hervor. Vielleicht ein Veteran aus Constantines Kriegen.

Durch die noch nicht verklebten Fenster des Büros sieht Aiah hinaus. Ein Lastwagen liefert an der Laderampe eine Fuhre Sandsäcke ab. Mit hochgezogenen Augenbrauen dreht sie sich zu Constantine herum, der am Schreibtisch arbeitet. »Wen wollen Sie eigentlich angreifen?«, fragt sie.

Er schaut zu ihr hoch. »Sorya sagte mir schon, dass Sie ziemlich neugierig sind.«

Es scheint ihn nicht weiter zu stören, aber vorsichtshalber wendet Aiah ein: »Wer wäre hier nicht neugierig?«

Ein leichtes Lächeln spielt um Constantines Lippen. »Sie brauchen es nicht zu erfahren.«

»Es ist offensichtlich, dass Sie eine Art Krieg planen.«

»Ich plane eine Veränderung«, erwidert Constantine. »Eine evolutionäre Transformation. Und sie kommt mich nicht einmal teuer zu stehen.« Er steht auf, lässt die kräftigen Schultern kreisen. Mit funkelnden Augen betrachtet er die Terminals.

»In unserer Welt verändert sich nichts, weil die Kosten jeder Veränderung so hoch sind«, erklärt er. »Ein nicht zu unterschätzender Faktor sind die Kosten für den *Raum.* Überlegen Sie doch mal, was es allein schon kostet, ein neues Gebäude zu errichten. Irgendetwas steht schon auf dem Gelände, also müssen Sie ein altes Gebäude kaufen und alle Leute, die jetzt dort wohnen oder arbeiten, umsetzen. Diese Menschen umzusetzen kostet sehr viel Geld, und selbst wenn die Bauherren es irgendwie schaffen, die Entschädigungen nicht auszuzahlen, muss irgendjemand dafür aufkommen. Deshalb stellt jedes neue Gebäude, bevor es seinen Betrieb aufnimmt, eine Belastung für die Wirtschaft dar. Nur wenige Banken können es sich erlauben, ein solches Unternehmen zu finanzieren, solange es nicht durch die Regierung oder die Zentralbank abgesichert ist, und dies macht die ganze Sache noch einmal komplizierter. Jaspeer kann sich höchstens alle paar Jahre etwas wie die Mage Towers erlauben. Große Veränderungen sind nicht möglich, weil die damit verbundenen Kosten viel zu hoch sind. Deshalb können die meisten Leute keine neuen Gebäude errichten und sind darauf angewiesen, die alten Gebäude umzubauen. Dies wiederum bedeutet, die Beschränkungen der alten Gebäude hinzunehmen und sich mit der Art und Weise, wie sie in die Infrastruktur eingebunden sind, einfach abzufinden.«

Er nickt nachdenklich. »Und deshalb möchte ich die ganze Welt umgestalten. Ich möchte sie neu erfinden, ich möchte sie verwandeln.«

»Was haben Sie denn nun vor?«, fragt Aiah. »Wollen Sie einfach ein paar Häuser abreißen und neu aufbauen?«

Er lacht. »Ich wünschte, ich könnte es.« Er schüttelt den Kopf. »Was hätte ich ausrichten können, als Senko und seine Leute noch aktiv waren.«

Aiah deutet mit einem Nicken in Richtung der drei Männer, die an den Terminals arbeiten. »Was machen die da?«

Constantines Augen funkeln amüsiert. »Sie treffen die nötigen Vorkehrungen, um einige Dinge abzureißen.«

»Ach, wirklich?«

»Sie sind …« Er runzelt die Stirn. »Sie sind so etwas wie Späher. Erinnern Sie sich noch an das, was ich Ihnen über die Kampfmagier erzählt habe? Darüber, dass sie im Kampf nicht lange überleben? Nun ja, das gilt für eine bestimmte Sorte von militärischen Magiern. Für jene eben, die in Schlachten eingesetzt werden. Diejenigen, die sich in riesige brennende Frauen verwandeln und die Feinde mit gewaltigen Energiestößen einäschern.« Er sieht Aiah lächelnd an.

Das Lächeln macht sie unsicher, und einen Augenblick lang fragt sie sich, ob er etwas über die Sache mit Guvag erfahren hat. Aber Constantine spricht sofort weiter.

»Die andere Sorte der Militärmagier geht umsichtiger vor«, sagt er. »Sie greifen nicht an und versuchen eher, sich einzuschleichen. Sie suchen Schwachpunkte in der Verteidigung des Feindes, zeichnen sie auf und versuchen sie auszunutzen, ohne den Feind zu alarmieren. Sie sind eher Spione als Krieger, und jeder ist hundert von der anderen Sorte wert. Die dort«, er weist mit einem Nicken in Richtung der drei Männer, »gehören zu den Besten.«

»Diese beiden jungen Burschen ...«

»Naturtalente«, meint Constantine mit kleinem Lächeln. »Genau wie Sie, Miss Aiah. Sie haben den Umgang mit dem Plasma instinktiv und nicht in einer formalen Ausbildung gelernt. Junge Geister sind für diese Art von Arbeit sehr gut geeignet, denn sie sind frei von hinderlichen Denkmustern und neigen nicht zu vorgefassten Interpretationen.« Er nickt noch einmal. »Und die beiden sind sehr erfolgreich.«

»Ist ihre Arbeit nicht gefährlich? Wenn sie entdeckt werden ...«

Er sieht Aiah nicht ohne Wohlwollen an. »Ich glaube, die Männer begreifen sogar besser als Sie, welchen Risiken sie sich aussetzen.«

Aiah formuliert ihren Einwand um. »Sie sind jung und wissen vielleicht gar nicht, worauf sie sich einlassen. Aber Sie benutzen diese jungen Leute.«

Constantine lächelt sie an, dass die kräftigen weißen Zähne blitzen. »Miss Aiah«, erinnert er sie, »auch Sie sind jung und ich benutze auch Sie. Und – das kann ich Ihnen versichern – auch Sie wissen nicht, worauf Sie sich eingelassen haben.« Er spreizt die Finger. »Aber trotzdem sind Sie hier, nicht wahr? Ihr Wille hat Sie hergeführt.« Er macht eine umfassende Geste, die neben den riesigen Akkumulatoren, der Abschirmung und den Terminals die ganze Fabrik einschließt. »Und *mein* Wille hat das hier entstehen lassen. Nicht mehr lange, und es werden weitere Dinge entstehen. Neue Ideen werden auf die Realität Einfluss nehmen.«

Aiah hat wenig Verständnis für Constantines metaphysische Erörterungen. »Ich bin älter als die beiden dort«, sagt sie. »Die jungen Kerle da können doch nicht ...«

Constantines Blick wird hart. »Warum messen wir dem Leben der Jungen einen höheren Wert bei als dem Leben der Alten?«, unterbricht er sie. »Die Jugend hat Qualitäten, die mir wertvoll sind – oder genaugenommen nicht nur mir, sondern auch allen anderen. In einigen Jahren werden die beiden Jungen da auf diese Episode als ihre Glanzzeit zurückblicken. Es wird für sie im Rückblick die Zeit sein, in der sie – was nur wenigen jungen Menschen heute gelingt – entdeckt haben, wer sie sind und wozu sie fähig sind. Und wenn sie diese Phase nicht überleben ...« Ein rascher Schritt, und er steht vor Aiah und legt ihr eine schwere Hand auf die Schulter. Harte Augen sehen sie an. »Ich habe schon vor langer Zeit gelernt«, fährt er fort, »dass jede Tat eines mächtigen Menschen Konsequenzen hat. Als Konsequenz meiner Taten sind Tausende von jungen Männern und Frauen gestorben. Und Kinder und Tausende gewöhnlicher Menschen, die überhaupt nichts mit mir zu tun hatten. Ich habe sie nicht mit eigener Hand getötet, ich wollte nicht, dass sie sterben. Und wenn ich es hätte verhindern können, dann hätte ich es getan, aber sie sind dennoch gestorben. Diese Jungen da«, er weist in Richtung der beiden Magier, »haben sich wenigstens freiwillig gemeldet.«

Aiah hatte ganz vergessen, welch hohen Tribut die Cheloki-Kriege gefordert hatten. Eine ganze Metropolis ist so gründlich zerstört worden wie Barkazi. Sie leckt sich die Lippen. »Ich würde so eine Verantwortung nicht tragen wollen«, gesteht sie.

Er beugt sich zu ihr, die tiefe Stimme fast zu einem Flüstern gesenkt, aber immer noch voller ungestümer Energie und grollend. »Miss Aiah, Ihre Bedenken kommen zu spät. Sie haben mir die Macht gegeben und sind für alles, was jetzt folgt, so verantwortlich wie jeder andere. Übrigens hat es bereits Tote gegeben.«

Aiah starrt ihn entsetzt an. *Vergessen Sie den Mann, das Problem ist erledigt.* So hat er sich ausgedrückt.

»Es waren, glaube ich, böse und gefährliche Menschen«, fährt Constantine fort. »Falls Ihnen dieses Wissen dabei hilft, ruhig zu schlafen.«

»Ich glaube nicht«, meint Aiah.

Er weicht etwas zurück, nimmt die Hand von ihrer Schulter und mustert sie nachdenklich. »Auch ich habe manchmal schlecht geschlafen«, sagt er. »Aber das geht vorbei.« Er fasst ihr Handgelenk, wie er es bei den Lektionen bisher immer getan hat. »Wollen wir jetzt Ihren Unterricht fortsetzen?«, fragt er. »Oder reichen Ihnen die letzten paar Minuten als Lektion?«

Wir wollen unseren Einfluss vergrößern. Unsere Macht. So ähnlich hat Sorya sich ausgedrückt.

Macht, denkt Aiah. Vielleicht sollte sie sich daran gewöhnen.

»Die Lektion, wenn es Ihnen nichts ausmacht.«

Er führt sie zu einem Terminal.

Gargelius Enchuk trägt Gulman-Schuhe!
Sie noch nicht?

»Die Schule von Radritha kennt drei Arten der Macht«, erklärt Constantine. »Die Macht über das eigene Selbst, die Macht über andere und die Macht über die Realität. Die erste gilt allerdings als das einzig wertvolle Ziel, weil das Einzige, was ein Mensch wirklich kennen kann, sein eigenes Bewusstsein ist. Das Wissen um alles andere ist nichts als eine Reflexion der inneren Ansichten. Deshalb habe ich schließlich auch mit ihnen gebrochen, denn ihr Ansatz war auf die Selbsterkenntnis und die Beherrschung des eigenen Selbst beschränkt, doch es fehlte jegliches Konzept, *warum* man überhaupt die

Macht über sich selbst gewinnen sollte. Ich stimme natürlich damit überein, dass die Macht über das eigene Selbst das Primäre ist«, fährt er fort und nickt, »denn aus der Selbsterkenntnis und der Macht über das eigene Selbst erwächst letztlich die Macht über andere und über die Realität. Die Schule hatte Macht – dort haben einige der mächtigsten Geister gewirkt, die ich jemals gesehen habe –, aber sie hat sich völlig auf die Kontemplation des eigenen Selbst beschränkt und war darin, wenn ich ehrlich sein soll, sogar ein wenig überheblich.«

Aiah trinkt in kleinen Schlucken ihren Wein, während der Elton das Fabrikgelände verlässt. Nach der Lektion ist sie vom Plasma beflügelt. Die Energie summt in ihrem Blut, ein kleiner Chor begeisterter, beflügelter Stimmen singt in ihrem Kopf. Aber heute findet sie den Wein etwas bitter und Constantines Erläuterungen über die Macht sind nicht das, was sie hören will.

Es hat bereits Tote gegeben … Sie hat sich geweigert, darüber nachzudenken, bis Constantines Flüstern sie gezwungen hat, den unangenehmen Tatsachen ins Auge zu schauen. Und jetzt muss sie sich fragen, ob ihr Wunsch, den Umgang mit dem Plasma zu lernen, die Todesfälle wert ist.

»Die Schule wollte ihren Anhängern die Freiheit schenken«, fährt Constantine fort. »Freiheit von der Leidenschaft, von Impulsen, letztlich von der ganzen Welt. Stellen Sie sich nur die Reaktion meiner Familie vor«, fährt er lächelnd fort, »als ich erklärt habe, dass ich dort studieren wollte. Die Schule widersprach allem, was ihnen lieb und teuer war – und genau deshalb wollte ich wahrscheinlich auch dorthin.« Er zuckt die Achseln.

»Aber Distanz zu allem und jedem?«, sagt er. »Ist das nicht auch zugleich eine Falle? Zu behaupten, nichts spiele eine Rolle oder nichts dürfe eine Rolle spielen abgesehen von dem, was sich im eigenen, absolut leidenschaftslosen Bewusstsein ereignet …« Er stößt ein düsteres, höhnisches lachen aus. »Und das nennen sie dann Freiheit? Sie hocken in ihren Meditationskammern, sie verstecken sich vor der Welt, sie starren besessen die Landschaften ihres eigenen Bewusstseins an und haben Angst davor, irgendwo einen Impuls, eine Emotion, einen Zwang zu entdecken …«

Aber Leidenschaftslosigkeit, denkt Aiah sich, wäre in diesem Augenblick gar keine so schlechte Idee. Wir wollen also leidenschaftslos über das Problem nachdenken. Wie ich hörte, sind Menschen – böse Menschen – gestorben. Ich weiß zwar nicht sicher, dass es genau die Leute waren, die mich angegriffen haben, aber ich vermute, dass dem so ist. In diesem Fall habe ich Beweise, die mir mit Stiefelspitzen eingehämmert worden sind, dass es tatsächlich böse Leute waren, die ihre Strafe verdient haben …

»Das Vermeiden der Leidenschaft ist kein Sieg über die Leidenschaft«, fährt Constantine unterdessen fort. »Die Schule von Radritha schien dies trotz ihrer klugen Köpfe nicht zu erkennen. Sie haben die Leidenschaft nicht besiegt, sondern lediglich verleugnet. Deshalb hatten sie so große Angst vor der Macht. Sie wussten, dass die Macht für sie gefährlich ist, weil die Macht sehr leicht zur Sklavin der Leidenschaft wird, und zwar ganz besonders zur Sklavin einer nicht eingestandenen Leidenschaft.«

Und wenn sie tot sind, denkt Aiah, dann habe jedenfalls nicht ich sie getötet. Ich habe nicht darum gebeten, dass sie getötet werden sollten. Ich wollte das nicht. Und deshalb hat es vielleicht überhaupt nichts mit mir zu tun.

Buntes Licht strömt in den Wagen, ein ferner Schrei ist zu hören. Eine Werbung dröhnt in die Straßenschlucht herunter und schreit ihre Angebote mit Sirenenstimmen heraus.

»Es trifft zwar zu, dass ein Mensch, der sich zum

Sklaven seiner Leidenschaften macht, nicht frei ist«, erklärt Constantine, »aber ein Mann, der vor diesen Leidenschaften flieht, ist es auch nicht. Und da die Leidenschaften eine unausweichliche Folge unserer Menschlichkeit sind, ist es unmöglich, sie zu beseitigen, solange wir Menschen bleiben. Radritha hat sich in diesem Punkt geirrt. Es sind nicht die Leidenschaften, die uns schwächen, sondern vielmehr die unkontrollierten Leidenschaften. Wenn aber Leidenschaften und Vernunft zusammen eingespannt werden, dann kann der Mensch, der wahre Mensch, frei werden … und er ist frei, auch andere zu befreien. Und dies ist die einzig vertretbare Art und Weise, die Macht zu gebrauchen.«

Aber, denkt Aiah, wenn diese Tode nichts mit mir zu tun haben, warum frage ich dann nicht einfach Constantine, was passiert ist?

Weil, sagt sie sich, weil ich Angst vor der Antwort habe.

Constantines Redefluss bricht ab. Er sieht Aiah neugierig an. »Wie ich sehe, hat mein Vortrag nicht die gewünschte Wirkung gehabt«, sagt er. »Sie hängen nach wie vor Ihren eigenen Gedanken nach.«

»Ja.« Aus irgendeinem Grund kann sie den Kopf nicht zu ihm herumdrehen, sie vermag die Nähe nicht zu halten. Sie starrt den leeren Sitz auf der anderen Seite an. Sie muss sich bemühen, distanziert zu bleiben.

»Vielleicht waren meine Ausführungen auch zu abstrakt«, fährt er fort. »Ich wollte allerdings deutlich machen, dass meine Ziele letzten Endes überhaupt nicht abstrakt, sondern sehr konkret sind: die Neue Stadt, die Macht und die Freiheit. Und zwar für alle, nicht nur für mich allein. Und …« Er leckt sich die Lippen. »Manchmal gibt es Opfer. In einer derart festgelegten Welt wie der unseren, wo Jahrtausende vergehen können, ohne dass es zu durchgreifenden Veränderungen kommt, kann keine Revolution geräuschlos und sauber und ohne Konsequenzen vonstatten gehen. Wenn man es praktisch sieht, kann etwas Rücksichtslosigkeit heute später viel Blutvergießen ersparen …«

Constantine hält inne, fegt das letzte Argument mit einer verächtlichen Geste vom Tisch. Ohne Vorwarnung, abrupt und heftig packt er Aiahs Handgelenk, wie er es bei den Lektionen immer getan hat, aber jetzt durchströmt ihn eine andere Art von Energie und lässt seine Augen leuchten – Leidenschaft, erkennt sie erschrocken. Eine Leidenschaft von einer ganz anderen Art als diejenige, an die sie gewöhnt ist. Eine Leidenschaft ist es, die die ganze Welt verzehren könnte, gierig und grimmig und stark, ohne Vorbehalte und Hemmungen … nein, denkt sie. Solche Impulse kann nicht einmal die Schule von Radritha unterdrücken.

»Hören Sie zu, Miss Aiah«, sagt er. Wieder das eindringliche Flüstern mit der tiefen Stimme, das ihre Knochen zum Vibrieren bringt. »Wenn die Neue Stadt erst entstanden ist, dann war jedes Opfer – *jedes* Opfer – gerechtfertigt. Denn ich sehe in unserer Welt, die nichts anderes ist als ein großes Gefängnis, keinen anderen Ausweg.« Die Hand, die ihren Arm gepackt hat, fühlt sich an wie ein Schraubstock. Aiah ist klug genug, keinen Versuch zu unternehmen, sich zu befreien. Stromschläge zucken durch ihre Nerven, als würde die brennende Leidenschaft, die von ihm Besitz ergriffen hat, zu ihr durchschlagen.

»Und wenn die Neue Stadt untergeht«, fährt er fort, »dann haben Soryas Anhänger und der Kult von Torgenil Recht behalten, und wir sind verdammt und stecken in der Hölle. In diesem Fall aber …« Der Ausbruch ist vorbei, die funkelnden Augen werden trüb, die große Hand verliert ihre Kraft. Aiah zieht den Arm zurück und rückt den Ärmel zurecht. »In diesem Fall«, sagt er, und auch die Stimme scheint jetzt kraftlos, »spielt sowieso nichts mehr eine Rolle, der Tod am allerwenigsten.«

Aiah betrachtet die verhangenen Augen, die hoffnungslos eine öde, eingesperrte Welt sehen. Wieder unterdrückt sie den Impuls, ihn zu trösten. Lächerlich, denkt sie. Lächerlich der Gedanke, dass er ihren Trost brauchen könnte.

Der Wagen gleitet geräuschlos unter dem mit Plasmafäden gestreiften Himmel dahin. Aiah denkt an die Energie, die unter den Straßen pulsiert wie das Blut in den Arterien eines Menschen. Die Städte liegen auf der Erdoberfläche wie Parasiten mit Panzern aus Granit, das Leben der Menschen ein kleines Flackern in dunklen Schluchten – hier ein wenig Wärme, dort ein kurzes Licht, das sofort wieder erlischt.

»Wie kann ich helfen?«, sagt sie, aber zugleich hört sie die dunkle Stimme ihrer Vorfahren im Hinterkopf brüllen: *Er ist dein Passu!* Nein, sie muss ihn nicht trösten, sie muss nur sein Geld nehmen.

Constantine zieht eine Augenbraue hoch. »Sie können nicht zufällig unter Wasser atmen?«

Sie starrt ihn an. »Machen Sie Witze?«

»Überhaupt nicht. Kennen Sie die Geräte, die man dazu benutzt?«

»Ich habe noch nie eins gebraucht.«

»Können Sie sich nächste Woche zwei Tage frei nehmen? In der Zwischenzeit können wir Sie einweisen.«

Aiah öffnet den Mund, schließt ihn wieder. »Ich könnte wahrscheinlich zwei Tage Urlaub bekommen«, sagt sie schließlich.

Sie kann nicht glauben, dass sie sich darauf einlässt. Constantine hat es so eingerichtet, dass er ihr Geld jederzeit zurückrufen konnte, und jetzt tut sie ihm einen Gefallen.

Es ist für die Neue Stadt, denkt sie.

Es ist für den Traum.

Denn sogar ein Barkazil-Mädchen aus Old Shorings braucht etwas, an das es glauben kann.

14

*Constantine versucht zur Abwechs*lung einmal, nicht so auszusehen wie er selbst. Ausgestattet mit Pässen aus Gunalaht, die Constantine irgendwie besorgt hat, fliegt er mit Aiah in einem Luftwagen zur Metropolis von Barchab am Meer von Caraqui. Constantine tritt als Dr. Chandros auf. Er trägt einen schlichten grauen Reiseanzug und konservative Rüschen, sein Zopf ist hochgesteckt und unter einer Perücke mit langem, rötlichem Haar verborgen. Aiah ist Miss Quelger, seine Assistentin. Sie denkt unwillkürlich, dass Constantine mit roter Perücke sogar noch auffälliger ist als sonst.

Aber es interessiert sich ohnehin niemand für ihre Pässe.

Der Luftwagen setzt mit heulenden Turbinen auf dem Dach des Hotels Volcano auf, das einem alten Turm nachempfunden ist. Etwas benommen von der temperamentvollen Landung geht Aiah über die Landefläche zum Hoteleingang und starrt überrascht die blauen Vulkankegel an, die im Westen den Horizont dominieren. Die gezackten, schneebedeckten Gipfel zeigen sich unbeeindruckt von der Stadt, die wie eine Woge halb die steilen Bergflanken hinaufdrängt, um abrupt aufgehalten zu werden. Sie hat bisher noch nie ein unbebautes Stück Boden gesehen, nicht einmal aus der Ferne.

»Es sind aktive Vulkane«, erklärt Constantine. »Vor vierzig Jahren ist Chukmarkh, das ist der südliche Gipfel, ausgebrochen und hat fünfzigtausend Menschen getötet.«

»Baut man deshalb nicht bis zu den Gipfeln hinauf?« Es scheint eine Schande, so viel Plasma zu vergeuden.

»Es ist zu gefährlich.«

»Ich wundere mich, dass die Menschen nicht trotzdem dort siedeln.« Die Menschen sind wie eine Sturmflut, das weiß sie genau. Sie ergießen sich in jeden freien Raum, bis sie mit Gewalt aufgehalten werden.

»Wahrscheinlich tun es sogar ein paar«, erklärt Constantine, »aber es ist sehr aufwändig, in dieser Höhe und bei diesen extremen Temperaturen eine größere Einwohnerschaft zu versorgen.«

Aufzüge befördern sie nach oben, eine kleine Armee dienstbarer Geister geleitet sie zu ihrer Suite. Überall Silber, Schwarz und Spiegel. Sorya, die ein hellgrünes Kleid trägt, erwartet sie schon. Das Kleid bildet einen erstaunlichen Kontrast zum Hintergrund. Aiah hat nicht damit gerechnet, die Frau hier zu treffen.

Sorya ist ständig in Bewegung, das Halstuch aus heller Gaze und die blond gesträhnten Haare flattern, goldene Energiesymbole klimpern munter am Gürtel, als sie zu Constantine kommt, die Arme um seinen Hals schlingt und ihn herzhaft küsst.

Momo und Bobo haben sich wieder eingekriegt, denkt Aiah. Sie weiß selbst nicht genau, warum sie so gereizt reagiert.

»Geymard hat zugesagt«, berichtet Sorya mit triumphierendem Grinsen. »Aber du musst trotzdem noch mit ihm reden.«

Constantine denkt einen Augenblick nach. »Das ist gut. Ist er noch hier?«

»Ich kann jederzeit ein Treffen arrangieren.«

»Und Drumbeth?«

Soryas Augenbrauen treffen sich über der Nasenwurzel. »Er kann die Grenze passieren und kommen, aber es muss vorsichtig geschehen.«

»Ich will mich zuerst mit Aiah umsehen«, erwidert Constantine. »Dann habe ich ihm wenigstens etwas zu erzählen.«

Sorya wirft einen kurzen Blick zu Aiah, gerade lange genug, um sie mit einem Nicken zu begrüßen, dann wendet sie sich wieder an Constantine. Sie nimmt seine Hand und zieht ihn mit. »Ich muss dir noch etwas über Geymard erzählen«, sagt sie. »Ich musste auf eine bestimmte Weise vorgehen, und du darfst nicht davon abweichen.«

Aiah bleibt an der Tür stehen, einen Augenblick unschlüssig, was sie inzwischen tun soll. Schließlich weist ihr einer der Helfer ihr Zimmer zu. Es hat sogar eine eigene Terrasse – ein Vorteil, der sich aus der hohen, schmalen Bauweise des Hotelturms ergibt –, auf der duftende Orangenbäume in Kübeln wachsen. Dahinter kann sie die Vulkane erkennen.

Sie vermisst den gelassenen, beruhigenden Martinus. Aber Martinus ist zu auffällig und würde die Aufmerksamkeit unnötig auf Constantine lenken. Er musste in Jaspeer zurückbleiben.

In der folgenden Schicht speist Aiah allein auf ihrer Terrasse. Elegantes Porzellan, auf einer weißen Decke arrangiert, wird von einem Angestellten auf einem kleinen Servierwagen hereingerollt. In den goldenen Verzierungen des Porzellans spiegeln sich die fliegenden Plasmareklamen. Für *Die Herren der Neuen Stadt* wird hier ebenso intensiv geworben wie in Jaspeer, denkt Aiah. Constantine und Sorya essen mit Geymard, einem großen Mann mit kurz geschnittenem Haar, der trotz Zivilkleidung den Eindruck macht, er käme geradewegs von der Timokratie von Garshab. Aiah pickt verdrossen in ihrem Essen herum und trinkt eine halbe Flasche

Wein. Der nach Orangen duftende Wind spielt mit ihrem Haar. Schließlich steht sie auf und lehnt sich ans Aluminiumgeländer der Terrasse, um die glühenden Gipfel der Vulkane und die Dächer der umliegenden Gebäude zu betrachten. In der Ferne funkelt ein Luftschiff im Schildlicht. Auf einem Dach in der Nähe ist mit blauem Schaumstoff eine Bahn ausgelegt, auf der ein Mann in blauem und weißem Sportzeug pflichtschuldigst und ohne Begeisterung seine Runden dreht. Er sieht nicht einmal zu den Vulkanen hinüber.

Vor ihr zieht etwas über den Himmel. Aiahs Herz macht einen Satz, als sie erkennt, dass es ein Flieger ist, ein geflügelter Mensch. Er schwebt vorbei, eine schwarze Silhouette vor dem Schild, faltet auf einmal die Schwingen zusammen und stößt wie ein Falke herab, einem unbekannten Ziel entgegen. Aiah wartet eine Weile, aber er taucht nicht wieder auf.

Aiah kehrt ins Zimmer zurück, streicht mit der Hand über die Tagesdecke aus blauem Samt, die noch auf dem Bett liegt, betrachtet sich selbst in den rautenförmigen Spiegeln, die in die Wände eingelassen sind. Sie sieht aus, als wäre sie zu einem Abend voller Vergnügungen bereit. Zu dumm, dass sie nicht weiß, wohin sie gehen könnte. Sie weiß nicht einmal, warum sie überhaupt hier ist.

Es gibt eine Verbindungstür zu Constantines Zimmer, drüben hört sie leise Stimmen. Auch dort gibt es eine Terrasse, aber die Leute drüben haben im Zimmer gegessen, wo sie schwerer zu belauschen sind.

Aiah fragt sich, ob sie einer der Lauscher sein könnte, vor denen Constantine sich zu schützen sucht. Der Alkohol macht sie etwas benommen.

Sie legt die Hand auf die Türklinke.

Sie weiß, dass es gefährlich ist, leckt sich nervös die Lippen. Aber warum eigentlich nicht?, denkt sie dann und drückt die Türklinke vorsichtig hinunter. Sie zieht die Tür auf, bis sie durch den Spalt die silberne und schwarze Ausstattung des Nachbarzimmers sehen kann. Weniger als fünf Schritte entfernt sitzen Geymard, Sorya und Constantine am Tisch. Aiah drückt das Ohr an den winzigen Schlitz.

»Der Flughafen ist nicht wichtig«, erklärt Geymard gerade. Aiah kann seinen Hinterkopf, ein Ohr und ein Stück vom Wangenknochen erkennen. Er spricht mit einem zähen Akzent, den Aiah nicht recht einordnen kann. »Dort werden keine Verstärkungen landen, weil die wichtigen Einheiten in der Nähe des Palasts und des Metropoliten stationiert sind.«

»Der Flughafen ist wichtig«, erwidert Constantine ruhig, »weil wir verhindern wollen, dass die Menschen *verschwinden.*« Aiah kann sein Profil sehen. Sein Gesicht und sein Körper verdecken Sorya, die hinter ihm sitzt.

»Außerdem«, fährt Constantine fort, »ist es wichtig, allen deutlich zu machen, dass man die Transportwege beherrscht.«

»Das ist eine Vergeudung von Kräften, die man anderswo besser einsetzen könnte.«

»Um einen Flughafen zu kontrollieren, braucht man nicht viele Kräfte«, erwidert Constantine. »Sie müssen nur ein paar Fahrzeuge auf den Landebahnen abstellen. Ein paar Scharfschützen in den benachbarten Gebäuden sorgen dafür, dass die Angestellten sie nicht wieder entfernen.«

Er lehnt sich zurück, und Aiah zuckt ängstlich zusammen, als hinter ihm Sorya zum Vorschein kommt, die Aiah direkt anzuschauen scheint. Aber Sorya ist entspannt, die Finger streicheln abwesend das Weinglas. Sie hat Aiah offenbar nicht bemerkt.

Noch nicht. Leise und sehr vorsichtig schließt Aiah die Tür und zieht sich zurück.

Natürlich passiert nichts. Als ob jetzt jemand mit einer Pistole hereingestürmt käme.

Aiah streift die Schuhe ab, verstellt die Polarisation der Fenster, bis es völlig dunkel ist, und baut sich auf dem Bett aus den Kissen ein Nest. Sie legt sich hin und drückt auf die Fernbedienung der Videoanlage. Der ovale Bildschirm wird hell, und sie sieht ein Drama über eine Sängerin, die sich nach oben kämpfen will, wobei sie sich jedoch mit der Operation herumschlagen muss, die auf den Verlauf ihrer Karriere Einfluss nehmen will.

Es ist absurd. Die könnten ihr doch einfach das Gesicht mit dem Rasiermesser verschandeln, damit sie den anderen als warnendes Beispiel dient. Dort, wo sie hergekommen ist, gibt es jede Menge Sängerinnen.

Der Flughafen. Aiah flüstert das Wort.

Constantine hat also anscheinend eine ganze Metropolis im Auge. Warum sonst sollte er darüber nachdenken, einen Flughafen zu besetzen? Und nicht für sich selbst, sondern damit die Leute nicht fliehen können?

Schon wieder Cheloki? Will er seine alte Heimat mit Gewalt zurückerobern?

Nein, das ist Unsinn. Cheloki liegt auf der anderen Seite der Welt, warum sollte er die Verschwörung ausgerechnet hier planen? Warum sollte er Aiah eine Ausbildung mit Tauchgerät verschaffen und sie unter falschem Namen in eine ganz andere Metropolis schaffen?

Nein, beschließt sie, das verlangt nach einer eingehenden Analyse.

Sie steht auf und holt das Glas und die Flasche vom Tisch.

Vielleicht hilft der restliche Wein beim Denken.

■ ■ ■

Das Video schnattert vor sich hin, und Aiah überhört das erste Klopfen. Als es noch einmal klopft, kommt sie zu schnell hoch, und der Wein, den sie getrunken hat, schwappt in ihrem Schädel herum. Sie fährt sich mit den

Fingern durchs Haar, holt tief Luft, um die Benommenheit abzuschütteln und sagt: »Herein.«

Es ist Constantine, immer noch in neutraler Geschäftskleidung. Vielleicht zu Ehren seines Gastes ist das Jackett einem militärischen Schnitt nachempfunden, auch wenn es keinerlei Rangabzeichen trägt. »Es tut mir Leid, dass ich Sie so lange warten lassen musste«, sagt er. »Ich hätte daran denken sollen, Ihnen von einem der Wächter die Sehenswürdigkeiten zeigen zu lassen.« Er bemerkt die leere Weinflasche und das verschmierte Glas, und seine Augen funkeln amüsiert. »Falls der Wein unangenehme Nachwirkungen haben sollte, schlage ich ein wenig Plasma nach dem Aufwachen vor, dann fühlen Sie sich sicher wieder wie neu.«

»Vermutlich würde ich eine ganze Menge brauchen.«

Aiah langt nach der Fernbedienung und schaltet das Video aus. »Ich habe nicht damit gerechnet, dass auch Sorya hier ist.«

»Wir sind getrennt gereist, das war sicherer. Beim Abendessen wollte ich Sie deshalb nicht dabeihaben, weil Geymard Sie sonst mit mir in Verbindung gebracht hätte.«

Sie blinzelt unsicher. »Wer sollte sich schon für mich interessieren?«

»Das spielt im Augenblick keine Rolle. Aber Sie wären für den Rest Ihres Lebens ein mögliches Ziel für Erpressungen gewesen.«

Eher wollte er wohl vermeiden, dass sie das Gespräch über Flughäfen, den Palast des Metropoliten und andere Ziele verfolgte, aber sie kann immerhin anerkennen, dass Constantine sich eine überzeugende, galante Ausrede hat einfallen lassen. Sie setzt sich aufs Bett, streicht ihren Rock zurecht und schaut auf.

»Metropolit«, sagt sie, »warum bin ich hier?«

»Ich bin gekommen, um es Ihnen zu erklären. Darf ich mich setzen?«

Sie nickt, als wäre sie Meldurnë, die in einem Chromoplay eine großmütige Gastgeberin gibt. Er zupft an den Knien seiner knallengen Hosen herum und setzt sich auf die dunkelrote Bettdecke. Sie riecht sein Haaröl trotz des Lavendels, den jemand auf die Bettlaken gesprüht hat.

»Morgen werde ich Sie bitten, mich auf einen Ausflug über die Grenze nach Caraqui zu begleiten.«

Sie weiß bisher nur, dass in Caraqui der berühmte Luftpalast steht. »Und dort werden wir tauchen?«, fragt sie.

»Ich möchte Ihnen einige Plasmaverbindungen zeigen, die jenen ähnlich sind, die ich ...« Er zuckt die Achseln, um die letzten Skrupel abzuschütteln. »Die ich zerstören oder außer Gefecht setzen muss. Vorzugsweise sollen sie nur vorübergehend unterbrochen werden. Es handelt sich um Unterwasserkabel, die einander mehr oder weniger ähnlich sind. Beim eigentlichen Ziel – es ist nicht Caraqui – führen sie zu einer Kampfplattform, die wir von der Versorgung abschneiden möchten. Im Kern liegen gebündelte Stahlkabel – einhundertvierundsechzig, um es genau zu sagen –, die mit verschweißten Keramikplatten geschützt sind. Außerdem sind sie von mehreren Schichten Plastik umgeben und an der Außenseite noch einmal mit einem Bronzekollektor verkleidet.«

Aiah muss lachen. »Und was soll ich Ihrer Ansicht nach damit tun?«

»Sie sollen mir alles sagen, was Ihnen dazu einfällt.«

Wieder muss Aiah lachen. Sie lässt sich in ihr Nest aus Kissen fallen. Constantine bleibt völlig ernst.

»Die übliche Methode, diese Kabel anzugehen, besteht darin, einen Ring aus Plastiksprengstoff um sie zu legen und zu zünden. Aber das ist vielleicht nicht möglich und es funktioniert auch nicht immer. Außerdem gibt es am Ziel mehr als vierzig solcher Kabel, damit bei Ausfällen sofort umgeschaltet werden kann, und über der Wasseroberfläche wird über Brücken mit normalen Leitungen sogar noch mehr Plasma übertragen.«

Aiah schüttelt sich vor Lachen. »Warum machen wir uns dann überhaupt die Mühe?«

»Weil die Alternative ein Überraschungsangriff gegen die Plattform mit allen unseren Kräften wäre. Dabei würden Hunderte oder gar Tausende von Menschen sterben, die ich eigentlich nicht so gern zum Schild schicken würde.«

Aiahs Lachen erstirbt, kaltes Schweigen senkt sich über den Raum. Sie setzt sich kopfschüttelnd auf. Nein, das ist nichts, worüber man so einfach lachen kann, denkt sie. »Also gut, Metropolit«, erklärt sie. »Ich werde tun was ich kann.«

»Danke, Miss Aiah.« Constantine nimmt ihre Hand, beugt sich vor und küsst sie auf die Lippen. Sie sieht ihn an, der Wein brennt auf ihren Wangen. Er steht auf.

»Wir sehen uns dann morgen«, sagt er. »Zum Frühstück auf der Terrasse?«

»Gern.«

Geschmeidig geht er zur Tür und drückt die Türklinke herunter. »Sind Sie schon einmal mit einem Motorboot gefahren?«, fragt er.

»Ich bin noch nie mit irgendeinem Boot gefahren.«

»Ich glaube, es wird Ihnen gefallen. Schlafen Sie gut.«

»Danke, Metropolit.«

Constantine schließt hinter sich leise die Tür. Durch die Wand hört Aiah seine tiefe Stimme, dann Soryas perlendes Lachen, dann wird es still.

Sie schließt die Augen und stellt sich vor, wie sie mit Constantine in einem langen, schlanken Sportboot fährt, wie sie über ein endloses, silbern glänzendes Meer fährt, eine unendlich große, freie Wasserfläche vor sich, auf der sich das Licht spiegelt, wie sie einem blauen Horizont entgegefährt, wie er sonst nirgends auf der Welt existiert.

■ ■ ■

Die Halogenscheinwerfer des Motorboots schlagen eine grelle Schneise in die Dunkelheit unter der Stadt Caraqui. Die Motoren dröhnen laut in der Betonhöhle. Aiah schmeckt den salzigen Wind.

Die Metropolis von Caraqui liegt wie eine wuchernde Pflanze auf dem Wasser, ähnlich einer riesigen Seerose im Teich. Gewaltige Betonpfeiler, verbunden mit Trossen, die dicker sind als Baumstämme, sind in regelmäßigen Abständen ins offene Wasser gesetzt. Oben stehen Gebäude, die meisten Transportwege und Versorgungsleitungen laufen über Brücken. Auf den größeren Brücken leben Menschen und haben angebaut und umgebaut, bis man die Brücken kaum noch als das erkennen kann, was sie sind. Der Verkehr fließt hoch über dem Wasser und manchmal auch tief unter der Oberfläche.

Es gibt hier breite Durchgangsstraßen auf dem Wasser – der größte Teil des Verkehrs bewegt sich offenbar in diesem Element. Aber die meisten Wasserwege sind schmal und dunkel, bedrängt und überschattet von den riesigen Pfeilern, von den überhängenden Gebäuden droben und von den überwucherten Brücken und Hochstraßen. Unrat dümpelt träge in den dunklen Fluten. Muscheln wachsen an den Pfeilern hoch, Eisenleitern führen hier und dort nach oben – vielleicht als Rettungsweg für die Unglücklichen gedacht, die in die verschmutzte Brühe fallen.

Der Grenzübertritt von Barchab war kein Problem. Es gibt Hunderte solcher Wasserstraßen, und es ist unmöglich, sie alle zu überwachen.

Vor ihnen erscheint ein heller Fleck, der langsam heranwächst. Das Boot schießt in einen breiten Kanal hinaus und biegt nach links ab. Gehorsam folgt ihnen das Boot der Leibwächter dichtauf. Das Wasser ist ein hellgrüner Teppich voller Algen, zwischen denen hier und dort Abfall treibt. Wasservögel, die anscheinend keine Federn, sondern Schuppen haben, paddeln hin und her. Die Uferstraßen zu beiden Seiten sind von Bäumen gesäumt. Wohntürme mit gläsernen Außenwänden und Tempel erheben sich neben dem Kanal. Offensichtlich ein wohlhabendes Viertel. Nur wenige Menschen sind auf den Straßen unterwegs, auf dem Wasser ist außer einigen kleinen Booten kein Verkehr zu sehen.

»Das ist der Kanal der Märtyrer«, erklärt Constantine. »Die Flieger haben hier früher die Dalaviten verschnürt ins Wasser geworfen.«

Aiah steht im Boot und lässt sich über die Windschutzscheibe hinweg den Wind ins Gesicht wehen. Sie sieht sich nach dem berühmten Luftpalast um, kann ihn aber nirgends entdecken. Constantine steht neben ihr, den Kragen der blauen Jacke als Windschutz hochgeklappt. Das schwarze Profil hebt sich wie ein Scherenschnitt vor dem Himmel ab, die Hände hat er aufs Steuer gelegt, um das Boot mit leichten, mühelosen Bewegungen zu lenken. Dennoch wirkt er angespannt, als würde er jede Bewegung des Bootes auf dem Wasser innerlich nachvollziehen, jeden Ruck und jeden Übergang von einem Wasserweg in den nächsten. Die Schule von Radritha, denkt sie, hat trotz seines Spotts ihre Spuren hinterlassen und ihm die Möglichkeit eröffnet, alles, was er tut, mit der immer gleichen Intensität und Aufmerksamkeit anzupacken.

Oder vielleicht liegt es auch daran, dass er zu lange und zu oft dem Plasma ausgesetzt war. Wer weiß?

Über ihnen taucht Kherzakis finsteres Gesicht am Himmel auf. Schon wieder Reklame für *Die Herren der Neuen Stadt*.

Constantine nimmt die Geschwindigkeit zurück und beobachtet die verblichenen Zahlen an den riesigen Pontons, die vom Rost zerfressenen Schilder, die unter niedrigen Brücken hängen. Dann findet er, was er gesucht hat und biegt nach rechts in einen kühlen, schmalen Seitenarm ein, ins hiesige Gegenstück einer dunklen Gasse und eines Hinterhofs. Schwalben fliegen aus den Nestern auf, die sie zwischen den Trägern und Streben gebaut haben. Constantine fährt langsam weiter, immer noch sucht er mithilfe der Halogenlampen das Ufer ab, um sich zu orientieren. Der Schild ist über ihnen nur noch ein schmaler heller Streifen wie eine ferne Leuchtstoffröhre. Der Motor dröhnt zwischen den Betonwänden.

Ein paar Sekunden später bremst Constantine das Boot weiter ab. Über ihnen ist jetzt überhaupt kein Licht mehr zu sehen. Die Pontons scheinen über ihnen zu einer Art Floß zusammengewachsen zu sein. Constantine schaltet die Unterwasser-Scheinwerfer ein. Das Boot schwankt kurz, wird noch etwas langsamer und treibt zu einem der Pontons. Das Wasser verwandelt sich im hellen Licht in eine milchig-trübe Brühe. Constantine springt aufs Vorderdeck, schnappt sich ein aufgerolltes Tau und bindet das Boot an einer der Leitern fest, die in regelmäßigen Abständen angebracht sind. Das Boot der Leibwächter kommt, vom Motor angetrieben, langsam heran und wird ebenfalls festgemacht.

»Setzt den Schlitten ins Wasser«, befiehlt Constantine den Leibwächtern. Dann wendet er sich an Aiah. »Wir sollten uns bereit machen.«

Die Leibwächter schieben den großen Unterwasserschlitten vom Heck ihres Bootes. Mit einem lauten Platschen prallt das Gefährt ins Wasser. Aiah zieht sich den Pullover und die weiten Wollhosen aus.

»Wir haben es so berechnet, dass wir bei Ebbe hier beginnen können«, erklärt Constantine. »Bei Flut gibt es Strömungen und Strudel … die Strömungen sind wegen der Pontons unberechenbar. Manchmal benutzen die Einwohner hier auch Surfbretter.«

»Ich habe das einmal im Video gesehen«, erklärt Aiah. Es war in der Sendung *Seltsame Welt*, die sie als Kind immer gern gesehen hat.

Gezeiten sind ein Beweis für ein Universum außerhalb des Schildes. So hat Aiah es in der Schule gelernt. Denn früher war der Himmel oft dunkel. Es gab dort zwei auffällige Leuchtkörper, einer hieß Sonne, der andere Mond, und beide haben geleuchtet oder wurden so angestrahlt, damit der Himmel hell wurde. Genau wie die Plasmareklame, die von einem Punkt außerhalb der Atmosphäre hereinstrahlt. Die Schwerkraft dieser Körper war für die Gezeiten verantwortlich, deshalb konnten sie nicht aus Plasma bestanden haben, sondern aus Materie, weil Plasma keine Schwerkraft entwickeln kann. Aiah hatte sich die Himmelskörper immer als riesige, zu Kreisen geformte Neonröhren vorgestellt.

Jetzt ist der Schild dazwischen und man kann sie nicht mehr sehen, aber Sonne und Mond sind angeblich immer noch dort draußen und verursachen die Gezeiten. Soweit man es sagen kann, ist die Schwerkraft die einzige Kraft, die den Schild zu durchdringen vermag.

Aiah ist bereit, an die Existenz einer Sonne und eines Mondes zu glauben, die älter sind als der Schild und die noch irgendwo da draußen am Himmel stehen, aber einige andere Überlieferungen aus der prämetropolitischen Welt sind wirklich schwer zu schlucken. Beispielsweise sagt man, dass auf irgendeine Weise verschiedene Teile der Welt in unterschiedlichen Zeiten existierten. Das kann Aiah nun überhaupt mehr nicht begreifen. Wie kann man sich in die Zukunft oder in die Vergangenheit bewegen, indem man von einem Teil der Welt in einen anderen umzieht? Und wenn man schon von der Gegenwart in die Vergangenheit reisen kann, indem man den Standort wechselt, beispielsweise von Jaspeer nach Caraqui, dann müsste es doch auch möglich sein, in der Zeit zurückzugehen und etwas zu verändern. Irgendwie passt das alles nicht zusammen …

Die feuchte Kälte verursacht unter dem Badeanzug eine Gänsehaut. Frierend zieht Aiah den unförmigen Tauchanzug an. Der Schaumstoff klebt auf der Haut wie ein feuchtes Handtuch und behindert sie bei jeder Bewegung. Trotz der Kälte spürt sie ein paar Schweißtropfen auf der Stirn. Als sie die Jacke bis zum Kinn schließt, kommt sie sich vor wie eine versandfertig verpackte Ware.

»Gegrüßt sei der wundervolle, unsterbliche Metropolit Constantine.«

Aiahs Nackenhaare sträuben sich, als sie die körperlose Stimme draußen hört. Der erste Vokal in Constantines Namen wurde beim Einatmen als Klicken ausgesprochen.

Constantine geht zum Heck und schaut über die Reling. Sein Oberkörper ist nackt, der Tauchanzug erst bis zur Hüfte hochgezogen. Dennoch bewegt er sich mit einer eigenartigen Würde.

»Glücklich schätze ich mich, Prinz Aranax«, erwidert er. »Gnädig und wohlwollend zeigen Sie sich, indem Sie sich herablassen, persönlich und ohne Gesandten mit mir zu sprechen.«

Hinter dem Boot ist ein Platschen zu hören. Diese Stimme, denkt Aiah, kann unmöglich einem Menschen gehören. »Es ist besser, wenn man sich um gewisse Dinge persönlich kümmert«, antwortet die Stimme. »Nur so ist es möglich, manchhes auf die richtige Art und Weise zu vermitteln und das Verständnis zu fördern. Wir müssen auf diese Weise über dieses und jenes reden und Missverständnisse vermeiden.«

»Ihre erleuchtete Weisheit übertrifft gewiss die aller anderen Sterblichen«, erwidert Constantine förmlich. »In zehntausend Jahrzehnten wir man keinen Zweiten von Ihrer Klugheit und Weisheit finden.«

»Mein bescheidenes Verständnis ist nur ein schwacher Abglanz gegenüber Constantines Ruhm und Klugheit«, sagt die Stimme. »Ihr strahlender Geist erhellt die Welt, wie eine leuchtende Kugel die Dunkelheit unter Wasser zu erhellen vermag, und schlägt unwürdige Geschöpfe wie mich in ihren Bann.«

»Die Höflichkeit, die Sie mir durch diese Beschreibung zuteil werden lassen, wird nur noch durch Ihren Großmut überboten.« Constantine richtet sich auf und wirft einen Blick zu Aiah. »Erlauben Sie mir bitte, Erleuchteter, Ihnen meine Kollegin Miss Aiah vorzustellen, deren umfassendes Wissen unseren Erfolg sicherstellen wird.«

Aiah geht mit trockenem Mund zum Heck des Bootes. Im dicken, wasserdurchlässigen Anzug fühlt sie sich unförmig wie ein Luftschiff.

Natürlich hat Constantine sie nicht auf diese Begegnung vorbereitet. Wieder eine seiner kleinen Überraschungen.

Der Delphin schwebt im Lichtkegel der Scheinwerfer und betrachtet sie mit dunklen Knopfaugen, die tief eingesunken hinter der hohen Stirn liegen. Die Haut ist rötlich oder weißlich wie bei einem Albino und von Narben, Flecken und ein paar offenen Wunden übersät. Er scheint eine schwere Rückgratverkrümmung zu haben. Der Unterkiefer ist vorspringend, hart und einem Schnabel ähnlich, das Maul zu einem kalten, unfreundlichen Grinsen geöffnet.

Sie weiß, dass die Delphine einst die Feinde der Menschen waren, die Herrscher der Weltmeere und die Gegner in einem blutigen Kampf um die Herrschaft über die Welt. Seit ihrer Niederlage spielen die Delphine im Lauf der Welt keine große Rolle mehr, und die Menschheit stößt unbehindert in ihr Reich vor.

Solche Wesen hat Aiah bisher nur beim Marsch der Delphine am Senko's Day gesehen.

Sie sieht sich hilfesuchend zu Constantine um und leckt sich nervös die Lippen. »Eure Gegenwart flößt mir Ehrfurcht ein, Euer Hochwohlgeboren. Verzeiht mir, dass ich angesichts dieser Herrlichkeit beinahe sprachlos bin.«

Der Delphin wedelt mit einer Hand. »Constantines Gefährten sind Leuchttürme der Weisheit in einem Meer von Unwissenheit und Dummheit.«

Glücklicherweise übernimmt Constantine sofort wieder die Gesprächsführung. Die lächerlichen Schmeicheleien wirken an diesem Ort mehr als absurd. Zwei Verstoßene, die sich heimlich treffen und sich im Licht von Scheinwerfern in einer Betonhöhle gegenseitig mit Artigkeiten überschütten.

Nach einer Weile geht das höfliche Geplänkel zu Ende und Prinz Aranax zeigt ihnen die breiten Füße und taucht ab.

Constantine und Aiah bereiten sich weiter auf den Tauchgang vor. Aiah legt den Ballastgürtel an, der Bleigewichte und aufblasbare Kammern enthält, mit denen sie den Auftrieb regeln kann. Constantine hilft ihr beim Anlegen des flachen Lufttanks, dessen gekrümmte Form sich ihrem Rücken anpasst. In der Schaumstoffverpackung hört Aiah ihr Herz laut schlagen; ihr Atem geht etwas keuchend. Es ist anstrengend, sich mit diesen ungewohnten Geräten herumzuschlagen. Als sie die Auftriebskammern aufpumpt, die Schwimmflossen und die Maske anlegt und sich vom Deck abrollt und ins Wasser kippt, ist sie nur noch erleichtert, dass es endlich losgeht.

Das Wasser schmeckt stärker nach Salz, als sie es erwartet hätte. Das zwei Stunden lange Training hat sie in einem Süßwasserbecken absolviert. Der Anzug lässt eine isolierende Schicht Meerwasser herein, der sich wie ein Ölfilm über die Haut legt. Von den Auftriebskammern getragen, hängt sie schwerelos im Wasser und versucht, den Herzschlag und den Atem zu beruhigen. Panik schadet nur.

Constantine folgt ihr ins Wasser, schwimmt zum Schlitten und klettert sofort hinauf. Im Wasser bewegt er sich mit der gleichen Kraft und Zielstrebigkeit wie an Land. Aiah stellt etwas neidisch fest, dass dieser Mann anscheinend überall zu Hause ist.

Elektromotoren summen, als er den Antrieb überprüft. Im Licht der Halogenscheinwerfer steigen Luftblasen auf. Constantine wirft etwas Ballast ab, Luft zischt, weitere Blasen steigen aus Ventilen auf. Das Floß liegt schließlich ruhig auf dem Wasser. Aiah erschrickt, als unter ihren Füßen etwas Weißes vorbeizieht. Der Delphin.

Constantine sieht sie an. »Klettern Sie an Bord«, sagt er, »wenn Sie so weit sind.«

Aiah ist der Ansicht, dass sie mehr als bereit ist. Sie schwimmt zum Schlitten und zieht sich neben Constantine auf das Netz, das zwischen den Motoren ausgespannt ist. Solange sie sich auf dem Schlitten befindet, kann sie die Luftversorgung des Fahrzeugs in Anspruch nehmen. Komprimierte Luft entweicht zischend, als sie ein Atemventil des Schlittens verstellt und sich in den Mund schiebt. Salzwasser benetzt beim ersten Atemzug ihren Gaumen.

»Lassen Sie die Luft aus Ihrem Gürtel«, sagt Constantine. »Wir lassen uns vom Schlitten tragen.«

Aiah nickt und tastet mit ungeschickten Fingern, die in dicken Handschuhen stecken, nach dem Ventil, das die Luft aus ihrem Ballastgürtel entweichen lässt. Constantine legt seine Maske und den Atemregler an, säubert sich die Ohren und lässt den Schlitten sinken. Die entweichende Luft zischt laut in der dunklen, nassen Höhle.

Der Delphin taucht kurz auf, stößt schnaubend Atemluft aus und starrt die Menschen aus kleinen Augen an, bevor er wieder verschwindet.

Das Wasser blubbert und spritzt Aiah ins Gesicht, sie bekommt Platzangst. Sie kneift sich die Nase zu und versucht, das Wasser aus den Ohren zu bekommen.

Unter Wasser schweben sie in einer fahlgrünen Welt. Die von Muscheln überwucherten Pontons erstrecken sich unter ihr bis tief hinab in die Dunkelheit. Aranax schwimmt in den Lichtkegel hinein und wieder heraus, der bleiche, verwachsene Körper ist hier in seinem Element. Auf dem Rücken hat er eine Flosse, die Aiah noch nicht bemerkt hat, und er trägt ein enges Geschirr mit stromlinienförmig angesetzten Taschen, die seine Bewegungen nicht behindern.

Der Schlitten sinkt langsam hinunter. Der Bug kippt nach vorn, und die Scheinwerfer schneiden einen hellen, leeren Tunnel ins Dunkel. Ein grünlicher Schein wie von einem Radarschirm geht von der Steuerkonsole aus. Aiah hat nichts zu tun, sie kann nur zuschauen und sich immer wieder die Ohren durchpusten. Das rechte Ohr scheint verstopft, der Schmerz nimmt zu, während der Schlitten tiefer sinkt. Aiah beißt fest auf ihr Mundstück und schluckt und mit einem quietschenden Geräusch, als würde die Luft aus einem Luftballon gelassen, gleicht sich im Mittelohr der Druck aus.

Als Constantine die Motoren des Schlittens startet, gibt es einen harten Ruck, der Aiah durch den ganzen Körper fährt, dass ihr fast die Knochen klappern. Sobald der Schlitten den Bereich verlässt, der von den Scheinwerfern der Motorboote ausgeleuchtet ist, wird es stockfinster. Aranax huscht vorbei, bewegt die langen, gekrümmten Füße im Gleichtakt und treibt den verwachsenen Körper durchs Wasser. Constantine folgt ihm.

Wieder bekommt sie Platzangst, und der Druck in den Ohren scheint sich auf den ganzen Schädel auszudehnen, als der Schlitten unter den flachen Boden eines riesigen Pontons von Caraqui taucht. Trotz der surrenden

Motoren des Schlittens kann Aiah die Maschinengeräusche anderer Wasserfahrzeuge hören. Der Ponton leitet den Schall und es kommt ihr vor, als wären die Boote direkt über ihnen. Es ist ein Gewirr von Geräuschen, in dem Aiah das Brummen der großen und das Kreischen der kleineren Motoren ausmachen kann, hin und wieder auch ein metallisches Klirren, das wie ein ferner Gongschlag durchs Wasser hallt. Im Licht sieht Aiah jetzt Luken, Gitter und Einlassöffnungen. Und überall aquatische Lebensformen, die blau oder grau scheinen, bis sie von den Scheinwerfern des Schlittens erfasst werden. Dann flammen ihre Farben auf: Rot und Gelb, strahlendes, helles Grün.

Die Minuten vergehen, und Aiah entspannt sich nach und nach. Beinahe genießt sie jetzt die fremdartige Umgebung. Bleiche Fische schwimmen vor den Scheinwerfern des Schlittens hin und her. Über ihnen ziehen die mächtigen, dunklen Unterteile der Pontons vorbei. Aranax eilt zur Oberfläche, um Luft zu holen, kehrt rasch zurück und übernimmt wieder die Führung.

Vor ihnen wird das Wasser heller, von oben dringt Schildlicht ein. Der Schlitten wird langsamer. Als er unter dem letzten Ponton hindurch ist, lässt Constantine Luft in die Auftriebstanks strömen, und sie steigen auf. Aiah sieht nach oben und versucht, hinter den vorspringenden Kanten ihrer Maske etwas zu erkennen. Das Wasser ist hier trüb, grün und voller Algen, die auf ihrer Zunge zu kleben scheinen und nach Kupfer schmecken.

Zuerst nur als riesiger dunkler Schatten zu sehen, taucht vor ihnen ein Gebilde auf, an dessen Flanke der Schlitten weiter aufsteigt. Luftblasen perlen nach oben, als Constantine den Auftrieb nachregelt. Mit der Zeit schält sich das Bauwerk aus dem Zwielicht heraus: Es ist ein langes, rundes Verbindungsstück, ähnlich einer Hauptwasserleitung oder einem dicken Bündel von

Kommunikationsleitungen, verkleidet mit einer Abschirmung, auf der sich in hellen Gelbtönen das Schildlicht spiegelt.

Aiahs Nerven beginnen zu summen.

Constantine stabilisiert den Schlitten unter der Anlage, zieht einen Handschuh aus und legt die nackte Hand auf einen kupfernen Handsender, der ins Armaturenbrett des Schlittens eingebaut ist. Sie haben Plasmabatterien an Bord, die gegen das Meerwasser isoliert sind. Mit der anderen Hand berührt er Aiahs Handgelenk an der Fuge zwischen Handschuh und Taucherweste. Sofort kann sie seine Gedanken empfangen.

– Sie erkennen mein Problem.

– Ja.

Sie überlegt einen Moment.

– Ich verlasse den Schlitten. Ich muss näher heran.

Aiah wechselt zu ihrem eigenen Atemregler, löst sich vom Schlitten, schwimmt ein Stück hinaus und sackt sofort in die Tiefe. Sie sucht hektisch nach dem Füllventil der Luftkammern und strampelt mit den Füßen, um nicht zu schnell zu sinken. Dann dringt die Luft in die Taucherweste ein, und sie stabilisiert sich. Aranax beobachtet sie, das Gesicht eine starr grinsende Maske. Aiah paddelt mit den Schwimmflossen hinüber, untersucht die Leitungen aus der Nähe und betrachtet die honiggelbe Abschirmung, die mit irgendeinem Verfahren geschmeidig und stabil gemacht wurde und wahrscheinlich täglich von einer Gruppe angehender Magier gereinigt wird.

Hier werden riesige Mengen von Plasma zu Constantines »Kommandoplattform« geleitet. Und es soll so viele Ersatzleitungen geben, dass der Gedanke, man könnte die Anlage einfach ausknipsen, völlig absurd erscheint.

Aber Aiah soll sich überlegen, wie sie dennoch eine Sabotage verüben können. Wie schön.

Sie untersucht das Kabel von allen Seiten, schwebt eine Weile darüber. Nichts. Aranax schießt davon und verschwindet unter dem nächsten Ponton. Sie bleibt eine Weile, wo sie ist, aber es gibt nicht viel zu sehen. Nicht einmal die im Wasser lebenden Wesen kommen dem Kabel nahe. Schließlich kehrt sie zum Schlitten zurück. Constantine fasst ihr Handgelenk.

– Bringen Sie mich zu den Verbindungsstutzen.

Kommentarlos wirft Constantine die Motoren an, wendet den Schlitten und fährt in die Richtung zurück, aus der sie gekommen sind.

– Wohin ist Aranax verschwunden?, fragt sie.

– Wahrscheinlich musste er atmen.

– Warum ist er nicht direkt zur Oberfläche aufgetaucht?

– Wir sind hier in einem Sperrgebiet, man könnte auf ihn schießen.

Aiahs erschrockenes Lachen lässt einen Schwall von Luftblasen aufsteigen. Constantine steckt wirklich voller Überraschungen.

Vor ihnen ragt ein Ponton auf. Das Kabel ist mit einem komplizierten Stützmechanismus mit ihm verbunden. Mächtige Träger aus Edelstahl nehmen das schwere Kabel auf, aber auch sie scheinen redundant zu sein. Wahrscheinlich würde es kaum stören, wenn man die Träger zerstört. Außerdem kann Aiah nicht einmal erkennen, wohin das Kabel überhaupt läuft, nachdem es in den Ponton eingedrungen ist. Sie verlässt den Schlitten und umkreist noch einmal das Kabel, aber ihr fällt nichts Brauchbares ein.

Aranax schießt aus der Dunkelheit herbei und tanzt schwerelos um das Kabel herum. Als er langsamer wird, kann Aiah erkennen, dass er einen Fisch isst und mit hellen, dreieckigen Zähnen am Fleisch zerrt. Blutblasen wachsen wie rote Blumen vor seinem Schnabel. Der Fisch starrt mit toten Augen.

Eine fremde Welt, denkt Aiah.

Sie kehrt zum Schlitten zurück und berührt Constantines Handgelenk.

– Ich weiß nicht, gesteht sie. Sie könnten versuchen, die Verbindungen zu sprengen, aber …

– Wir müssen gründlich darüber nachdenken. Wollen Sie noch etwas anderes sehen?

– Nein.

Nach kurzem Überlegen fügt sie hinzu:

– Es tut mir Leid.

Constantine zuckt betont gleichgültig die Achseln.

– Es war einen Versuch wert.

Der Schlitten folgt Aranax zurück zum willkommenen Lichtfleck, in dem Constantines Boote warten. Tausend kleine Fische kreisen wie Motten um die Lampen. Constantine stellt den Auftrieb des Schlittens nach, bis er zwischen den Booten schwebt, um ihnen fünf Minuten Zeit für die Dekompression zu lassen. Aiah stellt sich vor, wie gefährliche kleine Gasblasen durch ihr Blut schäumen und mit jedem Herzschlag widerstrebend zu den Lungen getrieben werden. Dann ist die Zwangspause vorbei und der Schlitten taucht mit lautem Zischen in schwappendem, öligem Wasser endgültig auf.

Constantines Leibwächter ziehen Aiah mit routinierten Bewegungen aus dem Wasser und befreien sie von der Taucherweste und den Schwimmflossen. Die Haube zieht sie sich selbst ab, schüttelt die Haare aus und greift nach einem Handtuch. Auf einmal zittert sie vor Kälte. Ein heißes Bad scheint das Begehrenswerteste auf der ganzen Welt zu sein.

Die Leibwächter kümmern sich schon um Constantine. Aiah reißt sich den Anzug vom Körper und zieht den Pullover und die weiten Hosen über den Badeanzug. Constantine und die Leibwächter kämpfen mit dem Schlitten, bugsieren ihn aufs Boot der Wächter und binden ihn fest. Aranax schwebt unterdessen als weißer Fleck im ausgeleuchteten Wasser. Auf einmal tauchen noch weitere Delphine auf, mindestens ein Dutzend brechen im gleichen Augenblick durch die Wasseroberfläche, schweben danach still im Wasser und beobachten Constantine mit ihren Knopfaugen. Die Leibwächter wirken nervös. Aiah schaudert und betrachtet die wachsende Pfütze vor ihren Füßen.

Constantine hat noch eine längere Unterhaltung mit Aranax, aber Aiah kann nichts verstehen, weil Constantine die Plasmabatterien des Begleitbootes benutzt, um sich direkt von Geist zu Geist auszutauschen. *Auf diese Weise über dieses und jenes sprechen, um Missverständnisse zu vermeiden.*

»Erleuchteter«, sagt Constantine schließlich laut, »Ihre Weisheit wird meine ungeschickten und dummen Bemühungen gewiss zum Erfolg führen.« Nach einigen weiteren Höflichkeiten ist die Unterhaltung beendet. Die Delphine werfen die Füße hoch und verschwinden.

»Ich glaube, das ging ganz gut«, meint Constantine, als er zur Steuerkanzel des Bootes zurückkehrt.

»Ist Aranax wirklich ein Prinz?«, fragt Aiah. Der Titel klingt verstaubt und eigenartig, wie aus den sagenhaften Zeiten von Karlo oder Vida dem Mitfühlenden.

Constantine grinst sie an, als er die Motoren startet. »Mir ist noch nie ein Delphin begegnet, der kein Prinz gewesen wäre. Oder ein König, eine Königin oder ein Pascha. Die Delphine gehen mit Titeln großzügig um. Aber Aranax genießt unter ihnen einen gewissen Einfluss, soweit man das überhaupt von jemandem sagen kann. Und er ist so ehrlich, wie man es von einem Delphin nur erwarten kann.«

»Was hat er überhaupt davon?«

Diesen Blick, mit dem Constantine ihr antwortet, kennt Aiah schon. Diese verschlagene, verstohlene Freude, wenn man ein Geheimnis teilt. »Würde es Sie überraschen, wenn Sie erfahren, dass auch Delphine Bankkonten haben?«

»Wohl nicht, wenn ich richtig darüber nachdenke. Woher kennen Sie ihn?«

»Ach.« Constantines Augen blitzen im reflektierten Licht. »Ich war schon einmal hier. Ich habe die soziale Organisation der Delphine studiert … was sie haben, ist zu lose gefügt, um Regierung genannt zu werden. Außerdem gibt es ja nur Adlige und kein gemeines Volk. Ich dachte, wir könnten daraus vielleicht etwas lernen.«

»Und? Können wir etwas lernen?«

»Nur wenn wir uns entschließen, unter Wasser zu leben. Aber es ist ein interessantes Modell.«

Constantine springt nach vorn, bindet das Boot los und kehrt in die Steuerkanzel zurück. Er lenkt das Boot ein Stück vom Begleitboot weg, schiebt die Hebel nach vorn und beginnt die Rückfahrt. Aiah lässt sich neben ihm nieder, wo sie von der Windschutzscheibe geschützt wird und sich die kalten Knochen wärmen kann.

»Es tut mir Leid, dass ich nicht helfen konnte«, sagt sie.

»Schon gut. Sie bringen einen neuen Blickwinkel mit, was sich schon anderswo als nützlich erwiesen hat. Es war einen Versuch wert.« Er sieht sie lächelnd an. »Außerdem haben Sie einen Urlaub gebraucht.«

Das soll ein Urlaub sein?, denkt sie. Vielleicht kann Constantine so einen Einsatz ja wirklich als Urlaub empfinden.

»Vielen Dank«, sagt sie trotzdem. »Mir fällt leider nichts anderes ein, als es mit den Kontrollstationen oder bei den Schaltern zu versuchen. Sie müssen Schalter haben, mit denen sie festlegen, über welche Leitungen das Plasma transportiert wird. Die Schalter werden mit Strom betrieben und wenn man sie von der Stromversorgung abschneidet … nun ja, das könnte sie beschädigen.«

Constantine nickt und lächelt. Er hat wieder diesen verschlagenen Ausdruck, als hätte sich etwas bestätigt, das er insgeheim schon wusste.

»Ja«, sagt er, »darum werde ich mich kümmern.«

▪ ▪ ▪

Mit verfilztem Haar und schaudernd vor Kälte kehrt Aiah mit Constantines Leuten zum Vulkan-Hotel zurück. Constantine hat für die kurze Spanne, die sie in der Öffentlichkeit auftreten müssen, wieder die rote Perücke aufgesetzt. Sorya erwartet sie schon in der Suite. Sie trägt wundervollen Goldschmuck und ein strahlendes rotes Seidenkleid. Die Farbe der Seide passt zu der Wut, die sofort ausbricht, als Constantine eintrifft.

»Parq kommt zum Essen?«, faucht sie. »Und du hast dir das ausgedacht?«

Constantine gibt die rote Perücke einem seiner Begleiter. »Allerdings«, bestätigt er.

»Aber ich sagte dir doch, dass du ihm nicht trauen kannst.«

»Ich traue ihm auch nicht«, erwidert Constantine gelassen. »Ich benutze ihn.«

Soryas Hände fahren mit den langen Fingernägeln wie Messer durch die Luft. »Er hat bisher noch jeden Geschäftspartner und Auftraggeber betrogen ...«

Constantine nickt. »Und deshalb«, sagt er, »ist er sehr berechenbar.«

Sorya tobt weiter. Die Leibwächter ziehen sich taktvoll in andere Bereiche der Suite zurück, die gerade jetzt unbedingt gegen Eindringlinge gesichert werden müssen. Aiah denkt, dass sie Bobo und Momo am besten sich selbst überlässt. Sie weicht dem Sturmzentrum aus und flieht in ihr Zimmer.

Sie richtet sich ein Bad und weicht lange im heißen Wasser ein, damit der Duft des geschmeidigen Badeöls ihre Nerven beruhigen kann ... aber es ist hoffnungslos, weil zornige Stimmen die Tür im Rahmen vibrieren lassen. Die Worte kann Aiah nicht verstehen, aber vielleicht spielt das auch keine Rolle, denn die Worte haben vermutlich sowieso nicht viel zu vermitteln außer dass die Sprecher wütend sind. Aiah erinnert sich an Zeiten in ihrer Jugend, als die Alltagsroutine unvermittelt durch das Geschrei zorniger Nachbarn gestört wurde. Der Streit war durch die dünnen Wände der einfachen Häuser gut zu hören – oder wenn es kein Streit war, dann ein geräuschvoller Geschlechtsverkehr, manchmal unerklärlicherweise einer nach dem anderen … Aiah erinnert sich an ein Gefühl von Peinlichkeit, das aber nicht sie selbst, sondern viel eher die Nachbarn betraf … Menschen, die sie jeden Tag sah und auf den Gängen grüßte, hatten so ihre eigene Intimität missachtet und ihre Geheimnisse in die Welt hinausgeschrien …

Bobo und Momo. Constantine und Sorya. Aiah wird klar, dass sie eigentlich überhaupt nichts über diese Frau weiß, außer dass sie eine reiche Carveli ist. Aiah fragt sich, wie lange Sorya und Constantine schon zusammen sind oder ob sie sich häufig auf diese Weise streiten oder nur wenn sie einen Krieg planen … Aiah lacht leise über den Gedanken und wäscht sich den Hals.

Türen knallen, dann wird es still. Aiah wäscht sich die Haare, rutscht in der langen Porzellanwanne weit hinunter, bis sie ganz unter die Oberfläche taucht und nur noch die Kniescheiben als kleine Insel hervorlugen … wieder eine Erinnerung an die Kindheit. Durch eine verschwommene Wasserschicht geht der Blick hinauf zur rissigen Decke des Bads. Aber hier ist die Decke gekachelt, kleine blaue und weiße Mosaiksteinchen in einem lebhaften, abstrakten Muster.

Das Hotel hat ihnen wunderschöne dicke Frotteebademäntel zur Verfügung gestellt, in die der Name des Hotels eingewebt ist. Aiah wickelt sich in einen davon ein und beschäftigt sich eine Weile damit, das verfilzte Haar zu ordnen. Draußen ist es jetzt völlig still.

Aiah betrachtet sich im Spiegel und überlegt, ob die neuen Eindrücke irgendwie ihren Augen anzusehen sind, ob man äußerlich erkennen kann, wie der Geschmack des Meerwassers auf der Zunge sie verändert hat. Oder die Blicke und das starre Grinsen des Delphins, die strahlenden Farben der Unterwasserwelt im Licht der Scheinwerfer, Constantines Profil vor dem Himmel, während er das Boot steuert ...

Es klopft leise an der Tür, und sie antwortet. Es ist Constantine, schon halb für seine Verabredung angekleidet – schwarze Röhrenhosen, die unten weiter werden, mit aufgesticktem Muster, Hosenträger über einem makellos weißen Hemd, die Rüschen noch nicht festgeknöpft. Das verlegene Lächeln wird durch die amüsiert funkelnden Augen wieder aufgehoben.

»Sie haben es wohl gehört?«, erkundigt er sich.

»Ich habe mich bemüht, es zu überhören«, erklärt sie.

»Sorya ist fort.«

»Wird sie zurückkommen?«

Er zuckt mit die Achseln. »Das liegt hauptsächlich an ihr.« Aiah tritt zur Seite und lässt Constantine ganz herein. Die Seidensocken rascheln leise auf dem dicken Teppich.

»Für das, was wir tun wollen, gibt es keine Gebrauchsanleitung«, sagt Constantine. »Ich weiß nicht, ob mein Treffen mit Parq überhaupt einen Sinn hat, aber ich weiß, dass unsere Sache leidet, wenn Sorya nicht dabei ist.«

Sie sieht ihn an. »Es geht um Caraqui, nicht wahr? Sie wollen die Regierung stürzen und dafür brauchen Sie die Delphine.«

Das amüsierte Funkeln weicht aus Constantines Augen, und auf einmal sieht Aiah sich im Brennpunkt seiner Aufmerksamkeit. Seine ganze Energie wird wie ein Scheinwerfer auf sie gerichtet, als würde sie vom Licht eines Leuchtturms erfasst und an Ort und Stelle festgenagelt.

Was mag passieren, fragt sie sich, wenn er auf die Idee kommt, dass ich solche Dinge besser nicht wissen sollte?

»Ich denke, das ist wohl offensichtlich«, grollt seine tiefe Stimme.

»Sie würden sich nicht die Mühe mit den Delphinen und dem Tauchgang machen, wenn es nur eine theoretische Übung wäre«, fährt Aiah fort. »Die Kabel versorgen den Luftpalast mit Energie, nicht wahr?«

Er nickt, immer noch den Blick auf sie gerichtet. Aiah hält unwillkürlich den Atem an. Dann nickt Constantine noch einmal und der Blick wird weicher.

»Werden Sie mir bei meinen Plänen helfen?«, sagt er. »Ich glaube, ich könnte es nicht ertragen, wenn mich heute gleich noch eine außergewöhnliche Frau verlässt.«

Aiahs Mund ist trocken. »Natürlich werde ich Ihnen helfen«, sagt sie.

Sie stehen sich einen langen Augenblick gegenüber, Aiahs Haut prickelt unter dem Frotteebademantel. An den Wänden spiegeln sich diamantförmige Aiahs, diamantförmige Constantines. Dann macht Constantine mit einer jener raschen Bewegungen, die man bei einem so großen Mann nie erwarten würde, einen Schritt auf sie zu … Aiah hat kaum noch Zeit, die Arme zu heben, bevor er die Entfernung zwischen ihnen überbrückt hat. Sie staunt noch einmal über seine Größe, über die schlichte, nackte Tatsache seiner Körperkraft, und dann ist die Kraft einfach da, ist in ihren Armen, und sie muss damit zurechtkommen. Sie umarmt ihn, drückt sich an die breiten Rüschen auf seiner Brust, hebt ihm die Lippen entgegen … er soll nicht denken, es wäre allein seine Idee gewesen.

Die Bettlaken sind aus weichem Percale und duften leicht nach Lavendel. Constantine zeigt in der Liebe die gleiche Intensität, die ihn auch bei allem anderen auszeichnet. Zuerst ist es Aiah etwas peinlich, im Zentrum dieser starken Aufmerksamkeit zu stehen ... sie will nicht, dass ihr magerer Körper von diesen leidenschaftlichen, alles umfassenden Augen betrachtet wird ... aber dann wird ihr klar, dass der einzige Weg, mit dieser Intensität umzugehen, darin besteht, sie nachzuempfinden. Sie öffnet die Augen, sieht ihn an und fordert ihn wortlos auf, sie zu verwöhnen. Er scheint mehr als bereit, ihre Wünsche zu erfüllen ...

Seine große Körperkraft bringt er allerdings nicht zur Geltung, sondern er behandelt sie mit Umsicht und Zärtlichkeit, als hätte er Angst, sie zu zerbrechen. Sie weiß die Vorsicht zu schätzen, will am Ende aber doch mehr, will die Kraft seines Körpers fühlen und zieht ihn an sich, bis sie sein Gewicht auf sich spürt, bis sie seinen Duft einatmen kann und als Kitzeln auf der Zunge spürt ... sie baut sich Sinnesapparate auf, denkt sie. Genau wie sie es beim Plasma getan hat. Sie ruft nacheinander die Eindrücke ab, nimmt jeden Quadratzentimeter Haut in sich auf, jeden Impuls der Lust ...

Sie leckt über seine Haut, will ihn auskosten. Er schmeckt wie das Meer.

■ ■ ■

»Parq soll dich nicht sehen«, sagt Constantine. »Die Gründe sind die gleichen wie gestern. Geymard würde dich nicht selbst verraten, aber er würde früher oder später gegenüber jemandem, der es tun könnte, eine unkluge Bemerkung machen. Parq dagegen würde dich gleich selbst meistbietend verkaufen. Dazu mich und die ganze restliche Welt, wenn er könnte.« Er lächelt leicht.

Constantine steht vor einem rautenförmigen Spiegel in Aiahs Zimmer und rückt die Jacke und die Rüschenärmel zurecht. Einer seiner Helfer hat gerade Bescheid gegeben, dass Parq das Gebäude bereits betreten hat. Aiah sitzt im Bett, die Decke bis zum Kinn hochgezogen, um sich vor der kühlen Luft der Klimaanlage zu schützen.

»Warum lässt du dich überhaupt mit ihm ein, wenn er so hinterhältig ist?«

»Weil er der Hohepriester der Dalavitensekte ist. Deshalb ist er so korrupt. Einem ehrlichen Mann würden sie diesen Job nicht geben. Und in dieser Position beherrscht er den einzigen unabhängigen Sender in Caraqui.« Er rückt die Rüschen unter dem Kinn zurecht und sieht sich über die Schulter zu Aiah um. »Die Einwohner von Caraqui müssen doch von irgendjemandem erfahren, dass sie eine neue Regierung haben, meinst du nicht auch?«

Er geht quer durchs Zimmer zum Bett und setzt sich neben sie, berührt sanft ihre Wange mit dem Handrücken und schiebt eins ihrer Löckchen herum, bis es ihm gefällt. »Willst du später noch ausgehen?«, fragt er. »Wir können dich hinausschaffen, während Parq und ich konferieren. Ich kann dir einen Fahrer und eine Kreditkapsel geben.«

Chromoplay-Phantasien rasen ihr durch den Kopf: eine lange Abfolge von Clubs und Bühnenshows, Boutiquen, Juweliere, eine Limousine voller Päckchen in Geschenkpapier, ein zuvorkommender Fahrer ... und dann fehlt nur noch ein Mops an diamantbesetzter Leine zum Glück.

Und dabei hat Tella schon vorher gedacht, Aiah würde ausgehalten.

Aiah legt das Kinn auf die Decke und schüttelt leicht den Kopf. »Ich warte lieber hier auf dich.«

»Die Besprechung kann aber ein paar Stunden dauern«, warnt Constantine sie. »Gestern hast du die ganze zweite Schicht in diesem Zimmer gesessen.«

»Ich warte. Von der Terrasse aus habe ich einen schönen Ausblick.«

Constantine beugt sich zu ihr hinüber und küsst sie kurz auf den Mund. »Wunderschöne Miss Aiah«, sagt er. »Ich hoffe, ich kann dafür sorgen, dass sich dein Warten lohnt.«

»Ich weiß die Schmeichelei zu schätzen«, sagt sie.

»Schmeichelei?«, fragt er überrascht. »Aber nein.«

»Ich bin zu dünn, du kannst meine Rippen zählen.«

Constantine schnauft abwehrend. »Du hast die Muskeln da, wo sie gebraucht werden«, sagt er, indem er ihr an die Stirn tippt. »Und vergiss nicht, du bist am schönsten, wenn du fliegst. Bitte vergiss das nicht.«

Aiah ist sprachlos. Sie lässt Constantine ohne ein weiteres Wort gehen, wickelt sich wieder in den Frotteebademantel und geht auf die Terrasse hinaus. Sie sucht den Flieger, aber sie kann ihn nirgends entdecken.

■ ■ ■

Im Laufe der nächsten vierundzwanzig Stunden entdeckt Aiah einige Funktionen des Betts, mit denen sie nicht gerechnet hätte. Beispielsweise die Tatsache, dass man im Bett planen kann, eine Regierung zu stürzen. Ein solcher Coup ist mit weitaus mehr Details verbunden, als sie sich je hätte träumen lassen, und Constantine zählt sie der Reihe nach auf – vom besten Weg, sich an hochrangige Offiziere heranzumachen bis zur Störung der Kommunikation mithilfe gefälschter Nachrichten.

»Caraqui hat Jahrhunderte unter schlechten Regierungen gelitten«, sagt er. »Nachdem die Oligarchen sich zu flugfähigen Wesen haben verändern lassen, erbauten sie den Luftpalast. Der Keremath-Clan kam mithilfe der Dalaviten an die Macht und regiert jetzt seit drei Generationen … die ganze Macht ist in wenigen Händen konzentriert und wenn man diese Hände abschlägt, dann fällt der Körper des Staates dem zu, der ihn für sich beansprucht.«

»Und diesen Anspruch erhebst du.«

»Nein«, widerspricht Constantine. »Sinke ich in deiner Achtung, wenn es nicht so ist?«

Constantine liegt auf dem Rücken in Aiahs Bett. Sie hat sich an ihn geschmiegt, die Arme auf der breiten Brust verschränkt, um ein Polster für ihr Kinn zu formen.

Zu ihrer Überraschung erklärt Constantine, dass er nicht einmal die treibende Kraft hinter der Verschwörung ist. »Colonel Drumbeth hat sich über einige vertrauenswürdige Mittelsmänner – Angehörige seiner eigenen Familie – an mich gewandt. Viele Menschen wenden sich mit solchen Ideen an mich – die Meisten haben unausgegorene und gewalttätige Pläne im Kopf und denken an Raub und Eroberung. Ich wollte diese Anfrage genau wie viele andere ablehnen, aber dann bist du mit deinem Plasma aufgetaucht und wolltest eine Million Dalder haben.« Ein verschlagender, wissender Ausdruck macht sich in seinen Augen breit. »Ich habe mich entschlossen, dein Kommen für ein Omen zu halten, und ich glaube, ich hatte Recht damit.« Er küsst sie unvermittelt auf die Nase. Sie lächelt.

»Wer ist Colonel Drumbeth?«

Jetzt lächelt auch Constantine. »Ein Bewunderer der Neuen Stadt, wie seine Gesandten mir versichert haben. Ich soll ihm helfen, seine Metropolis auf den richtigen Weg zu bringen. Ich freue mich darauf, ihn zu treffen.«

»Ihr habt euch noch gar nicht gesehen?« Wieder eine Überraschung.

»Das wäre zu gefährlich. Er ist der Leiter der Spionageabwehr und kann sich nicht frei bewegen. Aber …« Constantine hebt die Hand. »Wenn irgendjemand in der Armee eine Revolte befürchtet, an wen wird er sich wohl wenden? An Drumbeth. Das ist sehr praktisch.«

Er sieht sie an. »Wir warten hier auf ihn. Er will kommen sobald er kann.«

Aiah lächelt. Blut steigt warm in ihr auf. Sie drückt das spitze Kinn in die Muskeln auf Constantines breiter Brust, bis er zusammenzuckt. »Und was sollen wir in der Zwischenzeit tun?«

Er streckt die großen Hände aus, legt sie auf ihre Schultern und zieht sie an sich, um sie zu küssen. »Ich hätte da ein paar Ideen, auf die du nie im Leben von allein gekommen wärst«, sagt er.

■ ■ ■

Drumbeth kommt spät und ohne Begleitung. Er ist ein kleiner Mann, wirkt aber dank der militärisch aufrechten Haltung und des buschigen grauen Haars etwas größer. Das Gesicht ist routiniert ausdruckslos, die Augen schmal. Mit Constantines Zustimmung sieht Aiah vom Nachbarzimmer aus zu und beobachtet die Männer durch den Spalt in der Tür. Drumbeth und Constantine trinken Tee und essen kaltes Hühnchen, während sie ihren Staatsstreich besprechen.

Von Constantine hat Aiah erfahren, dass die jüngeren Offiziere der Armee einem Putsch eher wohlwollend gegenüberstehen oder sich zumindest nicht aktiv widersetzen würden. Sie brennen darauf, ihre korrupten Vorgesetzten loszuwerden, und wenn sie selbst dabei noch eine Beförderung einheimsen können, umso besser. Wenn die Generäle nicht dafür sorgen können, dass die Leute ihre Befehle befolgen, dann spielen sie keine Rolle mehr, ganz egal, auf wessen Seite sie sich letztlich schlagen. Die Marine ist ein Unsicherheitsfaktor, aber sie kann ohnehin nicht viel tun, um einen Coup zu verhindern, weil alle Wasserwege von Gebäuden beherrscht werden, die man von der Armee besetzen lassen kann. Die Polizeistreitmacht ist zwar groß, aber über die Metropolis verstreut und nur leicht bewaffnet. Die Spezialeinheiten, vor allem die politische Polizei, die wegen ihrer weit reichenden Vollmachten und ihrer allgegenwärtigen Informanten gefürchtet wird, sind den Kemaths treu ergeben, doch es sind nur relativ wenige Leute, die außerdem nicht über militärisch brauchbare Waffen verfügen. Die Spezialeinheiten sind vor dem Putsch am gefährlichsten, doch sobald der Aufstand begonnen hat, kann man sie ignorieren.

Die Metropolitengarde wird die größten Schwierigkeiten machen. Eine überdimensionierte Söldnerbrigade, die von den Kemaths rekrutiert und von Kadetten aus der Familie selbst angeführt wird. Die Kämpfer sind den Zahlmeistern treu ergeben und haben den ersten Zugriff auf alle Geräte und Vorräte. Die reguläre Armee ist dreimal größer als die Garde, aber die Garde ist in Kasernen in unmittelbarer Nähe des Luftpalastes und der wichtigsten Regierungsgebäude untergebracht und verfügt über eine beachtliche Zahl von Magiern. Außerdem hat sie unbeschränkten Zugang zum Plasma.

Die Stimmen der Verschwörer werden lauter, als sie über die Garde sprechen. Die Söldner kann man nicht ohne weiteres außer Gefecht setzen und sie können aufgrund ihrer zentralen Stellung auch nicht einfach ignoriert werden. Kämpfe in der Stadt führen wahrscheinlich zu schweren Verlusten unter der Zivilbevölkerung. Constantine ist der Ansicht, dass sich der Kampf nicht vermeiden lässt, aber Drumbeth hofft, es müsse nicht unbedingt so kommen.

»Vielleicht gelingt es, wenn wir genug Angehörige des Keremath-Clans töten«, sagt Constantine. »Aber wir müssen dafür sorgen, dass die Garde in ihren Quartieren bleibt, was auch immer geschieht.«

Drumbeth sieht ihn unsicher an.

»Ich gehe jedenfalls davon aus, dass uns das später eine Menge Ärger erspart.«

Drumbeth schüttelt den Kopf, aber dann sagt er: »Na gut.«

Eine weitere Meinungsverschiedenheit entsteht über

die Frage, was mit den Delphinen werden soll. Constantine betrachtet sie als nützliche Hilfstruppen, aber Drumbeth will sie nicht bewaffnet sehen. Aiah kann nicht erkennen, wie die Meinungsverschiedenheit beigelegt wird.

»Vergessen Sie nicht«, sagt Constantine schließlich, »Ihren Leuten zu sagen, dass sie überall im Regierungsviertel Straßensperren errichten sollen. Die psychologische Wirkung der Straßensperren übertrifft den militärischen Wert bei weitem. Es ist der Ort, wo die Fronten aufeinander prallen. Unsere Leute werden hinter den Barrikaden stehen. Sie brauchen nichts weiter zu tun als dort zu bleiben. Ihre Leute müssen sich aufraffen, einen Gegner anzugreifen, der bereits seine Stellung bezogen hat, dessen Stärke sie nicht kennen und der die gleichen Uniformen trägt wie sie selbst ... das sind ungünstige Umstände, und wenn wir Glück haben, fehlt ihnen die nötige Entschlossenheit.«

Drumbeth nickt. »Ich mache mir nur Sorgen«, sagt er, »weil ich nicht über Ihre militärische Erfahrung verfüge. Keiner von uns hat Ihre Erfahrung. Wir haben in einem Land gelebt, in dem es seit fünfhundert Jahren keinen Krieg gegeben hat.«

»Unsere Feinde leiden unter den gleichen Schwierigkeiten«, erklärt Constantine. »Und wir haben Geymard und seine Brigade aus der Timokratie.«

Ein nicht zu deutender Ausdruck macht sich in Drumbeths Gesicht breit. »Ja«, sagt er. »Wir haben Geymard.«

Die Besprechung dauert noch zwei weitere Stunden, die Pläne sind schon weit fortgeschritten. Constantine gibt Drumbeth schließlich die Hand, umschließt mit seiner riesigen Pranke die zerbrechlich wirkenden Finger des kleinen Mannes. Dann verlässt der Colonel die Suite und Constantine kommt sofort zu Aiah herüber.

»Pack deine Sachen«, sagt er. »Wir sollten jetzt nach Jaspeer zurückkehren.«

Der Luftwagen schießt von der Landefläche des Vulkanhotels hoch, schwebt über unzähligen Menschen, über den Milliarden, die sich auf der Erdoberfläche drängen. Es ist der Beginn der dritten Schicht, denkt Aiah. Die meisten Menschen schlafen noch. Sie hält Constantines Hand und schaut nach unten. Aus dieser Höhe ist die Welt ein konturloses Graubraun von Beton und Ziegelsteinen, nur da und dort blinken Glasscheiben … direkt unter ihnen zieht ein Unwetter vorbei, eine Landschaft dunkler Wolken, in denen unablässig Blitze zucken, mehrere hundert Radien groß.

Aiah wendet sich an Constantine und bemerkt, dass er sie amüsiert beobachtet. »Danke, dass du mir die Welt zeigst.« Sie küsst ihn und atmet während des Kusses seinen Duft ein. Sie fragt sich, ob es vielleicht doch nur ein Traum ist, eine Seifenblase, die platzen muss, sobald sie in die kalte Realität von Jaspeer zurückkehren.

Die Turbinen drehen sich, das Motorengeräusch verändert sich von lautem Heulen zu einem dumpfen Grollen. Inzwischen ist die Erde völlig unter einer dichten dunklen Wolkendecke verborgen. Künstliches Licht sieht sie nicht mehr, aber die zuckenden Blitze sind dem Neonlicht der Städte nicht unähnlich. Später sinkt der Luftwagen wieder hinunter, die Scheinwerfer fressen einen hellen Tunnel in die Wolken, wie es Constantines Motorboot in der Dunkelheit unter Caraqui getan hat. Dann teilen sich die Wolken unvermittelt, und sie sieht Jaspeer. Unter den schwarzen Wolken erkennt sie jetzt die Sturmbeleuchtung, ein helles, sternförmiges Muster, das der Stadt das Aussehen eines Spinnennetzes gibt, in dem die großen Gebäude sitzen wie funkelnde Tautropfen …

Die Landefläche riecht nach frischem Regen, das Licht der Natriumlampen spiegelt sich in den Pfützen. Martinus begrüßt sie, der riesige Leibwächter steht schon neben dem großen Wagen bereit. Wie üblich warten drinnen Früchte und Wein auf sie. Aiah lässt das Fenster herunterfahren, damit sie die Luft riechen kann. Die Straßen sind fast menschenleer. Ihr Herz verkrampft sich, als sie in der Ferne die Loeno Towers sieht.

»Ich habe noch nicht gesehen, wie du wohnst«, sagt Constantine, als hätte er ihre Gedanken gelesen. »Darf ich raufkommen?«

»Natürlich.« Hier im Wagen mit Martinus und dem zweiten Leibwächter hat Aiah sich zurückgehalten und Constantine nicht mehr berührt, hat nicht einmal den Kopf an die breiten Schultern gelehnt. Ihr Apartment ist der richtige Ort, um sich zu verabschieden.

Constantine bemerkt Martinus' warnenden Blick im Rückspiegel. »Um diese Zeit wird uns niemand sehen, und ich werde nicht lange bleiben.«

Der Elton gleitet sanft zu Aiahs Wohnturm, ein Leibwächter springt als Erster hinaus und öffnet die hintere Tür. Constantine ist so höflich, ihre kleine Tasche zu tragen. Niemand sieht Aiah und Constantine an den eingetopften Chrysanthemen vorbei und durch die versperrten Türen gehen. Der Türsteher schläft in seinem Büro. Wer ohne Schlüssel herein will, muss ihn mit der Schelle wecken. Im Aufzug können sie sich im Angesicht ihrer Spiegelbilder kurz umarmen, während der Kasten im hohen Turm nach oben fliegt.

»Ich habe ein Geschenk für dich«, sagt Constantine. Er reicht ihr eine flache Schachtel.

Es ist eine Halskette aus Elfenbein mit passenden Ohrringen. Das wundervolle, seltene Material ist zu schönen Perlen geformt, in der Mitte ist ein Trigramm zu sehen. Aiah ist verlegen und kann sich nur stammelnd bedanken. Die Türen gehen auf, Aiah tritt auf den Flur hinaus und Constantine legt ihr das unbezahlbare Elfenbein um den Hals. Er küsst sie in den Nacken, dass Aiah ein wohliger Schauer den Rücken hinunterläuft. Er muss Martinus beauftragt haben, die Halskette zu kaufen, denkt sie. Er selbst hatte keine Zeit dazu.

Als sie mit ihm den Flur hinuntergeht, spürt sie Constantines leichte Unsicherheit. Er bewegt sich wie ein Besucher, denkt sie. Natürlich ist er nicht zum ersten Mal in so einem Wohnblock, aber er hatte immer die Gewissheit, dass er vor dem Ende der nächsten Schicht wieder in seine eigene Welt zurückkehren würde. In einer bürgerlichen Welt hat er nie gelebt, ganz zu schweigen von einem heruntergekommenen Viertel wie Old Shorings. Dieses Leben ist für ihn so fremd wie ihr die Penthouse-Suite im Vulkanhotel.

»Kümmere dich nicht um den Wäschestapel auf dem Bett«, sagt sie, als sie lachend den Schlüssel herumdreht.

Sie tritt ein, schaltet das Licht ein und im gleichen Augenblick fährt die Erkenntnis, dass sie einen schrecklichen, einen katastrophalen Fehler gemacht hat, wie ein eiskalter Blitz durch ihren Körper, auch wenn sie noch nicht genau verstehen kann, wie es überhaupt dazu kommen konnte.

Gil liegt im Bett und sieht sie blinzelnd an. »Hallo?«, sagt er.

Aiah betritt das Zimmer und versucht, möglichst normal zu antworten. »Ich habe nicht mit dir gerechnet.«

Gil blinzelt noch einmal und schiebt sich das hellblonde Haar aus den Augen. »Ich habe schon vor einer Woche angerufen und eine Nachricht hinterlassen, dass ich übers Wochenende kommen würde.«

Richtig, und jetzt ist Sonntag. Aiah denkt an den knirschenden Wiedergabekopf, den sie noch nicht geölt hat und der sie anscheinend genau in diesem Augenblick im Stich gelassen hat.

»Ich habe die Behörde angerufen und erfahren, dass du dir ein paar Tage frei genommen hättest«, fährt Gil fort. »Deine Schwester wusste auch nicht, wo du steckst.«

Was bedeutete, dass es inzwischen die ganze Familie wusste.

»Und dein Bruder Stonn will mit dir reden. Den Grund hat er mir nicht verraten. Ich wusste gar nicht, dass er schon aus dem Gefängnis entlassen ist.«

Gils Augen, die sich inzwischen an das Licht gewöhnt haben, richten sich langsam auf Constantine. Er ist zu müde, um sich zusammenzureimen, was er von dem großen schwarzen Mann zu halten hat, der Aiahs Tasche trägt und schweigend im Eingang steht.

Aiah legt die Hand auf die Brust und berührt die Elfenbeinkette. Sie erinnert sich daran, wie stolz Gil war, dass er es sich leisten konnte, ihr ein Armband mit einem einzigen Anhänger aus Elfenbein zu schenken. Das Armband, das Fredho gestohlen hat.

Ihr wird bewusst, dass sie einiges zu erklären hat.

»Gil«, sagt sie, »dies ist der Metropolit Constantine. Constantine, das ist Gil.« Sie holt tief Luft und sieht Constantine flehentlich an. »Ich glaube, ich habe Gil schon mehrmals erwähnt.«

Constantine stellt Aiahs Tasche hinter der Tür ab und sieht sich mit der gewohnten unerschütterlichen Gelassenheit im Zimmer um. »Hallo, Gil«, grollt er. »Miss Aiah hat mir nur Gutes über Sie erzählt.«

Gil ist immer noch zu benommen, um darauf reagieren zu können, dass ein ebenso bekannter wie umstrittener Mann zu nachtschlafender Zeit in seiner Wohnung aufgetaucht ist.

Aiah ist allerdings klar, dass er sehr bald mit den Fragen beginnen wird.

15

Constantine verabschiedet sich, Gil starrt benommen zur Tür. »War das wirklich …?«, fragt er.

»Oh, ja.« Sie schaut zur Tür und fragt sich, was da gerade alles ausgesperrt worden ist. »Ich erklär's dir später«, sagt sie. »Ich bin jetzt zu müde.« Damit schaltet sie das Licht aus.

Die Erklärung, denkt sie, während sie sich auszieht, sollte wirklich überzeugend sein.

Sie küsst Gil und rollt sich mit dem Rücken zu ihm zusammen. Gedanken kommen und gehen, alle viel zu schwerwiegend, unwahrscheinlich und unglaubwürdig und dazu bestimmt, sich beim ersten Schildlicht in Wohlgefallen aufzulösen. Sie spürt Gils Atem im Nacken, reagiert auf jedes Seufzen, jede Bewegung, jede leichte Berührung …

Stunden später, nach dem Schichtwechsel, fällt Aiah in einen unsicheren Schlaf, angespannt und unruhig, aus dem sie von Gils Armen aufgeschreckt wird, die sie von hinten umfassen. Er küsst sie sanft auf den Nacken, ein Kribbeln breitet sich auf ihrem Rücken aus.

»Entschuldige, dass ich dich wecke«, sagt er, »aber es ist schon spät, und es ist der einzige Tag, den wir noch zusammen haben … und wir haben uns so lange nicht gesehen.«

Aiah dreht sich langsam zu ihm herum, und er drückt das Gesicht an ihr Schlüsselbein, die Bartstoppeln kratzen etwas. Sie wischt sich das Haar aus dem Gesicht und streichelt mehr aus Gewohnheit als aus irgendeinem anderen Grund seinen Nacken. »Du riechst gut«, sagt er, aber sie weiß nicht, warum das so ist.

Ein Teil meines Lebens beginnt gerade, denkt sie. Ein anderer Teil geht zu Ende. Aber welcher? Und mit wem?

Gils Hände bewegen sich zielstrebig über Aiahs Körper. Er gibt sich wirklich große Mühe, vielleicht hat er ein schlechtes Gewissen, weil er sie geweckt hat. Jede Berührung seiner kräftigen Finger löst eine Kakophonie von Empfindungen aus. Panik, Lust, den Impuls zu fliehen. Wahrscheinlich, denkt sie sich, könnte sie es genießen, wenn es ihr irgendwie gelingen würde, sich zu entspannen. Sie schließt die Augen, legt den Kopf zurück und atmet langsam aus.

Wer, fragt sie sich, wer bestimmt hier eigentlich über meinen Körper? Das Herz oder die Bindung?

Gil kniet zwischen ihren Beinen, streift mit Lippen und Zunge über ihren Körper. Aiah versucht sich zu entspannen, doch bei jeder Berührung zuckt sie zusammen. Als er ihren Kitzler küsst, bäumt sie sich unter einem Ansturm von Gefühlen auf, die viel zu stark sind, um noch angenehm zu sein. Sie stößt einen Schrei aus und drückt die Fäuste auf die Augen. Gil nimmt es als Ermutigung und macht weiter.

»Langsam«, zischt sie mit zusammengebissenen Zähnen.

Gil macht vorsichtiger weiter. Er war immer ein sehr rücksichtsvoller Liebhaber. Seine Zunge kreist behutsam, und die Empfindungen ebben ein wenig ab, bis sie erträglich sind. Aiah hat Angst. Sucht Gil nach Constantines Spuren, nach dem Geruch des Rivalen?

Nein, denkt sie. Er ist ein sehr praktischer Mann.

Wenn er sich Gedanken machen würde, dann würde er einfach fragen.

Genau deshalb mag sie ihn so. Es ist die Art, wie er die Dinge betrachtet, wie er die Probleme angeht, die gelöst werden müssen. Er geht vor wie bei einem Puzzle, er nimmt die Probleme auseinander, bis er sie von allen Seiten betrachten und verstehen kann … und wenn er etwas nicht versteht, dann fragt er eben. Er ist nicht hinterlistig oder dramatisch oder triebhaft, er ist einfach nur er selbst. Ein Optimist, der glaubt, jedes Problem ließe sich lösen, wenn man es nur von der richtigen Seite anpackt.

Wieder versucht Aiah sich zu entspannen. Die Augen schließen, ruhiger atmen. Die Lust breitet sich in ihr aus wie eine warme Woge. Die Hüften heben sich unwillkürlich Gils kundiger Zunge entgegen. Die Lust steigt weiter, durchflutet sie, bis sie kurz vor dem Höhepunkt zu zittern beginnt und ihn endlich erreicht.

Gil richtet sich etwas auf, lächelt schief und tupft sich den Mundwinkel mit einer Ecke des Bettlakens ab. Er dringt in sie ein, und sie drückt sich an seine behaarte Brust. Alles ist vertraut, ohne Überraschungen, eine Art Heimkehr. Aiah stellt erfreut fest, dass sie Gil und Constantine nicht miteinander vergleicht. Andererseits weiß sie, dass Vergleiche sowieso sinnlos sind. Zwischen Gil und dem Metropoliten kann es keine sinnvolle Vergleichsebene geben, zwischen der sagenhaften Gestalt, die zu verblassen beginnt wie ein Traum, und den Realitäten in ihrer Wohnung und dem Mann, der sicher und ganz er selbst zwischen ihren Beinen liegt …

■ ■ ■

Sie kaufen frisches Brot und Gebäck in einer Bäckerei in der Nähe, machen sich Kaffee und klappen den kleinen Tisch auf, der in der Wand verankert ist. Tomaten und Gurken pflücken sie von den Pflanzen im winzigen Garten. Im Laufe des luxuriösen Frühstücks wird der Plastiktisch mit Ringen von Kaffeetassen und Krümeln verziert.

Gil trinkt einen Schluck Kaffee. »Ich habe mir gestern unser Konto angesehen«, sagt er. »Es sind über tausend darauf.«

»Achthundert davon hast du mir aus Gerad geschickt«, erklärt Aiah. »Den Rest habe ich mit meinem Beraterjob verdient.«

Ganz zu schweigen von den mehr als sechstausend in Münzen, die unter den Tomaten in einem Düngerbeutel versteckt sind.

Gil runzelt die Stirn. »Was ist das eigentlich für ein Job?«, fragt er.

Eine Faust ballt sich zwischen Aiahs Schulterblättern zusammen. »Eigentlich sind es sogar mehrere kleine Jobs«, sagt sie. »Ich soll für den Metropoliten Constantine …«

Gil zuckt zusammen, als die Erinnerung zurückkehrt. »Das hatte ich ja ganz vergessen!«, sagt er. »War er in der letzten Schicht wirklich hier?«

Aiah ist erleichtert. »Ja, er und ich waren …«

»Das muss man sich mal vorstellen, dass du ausgerechnet für diesen alten Gangster arbeitest«, meint Gil. »Was sagt eigentlich die Behörde dazu?«

Aiah rutscht unbehaglich hin und her. »Meine Vorgesetzten wissen es nicht, und ich habe sie nicht gefragt«, sagt sie. »Wir brauchten das Geld wirklich dringend. Wenn du es also bitte für dich behalten könntest …«

Gil greift grinsend nach einem Stück Gebäck. »Wie hast du ihn überhaupt kennen gelernt?«

»Nun ja«, sagt Aiah. »Ich habe ihm einen bewundernden Brief geschickt.«

Er runzelt die Stirn, das Gebäck verharrt auf halbem Wege zum Mund. »Mit der normalen *Post*?«, fragt er verwundert. Briefe sind teurer als Cybergramme.

»Ja«, sagt Aiah. »Ich habe im *Wire* gelesen, dass er in die Mage Towers gezogen ist, und jetzt wird doch so viel für *Die Herren der Neuen Stadt* geworben, und ich dachte …«

Gils Verwunderung steigert sich noch. »Willst du damit sagen, dass du ihn tatsächlich bewunderst?«

Aiah errötet. »Ja«, gibt sie zu.

Gil verdrückt nachdenklich sein Stück Kuchen und denkt über ihr Eingeständnis nach. »Aber er hat doch seine Metropolis zerstört, oder? Cheloki ist jetzt ein Schutthaufen. Und Constantine lebt hier mit seiner Beute auf großem Fuß.«

Aiah ist selbst überrascht, wie wütend sie reagiert. Sie bemüht sich, den Zorn zurückzukämpfen und in normalem Ton zu antworten. »Er hat seine Nation nicht zerstört, sondern er wurde angegriffen. Dieses Bündnis von Gangstern und korrupten Politikern und …«

»Sie hätten ihn wohl kaum angegriffen, wenn sie sich nicht von ihm bedroht gefühlt hätten«, erklärt Gil gelassen. »Alle seine Bemühungen, die Plasmareserven zu erhöhen und seine Armee aufzubauen … warum hätte er das tun sollen, wenn nicht um seine Nachbarn anzugreifen?«

Aiahs Fingernägel schneiden in die Handflächen. »Er hat versucht, den Menschen zu helfen«, sagt sie.

»Leute wie Constantine helfen niemandem.«

»Er hat versucht, etwas zu verändern.« Aiah fuchtelt aufgeregt herum. »Es gibt vieles, was verändert werden müsste.«

»Aber nicht so dringend, nicht um diesen Preis.«

Kalter Hass breitet sich einen Augenblick lang in Aiahs Herz aus. Gil, klugscheisserisch und voller Vorurteile, sitzt am Tisch und leckt sich die Margarine vom Finger. Auf einmal unterscheidet er sich überhaupt nicht mehr von den selbstgefälligen Jaspeeri, die gleichgültig und von der eigenen, gottgegebenen Rechtschaffenheit überzeugt, schon immer zwischen Aiah und ihrem Glück gestanden haben.

»Du verstehst das nicht«, sagt Aiah. »Du bist hier ein Angehöriger der privilegierten Klasse.«

Gils Augen blitzen. Ihm ist gerade bewusst geworden, dass er sich möglicherweise auf gefährliches Terrain begibt. »Eigentlich fühle ich mich nicht besonders privilegiert«, widerspricht er vorsichtig.

»Du bist es aber«, erwidert Aiah. »Glaub's mir. Und aus meiner unterprivilegierten Perspektive würde ich sagen, dass Veränderungen notwendig sind, egal um welchen Preis. Denn entweder man befreit die Menschen oder man befreit sie nicht und wenn man sie nicht ganz und gar befreit, hat man nichts erreicht. Was nützt es, wenn die Leute nicht frei sind?«

Es sind Constantines Ideen, aber der Zorn ist ihr eigener, denn er entspringt ihren eigenen Erfahrungen.

Gil bewegt sich vorsichtig in diesem unvertrauten Terrain. Er und Aiah haben, so unglaublich es klingen mag, noch nie über dieses grundlegende Thema gesprochen, über ihre unterschiedliche Herkunft, die unterschiedlichen Kasten und Ethnien. Aiah hat sich immer eingeredet, es würde keine Rolle spielen, und jetzt auf einmal stellt sie fest, dass es sehr wohl eine Rolle spielt und sehr wichtig ist.

Gil öffnet den Mund, zögert, spricht behutsam weiter. »Glaubst du denn«, sagt er, »dass ich dich auf irgendeine Weise schlecht behandelt habe? Dass ich dich unterdrückt oder irgendwie daran gehindert habe, frei zu sein?«

Aiahs Wut verfliegt und weicht einem Gefühl des Kummers. Er hat das Gespräch von der abstrakten Ebene weggeführt und auf zwei Menschen verlagert, die an einem Klapptisch zusammen frühstücken. Sie nimmt seine Hand. »Nein«, sagt sie. »Nein. Du bist der einzige Mann, der mich so genommen hat, wie ich bin.«

Außer Constantine. Der verräterische Gedanke lässt sich nicht unterdrücken.

Gil ist etwas verblüfft. »Ist das wahr?«

Aiah nickt. »Wenn es noch mehr Menschen gäbe wie dich, dann hätten wir weniger Probleme. Aber sogar du könntest hin und wieder mal einen neuen Blickwinkel vertragen.«

Gil lächelt. »Ich sehe es allmählich ein.«

»Du weißt ja gar nicht, was es für ein langer, ermüdender Kampf war, allein schon hierher zu kommen, in diese kleine Wohnung, die wir uns teilen. Für dich ist es normal, an diesem Punkt in deinem Leben eine Wohnung wie diese zu finden, aber für mich ist es das Ergebnis eines Kampfes, den ich schon seit Jahren führe. Und wenn ich nicht so viel Energie in den Kampf um die Dinge gesteckt hätte, die für dich selbstverständlich sind, wer weiß, wo ich dann wäre?«

Er nickt, aber Aiah ist nicht sicher, ob er sie wirklich verstanden hat. Jeder Schritt nach oben ist ein Kampf gegen ein gewaltiges Gegengewicht, gegen ihre eigene Familie, die sie zurückhalten will, gegen alle Kollegen in höheren Positionen, die mit ihrem Einfluss und ihren Privilegien Emporkömmlinge unten zu halten suchen ... ein hoffnungsloser, endloser Kampf, ermüdend und voller Frustrationen, bis sie schließlich etwas Gefährliches getan hat, das sie Gil nicht zu beichten wagt.

Sie hat ihn zu ihrem Passu gemacht, und das hat er nicht verdient.

Der Streit, falls es überhaupt einer war, wird durch ihre Müdigkeit beigelegt. Aiah ist erschöpft und Gil war wegen seiner Überstunden sowieso schon übermüdet und hat dann auch noch im Zug von Gerad schlecht geschlafen. Sie verbringen den Rest des Tages daheim und gehen nur einmal kurz hinaus, um einen Spaziergang zu machen.

Gil stellt keine Fragen über Constantine oder ihren

Nebenjob. Vielleicht will er keinen neuen Streit anfangen, aber allmählich beginnt Aiah zu glauben, dass er tatsächlich nicht sehr neugierig ist. Constantine ist so weit von den alltäglichen Realitäten entfernt, dass Gil einfach kein Interesse für ihn aufbieten kann.

Auch an das Halsband aus Elfenbein, das Aiah inzwischen sorgfältig versteckt hat, kann er sich offenbar nicht erinnern. Und selbst wenn, wahrscheinlich hätte er das unglaublich wertvolle Stück doch nur für eine Imitation gehalten.

Aiah hat angenommen, ihre Beziehung zu Constantine wäre etwas Gewaltiges und so schwer zu verbergen wie Prinz Aranax in der Badewanne, doch zu ihrem Erstaunen scheint Gil überhaupt nichts bemerkt zu haben. Sie macht sich Gedanken über ihr Leben und das Leben der anderen Menschen ... Kreise, die einander teilweise überlagern ... der Bereich, den Aiah und Gil sich teilen, macht nur einen Bruchteil ihres gesamten Lebens aus ... vielleicht einen viel kleineren Bruchteil, als Aiah sich bisher eingestanden hat. Und Constantine ist mit seinem größeren Kreis an sie herangerückt, bis er den ihren fast umschloss, doch erst jetzt nähert er sich auch dem Bereich in Aiahs Leben, den Gil als sein Reich abgesteckt hat.

Aber nein, Constantine hat nichts dergleichen getan. Constantine hat einen Bereich in Aiahs Leben aufgedeckt, von dessen Existenz bisher nicht einmal Aiah selbst etwas gewusst hat.

Du bist am schönsten, wenn du fliegst.

Aber trotzdem, Aiah kann den Bereich ihres Lebens, der sich mit Gils Leben überlappt, nach wie vor genießen. Sie verbringen den Tag mit angenehmen Dingen, reparieren die Kommunikationsanlage, lieben sich noch einmal und genießen es, und dann bringt Aiah ihn zum Zug nach Gerad und ist froh, ihn wieder los zu sein.

Sie fragt sich, ob sie ihn, wenn sie ihn das nächste Mal

sieht, durch die Gitterstäbe einer Gefängniszelle ansehen muss.

■ ■ ■

»Hier ist Miss Quelger. Bitte sagen Sie Dr. Chandros, dass mein Gast nicht mehr da ist und dass ich für die Arbeit zur Verfügung stehe, falls er mich braucht.«

Aiah wartet einen Augenblick lang und fragt sich, ob sich jemand melden wird, dann nimmt sie den Finger vom Sendeknopf. Sie verlässt die Telefonzelle und sieht am riesigen Gebäude der Behörde hinauf zu den großen Statuen, die aus den Nischen finster zu ihr herunterstarren, und zum Antennenwald, der wie eine Krone auf dem Gebäude sitzt. Plasmabotschaften erscheinen am Himmel, aber keine ist an sie gerichtet.

Sie hat eine Nummer gewählt, die Constantine sie hat auswendig lernen lassen, falls sie ihm etwas Wichtiges zu sagen hat. Sie sollte in jedem Fall ein öffentliches Telefon benutzen und keinen Rückruf erwarten.

Vor dem Gebäude der Behörde ist ein Unfall passiert, zwei Personenwagen und ein umgekippter Viehtransporter. Verstörte Miniaturrinder, kaum größer als Schafe, rennen zwischen den Fahrzeugen herum. Verwirrte Polizisten der Behörde wandern ziellos hin und her und fragen sich, ob sie sich irgendwie nützlich machen können. Aiah überlegt, ob ein solcher Unfall für Constantines Coup eine nützliche Ablenkung bieten könnte, weil er die Sicherheitskräfte aus ihren Quartieren in die Öffentlichkeit lockt, wo sie leichter angegriffen werden können.

Seltsam, aber solche Gedankengänge kommen ihr überhaupt nicht mehr abwegig vor.

Als sie das Büro betritt, will Tella sofort wissen, wie das Wochenende mit ihrem Arbeitgeber verlaufen ist. Aiah hat sich längst eine passende Geschichte zurechtgelegt.

»Bobo hat sich an mich herangemacht«, sagt Aiah, als

sie sich an den Schreibtisch setzt. Tellas Augen funkeln begeistert. »Aber ich habe nein gesagt«, fährt Aiah fort und Tella macht ein enttäuschtes Gesicht.

»Warum denn?«, fragt sie. »Es hat doch so vielversprechend begonnen.«

Aiah schaltet ihren Computer ein. Sie muss ein paar Minuten warten, bis er sich aufgewärmt hat. »Hättest du denn ja gesagt?«, fragt sie zurück.

»Wir reden doch nicht über mich«, erwidert Tella. »Warum hast du ihn abgewiesen?«

Aiah setzt den Kopfhörer auf, lächelt und gibt eine Weisheit ihrer Großmutter zum Besten. »Wenn er es wirklich ernst meint, dann lässt er sich durch ein einfaches Nein nicht abhalten.«

Tella denkt darüber nach und muss schließlich einräumen, dass da etwas dran ist. »Na ja«, meint sie, »jedenfalls musst du mir unbedingt erzählen, wie es sich weiterentwickelt.«

»Natürlich«, sagt Aiah. Der Geschmack der Lüge auf ihrer Zunge ist einfach köstlich.

■ ■ ■

Aiah freut sich, als sie am Ende ihrer Schicht den Elton sieht. Constantine wartet im Wagen, durch die hochgefahrene Scheibe vom Fahrer und dem Leibwächter abgeschirmt. Eine gekühlte Flasche Wein, Früchte und Blumen in handgeschliffenen Vasen erwarten sie. Constantine sitzt ganz hinten in der Ecke. Er trägt seine schwarze Lederjacke und nickt wortlos, als Aiah einsteigt. Sein undurchschaubarer Gesichtsausdruck jagt ihr kleine ängstliche Schauder über die Haut.

»Ist gestern mit deinem Freund alles gut verlaufen?«, fragt er.

»Ja«, sagt sie. »Keine Probleme.«

»Das ist gut. Ich wollte mich nicht zwischen euch drängen«, sagt er. Und dann, als ihm bewusst wird, wie banal und unglaubwürdig die Bemerkung geklungen hat, fügt er hinzu: »Jedenfalls nicht ohne Einladung.«

Sie reagiert auf das heimliche Strahlen in seinen Augen und nimmt seine Hand. Er seufzt, dreht sich etwas herum und sieht nervös nach vorn. »Sorya ist wieder da«, sagt er. »Sie ist in den Mage Towers.«

Die Eröffnung verschlägt Aiah die Sprache. Sie braucht eine Weile, bis sie etwas sagen kann.

»Ach.« Schon wieder nichts sagende Worte. »Ich verstehe.«

Constantine ist in sich zusammengesunken und sitzt in der Ecke wie ein Häufchen Elend. »Ich kann es mir nicht erlauben, die Sache in Caraqui ohne sie anzugehen. Sie ist zu wertvoll. Ich brauche ...« – er leckt sich die Lippen, sieht sie an. »Ich brauche jeden.«

Aiah findet schließlich im Unwetter, das in ihr tobt, doch noch ein paar Worte. »Und wozu brauchst du *mich*?«

Er überlegt einen Augenblick lang, ehe er antwortet. »Ich glaube, ich kann nicht mehr tun, als dich um Geduld zu bitten.«

»Nun ...« Unsicher bricht sie ab.

»Aber trotzdem ...« Er sieht sie amüsiert an und nimmt ihre Hand. »Ich habe Khoriak eine Suite im Landmark Hotel reservieren lassen, falls du nach alledem noch bereit bist, etwas Zeit mit mir zu verbringen. Falls nicht, hätte ich allerdings Verständnis dafür.«

Aiah ist für einen Augenblick in Versuchung, schallend zu lachen. Also liegt die Entscheidung bei ihr.

»Oh«, sagt sie schließlich, »warum eigentlich nicht?«

■ ■ ■

Einige Sicherungsvorkehrungen sind nötig, um Constantines Anonymität zu garantieren, aber danach ist alles in Ordnung. Die Wände sind weiß, der Teppich dick und weich, und das Bettzeug besteht aus blauer

Seide. Zur Erfrischung gibt es Scheiben von Blutorangen, die im Dachgarten des Hotels angebaut werden. Sie liegen geschmackvoll angeordnet auf einem silbernen Servierteller und sind mit Schokolade bestreut.

Aiah leckt sich den Saft von den Fingern. »Seit der Zeit, als Sex hauptsächlich im Treppenhaus stattgefunden hat, haben sich die Dinge entscheidend verbessert«, sagt sie.

Constantine scheint entsetzt. »Warum hast du das überhaupt getan?«, fragt er.

»Dort, wo ich aufgewachsen bin, gab es keine Möglichkeit, sich wirklich zurückzuziehen«, erklärt Aiah. »Die Treppenhäuser waren so abgeschieden, wie es überhaupt möglich war.«

»Und das Dach?«

»Dort waren mit Zäunen gesicherte Privatgärten, und wir hatten keinen Schlüssel. Der einzige zugängliche Ort war ein Altar, wo eine Hexe Kerzen verbrannt und Tauben geopfert hat. Manche sind dort hingegangen, aber wir wollten nicht.«

Er sieht sie stirnrunzelnd an. »Hat der Sex im Treppenhaus denn überhaupt Spaß gemacht?«

Aiah ist in Versuchung, schallend zu lachen. Constantine erweist sich in manchen Dingen als erstaunlich naiv. »Nicht besonders«, sagt sie. »Wir mussten uns beeilen, weil wir jederzeit gestört werden konnten, und das Balancieren auf dem Geländer war gar nicht so einfach. Deshalb wurden manche der Mädchen damals ›Treppenturnerinnen‹ genannt.« Sie lächelt, als die Erinnerungen zurückkehren. »Ich hatte es schon fast vergessen.«

»Warum hast du es dann überhaupt gemacht?«

Aiah lacht – nicht über die Frage, sondern über den ernsten Ton, in dem Constantine sie gestellt hat. »Ich wollte einen bestimmten Jungen haben, und dies war die einzige Möglichkeit, ihn zu kriegen. Außerdem war es wie ein Juckreiz, bei dem man kratzen muss, selbst wenn man nicht besonders gut gekratzt wird. Aber was soll's, arme Leute sind daran gewöhnt, dass man sie um ihre kleinen Freuden betrügt. Sie nehmen, was sie bekommen und wann immer sie es kriegen können. Und Sex ist etwas, das man immer tun kann, ob man nun Geld hat oder nicht.«

»Was ist aus dem Jungen geworden?«

»Er hat ein anderes Mädchen gefunden. Eine Freundin mit einem Job, die ihr Geld für ihn ausgeben konnte. Sie hat es ihn ohne Schutz machen lassen, weil es ihm so lieber war, und sie ist natürlich schwanger geworden. Sie waren sechs Monate oder so verheiratet, und dann ist das Leben weitergegangen.«

Constantine streichelt ihre Wange mit einer Hand, die nach Sex und Orangen riecht. »Das kleine Mädchen, die kleine Aiah, tut mir Leid«, sagt er. »Hat es ihr das Herz gebrochen?«

»Nein. Ich habe ja bekommen, was ich wollte.«

»Und was war das?«

»Ein paar Lektionen fürs Leben. Und Anerkennung hat es mir gebracht, denn er war ein sehr beliebter Junge. Ich sollte vielleicht noch sagen, dass ich eine Einzelgängerin war. Die anderen Kinder waren nie sicher, ob sie mich mochten oder nicht. Ich hatte ein Stipendium für eine teure Privatschule gewonnen und war deshalb verdächtig. Aber dadurch, dass ich diesen Jungen kriegen konnte, gehörte ich wieder dazu.« Sie lächelt. »Allerdings habe ich ihn nicht zum Geheimversteck geführt, deshalb konnte ich ihn nicht lieben.«

»Das Geheimversteck?« Constantine lächelt. »Reden wir jetzt über Anatomie oder über Geographie?«

Aiah nimmt sich lachend eine Orangenscheibe. »Geographie«, sagt sie und leckt die Schokolade ab. »Das Geheimversteck war ein alter Tempel in Old Shorings. Ein kleiner Tempel auf einem winzigen Grundstück, umgeben von riesigen Wohnblocks. Er wurde geschlossen, als die Gegend an die Barkazil gefallen ist. Ich weiß nicht einmal, welcher Unsterbliche dort verehrt worden ist. Aber es war ein erstaunlicher Ort – grauer Stein mit komplizierten Gravierungen, Ornamente mit Bäumen, Blättern, Vögeln, Blumen, Ungeheuern und Engeln … und als er geschlossen wurde, hat man ihn mit beeindruckenden Stahltüren und Blenden gesichert. Aber als ich klein war, wusste ich ganz genau, dass dort drinnen noch Einiges vor sich ging und dass irgendjemand oder irgendetwas dort lebte. Geister, Vampire, die Verdrehten und Gehenkten … ich wusste einfach, dass dort jemand sein musste, weil die Leute aus der Gegend nach wie vor kleine Opfer vor die Türen legten, Reis oder Bohnen oder Münzen. Und sie haben ihre Wünsche auf Papierstreifen geschrieben und unter der Tür durchgeschoben und derjenige, der dort lebte, hat sie erfüllt.«

Aiah schaut Constantine an. Während sie erzählt, kommen immer mehr Erinnerungen. »Damals, als ich noch klein war, habe ich mir die Magie auf diese Weise vorgestellt. Ich habe immer geglaubt, wenn ich mal jemanden wirklich lieben würde, dann würde ich mit ihm zum Tempel gehen, und wir würden Reis streuen, und unseren Wunsch auf einem Zettel unter der Tür durchschieben und er würde erfüllt werden.«

»Was hast du dir denn gewünscht?«

»Es waren ganz unterschiedliche Wünsche, aber meistens ging es darum, den Tempel für eine ganze Schicht für uns allein zu haben. Das war der größte Wunsch, den ich mir überhaupt vorstellen konnte – endlich einmal wirklich eine Tür hinter mir schließen zu können.« Aiah isst das Orangenstück und kostet nicht nur das Obst, sondern auch die Erinnerungen aus.

»Bist du mal mit jemandem hingegangen?«, fragt Constantine.

Aiah schüttelt mit vollem Mund wortlos den Kopf.

»Nicht einmal mit deinem Gil?«

Sie schüttelt noch einmal den Kopf. Constantine berührt leicht ihre Wange.

»Dann tut mir das kleine Mädchen immer noch Leid.«

»Keine Sorge«, sagt Aiah. »Es geht ihr ganz gut.«

Er nickt, aber sie sieht, dass er sich immer noch Gedanken macht. Sie stößt ihn mit einem Knöchel an. »Und du?«, fragt sie. »Ich nehme an, du hattest noch nie Sex im Treppenhaus?«

»Nein. Ich dachte eigentlich, ich hätte eine ziemlich umfassende Ausbildung genossen, aber diesen Aspekt hat man offensichtlich übersehen.« Er runzelt die Stirn, macht sich über eine weitere Orangenscheibe her. »Mein Onkel hat mir eins seiner Mädchen gegeben, eins der jüngeren. Es gab eine ganze Truppe dieser Mädchen, die in der ganzen Familie rotiert sind. Einige sind eine Zeit lang durch mein Bett rotiert.« Er kaut nachdenklich das Orangenstück. »Das hatte einen politischen Hintergrund, den ich erst später richtig verstanden habe. Wenn du mit fünfzehn alles gesehen hast, was du dir nur vorstellen kannst, ist es später, wenn du Macht hast, sehr unwahrscheinlich, dass man dich mit Sex manipulieren kann.«

»Dann muss ich mir unbedingt vornehmen, es gar nicht erst zu versuchen.«

Er sieht sie schief an und steckt sich das nächste Stück Orange in den Mund. »Wie schade. Es wäre sicher nett gewesen.«

Sie lächelt und streicht mit der Hand über den blauen Samt zwischen ihnen. »Und was jetzt?«, fragt sie.

»Was jetzt? Ich bringe dich nach Hause, wenn du willst. Ich hoffe allerdings, es ist noch nicht ganz so weit. Ich beginne mich gerade hier einzuleben.«

»Und dann? Wie soll es weitergehen? Treffen wir uns weiter in Hotelzimmern?«

Constantine schluckt die Orange hinunter, tupft sich

die Finger ab und richtet sich etwas auf. »Was als Nächstes kommt«, sagt er, »hängt vor allem davon ab, was Miss Aiah will.«

Frustriert schüttelt sie den Kopf. »Warum muss ich immer alles entscheiden?«

Constantine kommt ihr einen Augenblick lang uralt vor. Er sieht sie mit den kühlen, wissenden Augen eines alten Mannes an. »Weil du diejenige bist, die leichter verletzt wird«, sagt er.

Aiahs Mund ist trocken. »Ich bin nicht so leicht zu beschädigen«, sagt sie.

»Was willst du?«, fragt Constantine. »Willst du mit mir etwas Zeit verbringen, solange du Lust dazu hast, und dann in dein Leben im schwarzen Turm zurückkehren? Das kannst du haben. Oder willst du alles aufs Spiel setzen und mir nach Caraqui folgen? Diese Entscheidung kann ich dir nicht abnehmen und du musst sie in den nächsten Tagen treffen.«

Aiah ist überrascht, dass Constantines Pläne schon so weit gediehen sind. »Nehmen wir an, ich komme mit dir nach Caraqui«, sagt Aiah vorsichtig. »Gibt es dort einen Platz für mich?«

»Einen Platz in der neuen Stadt? Natürlich. Einen Platz bei mir?« Er runzelt die Stirn und richtet den finsteren Blick zur Decke. »Zu viel hängt von Zufällen ab.«

»Welche Zufälle meinst du? Wirst du Sorya nach dem Coup noch brauchen?«

»Vielleicht.« Er sinkt in sich zusammen und wirkt so unglücklich, dass Aiah ihn am liebsten trösten würde. »Ich werde sowieso kaum Zeit für sie oder für dich haben ...« Er sieht sie an, und seine Augen scheinen schmerzerfüllt. »Ich kann dir nichts versprechen, was die Entwicklung in Caraqui angeht, nichts außer einem Job in einer Regierungsbehörde. Ich benutze dich und das ist verabscheuungswürdig und eines Tages wirst du mich dafür hassen.«

»Ich sehe nicht, dass du mich mehr benutzt als ich dich.«

Constantine blickt sie mit brennenden Augen an. »Du bist jung«, sagt er.

Aiah errötet. *Ich bin nicht deine Passu!*, denkt sie wütend und wendet sich ab. Auf einmal schmeckt die Orange bitter.

»Ich weiß nicht, was ich will«, gibt sie schließlich zu. »Ich wollte Sicherheit – Geld auf der Bank und nicht mehr kämpfen müssen. Weiter habe ich nie gedacht. Aber jetzt hast du mir die Sicherheit gegeben und so viele andere Dinge dazu, dass ich fürchten muss, ich werde zu gierig.«

Er beugt sich über sie und küsst sie auf die nackte Schulter. »Du kannst dir von mir nehmen, was du willst, solange wir noch Zeit haben«, sagt er.

Sie sieht ihn an. »Ich sagte dir gerade, dass ich gierig werde«, erinnert sie ihn.

Constantines Lächeln zeigt, dass er über ihre Antwort erfreut ist. »Nimm dir, was du willst«, sagt er. »Ich an deiner Stelle hätte keine Hemmungen.«

■ ■ ■

Als sie nach Hause kommt, warten im reparierten Kommunikationsgerät mehrere Nachrichten von Stonn. Ein weiterer Anruf von ihm geht ein, als sie frühstückt.

»Was du da gemacht hast, war ziemlich gut«, sagt er.

Die Müdigkeit senkt sich über Aiah wie ein warmer Regen. »Wirklich? Was habe ich denn gemacht?«

»Dass du dich um Guvag gekümmert hast. Die Sache kam sogar im Video, stell dir vor. Er musste wegen der Verbrennungen ins Krankenhaus. Der wird ziemlich lange niemanden mehr ärgern.«

»Wie kommst du auf die Idee, ich wäre dafür verantwortlich?«

»Hör doch auf, Aiah. Du hast gesagt, du würdest dich um ihn kümmern, und das hast du gemacht.«

»Wer sagt, dass ich es war? Er hat viele Feinde.«

Stonn lacht. »Was du nicht sagst. Jedenfalls weiß ich eine Möglichkeit, etwas Geld zu verdienen.«

»Nein.« Keine Erklärungen, schlicht und einfach ein klares Nein.

»Wer Zugang zu so viel Plasma hat, könnte … ich meine, wir könnten es …«

»Nein. Ich kann nicht.«

»Hör doch zu …«

»Ich kann nicht!« Kaffee schwappt aus ihrer Tasse, als sie die flache Hand auf den Tisch knallt.

Es gibt ein kurzes, enttäuschtes Schweigen. »Du treibst Handel mit dem Zeug«, sagt Stonn. »Nur so kann man sich das erklären. Und jetzt willst du dein *Chonah* nicht mit deiner Familie teilen.«

»Stonn …« Sie sucht nach den richtigen Worten. *Du bringst mich noch ins Gefängnis* … das wären die richtigen Worte gewesen, doch sie würden zu einem Streit führen, den sie im Augenblick lieber vermeiden will.

»Es gibt nichts umsonst«, sagt sie. »Ich habe kein eigenes Plasma. Wenn ich überhaupt etwas erreicht habe, dann nur, weil jemand mir einen Gefallen getan hat. Und jetzt muss ich mich mit Gefälligkeiten erkenntlich zeigen, falls du verstehst, was ich meine.«

»Dann tu dem Mann doch einen Gefallen«, sagt Stonn. »Stell ihn mir vor. Ich weiß eine großartige Gelegenheit für ihn.«

»Das geht nicht.«

»Wer ist der Kerl überhaupt?«

Aiah reibt sich die schmerzende Stirn. »Stonn«, sagt sie, »es tut mir Leid, aber daraus wird nichts.«

Stonns Stimme klingt beinah hasserfüllt. »Also gut«, sagt er. »Dann behältst du eben alles für dich und deine Familie bekommt überhaupt nichts.«

»Ich kann dir nicht helfen«, sagt Aiah. »Ich würde es tun, wenn ich könnte.«

Stonn legt auf, bevor Aiah ganz ausgesprochen hat. Sie hängt den Kopfhörer auf den Haken.

Jetzt hat sie ihre Familie zu Passus gemacht. Sie hat sie angelogen, wie sie alle anderen angelogen hat. Sie fragt sich, was passieren wird, wenn die Lügen sich gegenseitig einholen – wenn Gil mit jemandem in der Familie über Constantine spricht oder wenn Rohder etwas über Bobo und Momo hört …

Kümmere dich darum, wenn es so weit ist, sagt sie sich müde. Mehr kann sie ohnehin nicht tun.

■ ■ ■

Tellas Kind schreit ohne ersichtlichen Grund – alle üblichen denkbaren Ursachen wurden überprüft und verworfen – und derart laut, dass Aiah die Nachrichtenkapsel nicht in den Auffangkorb fallen hört. Auf einmal sieht sie hoch und das Ding ist da und sie fragt sich wie lange schon. Die mit blauem Stift geschriebene Nachricht ist mit »Rohder« unterzeichnet. Er will sie sofort sprechen.

Ein kalter Hauch streicht ihr über den Nacken.

Aiah weiß nicht, ob Rohder befugt ist, ihr Anweisungen zu erteilen. Er ist nicht ihr unmittelbarer Vorgesetzter, aber sein Rang ist so hoch, dass er möglicherweise diese Befugnisse hat, auch ohne dass es ihr ausdrücklich gesagt wurde. Sie ruft die Disposition an und meldet sich für die Besprechung ab. Die Schreie des Kleinkinds sind so laut, dass sie die Antwort des Disponenten kaum verstehen kann.

Sie geht zu den Aufzügen des Gebäudes. Die eigenartige fließende Bewegung nach oben bringt ihren Magen in Aufruhr.

Rohder residiert im 106. Stock, der gerade umgebaut wird – Wände werden herausgerissen oder durchgebrochen, Ziegelsteine und Betonklötze liegen in Stapeln bereit, die Einrichtung ist mit Plastikplanen verhüllt und an den Wänden sind Gerüste aufgebaut. Trotz der Unordnung ist das Knirschen des Staubs unter den Schuhen das einzige Geräusch, das Aiah hört. Es ist, als wären die Arbeiten schon vor längerer Zeit unterbrochen worden.

Auch wenn Rohder eigentlich keine klare Aufgabe mehr hat, er ist immer noch angesehen genug, um ein Eckbüro zu bekommen. Auf dem Schreibtisch und dem Stuhl der Empfangsdame liegt eine unberührte Staubschicht, die Tür zum Nachbarzimmer steht offen. Aiah riecht Rohders Zigarettenrauch, bevor sie das Büro betritt.

Riesige Statuen, glänzende Bronzefiguren von Menschen mit Adlernasen und mindestens zehn Stockwerke hoch, sind in die Ecken des Gebäudes eingesetzt und starren mit Schlitzaugen auf die Stadt hinunter. Die Figuren sollen die Engel der Kraft darstellen oder so etwas. Die Fenster von Rohders Büro erlauben einen prächtigen Ausblick auf die Profile zweier dieser Statuen. Rohder, ein vergleichsweise unscheinbarer Mann, sitzt hinter einem riesigen Schreibtisch. Vorn ist auf einer Bronzetafel ein symbolisches Strahlenbündel abgebildet, dessen Pracht Rohder eher verblassen lässt als seine Bedeutung zu unterstreichen. Er sieht aus, als würde er immer noch denselben schlecht sitzenden grauen Anzug tragen, den er bei der ersten Begegnung mit Aiah getragen hat. Und natürlich hängt eine Zigarette in seinem Mundwinkel.

Mit wässrigen blauen Augen schaut er zu ihr auf und braucht einen Augenblick, um sie zu erkennen. Dann nickt er, steht auf und wischt Zigarettenasche von der Halskrause. »Anscheinend haben Sie ja den Weg durch das gefunden, was früher meine Abteilung war«, sagt er. »Sie wollen mich sprechen?«

»Ich möchte mich mit Ihnen über den Terminal unterhalten.«

Die alte Toilette ist zugemauert, beruhigt Aiah sich. Die Anlage wird jetzt angezapft und selbst wenn Rohder etwas findet, stößt er nicht auf ein riesiges, unerschlossenes Potenzial. Er wird nicht mehr beweisen können, dass die Energiequelle nicht schon vor langer Zeit erschlossen und ordnungsgemäß registriert worden ist.

Kein Grund, sich Sorgen zu machen, denkt Aiah. Doch als sie sich dem Mann weiter nähert, spürt sie Insektenbeine über ihren Bauch trippeln.

Rohders Teppich ist mit Plastikfolie bedeckt, die unter Aiahs Absätzen knistert. In einer Ecke steht ein großer Polsterstuhl mit einem in die Lehne eingearbeiteten kupfernen Handsender. Er hat also hier, in einem Büro, das in zwei Himmelsrichtungen Fenster besitzt, direkten Zugang zum Plasma.

Auf seinem Schreibtisch liegen Karten, erkennt sie jetzt. Die Ecken sind jeweils mit einem randvollen Aschenbecher festgeklemmt. Sie kennt die Karten sehr genau.

»Wie sind Sie eigentlich in die alte Pneumastation hinuntergekommen?«, will Rohder wissen.

»Es ist gefährlich da unten«, erwidert Aiah. »Wenn Sie möchten, kann ich Sie führen.«

»Ah.« Rohders Hände durchforschen abwesend die Jackentaschen, finden keine Zigaretten und entdecken sie etwas später in einer Schublade. »Nun, das ist freundlich von Ihnen, aber ich dachte, ich kann es mithilfe der Telepräsenz auch von hier aus erledigen.«

Die Angst kriecht Aiahs Rücken hinauf. »Oh«, macht sie.

Rohder zündet sich die nächste Zigarette am Stummel der letzten an. Sein gerötetes Gesicht und die babyblauen Augen bilden einen seltsamen Kontrast zum faltigen Gesicht, in dem dank des Schildlichts, das durch die großen Fenster hereinfällt, jede Falte überdeutlich hervortritt.

Letzten Endes kommt alles nur darauf an, wie gut Rohder ist, denkt Aiah. Wenn er die Umrisse der alten Plastikfabrik findet, kann er sich eine eigene Karte zeichnen – aber nur wenn er gut genug ist, um seine Anima durch feste Materie zu projizieren. In dieser schwierigen Kunst hat Aiah noch keine praktischen Erfahrungen, aber was sie weiß, ist schon in der Theorie beängstigend genug. Man muss dazu einen ganz eigenen Sinnesapparat entwickeln und auf eine Weise empfinden, wie es ein Mensch normalerweise nicht vermag. Man muss Unterschiede in der Dichte der Materie spüren, man muss Ziegel von Fels und Stahl unterscheiden, all dies in Wissen umsetzen und natürlich navigieren, ohne sich zu verirren …

Aber Rohder ist wirklich gut. Mengene sagte, er sei ein echter Magier. Aiah greift in die Rüschen auf ihrem Handgelenk, um das Zittern zu unterdrücken.

»Äh …«, macht Rohder. »Wo genau muss ich eigentlich nachsehen?«

Aiah beugt sich vor und betrachtet die Karten. Sie versucht, ihren Weg nachzuzeichnen und setzt einen Finger energisch auf die Karte, damit man nicht sieht, wie unsicher sie ist. »Hier«, sagt sie. »An der Südseite der Straße. An die Hausnummer kann ich mich nicht erinnern.«

Rohder verzieht das Gesicht. »Aber es gibt einen öffentlichen Zugang?«

Die Gesetze sind sehr streng, wenn es darum geht, die Anima in den ›privaten und persönlichen Bereich‹, anderer Menschen zu schicken. Dazu sind mehrere, schwierig zu erlangende Genehmigungen erforderlich. In öffentlichen Bereichen, womit Flure, Treppen und Gänge in einem Wohnhaus gemeint sind, darf Rohder sich allerdings frei bewegen.

»Ich bin mir über die Details nicht völlig im Klaren«,

sagt Aiah, »aber ich glaube, es ist ein öffentlicher Bereich.«

Rohder zieht an der Zigarette und betrachtet niedergeschlagen die Karte. »Vielleicht wäre es einfacher, wenn ich den Bezirk auf dem Luftweg angehe. Große Plasmakonzentrationen kann man leicht zum Ursprung zurückverfolgen.«

»Aber kann man damit überhaupt etwas finden?«, fragt Aiah. »Wie viele tausend Menschen benutzen in einem beliebigen Augenblick Plasma auf völlig legale Weise?«

»In so einem Viertel?«, überlegt Rohder. »Dort dürften nur sehr wenige Menschen Plasma in großen Mengen benutzen. Es ist ein Arbeiterviertel, in dem es kaum heimische Industrie gibt.«

Und vor allem, denkt Aiah, gibt es dort garantiert nicht viele Leute, die Plasma aus Sendeantennen abstrahlen, die hinter Reklametafeln versteckt sind. Sie spürt, wie sich der Angstschweiß in ihrem Nacken sammelt.

»Brauchen Sie sonst noch etwas?«, fragt sie.

»Hmm?« Er hängt schon wieder seinen eigenen Gedanken nach. »Nein«, sagt er. »Ich glaube nicht. Vielen Dank.«

Aiah geht hinaus, die Füße knirschen im Betonstaub. Sie spielt mit dem Gedanken, zur Lobby zu laufen und die Nummer anzurufen, die Constantine ihr für Notfälle gegeben hat, damit sie Dr. Chandros eine Nachricht hinterlassen kann.

Aber dann fährt ihr ein eiskalter Schrecken durch die Glieder, als ihr bewusst wird, dass dies möglicherweise keine sehr gute Idee wäre. Vielleicht wird sie ja schon längst beobachtet. Die Schnüffler von der Fahndungsabteilung der Behörde sind ihr womöglich längst auf den Fersen, entweder persönlich oder mithilfe einer Anima. Vielleicht war das Gespräch mit Rohder nur ein Trick, damit sie in Panik gerät und etwas Dummes tut.

Sie kehrt ins Büro zurück, nach und nach kühlt der Schweiß auf ihrer Stirn ab. Irgendwie schafft sie es, den Tag zu überstehen.

Der Aufzug, mit dem sie nach Dienstschluss nach unten fährt, kommt ihr heiß und stickig vor. Er scheint eine Ewigkeit zu brauchen, bis er im Erdgeschoss ankommt. Nachdem sie so schnell sie es wagte aus dem Gebäude gelaufen ist, muss sie einige qualvolle Minuten am Bordstein herumstehen, weil der Wagen noch nicht da ist. Als der Elton endlich kommt, wartet sie nicht, bis Martinus ihr die Tür aufhält, sondern steigt rasch ein und sitzt dem erschrockenen Constantine gegenüber. Im Wagen können sie ungestört reden, denn die Limousine hat einen Bronzekollektor, der die Anima etwaiger Eindringlinge auflösen kann.

»Die Behörde will im Bereich des Terminals eine Fahndung nach Plasmadieben durchführen«, berichtet Aiah. »Du musst die Fabrik schließen.«

Constantine runzelt die Stirn. »Was für eine Fahndung?«

Der Wagen beschleunigt stark, Aiah schwankt einen Augenblick auf dem Sitz.

»Eine Anima-Suche«, erklärt sie. »Aus der Luft, um nach großen Plasmaströmen zu suchen, und unterirdisch, um noch nicht erschlossene Quellen zu finden. Ich habe es gerade erst erfahren.«

»Wann wird das passieren?«

Aiah zögert. »Wer weiß?«, antwortet sie. »Höchstwahrscheinlich schon morgen, aber sie könnten auch schon begonnen haben. Starke Plasmaströme fallen in der zweiten Schicht stärker auf als in der ersten. Und wenn du das Plasma vom Dach aus sendest …«

»Such mir ein öffentliches Telefon«, sagt Constantine zu Martinus.

Er ruft die Fabrik an und sagt den Leuten, sie sollen die Arbeiten einstellen und sich zu einer Krisensitzung in den Mage Towers treffen.

■ ■ ■

Als der Wagen zu den Mage Towers rast, überlegt Aiah sich, ob sie Constantine erklären soll, dass die Fahndung nicht unbedingt jeden Schnüffler in ganz Jaspeer einbezieht, sondern höchstwahrscheinlich nur von einem einzigen alten Mann im Alleingang betrieben wird.

Aber sie weiß genau, was dann passieren würde, und hält den Mund.

Sie folgt Constantine in seine Wohnung, der breite Rücken ragt vor ihr auf wie eine mit Leder verkleidete Wand. Er bewegt sich mit höchster Geschwindigkeit, der ganze Körper bringt seine Anspannung zum Ausdruck, die langen Beine tragen ihn mit großen Schritten über den Teppich. Aiah hört Soryas Worte – »Was, zum Teufel …« –, noch bevor sie die Frau selbst sieht. Sie steht am Fuß der Wendeltreppe, tippt mit einer Stiefelspitze nervös auf die unterste Stufe und zielt mit der Zigarette zur Decke, als hätte sie eine Waffe gezogen. Sie scheint halb wütend und halb beunruhigt und würdigt Aiah keines Blickes. Geymard der Soldat ist bei ihr, außerdem ein kleiner Mann mit einer Brille, den Aiah nicht kennt.

»Die Behörde«, sagt Constantine, während er, immer drei Stufen auf einmal nehmend, die Treppe hinaufläuft. Aiah hält sich dicht hinter ihm, Sorya folgt als Dritte, dann kommen Geymard, Martinus und die anderen. Im Kontrollraum dreht Constantine sich geschmeidig wie ein Tänzer herum, richtet die brennenden Augen auf Aiah und sagt: »Erklären Sie es.«

Aiah verrät so viel, wie sie zu sagen wagt. Eine größere Aufmerksamkeit wurde ihr noch nie von Zuhörern entgegengebracht als von diesem Halbkreis von gespannten, konzentrierten Gesichtern.

»Wie lange wird es dauern?«, fragt Sorya. Aiah bekommt eine Gänsehaut, als sie den Ausdruck in Soryas grünen Augen erkennt.

»Ich weiß es nicht«, erwidert Aiah.

Sorya wendet sich an Constantine. »Obvertag ist heute beim Frühstück zu uns übergelaufen, damit haben wir auch die Marinebrigade auf unserer Seite. Aber wenn wir zu lange warten, könnte er Angst bekommen und es sich wieder anders überlegen.«

»Wir werden den Plan nicht umstoßen«, entscheidet Constantine. »Nicht wenn es nicht unbedingt nötig ist. Die weiteren Arbeiten mit dem Plasma«, er wendet sich an den Mann mit der Brille, »können auch von hier aus erledigt werden. Das wird teuer, aber ...« Er zuckt die Achseln. »Das lässt sich in dieser Situation wohl nicht vermeiden.«

Der Mann nickt eifrig. »In Ordnung«, sagt er.

Sorya und Constantine überlegen sich verschiedene Pläne, um die Arbeiten in der Fabrik fortzusetzen und Aiah lässt die Seifenblasen der Reihe nach platzen.

»Wenn die Behörde nicht genau hinschaut, passieren viele Dinge«, erklärt Aiah schließlich. »Es gibt eine Million Löcher im Netz. Aber wenn irgendetwas ihre Aufmerksamkeit erregt, dann sind sie – wir – nicht aufzuhalten.« Sie seufzt. »Wir sind in dieser Hinsicht sehr gründlich.«

Sorya staucht die Zigarette in den Aschenbecher. »Was können wir dann tun? Die ganze Sache abblasen?«

»Unmöglich«, murmelt Constantine.

»Findet einen Plasmadieb«, sagt Aiah. »Einen möglichst großen aus der Nachbarschaft. Wir verpacken ihn mit Geschenkband und liefern ihn mit besten Grüßen der Behörde aus.«

Aiah ist zufrieden, dass sie wieder die ungeteilte Aufmerksamkeit der Zuhörer genießt.

»Aber wen nehmen wir?«, fragt Constantine.

»Jemanden aus der Operation«, erklärt Aiah. »Einen Straßencapo oder einen höheren Mitarbeiter. Einen Colonel oder einen General, wenn wir einen finden können. Oder die Jaspeeri Nation. Oder eine erstklassige Hexe oder vielleicht auch einen Priester, der ein paar Nebengeschäfte macht. Egal.« Sie zuckt die Achseln. »Aber wir müssen ihnen jemanden liefern.«

Es entsteht ein kurzes, angespanntes Schweigen, einer schaut den anderen an. Schließlich beginnt Constantine schallend zu lachen. »Also gut«, sagt er. »Die nächste Herausforderung.«

Sorya verzieht empört das Gesicht. »Dann sollen wir jetzt alles stehen und liegen lassen und die Arbeit der Behörde erledigen?«

»Nicht alles«, gibt Constantine zurück. »Wir müssen eine Einsatzgruppe rings um Miss Aiah bilden, die anderen machen weiter wie gehabt.«

»Ich werde versuchen, die Behörde zu bewegen, mich für die Fahndung einzuteilen«, sagt Aiah. »Dann kann ich sie auf die Art und Weise steuern, wie wir es für richtig halten.«

»Natürlich müssen wir vorher klären, was wir für richtig halten«, sagt Sorya.

Wieder ein kurzes Schweigen. »Wie finden wir das Zielobjekt?«, fragt Geymard. Die Frage klingt sehr militärisch.

»Man muss wissen, was man suchen muss«, erwidert Aiah. »Ich bin in einer sehr ähnlichen Gegend aufgewachsen. Lassen Sie mich einen Augenblick überlegen.«

Sie sucht in ihren Erinnerungen, während der Halbkreis gespannter Gesichter sie beobachtet. Sie versucht sich an den Terminal zu erinnern, an das Pochen der Musik, an den Duft von Essen, das stark mit Cumino gewürzt war, an die Geschäfte, die sich unter den Gerüsten drängten, an den kleinen alten Mann, der ihr ein billiges Trigramm von einem wackligen Tisch verkauft hat …

»Welchen Tag haben wir heute?«, fragt sie schließlich. »Dienstag? Mittwoch war in meinem Viertel immer Zahltag. Ich frage mich, ob das auch am Terminal so ist.«

»Was meinen Sie mit Zahltag?«, fragt der Mann mit der Brille.

»Es ist der Tag, an dem die illegalen Geschäfte ihre Schutzgelder abliefern«, erklärt Aiah. »Beispielsweise die kleinen Geschäfte unter den Gerüsten. Was glauben Sie denn, wie viele von denen eine Genehmigung haben und Steuern zahlen? Und selbst wenn, würde die Polizei sie schützen? Nein. Sie zahlen an die Eintreiber, die das Geld bei den Straßencapos abliefern. Die Straßencapos kümmern sich um die Polizei und geben den Rest an die Colonels und Generäle weiter. Wenn wir dem Geld folgen, wissen wir, wer die Macht hat.«

»Woher sollen wir wissen, ob das wirklich am Mittwoch passiert?«, fragt Sorya.

Aiah zuckt die Achseln. »Wenn jemand eine bessere Idee hat …«

Schweigen. Sorya fischt eine neue Zigarette aus dem goldenen Etui.

»Es gibt noch weitere Dinge, auf die man achten muss«, fährt Aiah fort. »Normale Bürogebäude, die ungewöhnlich gut bewacht sind – Außenkameras und so weiter. Türsteher, die aussehen, als wären sie in Wirklichkeit Leibwächter. Das Gleiche gilt auch für Wohnblocks, aber bei manchen Bauten am Terminal kann man suchen, bis man schwarz wird, es muss dort über tausend Wohneinheiten geben. Manchmal macht die Operation auch Werbung. Sehen Sie im Telefonbuch unter «Privatclub» nach. Das sind wahrscheinlich nicht die Orte, an denen sie das Plasma aufbewahren, aber dort finden Sie die Leute, die es verwalten. Können Sie es erkennen, wenn jemand vor kurzem Plasma benutzt hat, indem Sie ihn einfach nur ansehen?«

»Anima-Suche aus der Luft«, sagt Constantine. »Von hier aus.« Er wendet sich an Sorya. »Rufe alle unsere Magier her.«

»Das verstößt aber gegen die Sicherheitsregeln, Metropolit«, sagt Martinus. »Es ist vielleicht unklug, diese Menschen direkt hierher zu bringen.«

Constantine nickt. »Na gut«, sagt er. »Mieten Sie drei Suiten mit Plasma-Zugang im Landmark Hotel. Benutzen Sie die Kreditkarten von BMG. Ich komme hin und erkläre den Leuten, was sie suchen müssen.«

»Ich würde mich gern persönlich am Terminal umsehen«, ergänzt Aiah. »Kann ich einen Wagen und einen Fahrer bekommen?«

»Ja.« Constantine sieht sie kurz an. »Erstatten Sie mir später im Landmark Bericht.«

»Ich glaube, Miss Aiah kennt den Weg bereits.« Soryas Stimme ist samtweich, die Angst läuft wie ein kalter Wasserfall Aiahs Rücken hinunter.

Constantines Gesicht bleibt unbewegt. »Lasst uns anfangen«, sagt er.

■ ■ ■

»Mr. Rohder? Hier ist Aiah.«

Sie ruft aus einem überfüllten Restaurant irgendwo zwischen den Mage Towers und dem Terminal an. Die zerfetzte Polsterung der schweren Keramikkopfhörer kann den Lärm und die Unterhaltungen nicht ganz ausblenden und sie muss fast in die Sprechmuschel, die in der Wand steckt, hineinschreien.

»Ah, ja?«

Aiah hat starkes Herzklopfen. Sie wusste nicht, ob Rohder um diese Zeit noch im Büro sein würde, aber andererseits, hat sie sich überlegt, wohin sollte er schon gehen? Anscheinend hat er niemanden.

»Ich habe über den Terminal nachgedacht«, sagt sie.

»Ja, ich habe mich schon dort umgesehen.«

Aiah beißt sich auf die Lippe, um nicht vorschnell zu fragen, ob Rohder etwas entdeckt hätte.

»Ich glaube, ich kann Ihnen helfen, Sir«, sagt sie. »Mir ist eingefallen, dass ich die Aufzeichnungen und Abrechnungen der Plasmazähler durchsehen könnte, ob es irgendwelche verdächtigen Aktivitäten gegeben hat.«

»Ah, ja?« Er denkt längere Zeit darüber nach. »Das ist eine langwierige Sache. Woher wissen Sie überhaupt, wo Sie nachschauen müssen?«

»Messgeräte mit kürzlich vorgenommenen Veränderungen. Geschäfte, die in den letzten Jahren aufgemacht haben und der Behörde eine Menge Plasma verkaufen. Außerdem könnte ich zum Terminal fahren und mich vor Ort umsehen, um die Gebäude mit den Adressen in den Unterlagen zu vergleichen.«

»Ah.« Sie hört, wie Rohder an der Zigarette zieht. »Ja«, sagt er, »nun ja, das ist eine kluge Idee. Aber ich frage mich …« Es entsteht ein gedehntes Schweigen.

»Ja?«, fragt Aiah schließlich. »Was fragen Sie sich?«

»Weshalb Sie so großes Interesse an dieser Aufgabe haben?«

»Weil mein augenblicklicher Job so langweilig ist«, erklärt Aiah. »Das wäre mal eine Abwechslung.«

Rohder seufzt schwer. Aiah stellt sich vor, wie der Zigarettenqualm aus seinen Lungen wallt.

»Ich werde sehen, ob ich Sie vorübergehend versetzen lassen kann«, meint Rohder.

»Danke.«

Schon wieder ein Passu, denkt sie. Allmählich habe ich eine ganze Sammlung.

16

Khoriak bringt sie mit dem zweisitzigen Geldan zum Terminal. Auf einmal heißhungrig geworden, hat Aiah den Korb mit Früchten aus dem Elton mitgenommen und auf ihren Schoß gesetzt. Der Saft rinnt ihr am Handgelenk hinunter, während sie isst und durch getönte Scheiben die Menschen und Gebäude draußen betrachtet. Doch als sie sich nach der Schicht wieder bei Constantine meldet, hat sie ihm wenig zu sagen. Sie hat einige Männer beobachtet, die offensichtlich zur Operation gehören, und ein paar Firmen gefunden, die von gut getarnten Abschirmungen geschützt werden, aber das hat nicht unbedingt etwas zu bedeuten, weil man nicht feststellen kann, wie alt die Abschirmungen sind und ob das, was sie früher schützen sollten, womöglich schon seit hundert Jahren nicht mehr existiert.

»Wir haben herausgefunden, dass jemand in der Gegend herumschnüffelt«, erklärt Constantine. Beim Sprechen wandert er unruhig hin und her, die Stiefel haben schon eine kleine Schneise in den dicken Teppich getreten. Hinter ihm sitzen Magier mit Handsendern und geschlossenen Augen und sehen sich in der geomantischen Landschaft um; Leibwächter stehen wie Topfpflanzen in den Ecken.

»Wer es auch ist«, murmelt Constantine, »er ist gut.

Sehr methodisch ist er, und er lässt nichts aus. Wir können es nicht wagen, die Fabrik in Betrieb zu nehmen.«

»Morgen«, sagt Aiah. »Morgen ist Zahltag. Vielleicht finden wir dann etwas heraus.« Die Müdigkeit fällt über sie wie ein leichter Regen.

Constantine hält mitten in der Bewegung inne und sieht sie wie schon so oft mit durchdringenden Blicken an. »Komm«, sagt er, indem er ihren Arm nimmt. »Du brauchst eine kleine Ablenkung.«

Das Schlafzimmer mit den dicken Kissen und der blauen Samtdecke kommt ihr bekannt vor. In den Nachttischschubladen liegen Kabel und kupferne Handsender bereit. Aiah glaubt sogar, einen zarten Duft von Blutorangen zu riechen. Sie nimmt das Trigramm vom Hals und schickt es im Geist durch ihren Körper, verbrennt die Gifte der Müdigkeit und erfüllt jede Zelle mit lodernder Kraft. Sie schaut zu Constantine auf, sieht die dunklen Augen aufmerksam auf sich gerichtet … ihre und seine Kräfte sind in Resonanz wie Gebäude, die exakt im Abstand von einem halben Radius errichtet werden und gemeinsam mehr Plasma erzeugen, als es jedes für sich allein könnte …

Ihre Haut ist vom Plasma und der Erregung stark durchblutet. Unwillkürlich muss sie lächeln, dann lacht sie laut. Sie legt den Handsender weg und fällt über Constantine her, unvermittelt von gewaltiger Kraft erfüllt und besessen von der Illusion, sie könnte seinen riesigen Körper zum Bett zerren und ihn darauf werfen. Sie lieben sich heftig und hemmungslos und verstreuen die Kleidung im Zimmer.

»Du lernst es, deine Macht zu gebrauchen. Das ist gut«, sagt er. Er sieht sie erschöpft und freundlich an, die Augen halb geschlossen wie eine zufriedene Katze.

Aiah fühlt sich ähnlich. Sie fährt ihm mit den Krallen leicht durchs knisternde Brusthaar. »Ich weiß nicht, ob ich das hier so einfach aufgeben könnte«, sagt sie.

Constantine lacht, ein schläfriges Grollen. »Nun ja, Schwester«, sagt er, »du könntest ja beschließen, nicht darauf zu verzichten.«

Sie denkt darüber nach. »Was wartet in Caraqui auf mich? Nichts.«

»Dort könnte eine neue Stadt entstehen«, sagt er ernsthaft. »Und ich hoffe, dass ich in deinen Augen etwas mehr bin als dieses Nichts.«

»Du hast mir nichts versprochen außer meinen langweiligen Behördenjob durch einen anderen langweiligen Behördenjob zu ersetzen«, erwidert sie. »Und du hast prophezeit, dass ich dich bald hassen werde. Sorya weiß übrigens, dass wir uns hier getroffen haben.«

Er runzelt die Stirn. »Mach dir keine Sorgen um deine Sicherheit, falls du daran denkst. Wenn dir durch Soryas Betreiben etwas zustößt, dann wird sie dafür leiden, und das weiß sie.«

Aiah sieht ihm in die golden gesprenkelten braunen Augen. »Hast du ihr das gesagt?«

Constantine schüttelt ganz leicht den Kopf. »Das ist nicht nötig. Sie weiß, wer unter meinem Schutz steht und wer nicht.«

»Sie könnte mich bei der Behörde verpfeifen. Niemand würde erfahren, dass sie dahintersteckt.«

»Ich würde es wissen. Und Sorya weiß, dass ich es herausfinden würde.« Er grinst amüsiert. »Ich weiß einige Dinge über sie, mit denen ich sie sofort in die Hölle schicken könnte, an die ihre Torgenil-Leute so leidenschaftlich glauben. Ich würde dieses Wissen einsetzen, wenn sie mich dazu zwingt.«

Aiah läuft es kalt den Rücken hinab. »Ist sie nicht umgekehrt auch gefährlich für dich, wenn du diese Dinge über sie weißt?«

Constantines Augen sind jetzt wieder schmale Schlitze und Aiah denkt erneut an eine Katze. Eine große Katze, die ihre Beute abschätzt – grausam und unerbittlich, wie Raubtiere eben sind, wenn sie erbarmungslos die Gefahr gegen die eigenen Bedürfnisse abwägen. »Ohne mich«, sagt er, »müsste sie zu dem Leben zurückkehren, das sie vorher geführt hat. Dieses Leben war die Hölle, auch wenn ihr das damals nicht richtig bewusst war, glaub mir. Nein, sie braucht mich mehr als ich sie, und das weiß sie ganz genau.«

Wieder läuft ein kalter Schauer durch Aiahs Körper. Sie langt nach der Decke, die am Fußende zusammengeknüllt ist, und deckt sich zu. Sie schmiegt den Kopf an Constantines Schulter und legt einen Arm über seine breite Brust. Die silberne Spitze seines Zopfes liegt kühl auf ihrer Stirn.

»Es scheint mir, als gäbe es sehr viele Menschen, die dich brauchen«, sagt sie.

»Und ich bin zu ihnen allen sehr unfair.« Er streichelt ihr Haar, seufzt und hebt und senkt beim Atmen Aiahs Kopf. »In ein paar Tagen wird sich entscheiden, ob ich weiterhin dieses ziellose, wurzellose Leben führen und in einer gleichgültigen Welt meinen altmodischen Theorien über Regierungsformen und Geomantie nachhängen werde, oder ob ich das Geschenk, das du, meine Liebe, mir gegeben hast, sinnvoll einsetzen kann. Vielleicht wird es die Grundfesten des Himmels erbeben lassen und wenn das gelingt, habe ich das dir zu verdanken.« Er küsst sie fest auf die Stirn.

»Danke«, sagt sie und drückt sich an ihn. »Ich glaube aber nicht, dass ich dir die Möglichkeit gegeben habe, den Himmel zu erschüttern.«

Wieder ein grollendes, träges Lachen. »Du hast mir die Macht gegeben und wenn man diese Macht umsichtig einsetzt, ist sie der Schüssel zu noch größerer Macht. Der Sinn der Macht ist meiner Ansicht nach unsere Befreiung. Und was bedrückt uns mehr als …?« Er lässt den Satz unvollendet, aber die Hand, die ihr Haar gestreichelt hat, hält vor ihren Augen inne und der Zeigefinger zielt zur Decke und auf das, was sich darüber befindet.

Ihre Blicke folgen dem Finger, die Gedanken steigen zur Decke hoch und in den Luftraum darüber, an den Falken und Luftschiffen vorbei, über die Bahnen der Flugzeuge und Raketen hinaus bis dorthin, wo die Luft so dünn ist, dass sie fast nicht mehr vorhanden ist. Und dann sogar noch weiter, noch höher hinaus.

»Der Schild«, murmelt sie. Dann fährt sie auf und starrt ihn an. »Der *Schild?* Du willst den *Schild* angreifen?«

»Der Sinn der Neuen Stadt ist es, den Menschen die Freiheit zu schenken«, erwidert Constantine. »Was schränkt uns stärker ein als der Schild?«

»Aber wie willst du das tun? Was sich dem Schild nähert, wird zerstört.«

»Materie wird beim Kontakt mit dem Schild vernichtet. Das schließen wir aus der Strahlung, die dabei entsteht«, erklärt Constantine. »Und auch Plasma wird zerstört, wie es scheint. Elektromagnetische Energie wird absorbiert und wahrscheinlich zurückgestrahlt. Aber die Schwerkraft dringt durch. Also ist der Schild nicht gegenüber allen natürlichen Kräften immun. Wo es aber eine Unvollkommenheit gibt, kann man eine Schwäche finden.«

Aiah findet dieses Gespräch mehr als ungemütlich. Mindestens die Hälfte aller Priester auf dem Planeten würden es sogar für reine Blasphemie halten. Sie ertappt sich dabei, wie sie unsicher hin und her schaut, als könnten Geister, Götter oder wütende Malakas lauschen.

»Ich dachte, man hätte schon alles Mögliche versucht«, sagt sie.

»Aus Senkos Zeit gibt es keine Überlieferungen. Wir wissen nicht einmal, wie lange es her ist. Es müssen einige Jahrtausende sein. Ab und zu versucht jemand auf halbherzige, schlecht organisierte Weise, den Schild anzugreifen, aber das letzte Mal ist es vor achthundert Jahren geschehen. Vor ein paar Jahren habe ich bei einem Räumungsverkauf in einem alten Lagerhaus die Unterlagen gekauft und gelesen. Sie bestätigen, was ohnehin schon jeder weiß.«

»Was kannst du also tun?«

»Vielleicht ein großer Plasmaangriff? Senko hat es versucht, aber nach den vorliegenden Berichten steckte die Plasmawissenschaft damals noch in den Kinderschuhen, und ihm stand nicht viel Energie zur Verfügung. Wenn wir mehr als eine Metropolis auf unsere Seite bringen und das Plasma aus vielen Staaten bündeln und gegen den Schild richten, dann können wir ihn vielleicht überlasten.«

»Warum nimmst du nicht gleich das ganze Plasma der Welt?« Aiah lacht.

Constantine lächelt. »Ja, warum eigentlich nicht? Natürlich muss die Neue Stadt vorher die Herrschaft über die Welt erringen ... und das ist möglicherweise eine viel größere Aufgabe als den Schild auszuschalten.«

Aiah ist verblüfft, dass Constantine ihre scherzhafte Bemerkung halbwegs ernst beantwortet. »Nun ja«, sagt sie, »lass uns hoffen, dass die Aufgestiegenen Meister gerade nicht zuhören.«

»Wenn sie zuhören«, sagt er lächelnd, »dann haben die Malakas etwas zu lachen.«

Aiah lächelt unsicher und widersteht dem Impuls, sich über die Schulter umzusehen.

»Wir könnten den Schild auch mit der Schwerkraft angehen«, fährt Constantine fort. »Wir wissen wenig über die Natur der Schwerkraft, aber wir kennen ihre Auswirkungen recht gut. Vielleicht können wir mithilfe des Plasmas die Schwerkraft verstärken und nach außen richten, um den Schild zu erforschen oder seine Mechanismen zu zerstören.«

»Kann Plasma überhaupt einen Einfluss auf die Schwerkraft ausüben?«, fragt Aiah.

»Bisher ist das nicht möglich«, gibt Constantine zu. »Aber wer hat es bisher überhaupt versucht? Und außerdem – wer weiß schon, was die Malakas sich gedacht haben, als sie den Schild gebaut haben? Vielleicht soll er gar keine ewige Barriere, sondern ein Intelligenztest sein.« Er sieht sie an, seine Stimme grollt wie ein tiefer, unergründlicher Fluss.

»Warum wurde der Schild bisher noch nie durchbrochen? Man könnte auch fragen, warum es noch Armut und Hunger gibt, warum niemand etwas gegen die Kriege tut, warum Reichtum und Chancen so ungerecht verteilt sind. Es liegt daran, dass wir Menschen es in unserer Gesellschaft zulassen. Vielleicht ist der Schild aus dem gleichen Grund noch da – weil wir ihn zulassen. Wenn wir unsere Dummheit, unsere Kurzsichtigkeit und unsere Gier wegschieben können, entdecken wir vielleicht, dass das Reich der Aufgestiegenen Meister schon längst in unserer Reichweite ist.«

In Ihrem Kopf dreht sich alles, Constantines Worte wirken auf sie berauschend wie Wein. Der Schild war schon immer da, unbeweglich, unerbittlich, seit Jahrtausenden. Er ist eine Tatsache, die so massiv in der Realität steht wie der Fels unter den Fundamenten des Hotels. Und Constantine will ihn einfach abschaffen. Da könnte er auch gleich den Hunger und den Krieg oder gleich den ganzen Planeten abschaffen …

Constantine richtet sich auf und beugt sich vertraulich zu ihr. »Ich würde es aber begrüßen, wenn du mit niemandem über meine ehrgeizigen Pläne sprechen würdest«, sagt er. »Ich möchte nicht unbedingt ausgelacht werden und jegliche Achtung verlieren oder Gefahr laufen, dass irgendein Fanatiker mich als Ketzer zu töten versucht. Man begegnet mir auch jetzt schon mit großer Skepsis.«

Aiah legt ihm die Arme um den Hals und küsst ihn. »Wem sollte ich es denn verraten?«

Er zuckt die Achseln. »Vielleicht einem neugierigen Reporter vom *Wire.*«

»Das mache ich frühestens, wenn ich Großmutter bin«, sagt Aiah. »Es wird noch eine Weile dauern, bis mein illegaler Umgang mit dem Plasma verjährt.«

Ein heftiger Ruck fährt durch den Raum, als hätte ein Riese gegen die Grundsteine des Hotels getreten. Im Bad fällt mit lautem Krachen etwas herunter. Als Aiah und Constantine erschrocken aufstehen, wird das Gebäude von einem zweiten Stoß erschüttert, der Aiah beinahe die Füße wegreißt. Dann folgt eine Serie kleinerer Erdstöße, die das ganze Hotel auf den Fundamenten hin und her schwanken lassen, noch lange nachdem das Erdbeben vorbei ist.

Constantine ist bereits angekleidet, bevor das Beben vorbei ist. Aiah steht schweigend und benommen da, schnappt nach Luft und kämpft gegen das Schwindelgefühl an.

»Ich muss die Fabrik überprüfen«, sagt Constantine. »Jemand muss dich nach Hause bringen …«

»Ich muss zur Behörde«, sagt Aiah. »Vergiss nicht, dass ich zum Katastrophenschutz gehöre.«

Er nickt. »Fahr du mit Khoriak …« Damit ist er draußen und stürmt durch das hektische Getriebe im vorderen Zimmer, noch während er einen Arm durch einen Hemdsärmel schiebt.

■ ■ ■

Es ist ein mittelschweres Erdbeben, das in Jaspeer nicht mehr als etwa 15 000 Verletzte und 1 100 Todesopfer fordert. Die meisten Menschen sterben unter den Gerüsten, die sich in ärmeren Vierteln von den Gebäuden lösen. Einige Brücken und Tunnel brechen zusammen. Im Erdgeschoss einer Lebensmittelfabrik platzt ein Rohstofftank und tötet zwölf Arbeiter mit einer Sintflut aus Krill. Ein paar ältere Gebäude werden zerstört, viele neuere gehen in Flammen auf. Eingestürzt ist auch ein nagelneues und sehr beliebtes Wohngebäude. Eine Untersuchungskommission soll klären, ob und wenn ja von wem die Bauinspektoren bestochen wurden.

Aiah wird eingeteilt, um Brüche in den Plasmaleitungen zu finden und zu reparieren. Die nächsten zwölf Stunden verbringt sie zum größten Teil unter Tage. Sie läuft durch dunkle Versorgungsschächte, die vom tanzenden Licht ihres Helmscheinwerfers erhellt werden. Alte Gänge aus Ziegelsteinen und Beton, die nach aufgewirbeltem Staub riechen. Ihr ist immer noch schwindlig, die Gänge scheinen schief und verzerrt, albtraumhaft. Sie kümmert sich mehr schlecht als recht um die Arbeit und hat ständig Angst, ein Funke könnte eine Staubexplosion auslösen oder ein Nachbeben könnte sie und ihre Leute lebendig begraben oder den Tunnel mit Wasser überfluten.

Wenigstens, denkt sie, wenigstens wandert Rohders Anima jetzt nicht mehr am Terminal herum. Er hat sicher anderswo zu tun und ist vermutlich damit beschäftigt, in den Trümmern der eingestürzten Gebäude Überlebende aufzuspüren.

Nach zwölf Stunden Suche darf Aiah nach Hause gehen. Abgesehen von einem zerbrochenen Spiegel in der Lobby scheinen die Loeno Towers unverändert, auch das Apartment ist noch so, wie sie es hinterlassen hat. Das reparierte Kommunikationsgerät hat einen Anruf von Gil registriert, der um ihre Sicherheit besorgt war. Nachdem sie es eine geschlagene Stunde versucht hat – die Leitungen sind überlastet –, gelingt es ihr, ihm eine kurze Nachricht zu schicken, dass ihr nichts passiert sei.

Die Energie vom Plasma, das sie im Hotel genossen hat, ist längst verflogen. Aiah duscht, lässt sich ins Bett fallen und wird um 18.00 Uhr aufgeschreckt, als der Türsteher meldet, ihr Wagen sei da.

Sie zieht sich rasch etwas an, wäscht sich das Gesicht und kämmt sich im Aufzug auf dem Weg nach unten das Haar. Khoriak sitzt gelassen in einer Ecke der Lobby und liest eine Zeitschrift. Er führt sie zum Geldan und fädelt gleich darauf den kleinen Wagen in den Feierabendverkehr ein. Nach dem Erdbeben ist die Luft voller Reklame für Versicherungsgesellschaften.

»In der Fabrik ist ein Teil der Abschirmung heruntergebrochen«, erklärt Khoriak. »Aber das müsste innerhalb von vierundzwanzig Stunden zu reparieren sein. Es wurde niemand verletzt.«

»Wohin bringen Sie mich?«

»Zur Fabrik. Alle anderen sind schon dort.«

»Gab es große Schäden am Terminal?«

»Kaum, soweit ich es gesehen habe.«

Er hat Recht, es gab wirklich kaum Schäden. Der Terminal war offenbar weit genug vom Epizentrum des Erdbebens entfernt und hier sind keine Gerüste heruntergebrochen. Außer ein paar kaputten Fenstern und umgekippten Regalen hat es hier kaum Schäden gegeben.

Ein Reparaturtrupp ist bereits am Bronzekollektor beschäftigt. Die riesigen Akkumulatoren stehen glänzend in Reih und Glied und spiegeln die Funken, die in goldenen Wasserfällen von den Schweißbrennern rieseln. Constantine und Sorya sehen im Kreis ihres Gefolges zu. Als der Wagen in die Halle fährt, kommt Constantine herüber und hält Aiah die Tür auf. Die anderen folgen ihm. Constantine lächelt. Sorya hat sich in einen altmodischen, militärisch geschnittenen grünen Mantel mit Messingknöpfen gewickelt. Eine spitze Kappe sitzt schräg über düsteren, verkniffenen Augen.

»Unsere Leute im Landmark haben etwas Nützliches herausgefunden«, sagt Constantine, als Aiah aussteigt.

»Als das Erdbeben geschah, haben zwei der Leute, die wir beschattet haben, blitzartig ihre Clubs verlassen und sind zur gleichen Adresse gerast, um sich zu vergewissern, dass auch nichts beschädigt wäre. Wir haben noch etwas herumgeschnüffelt und wissen jetzt, dass sie dort ihr Plasma lagern.«

»Wissen wir, wie viel sie dort abzapfen?«

»Es ist ein Bürogebäude, das mit dem Rücken zu einem großen Wohnblock steht. Ich würde sagen, dass sie dort die Plasmaverbindung angezapft haben.«

Ein Stück Bronze, das die Schweißbrenner losgeschnitten haben, fällt laut klappernd auf den Boden. »Meinen Glückwunsch, Miss Aiah«, sagt Sorya. »Es scheint so, als hätten Sie die richtige Idee gehabt.« Der Gesichtsausdruck unter dem breiten Rand der Kappe ist undurchdringlich.

»Was tun wir jetzt?«, fragt Constantine. »Sollen wir anonym die Behörde anrufen?«

Aiah überlegt, wie die Behörde in solchen Fällen vorgeht. »Das würde nur eine endlose Kette von Verwaltungsakten in Gang setzen«, sagt Aiah. »Vielleicht ist in ein paar Monaten jemand so weit, dass er mal nachschaut, aber höchstwahrscheinlich wird der Auftrag ausgerechnet an den Mitarbeiter vergeben, der sowieso schon bestochen ist. Wenn Sie jemanden dazu bringen können, formal Anzeige zu erstatten und die Belohnung zu beanspruchen, wird die Behörde schneller reagieren. Aber wenn jemand aus Ihrer Umgebung Anzeige erstattet, Metropolit, dann wollen die Fahnder der Behörde natürlich wissen, wie Sie von dem illegalen Plasma erfahren haben ...«

»Ich verstehe.«

»Lassen Sie mir etwas Zeit, dann kann ich mir überlegen, wie wir es anfangen müssen, damit die Behörde von sich aus das Gebäude entdeckt.«

»Wir haben keine Zeit zu verlieren«, sagt Sorya. »Vielleicht könnte es im Gebäude einen Unfall geben oder sonst etwas, das den großen Plasmaverbrauch dort offenkundig werden lässt.«

Als sie das nicht besonders betonte Wort *Unfall* hört, läuft es Aiah wieder einmal kalt den Rücken hinunter.

»Geben Sie mir die Adresse«, sagt Aiah. »Ich muss sehen, auf wen die Verbrauchszähler zugelassen sind.«

»Mit einem Unfall geht es schneller«, sagt Sorya leise.

»Ein Unfall wäre auch für uns gefährlich«, warnt Constantine. »Wir wollen nicht, dass aufgrund einer beiläufigen Konfrontation mit der Operation unser eigenes Unternehmen auffliegt. Nachdem wir der Operation bisher erfolgreich ausgewichen sind, wollen wir nicht unbedingt jetzt noch ihre Aufmerksamkeit erregen.« Er sieht Martinus an. »Wir bringen Miss Aiah hin«, sagt er. Dann wendet er sich wieder an Aiah. »Aber nicht gleich jetzt. Sie sehen müde aus und es nützt mir nichts, wenn Sie müde sind und nicht klar denken können. Erfrischen Sie sich am Handsender, dann können wir fahren.«

»Danke, Metropolit.«

Das Plasma gibt ihr neue Energie und belebt ihren Verstand. Sie wünscht, sie könnte es hinauszögern und längere Zeit mit der gewaltigen Quelle verbunden bleiben, die sie entdeckt hat, mit diesem einschüchternden Reservoir roher Macht, die so innig mit dem Leben in ihrer Welt zusammenhängt, mit den realen wie den irrealen Aspekten. Aber dann legt sie widerstrebend den Schalter um, der die Verbindung zum Handsender trennt, und schiebt den Stuhl zurück.

Ihr wird bewusst, dass sie schon eine ganze Weile Soryas Parfüm in der Nase hat.

Sie dreht sich zu Sorya um, die hinter ihr steht, die Hände tief in die Taschen des alten grünen Mantels geschoben. Aiah steht auf, Kopf und Körper kribbelnd vor Plasma-Energie. »Ja, bitte?«

Soryas Stimme klingt nicht feindselig, enthält aber

auch keinen Funken Wärme. »Eine Warnung, Miss Aiah.«

»Ja?«, sagt sie noch einmal. Sie muss beinahe lachen, dass irgendjemand sie warnen will. Im Augenblick hat sie das Gefühl, sie könnte es mit einer ganzen Armee aufnehmen.

»Constantine und ich sind schon lange zusammen«, erklärt Sorya. »Und auch wenn wir uns im Augenblick nicht miteinander wohl fühlen, weil wir uns mit Haut und Haaren und allem, was wir haben, diesem Projekt verschrieben haben und leidenschaftlich über unsere Meinungsverschiedenheiten streiten, werden wir nach diesem Unternehmen auch in Zukunft zusammenbleiben.«

Bist du sicher, feine Dame?, hätte Aiah am liebsten gesagt, oder mit einer anderen passenden Bemerkung aus ihrer alten Heimat gekontert. Aber sie verkneift es sich.

Soryas grüne Augen funkeln unter dem breiten Schirm der Kappe. »Ich bin nicht nachtragend, was Ihr kleines Geplänkel mit Constantine angeht«, sagt sie. »Immerhin bieten Sie ihm etwas Entspannung und Freude, und das ist zu begrüßen«, sagt sie nickend. »Wenn Sie so wollen, leisten Sie einen Dienst, für den ich weder die Zeit noch die Energie habe. Aber es ist tatsächlich nicht mehr als ein Zwischenspiel, Miss Aiah, und es wäre gefährlich, wenn Sie anders darüber denken würden.«

Aiah beißt die Zähne zusammen. Sie spürt, wie sich die Nackenhaare sträuben und die Finger sich unwillkürlich krümmen, als wollte sie die Krallen ausfahren. »Wollen Sie mir drohen, Miss Sorya?«

Sorya sieht sie verächtlich an. »Warum sollte ich? Glauben Sie denn, Sie sind die einzige Gläubige in diesem Schrein? Denn es ist die Anbetung, die er will, da dürfen Sie sich nichts vormachen, und ich kenne ihn zu gut, um ihm alles zu glauben, was er mir erzählt.« Sie schüttelt den Kopf. »Nein. Ich möchte nur noch einmal anmerken, dass er und ich, dass wir gemeinsam zu den Mächtigen der Welt gehören, zu denjenigen, die mit Größe gesegnet sind, mit Willenskraft und der Möglichkeit, unsere Vorstellungen umzusetzen. Allein diese Tatsache macht uns für unsere Freunde wie unsere Feinde gefährlich.«

»Diese Macht«, Aiah deutet zur Einrichtung, zur Fabrik, zu den riesigen Akkumulatoren, zu den Schaltpulten und Leitungen, »diese Macht hier war mein Geschenk.«

Sorya deutet mit dem spitzen Kinn in die gleiche Richtung. »Mag sein, aber Sie haben die Kraftquelle verschenkt, oder nicht? Ach, nein, Sie haben sie verkauft. Wären Sie eine der Großen gewesen, dann hätten Sie die Macht behalten und ein eigenes, einflussreiches Geschlecht begründet.«

»Vielleicht es ist einfach nicht die Art Macht, die ich haben will.«

»Gibt Ihnen das Größe? Ich glaube nicht.« Sie schüttelt den Kopf. Hinter ihr fallen immer noch Funken in einem anmutigen Bogen herunter. »Ich bitte Sie, sich einmal Constantines Geschichte anzusehen. Wie viele aus den alten Tagen sind noch bei ihm? Martinus und Geymard sind die Einzigen, die zu nennen wären, aber Geymard ist beinahe gegen seinen Willen hier und auch nur, weil ich ihn tagelang bearbeitet habe.«

Sorya sieht sich über die Schulter zu Constantine um, der sich gerade mit Martinus und Geymard berät, dann spricht sie nachdenklich weiter. »Constantine ist für seine Freunde oft gefährlich. Es ist auf eine eigenartige Weise ein Beweis seiner Größe, dass er die Gefahren überlebt, in denen seine Freunde umkommen. Denken Sie nur, seine ganze Familie ist tot. Auch diejenigen, die sich im Krieg auf seine Seite geschlagen haben. Ebenso die alten Ratgeber, seine Gefährten und alle, die ihn liebten und eine Weile bei ihm blieben … alle sind sie gestorben, bis auf mich.« Sie richtet den Blick wieder auf Aiah. »Denn ich bin ihm ebenbürtig, was Willenskraft und Größe, Begabung und Macht angeht. Ich bete nicht seine Gedanken oder seine Philosophie an.« Sie verzieht verächtlich den Mund. »Auch seine Güte nicht. Ich schätze ihn wegen seiner wahren Größe, wegen seiner Willenskraft und Macht und seiner Fähigkeit, über andere zu herrschen.« Sie beugt sich näher heran, dass Aiah noch die scharfen Gewürze riechen kann, mit denen Soryas Essen abgeschmeckt war, und senkt vertraulich die Stimme. »Und weil ich ihm die Wahrheit sage«, fährt Sorya leise fort. Die Stimme ist leise, die Augen sind hart und erbarmungslos. »Er will angebetet werden, er will die unkritische Bewunderung von Jüngern, wie Sie eine sind. Aber nachdem er sich an dieser Verehrung gelabt hat, braucht er die Wahrheit, und die gebe ich ihm.«

»Glauben Sie denn wirklich, Sie wären der einzige Mensch, der ihm die Wahrheit sagt?«

»Es gibt Wahrheiten über Constantine, die nur ich kenne«, erwidert Sorya. »Ich weiß um die Macht und den Reichtum und die Magie. Dies sind die Wahrheiten, auf denen Constantines Größe beruht.« Sie greift in die Tasche und holt ihr Zigarettenetui heraus. »Glauben Sie mir«, sagt sie, »ich wünsche Ihnen wirklich nur das Allerbeste. Deshalb rede ich jetzt mit Ihnen. Ich will Ihnen Enttäuschungen ersparen. Sie sollen nicht an enttäuschten Hoffnungen zerbrechen.« Aus Soryas Platinfeuerzeug züngelt eine kleine Flamme und zündet die Zigarette an, die zwischen den Fingern klemmt.

»Bei allem Respekt«, meint Sorya abschließend, »Sie sind im falschen Film. In der Liga, in der Constantine und ich spielen, gibt es nicht einmal eine Bewertung für Sie.«

»Danke für den Rat«, sagt Aiah. Sie schafft es, die Worte ohne den Sarkasmus zu sagen, den sie fühlt. Dann geht sie einfach zu Constantine und zum großen Elton.

Mit einer eleganten Geste öffnet er die Tür. Aiah lässt sich auf dem Ledersitz nieder und Constantine schließt hinter ihr die Tür. Mit einem satten Knall legt sich die Panzerung zwischen sie und die Außenwelt.

Auf dem Weg zum Plasmalager ist Constantine fast ausgelassen, macht Scherze über die Delphine und ihre Ansprüche, über die Straßencapos der Operation, die eine unangenehme Überraschung erleben werden. Nachdem sie ihn ein paar Augenblicke lang beobachtet hat, geht seine heitere Stimmung auf sie über und dank der Vitalität, die nach der Plasmadusche alle Körperzellen erfüllt, spürt Aiah, wie sich der Knoten der Wut in ihrem Bauch auflöst.

Das Plasmalager befindet sich in einem unauffälligen Bürogebäude mit verdreckten, roten Ziegelmauern. Dahinter erhebt sich der dunkle Klotz eines großen Wohnkomplexes, ein Irrgarten festungsähnlich gesicherter Gebäude, auf deren Dächern kleine Villen und Gärten untergebracht sind. Als die Limousine vor dem Plasmalager hält, sieht Aiah am Gebäude nach oben. Eine Art Dornenkrone erhebt sich auf dem Dach als Verzierung. Wahrscheinlich eine künstlerische Tarnung der Antennen, vielleicht aber auch nicht.

Durch fleckige Bronzetüren betritt sie das Gebäude. Drinnen riecht es nach altem Fett und gebackenem Fisch. Laute Tanzmusik dröhnt in einem hohen Innenhof. Eine Wendeltreppe läuft bis zum Dach hinauf. Junge Männer lümmeln an den Eisengeländern im Foyer herum und hoffen ein Mädchen zu finden, in dessen Begleitung sie einen der Clubs betreten dürfen. Sie reagieren beinahe erschrocken auf Aiahs Auftritt und Aiah zuckt daraufhin ebenfalls erschrocken zusammen. Von Fahrern, Panzerungen und in Limousinen geschützt, hat sie fast vergessen, wie die Gegend am Terminal aussieht, die Aufkleber der Jaspeeri Nation in den Fenstern. Aber außer den üblichen Pfiffen und den ganz normalen hinterhergerufenen Sprüchen passiert nichts weiter, als sie ganz ins Gebäude tritt und nach oben sieht.

Der Innenhof ist von einem alten Gerüst aus Schmiedeeisen umgeben, das die riesige Wendeltreppe stützt. Die Streben reflektieren das Schildlicht, das durchs riesige Oberlicht hereinfällt. Es sieht aus, als wäre an den Wänden ein gewaltiges Spinnennetz bis zur Decke gebaut worden. Ein Aufzug, ein Käfig aus Schmiedeeisen, befördert die Gäste zu den Restaurants. Aiah geht langsam die spiralförmige Rampe hinauf, berechnet im Geist die Belastungen, Entfernungen und die Massen von Ziegelsteinen und Eisen. Sie muss sich die Plasmaakten des Gebäudes kommen lassen.

Im ersten Stock kauft sie bei einem fliegenden Händler ein Eis und geht weiter. Auf dieser Ebene sind vor allem Pfandleiher, Kreditvermittler, Clubs, Musikläden und Kautionsbürgen untergebracht. Junge Liebespaare, die sich in Eingängen aneinander drängen, achten nicht auf Aiah, als sie vorbeikommt. Das Plasmalager ist in einem Büro im vierten Stock hinter einer grauen Metalltür mit abblätternder weißer Schrift: *Kremag & Partner*. Aiah sieht nur flüchtig hin, aber sie glaubt, in den schmiedeeisernen Blättern, die zu beiden Seiten der Tür aus Eisensäulen sprießen, die Objektive kleiner Überwachungskameras zu erkennen.

Sie geht ein paar Türen weiter, dann fährt sie mit dem Aufzug wieder nach unten.

Es gibt diese und jene Art von Macht, denkt sie, während sie sich am Eisengitter des Aufzugs festhält. Sorya kennt eine Art von Macht, Aiah kennt eine andere. Doch auch wenn Aiah nicht mit Soryas Macht geboren wurde, sie lernt dazu.

Habe ich Angst vor Sorya?, fragt sie sich. Nein, denkt sie. Sie fragt sich, warum nicht, und kommt zu dem Schluss, dass dies wahrscheinlich ein Beweis für ihre Fähigkeit ist, die Dinge richtig einzuschätzen.

Sie verlässt das Gebäude und steigt wieder in die Limousine. »Nicht viel zu sehen«, verkündet sie. »Ich muss die Akten durchgehen.«

Constantine nickt. »Ich kann dich jetzt nach Hause bringen«, sagt er, »aber ich habe unterwegs noch etwas zu erledigen. Eine Besprechung.« Er hebt die Hand und jetzt sieht Aiah, wie aufgeregt er ist. Die Augen funkeln lebhaft, der ruhelose Körper scheint wie zum Sprung gespannt. »Es ist nicht ungefährlich. Du kannst im Wagen bei Martinus bleiben.«

»Martinus begleitet dich nicht? Es ist doch seine Aufgabe, dich zu beschützen.«

»Vor dem betreffenden Herrn bist du hier im Wagen am besten geschützt.«

Macht, denkt Aiah. Es könnte eine interessante Lektion werden. »Spielt es eine Rolle, ob er mich sieht? Ist es so wie bei Parq, der mich erpressen könnte, wenn er weiß, wer ich bin?«

Ein kleines Lächeln spielt um Constantines Lippen. Er schüttelt den Kopf. »Nein. Erpressung ist hier keine Gefahr. Ich mache mir nur Sorgen, dass wir sehr schnell getötet werden würden, falls etwas schief geht.«

Er sieht sie mit blitzenden Augen an, als amüsierte ihn der Gedanke an den Tod.

»Kann ich trotzdem mitkommen?«, fragt Aiah.

Constantine lacht. »Du weißt nicht, was du da verlangst.«

Er macht sich über sie lustig. Fröhlicher Trotz, getragen von einem Wirbelwind des Plasmas, lässt sie mit einem breiten Grinsen antworten. »Warum sollte ich jetzt auf einmal aufhören, Risiken einzugehen?«, fragt sie.

Constantine antwortet ähnlich humorvoll, aber dann wird er wieder ernst. »Ich weiß nicht, ob ich will, dass du mich in der Gesellschaft dieser Person siehst«, sagt er. »Es könnte deine gute Meinung von mir beeinträchtigen.«

Aiah lacht. Constantine nimmt ihre Hand und flicht seine Finger zwischen die ihren. »Also gut«, sagt er. »Aber du verlangst mehr, als dir selbst klar ist.«

Constantine ist für seine Freunde oft gefährlich. Aiah erinnert sich an Soryas Bemerkung, schiebt sie trotzig beiseite.

Der Wagen fährt jetzt auf dem Trans-City Highway in östlicher Richtung, dann verlässt er den Highway und biegt nach Norden ab. Hohe Bürogebäude stehen funkelnd zu beiden Seiten der Straße, überall weißer Stein, helles Metall und Glas. Jetzt, nach Ende der Schicht, herrscht nur wenig Verkehr. Martinus steuert den Wagen in ein Parkhaus und fährt über eine spiralförmige Rampe bis ganz nach unten. Er stellt den Wagen ab, lässt aber den Motor laufen. Aus einem Fach im Armaturenbrett nimmt er einen Handsender und hält ihn bereit.

Aiah ist überrascht. »Hat der Wagen Plasmabatterien?«, fragt sie.

»Natürlich. Zum Schutz.«

Eigentlich war es zu erwarten, aber irgendwie ist Aiah noch nicht auf diese Idee gekommen. Sie folgt Constantine, als er aussteigt.

»Ist Martinus ein Magier?«, fragt Aiah.

»Martinus ist ein Personenschützer. Er ist hervorragend ausgebildet und schützt mich vor Plasma-Angriffen. Er hat mich noch nie im Stich gelassen.«

Constantine führt sie zu einer Stahltür, die in die Wand eingelassen ist. Er drückt die Türklinke herunter, zieht, und die Tür geht auf. Ein lautes Summen dringt aus der Dunkelheit herüber. Constantine zögert.

»Ich muss dich warnen, dass du besser nicht rennen solltest«, sagt er. »Das könnte … es könnte Instinkte wecken, wie wir besser schlafen lassen sollten.«

Constantine sucht den Lichtschalter und knipst die Beleuchtung an. Der Raum ist voller Pumpen, die mit Maschendrahtkäfigen gesichert sind. Anscheinend befindet sich die Garage unter dem Grundwasserspiegel und muss ständig freigepumpt werden. Aiah folgt Constantine an den Maschinen vorbei zu einer zweiten Metalltür, die den gelb-roten Aufkleber der Behörde trägt. Aiah sucht automatisch nach den Schlüsseln, aber Constantine öffnet die Tür so mühelos wie die erste und Aiah wird schaudernd bewusst, dass schon jemand vor ihnen gekommen sein muss.

Dahinter liegt ein heißer, feuchter Wartungsgang. Die gekrümmten Betonwände schwitzen, am Boden läuft ein Rinnsal. Gelbe Glühlampen hängen alle paar Dutzend Schritte in Metallkäfigen an der Decke. Ein dickes, abgeschirmtes Kabel, das von schweren Metallbügeln an der Wand gehalten wird, befördert ein Vermögen an Plasma von einem Ort zu einem anderen. Es riecht nach altem Staub. Die Angst vor Erdbeben meldet sich wieder, aber Aiah kämpft sie tapfer nieder.

Sie öffnet in der heißen Luft den Kragen. »Wer lebt denn hier unten?«, sagt sie. »Wen willst du hier treffen?«

»Er sagte, wir treffen uns an der vierten Lampe«, murmelt Constantine. Er muss gebückt gehen, doch er bewegt sich schnell, und Aiah hat Mühe, nicht den Anschluss zu verlieren. Ihre Schritte hallen laut in dem engen Gang.

Plötzlich spürt Aiah, dass noch etwas anderes bei ihnen im Tunnel ist. Trotz der Hitze wird ihr innerlich kalt. Sie stößt einen leisen Schrei aus und weicht zurück, bis die gekrümmte Wand des Gangs fest gegen ihren Rücken drückt. Das Ding ist anscheinend direkt vor ihnen durch die Wand gekommen. Durchgeflossen, als wäre sie porös.

»Seien Sie gegrüßt«, sagt Constantine mit fester Stimme. Doch Aiah bemerkt, wie er die Hände zu Fäusten ballt. So fest, dass die Nägel tief in die Handflächen schneiden.

Aiah kann nicht erkennen, mit wem er redet. Aus irgendeinem Grund, auch wenn keine Hindernisse im Weg sind, ist das Ding nicht klar zu erkennen. Es wirkt silbrig und glänzt im Licht, scheint zugleich aber auch tiefschwarz zu sein, dunkel wie ein abgrundtiefes Loch. Und dann scheinen da auch noch Andeutungen weiterer Farben zu schimmern, ganze Farbspektren laufen rasch durch die flimmernden Umrisse wie Interferenzen im Video …

Und es ist kalt. Aiahs Zähne klappern. Sie fragt sich, warum bei dieser Kälte nicht ihr Atem dampft.

»Metropolit«, sagt das Ding, »Warum suchen Sie mich noch einmal auf?«

»Ich wünsche, dass Sie mir dienen«, sagt Constantine. »Als Gegenleistung werde ich Ihnen geben, was Sie verlangen.«

»Vier pro Monat«, sagt das Ding. »Und für fünf Jahre.« Die Stimme klingt voll und scheint in Aiahs Bauch zu schwingen.

Constantine schüttelt den Kopf. »Zwei. Und nur für zwei Jahre.«

Aiah zieht die Jacke enger um sich. Sie hat Angst, und die Angst lässt sie noch stärker schaudern. Sie fühlt sich, als wäre sie bis auf die Knochen durchgefroren.

»Zwei?«, sagt das Ding. »Und was soll ich für dieses … dieses Trinkgeld tun?«

Constantines Stimme klingt hart wie Metall. »Ich will die Metropolis Caraqui übernehmen«, sagt er.

»Ich soll für Sie töten?«

»Gewisse Menschen. Ja.«

»Böse Menschen?« Die Frage klingt beinahe höhnisch, das Wesen macht sich offenbar über Constantine lustig.

»Ich glaube schon.«

»Drei.« Die Stimme des Wesens klingt gierig.

»Zwei.« Constantine lässt sich nicht beirren.

»Ich könnte Sie töten«, meint das Ding.

Jetzt klappern auch Constantines Zähne. Doch er macht einen Schritt auf das Ding zu und droht mit der Faust.

»Damit würden Sie nicht bekommen, was Sie wollen«, sagt er.

Es entsteht ein kurzes Schweigen, silberne und schwarze Muster laufen über die menschenähnliche Gestalt.

»Zwei«, gibt das Wesen nach. Die Stimme ist jetzt seidenweich. »Und wann soll das Töten beginnen?«

»In ein paar Tagen. Ich schicke die Nachricht über den gewohnten Weg.«

Aiah stößt einen Warnschrei aus, als das Wesen zu Constantine fließt und die Arme ausbreitet, oder was bei ihm als Arme bezeichnet werden kann … aber es ist kein Angriff, sondern eine Art Ehrenbezeugung. Tatsächlich verneigt sich das Ding vor Constantine und drückt sich auf den Betonboden.

»Ich werde tun, was Sie verlangen«, sagt es.

Constantine hält eine Hand über die gebeugte Gestalt. »Wenn Sie dies für mich tun«, sagt er, »dann kann ich Ihnen Erleichterung verschaffen, wenn Sie wollen.«

»Vielleicht«, sagt es, und dann: »Noch nicht.«

»Wie Sie wünschen.«

Dann fließt es weg, verschwindet durch die massive Wand des Gangs, und Aiah stöhnt erleichtert.

Eine ganze Weile ist nur das Tröpfeln von Wasser im Gang zu hören. Die Kälte weicht aus Aiahs Knochen, und auf einmal erkennt sie, dass sie durchnässt ist – vom

Schweiß, der ihre Haut bedeckt und weil sie im Rinnsal am Boden des Gangs sitzt. Sie hat nicht bemerkt, dass ihre Knie weich geworden sind und dass sie an der Betonwand heruntergerutscht ist.

Auch Constantine seufzt erleichtert, dann dreht er sich um, sieht sie auf dem Boden sitzen und lächelt. »Er ist weg«, sagt er und reicht ihr die Hand.

Aiah weiß nicht, ob die Beine sie tragen werden, aber sie nimmt seine Hand und richtet sich auf. Es geht, stellt sie fest, sie kann stehen.

Die Luft im Gang ist auf einmal wieder sehr heiß, Schweiß rinnt ihr übers Gesicht. Dennoch schaudert sie innerlich vor Kälte.

»Warum schwitze und zittere ich gleichzeitig?«, fragt sie.

»Ein eiskalter Bursche, was?« Constantines Stimme soll unbefangen klingen, aber Aiah bemerkt, dass die Leichtigkeit nur gespielt ist. »Es ist aber ein rein geistiger Effekt. Dein Körper hat nach wie vor auf die Hitze und Feuchtigkeit reagiert, auch wenn du dachtest, dir wäre kalt.«

Er nimmt ihren Arm und führt sie zum Ausgang. Die Stiefel platschen im Wasser. Das Adrenalin schießt durch ihren Körper, sie schaut zu ihm auf und fasst seinen Arm.

»Was war das für ein Ding?«

»Es gibt verschiedene Namen für solche Wesen. Lichtgeschöpf, Eismann, Gehenkte.« Er leckt sich die Lippen. »Verdammte. Das ist die beste Beschreibung, glaube ich.«

»Ein … ein Gehenkter?«, fragt Aiah erstaunt. Gehenkte sind Gestalten aus Kindergeschichten und schlechten Horrorfilmen. Untote, die aus Toiletten steigen und ihre Opfer niedermetzeln. »Gibt es die wirklich?«

»Oh, ja. Aber sie sind selten.«

»Senko sei Dank.«

Sie erreichen die Tür, und Constantine zieht sie auf. Aiah torkelt in die kühle Luft des Pumpenraums hinaus. Sie wischt sich mit einem Taschentuch den Schweiß vom Gesicht und rückt ihren Rock zurecht. Eine feuchte Stelle, wo sie im Wasser gesessen hat, klebt an den Schenkeln.

Constantine überholt sie und öffnet die Tür zur Garage. Aiah folgt ihm hinaus.

»Du kanntest dieses Wesen«, sagt sie. »Wie kommt das?«

»Es gibt Menschen, die die Gehenkten anbeten oder mit ihnen Geschäfte machen. Eine Weile ...« Er holt Luft, atmet wieder aus. »Eine Zeit lang habe ich einem solchen Kult angehört. Es war eine Phase, in der ich jeden Glauben an die Menschheit verloren hatte und ... die Extreme gesucht habe. In dieser Zeit habe ich Einiges über die Gehenkten gelernt und erfahren, wer sie sind und was sie wollen.«

»Was ...« – Aiah bleibt die Frage fast im Hals stecken. – »Was wollen sie denn?«

»Sie wollen wieder sein, was sie einst waren.« Constantine hält ihr die Wagentür auf. Sie setzt sich, Constantine lässt sich ihr gegenüber nieder. Er öffnet die Bar und gießt Brandy in zwei Kristallgläser.

»Nimm einen steifen Drink«, sagt er und bietet ihr ein Glas an. »Er wird dir gut tun.«

Aiah kippt den Brandy und freut sich über das sehr reale Brennen, das durch den Hals zum Magen wandert. Constantine nippt etwas vorsichtiger an seinem Drink. Martinus lenkt den Wagen bereits die Rampe hinauf zur Straße.

»Dieses Wesen war früher einmal ein ganz normaler Mensch«, erklärt Constantine. »Du weißt ja, dass das Plasma Mutationen verursachen und Wesen verwandeln kann und manchmal aus normalen Tieren Ungeheuer macht.«

Aiah erinnert sich an das Wesen in der Pneumastation, an die silbernen Bauchschuppen, die jetzt, im Nachhinein, den an eine Flüssigkeit erinnernden Mustern auf dem Körper des Gehenkten sehr ähnlich sehen. Ihr kommt fast der Brandy wieder hoch. Schaudernd wendet sie sich ab, Magensäure brennt in der Kehle. Sie zwingt den Schnaps wieder hinunter.

Constantine starrt sein Glas an, hat anscheinend nichts bemerkt. Der Wagen fährt die spiralförmige Rampe hinauf.

»Manchmal, wenngleich seltener, geschieht es auch mit Menschen«, fährt er fort. »Es sind mitunter Gelehrte oder Philosophen, die ständig in der Nähe des Plasmas leben und praktisch darin baden. Sie bemerken es nicht, wenn sie aus der Realität herausgleiten und Gefangene des Plasmas werden. Manchmal geraten auch sehr mächtige Menschen, Tyrannen oder Industriekapitäne, die sich so viel Plasma leisten können, wie sie haben wollen, auf diesen Weg. Auch Politiker und andere Anführer ... aber es geschieht nicht sehr oft. Die alltäglichen Realitäten der Politik, die vielen Entscheidungen, die man treffen muss, bieten einen guten Anker, um in der Realität der Welt verhaftet zu bleiben. Nun ja, wenn dann jemand ganz im Plasma aufgegangen ist ...« Constantines tiefe Stimme klingt, als wäre er innerlich weit weg.

»Wenn ihre körperliche Substanz aufgezehrt oder vergangen ist, dann sehnen sie sich nach dem zurück, was sie einmal waren. Doch es gibt kein Zurück, sie können nicht mehr mit der Materie arbeiten. Alles Lebendige, mit dem sie in Berührung kommen, vergeht. Sie können leicht und mühelos töten, aber sie können nichts erschaffen, sie können nichts wirklich berühren, und das Leben selbst, das Leben in einem warmen Körper, ist für sie nur noch ein Traum, eine Sehnsucht, die sie sich nicht erfüllen können.«

Eine kalte Hand legt sich auf Aiahs Nacken. »Und was wollen sie nun?«, fragt sie noch einmal. Der Wagen erreicht das Straßenniveau, vor ihnen ist das Schildlicht zu sehen. Dort wartet die ganz normale, sichere Welt der Menschen.

Constantine seht Aiah an, die Augen sind hart. »Er will Leben. Er will die Nähe lebender Menschen spüren, den Wind auf der Haut, den Geschmack von Wein, fleischliche Freuden. Ohne Hilfe kann er das nicht erreichen, weil er nicht mehr materiell ist und die Materie nur noch zerstören kann … aber mit der Hilfe eines fähigen Magiers – mit meiner Hilfe in diesem Fall – kann er einen Körper übernehmen und bewohnen. Ihn für eine Weile benutzen.«

Der Brandy kommt wieder hoch und Aiah kämpft ihn erneut nieder. »Was passiert mit den Menschen, die von diesem Wesen besessen sind?«

»Der Körper wird verzehrt«, sagt Constantine tonlos. »Der Gehenkte ist dem Leben abträglich. Binnen weniger Tage wird der Körper zu einer leeren Hülle. Die Seele des Opfers geht vermutlich den Weg, den alle Seelen gehen.«

Aiah lehnt sich traurig zurück und legt den Kopf ans dicke Polster. »Und was ist mit den Opfern? Welche Opfer soll er bekommen?«

Constantine seufzt. »Nun, Kriminelle, denke ich. Vielleicht einige politische Anführer aus Caraqui, verdient hätten sie es. Es ist eine traurige Tatsache des politischen Lebens, dass man mühelos die passenden Kandidaten findet, sobald man einmal beschlossen hat, dass es Leute geben könnte, die den Tod verdient haben.«

»Was ist mit diesem Kult, dem du angehört hast? Was hat er euren Gehenkten geopfert?«

»Mein Vetter Heromë war der Priester. Zugleich war er für unsere politischen Gefangenen verantwortlich.

Der Gehenkte hatte keinen Mangel an Seelen, die er verschlingen konnte.«

Aiah schaudert. Constantine spricht ruhig und sachlich weiter. »Jahre später hat der Gehenkte auf meine Anregung hin Heromë und seinen ganzen Kreis von Anhängern vernichtet. Er mochte weder sie noch die Dinge, die sie von ihm verlangt haben. Sogar unter Seinesgleichen genießt er hohes Ansehen. Einst war er Taikoen – Taikoen der Große, der Atavir vor den Sklavenmagiern gerettet hat.«

Aiah sieht Constantine erstaunt an. Taikoen ist einer der größten Helden unserer Geschichte.

»Er wird auf der ganzen Welt von vielen Kulten verehrt.« Ein kaltes Lächeln spielt um Constantines Lippen. »Würden sie ihn immer noch verehren, wenn sie wüssten, was aus ihm geworden ist? In den letzten fünfhundert Jahren gab es keine historische Persönlichkeit, die ich verehrt habe wie ihn, aber als ich ihn traf, war er Heromës Sklave, gebannt von einem schmierigen kleinen Gefängniswärter. Nach Taikoens Rückzug verlor er sich im Plasma, und jetzt kann er nicht mehr ohne Plasma leben. Dachtest du, er wäre aus der Wand gekommen? Nein, er kam aus dem Kabel. Dort lebt er jetzt. Außerhalb einer Plasmaquelle kann er sich nicht lange halten.«

Aiah fährt sich mit den Fingern durchs Haar. »Ich weiß nicht, was ich dazu sagen soll«, meint sie traurig.

Constantine beugt sich vor und nimmt ihre Hand. Er sieht sie lange an, und Aiah erkennt Schmerz und Verlangen in seinen Augen. »Es ist das Schlimmste, was ich je getan habe oder was ich je tun werde«, sagt er. »Aber irgendwie tröstet es mich, dass du davon weißt.«

Es entsteht ein gedehntes Schweigen. Aiahs Hand liegt warm zwischen seinen Händen. »Ich habe nicht das Recht, dich darum zu bitten«, sagt er, »aber kannst du mir verzeihen?«

Aiah leckt sich die Lippen und zieht die Hand zurück. »Bringst du mich nach Old Shorings?«, fragt sie.

Er sieht sie überrascht an. »Jetzt gleich?«

»Ja.«

Er dreht sich zu Martinus um und gibt ihm eine entsprechende Anordnung. Sie reicht ihm das Glas. »Noch etwas Brandy, bitte«, sagt sie. »Und ein Stück Papier und einen Stift.«

Es ist eine lange Fahrt, und sie haben sich nicht mehr viel zu sagen. Als sie das Viertel erreichen, dirigiert Aiah die Limousine zu der Stelle, die sie aufsuchen wollte, zum grauen Steintempel auf dem kleinen Grundstück. Aiah legt sich Constantines Notizblock aufs Knie und schreibt auf die dünne Plastikfolie:

Lass meinen Freund Caraqui haben.

Sie reißt das Blatt ab, nimmt die Brandyflasche und steigt aus. Straßendirnen schauen beunruhigt herüber, aber als Martinus ebenfalls aussteigt und Wache hält, verlieren sie rasch das Interesse. Aiah geht über die leere Straße zum Tempel, betrachtet die Gravuren, die Pflanzen und Schlangen und Sagengestalten ... dann kniet sie sich auf den kalten Stein und spürt die Reiskörner unter den Knien.

Kleine Papierstücke flattern in den Ritzen der riesigen Tür. Verblichene Blumen und ein paar kleine Münzen liegen verstreut auf der Treppenstufe. Aiah öffnet die Brandyflasche und gießt den Schnaps als Opfer auf den Stein. Dann beugt sie sich vor, bis ihre Stirn am rostigen Eisenportal lehnt, faltet das Stück Papier ganz klein zusammen und schiebt es in den Spalt zwischen den beiden Metalltüren.

»Wer dort auch ist«, sagt sie, »bitte vergib meinem Freund und gewähre ihm, was er haben will.«

Sie gießt noch etwas Brandy aus und wiederholt viele Male ihr Gebet. Nach einer Weile sind die Knie feucht vom Brandy. Als die Flasche leer ist, lässt sie sie auf der

Treppenstufe stehen und geht unsicher zum Wagen zurück. Sie setzt sich neben Constantine und lässt sich in die Arme nehmen.

»Ich will jetzt nach Hause«, sagt sie. Während die große Limousine sie nach Loeno bringt, schläft sie an seiner Schulter ein.

17

Der Duft von lebhafter Verdauung steigt Aiah in die Nase, als Tella Jaymes Windeln wechselt. »Ich kann gar nicht verstehen, warum du hier weg willst«, klagt Tella. »Rohder ist doch in der Behörde völlig abgemeldet. Es wird dir überhaupt nichts nützen.«

Aiah wickelt das Kabel um den Kopfhörer und hängt ihn für Mokel, der diese Woche nach ihr die zweite Schicht hat, griffbereit auf einen Haken.

»Es wird Zeit für eine Veränderung«, sagt sie. »Und vielleicht kann ich ja doch etwas Nützliches erfahren.«

»Rohders gesamte Abteilung wurde eingestampft«, erwidert Tella. »Was glaubst du, wie viele nützliche Hinweise du dort findest?«

»Mach's gut«, sagt Aiah.

»Ich werde hier einsam sein«, jammert Tella, während Aiah schon zum 106. Stock unterwegs ist.

Aufgeregt fährt sie mit dem Aufzug nach oben. Rohder wird ihr Passu sein und durch ihn auch die ganze Behörde. Jaspeers mächtigste Einrichtung wird tun, was sie für richtig hält.

Als sie oben ankommt, sieht sie Rohder auf dem großen Polsterstuhl sitzen, eine Hand lässig auf den kupfernen Handsender gelegt, die zweite eine Zigarette zum Mund führend. Er macht eine knappe Geste, um ihr zu verstehen zu geben, dass sie warten soll.

Aiah gehorcht und wartet. Die unnahbaren Engel der Kraft starren sie von den Ecken her schräg an. Sie geht zu einem der großen Fenster und sieht zur riesigen Stadt hinaus. Das triste Gitternetz wird durch Wassertürme, Dachgärten, Zisternen und Pferche mit Tieren aufgelockert. Ein zwei Häuserblocks langes silbernes Luftschiff schwebt am Horizont, der Bauch glüht hell von Reklameeinblendungen.

Rohder zündet sich eine neue Zigarette an, raucht sie, steckt die nächste an. Aiah wendet sich vom Fenster ab und geht an einem Regal entlang, das an der hinteren Wand des Raums steht. Dicke Bücher stehen darauf, alle in rotes Plastik gebunden, das mit goldenen Buchstaben beschriftet ist. Es sind die *Protokolle der Forschungsabteilung der Plasmabehörde von Jaspeer*. Insgesamt vierzehn Bände. Aiah nimmt aufs Geratewohl einen heraus und blättert ihn durch. Sie sieht komplizierte mathematische Formeln.

»Der Intendant fand das alles leider ausgesprochen sinnlos«, erklärt Rohder. Er ist inzwischen fertig und kommt um den riesigen Schreibtisch herum zu ihr. »Aber ich musste die Beweise einfach veröffentlichen. Im letzten Band sehen Sie unsere Empfehlungen.«

Aiah klappt das schwere Buch zu und stellt es zurück. »Vielleicht hätten Sie die Empfehlungen als Erstes veröffentlichen sollen«, sagt sie.

Rohder blinzelt, als wäre das eine ganz verblüffende neue Idee. »Vielleicht.« Er geht am Regal entlang und fährt mit der Hand über die Reihe der Bücher. »Meine Abteilung hat acht Jahre gebraucht, um diese Werke herauszugeben«, erklärt er. »Aber ich habe bis heute das Gefühl, dass noch niemand in der Behörde sie gelesen hat.«

Das Gesetz des Chonah besagt, dass der Pascol dem Passu so oft zustimmen muss, wie es nur möglich ist. »Das scheint mir für die Behörde ziemlich typisch zu sein«, erwidert Aiah. »Einige Jahre Arbeit und ein Haufen Geld werden in eine erstrangig besetzte Kommission gesteckt, und dann werden die Empfehlungen einfach vom Tisch gewischt, kaum dass man sie vorlegt.«

Rohder betrachtet nachdenklich die Bücher. »Wollen Sie eine Ausgabe haben? Ich habe noch ein paar übrig.«

»Ich glaube, ich würde es nicht verstehen. Aber ich würde mir gern den letzten Band ausleihen, wenn ich darf.«

»Natürlich.« Er sieht sie mit leeren blauen Augen eine Weile an, dann scheint er sich zu erinnern, warum sie zu ihm gekommen ist. »Der Terminal«, sagt er.

»Ja.«

»Sie glauben, Sie können mir helfen?«

»Ich möchte, dass Sie die Rechnungsabteilung anrufen und dort Bescheid sagen, dass ich die Akten der Gegend für die letzten fünf Jahre durchsehen muss.« Sie spricht langsam und deutlich, weil sie fürchtet, Rohder könnte ihr sonst nicht folgen. »Ich brauche also die Bänder und jemanden, der sie für mich heraussucht und ein Lesegerät. Sie müssen darauf bestehen, dass ich sofort Zugang bekomme, weil sie mich sonst auf ewig vertrösten.«

Rohder nickt zu jedem Punkt, als würde er ihn innerlich als erledigt abhaken. »In Ordnung. Zuerst rufe ich Niden an, dann kann er seine Untertanen verständigen und die entsprechenden Anweisungen geben.«

Er kehrt zum Schreibtisch zurück, Aiah folgt ihm. »Wie kommen Sie mit Ihrer Überwachung aus der Luft weiter?«, fragt sie ihn.

»Ich habe ein paar Stellen gefunden, an denen in kleinem Maßstab illegal Plasma verbraucht wird, aber keine Quelle war bedeutend genug, um die Flammenfrau auf der Bursary Street zu erklären.«

»Dann wollen wir hoffen, dass ich etwas Interessantes für Sie finde.«

»Hmm«, macht Rohder. Sein abwesender Blick wandert schon wieder zum Handsender.

■ ■ ■

Die Daten werden in einer Niederlassung der Behörde in Rocketman aufbewahrt. Den Weg kennt Aiah inzwischen recht gut. Auf Nidens Anweisung hin stellt ihr der Filialleiter in einem Großraumbüro, wo die Angestellten eifrig Daten eingeben, eine kleine Ecke mit einem alten Filbaq-Datenleser zur Verfügung. Ein gewisser Damusz wird ihr als persönlicher Assistent zugeteilt. Offensichtlich ist der Mann nicht besonders glücklich über die zusätzliche Arbeit. Nachdem er das alte Band aus dem Lager geholt hat, sind sein Hemd und die Hosenbeine von Dreck verschmiert. Mürrisch schweigend nimmt er das Band aus der Schachtel, setzt die Spule ins Lesegerät, fädelt das Band auf die Leerspule und zieht es straff. »Danke«, sagt Aiah so freundlich wie möglich, während sie den Lesekopf aufs Band setzt.

Der Filbaq ist ein altes Gerät, das vermutlich seit Jahren unbenutzt in der Ecke stand. Glücklicherweise funktioniert es noch. Ozongeruch steigt auf, als der leise jaulende Elektromotor das Band auf Touren bringt. Staub fliegt aus den feinen Messingdrähten des Lesekopfes. Der Bildschirm wurde seit Jahren nicht mehr gereinigt. Aiah reibt vergebens mit den Rüschen am Handgelenk darauf herum. Sie wendet sich an Damusz, um ihn zu bitten, ihr eine Sprühflasche mit Glasreiniger zu besorgen, aber er ist schon verschwunden.

Sie schielt durch die verschmierte Linse, drückt auf abgenutzte Stahltasten und findet schließlich Kremag und Partner im Verzeichnis. Sie ruft die Daten auf, doch zu ihrer Enttäuschung scheint alles in Ordnung zu sein. Die Firma existiert seit zwölf Jahren, widmet sich offenbar der »Unternehmensberatung« und hat in der ganzen Zeit kein bisschen Plasma benutzt. Das ist bei einem

Beratungsdienst aber auch nicht zu erwarten, nicht wahr? Eine solche Firma braucht kein Plasma für ihren Betrieb.

Wenn sie Kremag und Partner als illegales Plasmalager präsentieren will, muss sie Rohder eine einleuchtende Erklärung anbieten, wie sie auf diese Firma gestoßen ist. Die Daten selbst geben nichts her.

Vielleicht kann sie durch einen Abgleich mit anderen Namen und Daten etwas herausfinden. Sie weist das Lesegerät an, auf dem ganzen Band nach anderen Firmen an der gleichen Adresse zu suchen, was vermutlich eine ganze Weile dauern wird. Während das Band am Lesekopf vorbeisaust, versorgt Aiah sich mit einem Pappbecher Kaffee. Unterwegs findet sie sogar eine Sprühflasche mit Glasreiniger. Sie putzt den Bildschirm und trinkt den Kaffeebecher halb leer, dann wirft das Lesegerät die Informationen aus, die sie haben wollte. Nicht weniger als drei andere Firmen haben in der Zeit, als Kremag angeblich dort untergebracht war, die Büroräume benutzt. Ihr Plasmaverbrauch war dem von Kremag ähnlich, nämlich gleich Null. Anscheinend wurden die Daten für die Firma Kremag und Partner nachträglich eingefügt, wobei die Angaben der früheren Firmen teilweise einfach überschrieben wurden.

Das ist höchst verdächtig, bietet Aiah aber noch keine plausible Erklärung, wie sie auf diese Firma und diese Adresse gestoßen ist. Aiah kaut am Fingernagel, starrt den Bildschirm an und fragt sich, ob Rohder überhaupt danach fragen wird.

Wahrscheinlich nicht, aber an diesem Punkt will sie kein Risiko eingehen.

Wenn die Daten nachträglich auf das Band gespielt worden sind, überlegt sie, dann liegen sie nicht in der gleichen Reihenfolge wie alle anderen. Die Idee versetzt sie in Aufregung. Sie beugt sich vor und hämmert auf die klickenden Metalltasten.

Ja!, denkt sie triumphierend. Normalerweise werden die Daten Monat für Monat nacheinander auf die Bänder gespielt. Aber die Daten für die ersten Jahre der Existenz von Kremag wurden getrennt archiviert und weichen von der normalen Reihenfolge ab. Derjenige, der die falschen Informationen eingegeben hat, hätte die Daten der früheren Inhaber des Büros vollständig überschreiben müssen, aber entweder er ist nicht auf die Idee gekommen oder er hatte nicht die programmiertechnischen Fähigkeiten, die man dazu braucht.

Aiah lehnt sich lächelnd zurück. Dann fällt ihr ein, dass sie möglicherweise noch mehr Spuren dieses Programmierers finden kann, wenn er mehrmals mit der gleichen Methode vorgegangen ist.

Sie schreibt die Daten von Kremag heraus und geht langsam die anderen Angaben auf dem Band durch, um die Eintragungen zu finden, deren Reihenfolge auf weitere Manipulationen hinweist. Es gibt eine ganze Reihe solcher Stellen. Meist handelt es sich um nebensächliches Zeug, Bruchstücke von Informationen, die in leere oder gelöschte Kanäle eingefügt wurden, aber einige Abschnitte sind auch komplett neu aufgespielt worden – die Daten für einige Monate oder gar Jahre, die von der üblichen Reihenfolge abweichen. Aiah notiert sich alle wichtigen Stellen.

Die Schicht ist schon beinahe vorbei, als ihr einfällt, dass sie das Mittagessen vergessen hat.

Aiah ruft Rohder an und bittet ihn, nach dem Schichtwechsel auf sie zu warten, weil sie wichtige Informationen gefunden hätte.

»Ich wollte sowieso noch die zweite Schicht im Büro bleiben«, sagt er. Aiah fragt sich, ob der Mann überhaupt jemals nach Hause geht.

Als Nächstes ruft sie Constantines Tarnnummer an und erklärt Dr. Chandros, dass sie spät kommt, aber wichtige Informationen mitbringt.

Sie steigt mitten im Schichtwechsel in den Trackline-Zug. Das Gedränge der Menschen sorgt dafür, dass sie während der ruckelnden Fahrt zur Behörde auf den Beinen bleibt.

In der zweiten Schicht sind nur noch die Disponenten, die Sendeleitung und ein kleiner Reparaturtrupp im Dienst, sonst ist das Gebäude der Behörde fast menschenleer. Sie kann sich nicht erinnern, wann sie das letzte Mal hundert Stockwerke weit allein in einem Aufzug der Behörde gefahren ist.

Als Aiah Rohders Büro betritt, sieht sie ihn vor dem Schreibtisch stehen, die Stirn leicht gerunzelt, als wüsste er nicht mehr genau, was er überhaupt hier will. »Sir«, beginnt sie, »ich habe eine Liste mit verschiedenen Möglichkeiten zusammengestellt und diese hier«, sie deutet auf die Kremag, »scheint mir die verheißungsvollste zu sein.«

Sie erklärt, wie sie auf den Bändern nach Datenbereichen gesucht hat, die von der normalen Reihenfolge abweichen. Rohder nimmt die Informationen kommentarlos zur Kenntnis, die blauen Augen sehen sie unverwandt an. Schließlich nickt er und knetet sich mit gichtiger Hand das Kinn.

»Glauben Sie, wir könnten auf diese Weise auch noch weitere finden?«

»Gewiss. Jedenfalls dann, wenn derjenige, der die falschen Eintragungen vorgenommen hat, überall den gleichen Fehler gemacht hat.«

Er nickt und murmelt etwas Unverständliches. »Vielleicht habe ich noch mehr Arbeit für Sie. Ihr Vorgesetzter hat doch nichts dagegen?«

»Ich bin sicher, dass Mr. Mengene mich gern zu Ihnen versetzen würde. Mein Job ist sowieso ziemlich sinnlos. Ich besetze nur einen Platz in der Beförderungsschlange, bis ich einen echten Job bekomme.«

Rohder überlegt. »Meiner Ansicht nach«, antwortet

er, »gibt es in der Behörde sowieso nicht sehr viele echte Jobs.«

Als sie ein paar Minuten später das Büro verlässt, ist sie mit Band Vierzehn der *Protokolle* ausgerüstet.

■ ■ ■

An der Ecke wartet kein Wagen auf sie, aber das kann ihr Gefühl, etwas Wichtiges erreicht zu haben, nicht schmälern. Zufrieden fährt sie mit dem Taxi zum Terminal und liest unterwegs Rohders Buch.

Deshalb empfehlen wir die grundlegende Umstellung der menschlichen Infrastruktur entsprechend den folgenden Ausführungen …

Aiah zieht die Augenbrauen hoch. Mangelnden Ehrgeiz konnte man Rohder ganz sicher nicht vorwerfen.

Die grundlegende Umstellung der menschlichen Infrastruktur …

Kein Wunder, dass niemand ihn ernst genommen hat. Es kostet ja schon ein Vermögen, eine neue Abwasserleitung zu legen, ganz zu schweigen von größeren Veränderungen der Bebauung.

Sie bezahlt das Taxi, klopft an die Fabriktür, wird erkannt und eingelassen. Die Fabrik ähnelt inzwischen einer militärischen Anlage. Die Fenster sind schwarz gestrichen und innen mit Klebeband gesichert, über den Akkumulatoren wurde mit Eisenstreben ein rostiges Schutzdach errichtet, die Steuerpulte, die den Plasmafluss regeln, sind mit Sandsäcken verkleidet, ein halbes Dutzend Wächter patrouilliert in der Fabrikhalle. Obwohl wegen der Gefahr, die von Rohder ausgeht, im Augenblick außerhalb der Fabrik oder in Caraqui niemand Plasma benutzt, arbeiten ein paar Magier an den Pulten, um die Fabrik gegen Eindringlinge zu sichern.

Aiah hört laute Stimmen, Constantines Organ übertönt alle anderen. Er ist im Büro der Fabrik, stürmt wütend hin und her und fuchtelt wild mit den Armen in der Luft herum. Sorya, Martinus und Geymard sind bei ihm und außerdem zwei andere, bei deren Anblick es Aiah kalt den Rücken hinunterläuft.

Es sind Verdrehte. Einer ist klein und haarlos, er hat eine feuchte und plastikartige Haut und riesige, beinahe faustgroße Augen, die nur aus Pupillen zu bestehen scheinen. Weiße Augäpfel kann Aiah jedenfalls nicht erkennen. Der Zweite ist klein und stämmig und offenbar recht kräftig. Arme, die an Stahlstreben erinnern, hängen bis zu den Knien herunter. Er sieht aus, als wäre Martinus' Masse in einen zwei Köpfe kleineren Körper gepresst worden.

Verbündete, denkt Aiah. Aber sie kann das Schaudern nicht unterdrücken. Sie betritt verstohlen das Büro und hält sich unauffällig im Hintergrund, so weit von den Verdrehten entfernt wie nur möglich. Glücklicherweise riechen sie wenigstens nicht so Ekel erregend wie die meisten. Sie wartet ab, ob sie erfahren kann, was der ganze Aufruhr soll.

Das Büro der Fabrik hat sich in eine Art Hauptquartier für den Putsch verwandelt. Es gibt Karten von Caraqui, in die Markierungen gesteckt wurden, Fotos und Pläne von Gebäuden, die für die Kämpfe wichtig sind, Tabellen mit der Organisation der Militäreinheiten und Informationen über die Befehlshaber, lange Listen von Offizieren, neben deren Namen Häkchen und handschriftliche Notizen erläutern, ob man sich an sie gewandt hat und wer es getan hat, wie sie reagiert haben und wie ihre Loyalität gegenüber den Aufständischen einzuschätzen ist. Aber anscheinend ist irgendetwas geschehen, das die ganze sorgfältige Planung über den Haufen wirft. Constantine spricht sich dafür aus, sofort anzugreifen, spätestens innerhalb der nächsten vierundzwanzig Stunden, doch Sorya und Geymard haben Einwände.

Constantines dröhnende Stimme lässt die Bürofenster klirren. »Wir können nicht das Risiko eingehen, dass der Geheimdienst unsere Verschwörung auseinander nimmt!«

»Warten Sie«, sagt Geymard. Er sieht stirnrunzelnd auf die Karte.

»Bis jetzt gab es nur zwei Verhaftungen«, erklärt Sorya. »Es waren unwichtige Leute. Junge Offiziere mit niedrigem Rang, die das Gesamtbild nicht kennen.«

»Die Leute, die sie angeworben haben, sind in Sicherheit. Wir haben sie herausgeholt und jetzt verstecken sie sich bei unseren Freunden«, fügt Geymard hinzu. Er deutet mit einem Nicken in die Richtung der Verdrehten. »Deshalb kann der Geheimdienst die Spur nicht bis zu den Leuten verfolgen, die für unsere Pläne wirklich wichtig sind.«

Aiah hält den Atem an, als sie sich vorstellt, wie es sein muss, wenn man bei den Verdrehten Zuflucht sucht, selbst wenn sie freundlich gesonnen sind – in ihren dunklen Bauten leben, ihre Nahrung essen, umgeben von ihrem Geruch.

»Irgendjemand muss unsere Leute verraten haben«, beharrt Constantine. »Jemand aus unserer Organisation.«

»Wahrscheinlich haben sie sich selbst verraten«, meint Geymard. »Sie haben getrunken und mit dem Ende der Keremaths geprahlt, und ein Spitzel hat es gehört.«

»Wir müssen sofort zuschlagen!«, ruft Constantine. Er hebt beschwörend die Hände. »Warum eigentlich nicht? Alles ist an Ort und Stelle, alles wartet nur aufs Kommando ...«

Geymard schüttelt leicht den Kopf. »Inzwischen sind einige hundert Menschen an der Verschwörung beteiligt«, sagt er. »Es würde eine gewisse Zeit dauern, sie zu alarmieren.«

»Ich kann nicht garantieren, dass es in der angegebenen Zeit möglich sein wird, alle unsere Leute zu aktivieren«, bestätigt der Kleinere der Verdrehten. Seine Stimme ist hoch und leise und klingt ausgesprochen höflich.

»Und wir können uns auch nicht unbedingt auf unsere Plasmaversorgung verlassen«, wendet Sorya ein. Die grünen Augen richten sich auf Aiah, als wäre eine Zieloptik eingeschwenkt. »Wenn ich wie vorgeschlagen einen Unfall hätte arrangieren dürfen, dann wäre die Behörde keine Gefahr mehr für uns.«

Die anderen Verschwörer drehen sich zu ihr um. Auf Constantines Wange zuckt ein Muskel. Aiah richtet sich auf und lächelt.

»Ich habe die Behörde auf Kremag und Partner aufmerksam gemacht«, erklärt sie. »Ich glaube, man wird dort schnell zugreifen. Wenn sie mit Kremag fertig sind, werden sie sich ein halbes Dutzend weitere Adressen vornehmen, die ich ihnen gegeben habe. Was sie in den nächsten Wochen auch tun, nach uns werden sie nicht suchen.«

»Wann wird die Behörde gegen Kremag vorgehen?«, fragt Constantine.

»Ich habe ihnen genug Beweise geliefert, damit sie sofort aktiv werden können«, sagt Aiah. »Aber sie wollen es vielleicht noch einmal überprüfen. Möglicherweise können sie außerhalb der Hauptschicht keinen Richter mehr finden, der den Haussuchungsbefehl unterzeichnet, und vielleicht kann die Fahndungsabteilung so kurzfristig kein Kommando zusammenstellen. Ich würde damit rechnen, dass erst morgen etwas geschieht.«

Constantine sieht sie kalt an, macht auf dem Absatz kehrt und marschiert zur Karte. Aiahs Herz stößt in ihrer Brust einen leisen Schrei aus, als sie erkennt, wie unzufrieden er mit ihr ist. Constantine legt die große Hand über das Zentrum von Caraqui und verdeckt den Luftpalast und die Regierungsgebäude. Er beugt sich vor und drückt die Hand auf die Karte, als könnte er die

Ziele allein durch seine Körperkraft ausradieren. »Ich spüre, wie es uns entgleitet«, sagt er. »Bisher hatten wir das Überraschungsmoment auf unserer Seite. Jetzt sind wir in der passiven Rolle und müssen warten, wie sich die Dinge entwickeln. Ein kleines Missgeschick kann alle unsere Pläne vereiteln.«

»Das war die ganze Zeit schon so«, erwidert Geymard. »So oder so sind wir in Sicherheit, ganz egal, was passiert. Drumbeth trägt das ganze Risiko.«

»Der Geheimdienst könnte inzwischen begonnen haben, unsere Leute zu verhaften.«

»Und was können wir tun, um es zu verhindern?«, fragt Sorya. »Außerdem, was können sie schon herausfinden, wenn sie jemanden verhaften? Widersprüchliche Gerüchte, Spekulationen. Die meisten unserer Helfer haben nur das erfahren, was sie gern hören wollten, und das hat nicht unbedingt der Wahrheit entsprochen. Die meisten spielen in unserem Plan nur eine Nebenrolle und kennen nur ihren kleinen Ausschnitt des Gesamtbildes. Es gibt nur sehr wenige Menschen, die den gesamten Plan kennen, und die sind alle hier in diesem Raum.« Sie wendet sich an Constantine. »Es gibt sogar einige Dinge, die nicht einmal Drumbeth weiß, dabei war der Coup seine Idee. Wie beispielsweise die Tatsache, dass du die Delphine bewaffnet hast.«

Constantine antwortet ihr nicht, sondern dreht sich zu Geymard herum. »Ich will Ihre Leute sehen«, sagt er. »Ich will wissen, ob sie bereit sind zum Zuschlagen, sobald wir den Befehl geben.«

Geymard verzieht etwas entnervt das Gesicht. »Na gut«, sagt er. »Sollen wir meinen Luftwagen nehmen?«

»Ja. Und zwar auf der Stelle, wenn ich bitten darf.«

Constantine stürmt aus dem Büro wie ein Jagdhund, den man von der Leine gelassen hat, Geymard und Martinus folgen gemessenereren Schritts. Aiah sinkt das Herz in die Hosen. Sie muss hier bleiben, allein mit Sorya und den Verdrehten. Sorya sieht Constantine nach und zieht eine Augenbraue hoch.

»Obwohl er ein Absolvent der Schule von Radritha ist«, bemerkt Sorya, »hat Constantine es noch nie geschafft, einfach abzuwarten, wie sich die Dinge entwickeln.« Sie wendet sich an die beiden Verbündeten. »Entschuldigen Sie seine Grobheit. Er ist jetzt ganz außer sich, aber wenn der Augenblick gekommen ist, wird er keine Fehler machen. Er wird sich sogar selbst übertreffen, denke ich.«

»Wir verstehen«, sagt die Größere der Verdrehten. Erst jetzt bemerkt Aiah erstaunt, dass es sich um ein weibliches Wesen handelt.

»Wir wissen, dass dies für uns alle ein kritischer Augenblick ist«, fügt der Zweite mit der hohen, fast singenden Stimme hinzu.

»Ich glaube, Sie wurden noch nicht vorgestellt«, fährt Sorya fort. »Miss Aiah, dies hier sind unsere Verbündeten Adaveth …« Damit ist das kleine, halb amphibische Wesen gemeint. »Und dies ist Myhorn.« Die Größere. Sorya wendet sich an die Verwachsenen. »Miss Aiah ist eine unserer wertvollsten Agentinnen hier in Jaspeer.«

Eine Agentin soll ich sein?, denkt Aiah. Sie begrüßt die beiden mit einem Nicken. »Freut mich, Sie kennen zu lernen«, sagt sie. Beinahe zuckt sie zusammen, als Adaveth die riesigen, pechschwarzen Augen auf sie richtet.

»Es ist mir eine Ehre«, sagt Adaveth einfach, ehe sie das Gespräch mit Sorya fortsetzt. »Verstehe ich Sie recht, dass die Konferenz damit beendet ist? Sollen wir nach Caraqui zurückkehren?«

Sorya überlegt. »Sie können gern bleiben, wenn Sie möchten«, sagt sie. »Aber es scheint im Augenblick nicht möglich, irgendwelche Entscheidungen zu treffen. Wir werden jedenfalls binnen der nächsten drei Schichten mit Ihnen Kontakt aufnehmen.«

»Dann werden wir nach Hause zurückkehren«, sagt

Adaveth. »Wir haben noch einige Vorbereitungen zu treffen.« Sie verabschieden sich mit Handschlag von Sorya und dann von Aiah. Aiah nimmt ihren ganzen Mut zusammen, streckt die Hand aus und berührt Adaveths feuchte Haut.

Die beiden Verdrehten gehen hinaus und sofort fällt Aiah das Atmen etwas leichter. Sorya begleitet die Gäste hinaus, dann schließt sie hinter ihnen die Tür und sieht ihnen durch die Glasscheibe nach.

»Sie sind der große Fehler der Keremath und zugleich unsere große Chance«, erklärt sie mit leichtem Lächeln. »Die alten Flieger-Herrscher in Caraqui, selbst Verdrehte, haben andere Verdrehte erschaffen, die, jeweils für bestimmte Aufgaben angepasst, ihnen dienen sollten. Die Flieger haben ihre Gesellschaft hierarchisch gegliedert und sich selbst an die Spitze gestellt. Die von ihnen eigens erschaffenen Gemeinen nahmen die unterste Stufe ein. Als die Flieger entthront wurden, blieben die Verdrehten weiterhin ganz unten, doch man erwartet von ihnen, dass sie sich um wichtige Dinge kümmern. Sie müssen die Versorgungsleitungen und Plasmaleitungen der dummen großen Boote warten, auf denen die Caraqui leben.« Sie sieht Aiah an. »Wer weiß, was sie im Austausch für etwas Würde und Ansehen zu tun bereit sind? Erstaunlich, dass die Keremath das nicht verstehen. Ich würde diese Arbeiter zu einer Elite machen, die voller Stolz und von sich eingenommen ist, wie es ihrer Verantwortung entspricht.«

»Ich verstehe.« Aiah fragt sich, warum Sorya so herzlich und gesprächig ist. Vielleicht ist sie heute einfach nur in der Laune, freundlich zu sein, denkt Aiah. Aber dann erinnert sie sich. *Das Gesetz des Chonah verlangt es, sich mit dem Passu anzufreunden.* Sofort ist sie auf der Hut.

»Die Steuerpulte sind frei«, sagt Sorya. »Benutzen Sie das Plasma nach Belieben, aber tun Sie nichts außerhalb des Gebäudes und unterlassen Sie alles, was die Aufmerksamkeit auf uns lenken könnte. Anschließend kann ich dafür sorgen, dass Sie nach Hause gefahren werden, wenn Sie wollen.«

»Danke«, sagt Aiah.

Das Pult, an dem sie Platz nimmt, wirkt beinahe wie ein kleiner, mit Sandsäcken abgeschirmter Bunker. Sie ist mit den Monitoren und dem Handsender allein. Mithilfe des Plasmas verbrennt sie die Müdigkeit und geht einige der Übungen durch, die Constantine sie gelehrt hat: Visualisierungen, Bewegungen der Anima, Arbeit mit dem Sinnesapparat. Sie lässt die Anima in den Keller schweben und schreitet durch die Dunkelheit, vorbei an den mächtigen Eisenstreben, die das Gewicht der großen Akkumulatoren tragen, vorbei an den Kabeln und Verbindungsstücken, die das Plasma übertragen. Nicht nur Plasma, sondern auch die Macht, in die Realität einzugreifen. Eine Revolution anzuzetteln.

Und sie selbst, denkt Aiah, wird daran beteiligt sein.

Es hat schon Tote gegeben. Pläne wurden geschmiedet, Leute wurden verhaftet, Truppen verlegt. Bündnisse wurden geschlossen, Morde verabredet, Lügen ausgedacht, Täuschungsmanöver durchgeführt, mindestens ein Handel mit einer Ausgeburt des Bösen geschlossen, damit Seelen verschlungen werden können.

Und sie selbst, denkt Aiah, ist an alledem beteiligt.

Früher ist sie immer erschrocken, wenn ihr bewusst wurde, dass man ihr eines Tages den Tod mehrerer Menschen zur Last legen könnte. Aber dieser Schrecken ist vergangen. Geblieben ist nur eine leise Trauer, dass dies alles notwendig ist. Was sind diese unbedeutenden Toten im Vergleich zu Caraqui, zur Neuen Stadt, zu Constantines ehrgeizigen Plänen?

Aiah nimmt noch etwas Energie über den Handsender auf und verwandelt sich in eine Riesin, die gebückt zwischen den Ziegelmauern des Kellers umherschleicht. Ihre Wahrnehmung greift hinaus und erfüllt die leeren

Gänge, bis sie glaubt, jede Staubflocke zu spüren und jedes Insektenherz schlagen zu hören. Aiah lässt Licht werden und erhellt die riesige dunkle Höhle mit einem Auflodern ihrer Energie. Ein flackernder, orangefarbener Brand, der einen grellen Kontrast zu den tiefschwarzen Schatten zwischen den Bögen des Gewölbes bildet …

Aiah schwebt wie ein Leuchtturm durch den Raum und erkennt mit kalter Freude, dass sie jetzt wirklich eine brennende Frau geworden ist.

18

Unter einem Himmel, der von Reklame für *Die Herren der Neuen Stadt* beinahe überquillt, genießt Aiah die Fahrt im Wagen mit dem gewohnten Früchtekorb und der Flasche Wein. Auf dem Heimweg liest sie Rohders *Protokolle* mit zunehmendem Interesse. Rohder behauptet, er hätte »Ganzzahlverhältnisse« entdeckt, durch die sich die Erzeugung von Plasma steigern ließe. Ähnliche Prinzipien sind schon seit langer Zeit aus anderen Bereichen bekannt. Man weiß beispielsweise, dass sich die Wirkung des Plasmas abhängig vom Radius um den Ausgangspunkt verstärken kann. So werden große Gebäude in genau berechneten Abständen voneinander errichtet, um durch die ›Resonanz‹ die Erzeugung des Plasmas zu begünstigen. Dabei sind die Quadratzahlen und die Quadrate von Quadraten besonders interessant. Nach den Bauvorschriften der großen, wohl geordneten Metropolen müssen die Straßen in bestimmten Abständen angelegt werden, um die Plasmaproduktion so weit wie möglich zu fördern.

Aber an beiden Enden des Spektrums werden die Effekte wieder schwächer. Die Krümmung des Planeten verhindert die Platzierung von Gebäuden in den idealen Abständen. Umgekehrt werden die Effekte wieder schwächer und verschwinden ganz, wenn die Gebäude weniger als einen Viertelradius voneinander entfernt sind.

Rohder behauptet nun, er hätte eine weitere Maßeinheit entdeckt, die in kleinerem Maßstab den gleichen Gesetzmäßigkeiten unterworfen ist wie der Radius und auf ähnliche Weise Energie produziert. Der Effekt sei bisher übersehen worden, weil man die geringen Zuwächse an Plasma nicht vom Grundrauschen unterscheiden konnte. In seiner typischen, wenig phantasievollen Sprache nennt er diese Maßeinheiten ›Wirkstrecke‹ oder ›WS‹. Gebäude von ausreichender Größe müssten in präzisen Verhältnissen zueinander gebaut werden, um den Effekt zu nutzen. Die Folge sei eine Zunahme der Plasmaproduktion, die unter idealen Bedingungen bei etwa zwanzig Prozent liegen könne.

Und deshalb, erfährt Aiah aus dem Buch, fordert Rohder ungerührt den Umbau der ganzen Welt, damit der Effekt tatsächlich genutzt werden kann. Er gibt eine ganze Reihe von Empfehlungen, wie dies zu erreichen wäre, doch die Vorschläge sind überwiegend undurchführbar. Einzig realistisch ist die Anregung, neue Bauvorschriften zu erlassen, mit denen die Bauherren verpflichtet werden, die Gebäude in entsprechenden Abständen zu errichten.

Immerhin, denkt sie, eine zwanzigprozentige Zunahme der Plasmaproduktion ist nicht zu verachten.

Nach Constantines Vorstellungen entspricht das einer zwanzigprozentigen Zunahme des Reichtums der ganzen Welt.

Sie bekommt Lust, sich die Daten der Untersuchung selbst anzusehen und fragt sich, ob die Ergebnisse jemals außerhalb der *Protokolle* publiziert worden sind.

Zu Hause wartet eine Nachricht von Rohder auf sie. Er hat Kremag und Partner überprüft und tatsächlich klare Beweise für den illegalen Gebrauch von Plasma gefunden. Er konnte sogar beobachten, wie Plasma von Sendeantennen im obersten Stockwerk abgestrahlt wurde.

So viel zu ihrer Theorie, die schmiedeeisernen Verzierungen wären Antennen gewesen, denkt Aiah.

Rohder fährt fort, dass er das Gebäude bei nächster Gelegenheit von einer taktischen Eingreiftruppe stürmen lassen will. Aiah sei hoffentlich bereit, in der Zwischenzeit auch die Bänder des Intendancy-Viertels durchzusehen, die im sechzigsten Stock des Behördengebäudes archiviert sind. Die großen Gebäude in diesem Viertel wurden nach viel strengeren, wissenschaftlichen Vorgaben errichtet als diejenigen bei Rocketman, und wenn hier Plasma gestohlen werde, dann geschehe es in noch größerem Ausmaß.

Aiah ruft Rohders Büro an. Seine Stimme klingt abwesend.

»Ich möchte mich bei Ihnen dafür bedanken, dass Sie meine Versetzung verlängern wollen«, sagt sie.

»Keine Ursache«, gibt er zurück. »Genaugenommen muss ich mich sogar bei *Ihnen* bedanken«, fügt er hinzu.

»Ich bin neugierig, was jetzt mit Kremag und Partnern passiert und ob und wann überhaupt etwas geschieht.«

»Ach.« Ein gedehntes Schweigen. Die Antwort kommt zögernd und von Pausen unterbrochen, in denen Rohder nachdenklich an der Zigarette zieht oder den Rauch wieder ausstößt. »Nun ja«, seufzt er, »ich habe mich mit dem Richter in Verbindung gesetzt, der gewöhnlich mit uns zusammenarbeitet, und er will die Hausdurchsuchungsbefehle ausstellen. Wenn das geschehen ist, schicken wir das Einsatzkommando los, aber es hilft uns natürlich, wenn in dem Augenblick, wo wir das Gebäude stürmen, tatsächlich illegale Plasmaaktivitäten stattfinden. Dies wiederum bedeutet, dass wir genügend Magier zusammenziehen müssen, um die Sicherheit des Teams zu gewährleisten, während die

Leute dort eindringen und die Verhaftungen vornehmen.«

»Wie lange wird das alles dauern?«

»Wie spät haben wir es denn?«

»Dreiundzwanzig Uhr. In einer Stunde haben wir Freitag.«

»Wahrscheinlich in vierundzwanzig Stunden, würde ich sagen. Spät in der zweiten Schicht am Freitag oder gleich nach Mitternacht in der dritten Schicht.«

»Das ist ja ziemlich schnell. Gut.« Aiah fragt sich, ob sie vielleicht Dr. Chandros unterrichten soll.

»Ich überwache die Gegend gerade«, erklärt Rohder. »Wir sollten das Gespräch jetzt beenden.«

Seine Anima ist irgendwo in der Nähe von Kremag und Partner unterwegs. Kein Wunder, dass er so abwesend wirkt.

»Dann sehen wir uns morgen«, sagt Aiah. »Gute Nacht und noch einmal vielen Dank.«

Sie trennt die Verbindung und hängt den Kopfhörer auf. Vor dem inneren Auge sieht sie Rohder, wie er in seinem verräucherten Büro sitzt und auf einem Strom von Plasma durch die Stadt fliegt, hinter sich die Engel der Kraft mit den glänzenden Bronzeaugen.

Aiah wirft einen Blick zu dem Band der *Protokolle,* der auf dem ungemachten Bett liegt, und denkt über Rohder nach. Sie weiß nichts über ihn. Nichts abgesehen von dem, was in dem rot eingebundenen Buch steht. Der letzte von vierzehn Bänden, die niemals von denen gelesen wurden, für die sie bestimmt waren, obwohl in ihnen angeblich eine revolutionäre Neufassung der fundamentalen Gleichung zwischen Geist und Materie zu finden ist.

Sie sieht ganz hinten im Buch nach und stellt fest, dass die Mitarbeiter ihre Lebensläufe angefügt haben. Nachdem sie die ersten Zeilen in Rohders Abschnitt gelesen hat, läuft es ihr kalt den Rücken hinunter.

Er ist mehr als dreihundert Jahre alt. Nach kurzem Kopfrechnen hat sie das genaue Ergebnis: dreihundertsiebzehn Jahre.

Rohder arbeitet für die Behörde, seit er im Alter von fünfundzwanzig Jahren seinen Doktortitel bekommen hat. Anscheinend hat er zwischendurch einige Beurlaubungen in Anspruch genommen, um sich der Lehre zu widmen. Kein Wunder, denkt Aiah, dass man ihn wegen seines Alters loswerden wollte. Kein Wunder, dass er so freizügigen Zugang zum Plasma genießt. In einem System, das ausschließlich auf Alter und Erfahrung basiert, muss er beinahe unbesiegbar sein.

Sie schaut zur Kommunikationsanlage und fragt sich erneut, ob sie die Nummer anrufen soll, die Constantine ihr gegeben hat. Wenn er wüsste, dass das Kommando in den nächsten vierundzwanzig Stunden zuschlägt, könnte er seine Pläne weiterverfolgen. Vielleicht würde das sogar seine Wut ein wenig dämpfen.

Sie seufzt, verlässt die Wohnung und geht zum Aufzug. Im Freizeitbereich im Erdgeschoss, zwischen dem Swimmingpool und den Tennisplätzen, stehen ein paar öffentliche Telefone. Eigentlich müsste es sicher genug sein, wenn sie von dort aus anruft.

■ ■ ■

Am nächsten Morgen wartet Khoriak vor den Loeno Towers auf sie. »Hallo«, sagt sie. »Ist etwas passiert?«

Khoriak wischt sich blonde Strähnen aus der Stirn. »Ich habe eine Nachricht vom Boss«, sagt er und reicht ihr einen Umschlag.

»Danke«, sagt sie überrascht.

»Soll ich Sie zur Arbeit bringen?«

»Oh.« Sie betrachtet den Verkehr, der sich kaum bewegt, und rechnet es im Geiste durch. »Ich glaube, mit Ihnen wäre ich nicht rechtzeitig da. Ich nehme die Pneuma.«

Auf dem Weg zur Pneumastation blickt ständig das Gesicht des Schauspielers Kherzaki vom Himmel zu ihr herunter. Aiah überlegt schon seit Wochen, ob sie sich das Chromoplay nach der Arbeit ansehen soll, aber sie ist unsicher, ob es möglich ist, eine Karte zu bekommen. Das Interesse an dem Chromo ist so groß, dass möglicherweise sämtliche Theater in Jaspeer ausverkauft sind.

Doch als sie Constantines Brief öffnet, rutschen zwei Karten heraus. *Ich würde dich gern zur offiziellen Premiere einladen,* hat er mit Hand geschrieben. *Aber ich fürchte, es wäre nicht sehr klug, wenn wir uns auf diese Weise in der Öffentlichkeit sehen lassen. Nimm die Karten mit meinen besten Empfehlungen und benutze sie selbst oder verschenke sie, wie es dir gefällt. Wenn du nicht zu müde und mich noch nicht leid bist, triffst du mich ab 2.00 Uhr im Landmark, alles andere wie gehabt.*

Unterzeichnet ist der Brief mit *Dein erwartungsvoller Freund.*

Die Karten gelten für ein Theater, das nur zwei Häuserblocks von den Loeno Towers entfernt ist. Was glaubt er denn, mit wem ich dort hingehen könnte?, denkt Aiah. Sie betrachtet das überzählige Ticket und denkt lächelnd: Vielleicht sollte ich Rohder einladen.

Im Gebäude der Behörde macht sie einen Umweg zu ihrem Büro und holt ihre Nachrichten ab. Sie findet eine Rohrpost von Mengene im Auffangkorb. *Was Sie auch für Rohder tun, machen Sie weiter. Er ist vor Begeisterung über Ihre Leistungen ganz aus dem Häuschen.*

Aiah freut sich über die Nachricht, aber sie hat Mühe sich vorzustellen, wie es aussehen mag, wenn Rohder vor Begeisterung aus dem Häuschen ist. Vielleicht kommt es dem Zustand nahe, der bei ihm eintreten könnte, wenn man ihm das Nikotin entzieht.

Sie fährt mit dem Aufzug in Rohders Büro hinauf. Die Türen der Kabine blenden das Geschrei von Tellas Baby aus, das gerade aus einem benachbarten Aufzug auf die Menschheit losgelassen wird. Aiah ist dankbar für die Fluchtmöglichkeit.

»Ich habe mir einige der anderen Adressen angesehen, die Sie mir gegeben haben«, erklärt Rohder. »Mindestens eins der Gebäude scheint einem regelrechten Plasmagroßhandel zu gehören. Wenn wir den ersten Einsatz erledigt haben, besorge ich mir gleich den nächsten Durchsuchungsbefehl.«

»Hoffentlich finden Sie noch mehr heraus.«

Im 60. Stock wird Aiah wie die persönliche Abgesandte des Intendanten empfangen. Sie bekommt ein sauberes Privatbüro mit einem Fenster, das ihr einen Ausblick über die Avenue of the Exchange hinweg zu einem Fenster der Börse erlaubt. Das Büro ist mit dem neuesten Evomatic-Leser ausgerüstet, und sie bekommt einen Assistenten, einen nervösen jungen Abteilungsleiter, der schwarzen Samt und Rüschen trägt. Anscheinend hat es sich ziemlich schnell herumgesprochen, dass sie von einem mächtigen Vorgesetzten protegiert wird.

Sie geht sorgfältig die Bänder durch, aber der Intendancy-Bezirk wird gut überwacht und besteht ohnehin überwiegend aus Regierungsgebäuden. Obwohl sie den ganzen Tag arbeitet, findet sie nur zwei verdächtige Adressen. Beide wurden, so vermutet sie, von dem Programmierer eingegeben, der auch in Rocketman am Werk war, oder von jemand anderem, der nach dem gleichen Schema vorgegangen ist.

Eine der Adressen ist an der Old Parade. Wahrscheinlich geht es dort um Streitigkeiten wegen der Neubauten. Die zweite Adresse gehört zur Fahndungsabteilung der Behörde, zur behördeneigenen Polizei also.

Wer überwacht die Wächter?, fragt sie sich.

Anscheinend ist das jetzt ihre Aufgabe. Je länger sie darüber nachdenkt, desto amüsanter findet sie den Gedanken.

Am Ende der Schicht berichtet sie Rohder von ihren Erkenntnissen.

»Danke«, sagt er. Er lümmelt auf seinem großen Stuhl, einen Fuß auf die Sitzfläche gestellt, und starrt anscheinend mit großem Interesse das Chaos auf seinem Schreibtisch an, während er mit dem Zigarettenanzünder herumfummelt.

»Was ist mit dem Einsatz?«, fragt Aiah. »Wird es heute Nacht passieren?«

»Hmm?« Rohder blinzelt erstaunt, schaut mit wässrigen blauen Augen zu ihr auf. »Oh, ja. Wahrscheinlich heute. Das Einsatzteam wird um 20.00 Uhr ins Gebäude eindringen. Danach hängt es vor allem davon ab, was unsere Kriminellen gerade tun.«

»Dann wünsche ich Ihnen viel Glück.« Aiah will gehen, zögert, dreht sich um. Rohder starrt schon wieder den Schreibtisch an.

»Mr. Rohder?«, sagt sie.

»Ja?« Er schaut nicht einmal auf.

»Ich habe gestern Abend den letzten Band Ihrer *Protokolle* durchgesehen. Ich fand die Informationen über Ihre WS sehr interessant. Darf ich mir die Bände ausleihen, die mit diesem Thema zu tun haben?«

»Das sind die Bände sieben bis zwölf«, sagt Rohder knapp.

Aiah betrachtet die lange Reihe der rot gebundenen Bücher. »Dann sollte ich vielleicht mit Nummer Sieben beginnen.«

■ ■ ■

Das überzählige Ticket schenkt Aiah schließlich dem Türsteher in ihrem Apartmenthaus, der gerade Feierabend macht, als sie nach Hause kommt. Das Theater ist gewaltig, es bietet mindestens tausend Zuschauern Platz und hat ein riesiges Kuppeldach mit einem Fresko, auf dem die Musen abgebildet sind, die den Autoren, Schauspielern, Regisseuren und Kameraleuten göttliche

Inspirationen eingeben. Die große weiße Fläche des ovalen Bildschirms scheint einen halben Häuserblock entfernt zu sein. Die Vorstellung ist komplett ausverkauft und die Zuschauer sind für den Anlass festlich gekleidet, auch wenn die offizielle Premiere anderswo stattfindet.

Das Chromoplay wird über Leitungen überspielt, damit es auf der ganzen Welt exakt um 20.00 Uhr beginnen kann. Jedenfalls überall dort, wo es nicht als subversives Material zensiert ist, und selbst dort wird es vermutlich über heimlich verlegte Drähte eingespeist. Zu Beginn der Veranstaltung gibt es ein einstündiges Vorprogramm, unter anderem Live-Interviews mit den Schauspielern und dem Regisseur Sandvak, mit einigen berühmten Leuten und sogar einem Historiker, der es tatsächlich schafft, in den dreißig Sekunden, die man ihm gibt, eine Zusammenfassung der Cheloki-Kriege zu formulieren. Constantine ist natürlich auch dabei. Die bescheidenen weißen Rüschen und die schwarze Samtweste bilden einen starken Kontrast zum extravaganten, knöchellangen Mantel aus Schlangenleder. Sorya steht neben ihm, auch sie auffällig in rote und gelbe Seide gekleidet und einen Gürtel aus goldenen, verflochtenen Plasmasymbolen tief auf die Hüften gehängt. Das geschlitzte Kleid gibt den Blick auf einen makellos glatten, sorgfältig in Pose gesetzten Schenkel frei.

Ein Reporter ist so dumm, Constantine zu fragen, was dieser von dem Chromoplay hält, das auf seinem Leben beruht.

»Das Chromo ist meiner Ansicht nach ein Symbol dafür, dass die Neue Stadt wiedergeboren werden wird«, sagt Constantine. Er lächelt strahlend, aber in den gelblich funkelnden Augen liegt etwas Raubtierhaftes. »Vielleicht haben wir jetzt genug Abstand, um die Ideen so zu betrachten, wie sie sind, ohne uns von den traurigen, unglücklichen Umständen beeindrucken zu lassen, unter denen sie geboren wurden.«

Der Reporter scheint nicht zu wissen, was er davon halten soll. Er wollte ein nettes kleines Zitat haben, eine begeisterte Bemerkung, die man schnell wieder vergessen kann, aber nicht diesen Ausbruch von Prosa.

»Glauben Sie denn, das Chromo wird den Menschen helfen, Ihre Ideen besser zu verstehen?«, unterbricht er die Ansprache. Constantine sieht in die Kamera und bleckt die Zähne zu einem Raubtierlächeln. Riesengroß hängt sein Gesicht in der ganzen Welt über unzähligen Zuschauern in unzähligen Theatern. Ein kalter Funke, den Aiah schaudernd wiedererkennt, glüht in den Augen. Es ist eine Leidenschaft und Entschlossenheit, die Constantine nun einen kurzen Moment lang auch das Publikum auf der ganzen Welt sehen lässt. Dies ist der große Augenblick, auf den er lange gewartet hat.

»Die Welt«, sagt er, »hat keineswegs ihre Fähigkeit verloren, uns in Erstaunen zu versetzen. Und das gilt auch für die Neue Stadt.« Er beugt sich abrupt vor zur Kamera, seine Stimme ist auf einmal ein tiefes, theatralisches Grollen. »Und das gilt auch für mich.«

Für einen Augenblick herrscht tiefes Schweigen im Theater. Aiah hat den Impuls, Constantine für sein geschicktes Verhalten zu applaudieren und nach kurzem Zögern tut sie es auch. Andere im Theater fallen ein und applaudieren ebenfalls, doch der Reporter, der anscheinend von Constantines leidenschaftlichem Ausbruch ein wenig erschüttert ist, lässt sofort die nächste Frage folgen.

»Ist das eine Ankündigung, Metropolit?«

Constantines Lächeln sieht aus wie von der Katze geborgt, die gerade den Sahnetopf entdeckt hat. »Wenn ich etwas durchführe«, sagt er, »dann führe ich es durch. Das Ankündigen mögen andere übernehmen, wenn sie wollen.«

Dem Reporter wird die Sache offenbar zu bunt; er wendet sich an Sorya, um das Thema zu wechseln. »Und Sie, Madame Sorya?«, sagt er. »Freuen Sie sich auf die Premiere?«

»Ich erwarte große Dinge«, erwidert Sorya. »Im Theater und außerhalb.«

Was jetzt folgt, ist ein ungeordneter journalistischer Rückzug. Der arme Kerl dreht sich zur Kamera herum und kündigt stotternd ein Interview mit einem Nebendarsteller an, der hoffentlich endlich die benötigten Zitate liefern wird.

Das Chromo ist phantastisch, sagt der Schauspieler. Kherzaki ist phantastisch, genau wie Sandvak. Die ganze Arbeit mit diesen Leuten war, mit einem Wort, phantastisch. Während die sendefähigen Zitate reichlich blühen und geerntet werden, wandert Aiah zur Bar des Theaters und holt sich ein Glas Wein. Sie hat sich an Constantines erlesene Getränke gewöhnt und vergessen, wie erbärmlich das gewöhnliche Zeug ist. Sie lässt das Glas halb voll an der Bar stehen und setzt sich wieder neben ihren Türsteher.

Als das Chromoplay beginnt, vergisst Aiah rasch den schlechten Geschmack im Mund. Schon die erste Szene, ein irrwitziger Tempeltanz in einem Kloster, ist fesselnd – wirbelnde Körper, wehende Gewänder, hervortretende Augen, klingende Zimbeln. Dann folgt ein langer, sanfter und stiller Schwenk über die Beine der Tänzer, die nach der Vorstellung den Platz verlassen und sich an den Seitenwänden eines riesigen Raums aufstellen. Der Hauptdarsteller Kherzaki sitzt meditierend am Ende, in jeder Hand einen mit Quasten verzierten Gebetsstab. Auf Stirn und Wangen sind in roter und gelber Farbe religiöse Zeichen gemalt. Es entsteht ein langgedehntes Schweigen, bis der Schauspieler wortlos aufsteht und hinausgeht. Das einzige Geräusch ist das Rascheln seiner Gewänder.

Aiah bewundert den Regisseur, der die Stille auf diese Weise einzusetzen weiß. Sie kann sich nicht erinnern, wann sie das letzte Chromoplay gesehen hat, das nicht auf schnelle Schnitte und ständige Bewegung gesetzt hätte.

»Mein Vater ist tot, Ehrwürden.« Die ersten Worte, die Kherzaki spricht. Es ist nicht Constantines Stimme, aber sie klingt ähnlich, wie die eines nahen Verwandten. Kherzaki hat eine Ausbildung als Opernsänger genossen und kann seine Stimme entsprechend voll klingen lassen, auch wenn das Timbre etwas anders ist und eher an eine Flüssigkeit als an gehärteten Stahl erinnert.

»Am Ende kehrt alles zum Schild zurück.« So antwortet der Abt, ein weißhaariger Mann, der mit seinem spitzen Kopf und der zwitschernden Stimme an einen Vogel erinnert. Auf seine Stirn ist ein heiliges Symbol gemalt, die Augen sind mit blauen Mascara-Flecken verziert, die ihm etwas Gespenstisches geben.

»Ich muss um die Erlaubnis bitten, an seiner Beerdigung teilzunehmen.«

»Die Erlaubnis sei dir gewährt, mein Sohn«, sagt der Abt.

Kherzaki neigt höflich den Kopf. »Ich möchte Euch außerdem um Euren weisen Rat bitten.«

»Die Weisheit ist nicht die meine«, erwidert der Abt bescheiden. »Ich überbringe nur die Weisheit des Großen Weges der höheren Vollkommenheit.«

»Ich möchte etwas über das Böse erfahren.«

»Das Böse ist ein vergängliches Phänomen, das nicht aus sich selbst heraus existieren kann. Läutere deinen Geist und dein Herz vom Begehren, dann kann das Böse keine Gewalt mehr über dich haben.«

Der Adept ist noch nicht zufrieden. »Aber was ist mit dem äußeren Bösen? Kann es durch Taten überwunden werden?«

»Alles Böse ist vergänglich. Seinem Wesen nach kann

es nicht aus sich selbst heraus leben. Keine Tat ist nötig, kein Handeln ist erforderlich.«

Kherzakis Augen funkeln aufgebracht. »Wenn das Böse vergänglich ist, dann liegt die Vergänglichkeit doch darin, dass das Böse sich selbst zerstört und dass diese Zerstörung unvermeidlich ist. Können nicht tugendhafte Menschen diese Selbstzerstörung des Bösen fördern, damit Unschuldige nicht unnötig leiden müssen?«

Der Abt runzelt die Stirn. »Jede Waffe wendet sich gegen den, der sie benutzt, mein Sohn. Jedes Begehren korrumpiert. Jede Tat ist vergeblich. Wenn du denen helfen willst, die leiden, dann lehre sie, ohne Begehren zu leben.«

»Ohne Essen für ihre Kinder zu begehren? Ohne den Wunsch, wieder Hoffnung haben zu können? Ohne Freiheit und Gerechtigkeit für sich zu verlangen, sollen sie leben?«

»So soll es sein.«

Es folgt ein langes Schweigen, schließlich dreht Kherzaki sich um und geht. Der Abt lächelt verwirrt und schlürft seinen Tee.

Doch Kherzaki, inzwischen wieder in seiner Mönchszelle, zerbricht die Gebetsstäbe über dem Knie, verstaut die Gewänder im Schrank, wäscht sich die rituellen Symbole vom Gesicht und geht weg, um eine Revolution zu beginnen.

Das entspricht nicht ganz dem Verlauf der Geschichte. Aiah weiß beispielsweise, dass Constantine die Schule von Radritha schon einige Jahre verlassen hatte, bevor er sich für Cheloki eingesetzt hat. Außerdem hat Constantines Vater unter Hausarrest bis zum darauf folgenden Bürgerkrieg überlebt. Auch die Namen der Figuren im Chromoplay sind erfunden. Kherzaki heißt im Film Clothius, das Kloster ist fiktiv, wenngleich treffend nachgebildet, und Kherzaki kämpft für eine Metropolis namens Lokhamar. Die Verfremdungen sind leicht durchschaubar, erfüllen aber dennoch ihren Zweck, denn das Chromoplay soll nicht die Wirklichkeit, sondern ähnlich einer Oper ein stilisiertes Abbild, eine literarische und künstlerische Bearbeitung der Wirklichkeit vermitteln. Die Taten sind größer als in der Wirklichkeit, die Farben strahlender und die Gesten grandioser, das Schweigen tiefer. Die stilisierte Betrachtungsweise verleiht einer großen Tragödie einen historischen Hintergrund und wirkt auf diese Weise sogar noch stärker als die ungeschminkte Wahrheit.

Kherzaki ist einfach wunderbar. Er versucht gar nicht erst, Constantine zu imitieren, lässt sich aber gewisse Anspielungen nicht nehmen – hier eine ungeduldige Geste oder ein Blick wie von einem Leoparden, dort eine Redewendung, die Aiah von Constantine kennt. Der Schauspieler ist am Ende des Chromos, als alle Hoffnungen zerschlagen sind, besonders überzeugend, als er versucht, halbwegs würdevoll ins Exil zu gehen, während er seine Metropolis den korrupten Mächten überlassen muss, die alle seine Pläne vereitelt haben.

Aiah ist fasziniert und hingerissen, und sie ist nicht die Einzige. Nach der Vorstellung applaudiert das Publikum begeistert. Sie hat noch nie eine so erschöpfende Biographie gesehen, noch nie ein besseres Zeugnis für das Leben und Denken eines Menschen.

Es folgt eine kurze Pause, danach sollen Live-Berichte von der Premierenfeier folgen, aber nach dem fünfgängigen Mahl des Chromoplays ist Aiah an Berühmtheiten zum Nachtisch nicht sonderlich interessiert. Sie steht auf und rückt ihr Jackett zurecht, der Türsteher erhebt sich höflich, um ihr Platz zu machen.

»Gutes Chromo«, sagt er.

»Ich glaube, Constantine wird sich freuen.«

»Constantine?« Er runzelt die Stirn. »Hat er denn mitgespielt? Ich habe ihn nirgends gesehen.«

Aiah sieht den Mann verwundert an. »Es war ein Chromo *über* Constantine. Über sein Leben. Clothius war Constantine.«

Der Türsteher blinzelt verunsichert. »Oh, deshalb ist er so berühmt, nicht wahr?« Und dann, als Aiah ihn verblüfft ansieht, fügt er entschuldigend hinzu: »Ich sehe kaum Nachrichten.«

Aiah hätte beinahe entnervt den Kopf geschüttelt. »Nun ja, jedenfalls bin ich froh, dass es Ihnen gefallen hat.« Sie schiebt sich an ihm vorbei zum Gang.

»Wann kommt Ihr Freund eigentlich wieder nach Hause?«, fragt der Türsteher.

Aiah zuckt die Achseln und sieht sich kurz über die Schulter um.

»Wer weiß?«

■ ■ ■

Aiah fährt mit dem Taxi zum Terminal. Jetzt, zum Beginn des Wochenendes, sind die Straßen recht belebt, vor den angesagten Clubs stehen Schlangen und das Schildlicht funkelt hell auf Ketten und anderem Schmuck. In den ärmeren Vierteln wie am Terminal sind ganze Straßenzüge abgesperrt, damit die Leute draußen tanzen können, während örtliche Musikgruppen auf Tiefladern spielen und fliegende Händler kleine Gerichte, Drogen und Aphrodisiaka verkaufen.

Aiah bittet den Fahrer, sie hinter dem Gebäude abzusetzen, in dem Kremag und Partner residieren, aber die Straße ist gesperrt – dieses Mal allerdings nicht wegen eines Straßenfestes, sondern von der Polizei. Das Blaulicht zuckt über die Mauern der Häuser, in der Luft liegt ein Hauch von Pfefferspray, der Aiahs Augen brennen macht. Auf dem Gehweg liegen einige klagende Leute, offenbar Gaffer, die sich feuchte Handtücher auf die Augen drücken und von gleichgültigen Sanitätern überwacht werden.

In einem reichen Wohnviertel würde die Polizei niemals so freigebig mit dem Tränengas umgehen, denkt Aiah.

Jedenfalls ist sie froh, dass sie Constantine gute Nachrichten übermitteln kann. Sie trägt dem Taxifahrer auf, zum Landmark zu fahren. Als der Wagen wendet und an dem riesigen Wohnblock vorbeifährt, sieht Aiah Khoriaks blonden Kopf aus dem Eingang eines Ladens lugen.

Demnach sind ihre Nachrichten wohl doch keine Neuigkeiten, denkt sie.

Die Sicherheitskräfte haben sich schon im Landmark einquartiert. Kalte Nudeln, Paté, Früchte und ein guter, bernsteinfarbener Wein warten auf sie. Aiah isst, nimmt ein Bad, vertreibt die Müdigkeit mit einer Prise Plasma und findet ein Geschenk von Constantine auf dem Bett: ein Negligee aus goldener Seide, ein dazu passender Bademantel und Fläschchen mit Zedernöl und passendem Parfüm. Aiah legt das Elfenbeinhalsband an, das Constantine ihr geschenkt hat. Das geschnitzte weiße Trigramm hängt tief zwischen ihren Brüsten. Sie genießt es, sich ausgiebig einzuölen und denkt, dass sie jetzt eine echte Mätresse geworden ist: die Limousine, die Einkaufsfahrten, der Mops auf dem Rücksitz …

Ziemlich albern, denkt sie. Sie kann sich nicht vorstellen, dass Constantine sich lange mit einer so nutzlosen Frau abgeben würde.

Constantine kommt nach einer Weile, Gesicht und Oberkörper in einem Sweatshirt mit Kapuze verborgen, das ihm das Aussehen eines Preisboxers im Ruhestand gibt. »Ich glaube, ich habe die Reporter überlistet«, verkündet er fröhlich. »Wir haben im letzten Augenblick die Luftwagen getauscht und jetzt trägt Martinus meinen Hut und Mantel. Zusätzlich hat er sich das Gesicht mit Plasma verändert. Er müsste die Meute eigentlich zu den Mage Towers lotsen.«

Aiah beglückwünscht ihn. Er zieht sich das Sweatshirt

über den Kopf und wirft es auf einen Stuhl. »Hat dir das Chromoplay gefallen?«

»Es war wundervoll.«

Constantine scheint sehr mit sich zufrieden. »Man wird sich fragen, ob das Chromo gemacht wurde, um den Coup zu unterstützen oder ob es umgekehrt war.«

»Und welche Version stimmt nun?«

Er zuckt die Achseln. »Eigentlich war es als Werbesendung für meine Ideen geplant, das muss ich zugeben. Das Abenteuer in Caraqui ist eher durch Zufall dazugekommen, genau wie du, aber jetzt passt das alles ganz wunderbar mit dem Chromo zusammen.« Er stimmt sein dröhnendes Lachen an. »Millionen Menschen haben das Chromo gesehen, aber nur ein paar wissen überhaupt von den Cheloki-Kriegen. Mindestens eine Generation lang werden Historiker Tausende von Stunden damit verbringen, genau zu ermitteln, an welchen Stellen das Chromo von der Geschichte abweicht, aber es wird niemanden wirklich interessieren. Sandvaks und Kherzakis wundervolle Schöpfung wird dafür sorgen, dass die Menschen sich an mich erinnern.« Ein boshaftes Lächeln spielt um seine Lippen. »Ich hoffe bloß, ich werde meinem Vorbild gerecht.«

Aiah denkt über seine Bemerkungen nach, während Constantine sich ein Glas Wein einschenkt. »Du ... du hast das Chromo irgendwie *angeregt?* Ich hatte den Eindruck, es wäre von Anfang an Sandvaks Idee gewesen.«

»Ich bin sicher, dass Sandvak genau dies glaubt. Er glaubt heftig und leidenschaftlich und aufrichtig an jede Idee, die sein Interesse erregt, bis ihm die nächste kommt. Er war genau der richtige Mann für das Projekt. Er hat wirklich Talent, aber er hat kaum eigene Überzeugungen außer denen, die er sich jeweils vorübergehend ausborgt und künstlerisch umsetzt. Ich habe ihn ausgewählt, auch wenn er es nicht weiß. Ich habe sogar einen Teil der Produktion finanziert, und es sieht so aus, als würde sich meine Investition hundertfach bezahlt machen.«

In Aiahs Kopf dreht sich alles, als sie ihn reden hört, aber mit einer der für ihn so typischen schnellen Bewegungen hebt Constantine sie auf, und sie stößt einen kleinen entzückten und atemlosen Schrei aus. Er trägt sie, an die breite Brust gedrückt, zum Bett. »So viel zu den passiven Unterhaltungsformen«, meint er. »Und jetzt wollen wir uns den aktiven zuwenden.«

■ ■ ■

Je exklusiver die Wäsche, desto schneller ist sie vom Körper herunter, denkt Aiah. Diese Gelegenheit ist keine Ausnahme von der Regel.

Constantine ist überschwänglich und verspielt. Von der überwältigenden Leidenschaft, die er sonst an den Tag gelegt hat, ist jetzt nichts zu sehen. Er scheint ausgesprochen sorglos und viel eher geneigt, Scherze zu machen als sich mit klugen Kommentaren über die Welt und ihr Funktionieren hervorzutun. Es ist, als wäre ihm eine große Last von der Seele genommen worden.

»Freust du dich so sehr über das Chromo?«, fragt Aiah. »Oder ist etwas anderes geschehen, dass du so unbeschwert bist?«

Ein warmes Lachen grollt in der großen Brust. Sie liegen nebeneinander, auf die Ellbogen gestützt, im Bett.

»Teilweise bin ich so vergnügt«, sagt er, »weil das Chromoplay ein Meisterwerk war. Aber ich bin es auch, weil die Sache in Caraqui jetzt in Gang kommt. In diesem Stadium kann ich nicht mehr eingreifen und etwas verändern – die Befehle sind gegeben, alles liegt jetzt in den Händen der Götter. Ich kann noch ein paar Stunden den Frieden und die Freuden des Lebens genießen, ehe ich meine Rolle spielen muss.«

Ein Schauder läuft Aiahs Wirbelsäule hoch. Sie richtet

sich auf und sieht Constantine besorgt an. »Wann geht es los?«, fragt sie.

»Die Soldaten werden am frühen Sonntagmorgen die Kasernen verlassen. Um 5.00 Uhr müssten sie ihre Positionen eingenommen haben. Dieser Teil ist schwierig. Die Einheiten müssen zu verschiedenen Zeiten aufbrechen, damit sie alle im gleichen Augenblick ihre Ziele erreichen. Der eigentliche Angriff wird dann genau um 5.00 Uhr beginnen, ob die Leute an ihren Plätzen sind oder nicht.« Er sieht Aiah besorgt an. »Morgen um diese Zeit bin ich in Barchab und treffe meine letzten Vorbereitungen. Egal wie der Putsch verläuft, ich kann es nicht wagen, noch einmal nach Jaspeer zurückzukehren, denn früher oder später werden die Behörden herausfinden, dass unser Geheimnis am Terminal mit den Ereignissen in Caraqui zusammenhängt.«

Ein hoffnungsloser Protest erstirbt auf Aiahs Lippen. Constantine sieht sie traurig an. »Dies ist das letzte Mal, dass wir zusammen sein können, Miss Aiah. Ich hoffe, du wirst diesen Ort ohne Reue verlassen.«

Die Trauer schnürt Aiah die Kehle zusammen, sie kann einen Augenblick lang nicht sprechen. Tränen brennen auf einmal in ihren Augen. »Ich habe gehofft«, quetscht sie schließlich heraus, »wir würden etwas mehr Zeit haben.«

»Wenn der Putsch gut verläuft«, sagt er, »kannst du nach Caraqui kommen und dann haben wir vielleicht wieder etwas Zeit.«

Aiah legt sich flach auf die blauen Seidenlaken. »Aber höchstwahrscheinlich haben wir überhaupt keine Zeit. Du machst keine falschen Versprechungen.«

»Nein, das kann ich nicht und das will ich nicht tun. Meine Versprechungen richten sich … hoffentlich klingt es nicht zu unbescheiden … aber sie richten sich an die ganze Welt.« Er legt den Kopf schief und sieht sie an, legt eine große Hand sanft auf ihre Hand. »Du hast ein erfülltes Leben. Du hast deinen jungen Freund – er scheint wirklich ein anständiger Kerl zu sein – und finanzielle Sicherheit, du hast sogar einen Spezialauftrag von der Behörde.« Seine Augen funkeln. »Du musst die bösen Buben wie mich ausrotten. Und was noch wichtiger ist, du weißt jetzt, wie man fliegt.« Er küsst sie auf die Wange.

Aiah will nur noch weinen. Sie schlingt ihm die Arme um den Hals und drückt das Gesicht in die Halsbeuge.

Sie hätte nicht vermutet, denkt sie erstaunt, dass er ihr einmal so viel bedeuten würde.

Er streichelt sanft ihren Rücken. Falls ihr Ausbruch ihn überrascht hat, so ist dies seiner Stimme nicht anzumerken. »Es tut mir Leid, dass es so plötzlich kommt«, sagt er. »Aber du wusstest ja schon, dass wir selbst im günstigsten Fall nur einige Tage gehabt hätten.«

»Natürlich wusste ich das«, sagt sie. Ihre Stimme klingt gedämpft, weil sie die Lippen an sein Schüsselbein presst, während sie innerlich ihre Dummheit verflucht. Das ist nicht der richtige Augenblick, das heulende Elend zu spielen. Nicht wenn ein perfektes Chonah zu seinem Abschluss kommt, nachdem das Geld auf einer ausländischen Bank sicher und ohne verdächtige Spuren verstaut und auch sonst alles in bester Ordnung ist. Jeder andere Barkazil hätte Freudensprünge gemacht.

Aiah löst sich von ihm und wischt sich die Augen mit dem Handrücken trocken. »Wie dumm von mir«, sagt sie. »Du hast Recht, ich wusste es ja schon.«

»Es tut mir Leid, dass es dich so trifft.«

»Es ist schon vorbei. Ich … ich glaube, es war nur die Überraschung.«

Wieder legt er den Kopf schief und sieht sie aus dieser Perspektive an. »Du hast eine große Zukunft vor dir. Du bist intelligent und hast ein großes Talent und viel Einfühlungsvermögen. Du hast jetzt genug Geld, um einen richtigen Abschluss zu machen, wenn du das willst. Oder du könntest ein eigenes Geschäft aufmachen.«

»Wie soll ich erklären, woher ich das Geld habe?«

Constantine zuckt die Achseln. »Ein zweckbestimmtes Vermächtnis eines reichen Großvaters. Ein Stipendium aus Barkazi. Wahrscheinlich wird sowieso niemand fragen, und falls dir wirklich jemand zu nahe kommt, kannst du jederzeit zu einer Universität in einer anderen Metropolis wechseln.«

Das würde bedeuten, dass sie Gil verlassen muss, denkt sie.

Aber andererseits hat sie das vielleicht sogar schon längst getan.

»Es braucht eine Weile, bis man sich an diese Art Leben gewöhnt«, sagt sie. »Es gibt so viele Dinge, die man verbergen muss.«

Constantine lächelt. »Soll ich dir ein Geheimnis verraten? Soll ich dir verraten, wie man überlebt, obwohl man so viel zu verbergen hat?«

»Ja, das wäre schön.«

Er beugt sich zu ihr und flüstert es ihr ins Ohr. *»Verrate niemandem auch nur ein Wort.«* Er lehnt sich lächelnd zurück. »So einfach ist das.«

»Ja.«

»Verbrechen werden aufgeklärt, wenn die Leute die Behörden informieren. Das hast du selbst gesagt.«

Aiah nickt lächelnd. Constantine glaubt anscheinend, sie würde ihn nicht ernst nehmen und fährt etwas ernster fort.

»Du erzählst es deinem Geliebten oder deiner besten Freundin. Und dann streitest du dich mit ihnen, und sie zeigen dich an. Oder sie erzählen es jemand anders und dieser andere empfindet dir gegenüber keine Loyalität. Vielleicht hat er auch Probleme mit der Steuer oder anderen Ärger und glaubt, es könnte ihm helfen, wenn er sich bei den Behörden einschmeichelt, also verpetzt er dich. Das Schlimmste überhaupt ist es, einem Kriminellen zu vertrauen, denn die verpfeifen sich sehr oft gegenseitig, sobald sie darin einen Vorteil sehen. Deshalb ist das Geheimrezept ganz einfach …« Er beugt sich wieder zu ihr und sein warmer Atem streicht über ihre Haut. *»Verrate niemandem auch nur ein Wort.«*

Da er schon einmal so nahe ist, ergreift Aiah die Gelegenheit, ihn zu küssen. »Das habe ich nicht getan und das werde ich nicht tun«, sagt sie. »Ich bin eine Barkazil, musst du wissen.«

»Und wenn man dir Vorhaltungen macht, gib nichts zu«, sagt Constantine. »Zwinge sie, jeden Punkt zu beweisen. Gib so wenig wie möglich preis, denn je länger die Geschichte ist, die du ihnen erzählst, desto mehr Seil bekommen sie in die Hand, um dich stolpern zu lassen und aufzuhängen.«

»Ich habe das alles schon mit der Muttermilch aufgesogen«, versichert Aiah. »Aber vielen Dank für den Rat.«

Er lächelt sie halb amüsiert aus schmalen Augen an. »Als es so aussah, als könnte es eine Rolle spielen, habe ich mich über die Beziehung zwischen den Barkazil und den Jaspeeri informiert«, erklärt er. »Ich habe herausgefunden, dass die Jaspeeri zu der Ansicht neigen, die Barkazil seien Betrüger, Verschwörer und Diebe.«

»Wir nehmen uns nur, was uns sowieso gehört.«

Constantine ist skeptisch.

»Das ist doch wahr. Meine Großmutter sagt das auch immer.« Aiah lächelt ihn siegesgewiss an. »Ich will dir eine Großmuttergeschichte erzählen. Was weißt du über Karlo?«

»Karlos Gedenktag ist ein großes Fest für die Barkazil, nicht wahr?«

»Er ist unser Unsterblicher. An Karlos Tag nehmen wir uns immer frei, und die Langnasen sind wütend.

Aber Karlos Geschichte reicht bis zum Anfang zurück, bis in die Zeit, bevor die Malakas den Schild aufgebaut haben. Damals gab es noch eine Sonne und einen Mond da oben, und Senko hat für den Krieg gegen den Herrn der Bäume Waffen aus Eisen und Stahl erfunden.«

»So weit geht das zurück, ja«, murmelt Constantine. Er hat die Augen halb geschlossen, als würde ihn das Thema nur am Rande interessieren.

»Die Barkazil sagen, es sei Karlo gewesen, der Senko die Lagerstätten des Eisens gezeigt hätte. Carlo sei Senkos klügster General gewesen und habe die Barkazil in der Schlacht angeführt. Es gibt viele Geschichten, wie er die Feinde überlistet hat. Ich habe gehört, dass die Senkoisten der Ansicht sind, Karlo sei ein Avatar Senkos, aber das leuchtet mir nicht ein, weil Senko ja wohl kaum zwei Avatare gleichzeitig haben konnte, selbst wenn er ein Unsterblicher war.«

»Gutes Argument, theologisch nicht zu widerlegen.«

»Jedenfalls hat Senko die Bäume besiegt und ihnen befohlen, an Ort und Stelle zu bleiben und hat dann den Krieg gegen die Malakas vorbereitet. Karlo hielt den Krieg gegen die Aufgestiegenen Meister nicht für eine gute Idee, deshalb wandte er sich an die Malakas und bot ihnen seine Hilfe an, falls den Barkazil dafür der Aufstieg erlaubt würde.«

»Du meinst, Karlo hat seinen Freund verpfiffen.«

Aiah versetzt ihm einen kleinen Hieb auf den Oberarm. »Still! Wir kommen jetzt zum wichtigen Teil. Die Malakas haben Karlo und seiner Familie den Aufstieg angeboten, aber sie haben seinem Volk insgesamt den Aufstieg verweigert. Deshalb hat er das Angebot abgelehnt und seine Armeen Senko zur Verfügung gestellt. Doch es war zu spät, und die Aufgestiegenen Meister haben Senko vernichtet, bevor Karlo ihm zu Hilfe kommen konnten. Aber die Malakas waren sehr beeindruckt von Karlos Klugheit und seiner Treue dem Volk der Barkazil gegenüber, und als sie den Schild errichteten, haben sie darauf verzichtet, Karlos etwas anzutun und ihm zum Lohn sogar die Herrschaft über die ganze Welt gegeben.«

»Metropolit des ganzen Planeten?« Constantine überlegt. »Diese Version habe ich noch nie gehört.«

»Die anderen Versionen sind falsch und meine Großmutter hat Recht«, sagt Aiah einfach nur. »Sie meint, mit Karlo habe ein großes Zeitalter begonnen. Als er Metropolit wurde, hat er entdeckt, wie man das Plasma benutzt, aber er hielt es geheim und teilte sein Wissen nur mit den Barkazil. Wir sind nämlich das magische Volk, aber ich glaube, das sagte ich dir schon. Die anderen Völker wurden jedoch eifersüchtig und haben sich verschworen, uns das Geheimnis zu stehlen.«

»Die meisten Überlieferungen nennen Mala vom Feuervogel als die Entdeckerin des Plasmas.«

»Sie hat es Karlo gestohlen. Die Geschichte, wie es zum Diebstahl kam, ist ziemlich kompliziert, insgesamt gab es sogar drei Versuche, aber ich will das nicht weiter vertiefen. Jedenfalls brach ein großer Krieg aus, nachdem das Geheimnis gestohlen war. Alle anderen haben gegen die Barkazil gekämpft, Karlo wurde getötet, die Barkazil wurden geschlagen. Seitdem ist die Welt in Tausende von unabhängigen Städten zersplittert und wird nicht mehr, wie es eigentlich vorgesehen war, von den Barkazil regiert. Alles, was die Barkazil sich jetzt als Entschädigung nehmen, ist nur ein Bruchteil dessen, was uns sowieso zusteht.«

Ein tiefes, grollendes Lachen entsteht in Constantines Brust und hallt von der Decke wider. »Brillant!«, ruft er. »Ein von der Religion bestätigter Freibrief, dass ihr euch alles nehmen könnt, was ihr haben wollt.«

Aiah sieht ihn an. »Ich würde aufpassen, wenn ich an deiner Stelle wäre.«

Mit fröhlich blitzenden braunen Augen küsst er sie.

»Meine Liebste, du hast mir gerade ein Höchstmaß an Bewunderung gestohlen.«

Aiah errötet. »Danke«, sagt sie.

Er küsst sie wieder, länger dieses Mal. Aiah schlingt die Arme um ihn. »Wenn es etwas gibt, das du von mir haben willst«, sagt er, »dann nimm es dir jetzt gleich, solange noch Zeit ist.«

Ihre Haut kribbelt, als sie die Einladung hört. Sie drängt sich an ihn und spürt das Trigramm aus Elfenbein zwischen ihnen. Eine seiner großen Hände ruht auf ihrer Hüfte. Der Kuss endet schließlich und er sieht sie mit verhangenen Augen an. »Ich habe da eine Idee«, sagt er und zieht sich kurz aus ihren Armen zurück. Er kehrt mit einem Handsender zurück, der Draht schlängelt sich aus seiner Faust bis zum Schreibtisch.

Als er sie wieder berührt, spürt sie sofort das warme, aufregende Prickeln des Plasmas. Aiah schließt die Augen und lässt das Plasma durch den Körper fluten, als würden die kleinen Wellen eines warmen, flachen Meeres über ihre Haut spülen. Der Atem geht schneller, tausend Plasmazungen lecken an ihren Nerven. Sie lacht leise über das Gefühl.

Die Erregung steigt, Aiah beißt sich auf die Lippe und keucht. Als Constantine in sie eindringt, muss sie die Augen öffnen, um sich zu vergewissern, dass zwischen ihren Beinen nicht irgendeine körperlich spürbare Illusion entstanden ist. Constantines Gesicht bleibt unbewegt, die Mundwinkel leicht verzogen, während er sich auf den Teil seiner selbst konzentriert, der mit Plasmafäden zu ihr hinausgreift. Aiah presst die Lippen an seine Brust, schmeckt ihn und atmet seinen Körpergeruch ein.

Das Plasma durchströmt sie … jetzt ist es kein warmer See mehr, sondern ein drängender, aufpeitschender Strudel, ein Vorbote eines gewaltigen Sturms. Aiah klammert sich an Constantines Schultern fest, treibt ihm die Nägel ins Fleisch, als ginge es um ihr nacktes Leben. Nur am Rande bemerkt sie, wie ihr Körper vibriert wie eine Markise in heftigem Wind. Die Lust schwemmt alles andere weg, überschwemmt alles andere außer dem reinen Feuer des Plasmas, bis nur noch ein Klumpen glutflüssigen Metalls bleibt, der auf ihrer Brust liegt und sich erbarmungslos tiefer brennt bis zu ihrem Herzen …

Als der Strom des Plasmas abebbt, fällt ihr auf, dass sie schief liegt, ihr Kopf hängt am Fußende des Betts frei in der Luft. Sie hat keine Ahnung, wie sie in diese Position gekommen ist. Constantine stützt sich neben ihr auf die Ellbogen, den Handsender hält er noch mit einer Hand fest. An seine Lust, seine Bewegungen und seinen Höhepunkt hat sie keine Erinnerungen, aber dass es ihn gegeben haben muss, erkennt sie an den klebrigen Rückständen.

»Eine interessante Art, vier- oder fünftausend Dalder auszugeben, was?«, meint Constantine. »Das Leben der Reichen hat durchaus seine Vorzüge.«

Aiah schnappt nach Luft. *»Was …?«* Sie setzt noch einmal an. »Ich hätte doch *niemals …*«

»Ich dachte, du solltest es wenigstens ein einziges Mal erleben«, sagt Constantine. Er springt vom Bett, geht zum Schreibtisch zurück und wickelt unterwegs den Draht um seine Faust.

Seine Bewegungen sind sparsam und harmonisch und doch irgendwie ruhelos, als hinge die ganze Welt von jedem einzelnen Schritt ab. Der entspannte, verspielte Constantine, den sie nach der Premiere kennen gelernt hat, ist spurlos verschwunden. Vielleicht hat ihn das Plasma auf das Wesentliche reduziert und an die bevorstehenden Schwierigkeiten erinnert.

Constantine legt den zusammengerollten Draht mit dem Handsender in eine Schublade. Er kehrt zum Bett zurück, setzt sich auf die Bettkante und beugt sich vor, um sie zu küssen. »Das war die fünfte von neun Ebenen des harmonischen und bewussten Gleichgewichts«, erklärt er. »Wahrscheinlich haben sie die Erschütterungen noch im nächsten Viertel gespürt.«

Aiah sieht ihn erstaunt an. »Wie sieht die sechste bis neunte Ebene aus?«, fragt sie.

»Aus eigener Erfahrung weiß ich es nicht.« Er runzelt die Stirn. »Die höheren Ebenen sind wohl ziemlich einsam. Die Philosophen, die diese Techniken entwickelt haben, sind der Ansicht, dass nur Plasma und Körperflüssigkeiten wahrhaft göttlich seien. Der eigentliche physische Kontakt aber sei dem Orgasmus des Geistes weit unterlegen. Sie haben deshalb gefolgert, die besten und kunstfertigsten sexuellen Praktiken seien allein durchzuführen. Auf der sechsten und siebten Stufe ist noch jemand im Raum, den man jedoch nicht berühren darf. Bei den noch höheren Stufen ist man allein, abgesehen von der Nähe der Gottheit oder was auch immer.«

Aiah rollt sich auf den Bauch und fährt sich mit den Fingern durchs Haar. »So etwas gibt es doch nur in Liebesromanen und ... ja, und in Chromos. Ich habe es nie geglaubt.«

»Es gibt Lehrer dafür«, meint Constantine geringschätzig. »Allerdings muss man sich gut überlegen, welchen Lehrer man wählt. Es besteht die Möglichkeit, dass die Nerven Schaden nehmen und deshalb braucht man einen Partner mit einer gewissen Reife und Erfahrung.«

Sie sieht ihn an. »Das heißt, ich hätte verletzt werden können?«

»Nicht mit mir.«

Er runzelt die Stirn und sieht ins Leere. Die Augen brennen und seine Gedanken sind in weiter Ferne ... dann streichelt er ihren Rücken und schüttelt den Kopf.

Aiah bemerkt den abwesenden, abschätzenden Blick. Sie schaudert, als ihr bewusst wird, dass Constantine in vierundzwanzig Stunden in einem Krieg kämpfen wird, in dem die physische Realität, einschließlich seiner eigenen Existenz, nur ein Element ist, das mithilfe des Plasmas noch viel leichter beseitigt werden kann als in allen früheren Kriegen …

»Bist du innerlich schon in Caraqui?«, fragt sie. Er sieht sie an und lächelt leicht.

»Es tut mir Leid.« Er legt die langen Beine aufs Bett und nimmt sie in die Arme. »Wir zwei haben noch etwas Zeit und auch wenn sich einige Probleme ergeben haben, sollte ich sie eine Weile wegschieben können. Ganz egal, wie viel ich nachdenke, ich kann sowieso nicht alles vorhersehen.«

»Welche Probleme?« Aiah drängt sich an ihn und küsst seinen Hals.

»Erinnerst du dich an Parq? An diesen Kirchenmann?«

»Ja. Sorya sagte, er wäre hinterhältig.«

»Er ist absolut nicht vertrauenswürdig. Ich wusste es, als ich mich an ihn gewandt habe. Nun ja, er hat uns tatsächlich verraten, wie ich angenommen habe, und seitdem wird mein Name in den Gremien des Keremath-Clans häufiger genannt als jeder andere. Es wäre wohl nicht klug, wenn ich mich in den nächsten Stunden an meinen üblichen Aufenthaltsorten blicken lassen würde.«

Aiah ist beunruhigt. »Warum hast du ihm überhaupt vertraut?«

»Ich habe ihm nicht vertraut.« Constantine lächelt. »Ich habe ihn die ganze Zeit belogen. Ich habe ihm eine Reihe von Namen genannt und behauptet, sie wären an der Verschwörung beteiligt. Er ist prompt zu den Keremath gelaufen und hat ihnen die Namen genannt. Einige jedenfalls. Er spielt ein Doppelspiel. Die Geheimpolizei ist im Augenblick eifrig dabei, Leute zu verhaften und zu verhören, die nichts wissen. Man wird bald merken, dass Parqs Informationen wertlos sind oder

Bestandteil einer Verschwörung, hinter der er selbst steckt. Aber Parq hält auch Kontakt mit meiner Seite und hat die Erlaubnis der Keremath, seine eigenen Truppen an den Sendern zu postieren. Das bedeutet, dass er sich auf die Seite schlagen kann, die zu siegen scheint, sobald der Kampf begonnen hat. Nein ...« Constantine schüttelt den Kopf. »Parq ist nicht das Problem.«

»Was ist es dann?«

»Es hat Gerüchte über den bevorstehenden Putsch gegeben, was angesichts der Zahl von Leuten, die beteiligt sind, nicht weiter verwundert. Allerdings haben wir uns bemüht, falsche Informationen zu verbreiten, wo immer es möglich war. Die Geheimpolizei hat einige für uns sehr unangenehme Verhaftungen vorgenommen und gewisse vorbereitende Manöver der Streitkräfte sind unvermeidlich. Jetzt sind die Keremath gewarnt und haben Kontakt mit Söldnern aufgenommen – Magier und eine Brigade Berufssoldaten. Die Truppen werden gerade nach Caraqui verlegt. Sie dürften aber noch nicht richtig eingewiesen sein, wenn unser Schlag beginnt. Ich hoffe, es wird nur lästig und nicht mehr und vielleicht nimmt Drumbeth sich jetzt sogar meine Warnungen zu Herzen, dass der Flughafen besetzt werden muss.«

»Eine ganze Brigade?« Ernstlich besorgt richtet Aiah sich auf und setzt sich im Schneidersitz aufs Bett.

Constantine, der ausgestreckt neben ihr liegt, lächelt träge und mit halb geschlossenen Augen. »Mondrays Berufssoldaten fliegen direkt vor unseren eigenen Leuten aus der Timokratie ein. Mondray ist gut, aber Geymard ist besser. Und die Berufssoldaten kennen sich in der Stadt nicht aus. Wenn wir zuschlagen, haben sie noch nicht ihre volle Stärke entwickelt und die Ausrüstung noch nicht verteilt. Sie sind den Keremath ohnehin nicht sonderlich verbunden. Ich mache mir viel größere Sorgen wegen Mondrays Magiern. Wenn sie im Palast stationiert oder der Garde der Metropolis zugeteilt werden, haben sie nicht mehr Plasma als die einheimischen Magier, und wir werden sowieso versuchen, ihren Zugriff aufs Plasma noch weiter einzuschränken. Vielleicht können sie die Verteidigung – verstärken, vielleicht aber auch nicht. Wenn die Magier aber über die ganze Stadt verteilt und an Plasmastationen oder in den Büros der Geheimpolizei postiert werden, dann können sie uns eine Menge Ärger machen, und wir merken erst, wo sie sind und welchen Schaden sie anrichten können, wenn es schon zu spät ist.«

»Was willst du dagegen tun?«, fragt Aiah.

»Was ich dagegen tun will?« Er streckt sich ganz aus, lässt genießerisch die Schultern auf dem Seidenlaken kreisen. »Ich werde überhaupt nichts tun«, erklärt er. »Weil ich nichts tun *kann.* Wir können nur abwarten, wie sich die Dinge entwickeln.«

Aiah kaut auf der Unterlippe. »Als du gestern mit Geymard losgerast bist, warst du viel ungeduldiger.«

»Da waren die Nachrichten gerade erst gekommen. Ich hatte Angst, wir müssten die ganze Aktion abblasen. Aber jetzt, nachdem ich mir die Sache angesehen habe, bin ich zuversichtlich, dass wir es nach wie vor durchziehen können. Vorher standen die Chancen neun zu eins für uns, jetzt stehen sie immer noch sechs zu vier.« Er blinzelt sie mit halb geschlossenen Augen an und streichelt ihren Arm mit dem Handrücken. »Außerdem hatte ich die Nacht davor nicht mit einer wundervollen Frau verbracht.«

Eine Flammenzunge leckt an Aiahs Herz. »Sei vorsichtig«, sagt sie.

Constantine richtet sich auf, legt die Hand hinter ihren Nacken und zieht sie an sich. Zärtlich wandern seine Lippen über ihre Haut, sein Atem jagt ihr einen wohligen Schauer über den Rücken. »Du könntest etwas für mich tun«, sagt er.

»Was denn?«

»Wir haben Magier, Soldaten und verschiedene Politiker auf unserer Seite«, erklärt er, »aber mich beunruhigt, dass wir nicht genügend Ingenieure haben. Ein großer Teil unseres Plasmas wird aus der Fabrik am Terminal kommen, dort ist also unser wunder Punkt. Ich habe Angst, dort könnten Geräte ausfallen oder irgendeine andere Panne könnte uns Schwierigkeiten machen.«

Aiah sieht ihm tief in die golden schimmernden Augen. Sie braucht über die Entscheidung nicht nachzudenken, sie kommt von Herzen. »Ich bin keine Ingenieurin, aber ich will tun, was ich kann.«

»Damit steigt natürlich das Risiko für dich«, warnt Constantine sie. »Im Augenblick gehen die Magier die ganze Fabrik durch und beseitigen alle unsere Spuren. Kein Fingerabdruck, keine Hautschuppe, nichts darf zurückbleiben, was ein Plasmahund entdecken könnte. Am Ende der Operation wird es eine zweite Reinigungsaktion geben, aber dabei werden wir wahrscheinlich nicht so gründlich vorgehen können wie jetzt.«

»Ich werde tun was ich kann«, verspricht Aiah noch einmal.

Ist es dies, fragt sie sich, was sie schon mit der Muttermilch aufgesogen hat? Zurückkehren, nachdem bereits alles abgeschlossen ist, nachdem die Zahlungen geleistet sind und das Geld sicher untergebracht ist?

Das hier ist kein Gelegenheitsdelikt, denkt sie. Es geht um Politik … um Überzeugungen, Ideale, Notwendigkeiten … hier gelten andere Regeln.

»Wenn du denkst, dass ich helfen kann, dann werde ich dir helfen«, sagt Aiah.

Constantine strahlt erfreut. »Dann erweise ich dir meine Ehre, tapfere Dame«, sagt er und zieht sie wieder an sich, um sie noch einmal zu küssen. Er nimmt sie in die Arme. Angst und Leidenschaft ringen in Aiah miteinander. Heftig erwidert sie seinen Kuss. Sie will ihn ganz besitzen, seinen brillanten Verstand, den Humor, den Körper, der sich an sie schmiegt. Sie will ihn ganz und gar besitzen, solange der Augenblick dauern darf …

■ ■ ■

Etwa eine Stunde später haben sie gebadet, sich angezogen und die Gifte der Müdigkeit mit Plasma verbrannt. Aiah verlässt Seite an Seite mit Constantine das Schlafzimmer. Die Halskette aus Elfenbein trägt sie über dem Abendkleid, das seidene Nachthemd ist in der kleinen Reisetasche verstaut. Constantine ist wie für eine Privatreise gekleidet: graue Cordhosen, Stiefel, die weiche schwarze Lederjacke. Ein halbes Dutzend von Constantines Mitarbeitern wartet schon, unter ihnen auch Sorya, die mit dem Militärmantel und der Kappe in einem dicken Polstersessel sitzt, die Beine mit den Stiefeln lang ausgestreckt.

Sie haben hier gewartet, denkt Aiah kalt, während hinter der dünnen Zimmertür die fünfte Ebene des harmonischen Gleichgewichts gebebt hat.

Sorya streckt sich und gähnt träge. »Das Freizeitvergnügen ist vorbei«, sagt sie und steht auf. Sie geht zu Constantine, stellt sich auf die Zehenspitzen und küsst ihn auf die Wange.

»Der Luftwagen, der uns nach Barchab bringen soll, steht bereit. Geymard erwartet uns dort.«

»Dann sollten wir aufbrechen«, sagt Constantine.

»Kein Gepäck? Na gut.«

Sorya dreht sich zur Tür um, hält noch einmal inne und sieht Aiah an. Der Blick durchfährt Aiah wie ein kalter Blitz. Sorya kommt zu ihr, nimmt Aiah zärtlich in die Arme und küsst sie sachte auf beide Wangen. »Vielen Dank für alles«, sagt sie. Sie greift in eine Manteltasche und zieht einen klimpernden Samtbeutel heraus, den sie in Aiahs Hand fallen lässt.

»Das ist für Ihre Dienste«, sagt sie lächelnd und dreht sich um.

Aiah starrt benommen den schweren kleinen Beutel an. Das Blut schießt ihr in die Wangen, Mordgelüste melden sich in ihrem Herzen kreischend zu Wort. Die Finger verkrampfen sich um das Geld. Als sie dann antwortet, klingen ihre Worte schneidend, als würde sie mit einem Dolch zustoßen.

»Geben Sie mir ruhig Bescheid, wenn Sie noch einmal meine Hilfe brauchen«, sagt sie leise. Sorya, schon mit dem Rücken zu ihr an der Tür angelangt, zuckt sichtlich zusammen.

Die anderen folgen Sorya eilig nach draußen. Constantine beugt sich noch einmal kurz und vertraulich zu Aiah und drückt mit seiner großen Hand ihren Arm. »Sorya ist wie sie ist«, sagt er. »Aber ich danke den Göttern, dass du bist, was du bist.«

Aiah macht rasch das Zeichen Karlos auf seine Stirn. »Geh jetzt«, sagt sie und küsst ihn.

Aiah bleibt an der Tür stehen und sieht dem großen Mann nach, der im Kreis seiner Anhänger, fast schon wie in Kampfformation, den Flur hinuntergeht.

19

*Es ist zu gefährlich, so viel Geld herum*liegen zu lassen. Sie nimmt Soryas Geld und die fünftausend, die sie im Düngerbeutel im winzigen Garten versteckt hat, und bringt das Geld zu einer Wechselstube. Bis auf ein paar hundert tauscht sie jeden Clink gegen eine Kreditkapsel ein und versteckt die Kapsel in einem Versorgungsschacht der Loeno Towers, den sie mit ihrem Schlüssel von der Behörde betreten kann.

Keine Fahrten mehr mit der Limousine, nur eine verabredete Zeit und ein Passwort, damit sie durch die Tür kommt. Mit der Red Line zur New Central Line, über die Mudki-Station zur Garakh-Station in der Nähe des Terminals. Aiah weiß, dass sie sich ungeschützt und gefährdet fühlen wird, wenn sie im vollen Schildlicht durch die Straßen zur Fabrik geht, aber sie wagt es nicht, ein Taxi zu benutzen, weil sich der Fahrer an sie erinnern könnte.

Sie steigt die Treppe der New Central Line zur Straße hinauf und kippt vor Schreck fast um, als sie direkt in Constantines Gesicht sieht.

Wer ist Constantines heimliche Geliebte? Die düster glühenden Buchstaben müssen einen halben Radius groß sein. *Einzelheiten im Wire.*

Aiahs Fuß tastet nach einer Stufe, die nicht da ist, und sie stürzt beinahe. »Vorsicht!« Ein hilfsbereiter Mitmensch packt ihren Arm. »Diese alte Betontreppe müsste wirklich mal ersetzt werden.« Über ihr verblasst Constantines Gesicht und weicht einer schreienden Schlagzeile über einen Lotterieskandal mit einem Abbild eines Politikers, der sein Gesicht verbirgt.

Aiahs Herz schlägt in der Brust, als wäre es ein Gummihammer. Im Vorbeigehen schaut sie in Schaufenster, bis sie in einem reichlich mit Fliegendreck verzierten Fenster einer Imbissbude den Aufkleber des *Wire* entdeckt. Sie geht ins Lokal, steckt Münzen in die Maschine und wartet zwei Minuten mit schwitzenden Handflächen, bis der Zentralcomputer des *Wire* die Story auf ihren Bildschirm überspielt hat.

Constantine, so liest sie, der umstrittene frühere Metropolit von Cheloki und der Held, dessen Leben dem Chromoplay *Die Herren der Neuen Stadt* als Vorlage gedient habe, soll sich dem Vernehmen nach von seiner langjährigen Gefährtin, der ebenfalls prominenten Sorya, getrennt haben. Er habe eigens die Premierenvorstellung des Chromos verlassen, um mit einer Unbekannten einige Stunden im Landmark Hotel zu verbringen. Angeblich soll er sich in der letzten Zeit schon mehrere Male mit der Dame getroffen haben, deren Identität die Neugierde von Millionen erregt. Soryas Reaktion auf die Enthüllungen sei nicht bekannt, und weder sie noch Constantine seien derzeit zu sprechen.

Ob sie den Artikel ausdrucken wolle? Aiah drückt energisch auf »Nein«. Wenn sie eine große Story wittern, setzen Reporter manchmal auch Plasmahunde ein, denkt sie, aber andererseits hat Constantine ihr erklärt, dass er von einem Magier alle Spuren im Hotelzimmer hat beseitigen lassen.

Nun gut, denkt sie, morgen wird es noch eine bessere Geschichte über Constantine geben. Vielleicht vergessen sie dann diese hier.

Sie denkt über Sorya nach, die prominente Dame aus

der feinen Gesellschaft. Und sie denkt lächelnd an Soryas Reaktion.

Aiah verlässt den Imbiss und sucht sich zwischen den zahlreichen Passanten, die zum Essen unterwegs sind, ihren Weg. Zufällig kommt sie noch einmal an dem Gebäude vorbei, in dem Kremag und Partner untergebracht waren. Die Gegend riecht immer noch leicht nach Pfefferspray. Sie blickt zu der schmiedeeisernen Krone hinauf, die das Gebäude ziert. Fußgänger laufen vorbei, ohne dem Gebäude auch nur einen Blick zu schenken. Die Verhaftungen sind die Nachrichten von gestern.

Aiah geht zur Fabrik weiter. Sie muss helfen, neue Schlagzeilen zu produzieren.

■ ■ ■

In der dunklen Fabrik herrscht erwartungsvolle Stille. Aiah ist seit fünf Stunden an ihrem Platz und kommt sich ausgesprochen nutzlos vor. Vielleicht hätte sie sich ein Buch oder eine Zeitschrift mitbringen sollen. Vielleicht hätte sie überhaupt nicht herkommen sollen. Sogar die Tauben scheinen zu wissen, dass es die Schicht ist, in der man normalerweise schläft. Sie dösen auf den Deckenbalken.

Zwei junge Jaspeeri-Magier tauchen in die Plasmaquelle. Teenager, denkt Aiah. Fast noch Kinder. Aber sie sollen nicht am Angriff teilnehmen; sie sind hier, um die Fabrik zu schützen. Ein weiterer Magier soll später kommen, um den eigentlichen Angriff zu koordinieren.

Ein halbes Dutzend Wachleute sind da, die jedoch zur zweiten Garnitur gehören. Sie bewegen sich nicht mit der gleichen unaufdringlichen und dennoch aufmerksamen Gewandtheit wie Constantines Leibwächter. Einige Kommunikationsspezialisten sind um ihre Apparate versammelt und überprüfen Funkgeräte und Leitungen. Sie tragen Zivilkleidung, aber ihr Gebaren wirkt militärisch, genau wie die makellos gewienerten Schuhe. Aiah ist die einzige Frau in der Fabrikhalle.

Abgesehen von den beiden Jungen hat Aiah noch keinen der Anwesenden vorher gesehen. Alle kennen sich nur mit Tarnnamen, was dem ganzen Ablauf die alberne Atmosphäre eines billigen Chromos verleiht. Aiah ist die Heldin, das scheint wenigstens logisch. Die Jungs sind die Magier Zwei und Drei. Magier Zwei ist der mit der dicken Brille. Magier Eins ist der ältere Magier, der noch kommen soll. Die anderen, die an den Kommunikationsapparaten sitzen oder die Funkgeräte bedienen, haben Namen wie Red oder Trucker oder Slim.

»Es geht los«, sagt Red zu niemand im Besonderen. Die Kopfhörer über die Ohren geklemmt, hört er den Funkverkehr ab. Die Ankündigung war überflüssig, weil ein ruckeliges Videobild aus Geymards Hubschrauber den Flug der Soldaten aus ihren Stützpunkten in der Timokratie nach Caraqui zeigt. Schildlicht blitzt auf den Rotoren, während die schwer bewaffneten grauen Maschinen durch den Himmel rasen. Die Raketen warten in stromlinienförmigen Hüllen auf ihren Einsatz. Schnelle Luftwagen, ebenfalls mit Munition voll gepackt, folgen mit einem gewissen Sicherheitsabstand. Geymard ist noch Hunderte Radien von seinem Ziel entfernt. Er muss einmal im Flug nachtanken, ehe er dort ankommt.

In Caraqui sind bereits Armeeeinheiten auf der Straße unterwegs. Die erste Brigade ist verspätet aufgebrochen, einige Offiziere mussten im letzten Augenblick noch verhaftet oder überzeugt werden. Bei den Marines bekleidet kein Offizier einen höheren Rang als den eines Hauptmanns. Sie haben sich von ihren Kommandeuren davongestohlen, während diese den Rausch nach einer Feier zu ihren Ehren ausschliefen. Die Veranstaltung wurde von den Anführern des Putsches geplant und durchgeführt.

Der letzte Punkt wird von Red mit besonderer Häme verkündet. Aiah lächelt und stellt sich vor, wie sie selbst, Tella und die anderen jüngeren Angestellten die Plasmabehörde übernehmen, während Mengene, Oeneme und die anderen Vorgesetzten auf einer Party zu Ehren des Intendanten sind.

Aiah zupft die OP-Handschuhe zurecht, die man ihr gegeben hat, damit sie keine Fingerabdrücke hinterlässt, und geht ins Büro. Die Karte und die Listen mit Namen sind verschwunden, an ihrer Stelle hängt eine Checkliste, ein sorgfältig zusammengestellter Übersichtsplan für die ganze Operation mit einigen handschriftlichen Ergänzungen. Die Namen, Einheiten und Ziele sind verschlüsselt dargestellt, deshalb ist es selbst für jemanden, der den Plan kennt, recht undurchsichtig. Aber ob verschlüsselt oder nicht, die Übersichtskarte soll sowieso nicht hier bleiben. Der Raum ist inzwischen mit einem Panzerschrank ausgerüstet, in den bei der Evakuierung alle Papiere, die Handschuhe und die Handsender gesteckt werden sollen. Auf dem Safe liegt ein Paket reines Thermit bereit. Wenn man den Sicherungsstift herauszieht, frisst sich die Ladung durchs Metall und der weißglühende Stahl tropft ins Innere des Safes und zerkocht alles zu Atomen.

Aiah sieht auf die Uhr. Es ist jetzt zwei Minuten nach vier. Laut Übersicht soll Gruppe Sieben-A um 4.05 Uhr Punkt Barometer auf dem Weg nach Punkt Wetterfahne erreichen.

Gruppe Sieben ist die abtrünnige Marinebrigade, Sieben-A muss eine der Untereinheiten sein.

»Sieben-A ist am Barometer«, meldet Red. Aiah sieht noch einmal auf die Uhr. Sieben-A ist dem Plan voraus.

Am großen Tor zur Straße drängen sich ein paar Wachleute, Passwörter werden ausgetauscht, dann geht die Tür auf und ein roter Gharik-Zweisitzer fährt in die

Halle. Die Frau, die den Wagen fährt, setzt die Schildbrille ab und steigt aus. Aiah stellt zu ihrer Überraschung fest, dass sie die Frau kennt.

Es ist Aldemar, eine Schauspielerin, die in vielen zweitklassigen Chromos gespielt hat und die in Wirklichkeit eine Magierin sein soll. Aiah hat es bisher nicht glauben wollen und angenommen, es sei nur das übliche Gerede über einen Star, dem zu Werbezwecken nachgesagt wird, seine absurden Abenteuerfilme hätten eine Grundlage in seinem realen Leben. *Angriff der Gehenkten* hieß ihr letzter Film; Aiah hat die Reklame gesehen und was sie sah, fand sie entsetzlich. *Ist sie der erfahrene Magier, auf den wir gewartet haben?*, fragt sich Aiah.

Constantine hat wirklich eine Begabung, ihr immer wieder Überraschungen zu bereiten.

Aiah wartet im Büro. Sie ist überrascht, als Aldemar vor ihr steht. Bisher hat sie die Schauspielerin immer nur vierzig Fuß groß in Chromos gesehen, doch von Angesicht zu Angesicht ist die Frau eher unscheinbar, mehr als einen Kopf kleiner als Aiah, mit zierlichen Handgelenken und schmalen Unterschenkeln, die in engen Lederstiefeln stecken. Das dunkle Haar ist hochgesteckt, auf der Stirn liegen Löckchen, und das fein geschnittene Gesicht hat jenen maskenhaften Ausdruck, der sich nach jahrzehntelangen Verjüngungsbehandlungen einstellt. Sie scheint überrascht, Aiah im Büro vorzufinden.

Aiah gibt ihr die Hand. »Hallo. Sie müssen Magier Eins sein.«

Aldemar lächelt und schüttelt Aiahs Hand. »Und Sie sind …?«

»Lady.«

»Ach so, gut. Ja, das passt. Und was ist bisher passiert?«

Einer der Nachrichtentechniker springt hilfreich ein.

»Die erste Brigade hat Schwierigkeiten sich zurechtzufinden, aber sie ist unterwegs.«

»Die Betankung in der Luft hat begonnen«, wirft Red ein. Er scheint ungehalten, dass er an sein Pult gefesselt bleibt, weil die Schnur seines Kopfhörers nicht bis in die Nähe des Stars reicht.

Aldemar setzt sich auf die Kante des alten Metallschreibtischs und geht sorgfältig die Checkliste durch. Aiah beobachtet die Frau. Sie trägt alte Baumwollhosen und eine verschlissene Steppjacke und weder Schmuck noch Make-up, aber irgendwie ist sie dennoch von einer Aura von Berühmtheit umgeben. Jahrelang wurden ihre Haut und ihr Haar sorgfältig gepflegt und sie bewegt sich mit der maßvollen, unaufgeregten Eleganz einer Schauspielerin, die daran gewöhnt ist, im Rampenlicht zu stehen und sich immer von der Schokoladenseite zu zeigen. Anmutig und mit routinierter Freundlichkeit, die man beinahe für echt halten könnte, reagiert sie auf die unbeholfenen Artigkeiten der Techniker. Auch wenn sie auf alle Attribute ihres Ruhmes verzichtet hat, sie wurde von allen in der Fabrikhalle auf den ersten Blick erkannt, als sie aus dem Wagen gestiegen ist.

Constantine, denkt Aiah, benutzt seine Berühmtheit. Für ihn ist sie eine Waffe oder ein Werkzeug, das er einsetzt, um zu bekommen, was er haben will – einen Tisch im Restaurant, Zugang zu einflussreichen Menschen. Aldemars Ruhm scheint ein Teil ihrer selbst zu sein, der einfach zu ihr gehört und keine besondere Funktion besitzt.

Einer der Techniker eilt herbei und bietet ihr ein Sandwich an.

Die Magierin spürt Aiahs Blicke und schaut sie unter den Locken heraus an. »Wollten Sie mir etwas sagen?«, fragt die Schauspielerin.

»Nein, aber mir hat niemand ein Sandwich angeboten.«

Aldemars Mundwinkel zucken amüsiert. »Vielleicht kann Ihnen einer der Herren hier eins besorgen.«

Einer der Herren ist so freundlich.

■ ■ ■

04.12 Uhr: Team Acht-C erreicht Orientierungspunkt ›Fenster‹ auf dem Weg zu Punkt ›Säule‹.

Aiah erinnert sich an die Geschichten über den Barkazil-Krieg, die sie als kleines Mädchen gehört hat. Die alten Soldaten haben in den Hauseingängen gesessen, Bier getrunken und in Erinnerungen geschwelgt. Sie stellt sich vor, wie Lastwagen und gepanzerte Fahrzeuge diszipliniert in Kolonnen fahren, wie die Motorengeräusche den Schlaf der Bürger Caraquis stören. Marines eilen in Kanonenbooten in der Dunkelheit unter der Stadt zwischen den riesigen Stützpfeilern zu ihren Einsatzorten.

Sie schaut zur Videoüberwachung. Das Schildlicht schimmert auf den Rotorblättern und den stumpfen Spitzen der Raketen.

Sie denkt an die Delphine, die unter Booten der Caraqui durch die Dunkelheit schießen, Waffen in den kleinen Händen.

Sie denkt an Taikoen, den Gehenkten, der im Plasma lebt und mit Gespensterfingern hinausgreift, um seine Opfer zu erdrosseln.

Sie fragt sich, wer sterben wird und wer nicht, weil es die ordentlich aufgestellte Checkliste so verlangt und wer daneben völlig willkürlich das Leben verlieren wird, weil plötzlich alle Pläne über den Haufen geworfen und alle Strategien umgestoßen werden müssen.

■ ■ ■

04.40 Uhr: Fabrik geht auf Sendung. Alle Vorräte zum Tapeziertisch umschichten.

Aiah kennt die Geräte so gut wie jeder andere, deshalb legt sie selbst die Schalter um. Kupferne Kontaktbügel rasten auf den riesigen Akkumulatoren und Kondensatoren ein. Plasma strömt durch die Leitungen und wird von der Sendeantenne abgestrahlt, die oben auf dem Dach hinter einer Reklametafel verborgen ist.

Der Tapeziertisch ist ein silbernes Luftschiff, das auf einem genau berechneten Kurs fliegt, um ständig im Sendekegel der Fabrik zu bleiben. Ein Bronzegitter, mit dem die Außenhülle des Luftschiffs verkleidet ist, nimmt das Plasma auf und leitet es zu den Sendeantennen des Luftschiffs. Von den Antennen, die mit dem Antrieb und der Steuerung des Schiffs synchronisiert sind, wird das Plasma dann zu Constantines Magiern abgestrahlt, die es einsetzen.

Aldemar sitzt mit geschlossenen Augen bequem auf einem Polsterstuhl. Sie hat sich kupferne Ringe um die Handgelenke gelegt – die militärischen Gegenstücke eines Handsenders. Festgeklemmt, damit man sie nicht versehentlich fallen lässt. Es ist ihre Aufgabe, den Plasmastrahl zu verfolgen und dafür zu sorgen, dass die Energie den Tapeziertisch erreicht. Falls der Tapeziertisch angegriffen wird, soll sie eingreifen und bei der Verteidigung helfen.

»Alle Leitungen ausgeschaltet«, meldet Trucker.

»Magier-Angriff! Magier-Angriff!«, schreit Red. Aiah zuckt erschrocken zusammen, und das Herz hämmert in der Brust wie der Marschtritt der vorrückenden Sturmtruppen, aber sie kann im Augenblick nichts weiter tun.

Jemand tippt ihr auf die Schulter. Einer der Techniker, der wie sie selbst Handschuhe trägt, reicht ihr einen militärischen Schutzhelm aus hoch belastbarem Plastik. »Setzen Sie den lieber auf«, meint er.

»Die Zeitpläne werden beschleunigt«, ruft Trucker. »Alle Einheiten rücken *sofort* zu ihren Zielen vor!«

Auf dem ovalen Videoschirm ruckt das Bild, als der

Kameramann durchgeschüttelt wird. Die Hubschrauber nehmen die Nasen nach unten und lösen sich aus den Luftstraßen, um ihre Ziele direkt anzufliegen. Die unwirklichen Türme des Luftpalastes sind hinter dem schimmernden Kreis der Rotorblätter zu sehen.

Der Magier-Angriff gilt der ersten Brigade. Weil diese Abteilung Verspätung hatte, sind die Magier, die zu ihrem Schutz eingeteilt sind, noch nicht an Ort und Stelle, und die Truppen sind ungeschützt den Wogen brennenden Plasmas ausgeliefert.

04.55 Uhr: Trackline-Züge fahren an.

Es ist erst 04.51 Uhr. Der Ablaufplan wurde beschleunigt oder vielleicht gibt es auch gar keinen zusammenhängenden Plan mehr. Die ›Trackline-Züge‹ sind in Wirklichkeit mobile Raketenabschussrampen auf abgestellten Trackline-Wagen. Die Raketen stehen auf neutralem Gebiet auf Nebengleisen und werden jetzt von riesigen Plasmahänden aus den Verankerungen gerissen und ihrem Ziel entgegengeschleudert. Unterwegs fahren sie die Leitwerke aus, die den Flug stabilisieren.

Die ›Trackline-Züge‹ rasen mit dumpfem Grollen durch die Luft und ziehen dünne Schleppen aus Rauch hinter sich her. Die riesigen Geschosse werden von den Plasma-Händen der Magier wie Wurfpfeile auf eine Korktafel geschleudert und schlagen in die riesigen Betonschwimmer ein, auf denen die Hauptquartiere und Kasernen der Metropolitengarde und des Luftpalastes ruhen. Abgesehen von den unmittelbaren Schäden, die durch die Einschläge entstehen, sollen die Raketen auch die Kommunikation stören, die Verteidiger lähmen und Löcher in das bronzene Kollektornetz schlagen, das die Gebäude schützt, damit die Angreifer auch drinnen mit ihrem Plasma arbeiten können. Gleichzeitig werden die Gebäude der Garde mit Brandbomben eingedeckt, was teilweise auch dem Zweck dient, ihre Position für die

Luftangriffe zu markieren, die von Geymard angeführt werden.

Ein loyalistischer Magier macht eine weitere Einheit der Ersten Brigade ausfindig und lässt das führende Panzerfahrzeug in die Luft fliegen, indem er Treibstoff, Munition und Plasma gleichzeitig zur Explosion bringt …

Aiah sieht mit trockenem Mund auf die Anzeigen. Das Luftschiff namens Tapeziertisch wird ständig mit Energie versorgt, während es tausend Radien entfernt über neutralem Boden schwebt. Der Puls hämmert in ihrem Hals wie ein überdrehtes Metronom. Ein Schweißtropfen rinnt unter dem Helm hervor die Wange hinunter.

Sie ist so hilflos wie jeder andere zufällige Beobachter, denn sie kann die Situation nicht verändern, aber sie hat mehr mit ihr zu tun als eine zufällige Beobachterin. Die ganze Sache ist ihre Schuld und all dies würde nicht geschehen, wenn sie nicht gewesen wäre.

Sie blickt zum Videoschirm. Rauchsäulen steigen vom Hauptquartier der Metropolitengarde auf. Es sind große, wuchtige Betonklötze mit kleinen Schießscharten, Bunker mit gepanzerten Dächern, Sendeantennen für Plasma und normale Funkantennen … und dann greifen die Raketen mit ihren dünnen weißen Strahlen wie rauchende Finger in die Gebäude …

Gruppe Vier-A beginnt mit den Luftangriffen.

Rot glühen die Explosionsherde im Gebäudekomplex der Garde.

Aiah kann den Blick nicht abwenden.

■ ■ ■

06.05 Uhr: Justizgebäude und Parlament besetzt. Team Sieben setzt Reserven ein.

Gute Nachrichten, schlechte Nachrichten. Über einen neuen Videokanal kommen Bilder von den Rebellen in der Marinebrigade herein, die stolz vor den Regierungsgebäuden posieren, nachdem sie den Regierungssitz ohne Gegenwehr eingenommen haben. Aber das ist nur eine symbolische Geste für die Kameras. In diesen Gebäuden wird in den nächsten paar Stunden nichts Wichtiges passieren. Der größte Teil der Marinebrigade stößt weiter vor, um die Zweite Brigade zu unterstützen, die gerade den Luftpalast stürmt, wo die Einheiten der Metropolitengarde erbitterten Widerstand leisten. Mehrere Kameras zeigen die Kämpfe aus verschiedenen Blickwinkeln, immer wieder erstrahlt die exquisite Architektur des Luftpalastes hell im Licht der Markierungsfeuer.

Die meisten Einheiten der Metropolitengarde sind in ihrem Stützpunkt eingeschlossen und bleiben im Schutz ihrer dicken Betonmauern. Einige Teile des Gebäudekomplexes brennen, dicke Rauchschwaden steigen aus Schießscharten auf. Auch dort wird heftig gekämpft, sowohl mit konventionellen Waffen als auch mit Plasma. Geymards Söldner, die auf umliegenden hohen Gebäuden postiert sind, haben die Garde umzingelt, doch sie können nichts weiter tun außer grob in die Richtung der Gegner zu feuern, ohne wirklich zu wissen, ob die Schüsse überhaupt eine Wirkung haben. Die Kanonenboote haben die Munition verschossen, aber glücklicherweise treffen die großen Luftwagen mit Nachschub und schweren Waffen ungehindert ein und zerquetschen die idyllischen kleinen Dachgärten, wenn sie ihre Fracht absetzen.

»Meldung von Jewel One«, sagt Red. »Halskette war nur teilweise erfolgreich. Magier bewachen die Kabel.«

Jewel One ist Prinz Anarax, die Operation Halskette ist sein Versuch, die Kabel zu sprengen, mit denen das Plasma zu den Regierungstreuen übertragen wird. Aiah stellt sich vor, wie die Delphine stumm zum Meeresgrund schweben und Fäden von Blut und Luftblasen hinter sich herziehen …

»Vier-A wird schon wieder angegriffen! Ausländische Truppen!«

Offenbar ist die Erste Brigade vom Pech verfolgt. Mondrays Berufssoldaten, die Söldner, die von den Keremath herbeigeholt wurden, beeilen sich, um ihre Arbeitgeber zu retten. Die Erste Brigade sollte die Brücken zwischen den Söldnern und dem Luftpalast besetzen, aber sie kommt zu spät.

Aiah schmeckt Blut im Mund. Sie hat sich vor Aufregung von innen in die Wange gebissen.

Erschrocken schaut sie auf, als an einem der Steuerpulte jemand heiser schreit. Aldemar gibt ein ersticktes Geräusch von sich, als hätte sie einen harten Schlag in den Solarplexus bekommen. Ihr Körper zuckt auf dem Polsterstuhl hin und her. Die makellosen weißen Zähne sind zusammengebissen, die Augen in angestrengter Konzentration geschlossen.

Slim reißt die Augen auf. »Tapeziertisch wird angegriffen!«, ruft er. »Magier Drei, Magier Zwei … lasst alles andere liegen und verteidigt das Luftschiff!«

■ ■ ■

Tapeziertisch wird nicht durch einen überwältigenden Plasma-Angriff zerstört, sondern durch eine Reihe kleinerer Attacken. Die regierungstreuen Magier stürmen auf das Luftschiff los, schlagen kurz zu und ziehen sich sofort wieder zurück, um gleich darauf aus einer anderen Richtung anzugreifen. Viele Angriffe scheitern, aber einige haben Erfolg. Das Luftschiff wird getroffen, einige Gaszellen sind beschädigt, und das Schiff verliert langsam an Höhe und Stabilität und muss immer mehr Ballast abwerfen, um in der Luft zu bleiben. Nach einer Weile kündigt der Kapitän an, dass die Mannschaft es aufgeben muss. Die Leute schleppen verwundete Kameraden zu den Gleitern, um in einem langen Sinkflug zum Erdboden zu entkommen.

»Richtet den Plasmastrahl auf Red Bolt!« Aldemars durchs Plasma verstärkte Stimme hallt laut unter den hohen Deckenträgern der Fabrik. Tauben flattern nervös auf ihren Hochsitzen.

Red Bolt ist die Reservemaschine, ein umgebautes Frachtflugzeug, das in neutralem Luftraum kreuzt. Allerdings sind seine Möglichkeiten stärker beschränkt als die des Luftschiffs. Mit seiner schlanken, aerodynamischen Form kann es nicht den ganzen Plasmastrahl aufnehmen, und seine Sendeantennen sind kleiner und weniger präzise. Diese Schwierigkeiten können überwunden werden, wenn die beteiligten Magier aufpassen und sich genau auf die Plasmasendungen einstellen, aber diese Sorgfalt und Aufmerksamkeit könnte man besser auf andere Dinge verwenden.

Aiah leckt sich nervös den Schweiß von der Oberlippe und greift nach der Steuerung. »Weiß Red Bolt, dass sie jetzt angestrahlt werden?«, fragt sie.

»Ja, Panther hat es ihnen gesagt.«

Panther ist Soryas durchaus passender Codename; Constantine ist Big Man. Aiah überprüft die Ausrichtung der Sendeantenne, die auf Red Bolt zielt. Sie legt die Schalter um.

»Umschaltung auf Red Bolt auf mein Kommando«, sagt sie. »Fünf! Vier! Drei! Zwei! ...«

Sie legt den Schalter um und hört über sich die Mechanik klappern, als die Speiseleitung auf die zweite Sendeantenne auf dem Dach umgeschaltet wird. Die Anzeigen verraten ihr, dass das Plasma abgestrahlt wird, aber es ist nicht klar, ob Red Bolt es auch tatsächlich empfängt, bis Trucker sich von der Nachrichtenzentrale meldet.

»He, Sie da ... Magier Drei ...!« Aldemar stößt wieder einen lauten Ruf aus. Offensichtlich hat sie Schwierigkeiten mit den Codenamen. »Halten Sie den Strahl auf Red Bolt! Sie ... der andere da ... wir müssen uns um die Sicherheit der Maschine kümmern, sonst ...« Sie verdreht aufgebracht die Augen. »Lady, könnten Sie *bitte* den Strahl auf das Ziel richten? Dann würde jemand anders von uns frei.«

»Ich versuche es.« Aiah schlägt das Herz bis zum Hals. Mit gespielter Ruhe und heftig schlagendem Herzen geht sie zu einem der Pulte, schaltet das Plasma auf und legt sich den militärischen Handsender um die Handgelenke.

Mit einem Brüllen, als wäre die Hölle losgebrochen, stürmt das Plasma auf alle ihre Sinne ein. Es ist, als könnte sie sogar an ihrem Ende der Übertragungsstrecke den Krieg, den Tod und die Verzweiflung der Kämpfer spüren, die sie unterstützen soll. Vielleicht empfängt sie auch vereinzelte Eindrücke von Magiern, die an der Schlacht beteiligt sind.

»Beeilung!« Aldemars durchs Plasma verstärkter Schrei scheint sogar in Aiahs Schädel zu hallen. Aiah hat keine Zeit, sorgfältig eine Anima und einen Sinnesapparat aufzubauen. Sie springt im Geist direkt in die Schaltung hinein und nähert sich der Richtantenne auf dem Dach. Ihre Eindrücke sind unscharf und unsicher, aber sie spürt deutlich die donnernde Macht des Plasmas und sieht hier und dort grelle Blitze, als wäre das Plasma ein lebendiges Wesen, das ihr seine chaotischen Eindrücke übermittelt.

Aiah bemüht sich, das unscharfe Bild zu klären. Nach und nach stellen sich ihre Sinne auf die Umgebung ein, und sie empfängt Bilder von verblüffender Klarheit, als hätte sie eine durch Zauberkraft verstärkte optische Ausrüstung. Sie sieht Red Bolt von hinten. Die Maschine hält sich zwölf Radien über der Erde, weißer Rauch quillt aus den vier Triebwerken.

Aiah baut den Sinnesapparat neu auf, bis sie den

Strahl selbst sehen kann, das gezielte Plasma, das sich golden durch den Himmel brennt und die Maschine umgibt wie eine flimmernde Aura. Kleinere, schärfer gebündelte Strahlen gehen von den Sendeantennen der Maschine aus und zielen zum Boden. Sie stellt den Plasmastrahl etwas nach und stößt auf einen Widerstand, den sie erschrocken als menschliches Bewusstsein erkennt. Sie versucht sich mitzuteilen.

– Hier ist Aiah – Nein! – Lady! –, sendet sie. Ich kann den Strahl von hier aus steuern.

– Sind Sie sicher? Die Antwort kommt doppelt, einmal geistig und einmal akustisch von dem mit Sandsäcken geschützten Pult rechts neben ihr.

– Ja, kein Problem.

Es ist keine schwere Aufgabe. Red Bolt fliegt unerschüttert und schnurgerade über die endlose graue Stadt hinweg. Aiah baut ihren Sinnesapparat weiter auf, bis sie alles völlig klar erkennen kann: das Flugzeug mit der silbernen Außenhülle und dem darüber gespannten Kollektornetz, die hellen weißen Wolken weit unter sich, die goldenen Plasmafäden, die hinunter nach Caraqui zielen. Die Metropolis ist so weit entfernt, dass Aiah von hier aus nicht einmal das Meer oder die violetten Vulkankegel erkennen kann.

»Aufpassen!« Wieder ein lauter Befehl von Aldemar. »Wenn sie Tapeziertisch finden konnten, dann können sie auch Red Bolt finden!«

Und wenn sie Red Bolt finden können, denkt Aiah bei sich, dann können sie auch die Fabrik finden. Unwillkürlich tastet sie nach dem Gurt ihres Helms und zieht ihn unter dem Kinn fest.

Das Ausrichten des Plasmastrahls ist eine so langweilige Aufgabe, dass Aiah zwischendurch sogar Zeit hat, sich die Nachrichten anzusehen, die über das Kommunikationspult hereinkommen. Die unglückliche Erste Brigade wurde von Mondrays Söldnern völlig aufgerieben. Die Rebellen versuchen sich jenseits des Kanals der Märtyrer festzusetzen, über den Constantine und Aiah einmal zu ihrem Treffen mit Prinz Anarax gerast sind.

Die Meldungen der anderen Abteilungen klingen besser. Die Rebellen sind bereits in den Luftpalast eingedrungen und kämpfen sich nach oben. Einige Abteilungen haben Plasmastationen besetzt und die Sendeantennen auf die Empfänger der Rebellen gedreht. Wie die Angriffe auf Tapeziertisch gezeigt haben, sind die regierungstreuen Magier gut ausgebildet, aber sie müssen jetzt mit weniger Plasma auskommen. Als Aiah kurz zum Videoschirm schielt, sieht sie zu ihrem Erstaunen, dass sich der Gebäudekomplex der Metropolitengarde stark verändert hat – mehrere Gebäude brennen lichterloh, hohe Flammen lecken zum Himmel hinauf, während ringsherum der Kampf tobt. Panzerfahrzeuge stehen brennend auf der Zufahrtsrampe einer Brücke, die Überreste eines gescheiterten Ausfalls.

Vom Keremath-Clan selbst ist nichts zu hören und zu sehen. Keine Sendungen ans Volk, keine Appelle an die regierungstreuen Truppen, nichts ... es ist, als fühlte sich niemand verantwortlich.

Vielleicht gibt es tatsächlich keine Verantwortlichen mehr. Aiah denkt an den Gehenkten, der wie ein Geist aus gefrorenem Methan durch die Plasmaleitungen kriecht. Keine Bronzeabschirmung kann ihn aufhalten, weil er sich im Plasmafluss selbst bewegt.

»Ich soll für sie töten?«

»Gewisse Menschen. Ja.«

»Böse Menschen?«

»Ich glaube schon.«

Aiah fragt sich, ob Constantines kalter Verbündeter im Austausch gegen warme menschliche Körper die Herrscher Caraquis vielleicht schon lange vor Ausbruch der Kämpfe beseitigt hat.

Die Rebellen schaffen es, am Kanal der Märtyrer ein paar Zugbrücken hochzuziehen. Der Wasserlauf ist breit genug, um ein unangenehmes Hindernis darzustellen. Mondrays Truppen werden aufgehalten und müssen sich einen anderen Weg suchen. Einige Einheiten der Marinebrigade werden aus dem Luftpalast abgezogen und mit schnellen Kanonenbooten zum Kanal geschickt. Über die weite Wasserfläche hinweg greifen Magier mit langen Fingern aus brennendem Plasma nach ihren Gegnern. Der Widerstand im Luftpalast ist beinahe zusammengebrochen.

»Angriff auf Red Bolt!« Die schrille Stimme gehört Magier Zwei. Aiah konzentriert sich wieder auf das silberne Flugzeug, das über neutralem Boden in einem großen Kreis fliegt.

Aiah sieht es kommen. Ihre Sinne sind aufs Plasma eingestimmt, und da zwischen ihr und den Angreifern nichts außer freier Luftraum ist, wäre es schwer, den Angriff zu übersehen. Ein Stück unter sich erkennt sie im Norden eine strahlend goldene Schlange, die sich dem Flugzeug nähert. Sie verfolgt die Plasmastrahlen zurück, die von den Sendeantennen der Red Bolt nach Caraqui gestrahlt werden.

Aldemars geistige Stimme, die auf einmal in Aiahs Kopf ertönt, ist überraschend ruhig.

– Magier Eins bleibt in der Nähe von Red Bolt in Reserve. Magier Zwei, versuchen Sie, die Speiseleitung der Angreifer zu kappen.

Auf einmal bäumt sich die angreifende Schlange auf wie eine Kobra, bevor sie zuschnappen will.

Aiahs Plasmastrahl wandert ein wenig zur Seite und zieht kleine goldene Fäden durch den Himmel, als würden Militärflugzeuge aus einem Verband ausscheren. Einer der Fäden nähert sich dem Angreifer. Das muss Aldemar sein, denkt Aiah. Der zweite Faden taucht nach unten weg, um der Schlange die Energieversorgung abzuschneiden. Wenn es gelingt, wird sich der Angriff einfach in Luft auflösen.

Die fliegende Kobra verharrt in der Luft und schießt hundert blitzende Plasmapfeile auf ihr Ziel ab, von der eigenen Kraft getriebene Geschosse aus reinem Feuer. Flammenzungen lecken über den Himmel, Geschosse prallen gegen den Schild, den Aldemar im letzten Augenblick vor dem Flugzeug aufgespannt hat. Dann sind die Geschosse und die Kobra verschwunden und Red Bolt fliegt ungestört hoch über den Wolken weiter auf Kurs.

Aldemars zornige Stimme ist in Aiahs Kopf zu hören.

– Er wird zurückkommen. Er ist nur kurz fort, um seine Freunde zu holen.

Aiah fällt etwas ein.

– Können wir Red Bolt nicht auf einen anderen Kurs bringen? Ich kann den Strahl biegen, um das Flugzeug zu verfolgen und nach und nach die Sendeantenne neu ausrichten.

Aldemars Antwort kommt sofort und entschieden.

– Ja, lassen Sie es uns versuchen.

Mit normaler Stimme befiehlt sie den Nachrichtentechnikern, die Anweisung an den Piloten zu übermitteln und gleich darauf neigt sich Red Bolt zur Seite, beschleunigt und entfernt sich von der vorherigen Flugbahn, um in etwas geringerer Höhe möglichst schnell zu verschwinden.

Für den Augenblick ist es am Himmel friedlich. Aiah hat keine Mühe, den Strahl auszurichten. Sie verfolgt die Flugbahn der Maschine, das Plasma beschreibt hinter ihr einen Bogen, und sobald sie Zeit dazu hat, richtet sie die Antennen entsprechend aus.

Wieder einmal sieht sie mit halb geöffneten Augen zum Videoschirm. Der Stützpunkt der Metropolitengarde steht zur Hälfte in Flammen, aber stellenweise gibt es noch Widerstand. Unablässig schlagen Geschosse in die zerfallenden Betonwände. Im Luftpalast scheint der Widerstand dagegen völlig erlahmt zu sein, die Rebellen können ungehindert nach oben stürmen.

Der Kanal der Märtyrer scheint unterdessen seinem Namen gerecht zu werden. Mondrays Söldner haben eine andere Brücke gefunden und eingenommen und bringen so viele Truppen wie möglich auf die andere Seite. Die Rebellen haben nicht genug Kräfte, um die Gegner aufzuhalten ... ständig kommen Anforderungen nach Verstärkung ... die Stärke der Rebellen scheint hauptsächlich auf der Überlegenheit ihrer Magier zu beruhen. Die Söldner haben nur wenige Magier zum Schutz.

Wenn du ihnen keine Truppen schicken kannst, denkt Aiah drängend, *dann schicke ihnen Plasma.* Aber sie hat nicht das Kommando.

»Red Bolt wird angegriffen!«

Aiah konzentriert sich wieder auf den Himmel. Der Krieg geht weiter.

■ ■ ■

07.55 Uhr.

Red Bolt konnte mehr als dreihundert Radien weit fliegen, ehe der Feind die Maschine wieder gefunden hat. Es ist schwer zu entscheiden, ob Aiahs Manöver überhaupt etwas bewirkt hat, und Aiah fragt sich, ob solche Ungewissheiten nicht typisch sind für den Krieg. Vielleicht ist es ja normal, dass Kommandanten niemals genau wissen, ob ihre Entscheidungen die Lage zum Positiven gewendet haben. Jetzt beginnt jedenfalls ein geballter Angriff. Schlangen aus Plasma kommen durch die Luft geflogen und gleichzeitig fliegen brennende Pfeile. Red Bolt beginnt sofort mit hektischen Ausweichmanövern, um unter den Angreifern wegzutauchen. Das Flugzeug ist schnell und beweglich, aber die regierungstreuen Magier lassen nicht locker und greifen aus mehreren Richtungen gleichzeitig an. Red Bolt ist kleiner und leichter zu manövrieren als das Luftschiff, aber es ist andererseits auch leichter verwundbar und hat weniger Reserven. Als es dann getroffen wird, verglüht es rasch in einer großen Feuerkugel. Die brennenden Flügel klappen zum Rumpf hin ein, dann stürzt das Wrack in weitem Bogen der grauen Metropolis entgegen.

Aiah hat nicht einmal sehen können, was die Maschine getroffen hat.

Sie sind direkt vor meinen Augen gestorben, und ich konnte überhaupt nichts dagegen tun, denkt sie.

»Abschalten!«, ruft Aldemar.

Aiah zieht sich aus dem Plasmastrom zurück. Sie öffnet die Augen und sieht ein Trümmerfeld. Der Gebäudekomplex der Metropolitengarde steht jetzt vollständig in Flammen, eine zitternde Kamera fängt Bilder von einer fernen Brücke ein, die eine weite Wasserfläche überspannt. Überall auf dem Wasser tanzen helle, orangefarbene Flammen. Zweifellos ist es der Kanal der Märtyrer. Aiah reißt entsetzt und erschrocken die Augen auf.

»Lady! Die Schaltungen!«

Aiah fährt zusammen, als sie Aldemars Befehl hört. Sie reißt sich die Kupferringe von den Handgelenken und stürzt zu den Hauptschaltern. Unterwegs wischt sie sich den Schweiß vom Gesicht. Immer noch wird das Plasma über die Reserveantenne abgestrahlt, verpufft jetzt aber wirkungslos im alles absorbierenden Schild.

»Schalten Sie sofort ab! Die können uns sonst orten!«

Aiah legt die Schalter um. Mit einem Klicken fahren die Kupferkontakte über ihr in die neutrale Stellung. Wie gebannt beobachtet sie den Videoschirm, das zitternde Bild des Infernos. Die Rebellen haben einen großen Teil ihres Plasmas verloren und sie rechnet jeden Augenblick damit, auf dem Bildschirm nur noch das nackte Grauen zu sehen.

»Wer braucht den Saft?« Aldemar kippt ihren Stuhl zurück und sieht sich über die Schulter zu den Nachrichtentechnikern um. »Und wie bekommen wir ihn dorthin?«

»Wir führen die Strahlen selbst ins Ziel«, sagt Magier Zwei ungerührt und beinahe fröhlich. Hinter der dicken Brille funkeln kampflustige kleine Augen, ein schiefes Grinsen entblößt eine Zahnspange.

Trucker legt die großen Hände auf die Muscheln des Kopfhörers. »Big Man und Panther wollen alles haben, was wir noch aufbieten können. Er will die Garde erledigen.«

»Aber seht doch!« Aiah deutet aufgeregt zum Bildschirm. »Dort am Kanal der Märtyrer wird heftig gekämpft.«

Ihre Worte werden von einer Explosion unterstrichen, dicht neben dem Kanal blühen Flammen auf und Rauch steigt hoch.

Red nickt. »Sie haben schon die ganze Zeit mehr Plasma verlangt.«

Aldemar sieht zu den Bildschirmen und nagt nervös an der Unterlippe. »Welcher Magier ist dort verantwortlich? Wo ist er?«

»Es ist ein Kampfmagier«, sagt Red. »Er sitzt in der Plasmastation Quinchath. Wahrscheinlich hat er nur noch das, was direkt am Ort vorhanden ist.«

»Big Man will alles haben und zwar sofort«, drängt Trucker.

»Quinchath braucht Plasma«, wendet Aiah ein. »Haben wir die Koordinaten auf der Karte? Können wir einen Strahl hinschicken?«

Aldemar blättert hoffnungslos einen Ausdruck durch. »Verdammt! Steht das jetzt auf der Liste oder nicht?«

»Ich kann das Video benutzen.« Magier Zwei federt fröhlich auf seinem Stuhl auf und ab. »Ich kann einfach mit dem Saft rüberspringen. Wenn ich unseren Mann dort finde, übergebe ich ihm die Fuhre, wenn nicht, kann ich selbst zuschlagen.«

Aldemar sieht ihn mit hochgezogener Augenbraue an. »Können Sie das?«

»Ich habe die Ausbildung gemacht – yeah, das kann ich.«

»Entschuldigung«, ruft Trucker dazwischen. »Big Man reißt mir gleich die Ohren ab. Was soll ich ihm jetzt sagen?«

Aldemar wendet sich an Aiah. »Magier Zwei bekommt Sendeantenne Eins. Die Hälfte unserer Sendeleistung.« Sie verzieht resigniert das Gesicht. »Den Rest schicke ich selbst zu Big Man. Gebt mir Antenne Zwei.« Schweißtropfen sammeln sich auf Aiahs Stirn, während sie Knöpfe dreht und Schalter umlegt. Aldemar gibt weitere Befehle. »Magier Drei – Sie sichern rundum die Fabrik. Inzwischen könnte ein halbes Bataillon Schnüffler da draußen unterwegs sein.«

Ein reizender Gedanke.

Kupferkontakte rasten ein. »Magier Zwei«, ruft Aiah. »Auf mein Kommando die Energie auf Antenne Eins schalten. Zwei! Eins! *Jetzt!* Alde – Magier Eins – Energie auf mein Kommando auf Antenne Zwei! Zwei. Eins. *Jetzt!*«

Aiah starrt Magier Zwei an. Die Videoübertragung soll genau das ermöglichen, was der Junge jetzt versucht – ein geistiger Sprung von einem Ort zu einem anderen, sodass die Anima einen Plasmafaden hinter sich herziehen kann. Der Magier stellt sich den Ort vor, zu dem er springen will, und versucht, seine transphysische Erscheinung zu verlagern und gleichzeitig die Plasmaleitung mitzunehmen.

Magier zwei starrt die Bilder an, die vom Kanal der Märtyrer übertragen werden. Die blauen Augen wirken hinter der dicken Brille unnatürlich geweitet. Er zuckt zusammen, ballt die Hände zu Fäusten.

Dann beginnt über seinem Kopf das Videobild zu zittern, als wäre die Kamera angestoßen worden. »Ja!«, ruft der Junge.

Aiah leckt sich den Schweiß von der Oberlippe und sieht nervös zwischen dem Jungen und dem Videoschirm hin und her. Abgesehen von der kurzen Erschütterung der Kamera ist eine Weile nichts Ungewöhnliches zu sehen. Aber dann schießen Fontänen aus dem Wasserlauf und treffen von unten das Zentrum der Brücke mit einer Wucht, als wäre eine Hauptleitung geborsten. Der mittlere Brückenbogen bebt und hebt sich schließlich, als würde er von der Hand eines unsichtbaren Riesen hochgedrückt. Der Brückenbogen wackelt heftiger und kippt schließlich zur Seite weg. Die Träger knicken ein wie dünne Zweige, Menschen und Panzerfahrzeuge stürzen ins Wasser. Wieder ruckt die Kamera, als wäre sie über die Bilder erschrocken, die sie übertragen muss.

Im ersten Teil der Brücke sind jetzt Explosionen zu sehen. Mondrays Fahrzeuge zerschmelzen in der Explosionshitze ihres eigenen Treibstoffs und der geladenen Munition. Dann zucken hoch am Himmel einige Blitze. Aiah vermutet, dass sich dort unsichtbare Magier bekämpfen. Nach und nach entsteht über der Zufahrt zur Brücke eine Gestalt, zuerst sehr dünn, dann kräftiger und größer. Die Umrisse wabern vor Flammen …

Ein Flammenmann.

Aiah bekommt Angst. Sie starrt den Videoschirm an, hilflos vor Entsetzen und Furcht. Der Flammenmann, größer als alle umgebenden Gebäude, marschiert in die Stadt hinein. Blitze zucken rings um ihn durch die Luft, aber sie können ihm nichts anhaben. Ganze Gebäude gehen schlagartig in Flammen auf, sobald er sich nähert. Funkelnde Schauer ergießen sich auf die Straßen, Fenster platzen in der Hitze. Unrat wird von der nach oben steigenden heißen Luft in einer Spirale mitgerissen.

Das ist meine Schuld, denkt Aiah. Der Vorwurf schnürt ihr die Kehle zu, bis sie kaum noch atmen kann.

Aiah reißt sich vom Videoschirm los und sieht Magier Zwei an. Er ist auf seinem Stuhl in sich zusammengesackt, der Kopf liegt schief auf einer Schulter, ein Arm hängt fast bis zum Boden herunter. Sie rennt zu ihm und erschrickt fast zu Tode, als sie ins zerstörte, verschrumpelte Gesicht blickt, das einem alten Mann gehören könnte und zu einem Körper gehört, der in sich zusammenfällt und in den Kleidern schrumpft. Die schwarzen Augen hinter den beschlagenen Brillengläsern scheinen in den Höhlen zu brennen und zu verdampfen, hinter den erschlafften Lippen zischt es und Dampf tritt aus, während Zunge und Gaumen zerkochen.

Meine Schuld.

In blinder Wut reißt sie die Drähte ab, die den Handsender des Jungen mit dem Pult verbinden. »Hilfe!«, schreit sie. »Gibt es hier einen Arzt?« Dann werden ihre Knie weich, und sie sackt vor dem Wall aus Sandsäcken zusammen. Neben ihren Füßen rieselt etwas Sand heraus. Auf dem Video sieht sie den Flammenmann, der alles, was er berührt, in ein brennendes Inferno verwandelt. Eine kalte Hand greift nach ihrem Herzen, als ihr klar wird, dass die lodernde Gestalt sich stabilisiert und bleiben wird, wie sie ist, solange sie mit Plasma gespeist wird. Sie wirft die Drähte weg und rennt zum Steuerpult. Sie rutscht fast aus, als sie es erreicht, und schaltet mit einem heftigen Hieb die Plasmazufuhr zu Sendeantenne Eins ab.

»Einen Arzt!«, ruft sie.

Das Bild des Flammenmanns verblasst und fällt in sich zusammen, ganz ähnlich wie der physische Körper, der einmal Magier Zwei gehörte, in den Kleidern zusammengeschrumpft ist. Einen Augenblick lang ist Aiah erleichtert, dass es vorbei ist, aber dann erkennt sie entsetzt, dass zwar der Flammenmann verschwunden ist, nicht aber der Scheiterhaufen, den er entfacht hat. Eine Feuersbrunst wütetet in Caraqui, Flammen lecken gierig an den Gebäuden und niemand ist in der Lage, die Brände zu löschen.

Zwei Sicherheitskräfte kommen mit so aufreizend langsamen Schritten herüber, dass Aiah sie am liebsten anbrüllen würde. Sie betrachten die Gestalt, die reglos und zusammengesunken auf dem Stuhl sitzt. Einer prüft beiläufig den Puls der herunterhängenden Hand. Dann wechseln sie einen Blick und zucken die Achseln. »Geröstet und gebacken«, sagt einer.

»Ich bekomme eine Nachricht vom Magier in Quinchath herein«, sagt Red. »Unsere Leute rennen wie aufgescheuchte Hühner herum, aber das spielt keine Rolle, weil die Gegner *vernichtet* sind.« Er grinst breit hinter seinem Punkt und lässt sich das Wort auf der Zunge zergehen. *»Vernichtet!«*

»Vernichtet, verdammt!« Aiah deutet zum Flammenchaos auf dem Bildschirm. »Sehen Sie sich doch die Bilder an!«

Meine Schuld.

»Wo, zum Teufel, ist mein Plasma?«, schreit Aldemar. »Was ist hier los?«

Aiah starrt benommen die Anzeigen an. Die Kondensatoren und Akkumulatoren sind leer, erschöpft – und damit zum größten Teil auch das alte Fabrikgebäude im Untergrund. Die unterirdischen Anlagen am Terminal werden im Laufe der Zeit neues Plasma erzeugen, aber im Augenblick ist sogar diese scheinbar unerschöpfliche Quelle versiegt.

Aiah stellt die Regler nach. »Magier Eins, ich gebe Ihnen alles, was noch da ist. Wir sind fast leer.«

»Oh, verdammt.«

»Der Luftpalast ist in unseren Händen«, berichtet Trucker nüchtern. »In den oberen Stockwerken haben unsere Leute nur Leichen gefunden.«

»Silver versucht, eine Aufforderung zur Kapitulation an die Metropolitengarde zu schicken«, berichtet jemand anders. »Bisher kam keine Antwort.«

Silver ist der Codename für Colonel Drumbeth, der den Aufstand angezettelt und angeführt hat. Seit die Kämpfe begonnen haben, ist dies das erste Mal, dass Aiah überhaupt etwas von ihm hört.

Sie schaut wieder zum Bildschirm, zu den brennenden Gebäuden.

Meine Schuld.

■ ■ ■

08.22 Uhr.

Die Sicherheitskräfte sammeln wortlos die Papiere und Gegenstände ein, die im Safe vernichtet werden sollen. Die Fahrzeuge werden für eine rasche Flucht vorbereitet.

Auf den Videoschirmen sind überall Brände zu sehen. Die Metropolitengarde hat auf die Kapitulationsforderungen nicht reagiert, also bleibt den Rebellen nichts übrig, als weiter anzugreifen. Der Widerstand ist fast erlahmt, nur an wenigen Stellen wird noch auf die Angreifer geschossen. Die Garde hüllt sich in Schweigen und reagiert nicht. Alle Plasmaverbindungen der Garde sind unterbrochen, die Magier unternehmen nichts mehr. Sie könnten bereits tot sein, in ihren Bunkern bei lebendigem Leibe gebraten. Niemand weiß es.

Im Wasser des Kanals der Märtyrer spiegelt sich eine Wand aus Flammen, die sich, alles verzehrend, langsam in die Außenbezirke frisst. Einwohner fliehen in Panik und verstopfen die Kais und die Brücken. Die meisten Brücken sind allerdings zerstört oder blockiert worden, um die Söldner daran zu hindern, sie zu überschreiten. Der Magier in Quinchath oder jemand anders schöpft Wasser aus dem Kanal, um die brennenden Gebäude zu löschen, aber die Brände sind außer Kontrolle.

»Ich kann Polizeiwagen ausmachen«, meldet Magier

Drei. Aiah ist zu erschöpft, um auf die Meldung zu reagieren. »Die Wagen kommen die Elfhunderteinundneunzigste Straße herunter, werden aber vom Wochenendverkehr behindert. Ich kann niemanden erkennen, der uns mit Plasma beobachtet.«

»Schaltet die Sender ab«, sagt Aldemar. »Lasst meinen Anschluss noch stehen, alles andere wird heruntergefahren.«

Ein letztes Mal legt Aiah die Schalter um.

»Handschuhe kommen in den Safe zum Verbrennen«, sagt ein Wachmann.

Aiah zieht die Handschuhe aus und wirft sie in den Safe, dann geht sie zum Auto. Aldemar steht vor ihrem Pult.

»Ich decke euren Abzug, dann werde ich das Gebäude schnell und gründlich reinigen. Verschwindet so schnell ihr könnt.«

»Hier entlang, Miss«, sagt ein Wachmann. Er öffnet ihr die Schiebetür eines Kleinbusses. Seine Stimme klingt etwas ungeduldig. Aiah steigt ein und setzt sich neben Red und Trucker. Im letzten Augenblick, bevor die Tür zugeknallt wird, sieht sie auf den Bildschirmen nur noch orangefarbenes Feuer.

Der Wagen fährt an, noch bevor die Tore der Fabrik vollständig geöffnet sind. Aiah muss sich festhalten, als der Wagen scharf abbiegt und sich in den fließenden Verkehr einfädelt. Der Fahrer hupt mehrmals, um Fußgänger zu verscheuchen.

Dann sieht er im Rückspiegel Aiah an. »Wo kann ich Sie absetzen, Miss? Wir haben keine diesbezüglichen Befehle.«

»Bringen sie mich zur Trackline-Station Rocketman«, sagt sie.

»Ich weiß nicht, wo das ist, ich brauche eine Wegbeschreibung.«

Aiah geht im Kleinbus nach vorn und lässt sich auf

dem Beifahrersitz nieder. Im Rückspiegel erkennt sie zwei weitere Fahrzeuge, die ihnen folgen. Erschrockene Fußgänger bringen sich vor den Fahrzeugen mit Sprüngen in Sicherheit.

»Wie kommen Sie selbst hier heraus?«, fragt sie.

»Über den InterMetropolitan Highway«, erklärt der Fahrer. »Wenn der Verkehr es erlaubt, sind wir in weniger als neunzig Minuten aus Jaspeer heraus.«

Aiah sieht im Rückspiegel etwas aufblitzen, eine gewaltige orangefarbene und schwarze Blüte.

»Die Fabrik«, sagt sie entsetzt. »Sie brennt!«

Der Fahrer sieht sie unbewegt an. »Wenn ein Magier aufräumt, dann macht er es gründlich.«

■ ■ ■

09.00 Uhr.

Mit der New Central Line zur Mudki-Station. Mudki ist riesig, und Aiah lässt sich Zeit, ausgiebig herumzuwandern, damit es den Plasmahunden schwer fällt, ihre Spur zu verfolgen und ihr eigentliches Ziel auszumachen. An einer Bude kauft sie frisches Brot und Brötchen, dann fährt sie mit der Red Line nach Hause.

■ ■ ■

10.44 Uhr.

Aiah betritt die Loeno Towers. Sie hat gehofft, niemand würde sie bemerken, aber der Türsteher – nicht derjenige, mit dem sie im Chromo war – begrüßt sie lächelnd und hält ihr die Tür auf. Sie schenkt ihm ein Brötchen und erklärt ihm, sie habe Vorräte fürs Frühstück besorgt.

In ihrer Wohnung stellt sie die Polarisation des Fensters um, damit das volle Tageslicht eindringen kann. Während sie das Frühstück zubereitet, verfolgt sie die Nachrichten. Sie erfährt, dass in Caraqui eine neue Militärregierung eingerichtet worden sei. Den heftigen Kämpfen seien zahlreiche Menschen zum Opfer gefallen. Ein brennendes Flugzeug sei in ein Wohnviertel von

Makdar gestürzt, die Explosion und das Feuer hätten 160 Todesopfer gefordert. Ein beschädigtes Luftschiff sei in Liri-Domei auf mehreren Gebäuden gelandet, dabei sei aber niemand verletzt worden. In der 1190th Street sei ein altes Fabrikgebäude explodiert, keine Todesopfer.

Sie schmeckt kaum, was sie in sich hineinstopft, aber Aiah isst eine Scheibe Brot nach der anderen. So hungrig war sie in ihrem ganzen Leben noch nicht.

Sie fragt sich, ob Aldemar aus der Fabrik fliehen konnte. Sie kann es sich nicht vorstellen.

■ ■ ■

13.02 Uhr.

Die stündlich aktualisierten Nachrichtensendungen stellen Caraquis neue Regierung vor. Der kleine Drumbeth trägt eine neue Uniform, Parq hat die priesterlichen roten und goldenen Insignien bei sich und trägt die Maske der Ehrfurcht, die belegt, dass er in seiner Eigenschaft als Anführer der Dalaviten auftritt. Anscheinend hat er sich im richtigen Augenblick auf die Seite der Sieger geschlagen. Die dritte Gestalt im Triumvirat ist eine verlorene, einsame Zivilistin, von der Aiah noch nie gehört hat. Sie sei Journalistin und wird als ›führende Dissidentin‹ bezeichnet.

Aber alle Kameras sind auf Constantine gerichtet, der in seinem langen Schlangenledermantel hinter den dreien steht, flankiert von Sorya, die mit selbstzufriedenem Lächeln in die Runde schaut.

Und auf der anderen Seite neben Constantine steht Aldemar, das Gesicht frisch geschminkt und freundlich und gelassen unter den hübschen Locken hervor in die Kameras schauend. Aiah starrt die Frau an und fragt sich, wie sie aus der Fabrik fliehen konnte, die sie selbst in Brand gesteckt hat, ganz zu schweigen von dem weiten Weg in ein Caraqui, in dem gerade eine Revolution im Gange war.

Teleportation, denkt Aiah. Die seltenste und gefährlichste der Fähigkeiten, die ein Magier überhaupt entwickeln kann.

Aldemar ist anscheinend eine viel bessere Magierin, als man nach den Chromos vermuten konnte.

Fast alle Fragen der Journalisten sind an Constantine gerichtet. »Dies ist nicht meine, sondern Caraquis große Stunde«, sagt er schließlich. »Die Metropolis wurde befreit, nachdem sie Generationen lang von Banditen regiert wurde. Bitte richten Sie Ihre Fragen an Colonel Drumbeth.«

Auch dafür, tröstet Aiah sich, bin ich verantwortlich.

■ ■ ■

15.20 Uhr.

Eine federleichte Berührung in Aiahs Kopf, ein leichter Sinnesreiz ... ein Duft nach weichem Leder und Moschus, eine tiefe Stimme, die in ihrem Kopf zu hören ist.

– Teuerste Lady, kannst du mich hören?

Aiah legt die Hand an den Hals und setzt sich vor Schreck aufs ungemachte Bett.

– Ja. Ja, ich kann dich hören.

– Ich möchte dir danken. Aldemar sagt, du hättest deine Sache heute gut gemacht. Du hattest Recht, das Plasma zum Kanal der Märtyrer abzuzweigen. Ich war zu sehr in die Kämpfe verwickelt, um es zu erkennen.

Aiah hat einen Kloß im Hals.

– Der Junge. Er ist tot.

– Das ist nicht deine Schuld. Er hat sich überschätzt.

– Es sind noch so viele andere gestorben.

Constantine antwortet gelassen:

– Ja, das ist richtig. Aber verglichen mit dem, was in Cheloki geschehen ist, sind wir glimpflich davongekommen.

Aiah findet den Gedanken nicht sehr beruhigend, doch Constantine fährt fort:

– Du warst mutig und sehr entschlossen, sendet er. – Ich möchte dir eine Belohnung zukommen lassen, wenn das gefahrlos möglich ist. In Gunalath wird Geld auf ein Konto eingezahlt, ich schicke dir die Kontonummer und die Kreditkapsel, sobald es geht.

– Die vielen Menschen, die ihr Heim verloren haben, sendet Aiah seufzend zurück. – Kümmere dich zuerst um sie.

– Ja. Ja, ich bin jetzt endlich in einer Position, dies auch tun zu können.

Eine unsichtbare Hand scheint über Aiahs Kopf zu streichen. Constantines Körpergeruch steigt ihr in die Nase.

– Lebewohl, meine tapfere Lady, sendet er. Ich werde dein Licht nie vergessen.

Constantine zieht sich aus Aiahs Bewusstsein zurück und ihr laufen die Tränen über die Wangen.

Einige Träume sind heute wirklich wahr geworden, denkt sie. Aber nicht ihre.

■ ■ ■

18.22 Uhr.
Die Polizei steht vor Aiahs Tür.

20

Lebensverlängerung
Viel preiswerter als Sie denken

*Die Polizei klopft lauter als irgend*jemand sonst auf der Welt. Man kann sie nicht verwechseln. Aiah starrt die Tür an, die Furcht schnürt ihr die Kehle zu. Dann geht sie zur Tür und versucht, möglichst ruhig zu bleiben.

Draußen stehen mindestens drei Sorten Polizei: zwei Beamte in Anzügen mit dezenten Rüschen, offensichtlich Zivilfahnder der Behörde. Dann zwei große Männer, die kaum durch eine Tür passen. Hinter ihnen noch zwei Bezirkspolizisten in braunen Uniformen und eine blau uniformierte Frau vom Sicherheitsdienst der Loeno Towers, die staunend zuschaut.

Aiah vermutet, dass außerdem ein Magier an einer unsichtbaren Speiseleitung hängt und von oben zusieht, um die Polizisten zu beschützen, falls Aiah sie mit Magierkräften zu zerschmettern droht.

»Dürfen wir reinkommen?«, sagt der erste Schnüffler und hält ihr seinen Ausweis unter die Nase. Die dicken Augenlider fallen wie schwere Vorhänge über die Knopfaugen.

»Nein«, erwidert Aiah.

Auch das hat sie bereits gelernt, als sie ihrer Großmutter noch nicht einmal bis zum Knie reichte. Wenn man die Cops einmal hereingelassen hat, wird man sie nicht wieder los.

»Wir können bei einem Richter ohne weiteres einen Durchsuchungsbefehl bekommen«, erwidert der Schnüffler.

Aiah zuckt die Achseln. »Dann besorgen Sie sich einen.« In ihrem linken Knie zuckt es heftig, dass sie fürchtet, sie könnte jederzeit umstürzen. Aiah lehnt sich an den Türrahmen, um sich zu stützen, während sie zugleich versucht, die Geste lässig und selbstbewusst wirken zu lassen.

Sie sieht dem Schnüffler in die Augen.

»Was soll das eigentlich?«

Der Mann sieht seinen Partner an, einen Mann mit verschlissenem grünem Anzug, der die Gesprächsführung übernimmt. »Sie heißen Aiah, richtig?«

»Ja.«

»Wo sind Sie beschäftigt?«

Aiah lächelt. »Ich arbeite im Hauptsitz der Plasmabehörde an der Avenue of the Exchange.«

Die Cops wechseln einen Blick. Anscheinend haben sie das noch nicht gewusst.

»Was machen Sie dort?«, sagt der grüne Anzug.

Aiahs Lächeln wird breiter. Irgendwo in ihrem Hinterkopf meldet sich ein Kobold, der die Situation sogar genießt.

»Ich bin Angestellte der Stufe Sechs. Im Augenblick bin ich Mr. Rohder zugeteilt, dem Leiter der Forschungsabteilung, und arbeite an einem Sonderauftrag. Es geht um die Aufklärung großer Plasmadiebstähle.«

Die Schnüffler scheinen in sich zusammenzusacken, die breiten Schultern welken in den verschlissenen Anzügen förmlich dahin, und Aiah weiß, dass sie mindestens für den Augenblick gewonnen hat. Sie weiß, was in den Köpfen der Schnüffler vorgeht: Ein hoffnungsloser Kleinkrieg droht, ein erbitterter Kampf einer Abteilung der Behörde gegen eine andere. Massenhaft Berichte schreiben und gute Aussichten, früher oder später einen Haufen Ärger zu bekommen.

Aiahs Kobold befiehlt ihr, sofort nachzufassen, solange sie noch im Vorteil ist.

»Hat dies hier vielleicht mit den Verhaftungen bei Kremag und Partner zu tun?«, fragt sie.

Die Beamten sehen sie mit versteinerten Gesichtern an. »Bei wem, bitte?«

»Ein Plasmalager der Operation an der 1193th Street in der Nähe der Garakh Station. Die Behörde hat es letzten Freitag ausgehoben. Ich habe die Informationen geliefert, die den Durchsuchungsbefehl gerechtfertigt haben.«

»Elfdreiundneunzig?« Dicke Lider bemüht sich, die Situation zu retten. »Wie wäre es mit Elfneunzig? Waren Sie in der Fabrik, die heute in der ersten Schicht explodiert ist?«

Aiah kneift die Augen zusammen und breitet die Arme aus, damit sie etwas zu sehen bekommen. »Sehe ich aus, als hätte ich eine Explosion überlebt?«

»Waren Sie *vor* der Explosion dort?«, kommt sofort die geduldige Nachfrage.

»Möglich. Letzten Freitag bin ich hingefahren, um mir den Einsatz bei Kremag anzusehen, aber die Polizei hat Pfefferspray benutzt, und es gab nicht viel zu sehen, deshalb bin ich eine Weile in der Gegend herumgelaufen und wieder nach Hause gefahren.«

Aiah kann sich glücklich schätzen, dass die Schnüffler Jaspeeri sind, die nicht bemerken, wie unwahrscheinlich es ist, dass eine Barkazil zu gottverlassener Stunde allein am Terminal herumspaziert.

Der Schnüffler setzt neu an. »Diese Fabrik ...«

»An eine Fabrik kann ich mich eigentlich nicht entsinnen«, sagt Aiah. »Aber es ist möglich, dass Ihre Fabrik eins der Plasmalager ist, die ich Mr. Rohder gemeldet habe. An die Adressen kann ich mich nicht erinnern, und ich habe keines dieser Gebäude mit eigenen Augen gesehen. Abgesehen von Kremag, meine ich.«

»Unser Plasmahund«, sagt der Schnüffler, »hat uns direkt von der Fabrik zu Ihrer Tür geführt.«

Aiah zuckt die Achseln. »Nun ja«, sagt sie. »Ich war ja tatsächlich in der Gegend.«

»Und Sie hatten nichts mit der Plasmastation in der Fabrik an der Elfneunzigsten zu tun, die dazu gedient hat, eine fremde Regierung zu stürzen?«

Aiah gibt sich Mühe, beeindruckt zu scheinen. »Ich glaube nicht«, sagt sie. »Es sei denn, sie war auf der Liste, die ich Mr. Rohder gegeben habe.«

»Und Sie wollen uns nicht hereinlassen?«

»Nein.«

»Warum nicht?«

Aiah verschränkt die Arme. »Weil es in der Behörde offensichtlich eine Panne gegeben hat«, sagt sie. »Irgendeiner unserer Vorgesetzten ist dafür verantwortlich und versucht jetzt, es jemand anderem anzuhängen. Glauben Sie wirklich, ich würde Ihnen helfen, mich ans Messer zu liefen?«

Der Schnüffler gibt auf. »Wir haben vielleicht noch mehr Fragen.«

»Ich bin morgen im Büro. Da können Sie mich sprechen.«

Der Schnüffler nickt.

»Bis zum nächsten Mal«, sagt er.

Erdbeben Klasse B im Qelhorn Mountains Distrikt
100 000 Opfer befürchtet
Einzelheiten im *Wire!*

Verhalte dich ganz normal.

Es fällt ihr nicht schwer. In Aiahs Leben ist nichts Ungewöhnliches mehr. Während sie am Morgen Kaffee macht, hört sie die Frühnachrichten. Beim Coup in Caraqui hat es etwa 50 000 Todesopfer gegeben, die sich ungefähr jeweils zur Hälfte auf die Opfer der Feuersbrunst am Kanal der Märtyrer und auf die Metropolitengarde verteilen, die fast bis zum letzten Mann ausgelöscht wurde. Die Behörden haben inzwischen das abgestürzte Flugzeug in Makdar und das beschädigte Luftschiff in Liri-Domei mit dem Coup in Verbindung gebracht. Die Besatzung des Luftschiffs wird festgehalten und möglicherweise bald angeklagt.

Es gibt viele Nachrichten über die Fabrik – benachbarte Gebäude sind in Flammen aufgegangen, Hunderte Menschen sind obdachlos –, aber die Reporter haben das Gebäude im Gegensatz zu der Polizei noch nicht mit Constantines Coup in Verbindung gebracht.

Wenigstens wird Constantines geheimnisvolle Geliebte nicht mehr erwähnt. Es scheint den Reportern jedoch klar zu sein, dass die Leute, die Constantine im Landmark getroffen hat, bei der Vorbereitung des Angriffs mitgewirkt haben.

In der Pneuma liest sie Rohders *Protokolle.* Am Kiosk an der Avenue of the Exchange kauft Aiah ein Lotterielos und geht zur Arbeit. Unterwegs sieht sie in ihrem Büro nach, ob Nachrichten gekommen sind. Das Büro ist leer – keine Tella, kein Jayme. Im Körbchen findet sie eine Nachricht von Mengene. Um 09.00 Uhr soll eine Krisensitzung stattfinden.

Sie fährt mit dem Aufzug zu Rohders Büro im 106. Stock hinauf. Rohder sitzt am Schreibtisch, das rosafarbene Gesicht in die Handflächen gestützt. Es ist das erste Mal, dass Aiah ihn ohne Zigarette sieht. Als sie das Büro betritt, richtet er sich auf und sieht sie mit schief gelegtem Kopf an.

»Die Fahndungsabteilung hat sich bei mir nach Ihnen erkundigt.«

»Ja. Die Schnüffler haben mich gestern zu Hause besucht.« Sie bleibt vor seinem Schreibtisch stehen. »Was soll das eigentlich? Sie haben mir eine Menge Fragen gestellt, aber nichts verraten.«

»Diese Plasmaquelle am Terminal, nach der wir gesucht haben und die wahrscheinlich die Flammenfrau auf der Bursary Street gespeist hat ...« Die hellblauen Augen sehen sie ausdruckslos durch dicke Brillengläser an. »Nun ja«, fährt er fort. »Gestern hat jemand das Plasma benutzt, um fünfzigtausend Menschen zu töten.«

Der Schock, der Aiahs Kehle einschnürt wie eine kalte Hand, ist echt. So brutal hat sie sich die Tatsachen noch nicht vor Augen gehalten.

Sie räuspert sich. »War es eine der Adressen, die ich Ihnen gegeben habe?«

»Nein.«

»Nun ... wenigstens haben wir danach gesucht. Wenn wir mehr Unterstützung bekommen hätten, dann hätten wir die Quelle vielleicht gefunden, bevor diese ... äh ... diese Katastrophe passiert ist.«

Rohder nickt bedächtig, immer noch den Blick auf sie geheftet. »Seit wir uns das letzte Mal gesehen haben, habe ich übrigens noch zwei Hausdurchsuchungsbefehle erwirkt. Gestern am späten Abend gab es wieder eine große Verhaftungsaktion.«

»Oh ...« Aiah lässt sich die Aufregung nicht anmerken. »Und was will man jetzt eigentlich noch von uns? Wir suchen doch, und das ist mehr als die Schnüffler je getan haben.«

»Oh, ja.« Rohder runzelt die Stirn und starrt seine Hände an. »Außerdem habe ich heute früh einen Anruf vom Intendanten bekommen. Er hat mir – uns – zu der Methode gratuliert, mit der wir so viele Plasmalager in so kurzer Zeit finden konnten. Aber er hat darauf hingewiesen – noch recht freundlich, wie ich meine –, dass es eigentlich nicht meine Aufgabe ist, Verbrecher zu fangen und dass wir unsere Methoden der Fahndungsabteilung erläutern sollen, die dann die Arbeit erledigen soll …«

Aiah wird wütend. Das wird alles im Sande verlaufen, denkt sie.

»Haben Sie ihm gesagt, dass wir eine der Betrügereien *innerhalb* der Fahndungsabteilung gefunden haben?«, fragt sie.

»Nun … nein, noch nicht.«

»Wenn wir den Schnüfflern unsere Methode – *meine* Methode – verraten, dann werden die Untersuchungen in den betreffenden Plasmastationen wahrscheinlich von genau den korrupten Beamten durchgeführt, die sowieso schon bestochen sind. Und wenn sich herumspricht, wie wir die Spur gefunden haben, sind die Gauner gewarnt und wissen, dass sie nur etwas raffinierter programmieren müssen, damit wir sie nicht mehr erwischen.«

Rohder runzelt die Stirn, langt nach der Zigarettenschachtel auf dem Tisch und zieht nachdenklich eine Zigarette heraus. »Ich weiß«, sagt er. »Und ich bin sicher, dass so etwas nicht zum ersten Mal passiert. Über die Jahrzehnte kommt immer wieder mal jemand wie Sie. Die Diebe verhalten sich vorübergehend etwas vorsichtiger, dann werden sie wieder sorglos, bis ein paar erwischt werden, und dann sind die anderen wieder eine Weile vorsichtig.« Er seufzt, betrachtet einen Augenblick lang die Zigarette, steckt sie sich in den Mund und zündet sie an.

Sein Blick wandert ruhelos hin und her, er will sie offenbar nicht ansehen. Die Zigarette federt im Mundwinkel auf und ab, als er weiterspricht. »Ich will damit sagen, dass wir ein paar erwischt haben – na schön. Die Schnüffler werden dank der Informationen, die wir ihnen gegeben haben, noch ein paar mehr erwischen.

Aber was das Verfolgen neuer Spuren angeht, hat der Intendant deutlich gemacht, dass er nichts davon wissen will.«

»Dann steht die Fahndung aber schlecht da.«

»Teilweise ist das der Grund, ja.«

Aiah ist wütend und frustriert. Sie muss die Empörung nicht spielen, der Zorn ist echt. Die Wahrheit liegt ihr bitter auf der Zunge, als sie weiterspricht.

»Ist es Ihnen nicht seltsam vorgekommen, dass ich einen Plasmadieb in der Fahndungsabteilung finde, und keine zwei Tage später versuchen die Schnüffler, mir ein Verbrechen anzuhängen?«

»Ich habe niemandem von Ihrer Entdeckung erzählt. Ich wollte mich im richtigen Augenblick vertraulich an den Intendanten wenden. Haben Sie mit jemandem gesprochen?«

»Nein.«

»Mit Ihrer Bürokollegin oder mit sonst jemandem?«

»Mit niemandem.«

Rohder starrt unbehaglich aus dem Fenster. »Glauben Sie, jemand ist hier eingedrungen und hat die Notizen auf meinem Schreibtisch gelesen? Das wäre schon seltsam, falls es stimmt. Seit Jahren hat sich niemand mehr für meine Arbeit interessiert.«

»Wie lange ist es denn her, dass Sie ein größeres Verbrechen aufgedeckt haben, das direkt in unserem eigenen Hauptsitz begangen wurde?«

»Oh, das müssen gut und gerne dreißig Jahre sein.« Er wedelt unbestimmt mit der Hand, während Aiah ihn überrascht ansieht. »Ich hatte es ganz vergessen, aber diese Sache hier hat mich daran erinnert.« Rohder atmet den Rauch ein, die wässrigen Augen starren ins Leere.

Dann richtet er den Blick wieder auf sie und sieht sie an. »Ich habe mich schon für Sie verwendet«, sagt er. »Ich habe ein paar ziemlich deutliche Worte mit den

Schnüfflern gesprochen, und ich werde auch noch mit Mengene und dem Intendanten reden.«

Aiah hat Mühe, ihre Freude zu verbergen. Wie jede andere Abteilung der Behörde ist auch die Polizei in die Verwicklungen des Beamtenapparats eingebunden. Jeder ist bemüht, seine Stellung und seine Privilegien zu wahren. Wenn Aiah den bürokratischen Krieg in den oberen Etagen des Behördengebäudes gewinnen kann, dann wird sie die Ermittlungen der nachgeordneten Abteilungen abwürgen können, ehe sie überhaupt richtig begonnen haben. Wenn sie keine handfesten Beweise finden, denkt Aiah, haben die Schnüffler eben Pech gehabt.

»Danke, Mr. Rohder«, sagt sie.

Er legt den Kopf schief, die blauen Augen funkeln, und Aiah fühlt sich, als würde sie von einem seltsamen, geduckten Wasservogel beobachtet. »Es tut mir Leid, dass Sie jetzt an Ihren alten Arbeitsplatz zurückkehren müssen. Besonders interessant scheint er nicht zu sein. Ich habe mir Ihre Akten angesehen – Sie haben keine Ausbildung im Umgang mit Plasma bekommen?«

»Nein, ich konnte es mir nicht leisten.«

»Sie würden hier rascher vorankommen, wenn Sie einen Abschluss in Plasmatechnik hätten.«

»Vielleicht kennen Sie einen Millionär, den ich heiraten kann.«

»Ach, ja.« Zigarettenasche fällt auf Rohders Spitzen. Er wedelt sie abwesend weg. »Ich habe mich hin und wieder von der Behörde beurlauben lassen um zu lehren«, sagt er, »und einige meiner Studenten stehen heute noch mit mir in Verbindung. Einer ist jetzt Kanzler der Margai University und hat in dieser Funktion auch über Stipendien zu entscheiden. Wenn ich Sie empfehle, werden Sie mit ziemlicher Sicherheit genommen und die Behörde würde Sie gern beurlauben. Wenn Sie dann mit einem Abschluss zurückkommen, hätten Sie viel bessere Beförderungsaussichten.«

Das Angebot verschlägt ihr die Sprache. Sie starrt Rohder lange an und ringt um Fassung. »Äh … ja«, sagt sie schließlich. »Ja, ich wäre Ihnen dankbar, wenn Sie mich empfehlen könnten.«

»Nun gut.« Rohder klopft noch einmal die Rüschen sauber, ehe er aufsteht. Er gibt ihr die Hand. »Es war mir eine Freude, mit Ihnen zusammenzuarbeiten. Wenn Sie noch mehr solche interessanten kleinen Ideen haben, rufen Sie mich ruhig an.«

Aiah schüttelt ihm die Hand. »Noch einmal vielen Dank. Ich habe viel gelernt.«

Rohder sieht sie verwirrt an. »Ich wüsste nicht wie, Miss Aiah. Guten Tag.«

■ ■ ■

Gehorsam ist die höchste Gabe.

– Eine Gedankenbotschaft von
Seiner Vollkommenheit dem Propheten von Ajas

»Schnüffler!«, sagt Tella. Sie stillt Jayme. Im Büro ist es also ausnahmsweise einmal ruhig. »Ich habe gerade eine geschlagene halbe Stunde mit ihnen verplempert! Was ist hier eigentlich los?«

»Was hast du ihnen erzählt?«

»Nichts!« Tellas Augen sind arglos. »Ich erzähle doch niemandem etwas, das weißt du doch.« Sie beugt sich vor und senkt die Stimme. Aiah hofft, dass nicht gerade jetzt ein Magier herumschnüffelt und jedes Wort mithört. »Deine kleine Nebenbeschäftigung habe ich nicht erwähnt«, flüstert Tella. Abgesehen von höchstens einhundert Leuten hat sie es ganz sicher niemandem erzählt, aber die Schnüffler wissen wahrscheinlich nicht, wen sie fragen müssen.

Aiah überlegt sich, wie viele Leute sie mit Constantines Limousine haben wegfahren sehen.

»Die Leute da oben haben Angst um ihre Ärsche«, sagt Aiah. »Sie versuchen, mir die Schuld anzuhängen, nachdem sie die Flammenfrau in der Bursary Street ohne gründliche Untersuchung zu den Akten gelegt haben.« Sie sackt auf den grauen Metallstuhl und kippt ungefähr zwanzig Grad nach rechts. Wütend dreht sie den Stuhl nach rechts und nach links, aber die Neigung bleibt.

»Verdammt!«, ruft sie. Dann steht sie auf und befördert den Stuhl mit einem Tritt quer durch den Raum, wo er gegen die beiden anderen ausrangierten Stühle kracht. Alle drei kippen um und fallen auf den rissigen gekachelten Boden. »Ich weiß wirklich nicht mehr, wie viele Beschwerden ich im letzten Jahr an die Hausverwaltung geschickt habe!«

Tella lässt nicht locker. »Aber die Ermittlungen … was willst du jetzt machen?«

Aiah kann sich gerade noch beherrschen, um dem Stuhl nicht einen weiteren Tritt zu versetzen. »Sag mal«, erwidert sie, »glaubst du wirklich, ich müsste vor einer Organisation Angst haben, die nicht einmal einen Stuhl reparieren kann?«

Trackline-Intendant tritt zurück!
Beharrt auf seiner Unschuld
Bisher prominentestes Opfer des Skandals

Aiah schiebt den kaputten Stuhl vor sich her in den Konferenzsaal, in dem um 9.00 Uhr die Krisensitzung beginnen soll. Unter den neugierigen Blicken der anderen stellt sie den Stuhl an eine Wand und setzt sich auf einen bequemen Polsterstuhl am langen Konferenztisch. Die anderen sehen ihr schweigend zu.

Oeneme ist persönlich anwesend, also muss es sich

um eine wichtige Angelegenheit handeln. »Ich interessiere mich nicht für Fakten«, sagt er. »Ich interessiere mich für Ihre *Eindrücke.*«

Oenemes Untergebene schildern pflichtschuldigst ihre Eindrücke und sind offenbar erleichtert, nicht darauf hinweisen zu müssen, dass es Oeneme selbst war, der Rohders Bericht ignoriert hat, obwohl man ihm entnehmen konnte, dass die Speiseleitung der Flammenfrau von Osten käme. Er war es, der den Katastrophenschutz stattdessen zur Old Parade geschickt hat.

Die Sitzung schleppt sich drei Stunden lang hin und da niemand etwas Konkretes zu sagen wagt, kommt auch nichts dabei heraus.

In der Neuen Stadt, denkt Aiah düster, würde man alle diese Leute auf die Straße setzen, wo sie um ihr Essen betteln müssten.

Als sie den Sitzungssaal verlässt, zieht sie den Polsterstuhl hinter sich her und nimmt ihn in ihr Büro mit. Alle sehen es, aber niemand sagt ein Wort.

Ihr Büro riecht nach Urin und Babykacke. Zwei Schnüffler warten auf sie. Kleine, höfliche Männer in ordentlichen Anzügen. Eine ganz andere Liga als die Straßenschläger, die am Vortag vor ihrer Tür standen. »Wir möchten, dass Sie mitkommen«, sagt einer. Er hat Mühe, das Geheul des Babys zu übertönen.

»Laden Sie mich zum Mittagessen ein?«, fragt Aiah.

Sie wechseln einen Blick. »Nein.«

»Dann müssen Sie warten, bis meine Mittelpause vorbei ist.«

Sie setzt den gestohlenen Stuhl vor ihren Schreibtisch und geht. Draußen kauft sie sich eine Schale Fleischbrühe mit Reisnudeln und isst auf einer Bank an der Avenue of the Exchange. Sie liest eine Weile in den *Protokollen,* macht sich Notizen, kassiert das Pfand für die leere Suppenschale und kehrt ins Büro zurück.

Die Schnüffler warten schon auf sie, als sie zurückkehrt. Jetzt geht Tella in die Pause und nimmt ihr Baby mit. Die nächste Stunde über beantwortet Aiah die beharrlichen Fragen der Schnüffler. Als sie mit den gleichen Fragen wieder von vorne beginnen, weil sie hoffen, Aiah bei einem Widerspruch zu ertappen, beendet sie abrupt die Sitzung.

»Wenn Sie nichts Neues zu fragen haben, lassen Sie mich bitte meine Arbeit machen.«

Sie ist überrascht, als die Schnüffler sofort ihre Notizblöcke wegstecken, sich freundlich bedanken und verschwinden.

Studiengruppe der Neuen Stadt im Aufbau
Zuschriften unter Postfach 1205

»15.31 Uhr, Antenne Sechs auf 114 Grad drehen. Verstanden?«

»Verstanden. 15.31 Uhr, Antenne Sechs auf 114 Grad drehen. Bestätigt.«

»15.31 Uhr, Antenne Sechs sendet mit 800mm. Dreißig Minuten. Verstanden?«

»Verstanden. 15.31 Uhr, Antenne Sechs sendet mit 800mm. Dreißig Minuten. Bestätigt.«

Ist Aldemar Constantines neue Geliebte?
Die Gerüchteküche brodelt!

Die gelbe Lampe in ihrer Wohnung blinkt hektisch. Alle eingegangenen Nachrichten sind von Verwandten gekommen, an die sich die Schnüffler gewandt haben. Sie wollen sich alle rückversichern, was sie sagen sollen, falls überhaupt, und brennen gleichzeitig vor Neugierde und wollen hören, was da eigentlich im Gange ist.

Keine Nachricht von ihrer Mutter. Vielleicht haben die Schnüffler sie noch nicht ausfindig gemacht.

Aiah geht noch einmal hinaus und kauft Vorräte fürs Abendessen. Im Geschäft ruft sie von einem Münzfernsprecher aus ihre Großmutter an.

»Was ist los?«, will Galaiah wissen. »Hast du Dummheiten gemacht? Hat dich dieser Passu in Schwierigkeiten gebracht?«

»Ich habe keine Dummheiten gemacht. Aber ein paar meiner Vorgesetzten wollen ihre eigenen Dummheiten vertuschen. Es ist zu kompliziert, um es in ein paar Worten zu erklären.«

»Du bist eine Barkazil. Die würden dich verraten und verkaufen, ohne mit der Wimper zu zucken.«

»Ich weiß.« Aiah betrachtet die Kunden des Lebensmittelgeschäfts, die mit ihren Einkäufen in Schlangen an den Kassen stehen, und fragt sich, ob sie beschattet wird. Am Eingang lungern ein paar Jaspeeri-Männer herum, aber dort treiben sich immer ein paar Männer herum, die nicht unbedingt Schnüffler sein müssen.

Falls ein Magier sie an einer unsichtbaren Plasma-Leine verfolgt, bemerkt sie es sowieso nicht.

»Nana«, sagt sie, »es wäre schön, wenn du allen in der Familie sagen könntest, sie sollen der Polizei erklären, dass sie nichts wissen, dass sie mich aber für einen ehrlichen Menschen halten. Ich weiß nicht, ob das etwas nützt, aber das bringt wenigstens niemanden in Gefahr.«

»Deine Mutter«, sagt Galaiah düster.

»Ja«, sagt Aiah, und ihr rutscht das Herz in die Hosen. Gurrah würde den Schnüfflern alles erzählen, was ihr gerade einfällt, und sich erst hinterher Sorgen machen, dass sie ihre Tochter belastet hat.

»Ich werde ihr sagen, dass sie sie hinauswerfen und

kein Wort sagen soll«, verspricht Galaiah. »So bekommt sie wenigstens einen dramatischen Auftritt.«

Aiah ist erleichtert. »Ja, mach das bitte. Wenn ich es ihr vorschlage, würde sie doch nur das genaue Gegenteil tun.«

»Das ist wahr.«

»Und sag den Leuten, ich … nun ja, mein Telefon könnte abgehört werden, deshalb sollen sie vorsichtig sein, welche Nachrichten sie mir hinterlassen.«

»Ja, ich sage es ihnen.«

»Danke, Nana.«

»Pass auf dich auf. Langnasen kann man nicht trauen.«

»Ich weiß.«

»Und rede du auch nicht mit ihnen.«

»Ich habe ihnen sowieso nichts zu sagen.«

Auf dem Heimweg kauft Aiah noch etwas Obst bei einem Straßenhändler – eine halb zermatschte Orange und zwei Pflaumen. Zu Hause wäscht sie die Pflaumen sorgfältig mit Wasser und Chlorbleiche ab – so macht man das mit Obst von der Straße – und isst eine auf. Das Fruchtfleisch ist eigenartig fade, voller Saft, aber ohne Geschmack.

Constantines Dachgarten hat mich verdorben, denkt sie. Für normale Ware ist sie nicht mehr zu haben.

Aiah macht sich aus gefriergetrocknetem Gemüse, Quark und ein paar Frühlingszwiebeln aus dem winzigen Garten eine Soße, dann sieht sie im Video die Nachrichten.

Wasserstofffleck tötet 50 Menschen im fünfzehnten Bezirk!

Katastrophenschutztrupps aus anderen Regionen strömen nach Caraqui hinein. Drumbeth, der Sprecher des neuen Triumvirats, redet über Hilfe und Mitgefühl. Die Stimme ist fest, der Tonfall etwas grimmig. Ein Angehöriger des Keremath-Clans, der als Botschafter in einer anderen Stadt war, konnte der Revolte entkommen. Er bezeichnet die neue Regierung als Mörderbande und ruft eine Exilregierung ins Leben. Die wenigen Überlebenden von Mondrays Berufssoldatentruppe haben sich ergeben und werden in die Timokratie geflogen.

Ein beträchtlicher Teil der Sendezeit bleibt Spekulationen vorbehalten, die sich um Constantine drehen, auch wenn er seit dem Vortag nicht mehr in der Öffentlichkeit aufgetreten ist. Man interessiert sich für ihn offenbar sogar noch mehr als für Drumbeth oder die anderen Angehörigen der neuen Regierung.

Aiah isst Nudeln mit Soße. In Caraqui, denkt sie, da *passiert* wirklich mal etwas.

Gargelius Enchuk auf Tournee
Karten beim *Wire!*

»09.00 Uhr, Antenne Zwei auf 040 Grad drehen, verstanden?«

»Verstanden. 09.00 Uhr, Antenne Zwei auf 040 Grad drehen. Bestätigt.«

»09.00 Uhr, Antenne Zwei sendet mit 1400mm. Zehn Minuten. Verstanden?«

»Verstanden. 09.00 Uhr, Antenne Zwei sendet mit 1400mm. Zehn Minuten. Bestätigt.«

Putsch-Überlebender belastet Constantine
Eingreifen des Weltrates gefordert

Bis zur Mittelpause hat der *Wire* herausgefunden, dass zwischen der niedergebrannten Fabrik und dem Putsch in Caraqui ein Zusammenhang besteht. Eine Meute von Reportern treibt sich in der Lobby des Behördengebäudes herum und will Informationen haben. Die nächste Krisensitzung wird einberufen.

»Es ist ganz einfach«, erklärt Mengene. »Wir schieben einfach alles Constantine in die Schuhe. Den Brand in der Fabrik, die Flammenfrau auf der Bursary Street, alles.«

»Es gibt keine Beweise, die ihn belasten«, widerspricht Oeneme.

»Wer sonst könnte es gewesen sein? Und selbst wenn er es nicht war, wen kümmert's? Wir sind keine Richter, wir brauchen keine Beweise, wenn wir ihn in der Öffentlichkeit anschmieren wollen. Aber damit kämen wir vollständig aus der Schusslinie.«

Oeneme lächelt. »Ich brauche ja eigentlich nur zu sagen, dass unsere Ermittlungen darauf zielen, eine Verbindung zwischen Constantine und der Fabrik aufzudecken.«

»Genau. Sollen doch die Reporter die Arbeit für uns machen.«

Aiah blickt von den Kringeln auf, die sie mit verschüttetem Kaffee auf die gläserne Tischplatte gemacht hat. An der Wand, vor den goldenen Chrysanthemen, lehnt der kaputte Bürostuhl. Sie lächelt.

Wenn man offiziell Constantine die Schuld geben will, denkt sie, dann bedeutet dies, dass man Aiah *nicht* die Schuld geben wird.

Delphin zum Minister ernannt
Belohnung für Unterstützung beim Putsch

Aber offenbar hat den Schnüfflern, die kurz nach der Pause auftauchen, um ihr schon wieder Fragen zu stellen, noch niemand erklärt, in welche Richtung sich die Politik der Behörde jetzt bewegen soll.

Die Schnüffler haben Aiahs Konto überprüft und festgestellt, dass sie vor ein paar Wochen Schulden in einer Gesamtsumme von sechshundert Dalder zurückgezahlt hat.

»Ich habe sie zurückgezahlt«, erklärt Aiah, »weil mein Freund mich angerufen und mir gesagt hat, er würde ein Cashgramm über achthundert schicken. Wenn Sie meine Kontoauszüge durchgehen, werden Sie feststellen, dass er genau dies auch getan hat.«

»Woher hatten Sie die Sechshundert? Auf Ihrem Konto waren nur etwas über vierzig.«

»Das war der Notgroschen unter meiner Matratze«, erwidert Aiah. Sie lehnt sich auf den weichen Polstern ihres gestohlenen Stuhls zurück und erzählt die Geschichte, die sie sich schon vor einiger Zeit zurechtgelegt hat.

»Ich spiele in der Lotterie. Manchmal gewinne ich sogar – nicht viel, eigentlich nie mehr als zwanzig, aber wenn ich gewinne, stecke ich den Gewinn weg.« Sie holt das Los hervor, das sie vor der Arbeit gekauft hat.

»Warum bringen Sie das Geld nicht zur Bank?«

»Für zwanzig lohnt es sich nicht, zur Bank zu gehen. Außerdem sind wir Barkazil eben so.« Sie zuckt die Achseln. »Wir trauen den Banken nicht. Meine Familie hat alles verloren, als die Banken im Barkazi-Krieg zusammenbrachen.«

Die Schnüffler starren sie mehr als skeptisch an. »Aber als die achthundert gekommen sind«, sagt einer, »haben Sie es auf der Bank gelassen. Sie haben es nicht unter der Matratze versteckt.«

Wieder zuckt sie die Achseln. »Es war ja nicht mein Geld. Es hat Gil gehört. Ich habe aber immer noch mehr als hundert in einem Beutel unter der Matratze.«

Das entspricht der Wahrheit. Wenn sie einen Magier mit einem Durchsuchungsbefehl ausrüsten, können sie es finden.

Die Schnüffler versuchen noch eine Weile, ihre Geschichte zu erschüttern, aber Aiah sperrt sich und beharrt darauf, dass die Geschichte wahr sei. Sie können nicht beweisen, dass Aiah niemals Geld in ihrer Wohnung hatte.

Nachdem die Fragen und Antworten sich zum dritten Mal im Kreis drehen, erklärt sie ihnen, dass sie arbeiten muss.

Auch dieses Mal verschwinden sie wieder, sobald sie es ihnen sagt. Vielleicht bekommt sie wirklich allmählich die Oberhand.

Lotterieskandal weitet sich aus
Intendant verspricht gründliche Untersuchung

»14.20 Uhr, Antenne Eins auf 357 Grad drehen. Verstanden?«

»Verstanden. 14.20 Uhr, Antenne Eins auf 357 Grad drehen. Bestätigt.«

»14.20 Uhr, Antenne Eins sendet mit 1850mm. Zwanzig Minuten. Verstanden?«

»Verstanden. 14.20 Uhr, Antenne Eins sendet mit 1850mm. Zwanzig Minuten. Bestätigt.«

Im Büro hallen Jaymes Schreie, und es riecht nach schmutzigen Windeln und warmer Milch. Es gibt eine endlose Serie von Anfragen nach Plasma. Ohren und Schädel tun ihr weh, weil sie ständig den schweren Kopfhörer tragen muss.

In Caraqui, denkt sie, da passiert wenigstens etwas.

Constantines Verbindung zur Fabrikexplosion
in Jaspeer!
Einzelheiten im *Wire!*

Als sie das Gebäude der Behörde verlässt, schaut Aiah zu den goldenen Buchstaben auf, die sich am Himmel entfalten, und ihr Herz macht einen Freudensprung.

Jetzt sollen sie mal versuchen, mir die Schuld zu geben, denkt sie.

Constantine untergetaucht
Drahtzieher des Putsches spurlos verschwunden

Die Nachrichten drehen sich nur um Constantine, den seit Sonntag niemand mehr gesehen hat. Er ist in der neuen Regierung zum Minister für Ressourcen ernannt worden, was bedeutet, dass er für das Plasma zuständig ist. Nach dem letzten Wochenende ist *Die Herren der Neuen Stadt* das erfolgreichste Chromo aller Zeiten, obwohl zwanzig Prozent der Bevölkerung des Planeten es wegen der Zensurmaßnahmen ihrer jeweiligen Regierungen überhaupt nicht zu sehen bekommen.

Die Behörden in Jaspeer haben Constantine jetzt offiziell mit der Explosion in der Fabrik in Verbindung gebracht. Die Regierung bekommt viel Sendezeit, um ihrer Empörung Luft zu machen.

Aiahs Kommunikationsanlage schlägt an, als sie den Quark vom Vortag halb verspeist hat. Sie dreht am Video den Ton herunter, lässt aber das Bild laufen, weil gerade Constantine zu sehen ist, unter dessen Gesicht auf grellrotem Untergrund das Wort »Ermittlungsverfahren« eingeblendet wird. Sie setzt sich den Kopfhörer auf.

»Ja?«

»Hallo, hier ist Gil. Gute Nachrichten.«

»Ich …«

»Ich komme zurück. In etwa zehn Tagen. Wir ziehen uns völlig aus Gerad zurück. Außerdem bekomme ich eine Beförderung zum stellvertretenden Vizepräsidenten, das bringt uns fünftausend mehr im Jahr.«

»Ich …« Als sie es begreift, fängt ihr Herz wie wild an zu schlagen, und ihre Blicke irren panisch im Apartment hin und her, als wäre sie gerade in einen eisernen Käfig gesteckt worden … sie schluckt schwer.

»Endlich«, sagt sie.

»Du brauchst deswegen keine Freudensprünge zu machen.«

»Oh.« Wieder schluckt sie. »Es tut mir Leid. Aber ich habe hier ein Problem. Gegen mich wird ermittelt, weil einige Leute glauben, ich hätte Constantine geholfen, seinen Coup gegen die Regierung von Caraqui zu planen.«

»Malakas! Haben sie herausgefunden …«

Aiah brüllt Gils äußerst unpassende Frage nieder. *»Ich habe nichts damit zu tun! Ich habe nichts getan!«*

»Na ja.« Er ist sichtlich erschrocken. »Natürlich hast du nichts damit zu tun.«

»Ich habe ihnen gesagt, dass ich Constantine nicht kenne. Ich bin ihm nie begegnet, ich kenne ihn nicht und habe ihm nicht geholfen.«

»Äh …« Sie kann fast hören, wie die Rädchen in seinem Gehirn surren. »Ja, natürlich.«

»Es wird schon alles gut werden«, versichert sie ihm. »Diese Ermittlungen sind ein absoluter Unsinn und werden sicher bald eingestellt. Das Problem ist nur …« – sie versucht, leise und vertraulich versprechen –, »ich kann dir am Telefon gar nicht sagen, wie sehr ich dich vermisse und was ich mit dir machen würde, wenn du hier wärst, weil jemand zuhören könnte.«

Es folgt ein kurzes Schweigen. »Wirklich? Hören die dein Telefon ab? Ist es so ernst?«

»Es ist nicht ernst, weil nichts dabei herauskommen wird. Aber die Fahndungsabteilung kann mir eine Menge Ärger machen, wenn sie es will, und Constantine hat dafür gesorgt, dass wir alle ziemlich dumm dastehen, also versuchen sie vielleicht, es mir anzuhängen, wenn sie können.«

Wieder eine lange, nachdenkliche Pause. »Ich versuche, früher nach Hause zu kommen. Zum Packen brauchen sie mich hier eigentlich nicht.«

»Du kannst mir aber nicht helfen.«

Gils Stimme klingt entschlossen. »Ich kann bei dir sein und darauf kommt es an. Ich werde mit Havell reden.«

Aiah weiß, dass sie eigentlich froh darüber sein sollte, aber sie spürt an der Stelle, wo der Trost sein sollte, nur ein tiefes Loch. »Ich habe auch noch andere Neuigkeiten, dieses Mal gute«, fährt sie fort. »Ich habe für einen Mann namens Rohder gearbeitet. Eine Art Detektivarbeit. Es ging darum, Plasmadiebe ausfindig zu machen, und es ist sehr gut gelaufen. Rohder meint, er könnte mich dabei unterstützen, meinen Abschluss zu machen.«

»Aber du hast doch schon einen Abschluss.«

»Er meint einen Abschluss in Plasmatechnik. Mit so einem Abschluss hätte ich nach dem Studium in der Behörde viel bessere Beförderungschancen.«

Sollen die Lauscher ruhig hören, dass sie langfristige Pläne hat, denkt sie. Sollen sie hören, dass sie die Absicht hat, noch lange bei der Behörde zu arbeiten.

Soll er hören, dass bei ihr eigentlich alles in bester Ordnung ist.

■ ■ ■

»12.31 Uhr, Antenne Sechs auf 114 Grad drehen. Verstanden?«

Verdrehte fordern Bürgerrechte in Theokratie von Chandras
300 von übereifriger Polizei getötet

»Verstanden. 12.31 Uhr, Antenne Sechs auf 114 Grad drehen. Bestätigt.«

»12.31 Uhr, Antenne Sechs sendet mit 1200mm. 30 Minuten. Verstanden?«

»Verstanden. 12.31 Uhr, Antenne Sechs sendet mit 200mm, 30 Minuten.«

»Fehler, Fehler. 1200mm, nicht 200.«

»1200mm, bestätigt.«

Wo ist Constantine?
Gerüchte über bevorstehenden Putsch in Cheloki

In den Nachrichten kommen ständig Bilder aus Caraqui. Die Asche der unzähligen Toten wird auf Boote geladen, zu einem tiefen Teil des Meers von Caraqui befördert und versenkt.

Aiah zwingt sich, die Berichterstattung anzuschauen, sie sieht die Rettungshelfer mit Mundschutz, die Bahren mit verkohlten, wie zum Gebet zusammengekrümmten Leichen, die klagenden Angehörigen, die auf ein Wunder hoffen und Abbilder von Dhoran dem Toten heben, die Priester mit ihren Gewändern und Masken, die Segenssprüche murmeln und die Toten mit heiliger Aloe besprenkeln. So viele Priester sind es, dass sie wie am Fließband zu arbeiten scheinen.

Diese Plasmaquelle, hat Rohder gesagt. *Gestern hat jemand das Plasma benutzt, um fünfzigtausend Menschen zu töten.*

Rohder, Aiahs Freund und Gönner.

Ein Schlepper zieht das erste Boot den breiten Kanal der Märtyrer hinunter, an ein paar ausgebrannten Gebäuden vorbei, wo schluchzende Überlebende von ihren Toten Abschied nehmen.

Meine Schuld, denkt sie.

Aber dann taucht Constantine auf, und Aiahs Herz macht einen Freudensprung. Er schlendert am Wasser entlang, in düsteren schwarzen Samt und dunkle Trauerrüschen gekleidet, das Gesicht zu einer finsteren Miene verzogen. Die Reporter stürzen auf ihr Ziel los, die Trauernden weichen erschrocken aus. Constantine sieht in die Kameras, und Aiah erkennt sofort die brütende Intelligenz hinter den Augen.

Er hat viel mit sich zu klären, denkt sie.

Aiahs Kommunikationsanlage schlägt an. Sie beißt die Zähne zusammen und ignoriert den Ruf, um weiter die Übertragung im Video zu verfolgen.

»Niemand hat diese Tragödie gewollt«, erklärt Constantine. »Weder unsere Kräfte noch jene der vorherigen Regierung. Es ist die Aufgabe der neuen Regierung, dafür zu sorgen, dass alle diese Menschen dort ...« Constantine blickt in Richtung des Kanals, wo die Boote mit den Toten fahren. Gute Dramaturgie, denkt Aiah. Die Kommunikationsanlage rappelt weiter.

Constantine wendet sich wieder an sein Publikum. »Dass alle diese Menschen nicht als Opfer eines unglücklichen Unfalls abgeschrieben werden. Sie sind genau wie diejenigen, die bei der Einnahme des Luftpalastes gefallen sind, als Helden der Revolution zu betrachten. Die Überlebenden verdienen die gleiche Ehrerbietung wie die Soldaten, die im Kampf gegen die Keremaths gefallen sind. Und sie verdienen ein besseres Caraqui, eine wohlhabende, freie Stadt, in der es Gerechtigkeit gibt. Sie verdienen die Neue Stadt. Ich bin hier, um im Namen der Regierung zu versprechen, dass sie sie bekommen werden.«

Gut gemacht, denkt Aiah. Wenn Constantine einfach eine ganz normale Rede gehalten hätte, dann hätte man es ignoriert oder in kleine Fetzen zerschnippelt. Aber nachdem er sich ein paar Tage versteckt hat, um danach wie zufällig auf dem Kai zu erscheinen, wird seine Botschaft ungeschnitten und ungefiltert in die ganze Welt übertragen.

Es ist eine Kunst, so etwas zu inszenieren, denkt sie. Doch auch wenn er seinen Worten mithilfe dieser Kunst mehr Gewicht verleiht, sie werden dadurch nicht unaufrichtiger. Sie hinterlassen nur einen stärkeren Eindruck.

Fünfzigtausend Tote, denkt Aiah. Und sie selbst ist mindestens zum Teil dafür verantwortlich. Constantine hat versprochen, alles in seinen Kräften Stehende zu tun, damit die Toten nicht umsonst gestorben sind, und in der Zwischenzeit bereitet Aiah sich in Jaspeer auf ihr Universitätsstudium vor.

Die Komm-Anlage hört zu schellen auf und beginnt mit Gurrahs Stimme zu sprechen. »Die Polizei war hier«, spricht Aiahs Mutter aufs Band. »Sie haben nach dir gefragt.«

Aiah reißt sich vom ovalen Videoschirm los und beeilt sich, den Kopfhörer abzunehmen und auf den Knopf zu drücken.

»Mama?«, sagt sie. »Ich bin gerade hereingekommen. Was ist passiert?«

»Die Polizei war hier. Sie hat mich nach dir gefragt, aber ich habe gesagt, sie sollten verschwinden.«

»Das war gut«, bestätigt Aiah. Bei Gurrah ist es normalerweise am besten, erwünschtes Verhalten so oft wie möglich zu verstärken.

Aiah tritt einen Schritt von der Komm-Anlage zurück, damit sie den Videoschirm sehen kann. Constantines Auftritt ist vorbei, und jetzt werden die soeben ernannten Mitglieder der neuen Regierung Caraquis gezeigt, die sich im Luftpalast zu einer Sitzung treffen. Aiah erkennt Adaveth, den Verdrehten. Die riesigen feuchten Augen starren die Reporter an, während er mit einer Aktenmappe an Türen vorbeigeht, die während der Kämpfe offensichtlich etwas gelitten haben.

»Es waren zwei«, sagt Gurrah. »Einer hatte eine weiße Lederjacke und sah aus wie eine Hure. Was sind das für Polizisten, die weiße Lederjacken tragen?«

»Das ist die Sorte, mit der man besser überhaupt nicht reden sollte«, sagt Aiah.

Gurrahs Stimme wird etwas schrill. Aiah kennt den Tonfall genau, und ihr Herz sinkt. »Ich wusste doch, dass du dich in Schwierigkeiten bringen würdest«, sagt Gurrah. »Seit Senko's Day habe ich es genau gewusst.«

»Mama ...« Aiah will sie warnen.

»Nachdem du diese Szene gemacht und mich so beschimpft hast ...«

»Ich habe dich nicht beschimpft!« Die Worte sind heraus, ehe Aiah sich beherrschen kann.

»Vor deiner Großmutter und allen anderen«, sagt Gurrah. »Warum sind meine Kinder nur so rücksichtslos?«

Gurrahs Stimme klingt mürrisch, aber Aiah glaubt einen triumphierenden Unterton herauszuhören. Ihre Mutter, denkt sie, kennt sie viel zu gut. Sie weiß genau, wie sie die gewünschten Reaktionen provozieren kann.

»Ma«, sagt Aiah, »wir sollten diese Familienangelegenheiten lieber nicht am Telefon besprechen. Es könnte sein, dass die Schnüffler zuhören.«

»Wenn die dein Telefon abhören, dann steckst du wirklich in Schwierigkeiten«, sagt Gurrah. »Ich hab's ja gleich gewusst.«

Auf dem Videoschirm ist zu sehen, wie die Angehörigen des Keremath-Clans von Geymards Söldnern ins Gefängnis gesteckt werden. Polizeioffiziere, Angehörige der Geheimpolizei und hohe Militärs werden in andere Kerker geworfen.

»Ich habe genau genommen gar keine Schwierigkeiten, weil ich nichts gemacht habe«, widerspricht Aiah. »Die Behörde versucht bloß, ihre eigenen Dummheiten zu vertuschen.«

»Sie geben immer den Barkazil die Schuld«, meint Gurrah. »Das weißt du ja.«

»Ja, das ist bequem für sie«, erwidert Aiah. »Aber es wird nicht funktionieren.«

»Du solltest öfter mit deiner Mutter reden. Ich kann dir helfen.«

Aiah bemüht sich, das Thema zu wechseln. »He«, sagt sie munter, »ich habe gute Neuigkeiten. Ich werde wieder zum College gehen und einen Abschluss machen.«

»Schon wieder so eine Langnasen-Ausbildung«, sagt Gurrah düster. »Was soll das nützen?«

»Ausbildung ist Ausbildung«, gibt Aiah zurück. »Welche Universität in Barkazi würde mir schon ein Stipendium gewähren?«

Aiah verbirgt ihre Befriedigung darüber, dass sie den Streit erfolgreich auf unverfänglichere Themen gelenkt hat. Sie lässt Gurrah ein paar Punkte machen, dann sagt sie, sie müsse sich ums Abendessen kümmern und legt auf.

Aiah wechselt den Kanal. Noch mehr Bilder aus Caraqui, wieder werden Angehörige der Geheimpolizei abgeführt und in die unter dem Wasserspiegel liegenden Kellergeschosse ihrer eigenen Gefängnisse gesteckt.

Einige werden es wohl nicht überleben, vermutet sie.

Später in der Schicht, als sie zur Bäckerei in der Nähe geht, um Brot zu kaufen, sieht sie einen Mann in weißer Lederjacke in der Tür stehen und ein Mineralwasser trinken. Etwas später sieht sie denselben Mann, der ihr ohne die auffällige Jacke nach Hause folgt.

Interessant, denkt sie.

Korruptionsskandal in der Polizei
Steinreicher Polizeichef streitet alles ab

»15.31 Uhr, Antenne Sechs sendet mit 430mm. Sechs Minuten. Verstanden?«

»Verstanden. Antenne Sechs sendet mit 430mm, sechs Minuten. Bestätigt.«

Aiah denkt an fünfzigtausend Tote, an die Boote, die mit ihrer Fracht von Asche ins tiefe Wasser fahren. *Die Überlebenden,* erinnert sie sich, *verdienen unsere Achtung …*

Sie denkt an Constantine, an die großen Hände, die ihre Haut streicheln.

Sie sieht Gils Bild im Rahmen aus Silberimitat an und hat das Gefühl, einen Fremden zu betrachten.

Streitigkeiten in der Organisation
Zwei Strassencapos ermordet

Dann taucht wieder ein Schnüffler im Büro auf und stellt ihr eine Menge Fragen, die sie bereits zur Genüge kennt. Aiah antwortet geduldig. Die Antworten passen zu ihren vorherigen Aussagen, und als sie dem Beamten ins finstere Gesicht sieht, denkt sie sich: *Dank meiner Mithilfe hast du vielleicht schon bald einen neuen Boss.*

Sie lässt sich bequem auf dem gestohlenen Stuhl nieder. »Ich dachte, die Regierung gibt Constantine die Schuld an den Vorfällen«, sagt sie. »Warum belästigen Sie mich überhaupt noch mit diesen Fragen?«

»Constantine dürfte Komplizen gehabt haben.«

»Constantines Komplizen sind keine lausigen Angestellten der sechsten Stufe in Jaspeer«, gibt Aiah zurück. »Constantines Komplizen werden in Caraqui zu Ministern ernannt. Glauben Sie wirklich, ich wäre so dumm, hier zu bleiben, wenn ich in Caraqui wie eine Königin leben könnte?«

Die Frage hinterlässt einen bitteren Nachgeschmack

in Aiahs Mund. Manchmal, denkt sie, enthält eine Frage schon die Antwort.

»Vielleicht wollen Sie Jaspeer nicht verlassen«, sagt der Schnüffler. »Sie sind hier geboren und haben Ihr ganzes Leben hier verbracht, und Sie haben hier einen Geliebten. Jaspeer ist Ihre Metropolis.«

»Meine Metropolis«, sagt Aiah, plötzlich von einer leidenschaftlichen Wahrheitsliebe erfasst, »meine Metropolis wurde vor meiner Geburt zerstört.«

Nachdem der Schnüffler gegangen ist, setzt Aiah den Kopfhörer auf, klinkt sich wieder ein und plant zwischen den Anforderungen ihre Flucht.

Wenn die Fahndung sie inzwischen ständig beschattet, wird die Sache kompliziert, denkt sie.

Lodaq III. gestürzt!
Breitet sich Constantines Einfluss aus?
Einzelheiten im *Wire!*

Aiah lässt sich noch drei Tage Zeit. Die Schnüffler folgen ihr fast ständig. Manchmal sind sie leicht auszumachen und nach einer Weile erkennt sie die Gesichter wieder, aber manchmal ist sie einfach nicht sicher. Ihr Plan muss berücksichtigen, dass sie beschattet werden könnte, ohne es zu bemerken.

Aiah ruft den Wisdom Fortune Temple an und erkundigt sich nach den Anfangszeiten der Gottesdienste.

Die einfachste Art sie zu beschatten ist die Telepräsenz. Aus dem Küchenschrank nimmt sie eine der Plasmabatterien mit, die sie vor einigen Wochen in ihrem Beutel vom Terminal nach Hause befördert hat. Sie bringt sie zu ihrem Plasmazähler und klemmt die Batterie an den stromführenden Draht.

Die Zähler laufen, während sich die Batterie füllt. Es

ist das erste Mal, dass Aiah in diesem Haus den Plasmaanschluss benutzt.

Sie legt einen Finger auf den Kontakt und hört den Aufschrei ihrer Nerven, als der Kontakt mit dem Plasma hergestellt wird. Das Gefühl raubt ihr fast den Atem.

Sie hat sich große Mühe gegeben, das Gefühl zu vergessen.

Aiah erinnert sich noch, wie das Plasma sich am Himmel golden färbte, als sie es zu Red Bolt schickte. Sie holt tief Luft und streckt die Sinne aus, um sich auf die Gegenwart anderer Plasmaströme einzustimmen. Vorsichtig sucht sie die Wohnung ab.

Nichts außer dem Glühen, das von ihr selbst ausgeht.

Aber falls sie wirklich von einem Magier beschattet wird, hat er vielleicht bemerkt, worauf sie hinauswollte, und seine Anima rechtzeitig zurückgezogen. Sie schickt ihre eigene Anima nach draußen auf den Flur. Auch dort ist nichts. Dann sieht sie sich links und rechts in den benachbarten Wohnungen um.

Immer noch nichts, außer dem Wissen, dass die Frau nebenan sich die Zehennägel schneidet.

Aiah nimmt den Finger vom Kontakt, vergewissert sich, dass die Batterie voll ist und nimmt die Klemme von der Leitung. Sie sieht auf den Zähler und stellt fest, dass sie der Behörde sechshundert Dalder schuldig ist.

Sie steckt die Batterie zusammen mit einer dunkelblauen Jacke, der Elfenbeinhalskette, vierzehn Bänden der *Protokolle*, einem Schlapphut und ihrem Pass in ihren Beutel. Sie holt das Geld unter der Matratze hervor, zögert einen Augenblick und nimmt auch Karlos Bild mit. Sie zieht sich eine leichte beigefarbene Jacke über, schnappt sich ein Kissen und verlässt das Apartment.

Im Kellergeschoss der Loeno Towers öffnet sie mit dem Schlüssel ihrer Behörde die Metalltür, die in den Wartungsgang führt. Drinnen legt sie noch einmal den Finger auf die Batteriekontakte, überprüft die Umgebung und holt ihre Kreditkapsel aus dem Versteck hinter der Plasma-Hauptleitung. Sie wischt die Dreckkrümel und den Staub ab und verstaut die Kapsel in ihrem Beutel.

Als sie das Gebäude wie gewohnt durch die Vordertür verlässt, bemerkt sie sogleich die Schnüffler, die ihr im Wagen langsam folgen. Sie steigt die Treppe zur Station der New Central Line hinunter, und die beiden Schnüffler müssen Hals über Kopf den Wagen verlassen, um sie nicht zu verlieren.

Mit der New Central Line zur Red Line und dann zur Circle Line. Der letzte Wagen ruckelt so heftig, dass Aiah sich beinahe das Rückgrat verrenkt. In Old Shorings steigt sie aus und läuft fast tänzelnd zur Straße hinauf.

Der Geruch des Essens und die Musik, die aus offenen Fenstern dröhnt, wecken Kindheitserinnerungen. Die Gebäude scheinen sich wie alte Freunde auf ihre Gerüste zu stützen und sich vertraulich vorzubeugen, um sie willkommen zu heißen. Charduq der Einsiedler begrüßt sie freundlich auf seinem Mast und sie wirft ein paar Münzen in seinen Korb.

Das ist das letzte Mal, dass ich dies alles sehen werde.

Um ihr Glück abzurunden, kauft sie eine Schale heiße Nudeln mit Zwiebeln und Chili, ihre Lieblingssorte. Über ihr kämpfen Plasmaversionen der Lynxoid Brothers gegen den Blue Titan, um für ein neues Chromo zu werben. Als sie die Straße hinunterschaut, sieht sie zwei unglückliche bleiche Jaspeeri-Polizisten, die hell wie Neonreklamen zwischen den braunen Barkazil herumstehen. Aiah muss sich abwenden, um ihr Lächeln zu verbergen.

Aiah steigt die ausgetretene Metalltreppe zum Wisdom Fortune Temple hinauf. Zwei ältere Frauen in weißen und blauen Tempelgewändern haben auf dem Treppenabsatz Halt gemacht, um zu verschnaufen. Die Stahltür steht offen, und Aiah kann ungehindert eintreten. Sie riecht sofort den Duft der abgepackten Kräuter. Hinter der Ladentheke steht Dhival, Khorsas Schwester. Sie trägt rote und goldene Gewänder und das Gesicht ist übertrieben geschminkt.

Dhival scheint überrascht, kommt aber sofort hinter der Theke hervor, umarmt Aiah und drückt ihr einen Kuss auf jede Wange. »Willst du zum Gottesdienst?«

»Ist Khorsa hier?«

»Im Büro. Ich hole sie.«

»Ich muss unter vier Augen mit ihr sprechen, wenn das möglich ist.«

Dhival sieht Aiah neugierig an, gibt aber sofort nach. »Gut, dann geh einfach nach hinten.«

Aiah geht in den hinteren Teil des Gebäudes und klopft an die offene Bürotür. Khorsa schaut von einem dicken Kassenbuch auf, kommt Aiah entgegen und umarmt sie. Sie sieht prächtig aus mit den roten Tempelgewändern. Als Khorsa sie an sich drückt, spürt Aiah, wie ein Teil der Spannung von ihr abfällt.

Khorsa bemerkt das Kissen, das Aiah mitgebracht hat. »Soll ich dir ein Gewand leihen?«

»Das Kissen dient nur der Tarnung. Eigentlich hatte ich gehofft, dass du mir helfen kannst.«

Khorsa weicht etwas zurück und sieht Aiah von oben bis unten an. Sie scheint nicht einmal überrascht. »Aber natürlich, nach allem, was wir dir schuldig sind. Was brauchst du?«

»Zwei Jaspeeri-Männer verfolgen mich. Ich will ihnen für ein paar Stunden entkommen.«

Khorsa legt den Kopf schief und überlegt. »Wie meinst du das? Ich könnte eine Nachricht ans Clubhaus der Vampire schicken, dann wären die beiden im Handumdrehen im Krankenhaus, falls es das ist, was du willst.«

»Nein, dadurch würden nur andere Leute in Schwierigkeiten geraten. Ich will eigentlich nur durch den

Hintereingang verschwinden, falls es einen gibt, und du sollst dafür sorgen, dass mir niemand folgt, bis ich die Pneumastation erreicht habe.« Aiah langt in den Beutel und holt die volle Plasmabatterie heraus. »Kannst du oder kann Dhival mit Telepräsenz arbeiten?«

»Ich bin besser darin als sie«, sagt Khorsa. »Aber du brauchst mir nicht das Plasma zu geben. Ich kann auch meinen eigenen Vorrat benutzen.«

Drüben im Tempel klimpern Fingerzimbeln. Aiah reicht ihr die Batterie. »Nimm sie. Sie ist sowieso zu schwer, um sie herumzuschleppen.«

Khorsa sieht widerstrebend die Batterie an, aber dann gibt sie nach und nimmt sie in die Hand. Die zahlreichen Fingerringe klicken leise. »Darf ich fragen, worum es überhaupt geht?«

»Es ist sehr kompliziert«, erklärt Aiah. Sie hofft, dass sie Khorsa nicht zur Passu machen muss, aber die kleine Frau starrt sie erwartungsvoll an und schließlich gibt Aiah nach.

»Die beiden sind von der Polizei«, erklärt Aiah. »Ich habe einige Dinge über ihre Abteilung herausgefunden – unter anderem geht es um Korruption im Amt –, und jetzt muss ich eine Weile verschwinden.«

Khorsa denkt einen Augenblick darüber nach und wendet sich dann wieder praktischeren Fragen zu. »Brauchst du einen Unterschlupf?«

»Oh, nein, danke. Wenn ich ein paar Stunden entkommen kann, wird sich alles wieder beruhigen. Ich muss einfach nur sicher sein, dass mir niemand folgt. Die beiden nicht und auch kein Magier.«

Khorsa nickt. »Dann gehe ich jetzt in den Tempel und sage Bescheid, dass jemand anders während des Gottesdienstes die Trommel schlagen muss. Warte, ich bin gleich wieder da.«

Khorsa stellt die Plasmabatterie auf den Tisch und eilt hinaus. Aiah zieht unterdessen die beigefarbene Jacke aus und steckt sie in den Beutel, dann zieht sie die blaue Jacke an. Sie steckt sich die langen Haare hoch, zieht den Schlapphut aus dem Beutel und setzt ihn auf.

Im Tempel beginnt zögernd eine Trommel zu schlagen, als Khorsa zurückkehrt. Sie betrachtet die veränderte Aiah, zieht ihr die Hutkrempe etwas zurecht und nickt anerkennend. »Wenn jemand dir folgt«, sagt sie, »gebe ich dir ein Signal. Ein roter Schein direkt vor deinem Gesicht. Ich versuche dich nicht zu blenden, aber ich will dafür sorgen, dass du es auch bemerkst.«

Aiah nickt.

»Was willst du machen, wenn sie dir folgen? Brauchst du Schutz?«

»Wenn sie mir trotzdem folgen, komme ich einfach zurück und nehme am Gottesdienst teil. Anschließend gehe ich wieder nach Hause und weiß wenigstens, dass sie besser sind, als ich angenommen habe.«

Khorsa schürzt die Lippen und nickt nachdenklich. »Ich wünschte, ich könnte mehr für dich tun.« Die Trommel schlägt jetzt gleichmäßig. Aiah hört, wie Dhival die Leute in den Tempel ruft. Die Gläubigen kommen klatschend und mit Fingerzimbeln klimpernd herein.

»Na gut, dann sollten wir beginnen«, sagt Khorsa. Sie langt hinter den Schreibtisch und öffnet eine kleine Klappe, hinter der sich ein Plasmaanschluss mit Kontakten verbirgt. Khorsa nimmt einen Handsender aus der Tasche ihres Priestergewands, steckt ihn in den Anschluss und macht es sich auf dem Stuhl bequem.

Die Batterie bleibt auf dem Schreibtisch liegen. Vielleicht will sie sie Aiah später zurückgeben, oder sie benutzt den städtischen Anschluss einfach nur deshalb, weil sie damit flexibler ist.

»Ich sehe mich zuerst draußen vor dem Gebäude um«, erklärt sie. »Wenn jemand den Hintereingang beobachtet, müssen wir uns vielleicht etwas anderes einfallen lassen.«

Khorsa schließt die Augen und konzentriert sich. Aiah schiebt unruhig den Beutel von der einen Schulter auf die andere. Sie spürt, wie sich unter der Hutkrempe der Schweiß sammelt.

Die Musik schwillt an und wird wieder leiser, als Dhoran der Tote angerufen wird. Aiah stellt sich vor, wie die Musik durch die offenen Fenster auf die Straße dringt und wie die Jaspeeri-Cops heraufschauen und sich wundern.

Khorsa beginnt perlend zu lachen. »Sie sind beide vorn«, sagt sie, »und sie fühlen sich *sehr* unwohl. Was für Cops sind das? Eigentlich müssten die doch auf der Straße zu Hause sein.«

»Sie sind von der Behörde.«

»Oh.« Geringschätzig. »Das ist kein Wunder.« Wieder schweigt sie für einen Augenblick. »In der hinteren Gasse ist niemand«, sagt sie. »Da kann ich niemanden erkennen, der das Haus beobachtet.«

Also los, Mädchen! denkt Aiah. Doch die Füße wollen sich nicht bewegen. Wie angewurzelt bleibt sie stehen und sieht Khorsa an und will überhaupt nicht mehr weggehen, will hier zwischen den süß duftenden Kräutern Zuflucht suchen, die Musik und den Gesang hören …

Aber sie rufen da drinnen gerade Dhoran den Toten an, sagt sie sich. Sie denkt an die Boote, von denen kleine Aschefontänen aufgestiegen sind, während sie über den Kanal der Märtyrer gefahren sind.

Ihre Beine zucken, als hätte sie einen elektrischen Schlag bekommen, und dann ist sie schneller hinaus, als sie es sich vorstellen konnte.

Die Treppe hinunter, zum Hintereingang. Der Beutel knallt gegen ihre Hüfte. Sie erreicht die Hintertür und muss kräftig drücken, um sie zu öffnen. Irgendetwas klappert, als die Tür aufschwingt und sie in den Hinterhof entlässt, der nach Urin und vergammelnden Lebensmitteln riecht.

Überall liegen Glasscherben und alte Möbel herum, dazwischen Fäkalien. Wer auch immer hier lebt, scheint im Augenblick nicht zu Hause zu sein. Aiah weicht dem schlimmsten Dreck aus, der Gesang im Tempel folgt ihr wie eine angenehme Erinnerung. Als sie die Gasse verlassen hat, wendet sie sich nach Osten, um zuerst einmal ein paar Straßenzüge zwischen sich und die Cops von der Behörde zu bringen, dann biegt sie nach Norden zur Pneumastation ab. Die Pneuma bedient dieses Viertel nicht direkt, sondern ist fast einen Radius entfernt, aber wenn sie schnell geht, müsste sie die Station in zehn bis zwölf Minuten erreichen.

Sie überquert die Straße und marschiert einen halben Block hinunter, bis sie das Gebäude auf der linken Seite erkennt. Es ist der alte Tempel mit den aus Stein geschnittenen Verzierungen, den Ranken und Ungeheuern, die sie in der Kindheit so oft gesehen hat. Der Absatz vor den Stahltüren ist mit Reis und anderen Opfergaben übersät.

Aiah geht langsam hinüber, kramt in der Tasche herum und zieht ein paar Münzen heraus, die sie vor die Stahltür wirft. Das Kleingeld fällt wie ein silberner Schauer und prallt mit einem hellen Klingen gegen den Stahl. Aiah dreht sich um, lacht und läuft weiter.

Hoffentlich ist Khorsa so amüsiert wie sie.

Kein rotes Licht erscheint vor ihrem Gesicht.

In der kalten, leeren Pneumastation muss sie lange warten. Ein letzter trauriger Gedanke an Gil lässt einen Kloß in ihrem Hals wachsen. Er wird nach Hause zurückkehren und die leere Wohnung vorfinden, dazu einige Rechnungen, die er mit seinem Gehalt nicht begleichen kann. Sie muss ihm Geld von ihrem Konto schicken, zwanzig- oder dreißigtausend, genug für die Hälfte des Apartments …

Die Pneuma kommt, und sie steigt ein und fährt direkt zur Gold Town InterMet, wo sie eine Fahrkarte nach Karapoor kauft. Etwas ängstlich zeigt sie der verschlafenen Fahrkartenverkäuferin ihren Pass, um ihr zu beweisen, dass sie tatsächlich nach Karapoor fahren darf – vielleicht ist sie ja schon zur Fahndung ausgeschrieben. Aber die Schalterbeamtin sieht kaum auf das Passfoto, drückt auf den Knopf und Aiahs Marke rutscht aus dem Schlitz.

In Karapoor kann sie eine Hochgeschwindigkeitspneuma nehmen, mit der sie bis morgen Mittag den halben Weg nach Caraqui geschafft haben wird.

Sie steigt in den InterMetropolitan und betrachtet die Mitreisenden. Die meisten sind müde Pendler mit glasigen Augen, die nach Hause fahren. Sie sucht sich einen Sitzplatz, die Türen schließen sich. Der Wind pfeift über die glatte Außenhaut des Waggons, als das System Luft holt, dann wird der Wagen mit einem kräftigen Ruck hinaus in die Welt geschleudert.

Constantine ist oft tödlich für seine Freunde. Soryas Worte fallen ihr ein.

Nun ja, das ist ein Risiko, das sie eingehen muss.

Sie nimmt den vierzehnten Band der *Protokolle* aus dem Beutel und schlägt das Buch auf. Rohders Forschungen werden ihr Geschenk an Constantine sein, wenn sie bei ihm ankommt.

Kein sichtbarer Grenzübertritt verrät ihr, dass die Flucht geglückt ist. Irgendwann zischt es einfach, und der Wagen bremst ab, wird ausgefädelt und hält an der InterMetstation von Karapoor.

Dann auf einmal, als die müden Fahrgäste ihre Siebensachen einsammeln, wird es strahlend hell im Waggon. Kleine, leuchtende Plasmaflocken scheinen von der Decke zu rieseln wie bunte Schneeflocken. Die anderen Fahrgäste heben verwundert die Köpfe. Ein Geschenk von Khorsa, die Aiah bis hierhin gefolgt ist.

Der zauberhafte Schnee, bemerkt Aiah, fällt in allen Farben. Nur nicht rot.